L'insoumise et l'Irlandais

*

Épouse par devoir

MICHELLE WILLINGHAM

L'insoumise et l'Irlandais

Traduction française de
JEAN-LOUIS LASSERE

Les Historiques

HARLEQUIN

Collection : LES HISTORIQUES

Titre original :
TAMING HER IRISH WARRIOR

Ce roman a déjà été publié en 2018

HARPERCOLLINS FRANCE
83-85, boulevard Vincent-Auriol, 75646 PARIS CEDEX 13
Service Lectrices — Tél. : 01 45 82 47 47 - www.harlequin.fr
ISBN 978-2-2804-8662-0 — ISSN 1159-5981

Composé et édité par HarperCollins France.
Imprimé en février 2023 par CPI Black Print (Barcelone)
en utilisant 100% d'électricité renouvelable.
Dépôt légal : mars 2023.

FSC www.fsc.org MIXTE Papier issu de sources responsables FSC® C159065

Pour limiter l'empreinte environnementale de ses livres, HarperCollins France s'engage à n'utiliser que du papier fabriqué à partir de bois provenant de forêts gérées durablement et de manière responsable.

Chapitre 1

Angleterre, 1180.

Un craquement à peine perceptible fit sursauter Honora St Leger. Par habitude, elle se tenait toujours sur ses gardes, attentive au moindre bruit qui pourrait trahir une présence humaine.

Aucun doute : l'homme se tenait là, tout près.

Le voleur qu'elle guettait depuis des jours et des jours… Elle était enfin sur le point de le capturer. Agenouillée sur les dalles de pierre de la chapelle, tout près de l'autel sous lequel elle avait caché son épée, elle faisait mine de prier.

Une semaine auparavant, le voleur avait dérobé la croix de bois de la chapelle et, la veille, Honora avait constaté que le calice n'était plus à sa place habituelle. Pourtant, les gardes de son père n'avaient pu surprendre le coupable de ces larcins, en dépit de leur vigilance.

A présent, l'intrus était à deux pas d'Honora. S'efforçant de lutter contre la peur qui lui nouait l'estomac, elle prit une profonde inspiration afin de se préparer à l'affrontement.

Elle se pencha vers l'autel et sentit sous sa main le métal froid de son épée. Au moment où elle s'en saisissait, un courant d'air souffla les cierges.

Alors, elle se releva en vitesse, solidement campée sur ses jambes, prête à faire face au danger. Un bruit de pas feutrés révéla la présence de l'homme sur son côté gauche. Dans la pénombre qui les enveloppait tous deux, elle ne pouvait distinguer son adversaire, et il ne la voyait pas non plus. Ainsi, leurs chances étaient égales.

Tous ses sens en éveil, Honora tendait l'oreille. Elle percevait maintenant des bruits de pas qui se rapprochaient sur sa droite.

Seigneur… ils étaient deux !

Un nouveau courant d'air s'engouffra dans la nef. Honora décida alors de prendre les devants en frappant au hasard dans l'obscurité. Sa lame heurta celle du voleur si violemment qu'elle ressentit une vive douleur au bras.

Si son adversaire était armé de la sorte, ce n'était pas un voleur quelconque mais un homme habile à manier l'épée. Un soldat ? Un noble peut-être ? Prise d'un regain de frayeur, Honora sentit son pouls s'accélérer. Certes, elle avait confiance en elle, mais ferrailler dans l'obscurité augmentait les risques de se faire blesser.

En outre, si ses agresseurs étaient bien deux, le combat était inégal. Les coups pouvaient venir de n'importe où et à n'importe quel moment sans qu'elle puisse distinguer la silhouette de l'agresseur. Soudain, un bruit de pas précipités résonna dans la chapelle sans qu'elle puisse les localiser précisément. Se rapprochaient-ils ou s'éloignaient-ils ?

Elle frappa une nouvelle fois au hasard et fut récompensée par un cri de douleur. L'un des deux hommes était touché.

— Qui êtes-vous ? Que voulez-vous ? questionna-t-elle.

Silence.

De nouveau elle frappa de taille, mais manqua son adversaire. Elle tendit l'oreille. Plus un bruit ne troublait la quiétude de la chapelle, à l'exception du vent qui s'engouffrait par la porte entrouverte. A l'évidence, les deux intrus avaient disparu.

Pourquoi ?

L'un des deux avait peut-être pris peur et entraîné l'autre au-dehors pour le protéger ?

Honora s'agenouilla de nouveau. Son épée lui brûlait la main, son cœur battait à tout rompre.

Il y avait maintenant plus de six mois qu'elle s'était enfuie de Ceredys, la demeure de son défunt époux, pour se réfugier chez son père. Ici, dans le donjon d'Ardennes, elle était censée être en sécurité. Pourtant, les visites répétées du voleur de la chapelle l'inquiétaient. Assurément, cet individu s'était introduit ici dans un but bien précis. Restait à découvrir ce qu'il cherchait…

Elle songea à regagner sa chambre, mais sa sœur, Katherine, dormait encore et elle ne voulait pas la réveiller. En outre, si les voleurs la suivaient jusque-là, elles seraient en danger toutes les deux.

Honora entreprit alors de rallumer les cierges tout en s'exhortant au calme. L'odeur de la cire et le parfum rémanent de l'encens avaient quelque chose de rassurant, et même d'apaisant.

Sans lâcher son épée, elle s'adossa au mur et se laissa glisser jusqu'à terre. La pierre était dure et glaciale. Honora avait si froid qu'elle replia ses jambes sous ses jupes. Comme elle levait les yeux vers le sanctuaire elle remarqua que le coffre avait disparu. Le coffre dont sa belle-mère, Marie St Leger, lui avait fait don. Le seul objet qu'Honora avait choisi de ramener de Ceredys.

Disparu !

Consternée par ce nouveau larcin, elle ne pouvait détacher son regard de l'emplacement où avait trôné le coffre et qui était désormais vide.

Elle murmura une prière à l'intention de sa belle-mère avant de faire la promesse de capturer au plus vite le voleur pour le conduire devant ses juges.

— Elle ne t'épousera pas.

Ewan MacEgan porta la main à son front pour se protéger des derniers rayons du soleil. Son frère avait raison : il ne possédait qu'un lopin de terre. Dès lors, comment pouvait-il prétendre demander la main d'une héritière et l'obtenir ? Il n'en avait ni le droit, ni les moyens.

La jeune fille qu'il convoitait se nommait dame Katherine

d'Ardennes, et il était épris d'elle depuis l'âge de seize ans. Alors que les autres filles se moquaient de sa maladresse, elle lui avait souri comme pour le rassurer. Et Ewan ne l'avait jamais oublié.

« Un jour, vous les vaincrez tous, Ewan », lui avait-elle confié en posant sur lui un regard attendri.

Katherine n'avait alors que quatorze ans, mais sa sincérité l'avait ému et encouragé. Aujourd'hui, l'adolescente d'autrefois était une dame courtisée par une armée de soupirants, et Ewan avait bien l'intention de se démarquer.

— Je l'aimais déjà quand nous étions enfants, confia-t-il à son frère.

Bevan lâcha la bride de son cheval pour le laisser s'abreuver dans la rivière.

— Il y a des années de cela, Ewan. Maintenant, son père entend bien la marier à un noble fortuné, pas à un Irlandais sans le sou.

— J'amasserai une fortune s'il le faut, répliqua Ewan d'un ton résolu, et je lui bâtirai le royaume dont elle rêve.

Malgré sa détermination, Ewan doutait quelque peu que le seigneur d'Ardennes le compte parmi les prétendants de Katherine. Seule son ascendance royale jouait en sa faveur, leur frère aîné, Patrick, étant roi de la province d'Erin.

— Nous avons peut-être un moyen de t'aider…, suggéra son frère. Si tu acceptais de prendre la terre que Patrick t'a proposée.

— Je ne prendrai rien que je n'aie gagné. Je conquerrai ma propre terre. Je ne suis pas une sangsue pour m'approprier la fortune familiale.

— Tu es bien trop fier.

La cicatrice que Bevan portait à la joue parut soudain se creuser un peu plus.

— Ewan, tu perds ton temps ici, ajouta-t-il. La famille de cette jeune fille est bien plus riche que tu ne peux l'imaginer. Elle épousera un noble du plus haut rang. Tu n'as pas la moindre chance.

Mais Ewan ne l'entendait pas ainsi.

— Qu'importe, répliqua-t-il en portant son regard à l'horizon. Cela ne m'interdit pas d'essayer.

Indifférent à l'air consterné de son frère, Ewan donna alors une tape à son cheval pour le faire avancer.

— Je connais des filles qui te conviendraient mieux, reprit Bevan en le suivant. Des filles d'Erin. Tu n'as rien à faire ici, en terre ennemie. Crois-moi, épouse une Irlandaise, une *cailin*.

Ewan savait que ses frères désapprouvaient son projet, qu'ils jugeaient ridicule. Ils lui avaient toujours déconseillé de convoiter ce qui n'était pas à sa portée. Déjà, ils avaient tenté de le décourager lorsqu'il avait décidé de devenir un vaillant guerrier. Certes, il n'avait ni les qualités de Patrick ni celles de Bevan, et malgré ses efforts pour égaler ceux-ci, il demeurait brutal et maladroit au combat. Toutefois, en prenant de l'âge, il avait fini par atténuer ses plus graves défauts pour devenir l'homme qu'il était aujourd'hui.

Dès lors, il s'estimait capable de conquérir l'épouse qu'il convoitait, convaincu que son obstination suffirait à triompher de tous les obstacles.

— Katherine est celle que j'aime et je n'en veux pas une autre, dit-il en se tournant vers Bevan.

Son frère ne put réprimer un soupir de lassitude et arrêta son cheval. Ils étaient à peine à cinq miles du donjon d'Ardennes mais ils pouvaient encore rebrousser chemin.

— En es-tu bien sûr, Ewan ? murmura-t-il.

Sans lui donner de réponse, Ewan repartit au galop en direction du donjon.

Ils chevauchèrent côte à côte et en silence pour le reste du parcours. Ce paysage était familier à Ewan. Il aimait ces prairies verdoyantes bornées au loin par des collines aux couleurs changeantes. En cinq ans, rien n'avait changé.

Il avait été heureux ici. Si ses compagnons d'armes et sa famille considéraient les Normands comme des ennemis, lui les voyait autrement. Il avait passé trois ans parmi eux, grâce à Geneviève, la femme de Bevan, avant de revenir en Irlande pour achever son apprentissage de guerrier. C'était là, avec Thomas de Renalt, comte de Longford, qu'il avait vraiment appris à se battre.

Il baissa les yeux sur ses mains couvertes de cicatrices, envahi par un vague regret. Certes ces blessures étaient guéries depuis longtemps, mais ses mains avaient perdu de leur agilité. A présent, il avait des difficultés à serrer une épée, ce qui pouvait constituer un sérieux handicap face à un adversaire. Toutefois, Ewan estimait mériter ces cicatrices pour ce qu'il avait fait à Bevan. Même si son frère lui avait pardonné ses fautes, Ewan ne s'était jamais senti digne de son pardon.

Il leva les yeux vers le château d'Ardennes qui se dressait au loin. La bâtisse l'impressionnait plus encore qu'autrefois. Le donjon bâti en pierres, surmonté de ses hourds de bois, se dressait au centre d'un mur d'enceinte d'une hauteur stupéfiante. Ewan n'avait jamais fait de longs séjours dans cette forteresse, mais il s'y était rendu plusieurs fois avec son père adoptif.

Il se crispa malgré lui comme ils approchaient de la barbacane, se demandant si Katherine ou Honora allaient se souvenir de lui. Sa main se resserra sur les rênes de sa monture.

Au cours de son apprentissage de guerrier, Honora avait failli le tuer à trois reprises. De façon « accidentelle », avait-elle prétendu. Il était interdit aux femmes de s'entraîner au combat, mais cela ne suffisait pas à dissuader cette furie. Elle voulait apprendre à manier l'épée tout comme lui, et ce n'était pas sans réticence qu'il croisait le fer avec elle.

Aujourd'hui, Honora était mariée. C'était tout au moins ce que l'on prétendait. Son époux était-il parvenu à la dompter ? Ewan avait des raisons d'en douter. En vérité, il n'avait jamais connu de fille aussi acharnée au combat. Lorsqu'il tentait de lui échapper, elle s'arrangeait toujours pour le retrouver et le défier.

Ah, si seulement sa sœur, Katherine, avait eu le même attachement pour lui !

Mais c'était du passé ! Aujourd'hui, Ewan comptait bien attirer l'attention de la douce Katherine, et ce malgré tous les prétendants qui convoitaient sa main. Il était prêt à tout pour cela.

La simple pensée de la revoir lui rendit son courage. Bientôt, Katherine serait à lui…

Pour Honora, il ne faisait désormais aucun doute que le voleur était arrivé au château avec les prétendants de sa sœur. Peut-être même était-ce l'un d'eux ? A l'évidence, il lui avait été facile de se mêler à la cohorte des visiteurs sans attirer l'attention.

Comme la nuit avait enfin jeté son voile sur le château, elle passa devant les gardes qui bavardaient tout en jouant aux dés pour tromper leur ennui.

Si elle parvenait à mettre la main sur le coffre, elle trouverait le voleur. Dans sa tête, c'était aussi simple que cela. Elle avait déjà fouillé le hall sans succès. Restaient les chambres réservées aux hôtes de noble naissance.

Elle entra sans bruit dans la première, retourna toutes les affaires de l'occupant mais ne trouva rien. Le souffle court, elle passa alors à la suivante en veillant à ne pas être vue du garde qui surveillait l'escalier. Si son père apprenait ce qu'elle était en train de faire, il la tuerait.

Elle ouvrit tout doucement la porte de la seconde chambre. Un silence absolu régnait à l'intérieur. Confiante, elle chercha dans les moindres recoins, concentrée sur l'objet qu'elle espérait trouver. Mais, alors qu'elle soulevait une pile de vêtements, une main de fer la saisit soudain à la gorge. Aussitôt, elle fut bâillonnée.

L'homme l'obligea à se tourner vers lui tandis qu'elle se débattait furieusement, en donnant des coups à l'aveuglette. Rien n'y fit. Déjà, il la soulevait de terre pour la plaquer contre le mur. La lune apparut alors entre deux nuages, projetant sur le visage de l'inconnu un rai de lumière bleutée.

Elle frémit en reconnaissant Ewan MacEgan. Que faisait-il là ? Jamais elle n'aurait cru le revoir un jour ! Sur son torse robuste brillait une médaille d'argent, les muscles de ses pectoraux s'enflaient au rythme de sa respiration.

Les battements de son cœur s'accélérèrent et un frisson parcourut son corps malgré la douceur de cette nuit d'été.

— Vous cherchez quelque chose ? fit-il, l'air soupçonneux.

La dernière fois qu'Honora avait vu Ewan, il n'avait que seize ans. Elle avait gardé le souvenir d'un garçon grand et mince, maladroit, bagarreur, acharné à vaincre ses adversaires. Il s'entraînait nuit et jour au combat pour acquérir l'habileté qui lui faisait défaut.

L'adolescent gauche était aujourd'hui devenu un fort bel homme. Ses cheveux courts, d'un blond cuivré, révélaient un visage émacié et une mâchoire puissante. Ses larges épaules laissaient deviner sa force, une force qu'elle n'aurait jamais soupçonnée chez le jeune homme d'autrefois.

Troublée par le contact de sa peau brûlante, Honora demeura pétrifiée, fascinée par le dessin de ses muscles sous la pâle clarté de la lune. Auprès de ce colosse, son mari lui semblait bien falot. A l'image des guerriers celtes, Ewan avait cet aspect sauvage et inquiétant qui la terrorisait et la fascinait en même temps.

Il la tenait fermement par les poignets, lui interdisant ainsi de faire le moindre geste. D'ailleurs, elle avait renoncé à se débattre, sachant qu'elle n'avait aucune chance.

Enfin, il desserra un peu son étreinte et lui ôta sa capuche.

— Une femme ! murmura-t-il en esquissant un sourire.

Elle baissa les yeux.

— Qui êtes-vous ? reprit-il.

Cette question la surprit. Avait-il effacé son visage de sa mémoire ? Après avoir si souvent croisé le fer avec elle, comment avait-il pu l'oublier ? Peut-être distinguait-il mal ses traits dans la pénombre ?

— Katherine ?

Une sourde colère s'empara d'Honora à l'évocation de sa sœur. Il n'était pas permis de se tromper à ce point. Elle n'avait ni la beauté, ni la sérénité de sa sœur. En outre, Katherine n'aurait jamais eu l'audace d'entrer dans la chambre d'un homme, et surtout pas pour la fouiller.

Mais, sans même lui laisser le temps de répondre, Ewan prit sauvagement ses lèvres. Un étrange sentiment s'empara alors d'elle, la laissant fiévreuse, le sang bouillonnant dans ses veines. Troublée par cette chaleur, Honora en oublia ce qu'elle faisait là, ce qu'elle était venue chercher dans cette chambre. Tout semblait s'écrouler autour d'elle, anéantissant toutes sensations, hormis la brûlure de ce baiser.

Les mains d'Ewan passèrent dans ses cheveux tandis que ses lèvres se faisaient plus caressantes. Ses cuisses puissantes contre les siennes révélaient toute l'ardeur de son désir d'homme. Peut-être l'avait-elle surpris dans son sommeil ? En tout cas, il n'en était pas moins vigoureux.

Ses doigts glissaient à présent au creux de ses reins, pour passer délicatement sous la tunique légère qu'elle portait. Honora frémit sous cette caresse sans rien faire pour se dérober. Le contact de cette main rude sur sa peau attisait son désir, faisant naître un violent besoin à la naissance des cuisses.

Sa surprise passée, elle se soumit totalement au pouvoir d'Ewan, appelant même de ses vœux des caresses plus intimes. Elle rêvait de ses mains sur ses seins dressés sous sa chemise.

Oui. Elle avait envie de lui !

Jamais un homme ne l'avait enlacée de la sorte. Et surtout pas son mari.

Mais soudain, Honora se souvint de la méprise d'Ewan et le repoussa violemment.

— Je ne suis pas Katherine !

— Honora, alors ?

La gorge nouée, elle hocha simplement la tête en lançant un regard furieux à Ewan. Elle tenta de saisir la dague qu'elle portait toujours à sa ceinture mais, hélas, elle ne la trouva pas.

— Est-ce là ce que tu cherches ? s'enquit l'insolent avec malice.

— Je ne suis pas venue pour t'agresser.

— Non. Mais pour me voler.

— Je ne savais même pas que tu étais ici, s'insurgea-t-elle. Je cherchais…

Elle retint sa langue. A quoi bon lui dire qu'elle cherchait un voleur dans la chambre qu'il occupait ?

Pourtant, il pouvait bien être le voleur ! D'ailleurs, elle en était presque sûre.

— Peut-être cherchais-tu ton mari ?

Sa question ne manquait pas de cynisme.

— Mon mari est mort.

Elle tendit la main vers lui et ordonna :

— Rends-moi ma dague.

— Non.

Comme elle tentait de se saisir de l'arme, Ewan la dissimula derrière son dos.

Alors, Honora se jeta sur lui et ils roulèrent ensemble sur le sol. De nouveau, elle essaya de reprendre sa dague, mais il repoussa sa main et se coucha sur elle.

Prisonnière de ce colosse, elle plongea ses yeux dans les siens pour tenter de le dissuader. Mais une lueur menaçante brillait dans son regard et soudain, elle regretta de l'avoir défié.

— Je ne suis plus l'adolescent que tu as connu Honora. Cette fois tu ne remporteras pas ce combat. Désormais, je suis plus fort que toi.

Il jeta la dague au loin avec un petit rire grinçant qui la mit en rage.

Ewan n'avait pas oublié les humiliations qu'elle lui avait infligées naguère lorsqu'ils combattaient à l'épée. Plus d'une fois elle l'avait désarmé avec une remarquable adresse. Tout cela était si loin…

— Laisse-moi me relever.

Il la libéra sans un mot et s'assit auprès d'elle.

Rajustant sa tunique, Honora tenta de recouvrer un brin de dignité avant de se tourner vers lui.

— Que fais-tu ici, Ewan ?

— Je vais épouser ta sœur.

Elle manqua pouffer de rire et se garda de lui dire qu'il

devrait affronter bon nombre de concurrents. D'ailleurs son père n'avait pas encore choisi celui qu'il jugerait digne d'épouser Katherine.

— Je n'aurais pas dû t'embrasser, confessa-t-il. Je t'ai prise pour ta sœur.

Ses excuses ne firent que lui échauffer le sang. Honora savait bien qu'elle était moins belle que sa sœur et elle enrageait que ce goujat le lui rappelle.

— Katherine n'entrerait jamais dans la chambre d'un étranger, souligna-t-elle.

— Contrairement à toi.

Insultée par le ton de cette repartie, elle regretta amèrement le hasard de leur rencontre.

Soudain, la porte s'ouvrit et Honora se leva d'un bond.

Juste ciel ! L'autre frère MacEgan se dressait devant elle et la dévisageait d'un air courroucé.

— Je dérange, on dirait ? questionna-t-il en se tournant vers son frère à demi nu.

— Honora allait partir, répondit ce dernier.

Ewan fit un geste qu'Honora prit pour une invitation à se retirer.

Sans même se soucier de reprendre sa dague, elle s'avança vers la porte, trop heureuse de laisser les deux hommes en tête à tête.

Bevan referma derrière elle, puis enfila la torche qu'il tenait en main dans l'applique de fer forgé.

Ewan s'empressa de fournir une explication à son frère :

— Elle s'est trompée de chambre.

Bevan demeurait silencieux. A l'évidence il ne croyait pas à cet argument et attendait la vérité. Ewan ignorait comment s'y prendre pour le convaincre. Certes, il n'avait rien fait pour attirer Honora dans sa chambre. C'était elle qui l'avait réveillé en s'introduisant dans la pièce. Et, lorsqu'il l'avait bâillonnée, il ne s'était pas attendu à découvrir une femme…

Le souvenir de leur baiser ne fit qu'accentuer son embarras. Comment avait-il pu croire un seul instant qu'il s'agissait de

Katherine ? Celle qu'il convoitait était bien trop timide, trop réservée pour s'introduire dans sa chambre. Elle n'avait pas le toupet d'Honora.

Il porta la main à sa bouche. Comment oublier le baiser qu'il lui avait volé ? Le goût de ses lèvres tendres flottait encore sur les siennes.

Honora avait bien changé. Elle était loin, la furie qui le défiait au combat dans leur jeunesse !

— Que va dire son père ? soupira alors Bevan, l'air soucieux. Cette nuit nous avons vidé ensemble une demi-barrique de bière en discutant et j'ai plaidé en faveur de ta candidature. J'espère qu'il ne saura rien de cette histoire. Car s'il apprend que tu batifoles avec sa fille aînée, je doute qu'il te donne la main de Katherine.

— Honora m'a dérangé dans mon sommeil, repartit Ewan en allant se coucher. Je ne suis pas responsable de ce qui s'est passé.

— Que venait-elle faire ici ?

— Je suppose qu'elle cherchait quelqu'un, et ce « quelqu'un » n'était certainement pas moi.

Il s'empressa de revenir au sujet qui l'intéressait.

— Que t'a dit son père, exactement ?

— Il te considère comme un prétendant possible. Thomas de Renalt s'est joint à nous et a donné lui aussi son approbation à ta candidature.

— Bien.

Ewan s'étendit sur le dos et fixa son regard sur le plafond tandis que Bevan se couchait sur le lit voisin.

Les lueurs de la torche dansaient sur le mur, dessinant d'étranges formes. De la grande salle montaient les voix et les rires des convives, et au loin les aboiements d'un chien troublaient le silence de la campagne endormie.

Ewan songea à Honora, à ses cheveux courts et soyeux dans lesquels il avait enfoui ses doigts avec délice. Il sourit… Autrefois, elle portait un voile et combattait les garçons plus qu'elle ne les embrassait.

Sa chevelure avait la couleur d'une nuit d'été et sa peau d'un blanc de lait était d'une douceur exquise. Ses lèvres sensuelles au goût de pomme invitaient à la gourmandise. Contrairement à la plupart des femmes, les bras d'Honora étaient fermes et l'on sentait ses muscles rouler sous la peau. Il se souvenait de sa force dans leurs affrontements d'autrefois. Elle le surpassait plus souvent qu'il n'osait l'admettre.

Que lui arrivait-il ? Il se moquait bien d'Honora. Il se retourna sur sa couche en s'efforçant de penser à Katherine. C'était pour elle qu'il était venu.

Mais comment oublier le délicieux baiser qu'il avait échangé avec Honora ?

Chapitre 2

— On t'a vue sortir de la chambre des MacEgan la nuit dernière.

Nicholas de Montford, baron d'Ardennes, reposa d'un coup sec son gobelet sur la table. Les mains jointes devant lui, il se pencha vers Honora, dans l'attente d'une réponse. Sur ses doigts effilés brillaient deux anneaux d'or dans le soleil du matin.

— Je… je me suis trompée de porte, père, expliqua-t-elle en rougissant. Je cherchais…

— Allons, ne mens pas. Ta chambre est de l'autre côté du donjon. Tu n'avais rien à faire là !

Elle était prise au piège.

Son père avait bien des travers, mais il n'était pas sot. Il la considérait en silence comme s'il mûrissait la décision à prendre.

Agacée, Honora croisa les mains, attendant qu'il poursuive. Comme il demeurait silencieux, un regain d'inquiétude la gagna. Allait-il la punir ? Qu'allait-il exiger d'elle ?

— Il ne s'est rien passé, précisa-t-elle. J'ai immédiatement quitté la chambre.

— Peu importe. Souviens-toi que tu es veuve, ma fille, tu dois donc faire preuve de réserve et de vertu.

Il parlait comme si elle était entrée dans la chambre de MacEgan dans l'intention de le séduire.

Honora sentit ses joues s'empourprer au souvenir du guerrier torse nu aux muscles saillants. A l'adolescence rien ne laissait supposer qu'Ewan deviendrait un homme aussi robuste.

Elle frémit tandis que leur baiser lui revenait en tête. Pour tenter de chasser cette image de son esprit elle enfonça ses ongles dans la paume de sa main. La douleur la guérirait-elle du goût des lèvres d'Ewan ?

— As-tu l'intention de te remarier ? questionna soudain son père.

— Non.

Sa réponse était sans appel. Elle avait assez souffert du mariage. Dieu merci, Ranulf, son époux, n'avait survécu qu'un an à leur union.

— J'avais cru que Ranulf serait un bon mari pour toi, reprit le baron, qu'il ferait preuve d'affection et te comblerait de bienfaits. Nul ne s'attendait à ce qu'il meure aussi jeune, je dois dire.

Bien sûr, Honora n'osait se féliciter ouvertement de cette issue fatale, mais elle n'en pensait pas moins. Pourquoi son père tenait-il tant à ce qu'elle prenne un autre époux ? Elle n'en voyait pas la nécessité.

— Je ne veux pas me remarier, déclara-t-elle en se signant comme pour chasser l'image du défunt honni.

— Tu ne peux pas passer ta vie ici, Honora. Il y maintenant six mois que tu as quitté Ceredys.

Cela lui semblait pourtant tout récent. Une peur soudaine la saisit. Son père comptait-il la chasser de chez lui ?

— Selon la loi, un tiers des terres de Ranulf te revient, ma fille, continua Nicholas. Dommage que tu n'aies pas eu d'enfants car tu aurais eu droit à une part plus importante.

Dieu lui avait épargné ce malheur, heureusement !

Un enfant eût été un constant rappel de l'existence de Ranulf St Leger. Mais en l'absence d'héritier, son époux avait laissé l'essentiel de ses terres à son fils, John, né d'un premier mariage.

Elle détestait John. Il était visqueux et fuyant comme un serpent. Le mensonge était chez lui une seconde nature.

Honora frémit en songeant à lui.

Elle était prête à lui laisser sa part des terres sans protester si seulement elle était sûre de ne plus jamais entendre parler de lui.

Elle se reprochait d'avoir laissé Ceredys aux mains de cette crapule. Même avec l'aide de la grand-mère de John, Marie St Leger, elle n'avait pu empêcher l'héritier de dilapider les revenus des fermages jusqu'au dernier penny. Peu avant la mort de celle-ci, elle avait fui, abandonnant Ceredys à cet odieux personnage dans l'espoir de trouver une solution à son problème auprès de son père. Hélas, le temps passait et elle n'avait pas trouvé ce qu'elle était venue chercher au donjon d'Ardennes : de l'aide, du soutien. Bientôt, elle devrait retourner à Ceredys… Comment pouvait-elle se prévaloir de son prestige de guerrière si elle laissait son peuple à la merci d'un homme comme John ?

— Combien de temps encore comptes-tu te cacher ici ? s'enquit le baron.

— Je ne me cache pas.

Nicholas semblait mettre en doute la sincérité de cette réponse.

— Je ne vais pas tarder à repartir, lâcha-t-elle enfin.

Si John était déchu de son titre et de son pouvoir, elle pourrait tenter de remédier aux dégâts qu'il avait causés. Mais elle ne pourrait pas le chasser à elle seule. Pour ce faire, il lui fallait de l'aide.

— Père, encore une fois je vous demande de me prêter quelques soldats.

— Non. Ni toi, ni moi n'avons à nous mêler des affaires de John de Ceredys. Laissons-le patauger dans ses erreurs.

— Il est en train de ruiner le domaine et prive ses gens de nourriture, s'insurgea Honora. Nous ne pouvons pas le laisser faire. Trop d'innocents souffrent par sa faute.

— Dans ce cas tu devrais épouser un seigneur assez riche pour entretenir une armée, repartit lord Montford.

Honora ne put réprimer un soupir d'exaspération. Elle trouverait bien un moyen de défendre ces malheureux sans se compromettre.

— Ce serait la meilleure solution, ma fille, poursuivit Nicholas, indifférent à son refus de se remarier. Tu es encore assez jeune pour donner naissance à plusieurs enfants.

Instinctivement, elle porta la main à sa ceinture et se souvint qu'elle n'avait plus sa dague. La sentir sous ses doigts aurait suffi à la rassurer, à la calmer, à endiguer la colère qui montait en elle.

— Père, je vous en prie, murmura-t-elle en fermant les yeux. Laissez-moi du temps…

Elle savait pourtant qu'elle ne se remarierait pas. Comment oublier les dix mois d'enfer qu'elle avait vécus auprès de son mari et les jours passés à éviter tout contact avec John après la mort de Ranulf ?

— Le temps passe vite, ma fille. Si tu veux des enfants, il ne faut pas trop tarder. Tu n'as pas le choix.

Honora détourna la tête. L'idée même de porter un enfant l'effrayait. Elle n'avait pas été une bonne épouse, dès lors, comment pourrait-elle faire une bonne mère ?

— Telle est la volonté de Dieu, Honora, reprit son père, brisant le silence qu'elle observait. Le premier mari que je t'ai choisi n'a pas été le bon, je le reconnais. Cette fois, c'est toi qui choisiras. Tu peux d'ailleurs commencer dès maintenant grâce aux prétendants qui sont ici.

— Mais ils sont venus pour Katherine, Père, pas pour moi ! protesta-t-elle.

En outre, ses travers ne manqueraient pas de décourager les candidats au mariage. Elle se savait trop impulsive, trop impatiente pour faire une bonne épouse. Quant à tenir une maison, elle s'en moquait comme d'une guigne. Tout ce qu'elle aimait, c'était se battre, défendre un château, commander des soldats au combat. Se remarier représentait pour elle une sorte de déchéance. C'était comme accepter de se plier à de nouvelles humiliations. Cela, Honora n'en voulait à aucun prix.

— Ces hommes ne m'intéressent pas, conclut-elle.

Nicholas soupira et remplit de bière sa chope d'étain.

— Ce qu'il te faut, ma fille, c'est un homme dans ton lit afin que ton ventre enfle sous ta robe. Alors, tu seras heureuse, crois-moi.

Heureuse ?

Elle serra les dents pour faire taire ses protestations. Que savait son père du bonheur ? Rien, sans doute. D'ailleurs, le passé ne plaidait pas en sa faveur. Il l'avait mariée au premier prétendant venu sans se soucier de savoir si elle serait heureuse ou non.

Honora sentit son estomac se nouer en songeant au désastre de ce mariage.

— Vous ne pouvez pas me marier de force.

— Certes, non. Mais je peux t'obliger à retourner à Ceredys.

Il vida sa chope d'un trait, visiblement confiant dans sa décision.

— Ici, tu ne me sers à rien, ma fille. Là-bas, tu as une propriété qui t'attend.

Honora se garda bien de lui dire qu'on ne l'avait jamais consultée sur la façon d'administrer Ceredys. Sous la férule de Ranulf, sa condition était celle d'une prisonnière, non d'une épouse.

— Je ne suis pas un tyran, Honora. Si l'un des prétendants de Katherine te plaît, je suis prêt à te donner à lui.

Une lueur de satisfaction brilla dans les yeux de Nicholas, comme il ajoutait :

— Je pense à Ewan MacEgan, par exemple.

— Jamais ! s'écria Honora.

Ewan était venu pour Katherine et elle ne pouvait tolérer l'idée de supplanter sa sœur. En outre, MacEgan ne l'aimait pas. Ils avaient été élevés ensemble, et elle lui avait fait subir les pires humiliations. Nul doute qu'il ne gardait pas d'elle le meilleur souvenir. Quant à l'épouser…

— Je suis entrée dans sa chambre par erreur, comme je vous l'ai dit.

— Hum ! Soit. Mais Ewan n'est pas seul ici. Il y a sept autres gentilshommes de noble naissance.

Honora comprit que son père ne l'écouterait pas tant qu'elle s'opposerait à son idée de mariage.

— En supposant que j'accepte de me remarier, l'héritage qui me revient de Ceredys compliquerait les choses, vous le savez. Le nouvel époux serait tenu d'abandonner ses terres et de loger avec moi sous le toit de John. La cohabitation serait difficile.

Plutôt mourir que de vivre sous le toit de John St Leger, songea-t-elle.

— Ce n'est pas faux, répondit Nicholas, mais c'est la loi du mariage, n'est-ce pas ? J'ai épousé ta mère pour les terres qu'elle possédait ici et en Normandie.

— Père, je me suis mariée une première fois par devoir et je ne recommencerai pas, répliqua Honora d'un ton ferme. Que ce soit dit une fois pour toutes.

Le visage de son père s'assombrit soudain.

— Tu te remarieras ! Et Katherine ne se mariera pas tant que tu n'auras pas choisi ton futur époux.

Il l'aurait giflée de toutes ses forces qu'elle n'en aurait pas été plus abasourdie. Pourquoi tenait-il tant à la marier contre son gré ? Quel avantage espérait-il en tirer ?

— Père, ce n'est pas juste.

Elle fulminait intérieurement mais s'efforçait de paraître calme. C'était à ses yeux la meilleure attitude à adopter avec un tel despote.

— Demain, je convie les prétendants à une grande fête, reprit Nicholas. Bien entendu, je compte sur ta présence. Il y aura un tournoi, et les invités s'affronteront pour ton plaisir.

Oh, Jésus ! Elle serait ridicule parmi tous ces hommes venus courtiser sa sœur. Son père exigerait-il aussi qu'elle prenne place à la tribune auprès de Katherine ? Sans doute espérait-il que l'un des prétendants la prendrait en pitié et finirait par se résoudre à la choisir ?

Elle avait sa fierté, elle refusait d'être présentée à tous ces hommes comme un animal de foire. Qu'importe ce que son père attendait d'elle. Non, elle n'endurerait pas de nouvelles humiliations.

Nicholas, qui semblait lire dans ses pensées, s'empressa de préciser :

— Si tu refuses de te montrer, c'est moi qui viendrai te

chercher dans ta chambre. Tu prendras part à ces réjouissances, que tu le veuilles ou non.

Et il ne plaisantait pas.

— Oui Père, balbutia-t-elle en prenant sur elle pour ne pas hurler sa révolte.

Elle allait sortir quand il ajouta d'un ton menaçant :

— Et jusque-là, prends bien garde à ta conduite, Honora.

Honora n'avait aucune envie de partager avec les prétendants les mets délicieux qui leur étaient présentés. Elle n'avait pas d'appétit. Se levant de table, elle traversa le hall la tête haute sans un regard pour les convives qui se régalaient.

La plupart d'entre eux étaient pourtant jeunes, séduisants, et fort riches. Son père les avait choisis à dessein.

Malgré cela, tous ces hommes la laissaient indifférente, à l'exception de l'un d'entre eux, toutefois : Ewan MacEgan. Avec ses cheveux blonds quelque peu en désordre, ses yeux verts et les muscles que l'on devinait sous son pourpoint, il représentait une savante alliance de beauté et de puissance.

Seigneur ! songea Honora, les lèvres frémissantes.

Ewan choisit une pomme qu'il ajouta à ce qu'il avait déjà dans son écuelle : gâteaux au miel, agneau braisé et saumon frais.

A en juger par l'appétit des invités, il ne resterait bientôt plus rien sur la table. Et Ewan n'était pas le moins gourmand. Il en avait toujours été ainsi, et malgré cela il n'avait pas une once de graisse. Tout en muscles !

— Honora, as-tu trouvé l'homme de ton choix ? questionna-t-il en la saisissant au passage par le bras.

Elle rougit instantanément au souvenir de leur étreinte de la nuit passée. Comment le petit Ewan était-il devenu ce séduisant guerrier ?

— Laisse-moi passer, ordonna-t-elle.

— Un moment. Où est ta sœur ? Je ne l'ai pas encore vue aujourd'hui.

Honora tenta de s'arracher à son emprise, sans succès.

— Je suppose qu'elle ne manque pas de prétendants pour louer la blancheur de sa peau et sa chevelure soyeuse. Maintenant, laisse-moi, Ewan. J'ai à faire.

Il la retint malgré tout. Il lui serrait le bras si fort qu'il lui faisait mal bien que, curieusement, cette douleur ne soit pas pour lui déplaire. Elle humait avec délice le parfum qui émanait de lui, chaud et suave comme une pluie d'été. Vêtu comme un chasseur, Ewan portait une tunique verte et des braies en tartan. Ses cheveux blonds coupés court et ses yeux d'un vert lumineux révélaient un visage aux traits puissants. Un visage de guerrier.

— Ton père a parlé d'un tournoi. Ce sera pour moi l'occasion de prouver ma force et mon habileté à protéger ma future épouse.

Si son père avait organisé ce tournoi, c'était surtout pour donner aux prétendants l'occasion de parader devant les femmes comme des animaux de foire.

— Laisse-moi, Ewan.

Il examina sa paume dont le cal témoignait d'une longue pratique des combats.

— Es-tu toujours aussi habile à manier l'épée ? questionna-t-il en cherchant son regard.

Peut-être comptait-il l'affronter en combat singulier ? Dieu merci, elle s'entraînait encore une fois par semaine avec les soldats, à l'insu de son père. Donc, si c'était le cas, elle serait prête.

— Je suis meilleure que je ne l'ai jamais été.

— Voilà qui fait plaisir à entendre.

Son sourire prouvait qu'il n'avait rien oublié de leurs combats d'autrefois. Elle l'avait souvent battu et, cependant, Ewan ne s'était jamais plaint d'être vaincu par une fille. Plus d'une fois, il aurait pu la menacer de révéler son secret à son père, mais il préférait garder le silence et ferrailler avec elle pour s'améliorer.

Aujourd'hui, Honora n'était pas sûre de pouvoir vaincre l'homme qu'il était devenu. Avec ses épaules larges et ses muscles d'acier, Ewan devait être un redoutable adversaire. Sa tunique très ajustée lui collait à la peau, révélant son torse puissant. Elle se souvint alors de la chaleur de sa peau sur la sienne, et de l'ardeur de son baiser.

Elle s'efforça de reprendre ses esprits. Elle remarqua alors la poignée de sa dague qui brillait à la ceinture d'Ewan.

— Rends-moi mon arme, ordonna-t-elle.

— Tu l'auras, à condition de me dire ce que je veux savoir.

— Je t'ai déjà dit que je ne savais pas où était Katherine.

— Ce n'est pas là le prix de ta dague.

— Mais alors, quel est-il ?

— Je veux tout connaître sur elle. Quels sont ses désirs ? Quel présent lui offrir pour avoir un avantage sur ses autres prétendants ?

Honora tarda à répondre, blessée dans son orgueil par la préférence qu'avait Ewan pour Katherine. Comment pouvait-elle, dans ces conditions, l'encourager à la courtiser ?

A son avis, Ewan n'était pas l'homme qui convenait à sa sœur. Il était trop agressif, trop hardi pour cette jeune fille si fragile, si délicate.

— Que penses-tu d'un animal de compagnie comme présent ? proposa-t-il. Un chaton, peut-être ? Je n'ai pas vu beaucoup de chats par ici, et à mon avis, ce cadeau pourrait lui plaire.

— Un chaton ? reprit distraitement Honora, assombrie par la rancœur qui l'animait.

Ewan méritait d'être puni pour son impudence. Comment avait-il osé l'embrasser, lui prendre sa dague, et maintenant exiger qu'elle le renseigne sur Katherine ? Décidément, c'était trop.

— A ce jour, personne ne lui a encore offert un chaton, répondit-elle à contrecœur.

Ewan relâcha enfin son emprise.

— Eh bien voilà ! conclut-il. Ce n'était pas si difficile.

Il tira la dague de sa ceinture et la lui tendit en ajoutant :

— Tu devrais confier cette arme au forgeron. Le pommeau est trop lourd, il faut la rééquilibrer.

— La lame a été cassée.

Ranulf, son mari, avait brisé la lame dans un accès de colère avant de jeter la dague au feu. Elle l'avait finalement retrouvée parmi ses affaires après avoir quitté Ceredys. Sans doute Marie St Leger l'avait-elle donnée à réparer, sans le lui dire. Mais Honora n'aimait pas le pommeau que le forgeron avait ajouté. Il était disgracieux et alourdissait l'arme.

Sans un mot, elle glissa la dague dans son fourreau, puis tourna les talons, s'efforçant d'oublier son amertume.

Ewan MacEgan avait un pouvoir indéniable sur elle. Il avait le don de la mettre dans l'embarras, sans qu'elle sache pourquoi. Dans leur enfance, elle aurait perdu la tête pour lui, mais aujourd'hui, elle le trouvait trop fier, trop sûr de lui.

Trop séduisant. Trop fort.

Mais que lui arrivait-il bon sang ! ? Elle devait à tout prix recouvrer son sang-froid. Elle n'avait que faire d'un homme comme lui. D'un autre non plus, d'ailleurs. En dépit des exigences de son père, elle ne se remarierait jamais.

Hélas, si elle s'obstinait dans son refus de prendre époux, Nicholas l'obligerait à quitter d'Ardennes pour retourner à Ceredys. A cette seule idée, Honora sentit sa peau se glacer. Elle ne se sentait pas prête à retourner vivre chez son défunt mari. En outre, son père refusait de lui prêter ses soldats et elle n'avait pas d'hommes en armes à sa disposition.

Deux mois auparavant, elle avait bien essayé de louer les services de mercenaires pour chasser John de Ceredys et prendre sa place. Hélas, elle avait été trompée par ces soldats de fortune qui avaient empoché leur solde sans rien faire en échange. Sa naïveté lui avait coûté cher.

Il lui fallait des hommes d'honneur, mais ceux-là exigeaient plus de pièces d'or qu'elle n'en possédait.

Restait la suggestion de son père : épouser un homme riche disposant d'une armée. Malheureusement, ce nouvel époux ne verrait aucun intérêt à aller combattre John à Ceredys.

Donc, personne ne pouvait l'aider.

Un immense désarroi la saisit soudain.

Ah, Marie St Leger, la grand-mère de John, aurait su quoi

faire en pareilles circonstances. Honora n'avait jamais connu femme plus intelligente et plus avisée. Souvent furieuse contre ses propres fils, Marie aimait se confier à elle et la considérait comme sa propre fille. C'était grâce à Marie qu'Honora avait réussi à fuir Ceredys.

Le cœur serré, elle songea à cette amie de cœur, morte tout récemment, à la nouvelle lune. Depuis, chaque nuit, elle priait pour le repos de son âme.

Honora essuya une larme qui glissait sur sa joue. Elle éprouvait le besoin d'être seule, de réfléchir à son avenir. Si elle quittait le château de son père, peut-être trouverait-elle une solution pour améliorer le sort des gens de Ceredys ?

Elle se dirigea vers les écuries et ordonna au palefrenier de préparer son cheval. Puis elle se mit en selle et s'élança dans la plaine, loin du château d'Ardennes. Deux hommes d'escorte s'étaient joints à elle, mais elle leur faussa vite compagnie.

Une pluie d'été se mit à tomber tandis qu'elle chevauchait à bride abattue. L'odeur de la terre humide mêlée à celle de son cheval lui montait à la gorge.

Pourquoi fuyait-elle ainsi ?

Dieu la punissait-il pour ses désobéissances d'autrefois ? Enfant, elle avait toujours agi à l'encontre des choses. Par exemple, elle ne songeait qu'à prendre les armes comme un guerrier.

N'était-ce pas là l'erreur de sa vie ? Pourquoi refuser la féminité que le Seigneur lui avait donnée ? Pourquoi ce besoin de ressembler aux hommes ?

Ses larmes se mêlèrent à la pluie qui ruisselait sur son visage. Honora n'avait jamais eu qu'un désir : plaire à son père. Pour lui, elle portait autrefois le bliaud de soie et les bijoux les plus précieux, telle une jeune coquette. Hélas, il n'avait guère daigné poser les yeux sur elle, sinon quand elle le contrariait et éveillait sa colère.

Malgré cela, ce père autoritaire avait su combler tous ses désirs, la couvrant de cadeaux et de bienfaits. Toutefois,

Honora avait toujours été convaincue que Katherine était la préférée de Nicholas.

Elle ralentit l'allure, puis s'arrêta au bord de la rivière pour faire boire son cheval. Elle était trempée et ses habits lui collaient à la peau.

Sans doute était-ce là sa pénitence ?

Elle avait fini par se résoudre à l'idée que son père ne l'aimerait jamais. Même s'il n'en parlait pas, sans doute lui reprochait-il la mort du frère jumeau qu'elle avait eu. La fille avait survécu et le garçon tant désiré était mort.

Etait-ce la raison pour laquelle elle aimait tant se battre ? Probablement. Devenir le guerrier que son jumeau aurait dû être, espérant ainsi gagner l'admiration de son père. Voilà ce dont elle rêvait.

Honora s'entraînait donc en secret avec Ewan qui grandissait auprès d'elle. Aujourd'hui encore, elle observait les hommes d'armes dans leurs exercices. Elle prenait une épée à l'armurerie du château et les affrontait jusqu'à ce que la poignée lui brûle les doigts.

Jamais elle n'avait montré à son père son habileté au combat. Elle craignait trop de le déshonorer, de le mettre dans l'embarras devant ses soldats. Comment aurait-il pu être fier d'une fille qui ferraillait comme un homme ? Nicholas l'aurait méprisée plus encore.

Elle lui cachait résolument cette passion pour les armes et ne se servait de son épée que pour traquer les petits voleurs qui s'introduisaient dans l'enceinte du château. Et pas toujours avec succès.

Comme la pluie s'intensifiait, Honora tourna bride et rentra au château. Ce galop effréné lui avait au moins éclairci les idées, mais la décision de retourner à Ceredys et de se marier, comme l'exigeait son père, restait à prendre.

Après tout, elle pouvait feindre d'accepter une rencontre avec un prétendant et, une fois Katherine mariée, se délivrer de sa promesse. La seule difficulté était de trouver le complice qui se prêterait à une telle mascarade. Honora ne voulait à aucun prix humilier cet homme ou lui causer de la peine.

Pour que son plan réussisse, il fallait qu'elle joue la carte de la sincérité avec lui et qu'ils concluent un arrangement à l'amiable. La partie s'annonçait difficile.

Elle serra fortement la poignée de sa dague. Pour le moment, le plus urgent était de mettre la main sur le voleur qui courait toujours.

Sept autres prétendants étaient arrivés au château. Sept pour l'amour de la belle Katherine. Ewan les observait. Tous avaient apporté un présent à l'intention de la promise. Déjà celle-ci adressait de suaves sourires à ceux qui avaient offert des soieries chatoyantes et de superbes rubans.

Gerald Elshire, héritier de la baronnie de Beaulais lui avait fait don d'une émeraude. Ewan se demanda si la pierre n'était pas un simple verre coloré. Lui-même n'était pas assez riche pour offrir de la soie ou des pierres précieuses, aussi il avait envoyé un serf du village capturer un chaton. Sa belle-sœur Isabel aimait beaucoup les chats et il se disait que Katherine devait les aimer aussi. Pour le moment, le petit animal miaulait dans son panier recouvert d'un linge.

Katherine était assise dans le solarium, ses cheveux d'un blond pâle couverts d'un voile blanc. Avec son bliaud de soie bleu saphir aux manches pendantes ornées de perles, elle avait l'air d'une princesse de contes de fées, rayonnante et éthérée. Ewan ne se sentait pas digne de cette jeune fille si douce, si belle, et pour tout dire inaccessible.

Contrairement à sa sœur, Katherine serait horrifiée à la seule idée de pénétrer dans la chambre d'un homme. Sa brève étreinte avec Honora lui revint alors à la mémoire et réveilla son désir. Il imaginait son corps souple et mince comme un roseau étendu sur son lit, leur étreinte sauvage, ses cris de plaisir.

Fichtre !

Ewan s'empressa de chasser cette vision. En fait, Honora

ne l'intéressait pas. Il avait eu tort d'échanger ce baiser furtif avec elle. Entre eux, il ne s'était rien passé de sérieux.

Il pensa plutôt au baiser qu'il pourrait donner à Katherine. Ses lèvres étaient assurément aussi veloutées qu'un pétale de rose. Quand elle serait sa femme, il ferait en sorte de respecter sa fragilité virginale. Il la séduirait avec lenteur et ne la prendrait que le jour où elle le supplierait de lui faire l'amour. Alors seulement, ils s'uniraient physiquement.

En attendant, il devait trouver un moyen de la captiver par une cour empressée et un cadeau à son goût.

Son tour de se présenter devant la promise arriva enfin. Ewan s'inclina humblement, déposa le panier aux pieds de la jeune fille, puis choisit ses mots avec soin avant de s'adresser à elle.

— Lady Katherine, comme je suis heureux de vous revoir !

La jeune fille esquissa un sourire puis se pinça le nez comme si elle allait éternuer. Enfin, elle lui tendit les mains en signe de bienvenue, et cette fois lui sourit tendrement.

— Ewan MacEgan ! Il y a si longtemps que je ne vous ai vu.

— Milady, j'ai si souvent pensé à vous depuis que j'ai quitté ma famille adoptive.

Il hésita un instant, puis reprit :

— Je vous ai apporté un présent, lady Katherine.

Il ouvrit le panier et le petit chat tigré apparut, s'agrippant au rebord avant d'émettre un faible miaulement.

— Oh, comme c'est aimable à vous, Ewan.

Elle ne fit cependant aucun geste pour prendre l'animal dans ses bras. Alors Ewan prit le chaton et le déposa dans le giron de la jeune fille. Celle-ci le caressa d'une main hésitante et cette fois ne put réprimer un éternuement.

— Merci, dit-elle en faisant signe à une servante de la débarrasser du chaton avant d'éternuer encore.

Ewan fut soudain pris d'un doute. Honora l'avait-elle trompé ? Tandis que Katherine éternuait sans cesse, il comprit que la sœur aînée s'était moquée de lui.

— Veuillez me pardonner, lady Katherine, mais j'étais

loin d'imaginer que ce petit animal pouvait vous incommoder à ce point.

Il reprit le panier et ajouta avant de se retirer :

— Je promets de vous apporter un autre présent.

Katherine se frotta les yeux et fit l'effort de lui sourire.

— Non, n'en faites rien. J'aime vraiment les chats, mais je ne sais pourquoi je n'ai que des ennuis quand ils m'approchent.

Elle éternua de nouveau.

Pour Ewan, il ne faisait aucun doute qu'Honora était au courant de cet inconvénient. Il était furieux de l'avoir écoutée. Il avait cru bon de lui demander conseil quant au cadeau destiné à sa sœur et elle s'était jouée de lui.

Il exigerait d'elle des explications dès qu'il la verrait.

En attendant, il devait se mettre en quête d'un nouveau cadeau à l'intention de Katherine. Certes, il ne pouvait prétendre lui offrir un bijou précieux, mais plutôt un ruban assorti à ses yeux bleus.

Il hésita cependant. Avait-elle vraiment les yeux bleus ?

Après tout, c'était sans importance. Il fallait avant tout que ce présent lui fasse plaisir et ne provoque pas d'éternuements.

Hélas, avec le tournoi du lendemain, il n'avait guère le temps d'aller choisir un cadeau. Il était indispensable qu'il prouve sa supériorité sur les autres par les armes.

Les seuls prétendants capables de rivaliser avec lui dans ce domaine étaient ses frères. Comme il était le plus jeune, ils l'avaient durement mis à l'épreuve dans les combats sans jamais l'épargner. Même pas quand il demandait grâce. Voilà pourquoi il était plus fort que tous les autres.

Le lien qui l'unissait à ses frères était unique. Il pouvait tout leur demander, ils avaient toujours été là pour lui.

Bevan l'aiderait sûrement à se préparer pour le tournoi. D'ailleurs, Ewan avait besoin de se changer les idées pour oublier l'incident du chaton, et l'entraînement lui semblait être un bon dérivatif.

Il chercha son frère dans le château mais ne le trouva nulle part. Au-dehors, la pluie tombait à verse et une boue épaisse recouvrait la basse-cour. Dans ces conditions, l'entraînement semblait compromis.

Furieux de ce contretemps, Ewan ne put réprimer un juron. Sa main chercha la poignée son épée et le fait de sentir le pommeau sous ses doigts le rassura un peu. Son épée sans ornements ne valait pas celle de Patrick, mais elle était simple et de qualité. En tout cas, elle était bien à lui.

A cet instant, il vit la porte de l'armurerie s'entrouvrir et une silhouette se glisser à l'intérieur. Honora ! Il l'avait reconnue sans le moindre doute.

Ewan serra très fort la poignée de son épée comme s'il s'agissait du cou de cette traîtresse. Il avait envie de l'étrangler pour l'avoir ridiculisé devant Katherine.

Quel imbécile d'avoir cru en elle !

Il entra dans l'armurerie et trouva la jeune femme debout, l'épée en main.

Elle était trempée et son bliaud lui collait à la peau, révélant les courbes sensuelles de son corps.

Il referma la porte derrière lui et s'avança vers elle. La pièce était éclairée de torches disposées en cercle sur un lustre de fer forgé.

— Je vois que rien n'a changé, remarqua-t-il. Tu viens toujours ici emprunter les armes de ton père.

— Et toi, que viens-tu faire, Ewan ?

— Régler un compte avec toi, répondit-il en tirant son épée de son fourreau. Tu me dois des excuses, il me semble.

Honora se mit en garde, bien campée sur ses jambes. Elle ne le quittait pas des yeux. Elle tenait son épée comme un homme aguerri malgré l'apparente fragilité de sa silhouette.

— Je m'étonne que tu puisses brandir une telle épée, dit-il. Elle est presque aussi lourde que toi.

— Trêve de railleries, Ewan. Je tiens une épée depuis mon plus jeune âge, et tu le sais.

— Vraiment ?

Sans crier gare, il bondit en avant et les lames s'entrechoquèrent.

Pour lui, c'était juste un moyen de tester les réflexes de l'adversaire. Il ne fut pas déçu.

— Vraiment !

Elle répliqua en faisant tournoyer son arme qui siffla dans l'air. Ewan esquiva le coup de justesse.

Les lèvres pincées, Honora se concentrait sur le combat. Ses yeux d'un vert clair et lumineux évoquaient les feuilles tendres aux premiers jours du printemps. Il ne fallait pas s'y fier. Ce regard, à la fois charmeur et pénétrant, ne laissait guère de chances à ses adversaires.

Ewan para toutefois les coups suivants non sans s'étonner de l'habileté de la jeune femme. Si, par moments, Honora semblait déstabilisée par le poids de son épée, elle était encore solide sur ses jambes.

Il serra les dents. La poignée de son épée réveillait les blessures anciennes de sa main. La paume était sensible au contact de l'acier et chaque coup échangé avec son adversaire augmentait la douleur.

— Tu m'as menti à propos des goûts de ta sœur, dit-il en repoussant une nouvelle attaque. Elle n'aime pas les chats et tu le savais. Ils la font éternuer.

Visiblement affectée par cette remarque, elle baissa la garde. Mais ce n'était qu'une ruse. Soudain, elle bondit sur lui, le plaqua contre le mur et lui mit l'épée sur la gorge.

Pour se dégager, il lui donna un coup de pied dans les jambes. Elle lâcha son arme mais s'agrippa à lui et ils roulèrent tous deux à terre.

Désormais, il la tenait à sa merci.

Les mains encerclées par sa poigne de fer, la jeune femme, ne pouvait plus se dégager.

— Allons, reconnais ta défaite, Honora.

Chapitre 3

— Tu aurais dû te souvenir que Katherine n'a jamais aimé les chats, dit Honora en grimaçant de douleur.

— Elle avait quatorze ans quand je suis arrivé chez le comte de Longford, et comme j'étais bien plus jeune, je n'avais guère l'occasion de la voir.

Ewan libéra Honora, rengaina son arme et s'assit contre le mur. Elle se releva prestement pour aller suspendre son épée au râtelier, avec les autres. Elle s'installa ensuite face à Ewan, les mains jointes sur ses genoux, les jambes repliées sous ses jupes.

— Tu es donc résolu à épouser Katherine ?

— Absolument.

Ewan observa attentivement la jeune femme. Ce combat l'avait épuisée. Elle avait encore le souffle court et quelques gouttes de sueur perlaient à son front. Ses cheveux noirs en désordre et ses yeux brillants lui donnaient l'air d'une furie.

— Pourquoi veux-tu l'épouser ?

Il hésita à répondre. Certes, il était conquis par Katherine, mais elle avait à ses yeux d'autres attraits que sa beauté et sa délicatesse. Sans la dot et les terres qu'elle apportait dans cette union, il ne se serait pas mis sur les rangs des prétendants. Honora avait sans doute compris cela. D'ailleurs, il ne pouvait rien lui cacher. Depuis l'enfance, ils n'avaient pas de secrets l'un pour l'autre.

— Elle est belle…, commença-t-il.

Il s'interrompit soudain, captivé par le visage d'Honora.

Elle avait beaucoup changé en quelques années. En dépit des allures guerrières qu'elle affectait, ses traits avaient conservé toute leur vulnérabilité. Elle s'efforçait de faire oublier qu'elle était femme sans y parvenir vraiment.

— Plus belle que moi, n'est-ce pas ? murmura-t-elle en remettant un peu d'ordre dans ses cheveux.

Il y avait un soupçon d'amertume dans sa voix, et aussi une lucidité inattendue.

Ewan tendit la main vers elle et lui caressa les cheveux.

— Tu es belle à ta façon, Honora. Katherine et toi, vous êtes aussi éloignées l'une de l'autre que la lune et le soleil, et cependant, elle est ta sœur.

Il y eut un bref silence, puis Ewan, reprit :

— En tout cas, tu es habile au combat. Plus forte que certains soldats de ton père, j'en suis sûr.

— Pas assez forte pour toi, sans quoi je t'aurais battu.

— Je ne te ferai plus jamais ce plaisir, répliqua-t-il en esquissant un sourire.

— Voyons cela, dit-elle en se levant pour reprendre l'épée qu'elle venait de ranger. Allons, prépare-toi !

— Soit. Mais à condition de parier. Si je remporte ce combat, tu devras me dire quel est le meilleur moyen de conquérir le cœur de ta sœur.

— Tu ne gagneras pas, Ewan.

Elle fit un geste en direction du râtelier, puis ajouta :

— Tu peux choisir ton arme parmi celles-ci.

Il prit une épée au hasard et fendit l'air en quelques mouvements du poignet.

Sans plus attendre, Honora pointa son arme sur lui, mais il esquiva le coup et frappa à son tour. Les lames claquèrent dans le silence de la pièce.

— Et que vas-tu exiger de moi si tu gagnes ? questionna Ewan.

— Ton cœur sur une pique, peut-être ?

Elle eut un petit rire grinçant et frappa de nouveau avec une hargne indicible.

Etait-ce l'humiliation de sa précédente défaite qui la rendait si furieuse, ou un désir de vengeance plus profond ?

— Si tu veux gagner mon estime, je préfère quelques arpents de terre ou un nouveau pur-sang, par exemple.

— Tu devras te contenter d'un ruban pour nouer tes cheveux, ricana-t-elle en fondant sur lui.

Il para aisément le coup. Honora se fatiguait vite. Assurément, elle n'avait ni l'endurance ni la force d'un homme, contrairement à ce qu'elle prétendait. En revanche, sa technique était parfaite, et s'il n'y avait pris garde elle aurait pu le blesser à deux ou trois reprises.

— Pourquoi te bornes-tu à te défendre ? questionna-t-elle, les joues en feu. Allons, attaque. Montre-moi un peu ce que tu sais faire.

Il lui donna satisfaction sans tarder et en quelques coups d'épée la repoussa au fond de la pièce. Comme elle se défendait avec courage, il continua à frapper, sachant qu'elle ne tiendrait pas très longtemps.

Déjà, ses gestes ralentissaient et perdaient de leur précision. Ewan l'accula au mur, fit mine de l'embrocher, laissant sa lame heurter le mur au dernier moment.

Humiliée par cette feinte, elle lui fit un croc-en-jambe et quand il fut à terre, elle s'assit sur lui pour lui mettre l'épée sous la gorge.

— Vas-tu te rendre, beau guerrier ?

Il y avait un rien de suavité dans le ton de sa voix, comme si elle parlait à un amant prisonnier de ses bras.

Les jupes relevées très haut sur ses cuisses, elle enserrait la taille d'Ewan dans une étreinte lascive.

Son désir d'homme s'éveilla instantanément.

Elle rougit aussitôt, prenant sans doute conscience de l'ambiguïté de la situation.

Il la saisit par les hanches dans l'intention de se dégager mais, curieusement, il se contenta de caresser légèrement ses hanches.

Dieu que ce corps de femme était souple sous ses mains !

Il croisa son regard. Ses yeux brillaient intensément et la sueur brillait sur son front. A l'évidence, elle n'avait pas fait l'amour depuis des mois.

Ewan serra les dents, s'efforçant de résister au désir qui les animait tous les deux.

— Tu joues là un jeu dangereux, Honora.

— Pourtant, c'est moi qui te tiens en respect. Je pourrais te trancher le cou.

Il saisit alors l'épée à deux mains et la repoussa de toutes ses forces pour se dégager. Enfin libéré de cette menace, il se redressa et tenta de lui arracher son arme.

Leurs lèvres se touchaient presque. En cet instant, il aurait pu lui arracher un baiser comme la dernière fois dans la chambre. A cette idée, son désir se raviva.

Comme Honora tentait de se relever, il la retint fermement. Il avait peut-être perdu ce combat, mais entendait bien la tenir à sa merci encore un moment.

— Quel sera mon gage ? questionna-t-il.

Comme il la saisissait par les cheveux elle secoua la tête pour essayer de se libérer.

— Laisse-moi, MacEgan !

— Réponds d'abord à ma question. Tu ne m'as pas encore dit ce que tu exigerais de moi si je perdais le combat.

Elle tenta de se relever de nouveau en prenant appui sur ses talons et ce mouvement n'eut pour effet que de réveiller le désir d'Ewan.

Il aurait pu la prendre de force. Après tout, elle avait tout fait pour l'exciter.

Non. Il n'en avait pas le droit.

Non seulement il était là pour obtenir la main de Katherine, mais Honora était un peu « sa sœur » puisqu'ils avaient été élevés ensemble.

— Ton gage sera de m'aider à capturer un voleur, déclara-t-elle enfin comme il relâchait son étreinte.

— Quel voleur ?

Elle ramassa l'épée et en essuya la lame avec le pan de son bliaud.

— L'homme qui a dérobé le coffre de bois dans la chapelle.

— En as-tu parlé à ton père ?

— Oui, mais de façon étrange il n'a rien entrepris pour le confondre. C'est louche. Ainsi, je me demande si le coupable ne serait pas l'un des prétendants de Katherine.

— Tu ne me soupçonnes pas, j'espère ?

Elle leva les yeux au ciel.

— Ewan ! Est-ce que je t'aurais parlé de cette affaire si je te soupçonnais ? En outre, c'est en cherchant ce coffre que je suis entré dans ta chambre et je n'y ai rien trouvé.

— Qu'attends-tu de moi exactement ?

— Que tu observes les autres prétendants, que tu prêtes une oreille attentive à leurs conversations. Tu as toujours été habile à te faufiler partout sans te faire remarquer, n'est-ce pas ? Ensuite, tu viendras me raconter ce que tu as appris.

— Pourquoi attaches-tu tant d'importance à la disparition de ce coffre, Honora ?

Comme elle ne répondait pas, il s'adossa au mur et poursuivit :

— Tu vis désormais sur les terres de ton mari, que je sache ? Dès lors, que t'importe ce qui se passe ici ?

— Je ne suis pas prête à retourner à Ceredys. Pas encore.

Cet argument éveilla la curiosité d'Ewan. A l'évidence, Honora s'était réfugiée chez son père pour fuir quelque chose... ou quelqu'un.

De sombres pensées l'assaillirent. Il se souvint alors du calvaire de Geneviève, la femme de son frère. Elle avait été fiancée à un chevalier normand qui la battait. Dieu merci, grâce à Bevan, elle avait échappé à ce mariage qui aurait fait d'elle une esclave.

Honora redoutait-elle les sévices d'une brute, elle aussi ?

— Quelqu'un t'a fait du mal n'est-ce pas ? questionna-t-il en cherchant son regard.

Elle reprit soudain l'épée et se mit en garde.

— Crois-tu que je me laisserais martyriser par un homme ? C'est me faire offense, Ewan.

En cet instant, ses yeux exprimaient la fureur et non la crainte.

Il comprit qu'il était temps de se retirer. Cependant, il ne savait toujours pas ce qui tourmentait ainsi Honora. Quelque chose l'avait bouleversée. Blessée, peut-être ?

Mais quoi ?

— Il se fait tard, conclut-elle en rangeant finalement son épée. Avertis-moi discrètement si tu apprends quelque chose sur ce voleur.

Ewan ne croyait guère à cette histoire de voleur, mais si l'homme qui la harcelait était dans les parages il ne pouvait pas le laisser agir à sa guise.

— Je ferai tout pour éclaircir ce mystère, Honora, acheva-t-il avant de sortir.

Les jeux débutèrent le lendemain au point du jour. Lord d'Ardennes avait prévu plusieurs épreuves pour tester l'habileté et la force des prétendants. Ainsi, les candidats devaient-ils s'affronter à la lutte, au tir à l'arc, à l'épée et à la course à pied.

Ewan avait choisi la lutte pour sa première prestation.

Comme il se préparait au combat, son frère Bevan crut bon de le mettre en garde.

— Ici, on n'aime pas les Irlandais, Ewan. Si tu veux triompher des autres, il faudra que tu aies recours à toutes les ruses. N'hésite pas à tricher s'il le faut.

— Je n'ai pas de conseils à recevoir de toi, Bevan. Je me battrai loyalement. Laisse-moi faire. C'est mon combat et non le tien.

— Si ta vie est en jeu, je n'hésiterai pas à intervenir, petit frère.

Ewan commençait à regretter la présence de Bevan. En outre, Geneviève, son épouse, attendait un quatrième enfant et il aurait dû être auprès d'elle.

— Ne t'en fais pas pour moi, Bevan, conclut-il en le prenant par l'épaule d'un geste fraternel. Je sortirai vainqueur de toutes ces épreuves, crois-moi.

— Je le souhaite, Ewan, murmura son frère aîné avec une moue dubitative.

Ewan s'avança vers la tribune où lord d'Ardennes et ses deux filles avaient pris place. Les autres prétendants étaient déjà là, équipés de cottes de mailles, de hauberts, de casques et de boucliers. Tous étaient normands et arboraient fièrement les armes de chevalier ou de lord.

Lui, jeune Irlandais sans le sou, ne se sentait guère à son aise parmi ces nobles fortunés, propriétaires de terres et de châteaux forts. Malgré ce handicap, il avait pourtant obtenu du baron d'Ardennes la permission de se présenter à ces épreuves dont la récompense suprême était la main de sa fille Katherine.

Il attendait donc son tour pour saluer la promise. Les deux sœurs étaient rayonnantes. Katherine portait un bliaud de soie de couleur crème enrichi de broderies d'or. Honora était en bleu sombre. Toutes deux étaient coiffées d'un voile couronné d'un diadème d'argent.

Lord d'Ardennes se pencha vers Honora et lui parla à voix basse. Celle-ci rougit aussitôt.

— Pourquoi rougit-elle ? demanda Ewan à son voisin.

— En fait, le baron propose ses deux filles en mariage mais il souhaite que l'aînée soit mariée avant la plus jeune.

Ewan se crispa. Honora devait donc être mariée avant Katherine ? Pourquoi ne lui en avait-elle rien dit ?

Il se demanda soudain si leur rencontre était vraiment le fait du hasard. Pourquoi Honora s'était-elle introduite dans sa chambre ? Certainement pas par erreur, ni sous le prétexte de retrouver ce fameux coffre ou son voleur.

Il était furieux contre elle.

De toutes les femmes de la chrétienté, Honora était assurément la dernière qu'il consentirait à épouser. Ils étaient aussi têtus l'un que l'autre, et il n'avait pas oublié les mauvais traitements qu'elle lui avait fait subir dans leur enfance. Le malheureux qui la prendrait pour femme devrait s'armer de patience.

Lorsque son tour vint, il s'efforça d'oublier un instant ses griefs à l'égard d'Honora pour s'incliner devant Katherine.

— Vous êtes ravissante ce matin, lady Katherine.

La jeune fille sourit et lui offrit un ruban blanc en signe de confiance.

— Soyez sûr que je suivrai votre combat avec beaucoup d'intérêt, Ewan MacEgan.

Il remarqua alors le regard courroucé qu'Honora posait sur lui, mais fit mine de l'ignorer.

A l'évidence, elle était dévorée de jalousie.

— Je ne vous ai toujours pas offert votre nouveau présent, lady Katherine. Qu'est-ce qui vous ferait plaisir ?

Elle parut réfléchir un instant, puis répondit avec un franc sourire :

— Ce que j'aimerais, Ewan MacEgan, ce serait passer une après-midi avec vous afin de mieux vous connaître. Nous ne nous sommes pas vus depuis tant d'années !

Ces mots le gonflèrent d'orgueil et de soulagement. Peut-être était-ce là sa chance de conquérir Katherine. A la façon dont elle rougissait en lui parlant, il se sentait invincible. Assez fort pour soulever les montagnes.

— Rien ne saurait me faire plus plaisir, milady.

Le visage de Katherine s'éclaira alors d'un sourire prometteur.

— Parfait. Nous prendrons le repas de midi ensemble et ensuite Honora se joindra à nous, conclut-elle.

Honora foudroya alors sa sœur du regard comme si elle désapprouvait cette initiative.

Ewan partageait son avis. C'était une très mauvaise idée ! Jusque-là, il n'avait eu que rarement l'occasion d'être seul avec Katherine, aussi ne tenait-il pas à être accompagné d'un chaperon. Surtout si le chaperon en question était Honora !

— Je vous attends donc demain, Ewan MacEgan, insista la promise.

— Devant les écuries, ajouta-t-il en s'inclinant.

Il se tourna alors vers Honora qui lui décocha un sourire crispé.

S'approchant d'elle, il lui glissa à l'oreille :

— Tu m'avais caché que tu comptais te remarier.

— En effet, admit-elle avec une pointe d'aigreur.

— Est-ce vraiment ce que tu souhaites ?

Son visage se ferma soudain.

— Je n'ai pas envie d'aborder ce sujet pour le moment.

Ewan se garda d'insister mais son attitude confirmait ses soupçons. Pourquoi était-elle si secrète ?

— Je te souhaite de trouver l'homme que tu mérites, reprit-il dans un souci d'apaisement.

— Tous ces prétendants ne sont pas venus pour moi, Ewan, tu le sais bien. Ils sont là avant tout pour Katherine, tout comme toi, d'ailleurs.

Il était navré de la voir si amère. Que pouvait-il faire pour elle ? Peut-être sonder les prétendants pour connaître leurs intentions à l'égard de l'aînée. Après tout, seul l'un d'eux épouserait Katherine et les autres seraient libres.

Il serra dans sa main le ruban que lui avait donné Katherine et comme il s'apprêtait à saluer Honora, celle-ci le retint.

— Un instant, Ewan.

— Qu'y a-t-il ?

— L'un des prétendants, sir Ademar de Dolwyth, a pour habitude de tirer sa dague en même temps que son épée. Prends bien garde à lui quand tu l'affronteras.

— Je ne l'oublierai pas. Merci pour ce conseil.

Honora esquissa un sourire en concluant avec une lueur malicieuse dans le regard :

— Bonne chance. Tu en as besoin.

— Il est très séduisant, n'est-ce pas ?

Katherine se pencha en avant pour mieux observer les deux hommes qui s'affrontaient à la lutte.

— De qui parles-tu ? De sir Ademar ?

— Non. D'Ewan, repartit Katherine avec un sourire attendri qui irrita sa sœur.

— Ewan est pauvre. Il ne possède presque rien, lui rappela Honora pour calmer son enthousiasme.

— Peut-être, mais son frère est roi, et assurément il le fera prince.

— Patrick MacEgan n'est qu'un petit roi, il n'est pas de plus haut rang que notre père. En outre, Ewan est le plus jeune des cinq frères, c'est dire que ses chances d'accéder au trône sont infimes.

— Je suppose que notre père ne l'aurait pas invité s'il n'avait vu en lui un prétendant convenable.

Honora se garda de souligner que c'était le comte de Longford, le meilleur ami de Nicholas, qui avait choisi les invités.

Le comte était assis auprès de son père. C'était un homme de grande taille aux cheveux et à la barbe grise, fort comme un roc. Il avait de petits yeux perçants auxquels rien n'échappait. Honora avait une certaine admiration pour lui, et cela depuis qu'elle avait passé près d'un an chez les Longford lorsque Nicholas l'avait éloignée du château d'Ardennes pour la punir de ses bêtises. Sauf qu'en agissant ainsi, il avait au contraire comblé tous ses désirs puisque chez le comte elle avait appris à manier l'épée.

Honora croisa alors le regard de Bevan MacEgan. Celui-ci observait son frère Ewan d'un œil protecteur. Les cicatrices que Bevan portait sur les joues accentuaient la dureté de ses traits. Il n'était pas bon être l'ennemi des MacEgan...

Le premier combat de lutteurs qui opposait Ewan à Gerald Elshire de Beaulais venait de commencer. Ce dernier était un homme de petite taille aux cheveux roux, incroyablement massif, comme taillé dans un bloc de granit.

De la tribune, Honora observait les deux compétiteurs avec beaucoup d'intérêt.

Ewan s'était débarrassé de sa tunique, préférant sans doute se battre torse nu. Il portait le ruban de Katherine au poignet droit et, dans le soleil du matin, ses cheveux blonds brillaient d'un vif éclat. Ses muscles puissants dessinaient sur sa poitrine des reliefs semblables à ceux d'une cuirasse. Ce n'était pas la première fois qu'Honora le voyait à demi nu, mais aujourd'hui, il la fascinait par sa puissance.

A ses yeux, Ewan possédait le corps le plus harmonieux qu'elle ait jamais vu. Ses épaules larges, ses muscles d'acier et sa taille fine faisaient de lui un véritable titan. Honora sentit ses joues s'échauffer en songeant que cet homme l'avait tenue dans ses bras et qu'il avait pris ses lèvres.

Hier, elle avait éveillé bien malgré elle son désir en le tenant à sa merci entre ses cuisses. Elle sentait encore la chaleur de son corps contre le sien.

Non, elle ne devait plus penser à ça. Ewan ne voulait pas d'elle, il était là pour Katherine.

Elle ferma les yeux en s'efforçant d'oublier ses lèvres brûlantes qui cherchaient les siennes. Mais à le voir ainsi bander ses muscles face à son adversaire, elle sentait monter en elle un regain de désir.

De son bras puissant, Ewan enserra Beaulais par la taille. D'où lui venait cette force stupéfiante ? Honora se souvenait l'avoir vu dans sa jeunesse soulever d'énormes pierres avec une aisance inouïe. En ce temps-là, il était pourtant plus mince et semblait presque fragile.

Jamais elle ne l'aurait cru capable d'affronter un adversaire tel que Beaulais et de le mettre en difficulté.

Elle songea en frémissant qu'Ewan s'était étendu sur elle dans la chambre, sans qu'elle ne sente son poids. Les assauts de son mari, qu'elle avait subis au cours de sa nuit de noces, lui avaient paru bien plus douloureux. Ranulf était une brute et un tyran. Elle n'avait jamais ressenti pour lui le moindre désir et priait chaque jour pour être au plus vite délivrée de lui.

Honora rêvait d'un homme qui saurait enfin lui dispenser de suaves caresses et la désirerait vraiment. De nouveau son regard se posa sur Ewan et elle sentit un étrange frisson passer sur sa peau.

Pourtant, elle ne le prendrait pas pour amant. Ni lui, ni un autre !

Beaulais asséna un violent coup de poing à l'Irlandais, qui

recula. Le sang coulait de sa lèvre, mais il ne paraissait pas trop affecté par sa blessure. Il répondit par un coup de genou dans l'estomac, et comme Beaulais vacillait un peu il le saisit par le cou comme pour l'étrangler.

L'homme parvint à se dégager, mais Ewan lui fit un croc-en-jambe et l'envoya à terre. Il se jeta aussitôt sur lui, lui plaquant les épaules au sol, et le combat prit fin en quelques secondes.

Katherine applaudit avec enthousiasme à la victoire de son champion.

— Il a été magnifique, n'est-ce pas ? s'exclama-t-elle en se tournant vers sa sœur.

Honora se borna à acquiescer d'un signe de tête tout en se demandant comment Ewan avait appris à se battre de la sorte.

Par la suite, il gagna tous les combats de lutte et fut bientôt proclamé à l'unanimité champion de cette épreuve.

Au tir à l'arc, Beaulais lui fut toutefois supérieur. La flèche d'Ewan manqua en effet de peu le centre de la cible.

A la course à pied, il battit aisément sir Ademar de Dolwyth et remporta ainsi sa seconde épreuve. Restait le combat à l'épée après lequel les hommes auraient droit à un peu de repos avant le concours d'adresse.

Honora se leva, éprouvant le besoin d'aller marcher un peu pour se détendre. En quittant la tribune, elle se heurta à son père qui bavardait avec le comte de Longford et Bevan MacEgan.

— Juste ciel, j'aurais dû parier sur Ewan, s'exclamait le comte.

Il se tourna vers Bevan en ajoutant :

— Je dois dire que si votre frère a fait de grands progrès, c'est parce qu'il a été élevé ici même. Rien de tel que les Normands pour apprendre à un homme à se battre.

— Dans ce domaine ils ne valent pas les Irlandais, corrigea Bevan.

— C'est vous qui le dites, mon cher, repartit Longford avec un sourire pincé. Quoi qu'il en soit, Ewan a mérité sa victoire et il fera un bon mari pour Katherine.

— A condition qu'il le souhaite vraiment.

— D'autres prétendants sont en lice pour obtenir la main de Katherine, intervint Nicholas. Après tout, Ewan peut aussi bien choisir Honora, ma fille aînée.

A ces mots, celle-ci sentit son cœur se serrer. Son père parlait d'elle comme d'un lot de consolation, une fiancée de second choix.

De toute façon, elle ne voulait pas d'Ewan pour mari, et si celui-ci devait faire le bonheur de sa sœur, elle en serait heureuse.

En vérité, elle était lasse de ce tournoi et avait hâte de se réfugier dans l'armurerie où elle se sentait plus à son aise. L'incertitude qui pesait sur son avenir la tourmentait, et depuis que son père lui avait conseillé de se remarier, elle ne faisait rien de bon. Elle n'avait même pas été capable de retrouver ce voleur. Elle avait toujours l'impression qu'on l'observait, à son insu.

Elle s'excusa auprès de son père et de ses amis, prétextant le besoin de s'isoler un moment.

— Ne tarde pas trop à revenir, ma fille, lui lança Nicholas comme elle s'éloignait. Je veux que tu assistes au combat à l'épée. C'est une épreuve décisive.

Honora comprit que son père ne souffrirait aucune excuse si elle lui désobéissait. Savait-il avec quelle adresse elle-même maniait l'épée ? Elle prenait soin de s'entraîner en cachette, sachant que Nicholas ne comprendrait pas sa passion pour les armes. Cependant, elle devinait parfois dans son regard qu'il n'était pas dupe.

Elle promit de revenir à temps pour la dernière épreuve, et comme elle faisait un détour pour éviter la foule, elle tomba nez à nez avec sir Ademar.

L'homme la salua avec déférence.

— Milady !

Le chevalier était particulièrement grand, et, s'il n'était pas très beau, son visage n'avait rien de déplaisant. Avec ses cheveux d'un blond très clair et ses yeux bleus, il faisait songer à un guerrier viking. Sir Ademar était l'un des meilleurs au combat et sa modestie lui faisait honneur. Il était d'un calme absolu et parlait peu.

— Bonjour, sir Ademar.

— Puis-je… vous… vous parler un… un instant, lady Honora ?

Honora comprit pourquoi il gardait le plus souvent le silence. Le malheureux bégayait atrocement et en rougissait de honte.

— Votre ppp… père m'a dit que… vous vouliez vous re… re… remarier.

— En fait, c'est surtout lui qui le souhaite, corrigea-t-elle. Quant à moi, je n'ai encore rien décidé.

— Je serais très… très honoré que vous m'acceptiez co… co… comme prétendant.

Sir Ademar baissa les yeux, confus de son élocution hésitante.

Honora ne savait s'il fallait attribuer ce bégaiement à la nervosité ou s'il s'agissait d'un réel handicap. En tout cas, c'était la première fois qu'un homme lui témoignait ouvertement quelque intérêt.

— Vous m'en voyez flattée, sir Ademar, mais je me permets de vous rappeler que vous êtes ici pour courtiser ma sœur.

Il parut soudain très affecté par cette remarque.

— Votre sœur… ne daignera… ja… jamais po… poser les yeux sur un homme co… comme moi.

Honora savait bien que Katherine n'avait d'yeux que pour Ewan MacEgan, aussi le désarroi de sir Ademar lui inspirait de la compassion.

Sans trop savoir pourquoi, elle dénoua alors le ruban bleu qui retenait ses cheveux et le tendit au chevalier.

— Tenez, prenez ceci. J'aimerais que vous portiez mes couleurs pour combattre.

Visiblement touché par cette attention, sir Ademar sourit, puis noua le ruban à son poignet. Cette touche de couleur contrastait étrangement avec le gris sombre de sa cotte de maille.

— Dieu fasse que… que grâce à vous je sorte vic… victorieux de cette épreuve, mi… milady, bredouilla-t-il en rougissant.

— C'est tout le bonheur que je vous souhaite, chevalier.

Surprise par la sincérité de sa propre repartie, Honora rougit à son tour.

On sonna alors l'olifant pour annoncer le combat à venir et sir Ademar s'inclina devant elle avant de se hâter vers la tribune.

Honora le suivit des yeux et pâlit tout à coup en découvrant qu'il allait avoir Ewan pour adversaire.

A la cotte de maille que portait le chevalier normand, Ewan avait préféré le corselet de cuir réputé plus léger.

Désormais, ce n'était plus la victoire d'Ademar que souhaitait Honora. Son unique champion était Ewan.

Elle se précipita vers la tribune, soucieuse d'avoir la meilleure place pour assister au combat.

Mais comme elle passait près d'un buisson, elle remarqua un objet de couleur brune et de forme rectangulaire. En se penchant, elle reconnut sans le moindre doute le coffre volé dans la chapelle du château. Comment était-il arrivé là ?

Chapitre 4

A quelques minutes du début du combat, Ewan ressentait des douleurs dans tout le corps. Le sang se mêlait aux gouttes de sueur qui perlaient sur sa peau. Au cours du combat précédent, un coup d'épée lui avait entaillé le bras. C'était là le prix de la victoire et, maintenant, il fallait qu'il sorte vainqueur de cet ultime affrontement.

L'un des conseils d'Honora lui revint soudain à la mémoire : « N'oublie pas de changer de main. »

S'il était également adroit des deux mains, il préférait tenir l'épée de la droite. Mais ce qui comptait le plus à ses yeux, c'était de se débarrasser au plus vite de son adversaire, et cela par n'importe quel moyen.

Il avala d'un trait la chope de bière que lui tendait son frère. Si ce breuvage ne suffisait pas à étancher sa soif, il l'apaiserait avant l'épreuve et lui permettrait de se concentrer.

— Tu t'es bien battu aujourd'hui, mon frère, remarqua Bevan.

Ce compliment le réjouit. D'habitude, son frère en était avare et avait plutôt tendance à lui asséner des reproches.

— Tout s'est bien passé jusqu'à présent, corrigea Ewan, mais il reste cet ultime combat.

— Sers-toi de ton cerveau plus que de ton arme, mon frère. Et pour l'amour de Dieu, au lieu de regarder tes pieds, lève les yeux.

Ewan réprima un sourire.

— Le baron a annoncé une très belle récompense pour le gagnant.

— Quelle qu'elle soit, je te recommande d'en faire don à sa fille, suggéra Bevan.

Ewan estima que c'était là un sage conseil, surtout s'il s'agissait d'or ou d'argent.

— Il est temps d'y aller. Je vais rejoindre les autres, conclut son aîné.

Ewan leva les yeux vers la tribune. Assise auprès de son père, Katherine paraissait anxieuse. Quant à Honora, elle avait disparu.

Etait-elle souffrante ? Il avait noté sa crispation tout au long des épreuves précédentes. Malgré lui, son absence le troublait.

D'un coup d'œil rapide il parcourut la tribune, cherchant à l'apercevoir, en vain. Tout le monde était là, excepté Honora.

Pourquoi diable était-elle partie alors que l'ultime épreuve allait commencer ? Ewan savait qu'elle aimait beaucoup assister aux combats à l'épée, aussi son absence n'en était que plus inquiétante.

Il s'apprêtait à partir à sa recherche quand il la vit sortir du bosquet voisin et se diriger vers la tribune. Elle tenait dans ses mains un petit coffre de bois.

Rassuré, il s'empressa d'aller à sa rencontre.

— Tout va bien, Honora ?

Surprise, elle trébucha sur une pierre et il la retint par la main. Il eut un sursaut de désir au contact de sa peau.

— Oui, parfaitement bien, assura-t-elle.

Elle lui montra le coffre en ajoutant :

— J'ai trouvé ceci dans un buisson non loin d'ici. C'est le coffre de la chapelle que je cherchais l'autre soir.

— Donc, il n'a pas été volé ?

— Bien sûr qu'il l'a été. Les coffres n'ont pas de jambes pour se promener dans les jardins, que je sache !

— Mais si quelqu'un l'a pris, pourquoi l'a-t-il abandonné dans ce fourré ?

— Nous ne tarderons pas à le savoir. Ouvrons les yeux et les oreilles.

— Tu sais, pour le moment, les gens ont d'autres préoccupations. Ils ne parlent que des combats et de ta sœur.

Elle remarqua alors la blessure au bras d'Ewan.

— Que s'est-il passé ?

— Beaulais a bien failli me couper le bras, mais c'est sans gravité, Dieu merci.

Honora posa la main sur l'entaille un court instant.

— Honora… il ne faut pas, commença-t-il, troublé par ce geste.

— Quoi donc ?

Ewan choisit ses mots avec soin pour ne pas l'offenser.

— Tu sais que… je vais épouser ta sœur.

— Si elle veut bien de toi.

Elle recula d'un pas en ajoutant :

— Je ne faisais rien d'autre qu'examiner ta blessure, Ewan. Tu as une trop haute opinion de toi-même et tu te méprends sur mes intentions.

— Honora, ce n'est pas…

— Ton combat va commencer, l'interrompit-elle. Dépêche-toi. Sir Ademar est déjà en place.

Elle eut un petit rire grinçant et conclut :

— Prends garde qu'il ne te coupe l'autre bras !

Puis elle tourna les talons pour se diriger vers la tribune en serrant le coffre sur sa poitrine.

Ewan allait lui emboîter le pas, agacé par son cynisme, mais il se reprit. Pourquoi redoutait-il de tomber dans un piège chaque fois qu'il l'approchait ? Au nom de quoi le provoquait-elle sans cesse ? Ce mélange d'attraction et de répulsion entre eux devenait insupportable.

Sur l'aire de combat, il tira sa longue épée de son fourreau et se mit en garde face à sir Ademar.

Le chevalier avait revêtu sa broigne et, sous son casque, on distinguait à peine les contours de son visage. L'homme était impressionnant par sa stature.

Prudent, Ewan contourna son adversaire, attendant qu'il porte le premier coup. Il savait que sir Ademar serait ralenti par le poids de son équipement et il comptait bien tirer parti de ce handicap.

Brusquement, le chevalier se rua sur lui pour le frapper d'estoc. Sans difficulté, Ewan para le coup, le choc des armes résonnant dans le silence. Un murmure parcourut alors la tribune.

Il y eut ensuite plusieurs échanges très vifs tandis que les deux adversaires se mesuraient l'un l'autre.

Sur l'épaule du chevalier, Ewan reconnut alors le ruban bleu qu'Honora portait dans les cheveux. Tout en esquivant une nouvelle attaque, il posa à Ademar la question qui lui brûlait les lèvres.

— Dois-je comprendre que vous faites la cour à lady Honora, chevalier ?

— Cela vous contrarie, on dirait ? Je vous ai vu bavarder avec elle tout à l'heure…

Ce disant, il frappa de nouveau et son épée s'abattit sur le bouclier d'Ewan.

— Et il semble bien que vous l'ayez agacée, acheva-t-il dans un nouvel assaut.

— Le seul fait de m'apercevoir l'indispose, chevalier, repartit Ewan en l'obligeant à reculer par une succession de moulinets.

Il comprit que c'était là sa chance de conclure le combat en sa faveur et poussa Ademar dans ses retranchements en frappant à coups redoublés.

Il sentait le regard de Katherine sur lui. Il se tourna une seconde vers elle. Elle semblait inquiète et portait les mains à son visage dans un geste d'appréhension. Il croisa bientôt le regard d'Honora, attentive elle aussi au déroulement du combat.

Elle lui fit un signe qu'il ne comprit pas tout d'abord.

Changer de main, elle lui disait de changer de main.

Aussitôt, l'épée d'Ewan passa prestement d'une main à l'autre. Il se concentra sur les mouvements de son adversaire qui se battait aussi aisément de la main gauche que de la main droite.

Il frappait encore et encore avec un indicible acharnement, de sorte qu'Ewan sentait peu à peu la victoire lui échapper.

Sa faiblesse le mettait en rage. Il décida alors de renoncer à affiner ses techniques de combat au profit d'une frappe brutale.

Dans son enfance, quand il était vaincu, on lui disait qu'il n'était pas assez fort. Ses frères le protégeaient et veillaient à ce qu'il ne se batte pas, mais il trompait le plus souvent leur vigilance.

Aujourd'hui, il était résolu à sortir vainqueur de cet affrontement, et cela par tous les moyens.

L'épée de sir Ademar siffla dans les airs et effleura son torse. Il n'eut même par le temps de lever son bouclier. A peine était-il remis de cet assaut qu'il sentit la lame adverse lui entailler l'avant-bras. Il s'ensuivit une terrible sensation de brûlure. En reculant, il glissa, tomba à terre, et esquiva de justesse une frappe de taille. La boue gicla sous l'épée de son adversaire.

Ewan se releva dans un sursaut d'énergie. Sa joue droite était maculée de boue. Cette fois, Ademar leva très haut son épée pour frapper plus fort et rencontra à grand fracas la lame d'Ewan. Alors, il tendit le pied et fit trébucher Ademar qui recouvra, au dernier moment, son équilibre.

La foule, qui jusqu'alors encourageait le chevalier, réagit favorablement à cette ruse.

Le sang coulait abondamment de la blessure d'Ewan. Pourtant, il ne ressentait plus la moindre douleur. Il leva son bouclier de toutes ses forces pour parer un nouveau coup, puis frappa à son tour son adversaire. Sa lame effleura la gorge d'Ademar, et un murmure s'éleva dans la tribune.

— Cessez le combat ! s'écria lord d'Ardennes.

Ewan ne put réprimer un juron. Il baissa les yeux un instant et, en un éclair, Ademar écarta son arme pour lui pointer son épée sur la gorge.

Le chevalier normand sourit et rengaina finalement son arme.

— Match nul, MacEgan ! conclut-il.

L'Irlandais acquiesça à regret d'un signe de tête. Il avait tant voulu prouver son adresse à Katherine...

Son humeur était sombre lorsqu'il s'avança vers la tribune avec Ademar.

— Sir Ademar, vous vous êtes bien battu, déclara Katherine.

Elle sourit, puis se tourna vers l'Irlandais pour lui adresser les mêmes louanges.

— Mes amis, il est temps de festoyer à présent, annonça lord Nicholas en levant la main.

S'adressant à Ewan, il ajouta :

— Pour vous récompenser de vos victoires dans la plupart des épreuves, MacEgan, je vous invite à prendre place entre mes deux filles.

Alors telle était la récompense tant attendue ? Ewan était déçu. C'était certes un honneur, mais il avait espéré que Nicholas lui accorderait la main de sa fille.

Soudain, il se sentit misérable. Il était épuisé, couvert de boue et de sang, en proie à de multiples douleurs sur tout le corps, et sa récompense lui échappait !

Il rêvait de se laver à grande eau, aussi il demanda la permission de se retirer un moment. Elle lui fut accordée.

Il fallait qu'il se débarrasse de toute cette crasse et de l'humiliation qu'il avait ressentie face au chevalier normand. Certes, sir Ademar était un adversaire redoutable que l'on ne pouvait vaincre en deux coups d'épée… Ewan devrait s'entraîner sérieusement pour le vaincre.

Il se dirigea à pas pesants vers le bois voisin que traversait un petit cours d'eau. Arrivé là, il ôta sa cuirasse et sa tunique, puis s'aspergea abondamment d'eau glacée. Aussitôt il sentit le feu de sa blessure s'apaiser et il put examiner son bras. La plaie était profonde, il faudrait donc recoudre.

Sur ces pensées, il s'immergea entièrement dans le cours d'eau sans même ôter ses braies. Comme il ne disposait pas de vêtements de rechange, il n'avait d'autre solution que de laver ceux qu'il portait.

Soudain, un bruit le fit sursauter. Il se retourna pour apercevoir Gerald de Beaulais surgir d'un fourré. L'homme gardait la main sur le pommeau de son épée comme s'il avait l'intention d'en découdre.

— Tu as encore des progrès à faire à l'épée, l'Irlandais ! ricana-t-il en s'approchant.

Ewan se sentit à la fois insulté et tout à fait désemparé. En effet, il était à demi nu au milieu du gué et son épée était sur la rive.

— Tu oublies que je t'ai battu à la lutte, Beaulais, répliqua-t-il tout en cherchant à tâtons une pierre au fond du cours d'eau.

L'autre répliqua par un éclat de rire tonitruant.

— Que cherches-tu, Beaulais ? Tu veux que je te donne une autre leçon ?

— Cesse ta cour auprès de lady Katherine et quitte le donjon, ordonna-t-il, l'air menaçant.

Soudain le fer de sa dague brilla d'un vif éclat sous le soleil. Ewan eut à peine le temps de se jeter sur le côté pour esquiver le coup tandis que l'arme soulevait une gerbe d'eau.

C'est alors que Beaulais s'effondra sans un cri.

Derrière lui se tenait Honora, un gros bâton à la main.

— Mais... tu l'as tué, bégaya Ewan en désignant le corps du baron qui gisait, face contre terre.

— Et alors ? N'était-il pas venu pour te tuer ? répliqua-t-elle en haussant les épaules.

— Il m'a lancé sa dague en guise d'avertissement, et Dieu merci j'ai pu l'éviter.

Il sortit de l'eau, se pencha sur Beaulais et le poussa du pied.

L'homme émit un grognement. Par bonheur, il était vivant.

— Honora, je n'ai besoin ni de toi, ni de personne pour me défendre, protesta-t-il.

— Comme tu voudras ! Mais si tu es de nouveau en danger, je me contenterai d'assister à ton exécution.

— Que viens-tu faire ici ? Je te croyais occupée à préparer la fête... ou à choisir un prétendant.

— Hélas, je n'y ai même pas songé, Ewan.

Elle chercha son regard comme si elle sollicitait sa compassion.

— Honora, cesse de me harceler, s'il te plaît.

Ses yeux verts s'assombrirent tout à coup comme elle rétorquait :

— Je ne te harcèle pas. Je ne cherchais qu'à sauver ta misérable peau.

— Ma misérable peau ?

Il se sentit offensé par son mépris.

Pour qui le prenait-elle ? Pour un maladroit trop faible pour se défendre ?

Comme il s'avançait vers elle, elle leva son bâton.

— Tu n'oserais pas me frapper, j'espère ? Retourne auprès de ton père. Je ne suis pas pour toi.

— Mon pauvre Ewan ! Même si tu étais le dernier homme sur cette terre je ne voudrais pas de toi, répliqua-t-elle, l'air consterné.

Alors, elle tourna les talons, releva prestement le bas de ses jupes et s'enfuit en courant.

Ewan ramassa ses vêtements et son épée, puis jeta un coup d'œil sur Beaulais qui gisait à ses pieds. Il semblait toujours à demi inconscient.

Pourquoi diable Honora était-elle venue se mêler de cette querelle ? Qu'elle aille au diable !

En cinq ans, Honora n'avait pas changé d'avis à son égard. Elle ne le croyait toujours pas capable de se défendre seul. Pourtant, n'avait-il pas gagné presque tous les combats de cette journée ?

Assis à table auprès de Katherine, Ewan MacEgan s'assura que la promise prenait le meilleur morceau de faisan rôti. Le baron n'avait pas regardé à la dépense pour régaler ses hôtes, et l'Irlandais faisait bonne chère. Le blanc-manger, son mets favori, était le meilleur de tous ceux qu'il avait savourés jusqu'alors et la tourte de poulet avait un goût subtil de lait d'amande. Dieu merci, toutes ces douceurs lui faisaient un peu oublier la douleur lancinante que lui causait sa blessure.

Malgré lui, Ewan songeait encore au malencontreux incident survenu avec Beaulais au bord du ruisseau. Nul doute que ce fanfaron n'hésiterait pas à se venger. Mais quand ?

— Je vois que vous n'avez pas perdu votre bel appétit, MacEgan, remarqua Katherine pour entretenir la conversation.

— Puis-je vous resservir ? proposa-t-il en lui présentant le saumon au gingembre.

— Non, je vous remercie.

Si Ewan accordait toute son attention à Katherine, il n'en oubliait pas pour autant Honora, assise sur la chaise voisine. Bien qu'il fît assaut de galanterie avec elle, il ne parvenait pas à dissiper la rancœur qu'il devinait dans son regard.

Beaulais entra alors dans le hall d'un pas traînant. Le bandeau qu'il portait autour de la tête était maculé de sang. Son teint livide et ses traits tirés indiquaient qu'il était fort mal en point. Il prit place sans un mot à la table des autres prétendants et lança à Ewan un coup d'œil assassin.

Ewan leva aussitôt un regard inquiet vers Honora. Allait-elle commettre l'imprudence de révéler publiquement qu'elle avait assommé Beaulais d'un coup de bâton ? Ewan savait qu'elle en était capable et craignait les représailles du Normand.

Mais ce n'était pas le moment de se soucier d'Honora. Un musicien divertissait les convives en jouant un air guilleret sur sa harpe et Ewan oublia un peu Beaulais, et les tracas qu'il lui causait. Il prit une fraise et l'offrit à Katherine dont il loua la beauté. Par mégarde, il effleura le bras d'Honora qui le foudroya du regard.

Se pouvait-il qu'elle soit jalouse de sa sœur ? Probablement. Pourtant, elle lui avait déclaré un peu plus tôt qu'elle ne l'épouserait pas, même s'il était le dernier homme sur terre.

Il l'observa tandis qu'elle échangeait quelques mots avec sir Ademar. Une mèche de cheveux noirs, échappée de son voile, descendait sur son cou d'une délicatesse infinie. Ewan en fut troublé. Il s'attarda ensuite sur ses lèvres et se souvint avec émoi de leur léger goût de pomme.

Il vida sa chope de bière d'un trait comme pour chasser cette pensée qu'il jugeait sacrilège en présence de Katherine. Dans leur enfance, il était l'ami d'Honora, mais il savait qu'en épousant sa sœur, il ferait d'elle une ennemie. Jamais elle ne lui pardonnerait ce qu'elle considérait à l'évidence comme une trahison.

Tandis que les plats se succédaient et que la bière coulait à flots, Katherine quitta sa place pour aller bavarder un peu avec ses amies. Ewan, quant à lui, s'intéressa un moment aux jeux de hasard que l'on pratiquait à la table voisine. Il remarqua que son frère Bevan discutait toujours avec le comte de Longford. Qu'avaient-ils donc de si important à se dire ?

— Dis-moi l'Irlandais, tu as dû débourser quelques pièces pour que tes adversaires te laissent gagner ? intervint une voix grave.

Ewan la reconnut sans le moindre doute. C'était celle de Beaulais.

A peine eut-il le temps de faire un écart, le poing du Normand s'écrasa contre le mur.

— Je vois que tu n'as rien perdu de ton adresse ! ironisa Ewan.

A peine remis de sa douleur, Beaulais se jeta sur lui, mais Ewan lui décocha prestement un violent coup de poing à la mâchoire. Furieux, le Normand répliqua par un coup de pied qui atteignit l'Irlandais au bras, ravivant sa blessure. Le sang coula de nouveau.

Il s'ensuivit un échange de coups, puis les deux hommes roulèrent ensemble sur les dalles de pierre dans une étreinte sauvage. Tandis qu'un cercle se formait autour d'eux, Ewan reprit l'avantage sur son adversaire et, dans un effort surhumain, le souleva pour le jeter de nouveau à terre.

Un murmure admiratif parcourut le groupe des curieux.

— Ne t'approche plus de moi, Normand, conseilla-t-il au baron qui gisait à ses pieds. Sans quoi, la prochaine fois, tu auras beaucoup de mal à te relever.

Si lord d'Ardennes était resté indifférent à cette bagarre, Katherine, visiblement contrariée, avait rejoint Ewan.

Quant à Honora, elle n'accorda pas un regard à Beaulais,

mais leva vers Ewan des yeux admiratifs. Sans oser le lui avouer, elle paraissait être fière de lui.

— Veuillez me pardonner, Katherine, mais je ne pouvais pas laisser ce rustre m'insulter, dit-il à sa promise.

Comme son bras saignait abondamment, il se retira pour aller refaire son pansement. Au pied de l'escalier, il croisa son frère Bevan qui lui décocha un regard furieux.

A peine avait-il gravi quelques marches qu'il entendit un pas derrière lui.

Honora l'avait suivi.

— Ma sœur est très fâchée contre toi, Ewan. Je vais te l'envoyer pour soigner ta blessure, ainsi tu pourras lui demander pardon.

— Je n'ai voulu offenser personne, Honora. Je n'ai fait que me défendre contre cette brute de Beaulais.

Elle parut se radoucir et confessa humblement :

— Tout cela est ma faute, Ewan. Je n'aurais jamais dû assommer Beaulais avec ce bâton.

— Me croyais-tu incapable de me défendre ?

Il tendit la main vers elle pour relever la mèche brune qui avait glissé de son voile et elle frémit au contact de ses doigts.

— Prends bien garde à Beaulais. Il ne te pardonnera pas l'humiliation qu'il vient de subir.

— Je n'ai pas peur de lui.

— Tu devrais.

Elle le regarda en silence, puis reprit d'un ton ferme :

— Maintenant, tu vas accepter que Katherine te soigne. Tu en as bien besoin.

— Où dois-je la retrouver ?

— Dans le solarium. Je te l'envoie sans plus attendre.

Elle le salua d'un hochement de tête, puis tourna les talons et redescendit.

Ewan glissa la main dans ses cheveux et soupira. Il se sentait misérable.

Il allait devoir faire amende honorable devant Katherine, et il n'en avait guère envie.

— Comment vais-je m'y prendre pour soigner sa blessure, Honora ? soupira Katherine en songeant au pansement inondé de sang. Tu sais bien que j'ai horreur de ça.

— C'est à toi de le faire, rétorqua sa sœur. Ewan a aussi quelque chose à te dire. Il t'attend dans le solarium.

Sans oser l'admettre, Honora avait admiré le courage et la force d'Ewan au cours de cette bagarre. Surtout au moment où il s'était saisi de Beaulais pour le jeter à terre comme un vulgaire sac de farine. En fait, elle n'avait pas quitté l'Irlandais des yeux et en avait encore la chair de poule.

Elle se souvint du garçon de seize ans, fragile et vulnérable qu'il était autrefois. Quel homme il était devenu !

Doux Jésus… elle aurait volontiers tâté ses muscles pour en éprouver la fermeté. Ewan l'agaçait bien souvent avec son arrogance, et cependant elle ne pouvait nier qu'il la troublait d'étrange façon. L'air lui semblait lourd de désir quand il était auprès d'elle, aussi l'attrait qu'elle éprouvait pour lui devenait insoutenable.

Quand elle avait vu Beaulais l'attaquer près du ruisseau, elle n'avait pu se retenir de frapper le Normand avec une rage inouïe. Elle n'avait même pas songé que l'orgueil d'Ewan pourrait souffrir de son intervention. Il était en danger, et elle avait volé à son secours. Quoi de plus normal ? Tout soldat aurait fait de même pour son compagnon d'armes. L'ennui, c'était qu'il s'était senti offensé d'avoir dû son salut à une femme.

Mais tant pis s'il en était fâché. Au fond, cela mettait un frein à la fascination qu'il lui inspirait, et ce n'était pas plus mal.

Il fallait à Ewan une femme douce comme Katherine afin d'apaiser sa fougue de guerrier farouche. Elle-même en était incapable, trop prompte à le défier, à s'opposer à lui en toutes occasions. Si par malheur elle venait à épouser un homme tel que lui, ils se déchireraient et leur couple volerait en éclats.

Pourtant, Honora n'avait pas oublié la chaleur de ses lèvres et le feu qu'il avait allumé en elle. Un feu qui menaçait de les consumer tous les deux !

— Tout ce que tu as à faire, Katherine, c'est nettoyer sa

blessure, refaire son pansement, et accepter ses excuses. Je lui ai dit de t'attendre dans le solarium.

Katherine pâlit tout à coup.

— Honora, je ne crois pas que ce soit une bonne idée…

— Sois sans crainte, tout se passera bien, interrompit l'aînée. Tu n'auras même pas à recoudre sa blessure. N'oublie pas que tu devras le soigner quand vous serez mariés, il faut donc t'y habituer.

Honora espérait en secret que les futurs époux auraient un moment d'intimité dans le solarium. Une épreuve salutaire pour l'avenir de leur couple.

— Katherine, ne m'as-tu pas dit que tu admirais Ewan, qu'il était le plus fort et le plus courageux de tous tes prétendants ?

— Certes, mais la vue du sang me fait défaillir, Honora.

— Allons, ne fais pas la sotte. Ce n'est qu'une simple égratignure. Quand tu auras refait son pansement, il n'y paraîtra plus.

Katherine ne semblait pas convaincue.

— Sa blessure me semble très vilaine, soupira-t-elle avec une moue de dégoût. Et puis… l'idée d'être seule avec lui me rend nerveuse. Viens avec moi, je t'en prie.

Honora n'en avait pas la moindre envie. Elle préférait se tenir à l'écart d'Ewan MacEgan, surtout en présence de Katherine.

— Je vais t'envoyer une servante si cela peut te rassurer, promit-elle.

— Je sais que tu n'aimes pas me chaperonner, Honora, mais tu pourrais apporter ton ouvrage et rester assise dans un coin pendant que je le soigne. Tiens, par exemple, l'ourlet de ma robe est à recoudre…

Non. Honora ne pouvait se résoudre à troubler leur tête-à-tête et ne supporterait pas le spectacle de leur intimité. Qu'arriverait-il si Ewan cherchait à embrasser Katherine ?

Elle rougit en y songeant et se souvint avec émoi de ses lèvres exquises.

— Je t'en prie… accompagne-moi, supplia sa sœur. Fais-le pour moi.

Katherine tendit la main et prit son aînée par le petit doigt.

C'était là un geste familier qu'elles avaient conservé de leur enfance, comme une promesse de toujours s'entraider.

— S'il te plaît, Honora !

— Soit. Puisque tu insistes… Vas-y, je te rejoins.

Après tout, si elle restait à l'écart des fiancés, elle pourrait toujours regarder le plafond !

Chapitre 5

Arrivé dans le solarium, Ewan s'assit sur un banc et attendit. Craignant la réaction de Katherine, il avait remis sa tunique dont les manches longues dissimulaient le pansement ensanglanté.

Il se leva à l'entrée de sa promise.

— Pardon de vous avoir offensée, lady Katherine, dit-il en s'inclinant respectueusement. Je n'aurais jamais dû me battre avec lord Beaulais en votre présence.

Il lui tendit les mains en signe d'apaisement tandis qu'Honora entrait à son tour et se glissait discrètement dans un coin de la pièce.

Elle s'assit en silence et se mit aussitôt à son ouvrage.

— Honora m'a dit que vous aviez été blessé au bras dans un combat cet après-midi, dit alors Katherine.

Elle le pria de se rasseoir et l'invita d'un geste à patienter un peu.

— Un instant. Je vais m'assurer que la servante a préparé la décoction de plantes médicinales.

A peine fut-elle sortie, qu'Ewan se leva, l'air furieux.

— Honora, que viens-tu faire ici ?

— Je suis ici à la demande de ma sœur. Elle a souhaité que je l'assiste pour les soins.

Elle se remit aussitôt à son ouvrage en ajoutant :

— Faites comme si je n'étais pas là, voilà tout.

— Ce ne sera pas facile pour moi, tu le sais.

Honora le défia du regard. Elle se moquait de savoir s'il serait facile pour lui de supporter sa présence. Il y avait un éclat singulier dans les yeux d'Ewan. Jamais elle ne les avait vus briller ainsi. En dépit de son visage marqué par la fatigue, son guerrier était plus beau que jamais. A ses yeux, il n'y avait pas d'homme plus séduisant qu'Ewan MacEgan. Elle s'attarda plus longuement sur ses lèvres tuméfiées par le coup de poing de Beaulais. Un élan de compassion la saisit soudain.

Alors, elle se souvint qu'il allait épouser sa sœur et qu'elle devait bannir pour toujours de sa mémoire le souvenir de leurs brèves étreintes.

A cette pensée, elle tira si vivement sur l'ourlet à recoudre qu'elle le déchira un peu plus. Curieusement, ce geste rageur lui procura un certain plaisir.

Soucieuse de se calmer, elle s'appliqua à enfiler l'aiguille, puis résolut de se concentrer sur son ouvrage.

Par bonheur, Katherine revint sans trop tarder avec le récipient contenant le bouillon de plantes. D'humeur plutôt guillerette, sa sœur se mit à parler de tout et de rien : de la réception au château, de la saveur des mets, et même des chamailleries des serviteurs.

Mais quand elle entreprit de nettoyer la lèvre tuméfiée d'Ewan, elle changea brusquement d'attitude. Sa réaction n'échappa pas à Honora qui remarqua aussitôt la pâleur de son visage.

Ewan répondit docilement aux questions que Katherine lui posait sur ses blessures sans toutefois évoquer la plaie à son bras.

Katherine reprit bientôt son bavardage comme pour se donner du courage, jetant de temps à autre un rapide coup d'œil dans sa direction.

Honora croisa alors le regard insistant d'Ewan. Ses yeux d'un vert profond semblaient lui adresser un mystérieux message. Etait-ce un appel au secours ? Peut-être, car le discours de Katherine s'accélérait bizarrement, comme si elle cherchait à vaincre sa peur.

Ne sachant que faire, Honora reprit son ouvrage sans un mot.

A l'évidence, Ewan souhaitait qu'elle intervienne dans les soins que lui prodiguait Katherine. Celle-ci ne semblait guère lui inspirer confiance, et cependant elle serait bientôt son épouse, sa compagne de chaque jour…

Une fois que Katherine eut fini de lui soigner les lèvres, Ewan prit sa main et la remercia en y déposant un baiser. Voyant qu'Honora s'empressait de ranger ses affaires de couture pour se retirer avec sa sœur, il lui fit signe de rester.

— Lady Katherine, si vous le permettez, j'aimerais dire un mot en privé à votre sœur.

— Mais bien sûr, Ewan. Nous nous reverrons demain. N'oubliez pas notre rendez-vous devant les écuries.

— Je n'oublie pas, milady, au contraire. Je suis déjà impatient de vous retrouver.

A peine sa sœur venait-elle de refermer la porte qu'Honora s'avança vers Ewan.

— Tu veux que j'examine ton bras, n'est-ce pas ?

Il tenta de relever la manche de sa tunique en grimaçant de douleur, mais le sang coagulé l'en empêcha.

— Il faut vite refaire le pansement, conclut-elle, soucieuse de ne pas s'attarder.

— Katherine était au seuil du malaise, souligna-t-il. Dès lors, je ne voulais pas lui imposer le spectacle de cette blessure.

Honora se sentit flattée malgré elle. Ewan louait implicitement son courage, sachant qu'elle ne s'évanouirait pas à la vue d'une telle plaie. Elle était suffisamment aguerrie pour y faire face.

Elle eut toutefois le bon goût de ne pas demander à l'Irlandais à qui il ferait appel en cas de blessure quand il serait marié à Katherine !

— Sois sans crainte, je vais te soigner, promit-elle. Comment vont tes douleurs à la poitrine ?

— Elles sont toujours là, hélas. Je dois avoir deux ou trois côtes cassées, mais je finirai bien par m'en remettre.

Elle ôta prestement le pansement du bras pour examiner la plaie, puis le pria de se mettre torse nu.

— Pour le bras, il faudra recoudre, dit-elle.

— Je suis prêt à tout.

— Quant aux côtes, je peux te faire un bandage serré pour les maintenir en place, proposa-t-elle.

Sans plus attendre, elle prit une aiguille et du fil dans son panier à couture.

— Je vais commencer par recoudre.

Malgré le trouble que lui causait la vue de ce torse nu, Honora enfila l'aiguille sans trembler. Inévitablement, le souvenir de la première nuit où Ewan s'était dévêtu devant elle, et de ce qu'elle avait éprouvé au contact de son corps de guerrier, la hantait.

— Il faut d'abord nettoyer la plaie, Ewan, sans quoi nous risquons une infection.

Elle prit sur la table le récipient contenant la décoction de plantes et désinfecta la blessure.

Ewan ne put réprimer un sursaut sous l'effet de la douleur.

— Tu garderas sûrement une cicatrice, prévint-elle.

— Je m'en doutais un peu. Mais qu'importe. Les cicatrices sont des marques très honorables.

— Ou les stigmates de la maladresse de celui qui n'a pas su éviter l'épée ennemie !

Il sourit à cette repartie.

— As-tu des cicatrices, Honora ?

— Aucune que je puisse te montrer.

— Tous les braves guerriers en ont, reprit-il en posant la main sur son épaule. Des visibles et des plus secrètes.

C'était justement à ces dernières qu'elle pensait !

Elle se concentra malgré tout sur ses gestes tandis qu'elle recousait la plaie. Elle devait éviter de penser qu'il était à moitié nu devant elle et tenter de surmonter son émoi. Il sentait délicieusement bon. Une odeur très masculine émanait de son torse puissant, un mélange de sueur, de parfum de terre et de sous-bois. A la lueur des flammes, elle voyait luire ses yeux verts qui parfois prenaient des tons cuivrés.

Comment résister à son attrait ?

— Pourquoi as-tu coupé tes cheveux ? questionna-t-il soudain.

Honora fut si surprise qu'elle manqua se piquer avec l'aiguille.

— C'est plus facile pour porter le heaume, répondit-elle simplement. Parfois, je m'entraîne avec les soldats, et s'ils découvraient qui je suis, ils me renverraient à mon père.

— L'armure doit te sembler bien lourde.

— Je m'y suis habituée, mais j'admets que je ne pourrais pas la porter pendant des heures.

— Pourquoi aimes-tu te battre comme un homme ?

Honora ne savait trop que répondre à cela. Ewan était-il capable de comprendre ce qui la poussait à prendre les armes ?

— C'est important pour moi, voilà tout.

— Comment peux-tu oublier que tu es une femme ? murmura-t-il d'une voix suave comme une caresse.

— Je suis aussi un guerrier. Nul ne s'en doute, mais c'est ainsi.

Les propos d'Ewan l'avait bouleversée, bien plus qu'elle ne voulait l'admettre. Honora souffrait de ne pas être femme au sens où sa sœur l'était. La beauté virginale de Katherine, son exquise féminité, ses qualités de maîtresse de maison, tout cela lui manquait cruellement, et elle en était consciente.

Ranulf, son défunt mari, ne manquait jamais de lui rappeler qu'elle n'était pas femme à part entière. En dépit de tous ses efforts, elle n'avait jamais réussi à lui donner du plaisir, ni dans son logis, ni dans l'intimité. Ils vivaient dans une telle indifférence l'un de l'autre qu'elle aurait pu mourir sans qu'il remarque son absence.

— Pourquoi te bats-tu avec un tel acharnement ? insista Ewan.

— C'est ce que je fais le mieux.

Elle admit en secret que ce n'était pas tout à fait vrai. En effet, elle cousait et brodait avec talent. En fait, si elle avait consenti à apprendre à tenir l'aiguille, c'était surtout pour recoudre les blessures de ses compagnons d'armes. La vue du sang ne lui faisait pas peur.

Après avoir noué le fil, elle appliqua sur la plaie un cataplasme de consoude et d'ail préparé par Katherine. Les toiles d'araignées, souvent utilisées comme pansements, étaient rares dans la pièce, aussi elle enveloppa le bras du blessé d'un simple tissu.

— Veux-tu un bandage pour maintenir tes côtes ? proposa-t-elle enfin.

— Merci, c'est inutile.

Comme il prenait sa main, elle se déroba prestement et recula d'un pas.

— La plaie sera cicatrisée dans une semaine ou deux, dit-elle tout en rangeant ses affaires. Si tu dois combattre, protège bien ton bras.

Prête à partir, elle attendait qu'Ewan quitte les lieux, mais il n'y semblait pas disposé.

— Honora, promets-moi de ne plus frapper un homme comme tu as frappé Beaulais, supplia-t-il. Tu as pris là un risque énorme et si tu avais manqué ton coup, il aurait pu te tuer.

Elle était maintenant dos au mur et Ewan s'avançait vers elle.

Allait-il lui voler un baiser ? Oserait-il ?

Honora retint son souffle tandis que son cœur battait à tout rompre.

— J'aurais su me défendre, Ewan.

— Tu es trop téméraire. Certes, je te dois d'être venue à mon secours, mais tu as tort de chercher noise à des gens aussi dangereux que Beaulais.

Il la prit par le menton et ajouta en effleurant presque ses lèvres :

— N'as-tu pas déjà assez d'ennuis ?

— Ewan, je te dispense de tes conseils, rétorqua-t-elle, indignée, en soutenant son regard. Laisse-moi, s'il te plaît !

— Comme tu voudras, conclut-il en la libérant. J'aimerais pourtant que nous puissions faire définitivement la paix, Honora.

— Quelle importance ?

— Si je dois épouser ta sœur, j'aimerais que nous soyons amis.

Amis !

Comment pouvait-il qualifier leurs relations passées d'amicales ? En vérité, elle avait toujours eu pour cet homme une secrète admiration et n'avait qu'une ambition : être aimée de lui.

Hélas, Ewan n'avait jamais été amoureux d'elle. Certes, il se montrait aimable, ardent dans leurs étreintes, mais il demeurait distant avec elle. Aujourd'hui, elle comprenait pourquoi. Comment un homme aurait-il pu s'éprendre d'une femme qui avait tenté de l'embrocher à l'épée ?

— Je suppose que nous pourrions être amis, concéda-t-elle enfin. Rien ne s'y oppose.

Comme elle lui tendait la main, il la prit et elle sentit aussitôt une chaleur troublante l'envahir.

— Ewan, je te conseille, en amie, de ne plus jamais commettre de folie comme celle de ce soir.

— Qu'est-ce à dire ?

— Te battre en public, alors que ta blessure saignait depuis des heures.

— Mais j'ai gagné.

— Certes, mais tu as indisposé ta promise et j'ai dû recoudre ta plaie.

— Ce n'était qu'une égratignure, Honora.

Il s'empressa alors de changer de sujet.

— As-tu découvert qui était le voleur du coffre ?

— Non. Toujours pas.

— Personne ne parle de cette affaire en tout cas. Seule consolation, le coffre a été retrouvé.

— Il n'y a pas que le coffre, corrigea-t-elle. Une croix et un calice ont disparu aussi.

— Et ils n'ont pas été retrouvés ?

— Non. Pas encore. Mais ce n'est pas le plus important. Ni la croix ni le calice n'avaient de valeur, aussi, je ne comprends pas pourquoi ils étaient si convoités.

— C'est curieux, en effet. Je vais chercher de mon côté. On ne sait jamais.

Il montra le pansement de son bras et ajouta :

— Je te suis redevable de ces soins. Merci.

— Ce n'est pas grand-chose, Ewan, assura-t-elle tout en s'avançant vers la porte.

En lui souhaitant une bonne nuit, elle sentit son cœur se serrer. Elle n'avait qu'une envie : s'enfermer dans sa chambre et enfouir son visage en feu dans son oreiller.

Amis ? Comment pourraient-ils être amis, déchirés qu'ils étaient par cet amour impossible ?

Ewan attendait devant les écuries. Le soleil commençait à percer sous les nuages et la matinée s'annonçait douce et sereine.

Son frère était parti à l'aube pour se rendre chez son beau-père, le comte de Longford. Nul doute que le comte ordonnerait à son gendre de retourner à Erin auprès de Geneviève qui allait donner naissance à leur enfant.

Ewan songea alors à sa propre descendance. Katherine lui donnerait-elle un enfant dès qu'ils seraient mariés ? Mais… se marieraient-ils ? Rien n'était encore sûr.

Même si, contrairement aux autres prétendants, il avait bénéficié de fréquents tête-à-tête avec la promise. Ainsi avait-il sans doute plus de chances que les autres d'obtenir sa main.

Katherine avait tout de même consenti à soigner ses blessures. C'était déjà un signe de considération. Certes, elle n'aurait pas eu le cran de recoudre les chairs de son bras, alors que sa sœur l'avait fait. Honora ne redoutait pas la vue du sang tant elle avait recousu de plaies dans le passé. Sans doute ferait-elle de même pour ses enfants si elle avait la chance d'être mère un jour.

Cette pensée troubla Ewan. Jamais Honora ne se remarierait, car jamais elle ne supporterait la domination d'un homme. Et puis, l'échec de son premier mariage jetait une ombre sur sa vie, même si elle refusait de l'admettre.

Honora, victime des brutalités d'un mari !

Ewan ne pouvait supporter cette idée.

Katherine arriva enfin. Son bliaud couleur d'émeraude offrait un heureux contraste avec sa peau de nacre et le voile blanc qui la coiffait. Mais le plus troublant pour Ewan, c'était l'éclat de ses yeux bleus.

Elle était suivie d'Honora qui tenait en main un panier. Celle-ci ne semblait guère à son aise dans son rôle de chaperon, et il n'en était pas étonné.

— Bonjour, Ewan, lança Katherine. J'espère que vous vous sentez mieux qu'hier ?

— Bien mieux, merci.

Elle s'avança vers lui pour examiner sa lèvre en ajoutant :

— Je vois que mes décoctions ont fait leur effet. Que diriez-vous d'une promenade à cheval ? Je suis si lasse d'être prisonnière de ces murs.

Dix minutes plus tard, ils franchissaient l'enceinte du château sur leurs chevaux fringants. Katherine ouvrait la marche, suivie d'Ewan et d'Honora en dernière position. Vêtue à la manière des servantes, celle-ci portait un bliaud de couleur grise avec pour seul ornement un galon d'or autour de la taille.

Elle s'avança bientôt à la hauteur d'Ewan.

— J'ai tout fait pour convaincre Katherine de venir seule, expliqua-t-elle pour justifier sa présence.

— Je connais de pires supplices que d'être en compagnie de deux jolies femmes, plaisanta-t-il.

— Je ne suis pas jolie, tu le sais bien.

Le dialogue s'arrêta là, et elle s'empressa de rejoindre sa sœur qui caracolait en tête.

Pas jolie ?

Ewan haussa les épaules. Certes, elle n'avait pas les traits délicats de Katherine, mais il émanait d'elle quelque chose d'exotique et de sauvage qui fascinait les hommes.

Cependant, l'amertume d'Honora le désolait. Même si elle se battait comme un homme, il n'avait jamais fait allusion à son aspect physique. Qui donc l'avait convaincue qu'elle n'avait rien pour séduire ? Son défunt mari, peut-être ? Voilà pourquoi, entre autres choses, elle n'était pas fâchée que ce vaurien ait rendu l'âme !

Katherine décida de faire halte dans une clairière. Tous

mirent pied à terre, puis Honora emmena les chevaux dans le pré voisin où l'herbe était tendre et abondante.

Au loin, les collines se nimbaient déjà de nuages annonçant une après-midi pluvieuse.

Ewan jeta un regard autour de lui. Honora tardait à revenir du pré. Sans doute pour ne pas troubler son tête-à-tête avec Katherine ?

Il la repéra enfin, au loin. Elle semblait mélancolique et même soucieuse. Assurément, ce n'était pas seulement le voleur de la chapelle qui la tourmentait. Pourquoi refusait-elle de se confier à lui ?

Lorsque leurs regards se croisèrent, il lui sourit mais elle détourna résolument les yeux.

— Ewan, pouvez-vous m'aider s'il vous plaît ? gémit Katherine qui tentait de soulever le panier de pique-nique.

— Auriez-vous déjà faim ? plaisanta-t-il tout en saisissant l'anse. Qu'y a-t-il de bon là-dedans ?

— De quoi faire un succulent repas en plein air, mon cher. J'ai une faim de loup et je crois que nous allons nous régaler.

— Alors, installons-nous sous ces arbres.

Ewan héla Honora qui ne semblait toujours pas décidée à se joindre à eux.

— Allons, Honora, viens vite ! lui cria-t-il.

— Non. Je n'ai pas faim.

Il se garda d'insister et invita sa promise à ouvrir le panier.

C'était pour lui la première occasion de lui parler en futur époux, mais curieusement il ne trouvait pas les mots. Quant à Katherine, elle gardait les paupières baissées et ne faisait rien pour l'aider.

Malgré lui, Ewan leva les yeux vers Honora qui se tenait toujours à distance.

— Croyez-vous qu'elle se remariera un jour ? demanda-t-il à sa sœur.

— Je l'espère, soupira celle-ci. Elle mérite d'être heureuse après ce qu'elle a enduré à Ceredys.

— Que voulez-vous dire ?

— Honora ne s'est jamais vraiment confiée à moi, mais je sais que son époux l'a rendue très malheureuse. Aujourd'hui encore, elle a beaucoup de mal à trouver le sommeil.

Katherine se pencha alors vers lui et ajouta sur le ton de la confidence :

— Quelqu'un a fouillé dans ses affaires. J'ignore pourquoi, mais j'ai retrouvé son armoire sens dessus dessous.

Encore le voleur, songea Ewan.

Il s'étonna qu'Honora ne lui ait jamais dit qu'elle était personnellement concernée par ces larcins.

— Sait-elle que son armoire a été visitée ?

— J'ai fait en sorte qu'elle n'en sache rien. Elle a assez de tourments pour le moment. En revanche, j'ai alerté notre père afin que ses gardes surveillent notre chambre en permanence.

— Parfait.

Katherine eut alors un sourire complice qui invita Ewan à lui prendre la main. Sa peau était d'une douceur exquise, différente de celle d'Honora.

Ils restèrent ainsi quelques instants, mais alors qu'Ewan resserrait son étreinte, Katherine retira sa main.

— Qu'avez-vous ? questionna-t-il.

— Vous allez me trouver sotte, mais je regrette mon attitude d'hier à votre égard. J'ai manqué de courage au moment de refaire le pansement de votre bras et je ne me le pardonne pas.

Ewan dissipa ces scrupules d'un geste.

— Ce n'est pas grave, Katherine.

— Ce n'est pas mon avis. C'est ma sœur qui vous a donné les soins que j'aurais dû vous dispenser.

Elle leva alors les yeux vers Honora et il devina dans son regard un soupçon de jalousie.

Il savait ce que c'était que de jalouser un proche car il en avait lui-même souffert dans son enfance. Après avoir longtemps vécu dans l'ombre de Bevan, il commençait enfin à prendre son destin en main. En épousant Katherine, il allait devenir le maître de ses terres et gagner ainsi la considération des siens.

Il sourit à sa future épouse et fit en sorte de la rassurer.

— Katherine… si je suis blessé de nouveau, ce qui ne manquera pas d'arriver, c'est à vous que je ferai appel pour me recoudre. C'est promis.

— Hélas, Ewan, je n'ai pas le courage d'Honora et je m'évanouirai à la première goutte de sang, soupira-t-elle. Ce qu'il vous faut, c'est une infirmière digne de ce nom.

— C'est parce que vous êtes différente de votre sœur que je vous apprécie, Katherine.

Visiblement touchée par ce compliment, elle baissa les yeux en rougissant.

— Voyez-vous un homme qu'Honora accepterait d'épouser ? s'enquit l'Irlandais pour changer de sujet.

— Sir Ademar s'est déclaré, répondit-elle. C'est lui qui me l'a dit hier soir.

Ewan savait qu'Honora avait offert son ruban au chevalier, mais elle lui avait caché cette demande en mariage.

Un peu frustré, il mordit fermement dans sa cuisse de poulet. Sir Ademar n'était pas le mari qu'il fallait à Honora. Hors des champs de bataille, l'homme était bien trop paisible. Sa femme le dominerait facilement, ce qui n'était pas dans l'ordre des choses. A l'évidence, Honora ne pouvait vivre qu'avec un époux au caractère bien trempé, quelqu'un d'assez fort pour lui tenir tête.

— Croyez-vous vraiment qu'elle pourrait le prendre pour mari ? demanda-t-il en feignant de prendre un ton détaché.

— Peut-être, admit Katherine tout en reprenant un morceau de fromage. Sir Ademar s'est montré très galant avec elle.

Elle ajouta avec un soupçon de malice :

— Et il est très bel homme.

Charmé par sa fraîcheur, Ewan lui prit spontanément la main et la porta à ses lèvres. Katherine rougit instantanément, mais elle ne fit rien pour s'arracher à son étreinte.

Soudain, le galop d'un cheval troubla le silence, interrompant leur doux entretien.

Ewan se leva d'un bond et tira son épée. Katherine poussa

un cri, tandis qu'Honora les rejoignait, la main sur le fourreau de sa dague.

Trois cavaliers armés débouchèrent au coin du bois. Aucun d'eux ne portait de bouclier. Ewan reconnut deux d'entre eux : sir Ademar et Beaulais. Quant au troisième, il ne l'avait jamais vu.

Honora pâlit tout à coup en dévisageant cet homme.

Jusqu'alors, elle n'avait jamais eu peur de rien ni de personne, mais la seule présence de ce cavalier semblait la terroriser.

Chapitre 6

Epée en main, Ewan rejoignit Honora, suivi à distance par Katherine. Il pressentait un différend avec les nouveaux venus et elle allait avoir besoin de sa protection.

— Qui est cet homme, Honora ? questionna-t-il en désignant le cavalier inconnu.

— John St Leger de Ceredys, le fils de mon défunt époux et l'actuel baron.

Sa voix ne tremblait pas mais une indicible tension l'habitait.

Ewan rengaina son épée tout en gardant la main sur le pommeau. Les trois hommes restèrent en selle, conscients de l'avantage que leur procurait cette situation.

Comme Katherine s'avançait pour les saluer, Ewan la retint par le bras.

— Attendez !

— Pourquoi sont-ils venus ? s'enquit-elle en se retournant vers le visage blafard de sa sœur.

— Eloigne John de moi, Ewan, balbutia Honora dont les lèvres seules s'animaient.

Elle tâtonna alors sa ceinture comme pour se saisir de son arme.

Qu'avait bien pu lui faire John St Leger pour lui inspirer une telle aversion ?

Lord Beaulais fut le premier à mettre pied à terre. Il adressa à Honora un sourire crispé. Nul doute qu'il n'avait pas oublié le coup de bâton qu'elle lui avait administré.

Instinctivement, Ewan se prépara à dégainer son épée. Si

Beaulais osait offenser une sœur ou l'autre, il le punirait en lui sectionnant un bras.

— Je t'ai vu partir avec les femmes, MacEgan, ricana-t-il. Tu ne penses pas que je vais te les laisser toutes les deux, non ?

— Je ne me souviens pas que lady Katherine vous ait invités à nous rejoindre, répliqua calmement l'Irlandais.

— Son père nous a tous invités au château, pourtant, corrigea Beaulais.

Sir Ademar jeta un coup d'œil furtif sur Katherine, comme s'il veillait sur elle. Il ne dit mot, mais l'expression de son regard retint l'attention d'Ewan. Peut-être était-il venu dans l'intention d'empêcher les deux autres d'en découdre.

Ewan se rapprocha d'Honora. Pour le moment, toute son inquiétude se dirigeait vers elle.

Le chevalier Ademar s'approcha d'elle tout en surveillant les deux autres cavaliers du coin de l'œil.

— Ravi de vous voir, lady Honora. Vous êtes… resplendissante. Votre visage est… comment dire…

— Comme un diamant, une perle, n'importe quoi, mais crache ton compliment, intervint Beaulais, visiblement agacé pas ses hésitations.

— Je vous remercie de cet hommage, sir Ademar, déclara Honora, il me touche beaucoup.

Ewan s'étonna de tant de douceur chez cette femme d'habitude si rude. Voulait-elle donner au chevalier l'image d'une coquette capable de séduire ?

Il n'aimait pas la façon dont elle regardait Ademar, même si les intentions de ce dernier étaient louables. Après tout, si elle souhaitait l'épouser, il n'y était pas opposé, et cela ferait un prétendant de moins à la main de Katherine. Néanmoins, cette idée le tracassait bien plus qu'il ne voulait l'admettre.

Honora revint alors vers lui et le prit ostensiblement par la taille. Ewan s'étonna de ce revirement de situation. Bientôt, il sentit la main de la jeune femme chercher la dague qu'il portait à la ceinture.

Elle a pourtant sa propre dague, songea-t-il, un peu étonné.

Peut-être voulait-elle se protéger d'une attaque surprise de Beaulais ?

Katherine échangea alors un regard avec sir Ademar et expliqua :

— Nous étions justement sur le point de rentrer à d'Ardennes. Si vous voulez bien nous escorter jusque-là…

— Peut-être avons-nous interrompu votre repas, intervint Beaulais avec une politesse suspecte. Prenez votre temps, je vous en prie.

— Notre pique-nique est frugal, repartit Katherine, mais dès que nous rentrerons au château, je serai ravie de vous convier à un repas digne de ce nom. En qualité d'hôtesse, j'en ai le devoir, il me semble.

Ewan était inquiet. Quel jeu jouait-elle ? Avait-elle vraiment l'intention de flatter ces crapules ?

John de Ceredys s'avança alors vers Honora en signe de paix. Elle ne bougea pas, la main toujours crispée sur le pommeau de sa dague.

— Lady Honora, votre compagnie me manque à Ceredys, déclara-t-il d'un ton suave.

Il tenta de contourner Ewan pour s'approcher d'elle, mais l'Irlandais s'interposa.

— Je ne pense pas que lady Honora souhaite s'entretenir avec vous, baron, dit-il en faisant mine de dégainer.

— Il me plairait d'entendre cela de sa bouche, MacEgan.

— Lord Ceredys…, intervint Honora, soucieuse de calmer les esprits. Vous devez être bien las après ce long voyage.

Ewan nota la tension qui l'habitait. En cet instant, elle aurait volontiers passé le baron par le fil de l'épée, il n'en doutait pas. Que lui avait donc fait cet homme pour qu'elle le haïsse à ce point ?

— Moi, j'aimerais rentrer à d'Ardennes, déclara Katherine.

Elle jeta un regard suppliant à Ewan et commença à ranger les victuailles dans le panier.

— Rentrons puisque tel est votre bon plaisir, milady.

Comme elle s'avançait vers son cheval, il porta la main à son épée pour inviter les trois hommes à se tenir tranquilles.

Honora fulminait tandis que John Ceredys la suivait de près, le regard furieux.

Elle serra la poignée de sa dague tout en priant le ciel de ne pas avoir à s'en servir. Mais était-ce vraiment un péché mortel de tuer un homme en pareilles circonstances ?

Elle évita toutefois de s'éloigner d'Ewan et de Katherine au cours du trajet. Même à leur retour au château elle ne se sentit pas en sécurité malgré les gardes et les nombreux serviteurs.

Après le repas du soir, Honora se leva et suivit sa sœur vers la chambre qu'elles partageaient. Comme elles traversaient le hall, elle sentit le regard de John se poser sur elle et frémit de terreur.

L'homme la désirait, cela ne faisait aucun doute. En lui, tout lui semblait détestable : ses cheveux d'un blond insolent et ses yeux noirs empreints de malice. Comme elle passait devant lui, il leva son gobelet pour la saluer, mais elle feignit d'ignorer cette marque de déférence.

Elle le haïssait surtout pour les souffrances que les gens de Ceredys subissaient par sa faute. Le jeune baron exerçait sa tyrannie sur son entourage, mais aussi sur ses fermiers et sur les gens du village. Il était temps que cela cesse.

Son père avait raison : elle se cachait à d'Ardennes et trouvait mille excuses pour ne pas renter à Ceredys où l'on avait tant besoin d'elle. Comment pouvait-elle vivre en paix avec sa conscience alors que ces malheureux espéraient son retour ?

Un frisson la parcourut comme elle passait près d'Ewan. Celui-ci tendit la main vers elle et lui caressa le dos. Elle en éprouva un grand réconfort.

Alors qu'elle s'engageait dans l'escalier, l'Irlandais la suivit.

— Honora, je veux savoir pourquoi tu crains tant John de Ceredys. A-t-il levé la main sur toi quand tu étais chez ton mari ?

— Je ne le crains pas, Ewan, répondit-elle d'une voix lasse. Il terrorise son peuple et je ne veux plus le voir.

Elle ne dit mot de la peur que John lui inspirait personnellement. Pourtant, elle avait remarqué le regard insistant qu'il posait sur elle. Un regard qui la déshabillait sans vergogne. Elle ne pouvait oublier en outre ce que le jeune baron avait fait subir à cette servante…

Honora ferma les yeux comme pour chasser de sa mémoire ces images insoutenables.

Ewan la prit alors par le menton pour la contraindre à le regarder. Il voulait la vérité sur cette affaire.

— Est-ce que John t'a forcée, Honora ?

— Non. Je… je me suis défendue, balbutia-t-elle.

Après la mort de son mari, avec l'aide de Marie St Leger, elle était parvenue à échapper aux sévices de John.

Ewan sembla alors comprendre ce qu'elle n'avait osé formuler. La haine voila ses beaux yeux.

— Veux-tu que je te débarrasse de John ? proposa-t-il. Je vais en parler à ton père…

— Non. Si John est là, c'est parce que mon père l'a prié de venir. Nous ne pouvons rien contre cette décision.

Elle omit d'ajouter que le consentement de John lui était nécessaire si elle envisageait de se remarier. Bien sûr, Honora n'en avait pas la moindre intention et priait le ciel afin que John ne se mette pas en tête de l'épouser. Certes, les lois promulguées par l'Eglise s'opposaient à un mariage avec son beau-fils, mais ce sauvage était fort capable de les transgresser. Peut-être même de la violer.

— Honora…

Ewan la retint à temps alors qu'elle vacillait sous le coup de l'émotion.

Il glissa la main sous sa nuque et elle se sentit soudain protégée, hors d'atteinte des menaces que John faisait peser sur elle.

— Je dois rejoindre Katherine, elle m'attend, dit-elle en montant une marche de plus.

— Ferme la porte de ta chambre à double tour, conseilla Ewan. De toute façon, je garde un œil sur John de Ceredys. Il ne te fera aucun mal, foi d'Irlandais !

Honora adressa un dernier regard à son compagnon de jeunesse et lui sourit. En cet instant, elle aurait tant voulu qu'il la prenne dans ses bras, qu'il l'emmène loin de ce château où elle se sentait prisonnière.

Hélas, elle ne pouvait rien attendre d'Ewan. Il aimait Katherine et il allait l'épouser.

Pour alléger sa peine, elle essaya de se convaincre qu'elle ne l'aimait pas vraiment. Son premier mariage avait été un échec et l'idée de vivre avec un homme lui était désormais insoutenable. En outre, elle ne pouvait se soustraire à ses responsabilités : sauver les gens de Ceredys des griffes de John. Voilà ce qui importait pour le moment. Ce qu'ils enduraient en son absence n'était plus tolérable.

Mais que faire ?

L'idée de son père, qui lui avait conseillé de se trouver un époux capable de lever une armée, commençait à faire son chemin dans son esprit. Il lui fallait un guerrier, un homme capable de mater le jeune baron. Elle songea à sir Ademar, mais celui-ci n'était pas en possession de toute la fortune familiale. Quant à Ewan, il n'était pas assez riche pour enrôler les hommes d'armes dont elle avait besoin. Ne restait que Gerald de Beaulais, assurément le prétendant le plus fortuné.

Hélas, Honora ne pouvait envisager d'avoir recours à lui. Il était de la trempe de John : pervers, froid et calculateur. Malheureusement, les autres prétendants ne possédaient ni les fonds, ni le courage pour affronter John de Ceredys.

Dès lors, il ne lui restait plus qu'à louer les services de combattants réputés dignes de confiance. Mais pour cela, il fallait une fortune royale qu'elle ne possédait pas.

Un sourire naquit alors sur ses lèvres. Serait-elle capable de dénicher le trésor légendaire de Ceredys ? Marie St Leger parlait de milliers de pièces d'or et d'argent. Elle disait que le rubis qu'elle portait autour du cou provenait de ce trésor caché.

Si elle n'avait pas eu ce rubis sous les yeux, Honora n'aurait jamais cru à cette histoire. Marie l'avait conservé jusqu'à la mort de Ranulf. Puis la pierre précieuse avait disparu…

Elle chassa cette idée folle de son esprit. Retrouver ce trésor était impossible.

La main à sa ceinture elle caressa le pommeau de sa dague, l'air songeur. Si elle avait vraiment l'intention d'aider les gens de Ceredys, elle devait se résoudre à se remarier. Et cela, même si cette idée lui faisait horreur.

Katherine dormait déjà quand elle entra dans leur chambre. Honora se déshabilla, avant de pousser la lourde barre de bois qui condamnait la porte. Par la fenêtre entrouverte passait une brise printanière qui la fit frissonner. Alors, elle se glissa sous les couvertures et se pelotonna pour se réchauffer.

Au dehors, un volet battait à coups réguliers. Ce bruit devenait obsédant. Il évoquait pour elle de tragiques souvenirs.

John était dans ces murs, et même si elle se refusait à le craindre, elle ne pouvait s'empêcher de redouter sa présence. Elle se leva pour prendre sa dague et la glisser sous son oreiller. Ainsi, elle serait prête à l'affronter s'il pénétrait dans sa chambre.

Et ce ne serait pas la première fois…

Cette nuit-là, à Ceredys, elle avait senti sa présence et pourtant, il n'avait pas fait le moindre bruit en poussant la porte de sa chambre. Elle avait malgré tout glissé sa main sous la couverture pour saisir la dague qu'elle toujours à portée de main.

A peine avait-il posé la main sur son épaule nue qu'elle avait bondi et pointé son arme sur le cœur de l'intrus. Terrifié, le jeune baron s'était alors agenouillé au pied du lit en la suppliant de ne pas le tuer.

— Il faut pourtant que j'en finisse avec vous. Je suis lasse de vos crimes. Cessez de tourmenter les femmes comme vous le faites.

John avait déjà violé plusieurs servantes, comme un chien qu'il était. Et ceux qui avaient tenté de venger ces malheureuses l'avaient payé de leur vie.

— Elles étaient consentantes, avait-il dit pour sa défense. Alors, Honora avait fait pression sur la dague et le sang de ce misérable avait giclé. Une simple égratignure en guise d'avertissement.

— Tous les gens de Ceredys veulent votre mort, baron, et à votre place je craindrais leur vengeance. Un accident est si vite arrivé…

— Tu oses me menacer ?

— Comme vous avez menacé toutes ces pauvres filles. Prenez garde. Si vous touchez encore une servante, si vous volez aux fermiers le moindre sac de blé, je vous jure que je ne vous laisserai pas l'occasion de recommencer.

Elle aurait dû tuer John cette nuit-là afin de libérer Ceredys de ce tyran. Hélas, elle l'avait laissé filer.

Quelques heures plus tard, elle était prisonnière sous son propre toit, enfermée à double tour dans un cellier. Elle y avait passé deux jours sans nourriture, jusqu'à ce que le forgeron de Ceredys la découvre.

— La dame de Ceredys m'a prié de vous remettre ce qui vous revient, avait-il dit en lui tendant un balluchon.

— Merci, mon ami. Vous serez récompensé pour m'avoir délivrée.

— Maintenant, il faut filer milady. Ici, vous êtes en grand danger.

Pour symboliser la fin de sa servitude, Honora avait coupé sa longue tresse et avait juré de ne plus jamais subir la loi des hommes. Alors, vêtue de l'armure et du heaume d'un soldat, elle s'était enfuie de Ceredys.

Aujourd'hui, elle ignorait ce que le forgeron et tous ces malheureux étaient devenus. Ils subissaient la terrible autorité de John et elle était impuissante à les en délivrer. Elle avait bien songé à faire appel au roi mais c'était inutile : tout seigneur était libre de traiter ses serfs comme il l'entendait.

Et cela tant qu'il payait ses redevances et se montrait loyal envers son suzerain.

Pourtant, il devait bien y avoir un moyen de mettre fin aux agissements du baron de Ceredys.

Une angoisse soudaine la fit frémir et elle dut faire un effort pour se ressaisir.

John ne poserait plus jamais la main sur elle et, un jour, il paierait pour tous ses crimes.

Elle en faisait le serment !

Chapitre 7

La chapelle était déserte. Quelques torches éclairaient de leur lumière ambrée les murs blanchis à la chaux. Après la messe du matin, Ewan s'était attardé pour méditer dans le silence du sanctuaire.

Le coffre de bois qu'Honora avait retrouvé était bien à sa place, dans le chœur, derrière l'autel. Ce coffre de bois d'if rappelait à Ewan celui que son grand-père Kieran avait sculpté dans sa jeunesse. Le couvercle était simplement orné de lignes obliques et d'un phylactère sans inscription.

Il effleura du bout des doigts ces sculptures en bas-relief dont la signification lui échappait.

Se sentant soudain un peu las il se frotta les yeux et réprima un bâillement. Le mystère demeurait entier quant à l'identité du voleur de coffre. L'objet avait refait son apparition comme par enchantement et rien ne manquait de son contenu. A l'évidence, celui ou celle qui l'avait dérobé n'était pas intéressé par le coffre lui-même, mais par ce qu'il aurait pu contenir.

Honora lui avait confié que le coupable s'était servi de son épée pour la menacer et qu'il n'était pas seul. L'un des deux larrons faisait sans doute le guet pendant que l'autre dérobait le coffre.

Ewan serra le poing en songeant que cet homme aurait pu la blesser. A ses yeux, l'imprudente prenait trop de risques et ne mesurait pas toujours le danger.

Il s'avança vers le sanctuaire, saisit le coffre et le retourna pour en examiner le fond. Souvent les ébénistes ménageaient un double fond pour tromper les voleurs. Mais là, il n'y avait rien. Alors, Ewan reposa l'objet et quitta les lieux.

Au-dehors, de gros nuages noirs, poussés par le vent, annonçaient la pluie. Il fit halte un instant et son regard s'attarda sur les murs crénelés du château. Il songea à la forteresse qu'il ferait bâtir un jour. Il espérait qu'elle serait tout aussi impressionnante que celle-ci. Il en rêvait depuis longtemps et savait maintenant que le rêve était à sa portée. Bientôt il serait enfin propriétaire et aurait une femme auprès de lui pour s'occuper de son logis.

Il sentit une main se poser sur son épaule et instinctivement tira sa dague de son fourreau. Honora le maîtrisa en lui saisissant le poignet.

— Oh ! Pardonne-moi, dit-il en baissant la garde.

— Mon intention n'était pas de te faire peur, Ewan.

— Tu sais, je suis le plus jeune frère de cinq garçons qui étaient six autrefois, aussi je suis toujours sur mes gardes.

Il ajouta, le regard perdu au loin :

— S'il avait réagi à temps, Liam serait vivant aujourd'hui.

— Tu y penses souvent, n'est-ce pas ?

— Tous les jours.

Elle lui sourit et cela suffit à le réconforter. Malgré lui, Il s'attarda sur la silhouette gracile de la jeune femme et sur l'éclat de ses yeux verts. Un voile dissimulait ses cheveux bruns, coupés très courts. Peu de gens savaient qu'elle était coiffée ainsi. Loin d'altérer sa féminité cela soulignait les traits de son visage et la rendait plus attirante.

Ewan s'interdit cependant de la regarder comme une future conquête. Il était venu demander la main de Katherine d'Ardennes et curieusement il passait le plus clair de son temps avec sa sœur aînée.

— Que me vaut le plaisir de cette rencontre ? questionna-t-il. Ce n'est pas le soleil qui invite à sortir, pourtant.

— Je sors pour éviter John de Ceredys, lui confia-t-elle en croisant les bras sur sa poitrine.

— Dois-je comprendre qu'il t'importune, s'enquit Ewan en saisissant aussitôt son épée.

— Ce n'est rien, murmura-t-elle en baissant les yeux.

Ewan plissa le front d'un air soupçonneux, imaginant aussitôt le pire.

— Je ne te crois pas, Honora.

— Crois ce que tu voudras, MacEgan. J'ai mes raisons d'éviter John et elles ne regardent que moi.

Elle se détourna de lui, visiblement agacée par cette discussion. Mais son silence ne faisait que raviver la curiosité d'Ewan.

— John a-t-il levé la main sur toi ?

Elle parut hésiter.

— Pas sur moi, non.

Il la vit soudain rougir et porter les mains à son visage.

C'était donc que John avait exercé des sévices sur quelqu'un d'autre et qu'Honora se sentait responsable de ses agissements.

— Tu m'as demandé de veiller à ce que le jeune baron ne s'approche pas de toi, Honora. Est-ce toujours ce que tu souhaites ?

— Je me refuse à t'imposer cette contrainte, Ewan. Tu ne peux pas être constamment auprès de moi et il est temps que j'affronte mes propres frayeurs.

Elle n'était pourtant pas prête à le faire… Elle s'éloigna sans un mot et il ne chercha pas à la retenir. Pourtant, il en mourait d'envie…

A ses yeux, Honora méritait d'être heureuse après l'échec de son mariage. Ils avaient été élevés ensemble et il la considérait presque comme une sœur. Si elle décidait de se remarier, il lui faudrait un époux capable de lui donner de l'amour. Mais qui serait cet homme ?

Un soupçon de culpabilité effleura Ewan. En effet, ces derniers temps, il ne s'était pas vraiment comporté comme un frère à l'égard d'Honora. Le baiser qu'ils avaient échangé dans la chambre n'avait rien de fraternel.

Ce qu'il ressentait pour elle, c'était du désir et rien d'autre. Et le meilleur moyen d'échapper à la tentation qu'elle représentait pour lui, c'était de chasser son image de son esprit et d'accorder toute son attention à celle qu'il devait épouser : Katherine.

Il y avait maintenant deux jours qu'Honora n'avait pas revu John de Ceredys. Avait-il décidé de la laisser en paix ? Non, elle ne pouvait le croire. Sans doute attendait-il qu'elle ait relâché sa vigilance pour la prendre au piège.

Katherine, en revanche, ne connaissait pas l'angoisse. Ce matin, elle rayonnait de bonheur.

— Il m'emmène en promenade, confia-t-elle à sa sœur tout en enfilant son bliaud.

— De qui parles-tu ?

— D'Ewan, bien sûr. Ne le dis à personne, Honora. Et surtout pas à notre père. Tu sais à quel point il me protège ?

— Et il a raison. Il estime à juste titre que tu es jeune et innocente et que tu ne sais rien des hommes. Tu ne devrais pas sortir seule avec Ewan, crois-moi.

— Il insiste pour mieux me connaître, Honora. Quoi de plus normal puisque je compte le prendre pour époux. Ne penses-tu pas qu'une jeune fille doit passer beaucoup de temps avec son fiancé ?

Mais ils n'étaient même pas encore fiancés, songea Honora.

Certes, elle comprenait que Katherine éprouve le besoin d'être seule avec Ewan, mais qu'arriverait-il s'il tentait de la séduire ? S'il la taquinait comme un amant ?

Tout comme il l'avait fait avec elle !

Honora se crispa soudain. Jamais elle n'aurait dû accorder cette liberté à Ewan. Que lui importait après tout de savoir quel goût flottait sur ses lèvres et quelle sensation elle éprouvait au contact de son corps ?

Et si, par malheur, Katherine se donnait à lui ? Elle était bien trop naïve pour résister à un séducteur de son espèce.

En tout cas, si l'Irlandais abusait de sa jeune sœur, Honora était bien décidée à lui couper les oreilles et à les jeter aux chiens !

— Et… où comptez-vous aller tous les deux, questionna-t-elle en affectant un ton léger.

— Voir les ruines de l'ancienne abbaye. C'est un endroit merveilleux, n'est-ce pas ?

— Dangereux, surtout. Prenez garde, les murs pourraient s'écrouler sur vous et vous ensevelir.

— Si j'avais su, je ne t'en aurais rien dit, bougonna Katherine.

— Fais comme tu l'entends, mais surtout… ne laisse pas Ewan t'embrasser.

— Pourquoi pas ? Il m'a tout l'air d'un homme qui n'en est pas à son premier baiser.

Elle ne croyait pas si bien dire !

— Tu es encore si jeune, Katherine.

— J'ai dix-neuf ans. Certaines filles se marient à treize ans, et tu le sais.

— Dieu soit loué, tu as échappé à ce danger.

Katherine s'assit alors sur son lit et croisa les mains sur son giron en prenant l'air sérieux.

— Dis-moi, Honora… je ne t'ai jamais posé cette question, mais… comment se passent les choses entre un homme et une femme ? Tu as été mariée, donc tu dois le savoir. Qu'est-ce qu'on ressent quand un homme nous touche ?

Dieu du ciel ! songea Honora, ne sachant trop comment dissimuler son embarras. Comment allait-elle répondre à cette question ? D'ailleurs, que savait-elle du comportement normal d'un fiancé envers sa promise ?

Ranulf s'était montré brutal et cruel avec elle, et cela par sa faute. Jamais elle n'aurait dû bondir sur lui toutes griffes dehors, ni le menacer de son arme. En effet, il n'était pas dans les usages qu'une épouse rosse son mari au cours de la nuit de noces !

Ranulf ne lui avait jamais pardonné cet épisode. Ce soir-là il avait jeté au feu la dague avec laquelle elle l'avait blessé et lui avait interdit de toucher une arme à l'avenir. Après quoi, il avait ordonné à ses gardes de lui administrer une correction et de la mettre au cachot.

Au matin, alors qu'elle était à demi consciente et couverte de bleus, son mari l'avait prise sauvagement. Elle avait pleuré toutes les larmes de son corps, appelant la mort de ses vœux, tant Ranulf avait pris plaisir à l'humilier.

— Je ne sais trop quoi te dire sur les hommes, petite sœur, confessa-t-elle humblement. Tout ce que je peux te souhaiter, c'est un mariage plus heureux que le mien.

— Pardonne-moi, Honora, je n'aurais jamais dû me montrer aussi curieuse.

Honora sentit soudain sa gorge se serrer au souvenir de ces jours sombres, mais reprit malgré tout :

— J'espère qu'il en sera autrement pour toi, petite sœur.

Puis elle aida Katherine à se coiffer, avant de se reculer un peu pour admirer sa toilette.

Elle était ravissante dans son bliaud de laine violette aux manches longues et amples soulignées de galons d'argent. Le vêtement très ajusté révélait la minceur de sa taille et toute la grâce de son corps juvénile.

— Je rentrerai avant le coucher du soleil, Honora, c'est promis. Si jamais père me cherche…

— Je lui dirai que tu ne te sentais pas bien et que tu as préféré garder la chambre.

Honora prit la main de sa sœur et ajouta avec un tendre sourire :

— Je vais demander aux serviteurs de vous préparer un bon panier de victuailles. Je connais la gourmandise d'Ewan. Surtout, ne rentre pas trop tard et ne m'oblige pas à aller te chercher.

— Merci, Honora.

Katherine la serra très fort dans ses bras, puis elle courut vers la porte et disparut.

Honora demeura prostrée un long moment, les yeux humides. Katherine allait passer la journée seule avec Ewan MacEgan et cela la tourmentait. Il allait faire une cour empressée à sa jeune sœur, soucieux de conquérir son cœur tendre. En fait, il convoitait les terres que Katherine possédait à Erin pour y établir un pied à terre. En bon stratège il userait de toutes les ruses pour parvenir à ses fins.

Honora en conçut un brin d'amertume. Oh, ce n'était pas de la jalousie. Non, cela n'y ressemblait pas vraiment.

Devait-elle les suivre en secret et intervenir au cas où Katherine aurait besoin d'elle ?

Non. Ce n'était pas une bonne idée. Sa jeune sœur avait droit à l'intimité. Elle n'était plus une enfant.

Cependant, elle ne permettrait à personne de lui faire du mal. Pas même à l'homme en qui elle avait placé sa confiance.

Décidée, elle se changea pour revêtir un bliaud de laine brune qui passerait inaperçu dans les fourrés entourant l'abbaye. Si elle comptait arriver sur place avant eux, il fallait qu'elle se mette en route sans tarder.

Elle se coiffa d'un voile pour dissimuler en partie son visage, puis vérifia que sa dague était bien dans son fourreau. Enfin, elle quitta la chambre et se dirigea vers les écuries.

Dans moins d'un quart d'heure elle serait à l'abbaye.

Ewan aida Katherine à mettre pied à terre, puis attacha sa jument à un arbre voisin. Il trouvait sa promise ravissante avec son teint de rose et son corps juvénile. Il la prit par la taille, laissant ses mains s'attarder un peu. Allait-il ressentir pour elle le même attrait que pour Honora ?

Hélas, non. Rien de tel ne se produisit.

Il comprit qu'il lui faudrait du temps pour apprendre à connaître Katherine. Toutefois, il demeurait confiant. Elle était jeune et désirable, il finirait bien par éprouver quelque chose pour elle.

— Je suis ravie que vous m'emmeniez en promenade, Ewan, lui confia sa promise avec un tendre sourire.

— Nous avons eu trop rarement l'occasion d'être seuls, n'est-ce pas ?

Il lui prit la main et s'avança vers les ruines de l'abbaye. Dans sa jeunesse, il fréquentait cet endroit situé à quelques lieues des terres du comte de Longford. Il y pratiquait l'art du combat, défendant avec ardeur cette ruine vénérable qu'il considérait comme son château.

Ici, il avait souvent affronté Honora. Ils y passaient des heures à croiser le fer et elle ne lui faisait aucun cadeau, le harcelant sans cesse pour faire de lui un guerrier. Un homme en un mot. Pour le mettre à l'épreuve, elle l'injuriait, l'humiliait, l'obligeait à soulever de lourdes pierres pour éprouver sa force. Ainsi, il était devenu en peu de temps un adversaire redouté pour tous ceux qui l'affrontaient à l'épée ou à mains nues.

Ewan s'efforça de chasser ces souvenirs de sa mémoire. Pourquoi pensait-il aussi souvent à Honora ? Certes, ils étaient amis, mais rien d'autre. Pourtant, il n'avait jamais ressenti un tel désir pour une autre femme, un tel besoin d'être auprès d'elle.

Il se reprocha aussitôt de l'avoir embrassée et se jura de ne jamais recommencer.

Katherine s'assit dans l'herbe en prenant soin de ne pas froisser son bliaud. Elle leva les yeux vers lui comme pour l'inviter à s'asseoir auprès d'elle, mais Ewan hésita. Il se sentait un peu comme un jeune loup auquel une proie facile était offerte.

— Quelle journée radieuse, n'est-ce pas ? minauda Katherine.

— En effet.

Il se trouvait maladroit, emprunté. Pourtant il n'avait plus seize ans et parlait d'habitude aux femmes avec plus d'aisance.

— Avez-vous faim ? reprit-elle. Honora a fait préparer un panier de pique-nique à notre intention, dit-elle en faisant mine de se lever.

— Non, ne vous dérangez pas. Nous verrons cela plus tard.

En fait, il voulait savoir si une étincelle pouvait jaillir entre eux et s'il était capable de chasser Honora de sa mémoire. Pour lui, embrasser une femme ou une autre était la même chose. Tout au moins essayait-il de s'en persuader.

Oubliant toute courtoisie, il s'assit auprès de Katherine et la renversa dans l'herbe. Il prit alors ses lèvres avec ardeur, espérant secrètement éprouver le désir qu'Honora avait fait naître en lui.

Mais il n'en fut rien.

Il se sentit comme un vil séducteur forçant une femme qui ne désirait pas être embrassée, et comme il relâchait son étreinte il découvrit les joues en feu de Katherine.

Celle-ci porta la main à ses lèvres en disant :

— J'espérais tant ce baiser de vous.

Ewan lui sourit, regrettant malgré tout son audace.

Soudain un craquement de branches éveilla son attention, et il vit quelque chose bouger dans le bosquet voisin. Aussitôt, il porta la main à son épée.

— Ne bougez pas, Katherine, chuchota-t-il. Quelqu'un se cache sous ces arbres.

Il lui fit signe d'aller vers l'abbaye et ajouta :

— Allez vous réfugier dans les ruines, je vous y rejoindrai.

Epée en main, Ewan s'avança alors en direction du bosquet. Il fouilla minutieusement les fourrés, bien décidé à dénicher celui ou celle qui se cachait là.

Honora !

Oui c'était bien elle, tapie dans ce buisson, sa dague en main, prête à frapper.

— En fait, je ne suis pas vraiment surpris de te voir, soupira-t-il. Je ne te demande pas ce que tu fais ici.

— Je suis là pour protéger ma sœur au cas où tu tenterais d'abuser d'elle.

Il la saisit par le poignet et l'obligea à se mettre debout.

— Je vois que tu as une très haute opinion de moi ! ricana-t-il.

— Tu aimes embrasser les femmes, n'est-ce pas ? Moi, tout d'abord, maintenant ma sœur, et peut-être d'autres par la suite ? Dès lors, comment puis-je te faire confiance ?

Il y avait de la jalousie dans cette remarque. Jamais il n'aurait imaginé qu'Honora puisse être à ce point jalouse, et surtout de sa sœur.

Enfin il parvint à lui faire lâcher prise et la dague qu'elle serrait dans sa main tomba à terre.

— Je doute que Katherine apprécie ton dévouement. Je t'assure qu'elle ne se sent pas en danger avec moi. Ce serait même le contraire.

— Je n'ai rien à me reprocher. J'aurais agi de même si elle avait suivi ici n'importe quel prétendant.

— Eh bien, puisque tu es là, je t'invite à te joindre à nous, suggéra Ewan en la tirant de son fourré.

— Non ! protesta Honora en s'arrachant à son emprise. Et ne dis surtout rien à Katherine.

Ignorant ses protestations, Ewan la saisit par la taille et la hissa sur son épaule.

Il se dirigea alors vers l'abbaye, indifférent aux coups qu'elle lui donnait pour tenter de se délivrer.

— Katherine, regarde ce que j'ai découvert dans les fourrés, s'écria-t-il. Une espionne !

— Honora ? Mais que fais-tu ici ?

Comme Ewan déposait son fardeau à terre, Katherine insista en haussant le ton :

— Vas-tu enfin m'expliquer ce que tu fais là ?

— Je… je tenais à m'assurer que tout allait bien pour vous deux, c'est tout. Vous êtes partis depuis si longtemps…

— Nous venons à peine d'arriver, rétorqua sa sœur.

Ewan qui n'avait jamais eu de sœur, s'amusait fort à voir ces deux-là se chamailler.

— Tu nous espionnais, s'emporta Katherine. Voilà ce que tu faisais.

— Je ne pensais qu'à te protéger, petite sœur.

— A m'espionner ! s'écria Katherine en frappant du poing l'épaule de son aînée. Va-t'en, maintenant, et surtout trouve-toi un autre prétendant. Celui-ci c'est le mien !

Loin de se mêler de cette querelle, Ewan prit une côtelette d'agneau dans le panier et commença à manger de bon appétit tandis que les deux femmes continuaient à se disputer.

— Je t'ai déjà dit cent fois que je ne voulais pas me remarier, rétorqua Honora tout en évitant un autre coup. Ouvre les yeux et tu verras que je ne fais que respecter la volonté de notre père. C'est toi qu'il veut marier, pas moi.

Honora esquiva cette fois un coup de pied et décida d'en finir.

— Katherine, en voilà assez maintenant. Rentrons et oublions tout ceci.

— Oh, mais je vois clair dans ton jeu : tu veux me séparer de mon fiancé ! fit-elle en se jetant sur sa sœur.

Elles roulèrent ensemble dans l'herbe, et Ewan observait le spectacle tout en grignotant un morceau de pain. Il regrettait que Bevan ne soit pas là pour partager avec lui ce divertissement.

Cette empoignade de filles le réjouissait.

Honora dut déployer toute son énergie pour calmer Katherine et l'immobiliser enfin.

— Maintenant, tu vas me promettre de te tenir tranquille, petite sœur. Comment oses-tu te ridiculiser à ce point devant Ewan ? Ah, il doit être fier de toi ton fiancé !

Katherine se débattit de nouveau en maudissant sa sœur par tous les diables de l'enfer.

Il y eut encore un échange de coups, puis Katherine abandonna enfin la partie.

— Ewan, je suis navrée de voir cette péronnelle se conduire aussi mal, soupira Honora en se relevant. Je te laisse te charger de reconduire Katherine au château, et si vous n'êtes pas de retour dans une heure, c'est son père qui viendra vous chercher.

Alors, elle tourna les talons et disparut bientôt sous les arbres.

Chapitre 8

Dès son retour, Honora monta dans sa chambre et ouvrit le coffre qui contenait ses affaires. Tous ses souvenirs d'enfance étaient là.

La matinée avait mal commencé, elle était d'humeur morose et avait grand-besoin de se changer les idées. En fait, elle regrettait sa dispute avec Katherine car elle ne s'était rendue à l'abbaye que dans le souci de la protéger.

Toutefois, quand elle avait vu Ewan prendre sa sœur dans ses bras et lui donner ce baiser fougueux, quelque chose s'était brisé en elle. Dès lors, elle n'avait eu qu'un désir : interrompre leur étreinte. Et elle avait réussi.

Maintenant, elle se reprochait amèrement d'avoir agi sous l'empire de la jalousie. En fait, elle était convaincue qu'Ewan MacEgan ferait un bon mari pour Katherine. Et même s'il n'était pas aussi riche que les autres prétendants, il saurait la rendre heureuse.

Honora s'assit à même le carrelage et songea avec amertume à l'échec de son mariage. A dix-neuf ans, elle était tout aussi insouciante que sa sœur et croyait qu'un mari la comblerait de bonheur. Le cœur plein d'espoir, elle imaginait Ranulf à l'image de son propre père, bon et généreux. Hélas, elle s'était rudement trompée.

Elle soupira, accablée de remords. Elle n'avait pas le droit de saccager le bonheur de Katherine. Nul doute qu'en épousant le jeune MacEgan celle-ci faisait le bon choix. Ewan était un homme équilibré qui prendrait soin d'elle et la protégerait.

Dès lors, pourquoi ne pouvait-elle se réjouir vraiment du bonheur de Katherine ?

Il n'y avait qu'une explication à cela : la jalousie qui la dévorait.

Pourtant, Honora ne voulait pas d'Ewan. D'ailleurs, elle était incapable de faire une bonne épouse. Ranulf n'avait cessé de le lui répéter.

Et à présent, elle ne faisait même pas une sœur acceptable. Katherine avait eu raison de la traiter d'espionne. Elle ne méritait pas mieux.

Honora avait surtout besoin de prendre ses distances avec son passé, de se libérer de ses frustrations.

Elle baissa les yeux sur ses mains. Elle n'était même plus capable de battre Ewan à l'épée. Voilà, c'était une idée ! Pour se remonter le moral, elle irait faire un peu d'exercice !

Elle se leva, et comme elle se penchait sur son coffre, elle remarqua que ses vêtements étaient en désordre comme si quelqu'un avait fouillé ses affaires.

Mais qui ? Et dans quel but ?

Certainement pas Katherine qui avait plus de robes et de colifichets qu'il n'était nécessaire. En outre, rien n'avait vraiment de valeur dans ce coffre, sauf…

Honora prit peur tout à coup. D'une main tremblante elle chercha le loquet qui ouvrait le double fond et l'actionna.

Dieu merci, tout était à sa place : la cotte de maille, les chausses de guerrier, les braies et la tunique.

Cet accoutrement n'avait rien de seyant, mais se vêtir en homme était pour elle le seul moyen de dissimuler son identité. Ainsi, elle pouvait se mêler librement aux gardes de son père sans que personne ne s'en aperçoive.

Honora réfléchit un instant… Depuis quelque temps elle se sentait épiée, et il ne faisait guère de doute pour elle que la fouille de son coffre était liée à cela.

Qui fallait-il soupçonner ? John de Ceredys ? L'un des prétendants ?

Elle ôta sa robe, enfila la chemise d'homme, puis le gambison, et enfin la cotte de mailles. Elle renonça à la broigne qui pesait trop lourd sur ses épaules de même qu'au heaume dont la base lui sciait la nuque. Préférant les équipements légers et peu encombrants, elle avait définitivement banni l'armure de fer dans laquelle on étouffait et qui empêchait de se relever en cas de chute.

Elle avait hâte de brandir l'épée, de sentir le sang courir dans ses veines à l'approche du combat. Même si elle ne se battait qu'une heure, cela l'aiderait à oublier l'altercation pitoyable qu'elle venait d'avoir avec sa sœur.

Nul doute que Katherine ne manquerait pas l'occasion de lui reprocher son attitude. Et que pourrait-elle dire pour se défendre ? Si Katherine acceptait ses excuses, elle en serait heureuse.

Elle quitta sa chambre d'une démarche pesante, engoncée dans sa tenue de guerrier. Pourtant, à chaque pas, il lui semblait redevenir elle-même, recouvrer un peu le sens du pouvoir.

Elle s'introduisit discrètement dans l'armurerie et en ressortit munie d'une longue épée sans éveiller l'attention de quiconque. Elle aimait sentir la poignée de son arme sous sa main nue, aussi avait-elle renoncé aux gantelets trop rigides et trop grands pour elle.

En débouchant dans la cour, elle se dirigea aussitôt vers l'aire d'entraînement. Quelques soldats affrontaient déjà les prétendants de Katherine. Le son familier des épées qui s'entrechoquaient raviva son ardeur.

— Veux-tu te battre, soldat ?

Elle reconnut aisément la voix de John de Ceredys et son sang ne fit qu'un tour.

Elle tenait là l'occasion de se venger. Aussi, sans songer au danger qu'elle courait en se mesurant au jeune baron, elle répondit sans hésiter :

— Avec plaisir !

Après avoir raccompagné Katherine jusqu'au pied du donjon, Ewan retrouva son frère Bevan dans la chambre qu'ils partageaient.

— Comment s'est passée ta visite chez les Longford, Bevan ?

— Le comte n'est pas désagréable et je dois dire qu'il a beaucoup aimé le whisky irlandais que je lui ai offert. En revanche, la mère de Geneviève…

Il hocha la tête, l'air navré.

— Elle t'aurait volontiers coupé le cou pour avoir osé délaisser sa fille alors qu'elle est sur le point d'accoucher, n'est-ce pas ?

— Je n'allais tout de même pas imposer ce voyage à ma femme alors qu'elle s'apprête à donner naissance à notre enfant.

Bevan parut hésiter un instant, puis ajouta :

— Quant à Helen, elle m'a reproché de ne pas être venu avec mes fils. Ils lui manquent beaucoup.

— Tu aurais pu, en effet, admit Ewan. Je suis sûr que Duncan aurait apprécié ce voyage, lui qui les aime tant.

Ewan avait une affection particulière pour Duncan, le fils aîné de Bevan. Il n'avait que sept ans mais lui rappelait beaucoup le garçon qu'il était au même âge.

— Au fond, j'ai bien fait de le laisser à la maison. lady Longford ne l'aurait nourri que de sucreries.

— Je ne vois rien de mal à cela, Bevan.

— Tu changeras d'avis quand tu auras des enfants, crois-moi. A propos, où en es-tu avec lady Katherine ? Avez-vous fixé la date des fiançailles ?

— Je crois qu'elle est conquise et qu'elle sera ma femme. Et ce n'est pas à sa sœur que je dois ce privilège !

Ewan expliqua à son frère qu'Honora avait osé se cacher dans un buisson sous le prétexte de surveiller Katherine.

— Bien sûr, ce n'était qu'une excuse pour nous espionner, comme tu t'en doutes, commenta-t-il. Quand nous étions jeunes, Honora était constamment sur mes talons et j'avais beaucoup de mal à me débarrasser d'elle.

— Je m'en souviens, en effet, dit Bevan.

— Elle est tout simplement jalouse, cela ne fait aucun doute pour moi. Le baiser que j'ai échangé sous ses yeux avec Katherine l'a probablement rendue furieuse.

— Tu en es sûr ? questionna Bevan, avec un sourire énigmatique.

— Qu'as-tu appris d'intéressant au cours de ta visite chez le comte ? reprit Ewan pour changer de sujet.

— Une seule chose : je me félicite d'être séparé de ma belle-famille par la mer ! C'est tout ce qui empêche les Longford d'intriguer et d'échafauder des projets pour les fiançailles de mes fils.

— Pas d'autres nouvelles ? insista Ewan. Ils n'ont rien dit de Ranulf St Leger, l'époux défunt d'Honora ?

— Non, et c'est tant mieux car ce sujet ne m'intéresse guère.

— Moi, j'aimerais savoir pourquoi Honora refuse obstinément de se remarier.

— Pose-lui la question, rétorqua Bevan.

— C'est déjà fait, mais je n'ai pas obtenu de réponse. Elle est très secrète sur ce point.

— Son premier mariage te tracasse encore, n'est-ce pas ?

Sans laisser le temps à Ewan de protester, Bevan continua :

— Et tu ne t'es jamais demandé pourquoi ? Moi, je le sais. C'est parce que tu ferais plus volontiers ta cour à Honora qu'à sa sœur.

— Non ! s'insurgea Ewan. Honora est trop… Trop vive, trop… passionnée.

Il s'interrompit, cherchant le mot le plus juste.

— Trop perturbée, acheva-t-il. De plus, Katherine possède des terres à Erin, au sud de Dubh Linn, alors que celles d'Honora sont proches de la propriété de John St Leger. Je ne veux pas d'un voisin tel que ce jeune baron arrogant.

— Alors, oublie Honora et occupe-toi de Katherine.

Ewan admit que cette solution était en effet la plus sage. Mais pourquoi diable ne parvenait-il pas à chasser de son esprit l'image d'Honora ?

— Tu devrais rentrer chez toi, Bevan, suggéra Ewan. Tu n'as plus aucune raison de t'attarder ici.

— Tu sembles oublier que je suis venu pour assister à ton mariage ?

— Ta présence ne sera pas nécessaire. Le comte de Longford sera mon témoin. D'autre part, tu sais que Geneviève aimerait que tu sois auprès d'elle pour son accouchement.

— Bah ! Le bébé ne naîtra pas avant la fin de l'été.

— Crois-tu ? Les enfants arrivent parfois plus tôt que prévu.

Ewan remarqua l'embarras de son frère. En effet, Cavan, le plus jeune fils de Bevan, était venu au monde avec cinq semaines d'avance et il n'avait survécu que par miracle.

— Crois-moi, retourne auprès de ta femme, insista Ewan. Ne te fais aucun souci pour moi. Dès que nous serons mariés, Katherine et moi, nous viendrons vous rendre visite.

— Alors, ne tardez pas trop. Nous aimerions passer la nuit de la Saint-Jean avec vous.

— Promis, Bevan. Nous serons là.

— Parfait.

Bevan prit la main de son frère dans la sienne en ajoutant :

— Avant mon départ, je parlerai au baron pour hâter la date de tes fiançailles.

— La terre sera à moi, Bevan, assura son frère en le fixant droit dans les yeux.

— Je n'en doute pas, mais je ne suis pas sûr que cette charmante lady Katherine soit une femme pour toi.

Ces mots résonnèrent de façon cruelle dans le cœur d'Ewan. En vérité, il était très attaché à Katherine et il la voulait vraiment pour épouse.

— Bon voyage, Bevan, conclut-il en étreignant son frère.

— Je t'envoie Connor qui prendra ma place ici. Il rentrera chez nous avec ta femme et toi.

— Non. Je préfère voyager seul avec Katherine, objecta Ewan.

— Soit. Je comprends. Mais… prends bien garde, Ewan. Ne te trompe pas d'épouse.

— Aucun risque. Je laisse Honora à un autre car nous formerions un couple infernal.

— Adieu, donc.

Après le départ de son frère, Ewan prit son épée et la glissa dans son fourreau. Il éprouvait le besoin de se battre pour chasser ses derniers doutes.

Alors, peut-être pourrait-il enfin oublier Honora ?

John de Ceredys lança un bouclier à son adversaire. Honora s'en saisit avec adresse et le releva pour parer le premier coup d'épée. Le jeune baron frappa plusieurs fois de suite, ne lui laissant aucun répit.

Malgré les chocs répétés qui lui meurtrissaient le bras, elle faisait face, bien campée sur ses jambes.

— Tu es bien jeune pour te mesurer à moi, mon garçon ! ricana John en lui assénant un nouveau coup.

Elle savait qu'il pouvait vaincre par la ruse autant que par la force si elle relâchait un seul instant son attention.

Aussi saisit-elle la première occasion de foncer droit sur lui pour le frapper à la poitrine. John fut sauvé de justesse par son bouclier.

Elle ne l'avait jamais affronté à l'épée. Sa seule victoire sur lui, elle l'avait remportée une nuit en le blessant par surprise avec sa dague. Mais dans ce combat singulier, la force et la ruse qu'il déployait sapaient sa confiance, si bien qu'elle commençait à regretter de l'avoir provoqué.

John gardait l'avantage et l'obligeait bien souvent à reculer. Une nouvelle chance se présenta pour Honora. Elle toucha son adversaire au bras et le sang jaillit.

Il rugit comme une bête sauvage et chargea de nouveau, la laissant désemparée. Il lui porta un coup terrible qui fit voler son bouclier. Désormais, elle n'avait plus que son épée pour se défendre.

Les curieux qui assistaient au combat se rapprochèrent alors. Parmi eux se trouvaient Beaulais et sir Ademar.

Honora luttait durement pour parer ou esquiver les coups de John. Assurément, elle n'avait pas choisi l'adversaire le plus loyal. Un coup violent à la poitrine la fit vaciller sur ses jambes. Elle ne l'avait pas vu venir.

Elle tomba sur le dos et dissimula son visage sous son bras pour éviter un coup fatal. Son équipement trop lourd l'empêchait de se relever.

Une voix d'homme retentit alors.

— Tu as gagné, Ceredys. Fais grâce à ce garçon et laisse-le partir. Il aura tout le temps de ruminer sa défaite.

Honora reconnut la voix d'Ewan.

Pourvu qu'il ne la reconnaisse pas !

Subir une telle défaite sous ses yeux était pour elle l'humiliation suprême.

Elle roula sur le côté et tenta de se relever, maudissant la carapace de combat qui l'empêchait de remuer librement. C'était pourtant elle qui l'avait sauvée de la mort. Certes, elle avait le dos meurtri et ressentait une vive brûlure à la poitrine, mais elle s'en tirait à bon compte.

A force de contorsions, elle réussit à se remettre sur ses pieds. Tête baissée, elle offrait assurément un spectacle pitoyable. Ce combat était le pire de tous ceux qu'elle avait livrés. Qu'avait-elle fait de son adresse et de son endurance ? Car elle en avait cruellement manqué face à John de Ceredys.

Comme elle retournait vers le donjon, elle entendit des pas derrière elle. Jetant un coup d'œil par-dessus son épaule, elle reconnut Ewan.

Pourquoi la suivait-il ?

Elle pria pour qu'il la laisse en paix.

Elle n'avait qu'une hâte : se délivrer au plus vite de sa cotte de mailles et panser ses plaies sans l'aide de personne.

Hélas, Ewan la rejoignit à l'entrée du donjon.

— Je t'ai reconnue, Honora, dit-il à voix basse. Il faut absolument que je te parle.

Comment savait-il qu'elle se cachait sous cet équipement ? Dieu sait qu'elle avait pris soin de dissimuler ses cheveux et son visage sous son casque.

— Je n'ai rien à te dire.

— Je t'attends dans ma chambre, Honora, et si tu ne viens pas, c'est à ton père que je parlerai.

— Mais… je dois me changer…

— Alors, fais-le tout de suite et viens me rejoindre aussitôt. Et gare à toi si tu te défiles !

Honora gravit péniblement les marches qui conduisaient à la chambre qu'elle partageait avec Katherine. Le moindre effort semblait raviver ses brûlures.

Elle entrouvrit la porte et aperçut sa sœur qui dormait dans son lit.

Soucieuse de ne pas attirer son attention, elle la referma sans bruit et se dirigea vers la chambre d'Ewan. Elle hésita un instant avant de frapper. Avait-elle vraiment le choix ?

Ewan la fit entrer et referma derrière elle en prenant soin de barrer la porte. Alors, il s'avança vers elle et lui ôta son casque.

— Tu ne t'es donc pas changée ?

— Katherine était dans son lit et je ne voulais pas qu'elle me voie ainsi.

— Pourtant, tu n'as pas hésité à te montrer dans cet équipage pour affronter John, répliqua-t-il, l'air courroucé. Pourquoi te mettre en danger de la sorte ?

— Je voulais seulement m'entraîner. Je perds peu à peu mon adresse à l'épée, et…

— Tu n'as pas besoin d'une épée.

Il l'aida à retirer sa cotte de mailles en ajoutant :

— Tu es folle ! Ceredys aurait pu te tuer.

Quelle importance ! Il l'avait déjà tuée… en quelque sorte…

Vêtue de sa seule chemise et de ses braies, Honora se laissa tomber sur un siège. Les coudes sur les genoux, elle enfouit son visage dans ses mains, anéantie par la fatigue et la honte.

Ce geste réveilla sa douleur à la poitrine et elle ne put réprimer une grimace. L'épée de John l'avait sévèrement meurtrie en sa chair et en son âme. Un bain chaud lui ferait sans doute du bien, même s'il ne la guérirait pas de tout.

— Tu es blessée, s'alarma Ewan. Laisse-moi t'examiner.

Il s'agenouilla devant elle et entreprit de dégrafer sa tunique. Comme elle le laissait faire sans protester, il découvrit sa poitrine meurtrie.

— Tu n'aurais jamais dû croiser le fer avec cette brute, dit-il en effleurant la blessure des doigts.

— Maintenant, je le sais.

Elle avait cru sincèrement qu'elle serait capable de vaincre John. Son désir le plus ardent était de lui faire payer toutes ses cruautés, mais elle avait lamentablement échoué.

Un mélange de détresse et de fureur l'envahit soudain. Les larmes perlèrent sous ses paupières et glissèrent le long de ses joues.

Elle demeura prostrée, incapable d'expliquer sa défaite, ne trouvant même pas la force d'articuler le moindre mot.

Toutefois, la caresse d'Ewan sur sa peau nue desserra un peu l'étau de son angoisse. Sans même s'en rendre compte, Honora posa sa main sur celle du guerrier.

Elle avait envie qu'il l'embrasse encore une fois, mais en avait-elle le droit ? Elle songea soudain à Katherine et fut saisie de honte.

Comment pouvait-elle trahir sa sœur ?

— Tes blessures sont guéries, on dirait ? murmura-t-elle en soulignant de son doigt les cicatrices creusées dans la paume de la main d'Ewan.

A la première visite d'Ewan à Longford, où il devait être élevé, elle avait tout de suite remarqué les plaies qu'il portait sur tout le corps. C'était là le résultat des tortures qu'il avait subies.

— Comme tu as dû souffrir quand ils t'ont tailladé la peau, soupira-t-elle.

— Le plus douloureux pour moi, c'était d'avoir trahi mon frère. Si je n'avais pas avoué où il se cachait, Marstowe ne l'aurait pas trouvé.

— Mais depuis, Bevan t'a pardonné ?

— Oui. Dieu soit loué.

Il posa les mains sur les hanches d'Honora en ajoutant :

— Mais il m'a fallu des années pour me pardonner moi-même.

Elle tenta de se dérober à son étreinte, mais Ewan la retint.

Qu'attendait-il d'elle ? Pourquoi la serrait-il ainsi ?

— Ewan... il ne faut pas m'en vouloir de vous avoir suivis, Katherine et toi. Certes, j'ai commis une faute en me cachant dans ce buisson pour vous épier, mais...

Il l'observa en silence de ses yeux verts pénétrants.

Peut-être la désirait-il en cet instant ?

— Pourquoi as-tu agi ainsi ?

— Je te l'ai déjà dit, il me semble. Je ne pensais qu'à protéger ma sœur.

— La protéger de moi ?

— Oui.

Il glissa la main dans l'échancrure de la tunique pour mieux découvrir la plaie. Le contact de cette main sur sa peau provoqua en elle un brusque accès de fièvre.

Assurément, cela ressemblait plus à la caresse d'un amant qu'à l'examen d'un guérisseur.

— Ewan... non !

— Tu n'aurais jamais dû te mesurer à John, dit-il sans tenir compte de sa mise en garde. Tu n'étais pas assez forte pour le vaincre.

— Mon adresse me suffisait. La force n'est pas la meilleure alliée dans un tel combat.

— Ce n'est pas mon avis. Tu connais tes limites, je suppose ?

— Je suis capable de battre n'importe lequel d'entre vous, MacEgan. Y compris toi.

Comme elle repoussait la main d'Ewan, celui-ci résista. Il ne pouvait s'avouer vaincu. Mais il ignorait qu'Honora menait contre lui une guerre secrète, luttant désespérément contre l'attrait qu'il exerçait sur elle.

— Tu ne pourras pas me vaincre, Honora. Jamais.

Sous les inflexions de sa belle voix grave, elle devinait une cruelle frustration. Il y avait du désir dans ses yeux de guerrier et, cependant, il était conscient de l'interdit.

Enfin, Ewan desserra son étreinte lui laissant une chance de lui échapper. Mais curieusement elle n'en fit rien. Elle demeura parfaitement immobile tandis que le sang bouillait dans ses veines.

Sans trop savoir pourquoi, elle posa alors les mains sur la poitrine d'Ewan dont le cœur battait à tout rompre.

— Il faut t'en aller, Honora.

Il murmura ces mots tout en caressant ses cheveux courts et soyeux, puis elle sentit sa main glisser sur sa nuque.

Elle ferma aussitôt les yeux comme pour mieux savourer cette caresse.

— Ewan… Dis-moi pourquoi tu me troubles à ce point, balbutia-t-elle. Je n'ai jamais rien éprouvé de semblable avec Ranulf.

Ewan fit glisser ses mains le long de son dos. Il savait que son mari l'avait maltraitée. Il avait envie de lui dire qu'elle avait été victime de la brutalité d'un homme mais qu'ils n'étaient pas tous semblables. Il la trouvait infiniment désirable et savait qu'un jour elle trouverait un époux digne d'elle.

Il la désirait avec une indicible ardeur et sa souffrance lui était insupportable.

Sa bouche aux lèvres sensuelles s'entrouvrait légèrement comme si elle quémandait un baiser.

Comment résister à cet appel ?

Il effleura alors ses lèvres offertes, curieux de savoir si le plaisir de leur précédent baiser était accidentel.

Il n'en était rien.

En effet, Honora prit ses lèvres avec une fougue inattendue. Il glissa sa langue dans sa bouche comme pour mieux goûter à cette saveur de miel qui émanait d'elle.

Ce baiser n'avait rien de fraternel.

Ewan avait envie de la soulever dans ses bras pour l'étendre sur son lit, lui faire l'amour, la prendre avec toute son ardeur et lui arracher des cris de plaisir.

En cet instant, il brûlait de désir. Les murmures d'Honora prouvaient qu'elle partageait ses attentes. Alors, dans son impatience, Ewan la saisit sous les jambes et la hissa à hauteur de ses hanches.

Comme il parcourait sa gorge offerte de ses lèvres en feu, elle noua ses mains sur sa nuque pour mieux l'attirer à elle. Alors, il l'étendit sur le sol et lui ôta prestement sa chemise, titillant du bout des lèvres ses seins aux pointes dressées.

Elle venait de jouer sa vie à l'épée, et il avait eu si peur de la perdre qu'il la désirait plus encore. L'idée qu'un homme ait pu lui faire du mal le rendait fou, et c'était pour la protéger qu'il la serrait si fort dans ses bras.

Du bout des doigts, Ewan caressait les seins gonflés de plaisir qu'elle lui offrait comme un présent. Il acheva de la dévêtir et elle l'accueillit sans réserve entre ses jambes. Il se trouvait au seuil de la source du plaisir et au plus fort de son désir d'homme.

Elle tremblait un peu. Etait-ce de crainte ou de désir ? Les deux, peut-être ?

— Non, Ewan ! Il ne faut pas, dit-elle, la voix brisée. C'est très mal…

Elle s'arracha brusquement à son étreinte, et il ne fit rien pour la retenir.

Dieu du ciel ! Qu'avait-il donc fait ?

Jamais il n'avait voulu poser ses mains sur elle et moins encore en arriver là.

A la fois frustré et troublé par ce corps de femme offert à sa convoitise, il s'assit à même le sol et se prit la tête à deux mains.

Il comprenait maintenant les mises en garde de son frère.

— Désolé, Honora. Tu as raison, notre conduite est scandaleuse.

Il avait néanmoins cédé à l'indicible sensualité qui émanait d'elle. Un mystérieux embrasement des sens s'était communiqué à eux au même instant, et il ne se le pardonnait pas.

— Cela n'arrivera plus, je le jure, murmura-t-il.

Il vit alors Honora ramasser ses habits d'une main tremblante, puis s'agripper à la colonne du lit pour se relever.

— N'en dis rien à Katherine, Ewan. Il faut me le promettre.

— Promis. Va-t'en, maintenant.

Elle se rhabilla en toute hâte, sans un mot, puis disparut en laissant la porte entrouverte.

Abasourdi par ce qui venait de se passer, Ewan demeura prostré un long moment.

Il tenta de se convaincre que l'attrait de la chair n'était pas une preuve d'amour. Il avait perdu la tête et agi sous l'empire du désir, tout en sachant qu'il n'épouserait jamais Honora. Non seulement ils se seraient chamaillés de l'aube à la nuit tombée, mais elle ne possédait pas la terre qu'il convoitait. Elle n'hériterait que sa maigre part de Ceredys sans jamais pouvoir espérer rien d'autre. Et quand elle disparaîtrait, sa terre irait à John et à ses descendants. Jamais les enfants d'Honora — à supposer qu'elle en ait un jour — ne recevraient ses biens en héritage.

Pour Ewan, il était clair qu'elle devait épouser un homme riche, un propriétaire terrien. Sir Ademar de Dolwyth, par exemple.

Mais à l'idée qu'un autre puisse prendre Honora dans ses bras, il manqua s'étouffer de rage. Pourtant, elle n'était pas à lui et ne le serait jamais.

Et c'était sans doute mieux ainsi… pour tous les deux.

Chapitre 9

Honora referma la porte de la chambre qu'elle partageait avec sa sœur. Katherine dormait toujours, ou faisait semblant de dormir. Bien sûr, elle ne savait rien de ce qui venait de se passer avec Ewan, mais Honora se sentait si coupable qu'elle redoutait le pire. Il lui semblait que sa faute était inscrite sur son front et que sa sœur ne tarderait pas à découvrir sa trahison.

Honora se sentait misérable. A l'avenir, comment pourrait-elle regarder Katherine en face et lui parler sans risque de se trahir ? Et si elle lui avouait tout, elle ne pourrait qu'implorer son pardon et lui jurer de ne jamais plus succomber à la tentation.

L'épisode de l'abbaye lui revint alors à la mémoire et elle éprouva le besoin de se justifier.

S'approchant du lit, elle murmura :

— Tu sais, Katherine… je n'étais pas cachée dans ce buisson pour vous épier. Je voulais seulement m'assurer que tu n'étais pas en danger.

Tout d'abord sa sœur ne broncha pas, puis elle finit par se retourner vers elle en se frottant les yeux.

— Honora, puis-je savoir pourquoi tu portes des habits d'homme. Pourquoi ces braies et cette tunique ?

Katherine semblait tout aussi scandalisée par sa tenue que si elle s'était montrée dans le plus simple appareil.

— Mon bliaud était souillé, alors…

Nullement satisfaite par cet argument, sa sœur se leva, fouilla dans le coffre, et lui tendit une robe.

— Tiens, enfile ceci. Ainsi, tu auras l'air d'une vraie femme.

— Je te remercie !

Médusée par cet accueil, Honora crut bon de rappeler son rôle d'aînée.

— Tu es mon unique sœur, Katherine, et je ne voudrais pas qu'il t'arrive malheur. C'est pourquoi je ne suis jamais loin de toi…

— Je n'ai plus quatorze ans, Honora, et je n'ai nul besoin d'un chaperon. Alors, je t'en prie, cesse de me surveiller du matin au soir.

— Tu as raison, je ne devrais pas. Cependant, je me sens un peu responsable de toi, c'est là le rôle d'une aînée.

Honora émit un long soupir, puis reprit :

— Soit. Je me suis mal conduite, je l'avoue.

— Très mal, en effet. Tu n'avais aucun droit et aucune raison de nous suivre jusqu'à l'abbaye.

— J'ai mérité cette gifle que tu m'as donnée, je le confesse.

Un peu confuse, Katherine bredouilla des excuses.

— Je… je n'aurais pas dû te gifler. Je le regrette.

Le châtiment serait bien pire si elle apprenait ce qui venait de se passer dans la chambre d'Ewan, songea Honora en frissonnant.

— Je l'ai méritée, admit-elle humblement.

Elle dégrafa alors sa tunique de combat et, comme elle s'apprêtait à enfiler la robe, Katherine remarqua sa blessure à la poitrine.

— Que t'est-il arrivé ? Qui t'a frappée ainsi ?

— Personne. Rassure-toi, cette blessure est accidentelle. Je la dois à ma maladresse, c'est tout.

Nouveau mensonge !

— Veux-tu que je te soigne ? proposa aimablement sa sœur. Evidemment, je ne suis pas aussi savante que toi en médecine, mais je sais calmer le feu d'une plaie.

Devant tant de dévouement, la culpabilité d'Honora ne fit que s'accroître.

— Merci, mais je vais d'abord prendre un bain. Nous verrons ensuite pour les soins.

Katherine lui prit la main et avoua sans détour :

— Tu sais Honora, je suis au courant.

— Au courant de quoi ?

— De ton armure et de tes combats à l'épée.

Voyant qu'elle s'apprêtait à nier, Katherine l'interrompit.

— Inutile de me mentir plus longtemps. Je sais que tu te bats comme un homme depuis des années.

Tout d'abord troublée par ces révélations, Honora en fut malgré tout soulagée. En fait, elle craignait surtout que sa sœur ait appris sa liaison avec Ewan.

— Quand l'as-tu découvert ?

— Quand tu es rentrée de Longford.

Katherine s'assit au bord du lit avant de poursuivre :

— Evidemment, je désapprouve ces combats, mais je n'en dirai rien à notre père. Je ne comprends pas que tu ressentes le besoin de ferrailler avec tous ces soudards.

— Parfois, je ne le comprends pas moi-même, petite sœur.

Et c'était vrai. Quand elle revêtait son équipement, Honora le trouvait doublement pesant. En effet, au poids du fer s'ajoutait celui de la culpabilité. L'interdiction faite aux femmes de manier l'épée était plus que jamais en vigueur.

— J'ai cru longtemps que c'était le souvenir de mon frère défunt qui m'obligeait à prendre les armes, reprit-t-elle. C'était un peu comme si une part de lui-même vivait encore en moi. C'est idiot, n'est-ce pas ?

— C'est le mot, admit Katherine. Je tremble pour toi, ma sœur. Si tu persistes à te battre, un jour tu te feras tuer. Te rends-tu compte que tu n'as pas la force d'un homme ?

Autrefois, Honora aurait argumenté sur ce point, car elle avait remporté de nombreuses victoires sur ses adversaires. Mais aujourd'hui, c'était différent. Elle n'avait plus la même ardeur et perdait de sa capacité à se concentrer. Tout à l'heure, John avait dominé le combat. C'était incontestable.

— Ne te tourmente pas pour moi, petite sœur, dit-elle en étreignant Katherine dans un élan d'affection.

— Alors, dépose les armes une bonne fois pour toutes. Tu n'as plus rien à prouver désormais.

Sauf à moi-même, pensa Honora en secret.

Katherine tendit à sa sœur un voile pour dissimuler ses cheveux. Ensuite, elle se leva et se recoiffa devant le miroir.

— Je crois que je vais épouser Ewan, annonça-t-elle soudain d'un ton guilleret.

A ces mots, Honora serra machinalement le pommeau de sa dague.

— Vraiment ?

— Je... je crois que je peux apprendre à l'aimer, Honora, argua-t-elle en la prenant par la taille. De tous les prétendants qui sont ici, Ewan est celui qui me convient le mieux. Je vais en parler à notre père dès ce soir.

Honora fit l'effort de sourire mais la rancœur lui serrait la gorge.

— Es-tu certaine... de ton choix ? insista-t-elle d'une voix blanche. Peut-être qu'un chevalier plus prestigieux serait préférable à Ewan ?

— Peut-être, mais aucun n'est plus séduisant que lui, affirma Katherine tout en glissant sa longue tresse sous son voile.

Vaincue par cet argument, Honora choisit de se taire. A quoi bon, en effet, chercher à dissuader sa sœur ? Après tout, Ewan méritait une femme comme Katherine : belle, charmante, habile en toutes choses. Assurément, elle le rendrait heureux.

Honora souhaitait à tout prix se délivrer de toute amertume à l'égard de sa cadette. Ce sentiment lui rongeait le cœur. En vérité, elle n'avait aucun droit sur Ewan, même si son baiser flottait encore sur ses lèvres.

Avoir trahi Katherine comme elle l'avait fait lui semblait déloyal et impardonnable. Son sentiment de culpabilité était tel qu'elle n'osait même plus la regarder en face et elle n'avait que du mépris pour sa conduite.

— Je te souhaite d'être très heureuse avec lui, conclut-elle en s'efforçant de surmonter sa douleur et sa honte.

— Et toi ? s'enquit Katherine. Y a-t-il un prétendant que tu aimerais épouser ? Sir Ademar, peut-être ?

— Ne te fais pas de souci pour moi, sœurette. Ce qui m'importe c'est que tu épouses celui que tu désires.

Honora s'avança alors vers la fenêtre et jeta un regard à l'extérieur. Ce terrible mal qui la rongeait était de la culpabilité et rien d'autre. Tout au moins essayait-elle de s'en convaincre. En fait, Ewan était son ami et ils s'étaient promis d'en rester là. Elle avait confiance en lui pour tenir sa promesse et elle ferait en sorte de tenir la sienne.

D'ailleurs, elle n'avait plus le choix.

John St Leger s'assit face à Nicholas d'Ardennes. Bien qu'ils fussent du même rang et alliés par l'intermédiaire d'Honora, le jeune baron enviait Nicholas. En effet, le château d'Ardennes, où la pierre avait remplacé le bois, était bien plus prestigieux que celui que John avait reçu en héritage.

St Leger était ambitieux et il avait un goût particulier pour le luxe. Ainsi, il convoitait l'or pour son éclat, la soie pour ses tons chatoyants, et la bonne cuisine pour sa saveur. Le château que son père lui avait laissé était certes exempt de dettes mais à l'état de ruine. Or, John ne possédait pas assez d'argent pour lui rendre son lustre d'autrefois ni pour y vivre comme un grand seigneur.

Il maudissait les femmes de la famille qu'il rendait responsables de son indigence. Sa grand-mère, Marie St Leger, par exemple, savait où était caché le trésor familial. L'or, les bijoux et les pierres précieuses pris aux Normands avaient assuré la prospérité du château jusqu'à la mort de son grand-père. Or, John savait que ce trésor n'était pas entièrement dilapidé, et seule Marie en connaissait l'existence.

Hélas, cette maudite femme était morte en emportant son secret dans la tombe. John avait bien tenté d'obtenir sa confession sur son lit de mort, mais sans succès. Cette chienne avait refusé de parler !

Et maintenant, pour comble d'infortune, le rubis de Marie avait disparu. Or le jeune baron estimait que cette pierre lui appartenait, de même que le reste du mystérieux trésor. Il soupçonnait Honora d'avoir dérobé ce rubis et peut-être même de détenir la clé de l'énigme. Il l'avait surprise plusieurs fois en conversation avec sa grand-mère, et leurs conciliabules avaient accru ses soupçons.

John admirait cependant Honora. Il n'avait jamais connu femme aussi fascinante. Il la trouvait audacieuse, forte et capable de défier un homme. Il la désirait intensément, et le seul fait de penser à elle réveillait ses ardeurs de mâle. Et cela, même le jour où elle l'avait menacé de son couteau. Il estimait qu'elle aurait dû l'épouser au lieu d'épouser en secondes noces son père, Ranulf. Ce monstre la lui avait ravie !

En tout cas, John avait la ferme intention de la séduire. Certes, il ne comptait pas la prendre pour épouse, mais la convoitait comme amante. Il ne rêvait que de savourer la douceur de sa peau et de la dominer dans l'étreinte. Il ferait en sorte qu'elle se révolte comme une tigresse, car il comptait bien la punir et la soumettre à sa loi. Et quand elle serait brisée, entièrement sous sa dépendance, nul doute qu'elle lui livrerait le rubis et lui indiquerait la cachette du trésor.

Mais avant tout, il fallait qu'il la ramène à Ceredys et l'y retienne prisonnière. Pour cela, il devait d'abord gagner la confiance du père : Nicholas d'Ardennes.

— Je ne vois plus lady Honora, remarqua John tout en portant sa chope de bière à ses lèvres. Elle n'est pas souffrante, j'espère ?

— Pas que je sache, repartit Nicholas. Je la trouve un peu maussade ces temps-ci et j'estime qu'elle ne remplit pas ses obligations de châtelaine de Ceredys.

— En effet, et je l'ai priée d'y rependre sa place, souligna habilement John. Nos gens se languissent de leur lady.

— Bah ! Elle y retournera bien assez tôt, commenta Nicholas en croisant ses mains sur la table.

L'expression équivoque de son regard ne put échapper à

John. Celui-ci s'interrogea avec un brin inquiétude. Honora avait-elle raconté à son père dans quelles conditions elle avait quitté le domaine Ceredys ?

— J'ai cru comprendre que vous la pressiez de se remarier, milord.

— Disons que je le lui ai *suggéré*, corrigea lord d'Ardennes. Honora est une jeune veuve sans enfant, aussi j'estime qu'elle peut encore plaire.

— Je gage que ce remariage ne serait guère apprécié dans les familles nobles. Pour un homme, c'est un péché de succomber à la tentation d'épouser une veuve. Par ailleurs, vous savez que l'Eglise sanctionne de telles pratiques.

— L'Eglise peut condamner ou absoudre dans la mesure où ses coffres sont pleins ! ricana d'Ardennes. A mon sens, il est dans l'intérêt d'Honora de se remarier, et c'est à moi d'en décider. D'ailleurs, sir Ademar lui a déjà fait sa demande.

Nicholas emplit de nouveau sa chope sans toutefois proposer à John de le resservir.

Celui-ci vit en cela une négligence plus qu'une étourderie de son hôte et se sentit atteint dans son orgueil. Il trouvait en outre que la qualité de cette bière surpassait de loin celle de Ceredys. Et ce détail ne fit que raviver sa frustration. Décidément, il fallait qu'Honora rentre à Ceredys, qu'elle reprenne ses responsabilités et assure le bon fonctionnement du domaine. Et par ailleurs, qu'elle veille au brassage de la bière ! Il y avait des mois que Ceredys la réclamait, et elle ne pouvait se soustraire plus longtemps à son rôle de maîtresse de maison. Dès lors, s'il devait convaincre lord d'Ardennes de décliner toute proposition de mariage, John s'y emploierait avec ardeur.

— Tout comme vous, je souhaite le meilleur époux à votre fille, lord d'Ardennes, reprit-il d'un ton patelin. Sir Ademar a fait sa proposition, soit. Cependant, il importe que nous décidions ensemble de l'opportunité de ce mariage dans l'intérêt de lady Honora.

Nicholas prit une figue au miel sans en offrir à son invité.

Une humiliation de plus pour John de Ceredys. Bien qu'il n'y eût jamais goûté, celui-ci refusa de s'abaisser à quémander ce délice.

— En effet, admit distraitement lord d'Ardennes tout en se léchant les doigts. J'avais aussi envisagé de donner Honora à Ewan MacEgan, mais il a préféré Katherine.

— Cet Irlandais est pauvre comme Job, milord. Je suis surpris que vous l'ayez pressenti pour épouser l'une ou l'autre de vos filles.

— J'ai eu tout récemment une conversation avec Bevan MacEgan, son frère aîné. Il semble que le roi de Laochre soit disposé à offrir un cadeau de prix à Ewan, qu'il choisisse Honora ou Katherine.

— De l'or ? questionna John, les yeux brillants.

— Non. Des chevaux, rectifia d'Ardennes. Des chevaux provenant de Terre sainte, si j'ai bien compris. Les plus belles bêtes du monde.

John ignorait jusque-là l'intérêt de d'Ardennes pour les chevaux, mais il semblait évident que son hôte se félicitait de ce présent.

— Laissez MacEgan épouser votre fille cadette, suggéra le jeune baron tout en repoussant négligemment sa chope vide. Quant à Honora, sa place est à Ceredys, vous l'admettez comme moi, n'est-ce pas ? Là-bas, tout le monde souhaite son retour, et comme je suis célibataire, elle fera une parfaite maîtresse de maison.

— Je vais essayer de l'en convaincre encore une fois, John, mais je crains que ce soit difficile. Honora s'obstine à me répéter qu'elle ne veut pas retourner chez son défunt mari.

John sentit qu'il n'était plus maître de la situation mais demeura de marbre.

— Ma fille est toutefois incapable de se dérober à ses obligations, reprit Nicholas. Par ailleurs, je ne vois pas pourquoi elle refuserait l'hospitalité que vous lui offrez si généreusement…

Il y avait un rien de perfidie dans le ton, mais John n'en

tint pas compte. Il tenait avant tout à rassurer son hôte sur les conditions de vie de sa belle-mère à Ceredys.

— Un de mes hommes s'intéressait un peu trop à Honora, crut-il bon de préciser. C'était l'un de mes serviteurs. Quand j'ai découvert son engouement pour votre fille, je l'ai immédiatement chassé. Désormais, elle peut donc revenir sans crainte d'être importunée par qui que ce soit.

— Bien. Je suis heureux d'apprendre que cet obstacle est levé, baron. Je serais navré d'apprendre que ma fille n'est pas en sécurité dans sa propre maison.

Visiblement Honora avait gardé le silence sur les raisons qui l'avaient poussée à quitter Ceredys. Dans ces conditions, il serait plus facile de convaincre Nicholas de la pousser à rentrer chez elle.

— Savez-vous où se trouve lady Honora en ce moment, milord ? Je n'ai pas encore eu le plaisir de m'entretenir vraiment avec elle, et j'aimerais le faire. Je suis certain qu'elle aimerait avoir des nouvelles de chez nous.

— On m'a dit qu'elle était dans les jardins. Vous pouvez aller l'y retrouver si vous le souhaitez.

— Bien volontiers.

John ne demandait pas mieux. Il ne songeait qu'à la convaincre de rentrer à Ceredys pour le plaisir de voir tous les matins sa silhouette dans l'enceinte du château.

Il prit aussitôt congé du baron et pressa le pas vers les jardins.

Il savait déjà très précisément ce qu'il allait dire à Honora St Leger, sa ravissante belle-mère.

Penchée sur un carré de plantes aromatiques, Honora arrachait quelques mauvaises herbes.

Si seulement elle avait pu se débarrasser aussi facilement de sa culpabilité ! songea-elle.

Lasse d'entendre sa sœur louer les qualités d'Ewan, elle avait décidé de descendre au jardin pour prendre l'air.

Une violente douleur la força soudain à se relever. Elle n'oublierait pas sa défaite de sitôt.

A l'évidence, elle n'était pas de taille à affronter John de Ceredys, mais à force d'entraînement elle finirait bien par avoir raison de lui.

Elle avait eu tort de croire que son adversaire se montrerait loyal dans cet affrontement. Comme elle aurait dû le prévoir, John avait su tirer parti de sa maladresse et ne lui avait fait grâce de rien. Dès lors, incapable de reprendre l'avantage sur lui, elle avait compris que le combat était perdu.

Cela n'arriverait plus. La prochaine fois, elle donnerait une bonne leçon à ce goujat. Peut-être même irait-elle jusqu'à lui ôter la vie !

Elle regretta aussitôt cette pensée. Jamais elle n'avait tué un homme. Pourtant, il était dans la nature des guerriers de tuer, de ne pas hésiter au moment de porter le coup fatal à l'adversaire. John de Ceredys était de cette race. Un homme capable de sacrifier n'importe qui, même un innocent. Et en sa qualité de lady de Ceredys, Honora avait pour mission de l'en empêcher.

Perdue dans ses pensées, elle ne vit pas Ewan s'approcher d'elle.

— Honora, je tenais à m'excuser pour ce qui s'est passé hier entre nous.

Au son de sa voix, elle sentit son cœur chavirer. Elle se retourna vivement, tentant de reprendre ses esprits. Ewan se tenait près d'elle, un petit chat blanc rayé de gris dans les bras. L'animal émit un faible miaulement.

— J'ai pensé que tu aurais plaisir à accueillir ce petit animal puisque ta sœur le refuse.

Honora prit le chaton dans ses mains et le caressa tendrement, émue par sa douceur et sa fragilité.

— J'accepte tes excuses, Ewan, mais dans cette affaire je suis tout aussi fautive que toi.

L'air soulagé par ses paroles, il s'assit sur le banc voisin tandis qu'Honora jouait avec son nouveau compagnon. Ils n'étaient ni l'un ni l'autre pressés de reprendre la conversation.

Le chaton s'agrippait au bliaud d'Honora, miaulant désespérément jusqu'à ce qu'elle le prenne dans ses bras.

Elle osa enfin poser la question tant redoutée.

— As-tu parlé à ma sœur, Ewan ?

— Non. Je n'ai pas revu Katherine depuis notre visite à l'abbaye.

Il hésita un instant, puis ajouta d'un ton résolu :

— Ce qui est certain, c'est que je vais l'épouser.

Feignant l'indifférence, Honora se pencha pour arracher un autre brin d'herbe. Malgré la douleur que lui causait la décision d'Ewan, elle admettait que la dot de Katherine lui serait indispensable. A l'évidence, c'était pour lui un mariage de raison. Mais elle était convaincue qu'il respecterait sa sœur.

— Je souhaite… que vous soyez heureux ensemble, dit-elle en s'efforçant de retenir ses larmes.

Ewan chercha son regard et le retint prisonnier.

— Tu mens !

— Qu'importe si je mens. Cela ne change rien. Ma sœur possède tout ce que tu convoites : la terre, la beauté, et toutes les qualités d'une maîtresse de maison.

Tout le contraire d'elle !

Elle laissa libre cours à ses larmes tout en arrachant de nouveau une mauvaise herbe avec un acharnement singulier.

Sa mère était morte alors qu'elle était encore enfant et personne ne l'avait éduquée à l'art de tenir une maison. En revanche, Katherine s'était imposée dans ce domaine, bénéficiant des conseils du sénéchal.

— Katherine ne possède pas tout ce que j'attends d'une femme, objecta Ewan, mais il faudra que je m'en contente.

Loin d'apaiser la douleur d'Honora, ces mots lui percèrent le cœur comme un coup de dague.

— Ne dis pas de telles choses, supplia-t-elle en étouffant un sanglot.

— Pour moi, embrasser Katherine c'est comme embrasser

une petite sœur. Ainsi, c'est très différent de ce que nous partageons, Honora.

— Comme tu es cruel avec moi ! Ce qui est différent, c'est que mes terres sont indissociables de celles de John de Ceredys et que je ne peux t'apporter la dot que tu souhaites. De toute façon, je ne suis pas la femme qu'il te faut.

— Honora, j'ignore ce que ton mari a pu te dire ou te faire pour te rendre aussi hostile envers les hommes, mais je finirai par le découvrir.

Ewan lui prit la main et ajouta en l'étreignant très fort :

— A mes yeux, tu es la femme la plus désirable au monde.

Comment pouvait-elle le croire ? En effet, Ranulf affirmait qu'elle était frigide, incapable de donner du plaisir à un homme ou de tenir sa maison. D'Ewan ou de son défunt mari, lequel des deux disait vrai ?

En tout cas, le mariage était à ses yeux une prison. Rien d'autre.

Honora saisit alors un jeune arbuste et l'arracha d'un coup sec sous l'effet de la rancœur qui l'animait.

— Retourne auprès de ma sœur !

Ewan tenta de lui prendre la main, mais elle se déroba prestement.

— Honora, je veux que nous restions amis… Même après ce qui s'est passé entre nous.

Elle garda le silence, murée dans sa douleur.

Alors, pour tenter d'oublier ses blessures, elle reprit le désherbage du jardin.

Son père souhaitait qu'elle se remarie. Allait-elle devoir choisir parmi les prétendants que sa sœur avait éconduits ?

Elle avait envie de fuir loin de d'Ardennes afin de se protéger, de conserver sa liberté si fragile. Hélas, c'était impossible. En effet, si elle s'enfuyait, son père ne permettrait pas à Katherine d'épouser Ewan, et il était assez entêté pour mettre sa menace à exécution.

Honora ne savait que faire.

Oh, mon Dieu ! songea-t-elle, désemparée.

Sa seule chance était de supplier son père de renoncer à la marier. Il devait y avoir un moyen de le faire fléchir…

Elle s'apprêtait à quitter le jardin quand elle vit John de Ceredys s'avancer vers elle.

Avec sa crinière blonde, sa tunique lie-de-vin et la chaîne qui pendait à son cou, il avait assurément fière allure. Pourtant, combien de serfs avait-il privé de nourriture pour acquérir cette chaîne d'argent qui le désignait comme un notable ?

A cette idée, la haine d'Honora à l'égard de ce tyran se réveilla. Elle fut tentée de tirer sa dague de son fourreau, mais le sourire de John l'intrigua de telle sorte qu'elle se ravisa.

Qu'avait-il donc à lui dire ?

— Milord…

Elle le salua d'un simple hochement de tête, gardant toutefois la main sur le pommeau de sa dague.

— N'ai-je pas droit à une accolade de bienvenue, lady Honora ? Mais… peut-être devrais-je vous appeler Mère ?

— Je ne suis pas votre mère, répliqua-t-elle vertement.

Elle tenta de l'éviter pour s'avancer dans l'allée, mais John lui barra le passage.

— J'avoue que je n'ai jamais rêvé de vous comme d'une mère, murmura-t-il d'un ton suave, mais plutôt comme d'une épouse. Mon père vous a ravie à moi.

— J'ignore de quoi vous parlez. J'ai été fiancée puis mariée à Ranulf de mon plein gré, c'est tout.

— Mais c'était moi que vous deviez épouser, Honora. Mon père me l'avait promis, mais il n'a pas tenu sa promesse.

Dieu soit loué ! songea-t-elle en frissonnant.

Certes, son mariage avec Ranulf avait été un cauchemar, mais c'eût été bien pire avec John.

— Marie m'a parlé de vous avant de mourir, reprit-il, l'air mystérieux.

A l'évocation de sa belle-mère, Honora tressaillit. Marie avait été son unique alliée à Ceredys, son amie, sa confidente.

— Et, que vous a-t-elle dit ?

John éluda la question.

— Vous la voyiez souvent, n'est-ce pas ? insista-t-il.

— Elle était très bonne pour moi.

— Je présume que vous avez dû remarquer le rubis qu'elle portait à son cou ? Sans doute vous a-t-elle parlé aussi du trésor de Ceredys ?

Honora comprit alors pourquoi John était venu à elle. Il convoitait les biens de Marie, tout simplement, et cette lueur dans ses yeux témoignait de sa hâte à s'en emparer.

— J'ai vu ce rubis en deux ou trois occasions, en effet, confessa-t-elle, mais Marie ne m'a jamais parlé de trésor.

— Ce trésor existe pourtant, et il m'appartient ! Malheureusement, il a disparu avec le rubis.

Il s'avança vers elle, l'air menaçant.

— Et c'est vous qui l'avez emporté quand vous avez fui Ceredys. Je suis certain que vous savez très exactement où se trouve mon héritage.

Il tenta de la saisir par la taille, mais elle se déroba et tira sa dague de son fourreau.

— Ne me touchez pas. Je ne sais rien.

— Vous mentez, petite garce !

— Vous pouvez m'insulter, mais si vous osez poser la main sur moi je vous coupe les doigts.

Il se mit à rire et leva les mains en signe de reddition.

— Comme vous êtes nerveuse, milady ! Traitez-vous tous vos prétendants de la sorte ?

— Je n'ai pas de prétendants.

— Ce n'est pas ce que m'a dit votre père.

Comme il tournait autour d'elle, Honora resta sur ses gardes, sa dague bien en main.

John ne paraissait guère intimidé par son arme, et cela la rendait plus furieuse encore. Elle tenait à lui prouver qu'elle savait se défendre. Même si elle avait perdu ce combat à l'épée contre lui, elle ne le craignait pas.

— Quel galant allez-vous choisir, ma belle ? Sir Ademar, peut-être ?

Comme il se rapprochait de nouveau, elle fit un pas en arrière, butant au passage sur un pied de romarin.

Il parut se réjouir de l'avoir repoussée dans les plates-bandes du jardin.

— Après tout, peut-être préférez-vous partager le lit d'un amant, tout simplement ?

Le ton se faisait insolent et son regard trahissait une évidente lubricité.

— Un homme qui saurait vous dompter, vous posséder…, continua-t-il.

Qui était-il pour l'insulter et la menacer ainsi ? De quel droit la traquait-il dans ce jardin comme s'il avait un quelconque pouvoir sur elle ?

Sans réfléchir aux conséquences de son geste, Honora se jeta sur lui, dague au poing. La pointe de la lame fendit la joue du baron et le sang gicla aussitôt. Furieux, il la saisit par le poignet pour tenter de la désarmer.

— Vous venez de commettre une grave erreur, lady Honora, dit-il en desserrant à peine les dents.

Elle prit sur elle pour ne pas crier tandis qu'il lui tordait le bras en la dévisageant d'un regard terrible.

La dague tomba à terre et soudain, sans explications, John relâcha son emprise et disparut au bout de l'allée.

Honora tomba à genoux et fondit en larmes, des larmes de rage et d'amertume. Son incapacité à vaincre John en combat singulier la tourmentait, et elle n'avait rien su faire d'autre que le blesser d'un coup de dague.

Pourtant, elle avait toujours eu une certaine aisance dans le maniement de l'épée, mais le baron lui était supérieur dans ce domaine. Il lui avait ainsi révélé ses limites et ses faiblesses, de sorte qu'elle commençait à perdre confiance en elle.

Faudrait-il qu'elle lance des hommes armés contre lui pour l'éloigner d'elle à jamais ?

Encore sous le choc, elle se releva péniblement en maintenant son poignet meurtri. Elle fit quelques pas en titubant puis ramassa la dague que John l'avait obligée à lâcher.

Assurément, elle avait commis une faute en l'agressant, et il ne faisait aucun doute qu'il se vengerait de la pire façon. Tout en retournant vers le donjon, Honora sentait la colère monter en elle comme une mer en furie.

Désormais, elle s'entraînerait intensément pour battre ce scélérat. Elle y était résolue. Elle devait absolument anticiper les gestes de son adversaire et parer ses coups les plus perfides.

En fait, ne jamais plus lui laisser la moindre chance de l'humilier.

La prochaine fois, elle le vaincrait !

Chapitre 10

— Qu'as-tu au poignet, Honora ? s'enquit Katherine comme sa sœur entrait dans la chambre qu'elles partageaient.

Honora ne sut que répondre. Elle n'osait lui dire la vérité, mais se refusait à lui mentir de nouveau.

— J'ai eu une discussion un peu vive avec le baron de Ceredys dans le jardin, avoua-t-elle. Il s'est un peu emporté, et…

— Et il t'a brutalisée, acheva Katherine. Il faut que notre père soit mis au courant de cette affaire.

— Je lui en parlerai, promit Honora.

Bien sûr, elle n'en avait pas la moindre intention. D'ailleurs, Nicholas ne la croirait pas, et en supposant qu'il convoque John, celui-ci la confondrait en montrant sa cicatrice à la joue.

— Tu me caches beaucoup de choses, ma sœur, protesta Katherine. Oh, je sais… tu me considères toujours comme une enfant, mais tu as tort. Nous savons tous que tu as beaucoup souffert à Ceredys, mais tu n'as jamais consenti à te confier à moi.

— Evoquer ces souvenirs, c'est comme les vivre une seconde fois, et je t'avoue que je n'y tiens pas.

— Ne retourne pas là-bas, Honora, je t'en prie. Si John te malmène ainsi, il finira par te soumettre. Ce serait une folie d'aller vivre sous son toit.

Katherine lui prit doucement la main et leva vers elle ses grands yeux bleus.

— Tu te soucies beaucoup trop de moi, Honora, lui confia-t-elle. Pense un peu à toi. Père souhaite que tu te remaries avant moi, alors profites-en. Parmi tous ces prétendants, il y a bien un homme qui te plaît ? Epouse-le.

— Je ne peux pas, Katherine. Tu sais que mon premier mariage a été un échec, aussi je ne veux pas prendre un tel risque.

Honora prit sa sœur dans ses bras et la serra très fort en ajoutant :

— Ne t'en fais pas pour moi. Notre père finira bien par changer d'avis sur ce point. Il te permettra d'épouser Ewan MacEgan sans m'obliger à me marier.

— Tu sembles oublier que sir Ademar a demandé ta main, ma grande sœur. Tu lui plais, et je suis sûre qu'il fera un très bon époux.

Honora baissa les yeux. Elle savait bien qu'aucun homme ne l'accepterait telle qu'elle était. Son époux défunt avait souhaité une jeune femme douce et soumise, toute disposée à lui obéir, et il n'avait rien eu de tel. En vérité, elle avait une âme de guerrier, et malgré tout ce qu'elle faisait pour cacher sa véritable nature, celle-ci décourageait tous les prétendants au mariage.

— Va faire soigner ton poignet sans plus attendre, conseilla Katherine. J'informerai notre père de cette altercation avec John.

— Non, surtout pas ! Je ne veux pas que tu sois mêlée à cette affaire. Mon poignet peut attendre. J'ai besoin de réfléchir et je vais aller me promener près de la rivière. Ensuite, nous verrons.

— Ne pars pas seule, Honora, tu pourrais faire de mauvaises rencontres. Emmène un garde.

Honora acquiesça d'un signe de tête, mais elle avait envie d'être seule et n'avait que faire d'un garde. Certes, il y avait un danger, mais elle saurait se défendre.

— Surtout, rentre avant la nuit, insista Katherine.

— Oui, mère ! conclut Honora avec un sourire moqueur.

La rivière qui traversait la propriété du château et qui l'alimentait en eau était en crue. Il avait plu si fort ces jours derniers qu'elle inondait maintenant les prairies voisines.

Sur son cheval à l'arrêt, Ewan scrutait l'horizon. Il avait reconnu cette silhouette de cavalière près de la rivière et ne la quittait pas des yeux. Honora était seule, et il comptait bien veiller sur elle.

Katherine l'avait averti :

« Ma sœur est partie se promener au bord de l'eau et je sais qu'elle n'a pas pris de garde en dépit de ce qu'elle m'a promis. Après sa querelle avec John, je ne suis pas tranquille, Ewan. Allez la rejoindre, je vous en prie. »

Furieux contre John de Ceredys qui ne cessait de harceler Honora, Ewan tenait à s'assurer qu'il ne lèverait plus la main sur elle.

Il songea à Katherine dont il ne méritait pas la confiance. Il se sentait tellement coupable à son égard. Elle l'avait supplié de protéger celle qu'il désirait ardemment et qu'il avait déjà embrassée fougueusement.

Mais que faire ? Aurait-il dû laisser Honora en proie à la violence du baron de Ceredys ?

Dissimulé dans un bosquet voisin, Ewan se rapprocha d'elle discrètement pour l'observer. Elle portait un bliaud d'un bleu vif et un voile sur la tête. Elle avait mis pied à terre et maniait son épée comme si elle affrontait un adversaire imaginaire.

A l'image de la longue lame d'acier, Honora semblait rigide, froide, et déterminée. Elle l'était en vérité. Lui seul savait ce qu'elle cachait sous le visage avenant qu'elle montrait aux autres.

En dépit de la promesse faite à Katherine, Ewan estimait qu'il devait se tenir à distance d'Honora. Quelque chose s'était passé entre eux et il en était encore bouleversé. Il était venu à d'Ardennes pour épouser lady Katherine qui possédait à ses yeux toutes les qualités : des terres et la loyauté d'une épouse. Or, il avait succombé au charme de sa sœur aînée.

Depuis son arrivée, Honora l'avait obsédé sans relâche.

La nuit dernière, il s'était réveillé en sursaut à la suite

d'un rêve, saisi d'une indicible fièvre, en proie à un accès de désir. Ils étaient nus tous les deux, étroitement enlacés et il contemplait son visage épanoui par le plaisir qu'il lui donnait. Il la prenait, la reprenait sans cesse, et elle criait son nom au plus fort de l'extase.

Assurément, il désirait Honora comme il n'avait jamais désiré une autre femme et cela le tourmentait. Elle n'était pas pour lui !

Chez les chevaliers et les barons, les mariages étaient faits pour accroître les fortunes et non pour assouvir un désir charnel. Ewan savait qu'il n'avait pas le droit de renoncer à ses ambitions pour une amante, pas plus qu'il ne pouvait épouser Honora à qui il n'avait rien à offrir.

Soudain, l'éclat de l'acier brilla au loin. Il vit Honora rengainer son épée puis se pencher sur la selle de son cheval et enfouir son visage dans ses mains.

Inquiet, Ewan comprit qu'il ne pouvait pas rester à l'écart plus longtemps. Il sortit du bosquet et s'approcha d'elle, un peu confus de troubler sa solitude.

— Je savais que tu viendrais, dit-elle. C'est Katherine qui t'envoie, n'est-ce pas ?

Il demeura silencieux et attacha son cheval à un arbre. Visiblement sur ses gardes, Honora lui décocha un regard hostile.

— Que veux-tu, Ewan ?

— Ta sœur m'a parlé de ton altercation avec John de Ceredys, et…

— Laisse-moi. J'ai besoin d'être seule.

Elle caressa la crinière de son cheval en ajoutant :

— Et surtout, je dois m'entraîner à l'épée.

— Tu ne vas pas te battre de nouveau contre Ceredys, j'espère ?

— Je n'ai pas de conseils à recevoir de toi, MacEgan, répliqua-t-elle en le foudroyant du regard. Ceredys tombera sous mes coups. Je ne veux pas être sa victime.

— C'est moi qui l'affronterai, et quand j'en aurai fini avec lui, il ne s'approchera plus de toi. J'en fais le serment.

Il prit alors Honora par le poignet et examina sa blessure.

— Comment a-t-il osé te brutaliser ainsi ? questionna-t-il en soutenant son regard. Dis-moi ce qui s'est passé.

Elle hésita un instant, puis se décida enfin.

— Ceredys m'a suivie dans le jardin… Je n'en peux plus d'être harcelée ainsi. Il a tenté de m'attirer à lui, alors j'ai tiré ma dague pour me défendre et je l'ai blessé à la joue.

A ces mots, Ewan sentit la fureur monter en lui et se jura de pourfendre le coupable.

— N'approche plus cet homme, Honora, et ne sors plus seule. Reste auprès de ton père s'il le faut.

— Je n'ai pas le choix, Ewan. Si je dois retourner à Ceredys, je ne pourrai échapper à John.

— Tu ne peux pas y retourner, c'est impossible. Cette brute finirait par te tuer.

— Comment faire autrement ? Si les gens de ton clan étaient menacés, tu volerais à leur secours au mépris du danger, n'est-ce pas ?

Honora tira l'épée de son fourreau, et ajouta :

— Je suis seule à protéger les gens de Ceredys contre les sévices de John, et je ne me déroberai pas à mes devoirs.

— Honora, tu n'en as pas les moyens. Tu le sais bien.

— Pas pour le moment, mais je trouverai de l'argent pour engager quelques hommes.

Elle mania alors vivement son épée qui siffla dans l'air de façon menaçante. A l'évidence, elle enrageait de se voir si démunie.

— Mon père souhaite que j'épouse un homme riche doté d'une armée. Peut-être devrais-je lui obéir ?

Un sursaut de jalousie saisit Ewan à cette pensée. Il savait pourtant qu'il ne pouvait rien pour elle. Seul un homme fortuné et titré en appellerait au roi pour intervenir à Ceredys. Il veillerait aussi sur elle et la protégerait.

Mais comment supporterait-il l'idée qu'un autre puisse s'étendre auprès d'elle pour lui faire l'amour ?

A cette seule pensée, la main d'Ewan se crispa sur la poignée de son épée.

— Je croyais que tu ne désirais pas te remarier ? lui rappela-t-il avec humeur.

— C'est vrai. Mais mon père ne permettra pas le mariage de Katherine tant que je n'aurai pas choisi mon époux.

Ewan pâlit soudain. Il n'avait pas eu connaissance de cette condition.

— Ne t'en fais pas, reprit-elle, je trouverai le moyen de le faire changer d'avis. D'ailleurs, je suis incapable de faire une bonne épouse. Ranulf avait raison sur ce point.

— Honora…

— N'ai-je pas raison ? Honnêtement, dis-moi… si je détenais la dot de Katherine, épouserais-tu une femme comme moi ? Que dirais-tu d'une épouse qui manie l'épée au lieu de filer la laine ?

Ewan attarda son regard sur les yeux verts d'Honora puis sur son visage. A son expression il devinait le doute qui s'emparait d'elle, pourtant elle avait toutes les qualités pour séduire.

— Je t'épouserais à l'instant même si tu possédais la dot de ta sœur, avoua-t-il.

— Tu mens.

Ewan regretta ce qu'il venait de dire. Aussi, pour dissiper le trouble qu'il avait éveillé en elle, il s'empressa d'ajouter :

— Mais je serais capable de te tuer le lendemain de nos noces !

Cette réplique parut exciter Honora.

— Je te tuerais la première.

Aussitôt, elle se mit en garde pour croiser le fer avec lui.

— Veux-tu te battre ? proposa-t-elle, une lueur de défi dans les yeux. Mais, peut-être as-tu peur de perdre le combat ?

— Saurais-tu tenir ton épée de la main gauche ?

— Sans doute.

Elle frappa la première mais Ewan n'eut aucun mal à parer le coup.

— Pourtant, je suis une vraie droitière, ajouta-t-elle tout en revenant à la charge.

Comme il se défendait, elle reprit en riant :

— Irais-tu jusqu'à me laisser la victoire ?

— Je ne t'ai jamais épargnée, il me semble.

— En effet. C'est sans doute pourquoi j'aime tant me battre contre toi.

Ewan ne fit aucun commentaire. Leur combat prenait une tournure qu'il n'avait pas envisagée. Il y avait dans les yeux d'Honora une étrange lueur qui témoignait de son excitation. Elle se battait avec une rage inhabituelle, si bien qu'il était tenté de mettre fin à cet affrontement et de la ramener à d'Ardennes.

Il accéléra les échanges dans l'espoir de la décourager, mais elle lui rendit coup pour coup.

Il s'étonna de son habileté. Il y avait dans ses yeux un désir ardent de remporter ce duel malgré les efforts que cela lui coûtait.

— C'est à toi que je dois mon adresse, Ewan, avoua-t-elle en s'élançant vers lui. Dans ma jeunesse, personne ne voulait m'entraîner au duel.

— Tu étais pourtant aussi habile que les autres.

Espérant la désarmer, Ewan frappa plus fort, mais elle para le coup d'une main très sûre et repartit à l'attaque. Elle semblait invincible.

— J'étais meilleure que toi.

Ewan lui porta un nouveau coup, usant de toute sa force. Alors, elle ne put réprimer un cri et lâcha son épée qui atterrit dans l'herbe à deux mètres de là.

— Plus maintenant ! plaisanta-t-il.

Comme elle allait ramasser son arme, il la saisit par le bras.

— Laisse ton épée où elle est. Repose-toi un peu.

Enfin apaisée, elle s'avança vers la rivière et prit de l'eau dans ses mains pour se rafraîchir. Comme elle portait l'eau à sa bouche, quelques gouttelettes glissèrent sur sa gorge et disparurent dans son corsage.

Son bliaud bleu lui collait à la peau révélant cette gorge

ferme qu'il aimait tant. Il avait envie de recueillir ces perles d'eau du bout de la langue et de la dévêtir pour se délecter du goût de sa peau. Il voyait déjà la pointe de ses seins s'épanouir sous l'effet de ses caresses et cette source secrète palpiter sous la toison brune.

Cette femme avait le don de le tenter comme aucune autre. Il aimait tout en elle : son tempérament de feu, ses yeux de jade, sa démarche féline…

Il détourna la tête, sachant qu'il se fourvoyait dans cette passion interdite. Plus tôt il épouserait Katherine, plus tôt il oublierait Honora.

— Veux-tu reprendre le combat ? proposa-t-elle.

— Il se fait tard, mieux vaut rentrer.

— Rentre si tu veux, moi j'ai l'intention de m'entraîner encore.

— Pas ici, Honora. Il n'est pas prudent pour toi de rester seule dans cet endroit retiré. Suis-moi. Retournons ensemble au château.

— Je n'ai que faire de ta protection, Ewan. Je me débrouillerai seule.

Il désigna d'un geste la blessure qu'elle portait au poignet et repartit, un rien sarcastique :

— C'est ce que je vois.

— Cesse de te moquer de moi.

— Tu ne pourras jamais battre John de Ceredys, et tu le sais bien. Alors pourquoi t'obstiner ainsi ?

— Je le battrai ! s'écria-t-elle en se jetant sur lui pour lui prendre son épée.

Mais à peine l'avait-elle en main qu'elle la lâcha en grimaçant de douleur.

— Aïe ! Ma main…

Ewan s'empressa de la soutenir et l'aida à s'asseoir sur une grosse pierre.

— Respire, conseilla-t-il, ça va passer.

Il prit le foulard d'Honora, le trempa dans l'eau de la rivière et lui en fit un pansement.

— Voilà qui va calmer la douleur.

— J'ai le devoir de retourner à Ceredys, Ewan, soupira-t-elle. Je ne peux pas laisser tous ces gens aux mains de John.

Il savait bien qu'il ne pourrait pas l'en dissuader. Honora ne renoncerait pas à sa mission.

— John finira par te vaincre. Il ne se bat pas loyalement, contrairement à toi.

— Je suis capable de me battre comme lui. Montre-moi comment m'y prendre.

— Tu es blessée, Honora.

— Ewan, je t'en supplie. Tu es le seul à pouvoir m'aider.

Elle se leva et tenta de ramasser l'épée de sa main valide.

— Non ! C'est trop dangereux. Tu ne sais pas de quoi cet homme est capable. Il peut te tuer.

— Je ne lui pardonne pas ce qu'il a fait subir aux femmes de Ceredys, et que tu le veuilles ou non je lui ferai payer ses crimes.

A l'expression de son visage, Ewan comprit qu'elle ne céderait pas. Elle n'hésiterait pas à mettre sa vie en jeu face à John de Ceredys.

Dès lors, il devait agir s'il ne voulait pas avoir la mort d'Honora sur la conscience.

Il ramassa l'épée et la leva très haut.

— John de Ceredys t'a vaincue parce que tu as perdu ton épée, Honora.

— La prochaine fois, je ne la perdrai pas.

Ewan fut tenté de répliquer qu'il n'y aurait pas de prochaine fois, mais il préféra garder le silence. Peut-être devait-il lui enseigner le combat à main nue. Ainsi, elle pourrait au moins se protéger en toutes circonstances.

— Honora, il faut que tu saches te défendre sans arme, dit-il en prenant sa main valide dans la sienne. Essayons, veux-tu ? Tu dois observer tous mes gestes et m'empêcher de prendre l'avantage sur toi, c'est compris ?

Elle lui saisit le poignet et l'interrogea du regard.

— Et maintenant ?

Malgré lui, Ewan fut troublé par le contact de cette main qui les unissait de nouveau l'un à l'autre.

— Maintenant, tu vas tenter de me déstabiliser d'un coup de pied dans la jambe. Vas-y.

Elle s'exécuta mais son coup de pied ne produisit pas le résultat attendu.

— Tu ne peux pas faire mieux ?

— Je n'ai pas la force d'un homme, expliqua-t-elle en essayant de nouveau.

— Tire sur mon poignet en même temps pour me renverser, conseilla Ewan.

Hélas, c'est elle qui perdit l'équilibre. Il la retint avant qu'elle ne roule dans l'herbe et la serra dans ses bras.

— Ewan… que fais-tu ? balbutia-t-elle, troublée par cette étreinte.

Ils restèrent ainsi, les yeux dans les yeux, ne sachant trop ce qui allait se passer.

Alors, Ewan glissa sa main sous la nuque d'Honora en murmurant :

— Je ne sais pas.

Il la libéra enfin, comprenant qu'il avait une fois encore transgressé les lois qui régissaient leur amitié.

Alors, il rengaina son épée et lui sourit.

— Merci pour la leçon, dit-elle, tout en rajustant son bliaud.

— Ce n'était pas mal, malgré ta blessure au poignet.

— J'ai encore des progrès à faire.

Il y eut un bref silence, puis elle leva les yeux vers lui.

— Suis-je ton amie, Ewan ? Le resterai-je après ton mariage avec ma sœur ?

Il acquiesça d'un hochement de tête, mais, à en juger par le regard qu'elle posait sur lui, il comprit qu'elle n'était pas guérie de leur passion secrète.

Il éprouva soudain le besoin de plonger dans l'eau de la rivière, espérant ainsi calmer l'ardeur de son désir.

— Honora, attends-moi ici un moment, veux-tu ? J'ai envie de me rafraîchir.

Elle s'assit sur la berge et le regarda ôter sa tunique.

Il défit la boucle de son ceinturon, déposa son épée à terre, et parut hésiter un instant avant d'entrer dans l'eau.

— Hâte-toi, Ewan, sans quoi tes braies ne seront jamais sèches à ton retour au château, remarqua-t-elle avec malice.

— Aucune crainte, répondit-il en les retirant. Je me baigne toujours nu !

Et sous les yeux ébahis d'Honora, il s'avança vers la rivière dans le plus simple appareil !

Chapitre 11

La surprise passée, Honora se délecta sans vergogne du spectacle de ce corps nu. Tout n'était que muscles chez le beau guerrier irlandais, et elle se souvenait avec émoi de leurs étreintes passées. Elle avait envie de parcourir de ses mains ce torse d'airain et sentir battre sous ses doigts ce cœur ardent.

Ewan descendit le cours de la rivière sur une vingtaine de mètres, puis remonta, faisant plusieurs fois l'aller et retour malgré la force du courant. Tel la proue d'un navire, il fendait cette eau vive de son corps lisse aux reflets cuivrés.

Depuis la rive, Honora contemplait cet athlète nu en se disant que l'adolescent d'autre fois était aujourd'hui un bien bel homme. Il faisait très chaud en cet après-midi d'été, et son bliaud lui collait à la peau. Cette eau qui courait à ses pieds l'invitait à se rafraîchir. Alors, pourquoi n'y entrerait-elle pas… jusqu'aux genoux tout au moins ?

Après tout, ce cours d'eau ne semblait pas profond et elle ne risquait pas de se noyer. Et si d'aventure un poisson lui effleurait les jambes, ce qu'elle détestait, elle aurait tôt fait de regagner la rive. Oui, elle avait très peur des poissons, même si cela lui semblait ridicule. A la seule idée qu'un animal froid et visqueux puisse la toucher, elle avait envie de hurler.

— Honora, viens me rejoindre, lui cria Ewan. L'eau n'est pas froide, je t'assure.

— J'avais envie de me tremper les pieds, mais pas plus.

— Allons, viens. Il n'y a aucun danger, je t'assure.

Elle ôta enfin ses chaussures, releva le bas de son bliaud et entra dans l'eau avec mille précautions.

— Tu n'as pas peur, j'espère ?

— Non, mentit-elle.

Sous ses pieds, le lit sablonneux de la rivière faisait un tapis moelleux et le courant glissait comme une caresse sur sa peau nue. Tout cela était divin.

Elle remonta encore son bliaud et fit quelques pas de plus. Maintenant, elle avait de l'eau jusqu'aux genoux.

Comme Ewan s'avançait vers elle, elle découvrait peu à peu son corps nu. L'eau arrivait à peine au-dessus de la taille et elle devinait déjà la naissance de ses hanches.

— Reste où tu es, ordonna-t-elle en levant la main.

— Soit ! Comme tu voudras.

Il l'observa un moment en silence, puis s'enquit :

— Tu ne sais toujours pas nager ?

— Je sais nager, mais… j'ai encore des progrès à faire.

— Si tu veux aller plus loin pour te rafraîchir, je peux te soutenir, proposa-t-il.

Ewan recula alors de quelques pas et s'immergea jusqu'aux épaules.

— Allons, avance. N'aie pas peur, je suis là.

La suavité de cette voix d'homme qui l'invitait à l'aventure lui donna le frisson. De façon étrange, ses seins se gonflèrent sous son bliaud, comme si son corps répondait spontanément à cette invitation.

Soudain, Ewan disparut sous les eaux, ne laissant que quelques rides à la surface.

Qu'allait-il encore manigancer ?

Comme il tardait à réapparaître, Honora s'inquiéta. Sous les eaux tumultueuses de la rivière, elle ne distinguait plus la forme de son corps.

— MacEgan, en voilà assez, cria-t-elle. Sors de l'eau !

Rien ne se produisit.

Elle appela de nouveau.

— Ewan, reviens !

Seul le bouillonnement des eaux troublait le silence. Les secondes s'écoulaient et Honora commençait à redouter le pire.

Mais alors qu'elle n'espérait plus, elle sentit quelque chose effleurer ses jambes nues.

Elle sursauta et se mit à hurler en frappant la surface de l'eau du plat de la main comme pour chasser la mystérieuse créature des profondeurs.

Ewan refit alors surface. Il la saisit par la taille et poussa un cri de guerre en la soulevant dans les airs.

— Ewan, tu es fou ! s'écria-t-elle en agitant les bras.

Comme il s'avançait vers le milieu de la rivière, elle se débattit de toutes ses forces.

— Ewan, laisse-moi, je t'en supplie.

— Je veux juste m'assurer que tu sais nager.

— Non, s'il te plaît… ramène-moi à la rive. J'ai peur.

Elle cessa alors de s'agiter et s'agrippa à ses épaules pour tenter de se maintenir à la surface de l'eau.

— Un peu de patience, dit-il, une lueur de malice dans les yeux.

Leurs lèvres se touchaient presque, si bien qu'Honora pressentait un baiser sans le redouter vraiment. Sous ses mains, la fraîcheur de la peau d'Ewan offrait un troublant contraste avec la chaleur qui émanait de son corps.

— Ewan…

Elle n'eut pas la force d'en dire plus et sentit peu à peu sa fureur se muer en désir. Un désir irrépressible, mêlé d'angoisse, contre lequel elle était impuissante.

N'y tenant plus, elle effleura du bout des doigts la joue de son guerrier. Contre toute attente, ce geste sembla déplaire à Ewan qui la ramena vers la rive sans un mot.

Il la déposa sur l'herbe tendre, puis se dirigea vers ses vêtements abandonnés sur une pierre et se rhabilla.

— Honora, rechausse-toi, commanda-t-il d'un ton glacial. Nous rentrons.

Elle s'assit pour remettre ses chaussures et frissonna soudain sous son bliaud trempé.

Surprise par le brusque revirement d'humeur de son complice, elle garda le silence. Jamais elle n'avait vu Ewan si distant, si secret. C'était comme s'il avait hâte de se débarrasser d'elle, et cela lui causait une peine immense.

Quand elle fut prête, il l'aida à se mettre en selle, toujours sans un mot.

— Ewan, que se passe-t-il ? Qu'ai-je fait pour te mettre d'aussi méchante humeur ?

— Mieux vaut garder nos distances, Honora, répondit-il sans même lever les yeux vers elle.

— Pourquoi ?

Sans crier gare, Ewan l'arracha à la selle de son cheval et prit ses lèvres avec une ardeur surprenante. Ce baiser bouleversa Honora de telle sorte qu'elle regretta amèrement les reproches qu'elle venait de lui faire. L'étreinte d'Ewan se faisait plus charnelle, presque sauvage, et quand leurs langues se mêlèrent, elle fut gagnée par le feu qui le consumait.

Comme il resserrait son étreinte, leurs corps encore humides se mêlèrent dans un irrésistible élan de sensualité.

Ewan avait été longtemps son ami, celui qui la consolait à l'issue d'un combat perdu, qui savait la guérir corps et âme de ses blessures. Avec quelle habileté l'avait-il protégée quand elle mentait à son père et au comte de Longford !

Dieu, elle n'avait pas envie de le perdre. Non, Katherine ne le lui prendrait pas !

Elle resta blottie dans ses bras un long moment à écouter ce cœur qui battait pour elle, ce souffle qui l'aidait à vivre après tous ses échecs. Elle prit les lèvres d'Ewan à son tour, doucement, avec la légèreté d'une abeille qui savoure le nectar d'une fleur. Ainsi, elle prenait le meilleur de cet homme en lui donnant son amour, ce qu'elle avait de plus précieux.

Alors, les lèvres d'Ewan se firent plus caressantes, plus dociles. Le fougueux élan du premier baiser passé, Honora reprenait l'initiative de la passion contenue, à la fois plus sage et plus intense.

Elle dessina du bout de la langue le contour des lèvres de son guerrier et lut dans ses yeux verts une reconnaissance infinie. Assurément, il la désirait, mais autrement qu'auparavant. Il semblait guéri de ses instincts primitifs, de cette conquête absolue de la femme. Finie pour elle cette reddition sans conditions. Cette fois, l'amour régnait en maître, à parts égales.

Pourtant, dès demain, elle n'aurait d'autre choix que de se séparer d'Ewan, et cela pour toujours. Demain, il serait dans les bras de Katherine. Sa sœur avait élu ce guerrier et elle n'avait pas le droit de le lui ravir.

Mais en cet instant, dans cette ultime étreinte, Ewan était encore à elle. Cependant, tandis qu'ils échangeaient de suaves baisers, Honora surprit dans son regard une lueur d'appréhension.

L'homme qu'elle aimait se reprochait-t-il d'avoir cédé trop aisément à son désir ?

Ewan prit soin d'éviter à la fois Katherine et Honora pour le reste de la journée. Le poids de sa culpabilité devenait insoutenable. Il s'estimait indigne d'avoir été choisi par l'exquise Katherine d'Ardennes, et le dernier baiser échangé avec Honora était l'ultime coup porté à son honneur.

Dès lors, il ne lui restait plus qu'à quitter d'Ardennes et rechercher une autre héritière ou un moyen de se procurer une terre. Victime de sa trahison, il allait se retrouver seul par sa propre faute, et il ne méritait pas mieux.

Il entra dans le grand hall du château et prit place parmi les autres prétendants auprès de sir Ademar. Le chevalier semblait tendu, les mains crispées sur les accoudoirs de son fauteuil.

— Que se passe-t-il ? s'enquit Ewan.

— lady Katherine a choisi son futur époux. Il sera publiquement désigné ce soir.

Cette nouvelle l'ébranla en dépit de la honte qu'il éprouvait encore. Il s'inquiéta soudain. Etait-il évincé ? Katherine s'était-elle prononcée pour un autre prétendant ?

Il parcourut la salle d'un coup d'œil et remarqua que Gerald de Beaulais n'était pas là.

— Où est Beaulais ? demanda-t-il à sir Ademar.

— Il a quitté d'Ardennes quand il a su que lady Katherine l'avait écarté.

Ewan se réjouit de l'infortune du détestable Normand. Au moins, celui-là ne lui manquerait pas !

Devant l'air sombre du chevalier, il posa la question qui lui brûlait les lèvres :

— Mais alors… savez-vous lequel d'entre nous doit épouser lady Katherine ?

Sir Ademar s'apprêtait à lui répondre quand le baron d'Ardennes se leva de son fauteuil.

— Messieurs, sachez que mes filles ont fait leur choix parmi les prétendants. Je suis heureux de vous annoncer leurs fiançailles. Lady Honora a choisi sir Ademar de Dolwyth, qui sera bientôt son époux.

L'Irlandais nota la stupéfaction dans le regard de son voisin. Sir Ademar n'en croyait pas ses oreilles. A l'évidence, Honora ne lui avait pas fait part de ses intentions.

Ewan ne comprenait plus. Honora affirmait jusque-là qu'elle ne se remarierait pas, et voilà que son père annonçait son mariage. Avait-elle changé d'avis après leur étreinte auprès de la rivière ?

Il essaya de captiver son regard, mais elle détourna résolument la tête. Il la vit alors prendre la main de sa sœur assise auprès d'elle. Katherine affichait un sourire radieux.

Alors, Ewan comprit en un instant qu'Honora avait accepté d'épouser sir Ademar pour permettre à sa sœur de choisir son prétendant.

Elle esquissa un sourire à l'intention du chevalier, mais apparemment, le cœur n'y était pas.

Irait-elle vraiment jusqu'au mariage avec sir Ademar ?

Cette question tourmentait Ewan. Il ne supportait pas l'idée qu'elle épouse un autre homme que lui !

Le baron d'Ardennes avait encore une annonce à faire. Il invita Katherine à se lever et la prit par la main d'un geste solennel.

— Et ma fille cadette a choisi Ewan MacEgan ! déclara-t-il enfin.

Ewan se leva tandis qu'on le félicitait de toutes parts, mais les mots lui manquaient pour manifester sa satisfaction.

Honora croisa alors son regard et lui sourit de façon à peine perceptible. Elle ne semblait pas ravie de cette annonce, mais plutôt résignée.

Après ce qui s'était passé au bord de la rivière, où il avait rompu son serment de ne plus jamais la toucher, elle avait dû prendre une résolution. Elle avait alors décidé d'épouser sir Ademar pour permettre à sa sœur d'être heureuse…

Sous le pâle sourire de celle qu'il abandonnait à regret, Ewan devina le masque de la détresse.

Il s'avança comme un somnambule vers le dais sous lequel l'attendait sa promise. Chaque pas lui coûtait, tel un condamné marchant au gibet.

Et lorsque Katherine l'accueillit à bras ouverts, il vit une larme perler sur la joue d'Honora.

Cette nuit-là, dans l'intimité de la chambre que partageaient les deux sœurs, Katherine confia à Honora dans un murmure :

— Tu sais… Ewan n'a pas ouvert la bouche de toute la soirée. Je me demande si je n'ai pas eu tort de le choisir pour fiancé…

— Certainement pas ! répliqua Honora, le cœur serré. Il était si surpris qu'il en est resté muet, voilà tout. Peut-être s'attendait-il à ce que notre père le convoque avant l'annonce officielle pour lui faire part de ta décision.

En proie à une immense détresse, Honora revit le regard désemparé d'Ewan et sentit les larmes sourdre sous ses paupières. Elle savait que l'Irlandais avait trop de fierté pour refuser la main de Katherine. Ainsi, il épouserait celle pour laquelle il était venu à d'Ardennes et obtiendrait la terre qu'il convoitait depuis si longtemps.

Quant à Honora, elle disparaîtrait avant que son propre mariage ait lieu. Elle y était résolue. Certes, elle regrettait de faire de la peine à sir Ademar, mais elle ne pouvait pas se décider à l'épouser.

— Non seulement Ewan n'a pas ouvert la bouche, insista Katherine, mais il semblait très contrarié.

— Il n'était pas fâché contre toi, petite sœur. Ce qui l'a surpris, c'est la façon dont Père a annoncé la nouvelle.

— Tu as peut-être raison. Mais ce qui me ravit, Honora, c'est que tu épouses sir Ademar. Il me paraît si doux, si aimable…

— C'est vrai. C'est un homme discret qui ne mérite pas d'être traité comme il l'est.

Honora enfouit son visage dans ses mains et retint ses larmes. Si elle avait pu, elle aurait fui sur-le-champ le château de son père.

Peut-être devrait-elle auparavant s'entretenir avec sir Ademar, probablement déçu de ne pas épouser Katherine ? Peut-être pourrait-elle le dédommager d'une façon ou d'une autre, en lui proposant par exemple une partie des rentes de sa dot ?

Non. Le chevalier normand était trop fier pour accepter.

Dans l'obscurité de la chambre, les minutes lui semblaient des heures. Finalement, sa sœur s'endormit et elle put se lever. Elle jeta une cape sur ses épaules et sortit. En fait, elle ne savait où aller, mais il fallait qu'elle marche pour tromper son ennui et chasser ses angoisses.

Toute la maisonnée dormait, à l'exception des gardes, et les couloirs étaient déserts. Elle descendit jusqu'au rez-de-chaussée. La chapelle était encore éclairée.

Elle entra dans le sanctuaire et se dirigea vers l'emplacement du coffre pour s'assurer qu'il était toujours là.

Pourquoi l'avait-on dérobé ? Cette question la tourmentait encore. Après tout, c'était un coffre bien ordinaire.

Harcelée par John, elle en avait un peu oublié le voleur. Y avait-il un lien entre lui et le baron de Ceredys ?

John n'avait qu'une idée en tête, s'emparer du rubis et du fabuleux trésor de Marie St Leger. Il était si assoiffé de richesses qu'il était fort capable d'avoir dérobé le coffre.

Soudain, la porte grinça sur ses gonds. Prenant peur, Honora fit brusquement volte-face.

John de Ceredys entra et se signa comme un bon chrétien. Pour un personnage aussi sulfureux, le geste était surprenant.

— Vous venez demander pardon pour vos péchés, lady Honora ? ricana le jeune baron.

La cicatrice sur sa joue lui rappela leur dernière altercation. Aussitôt, elle porta la main à sa ceinture, prête à dégainer.

Hélas, elle n'avait pas sa dague sur elle !

— Que voulez-vous, John ?

Il s'avança lentement vers elle sans un mot et l'accula à la porte de la sacristie.

Allait-elle se laisser insulter une fois encore par ce démon ?

— Vous n'épouserez pas sir Ademar, dit-il, tandis que son regard s'attardait sur la naissance de sa gorge. Vous allez rentrer avec moi à Ceredys, votre véritable demeure.

— C'est à moi d'en décider, répliqua-t-elle en refermant sa cape sur sa gorge.

— N'en croyez rien, milady. Je suis l'héritier de votre époux défunt et, à ce titre, il m'appartient de me prononcer sur vos choix. L'époux que vous avez choisi ne pourra s'installer sur les terres de mon père sans mon accord.

— Et je suppose que vous ne tolérerez pas la présence d'un autre homme à Ceredys, quel qu'il soit ?

Le sourire de John suffit à la renseigner sur ce point. Comme elle tentait de se dégager, il l'en empêcha.

— Attendez ! Ce n'est pas tout, lady Honora. Nous avons encore une question à régler : le rubis que vous m'avez volé. Je sais que Marie St Leger vous l'a donné avant votre départ de Ceredys.

— Elle ne m'a rien donné. Comment aurait-elle pu me remettre cette pierre alors que j'étais votre prisonnière ?

— N'est-ce pas elle qui vous a fait évader ? Certes, avec la complicité des gardes, mais sur son initiative. Toujours est-il que ce rubis n'est plus à Ceredys.

Il la saisit par le poignet et reprit :

— Vous savez quel châtiment on inflige aux voleurs, n'est-ce pas ?

— Lâchez-moi !

— Je serais vraiment navré de devoir couper cette jolie main, reprit-il en la regardant droit dans les yeux.

— Vous ne me faites pas peur !

— Pourtant vous tremblez, ma jolie.

Il montra l'estafilade de sa joue en ajoutant :

— Allons, rendez-moi ce rubis et je ne dirai mot de ce coup de dague à votre père.

— Comment pourrais-je vous rendre ce que je n'ai pas ?

Il lui tordit le poignet si violemment qu'Honora se mordit la lèvre pour ne pas hurler.

— Je suis las de vos insolences, lady d'Ardennes.

D'un coup de pied, elle tenta de le déstabiliser pour se délivrer de son emprise, mais sans succès.

— C'était vous le voleur, n'est-ce pas ? L'un de vos hommes a tenté de dérober le coffre de la chapelle et vous avez fouillé dans mes affaires, espérant y trouver le rubis.

Sans même chercher à se défendre, le baron se borna à répondre :

— Je le retrouverai, chère Honora, soyez-en sûre.

La torsion qu'il exerçait sur son poignet lui arrachait des larmes. Hélas, elle n'avait aucune chance de se libérer.

Des bruits de pas résonnèrent au-dehors. Honora entendit une voix d'homme, et la porte de la chapelle s'ouvrit sur Ewan.

Il se rua aussitôt sur John qui relâcha sa prisonnière sans opposer de résistance. Les deux hommes s'empoignèrent et roulèrent ensemble sur les dalles de pierre. Et tandis que les coups pleuvaient, le ton menaçant d'Ewan résonna dans le sanctuaire.

— Je tuerai ce porc pour avoir osé te toucher !

Chapitre 12

Tout en maintenant son poignet meurtri, Honora se laissa glisser contre le mur et s'assit à même le sol.

Jamais elle n'avait vu Ewan en proie à une telle fureur. Il semblait avoir perdu tout contrôle de lui-même. Le sang coulait abondamment du nez de John tandis que l'Irlandais lui cognait la tête contre la pierre.

Horrifiée par ce spectacle, elle se releva pour tenter de s'interposer et faire cesser ce massacre.

— Ewan, arrête ! Tu vas le tuer…

Mais alors qu'elle tirait l'Irlandais par le bras, John roula sur le côté pour se dégager et tenta de dégainer son épée. Pour l'en empêcher, Honora lui écrasa la main, lui arrachant un cri de douleur qui retentit de façon sinistre dans le silence des lieux saints.

Aussitôt, Ewan se jeta de nouveau sur son adversaire et le saisit au cou.

Juste ciel ! Il va l'étrangler, songea Honora.

Si elle souhaitait que le baron soit mis hors d'état de nuire, elle redoutait l'issue fatale de ce combat. Ewan risquait la potence pour le meurtre d'un noble, et le roi lui-même ne pourrait rien pour son pardon.

— Ewan, fais-lui grâce, je t'en supplie ! cria-t-elle. Il ne mérite pas que tu t'acharnes sur lui. Laisse-le.

L'Irlandais relâcha enfin son emprise et se releva, laissant John inanimé dans un bain de sang.

Le regard brillant de fureur, à bout de souffle, il s'adossa à la porte. Sous sa tunique entrouverte, Honora devinait son robuste torse luisant de sueur. Les muscles tendus, il était prêt à faire face à toute nouvelle attaque de John, mais celui-ci était bien incapable de se relever.

— Viens, Ewan, allons-nous-en, murmura-t-elle en le prenant par la main.

Elle eut un dernier regard pour le corps inanimé du baron et ne put réprimer un frisson d'épouvante.

Pour la première fois, elle pria en silence pour que John survive à ses blessures. Si l'intervention d'Ewan l'avait sauvée, elle la regrettait amèrement.

Comme ils traversaient la cour, ils croisèrent des gardes. Honora leur demanda d'aller chercher du secours pour le blessé qui se trouvait dans la chapelle.

Elle conduisit Ewan dans le petit jardin des plantes aromatiques. Allait-elle savoir pourquoi il s'était acharné ainsi sur sa victime ? Après tout, John n'était peut-être pas l'unique objet de sa fureur.

— Merci d'être venu à mon secours, Ewan, mais il était inutile de frapper le baron avec une telle violence.

— Je ne tenais pas à ce qu'il échappe encore une fois à la justice, alors je me suis chargé de le punir moi-même.

— Il croit que je suis en possession du rubis de sa grand-mère. C'est un malentendu. Ce rubis, je ne l'ai jamais eu, je le jure.

— A mon avis, John convoitait autre chose que cette pierre, murmura Ewan en lui caressant la joue. Il suffisait de voir comment il te regardait.

Honora ferma les yeux pour mieux savourer cette caresse. En cet instant, elle aurait tant voulu qu'Ewan la prenne dans ses bras pour la réconforter, la rassurer.

— Pourquoi as-tu annoncé tes fiançailles, Honora ?

Soudain elle se détourna de lui et s'adossa au mur d'enceinte du jardin.

La nuit était douce, aussi elle entrouvrit sa cape pour être plus à son aise.

— Katherine est celle que tu voulais pour femme, alors j'ai pensé que désigner mon fiancé faciliterait les choses.

— Quelles choses ? s'enquit Ewan qui ne cachait pas son agacement.

Honora ne trouvait pas les mots. Tout ce qu'elle voulait, c'était le bonheur de ce vaillant guerrier. Rien d'autre.

Il s'avança vers elle et d'un geste tendre glissa sa main dans ses cheveux.

— Je ne peux pas épouser ta sœur, Honora. Plus maintenant. Et tu sais pourquoi.

Sachant qu'ils avaient trahi Katherine ensemble, Honora ressentit cruellement sa propre responsabilité. Sa douleur au poignet se raviva soudain comme pour ajouter à sa souffrance.

Elle s'assit sur une pierre et Ewan prit place auprès d'elle, l'enlaçant tendrement.

— Veux-tu que je te raccompagne jusqu'à ta chambre ? proposa-t-il d'un ton très doux.

Elle savait qu'il aurait suffi d'un mot pour qu'il renonce définitivement à elle, mais elle ne pouvait concevoir l'idée d'être séparée de lui.

Alors, elle laissa aller sa tête sur son épaule en murmurant :

— Ewan, reste auprès de moi.

Il effleura ses lèvres avec une telle délicatesse qu'elle en fut émue. Ce baiser la guérit instantanément de toutes ses blessures et de toutes ses craintes.

— N'épouse pas Ademar, Honora. Je ne supporterai pas qu'un autre homme pose les mains sur toi.

Cette fois, il lui donna un baiser ardent, presque sauvage, qui fit resurgir en elle le sentiment de l'interdit, du péché, ranimant instantanément le feu de leur passion.

Elle gardait à l'esprit le souvenir d'un mari trop cruel et d'une sœur qu'elle était en train de trahir, mais la force de cette étreinte la libérait de tout. Seul Ewan comptait à ses yeux.

Blottis l'un contre l'autre dans ce jardin d'où montaient des parfums enivrants, ils étaient seuls au monde dans la tiédeur de cette nuit d'été. Pour Honora, la tentation de céder à son beau guerrier semblait si naturelle qu'elle n'y voyait plus d'obstacles.

Ewan l'étendit sur l'herbe et elle ne fit rien pour s'y opposer. Tandis qu'il parcourait sa gorge de ses lèvres avides, elle glissa la main sous sa tunique entrouverte. Sous ses doigts, le contact de sa peau brûlante ne fit qu'attiser son désir.

Encouragée par son murmure de satisfaction, elle redoubla de hardiesse par des caresses plus suaves. Jamais elle n'avait exploré ainsi le corps d'un homme, parcouru avec autant de plaisir les reliefs d'un torse de guerrier.

Ewan prit son poignet meurtri dans sa main et y posa ses lèvres. Ce fut pour elle le plus doux des remèdes. Son haleine tiède sur sa peau éveilla en elle un irrépressible élan de désir. Elle sentit se dresser la pointe de ses seins et frémir cette source à la naissance des cuisses.

Puis la main d'Ewan se fraya un chemin sous sa chemise, parcourant lentement ses jambes nues. La brise nocturne ajoutait à la douceur de cette caresse. Elle s'ouvrit à lui tandis que ses doigts se glissaient en elle dans une lente conquête de sa féminité.

Honora goûtait cette caresse avec délice, sans même s'étonner de sa propre lascivité.

Que lui arrivait-il ?

Une sensation de vertige l'envahit tout entière, quelque chose de nouveau, d'inconnu jusque-là. Ewan l'éveillait au plaisir par des caresses expertes, faisant renaître sans cesse l'indicible vertige.

Honora resserra son étreinte, ne sachant trop si elle luttait contre le plaisir insoutenable qui l'envahissait ou si elle en réclamait plus encore. Jamais un homme ne l'avait caressée ainsi. Jamais elle n'avait ressenti un tel besoin de se donner sans retenue, entièrement, sauvagement.

Et cependant, elle avait conscience de commettre une faute. Une trahison impardonnable.

Que n'avait-elle la force de repousser Ewan, de recouvrer

sa dignité pour mériter l'affection de sa sœur et l'estime de son père ?

Mais son guerrier avait désormais tout pouvoir sur elle.

Il lui ôta sa chemise et titilla ses seins du bout des lèvres avec des murmures de plaisir. Désormais elle était sa prisonnière, son esclave. Il la possédait par la passion charnelle qu'il entretenait en elle. Et tandis que ses doigts achevaient la conquête de cette source secrète d'où jaillissait le désir, Honora sentait monter en elle l'ultime épanouissement des sens.

— Voilà ce que je t'offrirais toutes les nuits si j'étais ton amant, lui murmura-t-il à l'oreille.

Ses doigts allaient et venaient en elle, rythmant la progression du désir. Honora parcourait de ses mains avides ce corps de guerrier à la peau cuivrée et l'attirait à elle pour mieux savourer les caresses qu'il lui prodiguait.

Sous la toile de ses braies, elle sentait croître son désir d'homme et ne songeait qu'à le délivrer de cet ultime obstacle.

— Chaque nuit, je pourrais m'enivrer du parfum de ta peau, de la saveur de tes lèvres humides.

Et tout en murmurant ces mots, sa bouche explorait les parties les plus secrètes de son corps de femme, goûtant aux délices de cette toison épanouie, si généreusement offerte.

— Si j'étais ton amant, tu pourrais à tout instant me recevoir en toi et me donner du plaisir autant que je t'en donne !

Et tandis que le mouvement de ses lèvres s'accélérait, Honora se sentit basculer dans un gouffre sans fond.

Ainsi, Ewan la préparait à l'accueillir en elle pour l'ultime sursaut qui les unirait dans leur chair.

Honora éprouvait en cet instant une exquise souffrance, un mélange de plaisir ineffable et de désir encore inassouvi. Elle s'arc-boutait vers lui pour mieux s'offrir, toujours en quête de sensations nouvelles.

Elle était au seuil de l'extase. Il fallait qu'Ewan mette fin à ce délicieux tourment, qu'il la cueille comme un fruit mûr en ce jardin secret.

Mais, alors qu'elle était prête à se donner, les caresses se ralentirent, la laissant dans un inconcevable abandon.

— Ewan ! supplia-t-elle en s'agrippant à lui.

Ces sensations exquises qui irradiaient tout son corps quelques instants plus tôt venaient de s'évanouir. Honora était désemparée, et la brise du soir, tout à l'heure si douce, se muait maintenant en un vent glacial.

Mais soudain, contre toute attente, Ewan reprit furieusement ses lèvres et l'attira brutalement à lui.

Dieu du ciel ! Elle était prisonnière de ses bras de guerrier et tremblait de tous ses membres sous la force de son étreinte.

Sous l'empire de la passion, les yeux brillants de concupiscence, Ewan lui prit la main et la guida vers son sexe.

La tension qui l'animait laissait deviner la puissance de l'assaut. Honora ne comprenait pas comment tant de violence pouvait succéder à tant de douceur. Si elle ne s'arrachait pas à l'instant même à cet enlacement sauvage, elle souffrirait, comme elle avait souffert avec Ranulf. Ensuite, il la délaisserait, une fois son plaisir assouvi.

Alors, tout ce qu'elle avait éprouvé pour cet homme, cette passion également partagée, tout cela s'étiola tristement. Son cœur chavira soudain dans un abîme insondable, désemparé comme elle l'était. Cette harmonieuse étreinte des corps qu'Ewan lui avait promise n'était plus qu'un rêve brisé.

Les brutalités de son défunt mari lui revenaient à la mémoire et elle ne put retenir ses larmes plus longtemps.

— Cesse ce jeu cruel, Ewan, supplia-t-elle.

— Pardonne-moi, je n'aurais pas dû..., murmura-t-il en desserrant son étreinte.

— C'est moi qui n'aurais jamais dû te suivre dans ce jardin.

— Pardonne-moi si je t'ai blessée, Honora, la supplia-t-il tout en mêlant ses doigts aux siens.

— Je dois rentrer maintenant, conclut-elle en s'arrachant à ses bras.

Elle se leva aussitôt, jeta sa cape sur ses épaules, puis s'éloigna sans un regard pour lui.

Ewan la suivit à distance pour s'assurer que personne ne la tourmenterait en chemin.

Il se félicitait d'avoir sévèrement corrigé John de Ceredys. Tout ce qu'il déplorait, c'était d'être arrivé trop tard pour empêcher le baron de brutaliser Honora.

Dans sa fureur, il aurait pu tuer John pour les sévices infligés à sa victime dans le passé. Découvrir qu'elle était toujours menacée par cette brute l'avait rendu fou.

Ewan admettait maintenant qu'il avait perdu tout contrôle de lui-même. En fait, il n'avait cessé de frapper John que sur l'insistance d'Honora. Nul doute que l'homme garderait des séquelles de ses coups, mais quelle importance ? Nicholas d'Ardennes serait furieux contre lui, mais il s'expliquerait sur cette rixe.

En dépit de l'heure tardive, il aurait volontiers pris l'initiative de frapper à la porte de lord d'Ardennes. Il fallait que le baron soit mis au courant des menaces que John exerçait sur sa fille et du danger qu'elle courait. Il devait aussi le convaincre de ne pas renvoyer Honora à Ceredys, et tant pis si elle perdait le tiers de ses propriétés dans cette affaire.

Ewan suivit Honora jusqu'à l'étage et s'assura qu'elle entrait dans sa chambre. Alors, il redescendit et resta un moment au pied de l'escalier à réfléchir.

Ce soir il avait besoin d'être seul pour oublier son empoignade avec John et sa goujaterie à l'égard d'Honora. Il ne se pardonnait pas d'avoir cédé à cet attrait irrépressible pour Honora. L'envie qu'elle avait éveillée en lui, puis la maladresse dont il avait fait preuve lui causait une indicible souffrance. Certes, elle avait attisé son désir au point de le rendre fou, mais il s'estimait indigne de l'avoir brutalisée de la sorte.

Désormais, il avait tout perdu : l'affection d'Honora et la terre que lui aurait apporté son mariage avec Katherine. Il s'était si mal conduit avec l'une et l'autre qu'il préférait renoncer à les revoir.

Une seule solution s'offrait à lui : quitter d'Ardennes. Puisqu'il avait trahi sa promise et perdu la considération d'Honora, il n'avait plus rien à y faire. Non seulement il n'épouserait pas Katherine, mais il ne pouvait concevoir l'idée de conquérir une autre héritière.

Donc, il ne lui restait plus qu'à constituer seul son royaume sans le secours d'un héritage ou d'une dot. Dès lors, pour amasser des fonds, il serait contraint de louer ses services comme mercenaire, tout comme Bevan et Connor l'avaient fait en leur temps.

Ewan ressentit tout à coup un grand vide et le sentiment d'avoir tout anéanti par sa propre faute. En outre, il ne pouvait se résoudre à renoncer à Honora, mais avait-il vraiment le choix ? Chez lui, à Erin, il n'avait rien à lui offrir, aussi il valait mieux qu'elle reste à d'Ardennes sous la protection de son père.

Il lui sembla que toute la détresse du monde s'abattait sur lui et il en éprouva une immense lassitude. Dans quelques heures paraîtraient les premières lueurs du jour et, jusque-là, il n'espérait pas trouver le sommeil.

Tandis qu'il songeait au piètre destin qui serait le sien, il entendit des pas se rapprocher et devina des silhouettes dans la pénombre.

Il reconnut Nicholas de Montford flanqué de deux de ses soldats en armes.

— Saisissez-vous de lui ! ordonna sans détour le baron d'Ardennes.

Honora n'avait pas vu Ewan de la matinée et redoublait d'anxiété au fil des heures. Toute la maisonnée était en émoi à la suite de l'agression dont John de Ceredys avait été victime. A en croire le serviteur qui l'avait soigné, le baron portait au visage de graves blessures.

— Lady Honora… puis-je vous… vous parler, bégaya sir Ademar.

Il souriait timidement. En fait il ne parvenait pas à se faire à l'idée qu'elle ait accepté de l'épouser.

Honora esquissa à son tour un sourire, comprenant un peu

tard qu'elle n'aurait jamais dû annoncer au chevalier qu'elle acceptait de le prendre pour mari.

— Oui, bien sûr, sir Ademar, je vous écoute.

— J'avoue que… que j'ai été surpris d'app… d'apprendre que vous m'aviez choisi pour… pour époux, milady, bredouilla-t-il.

Comme il lui offrait son bras, elle le prit, non sans un brin de réticence.

— J'aurais dû vous informer moi-même de ma décision, je l'avoue, admit-elle humblement.

Elle regretta cette négligence, reconnaissant que le chevalier ne méritait pas d'être traité ainsi. Prise de remords, elle le conduisit un peu à l'écart pour lui exposer clairement les choses.

— Sir Ademar, veuillez me pardonner. Je n'ai pas été honnête avec vous…

Le chevalier se crispa tout à coup comme s'il pressentait la suite. Honora respira profondément, espérant trouver la force de poursuivre. Mais comment effacer en quelques mots la faute commise ?

— Vous… vous ne voulez plus… m'épou… m'épouser, n'est-ce pas ? questionna-t-il en pâlissant tout à coup.

Elle lui prit la main dans un souci d'apaisement.

— Vous êtes un honnête homme, chevalier, et si je devais me remarier, vous feriez assurément le meilleur époux.

Elle ajouta alors en baissant le ton :

— Cependant, c'était le souhait de mon père et non le mien, croyez-le. Il n'aurait pas permis à Katherine de se marier si je n'avais pas consenti à choisir un époux. Telles étaient ses conditions, et je lui ai obéi.

Sir Ademar changea brusquement d'expression et s'arracha à la main d'Honora.

— Donc… vous vous êtes ser… servi de moi ! conclut-il l'air furieux.

Elle acquiesça d'un hochement de tête. Elle n'avait jamais eu aussi honte de sa vie.

— Je ne pensais qu'au bonheur de ma sœur, expliqua-t-elle. Comprenez-moi, je ne voulais pas vous faire de peine…

— C'est réussi !

Le visage du chevalier s'assombrit plus encore comme il questionnait :

— Et vous comptiez m'a… m'annoncer cela au pied de… de l'autel ?

— Oh, non ! se récria-t-elle. Je n'aurais pas laissé les choses aller jusque-là, sir Ademar.

— Pourtant… vous avez consenti à ces fiançailles pour favoriser votre sœur ?

— Euh… oui.

— M'auriez-vous épousé ensuite ?

Comme elle gardait le silence, il affecta un air furieux qui ne lui ressemblait guère. Cependant, Honora se souvint avec quel acharnement il avait combattu ses adversaires : si Ademar était bon, il y avait des limites à son indulgence.

Elle avait bafoué son sens de l'honneur et il était peu probable qu'il le lui pardonne.

— J'ai eu tort d'agir ainsi, je l'avoue, mais… je vais parler à mon père.

— Votre père est en conversation avec MacEgan et j'espère qu'il le punira comme il convient après ce qu'il a fait à John de Ceredys.

Le punir ?

Honora prit peur tout à coup. Quel sort son père réservait-il à Ewan ?

Nicholas n'était pas réputé clément, et si elle n'était pas là pour prendre la défense d'Ewan, son père en conclurait qu'il avait attaqué John sans raison.

Soudain, elle eut l'impression que le sol se dérobait sous ses pieds.

— Il faut que… que je parle à mon père de toute urgence, bredouilla-t-elle.

Sir Ademar la saisit par le bras.

— Pourquoi ?

— Ewan m'a défendu contre John de Ceredys, aussi je ne veux pas qu'il soit puni par erreur.

Sir Ademar chercha son regard en silence comme s'il la soupçonnait de travestir la vérité. Puis, contre toute attente, il la libéra.

— Il n'y aura donc pas de… de fiançailles entre vous et moi, soupira-t-il. Moi aussi il faudra que… que je parle à votre père.

— Veuillez me pardonner, sir Ademar. Je suis désolée de vous avoir causé de la peine.

— Allons, retournez auprès de l'homme que vous aimez, conclut-il, visiblement désemparé.

Sans plus attendre, Honora prit ses jupes à deux mains et courut vers le hall. Là, un garde bloquait l'entrée des appartements de son père.

— Laissez-moi passer, ordonna-t-elle.

— Lord d'Ardennes ne veut pas être dérangé, milady, repartit l'homme en portant la main à son épée.

Devant cette menace, elle se résigna et rebroussa chemin. Mais tandis qu'elle se retirait, elle se ravisa soudain, se demandant de quel côté le garde portait l'épée et la dague.

Aussitôt, elle fit demi-tour et d'un geste très sûr lui arracha son arme, l'obligeant à s'écarter pour la laisser entrer.

A peine avait-elle ouvert la porte que la conversation cessa. John de Ceredys était assis face à son père qui leva les yeux vers elle, visiblement furieux qu'elle ait osé forcer sa porte.

— Honora, tu n'as rien à faire ici. Va-t'en !

— John s'est-il confessé de m'avoir agressée hier soir dans la chapelle ? questionna-t-elle en dévisageant Ceredys. Dieu merci, Ewan MacEgan est venu à mon secours, sans quoi…

— C'est ce que prétend MacEgan, en effet, confirma le maître des lieux en se tournant vers l'Irlandais.

Ewan se tenait debout derrière Nicholas, les mains solidement liées.

— Mais John m'a aussi raconté que tu l'avais blessé au visage d'un coup de dague, reprit le baron d'Ardennes. Il a ajouté que tu t'étais emparée des bijoux qui devaient lui revenir.

— Je ne vois pas de quoi vous parlez, Père.

John regarda tour à tour le baron et sa fille comme s'il souhaitait qu'elle s'en aille.

Honora demeura à sa place, bien campée sur ses jambes, l'épée en main.

— Avant de mourir, Marie St Leger m'a confié qu'elle vous avait remis ces bijoux, affirma John.

— Si telle était son intention, c'est donc qu'ils m'appartenaient, répliqua-t-elle habilement.

— L'ennui, c'est que Marie n'était pas propriétaire de ces bijoux, s'insurgea John. Rendez-les-moi et je vous pardonnerai ce coup de dague.

Honora serra plus fort la poignée de l'épée en se disant que ce scélérat méritait bien plus qu'un coup de dague.

— Père, libérez Ewan, exigea-t-elle. Il n'a rien fait d'autre que me porter secours.

— Nous avons déjà conclu un accord, intervint l'Irlandais en fixant le baron des yeux. Je quitte d'Ardennes aujourd'hui même.

Il quittait d'Ardennes ?

— Comme je l'ai déclaré à votre père, reprit MacEgan, je n'épouserai pas lady Katherine. Elle ne veut plus de moi pour époux, ainsi je n'ai donc plus aucune raison de demeurer ici.

Cette révélation laissa Honora sans voix.

Qu'espérait-elle, après tout ? Qu'Ewan l'épouserait à la place de sa sœur ? Qu'il abandonnerait pour elle ses rêves de posséder une terre ?

Non. Il allait retourner en Irlande et elle à sa solitude. Après tout, c'était mieux ainsi.

Mais en dépit de l'indifférence qu'elle affectait, pourquoi souffrait-elle à ce point à l'idée d'être séparée de lui ?

Ewan se tourna alors vers John de Ceredys et reprit d'un ton glacial :

— Mon cheval est à vous en compensation de vos blessures.

Il ajouta à l'intention de d'Ardennes :

— Ainsi, toute cette affaire est réglée.

Nicholas acquiesça et fit un geste en direction d'un garde

pour qu'il détache Ewan. Comme ce dernier quittait les lieux, Honora le suivit sans trop d'illusions. Elle savait qu'elle n'obtiendrait rien de lui. Et en effet, il ne daigna même pas lui adresser un mot et traversa le hall en regardant droit devant lui.

— Ewan… que vas-tu faire, questionna-t-elle en pressant le pas pour le rejoindre.

— Allons dans le jardin, répondit-il simplement.

Elle accepta de le suivre. Là, dans cet espace clos, ils pourraient se parler sans témoin.

— Je rentre chez moi, à Erin, lui confia-t-il en s'adossant au mur de pierre.

Il lui prit la main et effleura de ses doigts son poignet meurtri. Honora en éprouva un bien-être immédiat.

— En as-tu parlé à Katherine ?

— Oui. Je quitterai d'Ardennes dès l'aube.

Elle avait envie de le supplier, d'exiger qu'il reste, mais elle savait que c'était inutile.

— Tout cela est ma faute, murmura-t-elle. Ah ! si seulement je pouvais tout changer… revenir en arrière…

— J'ai fait un choix, Honora, confessa-t-il en se penchant vers elle. Je ne pouvais pas épouser Katherine et lui être fidèle alors que je te désirais.

Il effleura ses lèvres d'un chaste baiser.

Un baiser d'adieu.

Chapitre 13

— Vous vouliez me voir, Père ?

Honora entra dans les appartements de Nicholas d'Ardennes, puis le garde referma la porte derrière elle.

Le soleil qui amorçait son déclin jetait dans le fauteuil à haut dossier des reflets ambrés. Ces lueurs chaudes contrastaient étonnamment avec son humeur sombre. Elle avait bien tenté de parler à Katherine, mais celle-ci lui avait tourné le dos.

Nicholas joignit les mains sur la table de chêne et se redressa avant d'annoncer d'un ton solennel :

— Je te renvoie à Ceredys aujourd'hui même. John t'escortera jusque-là.

Non ! Il ne peut pas me livrer à l'homme que je hais le plus au monde, songea-t-elle en serrant les poings.

— Je ne retournerai pas à Ceredys, répliqua-t-elle. Et surtout pas avec cette brute.

Elle se sentait abandonnée de tous. Si son père avait eu un peu de considération pour elle il n'aurait pas chassé Ewan et ne l'aurait pas jetée dans les griffes de John. Hélas, l'air hostile qu'affichait son père ne lui laissait aucun espoir.

— Père, je vous rappelle que John m'a agressée hier soir dans la chapelle. Cela vous laisse-t-il indifférent ?

Elle releva alors la manche de son bliaud et lui montra sa blessure au poignet.

— Voyez plutôt ce qu'il m'a fait.

— Je suis très déçu par ton comportement, Honora. Tu n'aurais pas dû provoquer Ceredys.

— Le provoquer ? Comment pouvez-vous prêter l'oreille à ses mensonges alors qu'il a failli me briser les os ?

— Es-tu en possession de ce rubis, oui ou non ? s'enquit Nicholas, indifférent à ses protestations.

— Je n'ai jamais vu ce rubis. Je le jure !

— Permets-moi d'en douter, ma fille, soupira-t-il.

Il la considéra un instant en silence, puis reprit :

— J'espérais que sir Ademar me délivrerait définitivement de toi, mais je me rends compte que je me suis trompé.

— Suis-je un tel fardeau pour vous, père ? Moi, votre fille aînée ?

— Honora, tu as une demeure, des terres qui t'appartiennent et que tu négliges, et des responsabilités que tu fuis. Je ne vois pas d'inconvénients à ce que tu me rendes visite de temps à autre, mais ta véritable place est à Ceredys.

Instinctivement, elle étreignit le pommeau de sa dague. Elle était au comble de la fureur, et l'homme qui la lui inspirait était son propre père !

— Soit ! Je retournerai à Ceredys, soyez-en sûr.

— Pour le bien de ta sœur, je souhaite que tu quittes d'Ardennes sur-le-champ. En fait, peu m'importe où tu iras, ce qui compte c'est que tu cesses de compromettre les projets de mariage de Katherine.

En fait, Honora n'était pas prête à rentrer à Ceredys. Tout au moins, pas encore. Elle n'avait pas fait de projets précis pour l'avenir et même si son peuple espérait son retour, il devrait patienter un peu.

— J'ignore pourquoi vous me croyez responsable de tous vos maux, Père, dit-elle d'un ton amer.

— Ce n'est pas à tort, crois-moi. Le soir même de l'annonce des fiançailles de Katherine et MacEgan, ta sœur t'a vue dans le jardin en train d'embrasser cet Irlandais.

Honora sentit son sang se glacer. Elle ignorait que sa sœur les avait surpris dans les bras l'un de l'autre. Dieu lui était témoin qu'elle n'avait pas souhaité cela. Assurément, elle aurait dû repousser Ewan, mais au contraire, elle lui avait tendu ses lèvres et s'était offerte à ses caresses les plus intimes.

— Je suis confuse, Père, murmura-t-elle humblement.

Elle caressa son poignet meurtri pour adoucir un peu ses souffrances, regrettant de ne pouvoir effacer la peine causée à sa sœur. Tout semblait s'écrouler autour d'elle et elle ne pouvait rien faire pour mettre un terme à ce désastre.

Elle s'apprêtait sortir quand son père la retint et se saisit de la dague qu'elle portait à la ceinture. La lame brilla à la lumière des torches, projetant d'inquiétants reflets sur le visage de Nicholas.

— Retiens bien ceci, Honora : une dame ne doit jamais faire usage d'une arme sur un homme. Elle a le devoir de lui obéir et de le servir. C'est la seule façon pour elle de vivre en harmonie avec ceux qui l'entourent. Ecoute ce conseil : ne cherche jamais à exercer ton pouvoir sur quiconque.

Alors, d'un coup sec, Nicholas brisa la dague contre le mur de pierre et, tandis que la lame tombait à ses pieds, il jeta la poignée d'un geste rageur avant de sortir sans un mot et de disparaître dans le couloir sombre.

Comme elle s'agenouillait pour ramasser les morceaux de son arme, Honora remarqua que le pommeau s'était séparé de la poignée. Celle-ci était creuse, et quand elle la prit dans sa main, un objet dur roula sur le sol.

Grand Dieu ! C'était le rubis de Marie St Leger !

La pierre de forme ovale aux reflets d'un rouge profond était presque aussi grosse que son pouce.

Alors, elle se souvint qu'avant de quitter Ceredys le forgeron du château avait ajouté ce pommeau à la dague que Marie lui avait remise. Nul doute qu'elle y avait auparavant introduit le rubis.

Pourquoi Marie lui avait-elle fait ce cadeau ? Honora l'ignorait et elle ne s'en jugeait pas digne.

Elle serra la pierre dans sa main et fit une courte prière pour le repos de l'âme de Marie St Leger.

Marie demeurait dans son souvenir une femme d'exception.

Esprit pragmatique, elle se moquait des traditions et agissait à sa guise. Honora lui avait appris à manier l'épée et s'entraînait avec elle dans le secret de sa chambre, à l'insu de Ranulf.

— Montre-moi ce que tu sais faire, lui disait Marie. Je veux apprendre à me battre comme toi.

Un jour, Marie avait fait venir un soldat dans sa chambre pour l'affronter en combat singulier. Voyant qu'il risquait d'être battu, l'homme avait alors mis dans la bataille les forces qui manquaient à son adversaire. Honora était intervenue à temps pour désarmer le soldat avant qu'il ne blesse sa maîtresse.

Marie avait ri de cette expérience et avait remis une bourse pleine à cet homme pour le remercier de s'être prêté au jeu.

— Comme j'aimerais avoir ton habileté à manier l'épée, Honora, lui avait-elle confié en lui prenant la main. Merci d'être venue à mon secours, sans quoi ce soldat m'aurait passée par le fer !

Elle avait ajouté tandis que ses yeux bleus brillaient d'une lueur singulière :

— Mon fils, Ranulf, est un imbécile et un maladroit, mais toi tu as tous les talents. J'aurais tant voulu avoir une fille comme toi pour prendre en main le domaine de Ceredys.

— Je sais me battre à l'épée, milady, mais quant à diriger un domaine…

— Tu en as sans doute le cœur, ma petite, et tu es pétrie de bon sens. Un jour, tu seras la maîtresse de Ceredys et tu y rétabliras l'ordre et la justice.

Perdue dans ses souvenirs, Honora considéra longuement le rubis dans le creux de sa main, puis elle le remit dans la poignée de sa dague.

John de Ceredys ne saurait jamais qu'elle était en possession de cette pierre ! Elle en faisait le serment.

Elle ne l'avait pas volée. C'était le souvenir le plus précieux qu'elle gardait de Marie. Il l'aiderait à reconquérir Ceredys et à y rétablir « l'ordre et la justice ».

En entrant dans la chambre, Honora trouva sa sœur assise sur son lit. Comme elle s'y attendait, Katherine n'eut pas un mot de bienvenue, pas même un regard pour elle.

Le silence devenait insoutenable, aussi Honora décida-t-elle de le rompre, tout en sachant qu'elle s'exposait à des reproches.

— Katherine, je suis navrée… je ne pensais pas que…

— Qu'Ewan te préférerait à moi ? interrompit sa sœur, les yeux baignés de larmes. Jamais je ne t'aurais crue capable de me trahir.

— Je n'ai jamais cherché à séduire Ewan, je le jure, et je ne comprends pas comment il a pu s'éprendre de moi.

— Moi, je le sais, répliqua Katherine tout en séchant ses larmes. C'est parce que tu as toujours été plus audacieuse que moi, plus forte et plus courageuse aussi. C'est pour cela qu'Ewan t'admire tant. Il a trouvé en toi ce que je n'aurais jamais pu lui donner.

Katherine allait et venait dans la chambre comme un lion en cage, serrant son mouchoir dans sa main.

— J'ai eu tort d'insister pour que tu viennes me rejoindre ici. J'aurais dû me douter qu'Ewan te choisirait. Comme j'ai été sotte !

Honora garda le silence. Elle ne savait que répondre à cela. D'ailleurs, Ewan ne comptait pas donner suite à leur aventure puisqu'il retournait seul chez lui, à Erin. En fait, il avait décidé de rompre définitivement avec l'une et avec l'autre.

— Ewan doit quitter d'Ardennes au lever du jour, annonça-t-elle.

— Et bien sûr, tu pars avec lui ? rétorqua sa sœur, l'air goguenard.

— Non, Katherine. Nous ne nous reverrons plus.

— Que tu es sotte ! S'il voulait de moi, je le suivrais au bout du monde.

— Il ne m'a pas demandé de partir avec lui.

Honora tentait de réconforter sa sœur en soulignant qu'Ewan la délaissait, elle aussi.

Elle ouvrit la malle qui contenait toutes ses affaires et

commença à mettre de côté ce qu'elle emporterait. Elle quitterait d'Ardennes aujourd'hui, comme son père le lui avait ordonné.

— Que fais-tu ? s'enquit Katherine.

— Je trie mes vêtements. Père exige que je rentre à Ceredys avec John. Je ne veux pas retourner là-bas et surtout pas avec lui, après ce qu'il m'a fait.

Elle plia une chemise, puis ajouta :

— Je vais peut-être partir pour la Normandie. Nous avons des parents là-bas.

— Non ! Ne t'embarque pas pour la Normandie, intervint Katherine en lui prenant la main. Va rejoindre Ewan.

— Impossible. Après ce que je t'ai fait, je ne peux pas…

— Il ne s'agit plus de moi, à présent, mais de vous deux. D'ailleurs, Ewan m'a dit qu'il me considérait désormais comme une sœur.

Katherine réprima un sanglot avant d'ajouter :

— Sais-tu ce que c'est que d'être délaissée par l'homme que tu aimes ?

Cette fois elle ne put retenir ses larmes et poursuivit d'une petite voix :

— Si je ne peux pas épouser Ewan… au moins je saurai qu'il est heureux avec toi.

Une fois de plus, la cadette porta son mouchoir à ses yeux, puis ordonna d'un ton glacial :

— Va le rejoindre, Honora, et ne reviens jamais. Je ne veux plus te revoir.

Tandis que les premières lueurs du jour teintaient l'horizon de rose pâle, Honora sortit de sa couche. Elle n'avait pas dormi de la nuit et ne parvenait pas à se réchauffer. En fait, elle se sentait brisée.

Après leur altercation, Katherine avait quitté la chambre pour n'y revenir qu'une heure avant l'aube. Sans doute s'était-elle isolée pour s'abandonner à son chagrin. Honora ne s'en sentait que plus coupable.

Elle s'habilla en toute hâte et prit le petit balluchon qu'elle avait préparé la veille. Sa cotte de mailles et son heaume resteraient dans la malle, elle n'en aurait plus besoin désormais.

Dehors, la lumière n'était déjà plus la même. Les premiers rayons d'or avaient chassé les pâles lueurs du levant. La décision qu'elle avait prise pesait plus lourd que son balluchon sur son épaule.

Elle était résolue à faire appel à Ewan !

Cette idée l'avait tourmentée toute la nuit, et ne s'était décidée qu'au point du jour. Ewan était le seul homme en qui elle avait confiance. Elle savait qu'il ne l'abandonnerait pas et qu'il l'aiderait en toutes circonstances.

Elle jeta un dernier regard vers le lit de Katherine. Celle-ci dormait à poings fermés. Elle n'avait jamais voulu lui causer du chagrin mais savait que ses excuses ne changeraient rien. Quelque chose s'était brisé entre elles.

Toutefois, avant de sortir, Honora se pencha sur elle et murmura :

— Pardon, petite sœur.

Elle crut percevoir un léger frémissement sous la couverture. Katherine l'avait-elle entendue ? Elle n'en saurait sans doute jamais rien.

Le cœur serré, elle ôta alors le verrou de la lourde porte et quitta la chambre.

Dans le corridor, deux gardes en armes au service de John l'attendaient.

— Bonjour, lady Honora.

L'un d'eux s'avança pour lui barrer le passage.

— Que voulez-vous ?

— Nous sommes là pour vous escorter jusqu'à la chambre de notre maître, milady. Vous rentrez à Ceredys avec lui.

Comme elle tentait de leur échapper, l'homme la saisit par le bras.

— Katherine ! appela-t-elle tandis que les deux gardes l'emmenaient.

Honora se débattit comme un beau diable, mais l'un des

gardes la saisit par son poignet meurtri. La douleur fut si vive qu'elle ne put réprimer un cri.

— Laissez-moi, cria-t-elle.

Indifférents à ses protestations, ils la poussèrent sans ménagement dans une chambre et elle tomba lourdement sur le sol. Alors, l'un des gardes lui jeta négligemment son balluchon, puis entra et referma la porte derrière lui.

— Soyez la bienvenue, chère Honora !

En relevant la tête, elle vit John de Ceredys assis dans un fauteuil. Le visage meurtri, couvert de plaies et de bosses, il était presque méconnaissable.

Il y avait dans son regard une lueur terrifiante, celle de la vengeance.

— J'espère que vous avez bien dormi ? s'enquit le baron d'un ton patelin. Nous avons une longue route à faire.

Honora ne répondit pas, trop occupée par le souci de trouver une issue pour déguerpir au plus vite.

Hélas, John n'était pas seul dans cette chambre. Il était entouré de quatre hommes en armes qui avaient sans doute pour mission de ne pas la laisser s'enfuir.

Elle sentit soudain ses forces l'abandonner. En vérité, elle préférait mourir que de retourner avec John à Ceredys !

— Vous pouvez me retenir captive dans le donjon de mon père, mais jamais je ne vous suivrai à Ceredys, dit-elle en relevant la tête.

— Mais vous n'êtes pas prisonnière, lady Honora, corrigea le baron. Ma seule intention est de vous reconduire chez vous sous bonne escorte, et cela pour votre sécurité. Votre père souhaite vous mettre en lieu sûr pour vous éviter de nouveaux déboires.

Il fit signe à l'un de ses hommes de la relever et elle sentit une main de fer la saisir par le bras.

— Ceredys n'est pas ma demeure, se récria-t-elle en vacillant sur ses jambes. Vous ne pouvez pas m'obliger à y retourner.

— Vous rentrerez au bercail en toute docilité, j'en suis certain, ricana le baron. Et si vous vous montrez rebelle, j'ordonnerai à mes hommes d'attaquer Ewan MacEgan. Le malheureux rentre chez lui à pied, il ne sera donc pas difficile de le retrouver. En outre, mes archers sont capables de tuer un homme à une fantastique distance.

Le ton de sa voix se radoucit comme il ajoutait :

— Mais si vous êtes sage, nous le laisserons poursuivre sa route.

Honora comprit qu'il était inutile d'argumenter. Ewan allait prendre la route. Il se dirigerait sans doute vers la côte ouest et serait exposé à toutes les attaques. Dès lors, elle ne pouvait le mettre en danger en refusant de suivre John. Mieux valait pour le moment feindre la docilité en attendant l'occasion de fausser compagnie aux gardes.

— Soit, je vous suivrai. Je n'ai pas le choix, admit-elle à regret.

— Je vois avec plaisir que nous nous comprenons, milady. Je vais donner des ordres afin que vos affaires soient chargées sur une charrette. Ensuite, nous nous mettrons en route.

Il jeta alors un coup d'œil à la ceinture d'Honora et s'étonna :

— Mais je vois que vous portez encore votre dague, milady. Je vais être obligé de vous en priver. Comme c'est fâcheux !

Il se leva et tira d'un coup sec sur la poignée qui lui resta dans la main. Aussitôt, le rubis tomba à ses pieds et roula sur le sol.

— Que cachiez-vous là, milady ?, murmura-t-il en ramassant la pierre.

— Je… je n'ai découvert cette pierre qu'hier soir. Je ne savais pas qu'elle se trouvait là, je vous assure.

— Menteuse ! Maintenant, vous allez me dire où se trouve le reste du trésor de Marie St Leger.

— Je l'ignore.

John lui administra une gifle retentissante qui la fit vaciller sur ses jambes. Trop faible pour se retenir, elle tomba à terre.

Le baron rejeta alors la poignée de la dague, gardant dans sa main le précieux rubis.

Son regard se durcit soudain comme il reprenait :

— Je retrouverai le reste du trésor de Ceredys, n'en doutez

pas, ma belle. Vous me confierez tout ce que vous savez sur ce point, sans quoi… vous aurez à souffrir de votre silence.

— Gardes, surveillez-la pendant que je vais faire seller les chevaux. Et que personne n'entre dans cette chambre en mon absence.

Tandis qu'un garde restait auprès d'elle, un autre se posta devant la porte pour surveiller le couloir. Honora se tint tranquille, attendant le moment opportun pour fausser compagnie à ses geôliers.

Ne sachant combien de temps s'était écoulé depuis que John avait quitté la chambre, Honora s'efforçait de prendre patience. La pièce était plongée dans l'obscurité depuis que le garde avait fermé les volets.

Elle leva les yeux vers la fenêtre, priant pour qu'elle parvienne à atteindre le chemin de ronde.

C'était risqué mais elle n'avait pas le choix.

Le temps passait et le garde semblait somnoler par moments. Elle ne lui avait pas adressé un seul mot, ni même montré qu'elle avait peur de ce qui l'attendait.

Elle ramassa discrètement la poignée de sa dague qui gisait sur le sol et la glissa dans sa ceinture. Un jour elle y ferait ajouter une lame. Ensuite, elle parcourut la chambre des yeux. Le mobilier se résumait à un lit, un fauteuil et une chaise sur laquelle le garde était assis. Elle ne disposait donc de rien qui puisse ressembler à une arme.

Pourtant, il y avait une autre possibilité…

Un bruit retentit alors dans le couloir. Honora comprit aussitôt qu'il était temps d'agir pour sortir de là avant le retour de John.

— J'ai froid, dit-elle au garde. Je voudrais un vêtement plus chaud.

L'homme se frotta les yeux, puis lui lança le balluchon qui contenait ses affaires. Elle l'ouvrit et choisit une houppelande bien chaude.

Comme il la regardait s'habiller, elle le pria de se tourner et, curieusement, il lui obéit sans protester. Alors elle fit une torsade de sa houppelande et s'en servit comme d'une corde pour étouffer son geôlier.

Dès que celui-ci fut à terre, elle ouvrit les volets et découvrit avec stupéfaction qu'une corde pendait au-dehors. Une corde à laquelle était agrippé… sir Ademar !

— Sir Ademar ? Mais que faites-vous là ? questionna-t-elle.

Il entra par la fenêtre et sauta dans la chambre.

— Votre sœur m'a dit que vous auriez sans doute besoin d'aide. Alors, me voici.

— Pourquoi n'avez-vous pas dit à mon père que lord John me retenait prisonnière ici ?

— Je trouvais plus… plus intéressant de vous libérer sans que p… p… personne n'en sache rien, bredouilla le chevalier.

— Plus intéressant ?

— Oui. Mais aussi… moins dangereux. Ainsi, nous éviterons toute violence, et quand on découvrira votre disparition, vous serez déjà loin.

— Un détail me préoccupe sir Ademar : comment comptez-vous me faire sortir d'ici ?

— Comme j'y suis entré, pardi, par la fenêtre. Vous allez descendre… par cette corde qui donne sur les remparts. Allons, vite. Ne… ne perdons pas de temps.

Elle jeta un coup d'œil par la fenêtre et vit que la corde était bien trop courte.

— Mais je ne pourrai jamais sauter de si haut, sir Ademar ! Je préfère encore affronter les soldats qui me retiennent prisonnière ici !

La clé tourna alors dans la serrure et sir Ademar se jeta sur la porte pour empêcher le visiteur d'entrer.

— Allez-vous-en ! cria-t-il.

Il se tourna vers Honóra en ajoutant :

— Vite, à la fenêtre !

Désormais, il n'y avait pas d'autre issue. Alors, elle saisit la corde et amorça sa descente vers les remparts. Après tout, cela lui semblait maintenant moins périlleux que d'être entre les mains de John.

Ce dernier tambourinait à la porte mais Ademar tenait bon.

— Vous êtes un héros, sir Ademar ! lui cria-t-elle en se laissant glisser le long de la corde.

Tandis que le soleil disparaissait à l'horizon, Ewan s'agenouilla au bord de la rivière pour se désaltérer un peu. Il était las d'avoir marché vers l'ouest toute la journée et ressentait durement son échec ! Il lui faudrait beaucoup de temps pour atteindre la côte à pied. Il avait bien songé à reprendre son cheval à lord d'Ardennes mais, finalement, il avait choisi de rester en bons termes avec cet homme, même s'il devait subir sa loi.

Il s'était fourvoyé depuis le début dans cette affaire. Il était venu à d'Ardennes pour prendre femme et réaliser son rêve : posséder une terre bien à lui. Cela devait être le départ d'une nouvelle vie, un nouveau domaine qui lui aurait assuré le respect de ses frères. Au lieu de cela, il rentrait chez lui les mains vides. Par sa faute, il avait été chassé de d'Ardennes sans son cheval. Pourtant, il ne regrettait pas d'avoir volé au secours d'Honora et il recommencerait si l'occasion lui en était donnée.

Sa complice d'autrefois était devenue une vraie femme, une femme forte et courageuse. La vie n'avait pas été tendre avec elle, et cependant elle ne s'apitoyait jamais sur son propre sort.

Ewan l'admirait pour sa bravoure, et même s'il n'osait l'admettre, elle lui manquait cruellement. Elle l'égalait dans bien des domaines : à l'épée et… dans ses passions.

La nuit passée avec elle dans le jardin le hantait encore. La douceur de sa peau, le parfum de ses cheveux, la tiédeur de ses lèvres, Ewan ne les oublierait pas.

Par Dieu ! Il n'aurait jamais dû quitter d'Ardennes sans elle. Ainsi, elle aurait été sous sa protection.

Comme le ciel s'assombrissait, Ewan se mit en quête de bois pour allumer du feu. Il entendit alors un cheval se rapprocher. Il tira son épée et se dissimula derrière les hautes herbes espérant ainsi surprendre un ennemi éventuel.

Etait-ce lord d'Ardennes qui envoyait un cavalier à ses trousses ? Ou bien John de Ceredys ?

Que n'avait-il son arc et ses flèches sur lui !

Il se rendit compte que le cavalier n'était pas debout sur sa selle, mais couché, comme s'il avait été jeté dessus. L'homme portait les couleurs de d'Ardennes, mais pas de bouclier.

Etait-il blessé ? Mort ? Où était-ce un piège ?

Comme le cheval faisait halte, Ewan sortit de sa cachette et s'avança vers lui. Le soldat tenta alors de mettre pied à terre mais tomba lourdement au sol.

Juste ciel ! C'était Honora !

Ewan rengaina son épée et courut vers elle. Il l'aida à s'asseoir et se rendit compte qu'elle était très faible.

Comment avait-elle pu tenir sur sa selle dans cet état ?

— Honora... parle-moi. Comment te sens-tu ?

Comme il lui ôtait son casque, elle balbutia :

— Maintenant que tu es là, tout va bien.

Chapitre 14

Honora ne portait qu'un bliaud froissé et une chemise fine qui lui collait à la peau.

— Je me sens si lasse…, soupira-t-elle en s'abandonnant dans ses bras. J'avais si peur de ne pas te retrouver.

— Dieu que je suis heureux de te revoir, murmura-t-il en la serrant tout contre lui.

Par quel miracle s'étaient-ils retrouvés ? Ewan n'en avait pas la moindre idée. Il aurait aimé savoir pourquoi elle l'avait suivi, mais après tout c'était sans importance. En tout cas, il ne voulait plus la perdre.

Il prit simplement son visage entre ses mains et lui donna un chaste baiser de bienvenue.

— Si tu as faim, j'ai de quoi manger, proposa-t-il.

— Je meurs de faim. Je n'ai rien mangé depuis que j'ai quitté d'Ardennes.

Il ouvrit son sac à provisions et en sortit une délicate pâtisserie faite de figues, de miel et d'amandes.

— Comme c'est bon ! dit-elle dès la première bouchée.

Ses yeux brillaient comme ceux d'une femme heureuse. Il suffisait de la voir ainsi pour partager son bonheur.

— Un peu de vin au gingembre ? proposa-t-il en lui tendant une flasque.

Elle but volontiers, puis s'assit à même le sol pour achever son gâteau.

Le soleil avait disparu à l'horizon encore embrasé de lueurs pourpres. Dans la douceur du soir, Honora ôta ses bottes et commença à se détendre. C'était la première fois qu'elle prenait du repos depuis son départ.

— Ewan… tu te demandes peut-être pourquoi je t'ai suivi, n'est-ce pas ? C'est parce que tu es le seul à pouvoir m'aider.

— Que s'est-il passé à d'Ardennes ?

Honora s'approcha du feu qu'il avait allumé pour la nuit et offrit ses mains à la chaleur des flammes. Ewan remarqua aussitôt les cicatrices qu'elle portait encore au poignet gauche.

— John m'a enfermée dans sa chambre dans l'intention de me ramener à Ceredys, expliqua-t-elle.

Elle frotta son poignet meurtri et poursuivit :

— C'est à sir Ademar que je dois ma liberté. C'est lui qui m'a aidée à m'enfuir.

— Sir Ademar ? reprit Ewan, un rien sourcilleux. Pourquoi est-il venu à ton secours ?

— C'est ma sœur qui me l'a envoyé.

— Et ton père ? Comment a-t-il pu laisser John de Ceredys agir à sa guise sous son toit ?

— Mon père ne pensait qu'à me chasser de chez lui, donc il n'a rien fait pour me protéger.

— Oh, le misérable ! s'indigna Ewan. Un père se doit de veiller sur sa fille, surtout si elle est aux mains d'un scélérat tel que John.

Elle détourna la tête, avouant à mi-voix :

— Il faut le comprendre, Ewan. S'il ne m'a pas secourue, c'est parce que j'ai trahi Katherine en me donnant à toi.

Ewan sentit sa culpabilité resurgir. A l'évidence, c'était bien par sa faute qu'Honora avait été chassée de chez elle et qu'elle se retrouvait sur les routes.

— Honora… je n'ai pas honte de t'avoir désirée et je ne regrette pas d'avoir refusé ta sœur. Si j'ai agi ainsi c'était par amour pour toi, tu le sais.

— Je suis aussi fautive que toi, Ewan, confessa-t-elle en levant vers lui des yeux lourds de culpabilité. J'aurais dû me détourner de toi.

— Cela n'aurait rien changé.

Il tendit la main pour effleurer sa joue, mais Honora se déroba.

— Maintenant, il est temps pour moi de décider de mon avenir, reprit-elle. Si tu veux bien m'escorter jusqu'à la côte, je m'embarquerai pour la Normandie. Certes, c'est loin mais j'y ai des parents, et…

— Il y a plus simple, interrompit-il. Viens plutôt avec moi à Erin. Mes frères t'accueilleront volontiers et tu y seras en sécurité, crois-moi.

— Soit, admit-elle, mais pour quelque temps seulement. Je ne peux pas laisser trop longtemps les gens de Ceredys aux mains de John. J'ai fait le serment de les protéger et je dois m'y tenir.

Ewan fut tenté de la dissuader, mais se ravisa. Il savait combien elle était loyale. D'ailleurs, elle n'en ferait qu'à sa tête en dépit des risques que représentait cette mission.

— Pour cela, il te faudra recruter des hommes dans ma tribu, suggéra-t-il. Ils sont courageux et loyaux. Je crois que tu n'auras aucun mal à persuader mon frère Patrick, le roi de Laochre, de t'aider.

— Je peux toujours essayer. De toute façon, je n'ai pas le choix.

Elle semblait si désemparée qu'Ewan l'attira à lui et la serra tendrement dans ses bras.

— Allons, tu n'es pas seule, murmura-t-il en enfouissant ses lèvres dans ses cheveux. Je serai toujours là pour toi, tu le sais.

Elle se serra tout contre lui comme pour lui témoigner sa confiance, et il en fut ému.

— Et toi ? questionna-t-elle en cherchant son regard. Crois-tu que tu trouveras une riche héritière prête à t'épouser ?

Malgré le ton léger qu'elle affectait, Ewan devina qu'elle redoutait sa réponse.

En fait, il ne savait trop que répondre. Après ce qui s'était passé avec Katherine, il lui semblait déloyal et cupide de faire un mariage d'intérêt. Pourtant, il en était ainsi de la plupart des unions.

— Je ne sais pas, soupira-t-il. Je prendrai une décision quand je serai rentré chez moi.

Tant de choses avaient changé le cours de sa vie en si peu de temps. Ses projets d'autrefois lui semblaient maintenant utopiques, et cependant il ne pouvait se résoudre vraiment à les abandonner.

— La femme qui t'épousera aura de la chance, Ewan.

Honora regretta aussitôt cette remarque.

— Pour le moment, je n'ai pas envie de penser à l'avenir, avoua-t-il. Ce qui compte pour moi, c'est que tu sois là, auprès de moi.

— Et que notre amitié demeure intacte, souligna-t-elle.

— Non, Honora. Ce n'est plus l'amitié qui nous lie, tu le sais bien.

Soudain, il prit ses lèvres avec ardeur afin qu'elle n'ait plus de doute sur la nature de leurs relations.

— Cette nuit, je te donnerai du plaisir, ajouta-t-il en parcourant tout son corps de ses mains avides.

Troublée par ce brusque changement d'attitude, Honora demeura sans voix.

— Ewan… il ne faut pas, balbutia-t-elle enfin. C'est notre liaison qui a tout compromis. Tu vois bien que cette folie nous a jetés sur la route.

— Honora, nous sommes amants et rien ne pourra nous séparer.

Il la prit par la taille et la souleva dans ses bras pour butiner ses lèvres.

— Je veux que tu te donnes à moi, encore et encore, murmura-t-il en la couvrant de baisers. Je te désire plus que tout au monde.

— Ewan… nous avons tout gâché, gémit-elle en s'abandonnant sur son épaule. Cet amour nous a porté malheur, et de plus… je suis une amante indigne de toi.

— Ne dis pas de bêtises !

Il la prit par le menton et l'obligea à le regarder dans les yeux.

— Jamais une femme ne m'a donné autant de joies que toi, Honora…

— Je n'ai pas été une bonne épouse. J'ai déçu mon mari.

— Ton mari était un rustre. Il ne te méritait pas.

Il savait que les blessures de son mariage n'étaient pas encore guéries et il comprenait sa frilosité. Il se désolait de voir à quel point cette femme belle et sensuelle avait été brisée par la tyrannie de Ranulf.

— Si ta nuit de noces a été un calvaire, c'est parce que ce débauché t'a traitée comme une catin, voilà tout.

— Ranulf me faisait horreur, c'est vrai, confessa-t-elle. Je tremblais à l'idée de me donner à lui.

Ewan la sentait frissonner dans ses bras comme un oiseau captif. Alors, il desserra son étreinte, un peu à regret.

— Honora, je ne te prendrai pas contre ton gré. Je t'aime trop pour te heurter ou t'humilier, tu le sais bien. Il me faudra du temps pour t'apprivoiser, mais je réussirai.

Il l'aida à s'étendre sur la couche de fortune qu'il avait préparée, résolu à renoncer à elle malgré le désir qui le dévorait.

— Il faut dormir maintenant pour reprendre des forces, lui chuchota-t-il à l'oreille. Demain, nous avons un long chemin à faire et la journée sera rude.

Elle le remercia d'un tendre sourire, puis ôta son bliaud et rabattit la couverture sur elle. Alors, il s'assit auprès du feu et ses yeux s'attardèrent sur les braises qui s'éteignaient, tout comme son désir.

— Ewan, tu n'as pas sommeil ? murmura-t-elle. Tu dois être fatigué après ce long voyage…

— Je te regarde t'endormir. Cela suffit à m'apaiser.

Des myriades d'étoiles brillaient dans la nuit. La lueur nacrée de la lune révélait toute la beauté de ce visage de femme qu'il ne se lassait pas de contempler.

— Ewan… j'ai peur.

— Ne crains rien. John et ses hommes ne nous trouveront pas ici, et au lever du jour nous aurons levé le camp.

— Ce n'est pas à John que je pensais.

Elle se releva sur sa couche et ajouta :

— Ce qui me tourmente, c'est que j'ai peur de te décevoir si nous devenons de nouveau... plus que des amis.

Elle semblait si vulnérable et si sincère à la fois qu'Ewan en fut bouleversé.

— Rien de ce qui vient de toi ne peut me décevoir, Honora.

— Te souviens-tu de notre nuit dans le jardin d'Ardennes ? Je n'avais jamais rien éprouvé d'aussi fort dans les bras d'un homme.

Ewan prit sur lui pour ne pas céder à ce qui ressemblait à un appel. Comment pouvait-il rester de marbre après un tel aveu ?

— J'ai confiance en toi, Ewan, mais je me sens si désemparée après ce qu'il s'est passé à d'Ardennes. Il faut que tu m'aides à me reprendre, que tu me montres la voie...

Elle ressentait en effet tout le poids de sa culpabilité. Par sa faute, elle avait tout perdu : sa maison, sa famille, il ne lui restait plus qu'Ewan dont elle avait en outre compromis l'avenir.

Pourtant, quand elle était avec lui, elle oubliait toutes ses fautes. Il y avait de la magie dans ses baisers et dans ses caresses, aussi elle avait envie de se blottir à jamais dans ses bras. Lui seul avait le pouvoir d'apaiser ses craintes et d'effacer les erreurs du passé.

— Tu attends beaucoup de moi, Honora, soupira-t-il en hochant la tête.

— Tu m'as appris à me battre, dès lors tu peux tout m'apprendre, Ewan. Aide-moi, je t'en prie.

N'y tenant plus, il se leva et s'avança vers la couche où elle reposait. Honora lui tendit les bras et il ôta sa tunique, découvrant sa robuste poitrine de guerrier.

— Viens ! chuchota-t-elle.

— As-tu toujours peur ?

Elle acquiesça d'un signe de tête.

— Il ne faut pas. Et si tu te sens coupable, je m'éloignerai de toi.

Comme il glissait la main sous ses reins elle ne fit rien pour se dérober à cette caresse. Alors, il parcourut sa gorge de ses lèvres et s'enivra du parfum qui émanait de sa peau. Elle sentait les sous-bois, les fleurs des champs et les brûlures du soleil, et c'était bon.

— Embrasse-moi encore, murmura-t-elle en s'offrant à lui.

Ewan prit le temps d'ôter ses braies, puis se lova tout contre elle et l'attira doucement à lui.

Honora frémit au contact de ce corps de guerrier animé d'un désir ardent. Et tandis que ses mains se frayaient un chemin sous sa chemise, elle s'ouvrit à lui sans hésiter.

Maintenant, elle était prête à le recevoir. Rien ne l'enivrait autant que ce feu qui pénétrait en elle quand il la prenait.

— Je t'ai toujours désirée, Honora. Déjà quand nous étions plus jeunes…

A ces mots, elle sentit un frisson l'envahir et la pointe de ses seins se dresser.

— Je veux prendre le temps de te savourer, reprit-il dans un souffle, goûter au parfum de ta peau, m'étourdir de toi.

Il titilla son sein du bout de la langue tandis que sa main dessinait la courbe de ses hanches.

— Aimes-tu mes caresses ?

— Elles me font du bien, Ewan. Prends-moi, je t'en supplie !

— Sois patiente.

Honora ne put réprimer un sursaut quand les doigts de son amant effleurèrent le creux de ses cuisses. Saisie d'un étrange frisson, elle attira Ewan à elle, dévorant ses lèvres de baisers brûlants.

Dans cet accès de désir, elle redoubla d'audace et lui prodigua des caresses intimes. Estimant qu'elles étaient trop timides, il l'encouragea à plus de vigueur et atteignit bientôt l'extase.

— Honora… merci pour le plaisir que tu me donnes, dit-il dans un souffle en la caressant à son tour.

— J'en suis heureuse, Ewan. Ton plaisir est aussi le mien, tu le sais.

Bientôt, ce fut aussi l'extase pour elle, puis ils demeurèrent enlacés un long moment avant que le sommeil les surprenne.

Dans cet apaisement qui suivit l'étreinte, Honora oublia tous ses tourments, toutes ses peurs.

De quoi serait fait le lendemain ? Elle n'y pensait plus. Ce qu'elle savait de façon certaine, c'était qu'elle n'épouserait jamais son beau guerrier. En effet, il n'y avait pas d'avenir pour un Irlandais sans terre et une veuve chassée de chez son père.

Ils n'auraient à partager que ces moments d'intimité volés, et ce serait là leur unique bonheur.

Une odeur de poisson grillé flottait dans l'air quand Honora s'éveilla au petit matin. Assis auprès du feu, Ewan faisait cuire une truite sur les braises.

Elle n'avait pas oublié ce qu'ils avaient partagé la veille, le plaisir qu'ils s'étaient donné l'un à l'autre. Ce soir, peut-être, échangeraient-ils plus que des caresses ? Elle frémit d'impatience en y songeant.

La matinée était fraîche, et la chaleur d'Ewan lui manquait cruellement. D'habitude, elle aimait s'attarder dans son lit. Le plus souvent, elle ouvrait l'œil puis se retournait sous ses couvertures et se rendormait. Mais aujourd'hui, il fallait reprendre la route.

— Ewan, tu n'as pris qu'un seul poisson ? Il me semble bien petit pour deux voyageurs affamés.

Elle ramassa sa chemise abandonnée au pied de sa couche et l'enfila prestement.

— Approche-toi, et tu verras qu'il est assez gros pour deux.

Il l'enlaça par la taille et ajouta, l'air malicieux :

— J'accepte de le partager avec toi si tu me donnes un baiser.

Elle lui tendit ses lèvres et il les prit avec tant d'ardeur qu'elle sentit renaître en elle le désir de la veille. Elle se délivra malgré tout de cette étreinte, sachant qu'il fallait se mettre en route et que le chemin serait long.

— Ewan, ne nous attardons pas ici.

— Tu as raison, admit-il en la libérant à regret. Mangeons notre poisson et préparons-nous à partir.

Il tira sa dague de son fourreau, partagea la truite en deux et lui donna sa part.

Comme elle ôtait les arêtes avec ses doigts, il s'étonna.

— Qu'as-tu fait de ta dague ?

— Mon père l'a brisée sous mes yeux.

Elle lui raconta alors que le rubis de Marie St Leger dissimulé dans le pommeau avait roulé sur le sol, et que John s'en était emparé.

— Ceredys est persuadé que ce rubis n'est qu'une partie d'un trésor considérable, précisa-t-elle. Un trésor que je n'ai jamais vu, d'ailleurs.

— Et c'est pour l'obtenir qu'il t'a agressée ce soir-là ?

— Sans doute. En fait, j'ignorais que Marie m'avait fait don de ce rubis en m'offrant cette dague. Si mon père n'en avait pas brisé la lame, je n'aurais jamais su ce que contenait la poignée.

Elle essuya une larme en ajoutant :

— Maintenant, c'est John qui détient ce rubis, et je ne suis pas sûre qu'il me laissera en paix pour autant.

— S'il convoite le trésor, c'est peu probable.

Ewan prit la poignée de la dague et glissa son doigt dans la partie creuse.

— Crois-tu vraiment à l'existence de ce trésor ? questionna-t-il.

— John y croit, et c'est bien ce qui m'inquiète.

En examinant de plus près la partie creuse de la poignée, Ewan aperçut quelque chose. Il ramassa une brindille, la glissa dans l'orifice, et en tira un petit rouleau de parchemin jauni.

— Avais-tu vu ceci, Honora ?

— Non. Qu'est-ce que c'est ?

En déroulant le document, Ewan découvrit d'étranges inscriptions en noir surmontées d'une spirale et d'un oiseau.

— A ton avis, de quoi s'agit-il ?

— Je me souviens avoir vu des caractères semblables

gravés sur le coffre de la chapelle, indiqua-t-il. Cependant, c'est la première fois que je vois un tel oiseau.

— Regarde bien, dit-elle en pointant le doigt sur le dessin. Ce n'est pas un seul oiseau, mais six. Comme c'est étrange et mystérieux !

— Comment savoir ce que tout cela signifie ? s'interrogea l'Irlandais.

Ils achevaient leur déjeuner, perdus dans leurs réflexions quand ils virent quelque chose briller au loin.

Des cavaliers !

Le galop des chevaux se rapprochait à vive allure. Le danger était imminent.

Honora frémit de terreur. Qui étaient ces hommes ? Les soldats de son père ou ceux de John ?

— Oh, mon Dieu ! Combien peuvent-ils être, Ewan ?

— Je ne sais pas. Une douzaine, environ ?

— Impossible de les affronter. Il faut fuir !

— A nous deux, nous n'avons aucune chance de les vaincre, en effet.

Il ramassa leurs affaires en toute hâte et roula les couvertures qu'il attacha au flanc de la jument.

— Filons, dit-il en jetant de la terre sur le feu. Nous ne nous sommes que trop attardés ici.

Ewan hissa Honora sur leur unique monture, puis se mit en selle derrière elle et la jument partit au galop en direction de l'ouest.

— Il nous faudra du temps pour gagner la côte, lui cria-t-il à l'oreille. Notre seule chance de leur échapper c'est de trouver une grotte et de nous y cacher. J'en connais une dans les falaises.

— A condition qu'ils ne nous rattrapent pas d'ici là.

Honora tenait fermement les rênes et son cœur battait au rythme du galop. En cette fin de matinée, le soleil était déjà haut dans le ciel et la visibilité parfaite. Trop parfaite. En se retournant de temps à autre, ils notaient avec angoisse la progression des cavaliers lancés à leur poursuite.

— La jument ne tiendra pas longtemps à cette allure, dit-elle. Il lui faudra du repos.

— Impossible ! Ils sont bien trop proches !

— Je sais. Mais comment aller plus vite alors que nous sommes deux en selle ?

— Arrêtons-nous, dit-il. Je vais descendre et continuer seul à pied.

— C'est une folie, Ewan. Tu vas te faire prendre. Il faut trouver un moyen de leur échapper, sans quoi nous devrons les affronter.

— Très bien, continuons ! Je connais un raccourci qui conduit à la mer.

Une demi-heure plus tard, ils étaient en effet en vue de la côte. Honora pria en silence pour remercier Dieu.

— J'espère que tu sauras retrouver cette grotte, Ewan.

— Je sais où elle est. J'y ai dormi une nuit en venant d'Irlande.

— La jument est épuisée, soupira Honora, la mort dans l'âme. Il faut l'abandonner et courir vers les falaises. C'est le seul moyen de nous tirer d'affaire.

Alors, ils mirent pied à terre, rassemblèrent leurs affaires, puis libérèrent à regret leur monture.

Comme le jour commençait à décliner, l'Irlandais espérait en secret que les cavaliers feraient halte pour la nuit.

Alors qu'ils couraient vers la côte, Honora s'inquiéta soudain.

— Crois-tu que nous aurons un bateau dès demain pour gagner l'Irlande ?

— Bevan m'a promis d'envoyer l'un de mes frères nous chercher. S'il tarde trop, nous trouverons bien un bateau de pêche.

Ils suivirent un moment la plage, les pieds dans l'eau pour ne pas laisser de traces. A l'horizon, les dernières lueurs du couchant dessinaient une ligne pourpre.

Soudain, Ewan fit halte et pointa son doigt vers les falaises.

— Regarde !

— La grotte ! Dieu soit loué, dit-elle, soulagée.

Ils s'avancèrent à travers les rochers qui jonchaient le rivage et aperçurent bientôt le seuil de la caverne. L'intérieur était humide et obscur, mais ils s'y sentaient en sécurité.

— Crois-tu que nous pourrons allumer du feu ?

— A condition de trouver du bois, répondit-il en déposant leur balluchon sur le sol. Après tout, la grotte est assez profonde et comme il fait presque nuit, nul ne verra la fumée. Je vais aller chercher du bois mort.

— Ce n'est pas prudent, Ewan. Tu risques de te faire repérer.

Elle avait si peur de le perdre qu'elle l'attira à elle. Ewan l'enlaça à son tour et ils demeurèrent quelques instants dans les bras l'un de l'autre.

— S'il t'arrivait malheur, j'en mourrais, Ewan. Je t'aime trop.

— Je sais, mon amour. Moi aussi je t'aime.

Comme il s'arrachait à son étreinte, Honora sentit le froid l'envahir et pria en silence afin qu'ils puissent s'embarquer pour l'Irlande au plus vite.

L'attente fut longue, mais Ewan finit par revenir les bras chargés de bois. Après quelques efforts pour allumer le feu, il obtint de belles flammes qui montèrent peu à peu, éclairant l'immense voûte de leur refuge.

Assise à même le sol, Honora offrit ses mains à la chaleur des flammes et commença à se réchauffer. Elle semblait lasse et vulnérable, dépourvue de cette énergie qui l'animait naguère.

Ewan l'observait en silence. S'il avait les pieds meurtris d'avoir trop marché, il ne le montrait pas, ne songeant qu'à protéger la femme qu'il aimait. Il était prêt à la défendre bec et ongles contre John de Ceredys et ses sbires.

— Comment va ton poignet ?, lui demanda-t-il.

— Toujours enflé et douloureux mais, Dieu merci, il n'est pas cassé. Je me sens capable de me battre s'il le faut.

Ce serait inutile : s'ils demeuraient bien cachés au fond de cette grotte, ils n'auraient rien à craindre de John et de son escorte. Le baron ne se risquerait pas dans les rochers en pleine nuit et, au lever du jour, il les croirait disparus.

— Tu n'auras pas à te battre, Honora. Ils finiront par se décourager et rebrousseront chemin.

Elle ouvrit leur sac et en sortit le pain et le flacon de vin. Comme il s'asseyait auprès du feu, elle lui sourit en lui tendant les bras.

— Viens, Ewan, murmura-t-elle tendrement. Tu es fatigué, aussi c'est à moi de prendre soin de toi.

Il glissa la main sous son bliaud, incapable de résister plus longtemps à ce corps de femme qui lui était offert.

Honora défit prestement les lacets de sa tunique de guerrier et la lui ôta. Elle lui caressa longuement les épaules, puis ses mains glissèrent sur sa poitrine que le feu éclairait de lueurs d'ambre.

Elle dégrafa ensuite sa ceinture d'un geste adroit, puis par des caresses plus intimes réveilla son désir d'homme.

— Honora… tu n'es pas sage… mais c'est si bon, soupira-t-il.

— Chut ! Détends-toi, et laisse-toi faire.

Encouragé de la sorte, Ewan caressa Honora à son tour, l'invitant à s'ouvrir à lui plus encore, ce qu'elle fit sans réticence.

Mais alors qu'elle parcourait de ses lèvres en feu les épaules nues de son guerrier, il la repoussa tout à coup.

— Assez de caresses ! dit-il.

— Ewan… je ne comprends pas. Mon seul désir était de te faire du bien.

Il la prit brusquement par les hanches et l'attira à lui dans un accès de désir.

— Ewan !

— La seule façon de me faire du bien, c'est de te donner à moi maintenant.

Chapitre 15

A ces mots, Honora se sentit un peu coupable d'avoir provoqué Ewan mais, emportée par le désir, elle n'avait pu s'en empêcher. Le corps de son vaillant guerrier était à la fois si ferme et si doux sous sa main que la tentation était trop forte !

Dans les yeux d'Ewan, elle avait lu l'envie comme une souffrance qu'elle seule était capable d'apaiser. Dès lors, elle ne pouvait se refuser à lui.

Après tout, elle avait tout fait pour attiser son désir d'homme !

Honora avait enduré les assauts de son mari, et malgré le dégoût que lui inspirait Ranulf, elle avait dû se soumettre, attendant qu'il ait pris son plaisir. Jamais il n'avait éveillé en elle le moindre désir, contrairement à son bel Irlandais qui l'emmenait au paradis.

— Honora, pardonne-moi ce que j'ai dit. Tu sais que je ne te forcerai jamais. Je le jure sur ma vie.

Elle devina pourtant à l'éclat de ses yeux qu'il était sur le point de céder à ses pulsions.

— Ce ne serait pas me forcer, Ewan, je suis à toi… si tu le veux.

Et elle était sincère en cet instant, même si sa propre vie venait de voler en éclats parce qu'elle s'était donnée à lui. Certes, leur amour était un péché, et elle avait odieusement trahi sa sœur, mais elle n'avait rien pu faire pour l'éviter. Honora n'était heureuse que dans les bras d'Ewan. Ils partageaient une même passion et si elle pouvait le rendre heureux en se donnant à lui, le reste importait peu.

Elle se releva pour se tenir debout devant lui, le cœur battant à toute allure. Il y avait dans les yeux de son amant un désir ardent, et sa peau prenait des tons ambrés à la lueur des flammes. Elle avait envie de l'embrasser, de dessiner de ses mains la courbe de ses épaules puissantes en oubliant ses souffrances passées.

Ewan la regardait avec envie.

— Te laisseras-tu aimer cette nuit ? murmura-t-il en posant ses mains sur ses hanches.

Elle savait déjà que la nuit à venir serait plus ardente que les précédentes. Même si elle appréhendait encore l'étreinte d'un homme, elle ne pouvait nier qu'Ewan se montrait d'habitude plutôt délicat avec elle.

— Oui, murmura-t-elle enfin. Je serai à toi.

Il effleura alors ses lèvres puis, très vite, son baiser se fit plus insistant.

Honora noua ses mains sur sa nuque. Qu'arriverait-il si elle cédait à l'instant même à ses propres pulsions ?

Elle entrouvrit ses lèvres et tandis que leurs langues se mêlaient intimement, elle sentit un étrange frisson courir sur sa peau. Ses seins se dressèrent sous sa chemise dont Ewan dénoua prestement les rubans.

Maintenant, elle était nue jusqu'à la taille.

Elle ressentit une douleur exquise alors que ses lèvres brûlantes parcouraient les tétons érigés. Ewan les mordillait avec délice, ravivant le feu qui crépitait en elle.

Dans sa hâte, il la déshabilla entièrement et se délivra ensuite de ses braies. Alors, il rassembla leurs habits dont il fit une paillasse et invita Honora à s'y étendre.

Ewan chercha son regard comme s'il doutait encore qu'elle accepte de se donner.

— Tu es la plus belle femme au monde, lui susurra-t-il à l'oreille.

Le pensait-il vraiment ? Elle doutait tant de sa sensualité qu'elle avait du mal à croire qu'il puisse la trouver belle à ce point.

Comme elle couvrait sa gorge dans un réflexe de pudeur, Ewan l'en empêcha.

— Non ! Je veux te voir telle que tu es.

Il parcourut son corps du regard, s'attardant volontiers à la naissance de ses cuisses, sur ce triangle soyeux, objet de sa convoitise.

Et quand il s'étendit sur elle, Honora ne put réprimer un sursaut de surprise sous l'ardeur de son désir.

— N'aie pas peur, chuchota-t-il avant de prendre ses lèvres.

Dans son impatience de l'accueillir en elle, elle le guida adroitement vers la source de tous les délices.

— Patience, mon amour, murmura-t-il. Tu n'es pas encore prête.

Pas prête ? Elle était mieux disposée qu'elle ne l'avait jamais été !

Ewan couvrit son corps de baisers tandis que sa main se glissait entre ses cuisses. Elle s'arc-bouta comme pour mieux s'offrir à ses caresses intimes et ne put retenir un murmure de plaisir quand il effleura d'un doigt le point sensible de sa féminité.

— Ewan, ne me fais pas trop attendre. Pourquoi me faire endurer plus longtemps cette torture ?

Prête à s'abandonner, elle n'avait plus la force de patienter.

— Laisse-toi aller, dit-il tandis que ses caresses redoublaient d'intensité.

Honora sentait le feu du désir l'envahir et par ses mouvements suivait le rythme des caresses, se cambrant plus encore.

Alors elle sentit le souffle d'Ewan sur son ventre tandis que sa langue prenait le relais de ses doigts.

Cette fois, elle était au seuil de l'extase !

Elle se mordit la lèvre pour ne pas crier de plaisir sous l'effet de ses caresses.

Cette langue de feu attisait son désir jusqu'aux limites du tolérable.

— Oh, Ewan ! Je t'en supplie… ne me torture pas ainsi.

Alors, les caresses cessèrent, puis son amant se coucha

sur le dos, l'invita à s'étendre sur lui et butina avec délice ses seins généreusement offerts.

— Maintenant, je suis à tes ordres, dit-il.

Elle le reçut en elle sans la moindre souffrance. Une douce chaleur l'envahit soudain et se communiqua à tous ses membres comme un bienfait.

Honora n'était pas accoutumée à doser le plaisir d'un homme, et à l'évidence Ewan luttait pour tenter de se contrôler.

Alors, elle s'ouvrit plus encore à lui et amorça un mouvement des hanches pour attiser son désir.

— Plus vite, mon amour ! supplia-t-il en glissant ses mains sous ses reins.

Il titilla de nouveau ses seins du bout des lèvres tandis que le rythme s'accélérait, mêlant plus intimement leurs corps enfiévrés.

— Encore, encore ! la pria-t-il en s'agrippant à ses hanches.

Le plaisir suprême vint brusquement, tel un fleuve rompant une digue, et envahit Honora d'une tiédeur exquise. Ewan entrait plus profondément en elle et leurs corps exultaient enfin.

Les yeux fermés, Honora serra dans ses bras son guerrier prisonnier de sa passion. Pour rien au monde elle n'aurait voulu qu'il s'arrache à son étreinte en cet instant.

Désormais, elle le possédait et elle était sienne.

Ils s'abandonnèrent avec délice au vertige qui suit le plaisir, échangeant des baisers suaves, savourant le goût de leurs lèvres comme une récompense suprême.

Honora goûtait enfin au bonheur. C'était tout ce que Ranulf n'avait pas su lui donner. Jamais il n'avait pris le temps de lui dispenser des caresses, ni de lui apprendre les choses de l'amour.

— Es-tu heureuse ? lui murmura Ewan à l'oreille.

Au-dehors, le tonnerre retentit soudain et elle frissonna malgré elle.

Comme elle tentait d'atteindre son bliaud, il lui prit la main et la porta à ses lèvres.

— Laisse. C'est à moi de te réchauffer, dit-il en l'enfermant de nouveau dans ses bras.

— Donc… je n'aurai plus jamais froid ? questionna-t-elle avec malice.

— Plus jamais. J'en fais le serment.

— Comment allons-nous échapper aux hommes de John ? s'inquiéta-t-elle soudain. Si jamais ils nous découvrent, nous sommes perdus.

— Je ne les laisserai pas t'approcher, mon amour. Sois sans crainte.

Il la serra de nouveau dans ses bras puissants et lui donna un baiser fervent.

Le lendemain matin, Honora s'habilla en hâte tout en prenant soin de ne pas réveiller son amant. Elle avait très peu dormi, préoccupée par le danger qui les guettait.

S'ils quittaient leur refuge, ils seraient aussitôt pris par les soldats du baron, elle en était convaincue. Nul doute que John et ses hommes allaient les traquer sans relâche.

Elle ne supporterait pas d'être reconduite de force à Ceredys. Il fallait avant tout qu'elle puisse rassembler des hommes armés pour affronter John et le vaincre une bonne fois pour toutes.

L'angoisse s'installa en elle et prit bientôt racine dans son cœur.

Alors, pour trouver l'apaisement, elle s'assit sur une grosse pierre et regarda dormir son amant. Elle remarqua que la plante des pieds d'Ewan était couverte d'ampoules. Sans doute était-ce le résultat de sa longue marche d'hier ? Comme il avait dû souffrir ! Pourtant, il ne s'était pas plaint.

Il ouvrit les yeux comme s'il se sentait observé.

— Qu'y a-t-il ?

— Tes pieds. Tu aurais dû m'en parler, je t'aurais soigné.

— Ce n'est rien.

— Laisse-moi au moins te faire un pansement.

— Ne t'en fais pas, tout ira bien.

Comme il était nu devant elle, Honora vit qu'il la désirait

encore. Pourtant, il lui avait fait l'amour deux fois dans la nuit, mais son ardeur était intacte.

Elle rougit à cette idée.

— Comment allons-nous échapper à John et à son escorte ? questionna-t-elle pour chasser son trouble.

— Nous restons ici pour le moment. Il y a un village de pêcheurs dans les environs et j'y trouverai bien quelqu'un qui nous aidera à fuir.

A l'idée de rester seule dans cette grotte sombre et humide, Honora frémit de crainte.

— Ewan, je viens avec toi au village.

— Non. Tu es plus en sécurité ici. John ne sait pas où tu te caches.

— Crois-tu que tu pourras sortir sans être vu ?

— Bien sûr. Fais-moi confiance.

— Prends bien garde, mon amour, tu n'es pas invincible. A deux nous serons plus forts, je t'assure.

— Je me débrouillerai seul, répliqua-t-il, agacé par son insistance.

— Si tu crois que je vais t'attendre ici, MacEgan, tu te trompes, s'insurgea-t-elle tout à coup. Oublie un peu ton orgueil et laisse-moi t'accompagner au village.

Ewan s'avança alors vers elle et l'enlaça par la taille d'un geste viril.

— Me crois-tu assez fou pour t'exposer au danger, Honora ?

Il déposa un baiser sur ses lèvres en ajoutant d'un ton plus doux :

— Allons, mon amour, sois raisonnable.

— Accepterais-tu de rester ici à ma place ?

— Que veux-tu dire ?

— Si tu étais obligé de te terrer dans cette grotte, y resterais-tu si je devais affronter seule le danger ?

— C'est différent, voyons. Tu es une femme…

— Une femme qui sait se battre aussi bien que toi !

— Allons, Honora, tu n'as pas la force d'affronter John et ses hommes.

— Mon habileté vaut bien celle des soldats de mon père, et je serai plus utile à tes côtés qu'au fond de cette caverne. Souviens-toi que j'ai vaincu plus d'un homme au combat.

— Un homme à la fois ! ricana-t-il.

Il tenta de l'embrasser mais elle se déroba prestement à son étreinte.

— Ta présence ne ferait que me perturber, argua Ewan. Si tu restes cachée ici, je me battrai avec plus d'ardeur, sachant que tu ne risques rien.

Il la prit par les épaules et ajouta en plongeant ses yeux dans les siens :

— Reste bien sagement ici, mon amour. Je t'en supplie.

Ce ton ne fit que raviver la frustration d'Honora.

Pour qui la prenait-il ? Pour une petite épouse obéissante ?

Elle en avait assez qu'on lui dicte sa conduite, alors elle le suivrait au village, qu'il le veuille ou non !

A peine Ewan venait-il de quitter la grotte qu'elle rassembla ses affaires et le suivit à distance respectable. Au-dehors, le soleil était si haut dans le ciel qu'elle dut porter la main à son front pour ne pas être aveuglée.

Enfin, elle distingua un vaisseau qui se rapprochait de la côte. Un mélange d'espoir et de crainte la saisit. Etait-ce l'un des frères d'Ewan venu les secourir ? Comment le savoir ?

Elle leva les yeux vers la colline qui dominait la mer et aperçut John de Ceredys à la tête de ses soldats. Juché sur son étalon, il portait la broigne et le camail, visiblement prêt à en découdre.

Persuadé qu'elle connaissait l'endroit où était caché le trésor de Marie, ce scélérat n'était pas prêt à abandonner la partie. Obsédé par ces richesses, il ferait tout pour se les approprier, même s'il devait se battre jusqu'à épuisement de ses forces.

Honora se tapit dans l'ombre de la paroi rocheuse. A l'évidence, John et ses hommes attendaient qu'ils sortent de leur cachette pour se lancer de nouveau à leurs trousses. D'un coup d'œil, elle évalua la distance qui la séparait de la mer pour tenter de rejoindre le bateau à la nage. Elle n'était pas très bonne nageuse, mais cette embarcation, quelle qu'elle soit, était sa seule chance.

Ewan, qui la précédait, se retourna soudain et l'aperçut. Aussitôt, il revint sur ses pas, l'air furieux.

— Honora, tu es folle ! Retourne dans la grotte.

— J'aperçois un bateau, dit-elle en pointant son doigt vers la mer. Il n'est pas très loin et nous pouvons tenter de le rejoindre à la nage.

— C'est le bateau de mon frère. Il vient me chercher comme il l'avait promis.

— C'est notre unique chance d'échapper à John. Il faut absolument monter à bord.

— A condition de l'atteindre avant que Ceredys lance ses hommes à notre poursuite.

Ewan plaqua Honora contre la paroi et ajouta :

— Tu as pris un gros risque en quittant cette caverne. Je t'avais dit de ne pas bouger.

— Je ne suis pas lâche au point de rester cachée, Ewan MacEgan. Je refuse de rester dans l'ombre et je tiens à me battre à tes côtés.

— Tu as tort de fanfaronner, murmura-t-il en desserrant à peine les dents.

Elle répliqua en relevant le menton :

— C'est à moi d'en décider, MacEgan !

Mais soudain, elle entendit les voix des hommes de John et sentit son cœur s'affoler.

— Oh, mon Dieu ! soupira-t-elle. Ils vont fouiller toute la côte pour nous retrouver.

— Retournons à la grotte, sans quoi nous serons pris.

Ewan saisit la main de sa compagne et l'entraîna vers leur refuge.

A peine étaient-ils à l'abri qu'Honora manifesta son impatience.

— Donne-moi ta dague. Nous allons nous battre tous les deux contre ces soudards.

— Impossible. Ils sont armés jusqu'aux dents et nous n'avons aucune chance d'échapper à leurs flèches. Ah, si seulement j'avais mon bouclier…

Ewan réfléchit un instant, puis reprit :

— Voici ce que nous allons faire : tu vas nager jusqu'au bateau et dire à mon frère que nous sommes pourchassés par John et ses hommes. Il saura comment agir.

— Et toi, que vas-tu faire ?

— Je vais me laisser capturer par John.

— Ewan ! Tu n'y penses pas ?

— Au contraire, c'est la meilleure stratégie. Il va certainement proposer de m'échanger contre toi. N'oublie pas qu'à ses yeux tu es la seule à savoir où se trouve le trésor. Dès que tu seras à bord du bateau demande à mon frère d'envoyer des renforts et, le moment venu, ils lanceront l'assaut.

Honora ne croyait guère à la réussite de ce plan. En effet, John n'était pas homme à garder un prisonnier et il tuerait MacEgan plutôt que d'en faire un otage.

Décidément, c'était trop risqué. S'il se livrait à John, elle ne le reverrait plus.

Aussi, il fallait qu'elle tente de le faire changer d'avis et qu'elle l'oblige d'une façon ou d'une autre à nager avec elle jusqu'au bateau.

Alors, sans crier gare, Honora abandonna son balluchon à terre et s'enfuit de la grotte en courant !

Chapitre 16

Honora courait à perdre haleine dans le sable en direction de la mer, se retournant de temps à autre pour s'assurer qu'Ewan la suivait.

Comme elle abordait le rivage, elle sentit les vagues ralentir sa course. Bientôt, elle serait hors de danger.

Hélas, Ewan n'était pas derrière elle. Qu'était-il donc devenu ?

En revanche, les chevaux du baron étaient à ses trousses. Elle n'avait plus de temps à perdre. Elle plongea. Peu à peu les voix des hommes et le galop des chevaux se perdirent dans un univers de silence. Son bliaud alourdi par l'eau de mer se fit plus pesant, menaçant de l'entraîner par le fond.

L'eau emplit sa bouche et soudain elle prit peur.

Elle n'avait jamais été très bonne nageuse et en cet instant, sa vie dépendait de ses mouvements. Comme elle tentait de remonter pour respirer à l'air libre, le froid paralysa ses membres. Alors, pour ne pas couler, elle se débattit comme un beau diable.

Si elle ne parvenait pas à atteindre le bateau, tout était perdu. Hélas, ses gestes désordonnés la maintenaient au même niveau et la surface était encore loin. Elle comprit qu'elle devait se calmer. Elle se força donc à ralentir ses mouvements pour économiser ses forces. Il fallait qu'elle reprenne confiance et qu'elle s'en sorte.

Enfin, elle remonta à la surface et prit une grande bouffée d'air salutaire. Elle songea un instant à se débarrasser de son bliaud trop lourd mais y renonça, sachant qu'elle n'avait rien d'autre à se mettre. Pourtant, la laine trempée lui collait à la peau, l'obligeant à redoubler d'efforts pour progresser dans la mer.

Un rapide coup d'œil vers la côte suffit à la rassurer. Elle était maintenant très loin de John et de ses cavaliers. En revanche, elle n'était pas hors de portée de leurs flèches. Jusque-là, ils n'en avaient pas fait usage, Dieu merci. En fait, John avait tout intérêt à la capturer vivante s'il voulait s'emparer du trésor qu'il croyait être en sa possession.

Une chose l'inquiétait plus que tout : elle ignorait où se trouvait Ewan.

Qu'était-il devenu ?

La crainte de sa disparition lui donna curieusement un regain d'énergie et, malgré la fatigue, elle accéléra l'allure en direction du bateau. Elle n'en était plus très loin maintenant.

Jamais elle n'avait parcouru une aussi longue distance à la nage. En dépit de la douleur que lui causait cet effort, elle luttait avec courage contre la force des vagues, bien décidée à atteindre l'embarcation. Une fois à bord, elle serait sauvée.

Elle fit une brève halte pour se reprendre et s'aperçut que deux hommes nageaient dans sa direction. Les sbires de John, sans aucun doute ?

Aussitôt, elle se remit à nager. La distance qui la séparait du bateau lui semblait courte mais de façon étrange, il lui semblait qu'elle ne progressait guère.

Enfin, l'un des marins lui tendit une rame et elle s'y agrippa dans un ultime effort. L'homme qui la hissa à bord était roux aux yeux verts. Il ressemblait à Ewan.

— Vous auriez pu attendre une journée plus chaude pour prendre un bain, plaisanta-t-il.

Assise sur un rouleau de cordages, Honora tremblait de tous ses membres et claquait des dents. Elle parvint toutefois à articuler quelques mots.

— Avez-vous… vu Ewan ?

— Il a plongé peu de temps après vous, répondit le marin en déployant la grand-voile pour accélérer l'allure.

— Alors, il faut l'attendre, ordonna-t-elle.

Prise d'une indicible angoisse, elle parcourut les eaux du regard en direction de la plage. Hélas, seules les deux têtes des hommes de John émergeaient de la surface. Ils n'avaient pas renoncé à la poursuivre.

— Soyez sans crainte, répondit le marin. Ewan est capable de nager sous l'eau un long moment.

L'homme arma calmement son arbalète et considéra la distance qui le séparait des deux nageurs.

— Je m'appelle Connor MacEgan, dit-il. Je suppose que vous êtes l'héritière du château d'Ardennes ?

Tout d'abord, Honora ne sut que répondre. Oserait-elle se présenter comme l'intrigante qui avait brisé les fiançailles d'Ewan avec sa sœur Katherine ?

— En effet, je suis la fille de Nicholas de Montford, seigneur d'Ardennes. Mon nom est Honora St Leger, la veuve du baron de Ceredys.

L'homme esquissa un sourire énigmatique.

— Ah, c'est donc avec vous qu'Ewan a fait son apprentissage de chevalier chez lord d'Ardennes ?

— En effet.

Honora se demanda ce qu'Ewan avait pu dire d'elle à ses frères mais, peu bavard de nature, Connor ne fit aucun commentaire. Il se concentra plutôt sur sa cible.

Soudain, il appuya sur la détente et Honora vit l'un des soldats sombrer. Malgré la distance, l'Irlandais avait fait mouche.

Il rechargea son arbalète sans plus attendre.

Alors qu'il épaulait de nouveau, il baissa soudain son arme et s'écria :

— Regardez ! C'est notre Ewan.

En effet à une cinquantaine de mètres, une chevelure rousse apparut à la surface des eaux.

Connor abattit le second soldat, puis il rechargea son arbalète et prit pour cible les soldats de John qui patrouillaient sur la plage. Honora retint son souffle. Il les abattit l'un après l'autre, et quand il n'en resta plus que quatre, Honora vit John se remettre en selle et décamper comme s'il avait vu le diable.

Elle pria en silence pour remercier Dieu.

— Est-ce Bevan qui vous envoie ? questionna-t-elle.

— Oui. Ce satané Ewan a toujours le don de se mettre en danger, soupira Connor.

Il désigna d'un geste l'homme qui nageait vers eux et ajouta en haussant les épaules :

— Comme vous voyez !

Quelques minutes plus tard, Connor tendait sa rame à tribord et Ewan s'y agrippait. Le marin aida son frère à se hisser sur le bateau et l'accueillit avec une tape fraternelle dans le dos.

— Si je comprends bien, tu n'as pas que des amis chez les Normands ? ricana-t-il.

— Occupe-toi de garder le cap, répliqua Ewan, visiblement agacé par cette remarque.

Connor tendit une houppelande à Honora qui grelottait.

— Ewan, veux-tu la partager avec moi ? questionna-t-elle avant de la revêtir.

— Non.

Il lui lança un regard furieux, puis se tourna vers son frère.

— Je n'ai pas l'habitude de te faire des compliments, Connor, mais je suis rudement content que tu sois là.

— Quand tu seras reposé, tu me raconteras ce que tu faisais sur cette plage.

Le marin poursuivit en désignant Honora :

— Si une charmante donzelle me proposait son manteau, je ne le refuserais pas !

— Eloigne-toi un peu, mon frère, intervint Ewan. J'ai justement quelque chose à dire à cette « charmante donzelle ».

Connor s'éloigna en direction de la proue et fit mine de regarder la mer. A cette distance, il pouvait tout entendre. Honora n'avait aucun doute sur ce point.

Elle s'enveloppa dans la houppelande et commenta avec un brin de cynisme :

— Compte tenu de ton humeur, je ne crois pas que partager ce manteau avec toi soit une bonne idée.

— Tu aurais pu te faire tuer, gronda Ewan, l'air furieux. T'enfuir de la grotte pour courir vers la mer était une folie. Il aurait suffi d'une flèche pour t'abattre.

La mâchoire crispée et les yeux brillants de colère, il continua :

— Je ne savais pas que tu étais capable d'une telle sottise, Honora. C'était à moi de prendre une décision et tu as agi comme une écervelée.

— Tu allais te livrer à John, répliqua-t-elle avec humeur. Crois-tu qu'il t'aurait laissé la vie ? Il se serait borné à te trancher la gorge sans autre forme de procès.

Voyant qu'il tremblait de froid, elle ôta son manteau et le lui tendit en ajoutant :

— En me jetant à l'eau, je me suis sauvée et je t'ai sauvé aussi, Ewan. Je ne regrette pas ce que j'ai fait.

— Comment pouvais-tu être certaine que ton initiative était la bonne ?

— Tu sais bien que John ne m'aurait pas tuée parce qu'il est convaincu que je sais où le trésor est caché. Voilà pourquoi j'ai pris la décision de nager vers ce bateau. Elle ne me paraît pas stupide, contrairement à ce que tu as l'air de croire.

— Honora a raison, intervint Connor à qui cette conversation n'avait pas échappé. De plus, pendant que John lançait ses hommes à sa poursuite, tu as pu te jeter à l'eau sans trop de risques d'être pris.

Le marin remonta calmement l'ancre et reprit à l'intention de son frère :

— Tu sembles oublier que cette femme t'a sauvé, Ewan. Alors, tu ferais mieux de l'embrasser et de t'excuser de t'être emporté ainsi.

— Surtout qu'il ne s'avise pas de me prendre dans ses bras, prévint Honora. Je n'aime ni les excuses ni les fausses marques d'affection.

Comme Ewan s'avançait vers elle, elle tenta de se dérober, mais sans succès. Un rouleau de cordages l'en empêchait.

— Pourquoi as-tu abandonné nos affaires dans la grotte ? s'enquit l'Irlandais avec aigreur.

— Rien n'avait de valeur, tu le sais.

— Une cotte de mailles a toujours de la valeur, objecta-t-il. Elle peut sauver une vie.

Honora se tourna vers la mer et répondit, les yeux fixés sur la proue qui fendait les eaux :

— Certes, mais rien ne valait que nous mettions les nôtres en péril.

Ewan l'obligea à se retourner vers lui et s'enquit d'un ton plus calme :

— Pourquoi as-tu agi ainsi, Honora ? J'ai eu si peur de te perdre.

— Je ne voulais pas que tu te livres à John. Il ne t'aurait pas épargné. Moi non plus je ne voulais pas te perdre.

Leurs fronts se rejoignirent. Dès lors, Honora comprit que le moment était venu de faire la paix avec l'homme qu'elle aimait.

— Vas-tu enfin l'embrasser, imbécile ? intervint la voix de Connor.

Pour toute réponse, le guerrier attira Honora à lui et prit ses lèvres.

Les côtes de la verte Irlande apparurent enfin comme une récompense. Ewan sourit en apercevant la terre de ses ancêtres si chère à son cœur. Certes, il ne l'avait quittée que depuis quelques semaines, et cependant Erin lui avait cruellement manqué. Il se tourna vers Honora et vit à son regard qu'elle n'était pas insensible à la beauté de ces paysages.

A Laochre, le château fort de Patrick n'était plus une construction hétéroclite de galets et de bois. Elle rivalisait à présent avec les plus belles forteresses de pierre de taille d'Angleterre et de Normandie. Patrick en avait fait les plans : hautes tours carrées bâties en calcaire, murs d'enceinte de douze pieds de haut, et douves profondes remplies d'une eau dormante. De quoi tenir les envahisseurs à distance.

Dieu merci, la paix régnait en ces lieux. En effet, le clan des MacEgan entretenait avec les Normands des liens solides qui avaient survécu aux caprices du pouvoir royal. Si les MacEgan avaient pu conserver leurs terres, c'était grâce à leur alliance avec les seigneurs Thomas de Renalt et Edwin de Godred.

Bien que Normands par la naissance, les épouses des frères d'Ewan étaient devenues membres à part entière du clan. A ses yeux, il ne faisait aucun doute qu'il en irait de même pour Honora.

— C'est donc là que tu vis ? s'enquit celle-ci comme ils franchissaient les portes du château de Laochre.

— C'est ici que vit mon frère le roi, corrigea Ewan.

Il nota la déception de sa compagne et regretta d'être plus modestement logé.

A peine venaient-ils de pénétrer dans la cour de la forteresse qu'il entendit une voix de femme mêlée à un rire d'enfant.

— Liam, viens ici s'il te plaît !

Son neveu, âgé de huit ans à peine, s'élançait à sa rencontre, aussitôt suivi de sa mère, la reine Isabel. Elle releva l'enfant qui venait de tomber dans une flaque d'eau et en fut tout éclaboussée.

— Ah, le garnement ! s'indigna-t-elle.

— Mon pauvre Liam, soupira Ewan. Je crains que ta mère t'enferme dans la plus haute tour pour te punir.

— Oh non, mère ! Pardonnez-moi. Je ne l'ai pas fait exprès.

— Je l'espère, mon enfant. Maintenant, demande pardon à ton oncle Ewan et à l'invitée qui l'accompagne.

Isabel adressa un sourire à Honora en ajoutant :

— Veuillez excuser ce petit diable, madame. Je m'appelle Isabel MacEgan, et voici mon fils, Liam.

Ewan leva des yeux inquiets vers sa compagne, sachant qu'elle n'avait pas compris un mot de ce discours. Ses frères l'avaient obligé à apprendre la langue des Normands, mais il comprenait parfaitement le gaélique. Hélas, ce n'était pas le cas d'Honora.

— Isabel, voici Honora St Leger de Ceredys, fille du baron d'Ardennes.

Comme l'invitée faisait la révérence, la reine Isabel l'invita à se relever.

— Mon mari est roi, certes, mais je ne suis que son épouse, dit-elle dans un anglais parfait. Il ne faut pas me saluer comme une reine, madame. Je ne mérite pas cet honneur.

Isabel les considéra tous deux d'un air affligé et ils en furent gênés. Il est vrai qu'ils avaient toutes les apparences de vagabonds après leur long voyage. Le bliaud déchiré d'Honora criait misère et ses cheveux en désordre lui donnaient l'air d'une furie.

— Je suppose que vous avez envie de vous rafraîchir après votre voyage ? proposa la reine.

Rouge de confusion, Honora baissa les yeux. Ewan, quant à lui, surprit dans ceux de sa belle-sœur une lueur qui semblait dire :

Est-ce ta femme ?

Il l'invita d'un geste discret à ne pas poser de questions à l'intéressée.

Profitant d'un moment d'inattention, le petit Liam faussa compagnie à sa mère et se réfugia dans les jambes de Connor qui venait de les rejoindre.

— Tu ne vas pas laisser maman m'enfermer dans la tour, n'est-ce pas ? gémit l'enfant.

— Toi, tu as encore fait une bêtise, soupira-t-il. Il faudra demander pardon à ta mère, sans quoi je t'enverrai nettoyer les écuries.

Tandis que Liam baissait la tête, Connor échangea un regard complice avec Isabel.

— Ewan, je suis heureuse que tu sois de retour, déclara la reine.

— J'avais hâte de rentrer, je l'avoue. J'ai plaisir à me retrouver en famille à la veille de la Saint-Jean.

Il prit Honora par la main et suivit sa belle-sœur dans la grande salle du logis. Connor leur emboîta le pas, tenant fermement Liam qui ne songeait qu'à s'échapper de nouveau.

— Y aura-t-il une fête pour la nuit de la Saint-Jean ? s'enquit Honora.

— Bien sûr, lui confia Ewan à l'oreille. Les MacEgan ne manquent jamais une occasion de se divertir.

— Et je suppose que tu aimes bien boire et bien manger, toi aussi ?

— J'aime tout ce qui est bon, murmura-t-il en portant la main de sa compagne à ses lèvres.

Elle ne dit mot mais Ewan vit ses joues se teinter de rose. Les deux nuits qu'ils venaient de passer ensemble n'avaient fait qu'affermir leur passion.

Isabel leur fit les honneurs de la maison, montrant à Honora les différentes pièces du château. Comme ils allaient entrer dans le logis de la reine, celle-ci les arrêta.

— Veuillez attendre ici, ma chère. Je vais vous faire préparer un bain bien chaud.

Son regard s'attarda un instant sur la tenue de son invitée, puis elle ajouta en hésitant un peu :

— Si vous souhaitez vous changer… n'hésitez pas. Ma garde-robe est à votre disposition.

— Je vous remercie, Isabel.

La reine la fit entrer, puis elle referma la porte et se tourna vers son beau-frère.

— Est-ce que tu comptes l'épouser, Ewan ? questionna-t-elle sans détour en le fixant du regard.

Il s'attendait à cette question, cependant il hésita avant de répondre.

— Nous sommes amis. Honora a eu recours à moi quand son père l'a chassée de chez lui.

— Tu n'as pas répondu à ma question.

Un court silence s'établit, ce qui ne fit que raviver l'impatience d'Isabel.

— Qu'est donc devenue l'héritière que tu devais épouser ? reprit-elle.

— C'est... c'est un peu délicat à expliquer. A vrai dire... j'ai refusé la main de lady Katherine.

— Et tu lui as préféré Honora au point de la ramener ici, n'est-ce pas ?

Isabel jeta un rapide coup d'œil vers la porte de son logis en ajoutant :

— Je t'accorde qu'elle est charmante. Je pense pouvoir organiser votre mariage pour la nuit de la Saint-Jean. Si tu le souhaites, bien sûr.

— Isabel, ne précipitons pas les choses, s'il te plaît. Honora ne m'épousera pas.

— Pourquoi ? Elle ne veut pas de toi ?

Les mains sur les hanches, la reine semblait disposée à se mettre en campagne pour l'honneur de son beau-frère.

— Je t'en prie, Isabel. Honora n'épousera personne et tu n'y pourras rien. Elle est veuve depuis un an et son mari n'était pas tendre avec elle.

La reine baissa les yeux.

— Pardonne-moi, Ewan. Je ne savais pas.

— Je veux qu'elle garde un bon souvenir de son séjour à Laochre. Ici, elle est en sécurité, c'est tout ce qui compte.

Il posa la main sur l'épaule de la reine en ajoutant :

— J'ai beaucoup d'affection pour elle.

— Je comprends, Ewan.

Elle lui caressa tendrement la joue et conclut :

— Lady Honora est notre invitée et nous ferons en sorte que son séjour ici lui soit doux.

Elle hésita une seconde avant de reprendre :

— Toutefois, tu devras rester sagement dans tes appartements. Je l'exige !

— Te soucies-tu à ce point de ma chasteté, Isabel ?

— Surveille bien ta conduite, Ewan.

Elle se dirigea vers l'escalier et acheva :

— Maintenant, je vais envoyer un mot à Geneviève et Bevan en leur demandant de se joindre à nous pour la fête. D'accord ?

— Bien sûr. J'en serai ravi.

Il attendit que la reine s'éloigne, puis il ouvrit la porte du logis où attendait Honora.

— Ewan ? Que veux-tu ?

Il l'attira à lui sans un mot et déposa un baiser sur ses lèvres.

— Je voulais t'embrasser. J'en avais besoin.

Contre toute attente, la reine Isabel était revenue sur ses pas. Une lueur sévère ternissait son regard.

— Allons, sors de là, Ewan. Je ne pense pas qu'Honora ait besoin de toi pour prendre son bain.

— Pourtant, je serais ravi de lui frotter le dos.

— Il suffit ! dit-elle en le tirant par la manche.

Honora se plongea avec délice dans le bain fumant. Elle en ressentit un tel apaisement qu'elle se promit de ne plus en sortir. Une servante lui lava les cheveux pendant qu'une autre emportait ses habits pour les mettre à la lessive.

Pendant ce temps, la reine Isabel s'employait à choisir une robe pour son invitée.

Malgré le confort et les attentions dont elle faisait l'objet, Honora se sentait un peu étrangère à Laochre. En outre, les frères MacEgan parlaient le gaélique en sa présence et elle ne comprenait pas un traître mot de ce qu'ils disaient. Sans compter que leurs coutumes étaient bien éloignées de celles de la société anglaise. Par moments, elle se sentait aussi désemparée qu'à Ceredys, et si elle s'efforçait de chasser les images de ce sombre passé, elles revenaient sans cesse.

La reine prit dans sa garde-robe un bliaud couleur safran, puis parut se raviser.

— Non. Cette couleur ne vous ira pas, dit-elle. Elle va vous rendre plus pâle que vous n'êtes.

Elle prit une autre toilette et l'approcha de la fenêtre avant de conclure :

— Celle-ci non plus. Elle est trop claire pour vous. Ce qu'il vous faut c'est une couleur sombre.

Toutes ces hésitations ne firent qu'accroître l'embarras de l'invitée. Honora savait bien qu'elle ne pourrait jamais rivaliser avec Isabel, même dans sa plus belle robe. La reine était une femme ravissante avec de longs cheveux blonds et des yeux bruns au regard profond.

A Ceredys, Honora disposait d'une somptueuse garde-robe, mais alors elle ne se souciait guère de coquetterie. Ranulf l'avait épousée sans l'avoir jamais rencontrée auparavant, aussi se moquait-il comme d'une guigne de ce qu'elle portait.

— Pardonnez-moi, Isabel, mais je ne saurais accepter l'une de vos toilettes. Mon père…

Honora s'interrompit soudain en se souvenant qu'elle avait été chassée de chez elle, bannie de sa famille, et ne devait attendre aucune aide de son père.

— Vous êtes mon invitée, lui rappela aimablement la reine. Je comprends ce que vous ressentez, Honora, car je l'ai ressenti moi-même.

En cet instant, le regard d'Isabel s'assombrit, puis elle se reprit et poursuivit :

— Je comprends qu'en ces circonstances vous n'ayez pas jugé utile de vous encombrer de toilettes.

Honora lui conta alors comment elle avait réussi à échapper à John et à ses hommes.

— Je ne sais pas si je pourrai retourner un jour à Ceredys, expliqua-t-elle, mais je ne peux laisser tous ces pauvres gens à la merci de John. Ils ont tant besoin de mon aide.

De nouveau elle se sentit coupable de ne pas avoir volé au secours de ces malheureux qui allaient souffrir encore sous le joug de leur maître. L'échec de son mariage, sa faiblesse face à ce tyran de Ranulf, tout cela la tourmentait comme une blessure inguérissable.

La reine ouvrit alors une malle et en sortit une brassée de robes.

— Avez-vous fait part de vos soucis à Ewan ? questionna-t-elle. A mon avis, il pourrait y trouver une solution.

— Ewan pense que je devrais recruter des soldats ici, dans son clan. Malheureusement, je n'ai pas d'argent pour les payer. De plus, je ne parle pas leur langue.

— Si je comprends bien, Ewan a l'intention de se battre pour votre cause et en votre nom ?

— Ce n'est pas *son* combat, s'insurgea Honora. Je ne veux pas qu'il prenne part à la bataille. S'il était tué, je ne me le pardonnerais jamais.

Elle se souvint de l'angoisse qu'elle avait ressentie sur le bateau de Connor en ne voyant pas Ewan. Tant de choses lui avaient alors traversé l'esprit…

Son cœur se serra à l'idée de le perdre. Dieu merci, elle savait qu'il était en sécurité au sein de son clan, que rien ne pourrait lui arriver tant qu'il séjournerait à Laochre.

Il fallait qu'elle affronte seule John de Ceredys. Il l'avait vaincue une fois à l'épée, aussi entendait-elle prendre sa revanche.

Honora laissa reposer sa tête sur le bord de la cuve de bois et savoura la tiédeur du bain comme un remède à ses tourments. Une servante lui rinça les cheveux et noua une serviette sur sa tête. Elle l'invita ensuite à sortir de l'eau, l'enveloppa dans un grand drap et la fit asseoir dans un fauteuil.

La reine donna alors des ordres à ses serviteurs pour la préparation de la fête du soir, puis elle s'assit auprès de son invitée.

— Nous aurons besoin de plusieurs tables à tréteaux, expliqua Isabel. Ce soir, nous aurons un agneau rôti à la broche, le mets préféré d'Ewan. Vous serez tous deux assis à la table du roi pour mieux profiter des réjouissances.

— Il n'est pas nécessaire de vous mettre en frais pour moi, Isabel. A vrai dire, je ne tiens pas à ce que tous les regards se tournent vers moi.

— Ewan est un frère pour moi, Honora, et comme vous êtes son amie, vous avez droit l'un et l'autre à tous les égards.

Alors, la reine se leva et présenta à son invitée une robe couleur de bleuet.

— Il me semble que celle-ci devrait aller à merveille avec vos cheveux noirs, dit-elle.

Elle l'observa plus attentivement et s'enquit :

— Mais pourquoi les avez-vous coupés si courts ? Quelle drôle d'idée !

Allait-elle confier à la reine que le port du casque de combat exigeait des cheveux courts ? Certainement pas.

— C'est parce que… je me sens mieux ainsi, répondit-elle simplement. Isabel… puis-je vous demander de me prêter un foulard ?

— Certainement, répondit-la reine, un rien perplexe.

Elle fouilla alors dans sa malle et lui présenta une longue pièce de soie écrue.

— Ce sera parfait.

Tandis qu'Honora essayait le foulard, on frappa à la porte. A l'invitation d'Isabel, une femme aux cheveux noirs et vêtue d'un bliaud de couleur grise entra.

— Honora, voici Aileen, l'épouse de Connor, indiqua la reine. Aileen est la meilleure guérisseuse d'Irlande. Elle désirait vous connaître, mais elle ne parle pas votre langue, aussi je me ferai son interprète si vous n'y voyez pas d'objection.

— Aucune. Mais c'est à moi de la remercier.

Honora sourit à Aileen et reprit :

— C'est à votre époux qu'Ewan et moi-même devons la vie madame. Connor nous a recueillis sur son bateau, sans quoi nous ne serions pas ici.

Elle se tourna vers la reine et s'enquit :

— Isabel, pourriez-vous demander à Aileen d'examiner les pieds d'Ewan. Ils sont couverts d'ampoules après sa longue marche, et je sais qu'il ne se fera pas soigner si elle n'intervient pas.

— Aileen dit qu'elle est ravie de vous rendre ce service et que vous ferez une excellente épouse pour son beau-frère.

— Je n'ai pas l'intention de devenir sa femme, corrigea Honora, mais je resterai son amie.

Devant la surprise d'Aileen, Honora retint ses larmes, le cœur serré.

En fait, Ewan ne lui avait jamais parlé de mariage et elle doutait fort qu'il aborde un jour ce sujet. En vérité, elle ne savait trop si un jour elle épouserait un homme, quel qu'il soit. Le mariage avait tiré un trait sur sa liberté en faisant d'elle l'esclave de Ranulf. Ewan serait-il différent de son premier mari ? Elle n'osait le croire.

Tout mari souhaitait une épouse qui s'en remette à sa protection, pas une femme trop autonome. En vérité, Ewan n'appréciait guère ses qualités de combattante et ne voyait pas d'un très bon œil qu'elle continue à manier l'épée.

Honora souffrait de ne pas être reconnue pour ce qu'elle était, même si elle s'attachait à Ewan sans oser se l'avouer. Les nuits passées dans ses bras lui avaient révélé des émois inconnus jusqu'alors. En y songeant, elle sentait un frisson parcourir tout son corps. Comment oublier ses caresses intimes ?

Ce soir, elle irait le retrouver dans sa chambre !

Un peu plus tard dans la soirée, Honora aperçut enfin Ewan parmi la foule des invités qui se pressaient dans la grande salle du château. Bien qu'il soit en conversation avec l'un de ses frères, il la remarqua et lui sourit. C'était comme si un mystérieux signal l'avait averti de sa présence.

Elle demeura immobile, prisonnière de son regard, songeant déjà aux baisers qu'ils échangeraient au cours de la nuit à venir.

Ewan mit fin à sa conversation, et tandis qu'il s'avançait vers elle, Honora sentit ses jambes fléchir sous l'effet de l'émotion.

Sans un mot, il la prit par le bras et l'entraîna à l'écart.

— Où m'emmènes-tu, Ewan ? As-tu oublié que ta famille…

— Ma famille peut attendre, interrompit-il. Le festin ne commencera que dans une heure environ, et j'ai très envie de passer un moment avec toi.

Son beau guerrier l'attira alors dans un coin et prit ses lèvres avec ardeur, mêlant sa langue à la sienne pour mieux savourer ce baiser.

Honora sentit son cœur battre à vive allure et l'enlaça plus étroitement, embrasée par cet élan de sensualité.

— Tu es à moi, ma belle, murmura-t-il tout en la couvrant de baisers.

Il reprit ses lèvres encore et encore dans son impatience à la conquérir, sans lui laisser la moindre chance de se refuser à lui.

Ces instants volés étaient les seuls qu'ils partageaient depuis leur nuit dans la caverne. Honora savait qu'ils se feraient de plus en plus rares, aussi s'abandonna-t-elle dans ses bras.

Mais quand la main de son amant se glissa sous son bliaud, elle le repoussa.

Non ! Il ne lui ferait pas l'amour dans ce coin où n'importe qui pourrait les surprendre.

— Ewan, attends…

— Chut ! murmura-t-il en lui mordillant le lobe de l'oreille.

Il la prit par les hanches et l'attira à lui pour lui témoigner toute la force de son désir.

Dès lors, elle comprit que les mots n'auraient aucun pouvoir sur lui. Pourtant, il fallait qu'elle l'oblige à mettre un terme à cette folie.

Elle se déroba adroitement à son étreinte et s'empara de la dague qu'il portait à la ceinture.

— MacEgan, un peu de patience, ordonna-t-elle en le menaçant de son arme. Nous avons toute la nuit pour nous aimer.

— Voilà qui est prometteur ! intervint alors une voix d'homme.

Honora demeura un instant pétrifiée, puis osa enfin se retourner.

Un personnage richement vêtu se tenait devant eux. A en

juger par la couronne d'or qui ceignait son front, il s'agissait à l'évidence du roi Patrick de Laochre.

— Mon frère…, murmura-t-il avec un sourire malicieux, je crois que tu as enfin trouvé ton maître en la personne de cette charmante jeune femme !

Chapitre 17

Ewan tendit la main vers Honora en lui décochant un regard terrible. Alors, elle lui restitua sa dague.

Il la présenta à son frère, le roi de Laochre, une initiative qui ne fit qu'accentuer l'embarras de la malheureuse. En cet instant, elle aurait volontiers disparu dans un trou de souris.

— Sois le bienvenu, Ewan, déclara Patrick, accompagnant ces mots d'un geste fraternel. Je suis heureux de te revoir chez nous.

Le roi se tourna alors vers Honora qu'il observa d'un œil goguenard.

— Vous me rappelez mon épouse, Isabel, milady. Comme vous, il lui est arrivé plus d'une fois de me menacer d'un couteau.

— Je reconnais que j'ai eu tort, sire, admit-elle humblement. Pardonne-moi Ewan, je n'aurais pas dû agir ainsi.

Son amant saisit sa main et l'étreignit avec force.

— Ne recommence jamais, murmura-t-il, le regard menaçant.

Patrick intervint alors opportunément.

— Mon frère, emmène donc lady Honora dans la grande salle et présente-la aux membres de notre famille. Quant à moi, je viendrai rejoindre Isabel dans un moment.

Ewan obéit sans la moindre hésitation.

Tous les MacEgan et leurs épouses étaient réunis autour de la grande table. La reine Isabel trônait sous son dais de velours vert, attendant son royal époux. En s'avançant dans la salle avec Honora, Ewan remarqua que la chaise de son frère Trahern était vide.

L'abondance des mets, les musiciens et les bardes, les jongleurs et les danseuses émerveillèrent l'invitée.

— Je ne m'attendais pas à un festin aussi somptueux, avoua-t-elle.

— Les rois se doivent de recevoir avec tout le faste qui sied à leur rang, repartit Ewan tout en l'installant à la table de son frère Patrick.

Tous les yeux se tournèrent vers la nouvelle venue tandis que les conversations suivaient leur cours.

Si le roi avait présenté lady St Leger comme son invitée, on murmurait ici et là que celle-ci était la future épouse d'Ewan. Ce dernier se félicita qu'Honora ne puisse saisir ces propos tenus en gaélique, de même que toutes les plaisanteries qui couraient sur son compte.

Le vaillant guerrier posa sur elle un regard attendri. Comme lui, Honora était forte et courageuse, et elle méritait que l'on se batte pour elle. A ses yeux, elle était la femme idéale, celle que tout homme aurait aimé épouser.

Il se souvint alors qu'elle n'avait qu'une seule idée en tête : retourner à Ceredys pour défendre son peuple, et cette idée assombrit son humeur.

— Tous ces gens qui m'observent me donnent envie de fuir, lui murmura-t-elle à l'oreille.

— Alors, fuyons ensemble, proposa-t-il.

Il lui prit la main et la serra très fort dans la sienne en chuchotant :

— Souviens-toi de ce que tu m'as promis pour cette nuit !

Honora ne manifesta aucune surprise et, comme si de rien n'était, sourit aux convives assis en face d'elle.

— Ewan, cesse de regarder Honora avec ces yeux-là ! intervint Connor. Raconte-moi plutôt pourquoi tu étais pourchassé par les soldats normands et comment une femme t'a sauvé par miracle.

Jugeant la question inconvenante, l'intéressé foudroya son frère du regard. Il souhaitait avant tout qu'Honora profite de la fête en toute sérénité et qu'on ne l'ennuie pas avec ces balivernes.

— Je n'ai pas eu de chance, voilà tout, répondit-il simplement.

— Tout cela est ma faute, intervint Honora. J'étais avec Ewan quand nous avons été attaqués par une douzaine de cavaliers normands.

S'adressant alors aux deux frères MacEgan, elle s'enquit :

— L'un de vous a peut-être connu mon défunt mari, Ranulf, ou son fils, John de Ceredys ?

Ewan redoutait à juste raison l'intervention de Patrick.

— A mon grand regret, j'ai fait la connaissance du baron de Ceredys voici quelques années, admit le roi. En revanche, je n'ai jamais vu son fils.

— John de Ceredys tyrannise ses gens, crut bon de préciser Honora. Ces malheureux ne méritent pas les souffrances qu'ils endurent. Mon vœu le plus cher est de pouvoir retourner à Ceredys pour les soustraire aux sévices de ce misérable.

— Je présume que John est à l'image de son père, soupira Patrick.

— Il en est le digne successeur, en effet ! confirma Honora. J'avais loué les services de mercenaires pour le mettre hors d'état de nuire, mais ces soudards ont disparu avec mon argent.

Des mercenaires ? s'étonna Ewan.

Sa main se resserra sur celle d'Honora. Il ignorait qu'elle avait eu recours à de tels procédés pour se débarrasser de John. Pétrifié par cette nouvelle, il se dit qu'elle avait eu de la chance. En effet, ces hommes sans foi ni loi auraient pu la tuer après l'avoir délestée de son or.

— Renverser le baron de Ceredys n'améliorerait en rien la condition de ces pauvres gens, souligna le roi Patrick. Non seulement le roi d'Angleterre n'y serait pas favorable, mais il vous interdirait de prendre possession des terres du baron.

Le souverain s'interrompit un instant, puis s'enquit :

— John de Ceredys a-t-il un héritier ?

— Je ne crois pas, sire.

— En supposant que le baron meure dans cette attaque,

sa part des terres et son titre reviendraient à un membre de sa famille. Un cousin, par exemple.

— Mais je ne peux pas abandonner ces malheureux, s'insurgea Honora. Je suis responsable de leur sort.

Patrick soupira.

— Que Dieu vous aide dans cette aventure, lady Honora, dit-il.

Choqué par la conclusion de son frère, Ewan leva les yeux au ciel. Assurément, ce n'était pas ce qu'il attendait de lui. Patrick aurait pu mettre une vingtaine d'hommes armés à la disposition d'Honora, il en avait les moyens. Au contraire, il avait délibérément ignoré sa requête, même si elle ne l'avait pas clairement exprimée.

Pour Ewan, il était désormais clair que les MacEgan ne tenaient pas à entrer en guerre contre le baron de Ceredys. Et encore moins pour les beaux yeux d'une jeune femme ! Même s'il comprenait que Patrick entendait tenir son peuple à l'écart de tout conflit, il ne laisserait pas Honora partir seule pour Ceredys.

Certes, trouver des mercenaires n'était pas chose aisée. Les Irlandais de Laochre n'avaient sans doute aucune envie de s'embarquer pour aller guerroyer en Angleterre. Par ailleurs, il faudrait à Honora beaucoup d'argent ou quelque autre moyen de lever une armée de volontaires.

Tandis que les mets se succédaient à la table du roi, Ewan devinait l'accablement de sa compagne. Elle affectait un sourire de convenance, mais elle semblait absente, comme si son entourage lui était indifférent. D'ailleurs, elle ne comprenait rien au langage de ces Irlandais, ce qui ne facilitait pas les choses.

— Viens avec moi ! lui susurra Ewan à l'oreille.

Comme elle se levait, il les excusa auprès des autres convives qui plaisantaient déjà sur leur disparition.

Il l'emmena sur les remparts. De là-haut ils découvraient le vaste royaume sur lequel régnait Patrick, et au loin la mer qui scintillait sous la lune.

— Honora, je vois bien que tu n'es pas heureuse à Laochre,

dit-il en la prenant par le menton. Ne prétends pas le contraire, je le vois dans tes yeux.

Elle s'assit sur un muret de pierre et croisa les mains sur ses genoux.

— L'avenir me cause des soucis, voilà tout, lui confia-t-elle à mi-voix.

— Moi, je suis heureux que tu sois là, affirma-t-il en s'asseyant auprès d'elle. Que puis-je faire pour te rendre ta bonne humeur ?

Elle inclina la tête sur son épaule et son regard se perdit sur les remparts éclairés par d'innombrables torches.

— Certes, derrière les murs de pierre de cette forteresse je me sens à l'abri de John…

— En édifiant cette bâtisse, Patrick tenait à mettre les siens à l'abri, et il a réussi. Derrière ces remparts, les MacEgan ne risquent rien.

Honora pointa alors son doigt sur une brèche ouverte dans la muraille et s'enquit :

— Pourquoi cette ouverture ? Que s'est-il passé ?

— Ce… ce n'est rien, répondit Ewan, visiblement troublé par cette question. C'est un trou comme il y en a dans tous les systèmes de défense.

— Pourquoi ne pas le refermer ?

— Ce diable de Patrick pense que c'est mieux ainsi.

— Cette brèche n'est pas due à un éboulement, je suppose ? insista Honora.

— Si tu tiens absolument à le savoir je poserai la question à mon frère, repartit Ewan, agacé par tant de curiosité.

Il savait que son frère se ferait un plaisir de lui conter cette affaire par le menu. D'ailleurs, toute la maisonnée connaissait l'origine de cette faille, mais nul n'en parlait. Les soldats de la garnison y glissaient la main avant d'aller au combat, affirmant que cela portait bonheur. Comment cette tradition s'était-elle instaurée ? Ewan n'en avait pas la moindre idée.

Pour mettre un terme aux questions de sa compagne, il décida de s'expliquer.

— Je devais avoir environ treize ans…, commença-t-il, les yeux baissés. Patrick était en train de rebâtir en pierres le vieux château de bois. Ce jour-là, l'une de ces pierres est tombée du haut des remparts, sans doute par manque de mortier, et Connor m'a lancé un défi : « Tu n'es pas capable de passer par ce trou ! »

— L'as-tu relevé, ce défi ?

— Non. Ma tête est passée par l'ouverture, mais pas mes épaules.

L'humiliation qu'il en avait ressentie demeurait en lui comme un souvenir amer. Jamais il n'avait pu oublier le rire de son frère tandis qu'il tentait de se dégager de la faille dont il était prisonnier.

— Donc, tu étais pris au piège ?

— Oui, avoua Ewan à regret. J'ai failli me démettre l'épaule en cherchant à me libérer. De plus, la pierre qui était au-dessus de moi a glissé et j'ai manqué être assommé.

— Tes frères n'ont rien fait pour te délivrer ?

— Ils ont fait ce que tous les aînés font au benjamin de la famille : ils m'ont ri au nez et m'ont laissé là jusqu'au crépuscule. Ils venaient me narguer de temps à autre mais aucun d'eux n'a daigné m'aider à sortir de là. Ce monstre de Connor en a même profité pour me ridiculiser en me tressant une couronne de pâquerettes. Il l'a déposée sur ma tête et m'a sacré « roi des imbéciles » ! Comme je ne pouvais pas bouger, j'ai dû la garder jusqu'au soir.

Honora réprima de justesse un éclat de rire.

— Qui est venu te sortir de là ?

— L'une des filles de cuisine a eu pitié de moi. Quant à Patrick, il a cru bon de laisser ce trou dans la muraille en souvenir de cet événement.

Cette fois, Honora ne put s'empêcher de rire et entoura Ewan de ses bras d'un geste affectueux.

— Mon pauvre Ewan ! Pardonne-moi, mais c'est si drôle que j'aurais aimé assister à ça.

— Toi aussi tu m'accables ?

Comme elle riait de bon cœur, Ewan prit ses lèvres, estimant que c'était le seul moyen de la faire taire.

Elle lui rendit ce baiser avec ferveur, sans doute pour se faire pardonner. Alors, il glissa ses mains dans les manches amples de son bliaud, remonta le long de ses bras et s'attarda sur la courbe de son sein.

Honora frémit sous ses caresses et fut saisie d'un accès de désir qui se communiqua à tout son corps.

— J'ai envie de toi, murmura-t-il dans le silence de la nuit.

Si elle partageait son désir, elle estimait que, une fois de plus, l'endroit était mal choisi.

— Ewan, je ne crois pas que ce soit sage…

— Pas ici, bien sûr, lui susurra-t-il à l'oreille. Je t'emmènerai dans mon refuge. Là, personne ne viendra nous déranger.

Honora luttait pour calmer les battements de son cœur. Son esprit et son corps étaient en conflit. La raison tentait désespérément d'éteindre le brasier qui la consumait.

— Tes frères et tous les membres de ta famille pensent que nous sommes fiancés, n'est-ce pas ?

— Ne te soucie pas d'eux, dit-il en butinant ses lèvres. Tout ce qui compte c'est que nous soyons bien ensemble.

— Ewan, tu as engagé une bataille que je suis incapable de gagner, soupira-t-elle. Chaque fois que je suis dans tes bras, je sens que mon cœur vole en éclats. Tu sais comme moi qu'un jour je quitterai Laochre, et alors…

Il l'interrompit en scellant ses lèvres d'un baiser.

Pourquoi lutter puisqu'elle était prisonnière de sa passion pour lui ? En vérité, elle éprouvait un amour sincère pour son beau guerrier, de sorte qu'elle ne pouvait imaginer la vie sans lui. En cet instant, elle avait envie de le retenir dans ses bras et de s'enivrer de son odeur.

— Honora, tu n'es pas obligée de retourner à Ceredys. Tu peux rester ici avec moi.

— C'est impossible Ewan. Un jour tu épouseras une héritière, et je n'ai pas envie d'être chassée à la veille de ton mariage.

— Ne pense pas à l'avenir, dit-il en la serrant dans ses bras. Maintenant tu es ici avec moi. C'est tout ce qui compte.

Elle lui tendit ses lèvres, sachant malgré tout que ces moments d'intimité ne dureraient pas.

Un peu plus tard dans la nuit, Ewan ramena Honora dans la chambre qu'Isabel avait préparée pour elle. Il tenait à ce qu'elle dorme seule après leur long voyage et entendait respecter son repos. Certes, il aurait aimé la tenir dans ses bras jusqu'à l'aube, mais la sagesse voulait qu'il patiente. En outre, elle lui avait prédit qu'il la délaisserait un jour pour une riche héritière et ce présage avait calmé ses ardeurs.

Il comprenait son inquiétude sur ce point. En effet, plus leur liaison durerait, plus elle serait meurtrie de devoir le quitter un jour. Il avait dû renoncer à Katherine, mais pas à bâtir son château, et même s'il s'en défendait, ce rêve l'habitait encore.

Pourtant, Ewan ne pouvait envisager l'avenir sans Honora, mais ce sentiment n'était peut-être pas réciproque. Il savait qu'elle ne renoncerait jamais à sauver les gens de Ceredys comme elle en avait fait le serment. Elle était capable de tout sacrifier pour accomplir cette mission.

L'idée que John puisse la pourfendre de son épée lui était insupportable. Alors, il partirait avec elle, même s'il devait abandonner son rêve de devenir un jour un puissant seigneur !

Le lendemain, tandis que le soleil du matin éclairait la chambre, Ewan quitta les lieux. Il s'occupa d'abord de soigner son cheptel, puis parcourut ses terres.

Ce qu'Ewan appelait « son refuge » était une petite maison circulaire construite en pierres et couverte de chaume avec un sol en terre battue. Non loin de là, il avait aussi bâti un abri où il nourrissait en hiver une demi-douzaine de vaches.

Certes, cet élevage n'était pas de nature à faire de lui un homme riche. Même s'il vendait tout son troupeau, il n'aurait pas assez pour agrandir son domaine et construire une prestigieuse demeure.

Une partie du mur de pierres de sa maison s'était effondrée, aussi il se mit en devoir de le reconstruire. Au prix d'un gros effort, il entassa donc les pierres les unes sur les autres pendant plus d'une heure et acheva sa besogne le front perlé de gouttes de sueur. L'ouvrage terminé, il put enfin réfléchir tranquillement à ses projets.

Les festivités de la nuit de la Saint-Jean approchaient. Durant l'*aenach*, les membres des tribus voisines venaient à Laochre pour y chercher femme et s'affronter dans des jeux de force et d'adresse. Il y avait des prix pour les gagnants, le plus souvent une coupe d'argent ou un cheval de race. Ewan se dit que s'il remportait les épreuves, il remettrait ses gains à Honora pour qu'elle puisse louer ses mercenaires.

Il considéra sa maison d'un œil dubitatif. Assurément, la fille de lord d'Ardennes méritait mieux que cette masure. Non seulement il lui faudrait une véritable armée pour chasser John de Ceredys, mais aussi une propriété digne de son rang.

Et il comptait bien l'acquérir pour elle !

— Il est là !

Liam MacEgan désigna d'un geste son oncle Ewan qui se tenait devant sa maisonnette.

Honora s'avança vers lui, ravie que le petit Liam parle sa langue et la comprenne. Sans lui, comment aurait-elle déniché le refuge d'Ewan ?

Elle remercia l'enfant et lui demanda :

— Dis-moi, mon petit, qu'est-ce qui te ferait plaisir ?

— Parfois, mon oncle me donne une sucrerie ou une tranche de gâteau au miel. Mais seulement si je l'aide.

— Hélas, je n'ai rien de tout cela, mais allons voir ton oncle. Peut-être a-t-il de quoi te récompenser.

Au son de la voix d'Honora, Ewan se tourna vers eux. Liam se lança aussitôt vers lui pour aller se blottir dans ses bras. Ils échangèrent quelques mots en irlandais, dialogue incompréhensible pour elle. Alors, l'oncle tira de sa poche une sucrerie pour son neveu et celui-ci parut satisfait.

Honora fit le tour de la petite maison. Elle était tout à fait à son goût. Avec sa couverture de chaume et ses murs robustes elle lui rappelait certaines constructions circulaires très nombreuses dans sa région. De la cheminée s'élevait une fumée au parfum familier de tourbe, et dans cet endroit paisible, seul le mugissement des vaches troublait le silence. Derrière cette demeure à la fois modeste et charmante se trouvait un petit jardin planté de rangs d'oignons et de petits pois.

Sans attendre l'invitation du propriétaire, Honora poussa la porte et entra dans la maison. L'intérieur était sombre mais la fraîcheur y régnait. Dans un coin, un lit très bas, posé à même le sol, invitait au repos. Au centre de la pièce, dans l'âtre de forme circulaire, brûlait un feu de tourbe, et sur une étagère quelques pots et ustensiles indiquaient l'endroit où on faisait la cuisine.

Il n'y avait aucun décor sur les murs, mais il aurait suffi de peu de chose pour faire de cette maisonnette un refuge douillet.

Honora venait de s'asseoir sur l'unique banc auprès de la table quand Ewan entra.

— C'est donc ici que tu vis ? questionna-t-elle en levant les yeux vers lui.

— Pour le moment, oui. Un jour je ferai bâtir une grande demeure et j'abandonnerai celle-ci.

— Pourquoi ? Moi, je la trouve très plaisante.

— Epargne-moi tes compliments, Honora. Je sais ce que vaut cette masure, et ce n'est pas ici que je finirai mes jours.

— Pourquoi parles-tu ainsi ?

— Parce que j'ai d'autres ambitions pour ma future famille et la femme que j'épouserai.

Elle ressentit une pointe de jalousie à l'évocation de celle qui pourrait partager la vie de son guerrier.

— As-tu déjà choisi ta future épouse ?

— J'en ai une en vue, en effet, répondit-il, les yeux brillants.

Il se pencha alors vers elle et prit ses lèvres avec ardeur, comme s'il ne l'avait pas touchée depuis des semaines. Honora sentit ses mains parcourir son corps et dégrafer prestement tout ce qui pouvait entraver leur progression.

Dans l'élan de désir qui l'animait, elle défit sa ceinture et le supplia du regard.

— Prends-moi, maintenant, Ewan !

— Un peu de patience, mon amour. Tu n'aimes donc pas mes caresses ?

Il acheva de la dévêtir, la coucha sur la table et couvrit de baisers son corps frémissant. Dans une étreinte passionnée, il l'attira à lui et elle s'ouvrit pour accueillir toute l'ardeur de son désir d'homme. Comme il glissait ses mains sous ses reins, elle tenta de le guider vers la source du plaisir, mais il s'y refusa.

— Ewan, je t'en prie, c'est à moi de choisir cette fois, murmura-t-elle.

Sourd à ses prières, il se libéra doucement de son étreinte et s'agenouilla à même le sol. Alors, Honora sentit son souffle chaud sur la toison humide, puis sa langue effleurer le cœur de sa féminité.

Elle ne put réprimer un gémissement de plaisir tandis qu'il allait et venait en elle.

— Ewan… j'ai fait le serment de sauver mon peuple de Ceredys, lui rappela-t-elle soudain.

— Et moi, c'est à toi que je fais une promesse : j'irai à Ceredys à ta place et je libérerai tous ces gens en ton nom.

— C'est mon combat, Ewan, pas le tien.

— Certes, mais je ne laisserai aucun homme te faire du mal, mon amour.

Alors, il pénétra en elle de toute son ardeur et elle s'abandonna à la force de sa passion. Elle était vaincue par les assauts répétés de ce farouche guerrier, mais sa défaite avait un goût de miel.

— Ewan… je ne veux pas être chassée de Ceredys encore une fois, reprit-elle, le souffle court. Je tiens à affronter mes ennemis.

— Pas John ! dit-il en l'invitant à se retourner.

Elle se prêta docilement à ses exigences.

Sans plus attendre, il la prit par les hanches et entra de nouveau en elle avec une vigueur insoupçonnée. Pour Honora ce fut un plaisir inconnu jusqu'alors, et cette fois elle ne put réprimer un cri.

Maintenant, son guerrier avait tout pouvoir sur elle. Il la possédait entièrement, sans partage.

Allongée sur la table, elle savoura longuement les ardeurs de son amant et ce précieux élixir qui coulait en elle. Elle était comme enivrée par cette nouvelle étreinte, anéantie de plaisir.

— Et quand je reviendrai, reprit Ewan en couvrant de baisers son corps alangui, je me louerai comme mercenaire et j'amasserai assez d'or pour te bâtir un château.

— Je n'ai besoin ni de château ni de terres, Ewan. Tout cela ne signifie rien pour moi. Je ne veux pas que tu me quittes pour une vie d'errance et que tu coures mille dangers.

— C'est mon souhait le plus cher, Honora.

Ces mots sonnèrent faux à son oreille. A ses yeux, l'ambition suprême d'Ewan n'était pas de lui offrir un palais. Ce qu'il voulait, c'était vaincre tous ses ennemis et supplanter ses frères en prestige et en richesse. A l'évidence, le bonheur de celle qu'il aimait n'était pas son premier souci.

Croyait-il vraiment que tous les biens terrestres suffiraient à la rendre heureuse ? En fait, c'était lui qui convoitait un château et des terres, pas elle !

Ewan se rhabilla en silence, puis il l'aida à remettre son bliaud.

— Tu devrais rentrer à Laochre, suggéra-t-il en déposant un baiser sur sa joue. Moi, je vais rester ici cette nuit. J'ai mille choses à faire pour remettre ce refuge en état. Nous nous verrons demain.

Il la renvoya ainsi, sans même lui parler de mariage ou lui dire qu'il souhaitait vivre avec elle. Rien. Il lui avait seulement promis de se rendre à Ceredys, mais sans elle.

Qu'espérait-il ? Qu'en son absence elle filerait la laine et tiendrait sa maison ?

Furieuse, Honora quitta la maisonnette sans un mot. Elle n'avait qu'une envie : chasser au plus vite le goût amer que lui avait laissé cette étreinte. Les yeux baignés de larmes, elle rentra à Laochre par les prairies où paissaient les troupeaux.

Aveuglé par ses ambitions, Ewan ne songeait qu'à faire fortune et à l'installer dans un château. Ce n'était pas l'idée qu'elle se faisait du bonheur.

Elle se moquait de tout ça ! L'obsession de son propre échec la hantait sans cesse : elle avait abandonné le peuple de Ceredys à son triste sort.

Honora se sentit désemparée. Elle ne pouvait concevoir l'importance démesurée qu'Ewan accordait à la richesse et au pouvoir. Or, elle n'était pas en mesure de lui offrir le royaume dont il rêvait puisque les terres qu'elle possédait étaient entre les mains de John. D'autre part, elle refusait qu'il passe ses plus belles années à conquérir la fortune qu'il n'amasserait peut-être jamais.

Qu'importe ce qu'il lui avait promis. Elle ne se morfondrait pas à Erin pendant qu'il irait se battre pour une cause qui lui était étrangère. Elle irait elle-même affronter John à Ceredys et anéantirait enfin son plus redoutable ennemi. Ainsi, elle vaincrait également sa peur et deviendrait une guerrière accomplie.

La cour du château de Laochre était pleine de soldats, des Irlandais bardés de fer, conscients de leur supériorité. Pas un seul de ces hommes ne connaissait le secret d'Honora ni son habileté à manier les armes. Il est vrai qu'elle n'avait pas touché une épée depuis son arrivée en Irlande. Dès lors, elle n'était pas étonnée qu'Ewan ne la considère plus comme son égale.

Elle respira profondément, bien résolue à recouvrer son autonomie et son honneur.

Chapitre 18

Tandis qu'Honora visitait le village du clan MacEgan, elle s'étonna de voir les enfants ramasser toutes sortes de plantes. Ils composaient des gerbes de sauge, de lavande et d'herbes de saison qu'ils déposaient devant les bûchers dressés pour la fête.

— C'est la tradition de la Saint-Jean, précisa Connor qui l'avait rejointe. Les cendres nous protégeront de tous les malheurs, et nous sauterons au-dessus des charbons ardents pour éloigner les maladies.

— Une dangereuse coutume, on dirait, remarqua-t-elle, considérant la hauteur des bûchers. Comment peut-on accomplir de tels exploits sans périr dans les flammes ?

— C'est un jeu qui passionne les enfants, assura Connor. Les miens en particulier.

— Est-ce que vous brûlez toutes les herbes qu'ils viennent de ramasser ?

— Pas toutes. Certaines servent à faire des bouquets qui portent chance. Ainsi, tous les ans, j'apporte à ma femme un bouquet de lavande. L'ennui, c'est qu'elle le réduit en poudre pour en faire un médicament !

Il ramassa alors quelques brins de lavande et les lui tendit.

— Tenez, faites-en un bouquet. Ce soir il vous suffira de faire un vœu en le jetant dans les flammes et rien de fâcheux ne vous arrivera.

Honora avait tant de vœux à former qu'elle ne savait par où commencer.

Soudain, le visage de Connor s'assombrit comme ils croisaient un groupe de jeunes gens. Parmi eux se trouvait une fille aux longs cheveux noirs ornés de fleurs et de rubans.

— Qu'avez-vous ? s'enquit Honora.

— Elle est bien trop jeune pour tout cela ! gronda l'Irlandais.

— Mais de qui parlez-vous, Connor ?

— De Rhiannon, ma fille.

Il croisa les bras sur sa poitrine et observa les garçons d'un œil menaçant. Il semblait décidé à les tailler en pièces.

— Trop jeune pour quoi ? insista Honora.

Le visage de l'Irlandais se durcit tout à coup.

— Pour embrasser les garçons, pardi, ou pour prendre un amant. Elle n'a que treize ans.

Comme il portait la main à son épée, elle remarqua ses cicatrices.

— Si l'un de ces vauriens ose toucher à ma fille, je lui en ferai passer l'envie.

Elle vit alors que Connor portait une cicatrice plus profonde à l'autre main.

— Que vous est-il arrivé ? questionna-t-elle.

— J'ai été châtié pour un crime que je n'ai pas commis. Dieu merci, Aileen m'a soigné, et même si mes doigts restent crispés, mes mains ont été sauvées. Sans Aileen je ne serais pas ce que je suis aujourd'hui.

— Est-ce que vous souffrez ?

— Non. Grâce à ses onguents, ma femme a su apaiser mes douleurs. Restent les cicatrices.

Il sourit en ajoutant avec malice :

— Par bonheur mon visage n'a rien perdu de son pouvoir de séduction. Maintenant, veuillez me pardonner, mais il faut que je corrige l'un de ces garnements.

— Connor ! Songez à votre fille. Vous allez l'humilier devant tous ces garçons.

— Peut-être, mais je préserverai sa vertu. C'est tout ce qui compte pour moi.

Il s'avança alors vers les jeunes gens qui, bien sûr, s'égaillèrent comme des moineaux à son approche. Sans doute n'était-ce pas la première fois qu'il les menaçait ainsi.

Honora continua la visite du village. Il émanait des maisons de bonnes odeurs de cuisine, et le son métallique du marteau du forgeron se mêlait aux cris et aux rires des jeunes.

On était à quelques heures de la nuit de la Saint-Jean et l'excitation gagnait déjà tout le monde.

Les enfants se mesuraient à la course à pied, et dans le pré voisin, les épées s'entrechoquaient.

Un peu plus loin, Honora découvrit plusieurs cibles préparées en vue du concours féminin de tir à l'arc. Quatre femmes s'entraînaient déjà, et si deux d'entre elles visaient juste, les flèches des autres se perdaient au loin.

Honora s'approcha de la plus maladroite d'entre elles, une jeune personne aux longs cheveux roux.

— Pardonnez-moi…, dit-elle en anglais au risque de ne pas être comprise.

Elle désigna d'un geste l'arc que tenait la jeune fille et ajouta :

— Je voudrais essayer, moi aussi.

La rousse échangea un regard perplexe avec ses amies, puis acquiesça enfin d'un signe de tête et lui tendit l'arc.

Honora vérifia la tension de la corde et la souplesse du bois qu'elle jugea de bonne qualité. Alors, elle prit une flèche, se campa solidement sur ses jambes et tira.

La flèche siffla dans les airs et atteignit très précisément le centre de la cible. Stupéfaite par son adresse, la jeune fille s'inclina devant elle en signe de respect puis lui parla dans sa propre langue.

Incapable de comprendre le moindre mot de ce discours, Honora lui fit signe de reprendre son arc et lui indiqua la bonne position à adopter.

— Il faut viser légèrement plus haut que le centre de la cible, lui dit-elle.

Dieu merci, Connor revint à ce moment-là et traduisit ses

paroles. Après avoir écouté ses explications, la jeune rousse banda son arc, et cette fois la flèche atteignit son but. Comme son visage s'illuminait, Connor confia à Honora :

— Désormais, je crois que vous êtes l'amie de Noreen. Elle vous demande de montrer à ses amies comment il faut s'y prendre. Cet après-midi, elles doivent affronter les archers d'O'Phelan. Si grâce à vous elles remportaient les épreuves, elles vous en seraient reconnaissantes.

Alors Noreen prit sa nouvelle amie par la main et la présenta à ses compagnes. Honora leur apprit en quelques minutes les techniques de tir et fut ravie de leurs progrès.

Elle savait au moins tenir un arc, et cela assurait déjà son prestige !

Une heure plus tard, Noreen et ses amies se dispersèrent. Honora s'intéressa alors à ceux qui s'entraînaient au combat à l'épée. Parmi les combattants, un homme plus âgé que les autres portait l'armure d'un chevalier normand. Il affrontait les autres en diverses épreuves qu'Honora avait vu pratiquer bien souvent au château de son père.

A les observer ainsi, l'envie de se joindre à eux s'imposa bien vite à elle. Leurs épées s'entrechoquaient dans une sorte de danse rituelle et violente. Certains frappaient d'estoc et de taille, parant ou esquivant les coups de leur adversaire avec une prodigieuse habileté. Gagnée par l'envie d'en découdre, Honora porta la main à la dague dissimulée sous son bliaud.

Alors que les hommes cessaient le combat pour prendre un peu de repos, le roi Patrick s'approcha d'elle. Comme elle s'inclinait devant lui, il la pria de se relever.

— Vous semblez très captivée par le combat à l'épée, lady Honora, remarqua-t-il. Dois-je comprendre que vous aimeriez imiter ces hommes ?

Certes, elle souhaitait prendre part à l'entraînement, mais il lui fallait une épée bien à elle.

— Je regardais seulement, mentit-elle.

En fait, elle aurait aimé enrôler certains de ces combattants pour l'attaque de Ceredys. Evidemment elle n'avait rien à leur offrir pour le moment, mais elle pouvait leur promettre de l'or et des bijoux s'ils acceptaient de la suivre en Angleterre.

Comme le roi s'approchait de l'aire de combat, elle le suivit.

— Ces hommes s'affrontent pour désigner le meilleur d'entre eux, précisa-t-il. J'ai de fortes raisons de croire que ce sera Ewan.

— Il a fait beaucoup de progrès depuis son initiation au métier des armes, souligna-t-elle. Et… dans bien des domaines.

— Avez-vous l'intention d'épouser mon frère ? s'enquit tout à coup le roi.

Saisie par la soudaineté de cette question, Honora ne sut tout d'abord que répondre.

— Il n'a pas encore fait sa demande, déclara-t-elle enfin.

Même si cela lui brisait le cœur, elle n'était pas certaine d'accepter s'il lui proposait le mariage. Elle ne pouvait concevoir d'épouser un homme trop occupé à conquérir de l'or ou des terres pour la combler de présents dont elle n'avait que faire.

— Mon seul souci pour le moment est de protéger mon peuple, avoua-t-elle. Ewan le sait bien, d'ailleurs.

Le roi désigna alors d'un geste l'aire de combat et lui parla sans détour.

— Sir Anselm, le chevalier normand qui entraîne les hommes, peut vous aider, je suppose. Oh, je ne vous promets pas que ces jeunes gens combattront à vos côtés, mais je vous invite à leur soumettre votre projet. Quoi qu'il en soit, dès que vous serez décidée à vous mettre en route, nous vous fournirons une escorte.

Honora croisa alors le regard du roi et lut dans ses yeux gris une réelle volonté de l'aider. Peut-être ne trouverait-elle aucun homme pour la suivre, mais c'était la première fois qu'on lui proposait de l'aide pour chasser John de Ceredys.

— Je vous remercie, Majesté, murmura-t-elle, sincèrement émue.

— Lady Honora, je sais qu'Ewan vous aime. Je l'ai vu dans son regard. Tout ce que nous souhaitons, c'est qu'il soit heureux.

A l'évidence, le roi protégeait son frère et ses derniers mots sonnaient comme une mise en garde.

— Je ne ferai jamais rien qui puisse le blesser, sire, assura-t-elle.

— Je vois que nous nous comprenons, lady Honora.

En cette matinée de la Saint-Jean, une atmosphère mystique régnait au sein de la tribu des MacEgan. Le château et toutes les maisons du village étaient abondamment fleuris mais pas une cheminée ne fumait. On avait éteint tous les foyers en l'attente des feux de joie de la nuit.

Lorsque Ewan revint à Laochre, il trouva les siens dans un état d'excitation inhabituel. Dans la grande salle du château, il croisa son frère Bevan accompagné de sa femme en fin de grossesse.

— Vous semblez vous porter à merveille, Geneviève, remarqua-t-il en déposant un baiser sur sa joue.

— Hélas, je suis si grosse que l'on pourrait me confondre avec les vaches de ton troupeau, plaisanta-t-elle.

Son regard se durcit soudain comme elle ajoutait :

— Je ne savais pas que tu avais préféré Honora à sa sœur Katherine. Mon père m'a raconté diverses choses sur l'aînée des filles de lord d'Ardennes.

Geneviève parcourut la salle d'un coup d'œil et s'enquit :

— D'ailleurs, où est-elle ?

— Je n'ai pas vu Honora depuis hier, déclara Ewan.

Craignant d'autres questions, il s'empressa de changer de sujet.

— Savez-vous si Trahern est arrivé ?

Il était curieusement absent de cette réunion de famille, ce qui était contraire à ses habitudes.

— Il ne viendra pas, répondit Bevan.

— Pourquoi ? Qu'est-il arrivé ?

— Une histoire de femme, répondit son frère en haussant les sourcils.

Ewan devina à la réaction de Bevan ce qu'il pensait de cette affaire.

— Trahern va nous manquer, conclu-t-il. J'espère qu'il changera d'avis.

— Moi aussi.

Bevan donna un tendre baiser à sa femme, puis ajouta :

— Va te reposer, Geneviève. Je te rejoindrai un peu plus tard.

Ewan salua sa belle-sœur, puis se fraya un chemin parmi les nombreux invités qui se pressaient dans la grande salle.

Attiré par le son familier des épées qui s'entrechoquaient, le guerrier s'approcha de l'aire de combat. Il y avait tant de monde autour de la clôture qu'il pouvait à peine distinguer les deux adversaires. Les paris allaient bon train parmi les spectateurs.

Ewan ouvrit sa bourse et en tira une pièce d'argent. Il pariait rarement sur un combat, mais celui-ci lui semblait digne d'une forte mise.

Son cousin Ruarc MacEgan et ses amis encourageaient les adversaires par leurs cris, invitant ainsi les parieurs à enchérir.

— Est-ce Connor qui se bat ? s'enquit Ewan en s'approchant de Ruarc.

— Non. C'est l'un des bâtards O'Phelan, et la femme qui l'affronte va sans doute le tailler en pièces !

Ewan pâlit tout à coup.

Oh, non ! Elle avait osé ?

Une fois de plus, Honora St. Leger prenait des risques inconsidérés en défiant un homme et il n'en était pas surpris. Il s'avança parmi les spectateurs et s'accouda à la clôture pour voir les choses de plus près.

Honora se battait comme un homme. Elle était vêtue de braies sous lesquelles on devinait à peine les courbes de ses hanches. Le haut du corps n'était protégé que par une simple tunique et elle avait noué ses cheveux sur la nuque.

Dans un sursaut d'arrogance, O'Phelan, qui n'avait pas

l'avantage, poussa un cri de guerre en se ruant sur elle. Ewan porta la main à son épée, prêt à intervenir, mais Honora trouva la parade et son adversaire en fut pour ses frais. Des huées s'élevèrent alors dans la foule, ajoutant à l'humiliation du malheureux adversaire.

— Etes-vous assez lâches pour laisser une femme combattre un O'Phelan ? cria quelqu'un.

— Celle-ci est cent fois plus habile que le meilleur des O'Phelan, répliqua Ruarc en riant.

La foule applaudit à cette repartie.

Seul Ewan ne partageait pas leur enthousiasme. Tout ce qu'il voyait, c'était Honora face à un ennemi, certes maladroit, mais dangereux et lourdement armé. Elle avait humilié l'un des membres du clan O'Phelan, et celui-ci n'en était que plus enragé. Il ne la tuerait peut-être pas, mais il pouvait lui briser un bras ou la blesser gravement.

Pourquoi diable l'avait-elle provoqué ?

Ewan était furieux contre elle.

Comme il allait franchir la clôture pour faire cesser le combat, quelqu'un le retint d'une main ferme. C'était son frère, le roi Patrick.

— Non ! Laisse-les finir, Ewan.

Le roi chercha son regard et ajouta :

— Dis-moi, tu m'avais caché qu'elle se battait à l'épée comme un homme.

— C'est moi qui l'ai entraînée.

— Bonne idée, admit son frère. Je pense que plusieurs de nos femmes pourraient en faire autant. Ainsi, nos troupes en seraient renforcées.

— Voyons Patrick, tu n'es pas sérieux.

— Très sérieux, au contraire. Face à une armée de Normands, il faudrait jeter toutes nos forces dans la bataille. Quel adversaire pourrait deviner que des femmes pugnaces se cachent dans nos rangs ?

Honora frappa de nouveau de sorte qu'O'Phelan recula en

proférant un chapelet de jurons. Sans même lui laisser le temps de se remettre, elle se jeta sur lui et lui mit l'épée sous la gorge.

— J'ai gagné ! cria-t-elle en levant le bras.

Si la plupart des spectateurs ne comprenaient pas sa langue, sa victoire n'en était pas moins incontestable à leurs yeux.

Alors, des cris de joie s'élevèrent dans la foule et les pièces d'argent changèrent de mains. On remit à Honora une bourse bien garnie puisque, contre toute attente, elle avait vaincu un O'Phelan.

Ewan s'avança vers elle, mais il eut bien du mal à se faufiler dans la foule de ceux qui tentaient de l'embrasser pour la féliciter de sa victoire.

— Par Belenus, gronda-t-il en l'emmenant à l'écart. Pourquoi ce combat, Honora ? Pour le plaisir d'humilier un O'Phelan ? Nous venions à peine de faire la paix avec leur clan et tu as tout anéanti en quelques instants.

Elle lui tendit la bourse qu'on lui avait remise, et répondit simplement :

— Accepte ceci, Ewan. C'est pour la terre que tu désires depuis si longtemps.

Ewan soupesa la bourse. Elle était trois fois plus lourde que ce qu'il avait obtenu pour la vente de son bétail. Malgré cela, il la lui rendit.

— Je ne veux pas de cet argent. Tout ce qui m'importe c'est de savoir pourquoi tu t'es battue à visage découvert.

Il vit briller une étrange lueur dans les yeux d'Honora qui en un instant tira sa dague de son fourreau.

— Parce que je ne peux plus supporter de me cacher, répondit-elle en lui mettant la lame sous la gorge. C'est ainsi que je suis et que j'ai toujours été. Je suis lasse de me montrer autrement.

Avec ses joues en feu et ses yeux brillants, Ewan la trouvait infiniment désirable. Malgré la lame dont elle le menaçait, il ne songeait qu'à l'attirer à lui et à prendre ses lèvres. Il voulait lui imposer sa marque, faire en sorte qu'elle soit sienne. Uniquement sienne !

— Et… qui es-tu en vérité, Honora ?
— Une guerrière !

Elle tourna aussitôt les talons, laissant Ewan à ses réflexions. Elle lui avait même abandonné sa bourse. Un sentiment de liberté lui emplit le cœur, et elle s'en félicita.

Ewan écumait de rage. Elle osait l'humilier alors qu'il avait suivi son combat la main sur le pommeau de son épée, prêt à intervenir à tout moment.

Soudain, Honora regretta son insolence. Elle savait que, contrairement aux gens de son clan, Ewan n'était pas fier de ce qu'elle avait fait. Alors, elle décida de se faire oublier et quitta la fête pour rentrer au château de Laochre.

Arrivée en haut du grand escalier, elle hésita un instant, puis se dirigea vers les appartements de Geneviève MacEgan. Un enfant aux cheveux en désordre était assis aux pieds de la jeune femme et jouait avec un petit chariot de bois. Geneviève filait la laine. Le fil glissait sous ses doigts plus agiles que ceux d'une fée.

— Voici votre épée, dit Honora en déposant l'arme sur un coffre.

La noble dame aux cheveux noirs lui sourit. Normande de naissance, Geneviève lui avait offert son épée par amitié, après en avoir débattu avec Bevan, son mari.

— Mon père m'avait parlé de vos talents de combattante, dit-elle. Il était très fier de vous.

— Le comte de Longford était un homme bon et loyal, repartit Honora.

Elle esquissa un sourire en ajoutant :

— Je ne savais pas qu'il avait découvert mon secret.

— Il n'était pas fâché d'apprendre que vous vous battiez comme un homme, je dois dire. Par ailleurs, il serait très heureux que vous épousiez Ewan si tel est votre désir.

Honora se garda bien de répondre. Elle s'assit auprès de l'enfant et se mit à jouer avec lui en poussant la charrette.

— Ce petit garçon se prénomme Finn, précisa Geneviève. Il est le fils de Connor. Finn est ici pour apprendre le métier des armes auprès de Bevan. Dylan, son frère jumeau, nous a été confié, lui aussi.

La dame délaissa alors sa quenouille et porta la main à son ventre.

— J'espère que je donnerai naissance à un garçon. J'aime tant les garçons.

— Je vous le souhaite de tout cœur, murmura Honora.

Pourtant, l'idée de porter elle-même un enfant l'angoissait plus que tout.

— Souhaitons que tout aille pour le mieux. J'ai confiance.

Finn lança la petite charrette à toute allure, si bien que le jouet heurta le genou d'Honora. Comme il se précipitait vers elle pour reprendre sa charrette, elle le prit dans ses bras.

— Aimeriez-vous avoir un enfant ? s'enquit Geneviève.

— Non. Je ferais une très mauvaise mère. Je n'ai jamais appris à m'occuper d'un nouveau-né.

— Il n'y a pas de recette pour élever un enfant, croyez-moi. Il suffit de se fier à son instinct. Parfois, quand il pleure, lui seul sait pourquoi.

Geneviève crut bon de changer de sujet et reprit d'un ton léger :

— J'ai entendu dire que vous aviez vaillamment combattu aujourd'hui.

— J'ai vaincu un O'Phelan, en effet, admit Honora. Ewan n'était pas très content de moi. Je dirais même qu'il était franchement courroucé.

— Sans doute regrettait-il de n'avoir pu affronter lui-même un membre du clan O'Phelan. Je connais Ewan. Il est jaloux de nature.

— A mon sens, il s'agit d'autre chose, corrigea Honora. En fait, il ne veut pas que je touche une épée. Il me verrait plutôt dans le rôle de maîtresse du logis.

— Je n'en suis pas aussi sûre que vous. Je me dois de

vous confier que vous n'êtes pas la première femme qu'il a entraînée au combat.

— Vraiment ?

Cette remarque éveilla la curiosité d'Honora.

— L'épée que vous m'avez prêtée était plutôt légère. Etait-ce la vôtre ?

— Je ne vous cacherai pas que j'ai pratiqué le duel avec Ewan quand je suis arrivée à Laochre. Tout d'abord, mon père me l'a reproché, mais après mon mariage avec Bevan il n'en a plus parlé.

Geneviève reprit la quenouille et poursuivit :

— Toutefois, je n'ai pas touché une épée depuis des années, et d'après ce qu'Ewan m'a dit, je n'ai jamais été aussi habile que vous à la manier.

Geneviève désigna alors son arme posée sur le coffre et proposa :

— Reprenez-là, Honora. Elle est à vous. C'était un cadeau d'Ewan… il y a bien longtemps. Acceptez-la, je vous en prie, il ne s'en offusquera pas.

— Je ne peux accepter, lady Geneviève.

— J'insiste. Et si je peux me permettre ce conseil, retournez vite auprès d'Ewan.

Elle conclut alors avec un sourire malicieux :

— Mettez-vous nue pour l'accueillir dans son refuge et laissez-le implorer votre pardon !

Chapitre 19

En cette nuit de la Saint-Jean, les villageois venus de tous les clans allumèrent les feux sur les flancs des collines. Père Brian, le prêtre de Laochre, donna sa bénédiction à tous pour célébrer l'arrivée de l'été. Tous les gens des environs formèrent ensuite une joyeuse farandole autour des feux en jetant des petits cailloux dans les flammes comme l'exigeait la tradition.

Vinrent alors les garçons intrépides qui sautèrent par-dessus les brasiers avec une prodigieuse agilité. Les jeunes mariés de la veille les imitèrent en se tenant par la main avant d'échanger un baiser plus ardent que les braises.

Ewan se tenait à l'écart, les yeux baissés, comme si le spectacle de leur bonheur tout neuf lui était insupportable. Il songeait à Honora qui refusait de l'épouser et à la fascination qu'elle exerçait sur lui. Oh, il avait bien tenté de renoncer à elle, mais c'était bien plus difficile qu'il ne l'avait imaginé. Comment aurait-il pu oublier la douceur de sa peau et ce léger goût de pomme qui flottait sur ses lèvres.

Quand il avait vu l'épée d'O'Phelan virevolter au-dessus de sa tête, il aurait volontiers volé à son secours, mais il n'avait pas dégainé. Pourtant, il jugeait ce combat déloyal et n'ignorait pas qu'Honora aurait pu mourir sous ses yeux. Alors, pourquoi n'avait-il rien fait ?

Et comme pour souligner sa couardise, elle avait jeté cette bourse garnie de pièces d'argent à ses pieds. Non seulement elle lui avait prouvé qu'elle n'attendait rien de lui, mais en lui abandonnant le prix de sa victoire, elle lui signifiait son mépris pour les richesses qu'il convoitait.

Tout cela lui laissait un goût amer.

Humilié par cette scène, Ewan avait confié cet argent à Patrick afin qu'Honora puisse en disposer pour louer quelques mercenaires.

A cette idée, il serra les poings. Quelle folie elle allait commettre en affrontant John de Ceredys !

Cependant, il comprenait ce que cet acte de bravoure représentait pour elle. Il savait aussi que si elle consentait à lui appartenir un jour il faudrait qu'elle ait définitivement chassé les démons de ce passé qui la hantait.

Et il était prêt à tout pour l'y aider.

Tandis qu'il songeait à cet avenir incertain, le parfum d'Honora lui parvint comme un souffle d'effluves printanières.

— Ewan, serais-tu fâché contre moi ? lui murmura-t-elle à l'oreille.

— Je l'étais.

En se retournant, il vit qu'elle avait troqué ses braies contre un bliaud couleur d'émeraude qui flattait sa silhouette et révélait toute sa féminité. Un châle pourpre couvrait ses épaules soulignant la blancheur de sa peau. Sa main reposait sur le pommeau de l'épée qu'elle portait à la ceinture. Ce détail retint son attention.

— Geneviève m'a offert cette épée, déclara-t-elle fièrement. Elle m'a raconté que tu lui en avais fait cadeau il y a bien longtemps.

— C'est exact, confirma-t-il, quelque peu troublé.

— Préfères-tu que je la lui rende ?

— Non.

Cette arme lui rappelait l'adolescent maladroit qu'il était dans ses combats d'entraînement contre Geneviève. Il lui avait offert cette épée à l'occasion de son mariage avec son frère, une arme légère, conçue pour une femme.

— J'aimerais que tu la gardes, lui confia-t-il. Elle remplacera la dague que ton père a brisée.

— Je te remercie, Ewan.

Un lourd silence s'installa alors entre eux.

L'apparition d'Honora avait réveillé en lui le souvenir de leurs étreintes. Il avait envie de l'attirer à lui et de prendre ses lèvres, mais la distance qui les séparait lui semblait infranchissable. Comme un interdit qu'il ne pouvait transgresser.

Il osa cependant lui tendre la main pour l'inviter à le rejoindre.

— Viens, j'ai quelque chose à te montrer, dit-il en désignant les feux qui embrasaient la nuit.

Honora se laissa guider sur les pentes de la colline. La soirée était douce, mais cette douceur ne suffisait pas à chasser l'angoisse qu'Ewan éprouvait. Honora lui semblait distante et secrète, et cela le tourmentait.

Maintenant, ils étaient assez haut pour distinguer à l'horizon les lames d'argent de la crête des vagues. A leurs pieds les feux vénérés de la Saint-Jean finissaient de brûler. Comme autrefois, Ewan ne se lassait pas de ce spectacle grandiose sur cette colline sacrée.

Il s'assit sur une grosse pierre et invita Honora à venir auprès de lui. Le crépitement des feux et le grondement lointain des vagues troublaient à peine le silence. De temps à autre les cris et les rires des villageois en liesse évoquaient les plaisirs de l'été à venir.

Honora arracha une poignée d'herbes et en fit une boule.

— Est-il vrai que si l'on jette de l'herbe dans le feu tous nos vœux se réalisent ? C'est Connor qui me l'a dit.

— C'est vrai.

Honora lui parut songeuse, comme si elle classait ses souhaits par ordre de préférence. Enfin, elle jeta sur les braises sa poignée d'herbes qui fut dévorée en quelques instants.

— Quel est ton vœu le plus cher ? questionna-t-il tout en redoutant la réponse.

— La victoire ! répondit-elle, les yeux brillants.

Elle quitta sa place pour s'étendre dans l'herbe à quelque distance de là. Ewan la rejoignit, et tandis que leurs doigts se mêlaient, ils levèrent les yeux vers le ciel d'été constellé d'étoiles.

— C'est grandiose, murmura Honora. Ce ciel me rappelle les nuits que nous passions dehors quand nous étions plus jeunes.

— Je me souviens que le comte m'avait fait fouetter parce que j'avais quitté ma chambre pour te suivre. Toi, tu trouvais cette aventure prodigieuse.

— C'est vrai. Et elle l'est toujours dans mon souvenir. C'était la première fois que je dormais à la belle étoile. J'imaginais que j'étais un soldat à la veille d'une bataille et que ma victoire était inscrite dans le ciel.

Ewan la regarda en silence. Sous la clarté de la lune, le profil d'Honora rappelait celui de la déesse Danu attendant le retour de son amant.

— Tu as combattu vaillamment cet après-midi, murmura-t-il enfin. Mais… je ne comprends toujours pas pourquoi tu as affronté cet homme.

— Parce que je n'ai pas trouvé de femme, répondit-elle d'un ton léger. Les femmes sont rares dans les duels.

— Ce n'est pas la réponse que j'attendais.

— Contrairement à moi, tu n'as jamais eu à te cacher pour te battre à l'épée. Tu pouvais ferrailler en toute liberté, quand tu voulais et où tu voulais.

Elle caressa le pommeau de son épée et poursuivit :

— Moi je devais revêtir le camail et la cotte de maille pour que personne ne me reconnaisse. Si tu savais comme j'ai souffert de cette situation.

Comme il demeurait silencieux, Honora continua :

— Mon père m'aurait fait fouetter s'il avait appris que je me battais comme un homme. Quant à Ranulf…

Elle s'interrompit un instant, comme si le souvenir de son défunt mari la hantait encore.

— … après cette terrible nuit, il m'a interdit de toucher une arme.

— Que s'est-il passé cette nuit-là ?

— Il m'avait rudoyée dans la soirée, aussi, quand il a fait irruption dans ma chambre un peu plus tard, j'ai tiré ma dague de son fourreau et je l'ai frappé.

Honora hocha la tête d'un air songeur et balbutia :

— Oui. J'ai frappé mon propre mari, Ewan.

— Et tu as bien fait.

Un sursaut de fureur anima Ewan au seul récit de cette scène. Ce scélérat de Ranulf avait osé lever la main sur celle qu'il aimait et lui avait volé son innocence.

S'il avait été là, il lui aurait volontiers tranché la gorge, songea-t-il en serrant les poings.

— J'étais retenue prisonnière dans ma propre maison, continua-t-elle. Marie a été la seule à m'aider. Jamais je ne m'étais sentie aussi désemparée. Ranulf et John m'inspiraient une telle frayeur…

— N'importe qui aurait eu peur à ta place. Quand je pense à ce que ces scélérats t'ont fait endurer !

— Ranulf m'avait tellement avilie que j'en étais arrivée à me faire horreur moi-même. Je n'éprouvais que du dégoût pour la femme que j'étais alors.

Ewan attira doucement Honora à lui et l'entoura de ses bras. Tout en la serrant contre lui, il lui semblait qu'elle lui échappait comme l'eau coule entre les doigts.

— Tu n'as pas supporté de me voir affronter cet homme en présence de tous ces gens, n'est-ce pas ?

Comment pouvait-il lui mentir en lui répondant ce qu'elle voulait entendre ?

— Honora, je sais que tu es assez habile à l'épée pour affronter n'importe qui. Tu l'as déjà prouvé. Mais je ne supporte plus que tu te mettes en danger. Cet après-midi, je ne tenais plus en place. Je brûlais d'envie de tirer mon épée pour te protéger.

Ewan savait que les combattants défiaient le destin dès qu'ils prenaient les armes, aussi redoutait-il qu'un jour Honora rencontre son maître.

Elle sortit les deux morceaux de sa dague qu'elle cachait sous son bliaud et les déposa dans la main de son beau guerrier.

— Je suis comme cette dague Ewan : si je ne peux plus me battre, je ne sers plus à rien.

Il lui restitua l'arme brisée puis il lui prit la main et la serra très fort dans la sienne.

— Tu te battras, Honora, assura-t-il. Mais plus jamais seule.

En effleurant sa joue d'un baiser, il perçut la saveur salée de ses larmes.

— Je pars pour Ceredys dans quelques jours, annonça-t-elle sans détour. J'ai proposé à quelques soldats de Patrick de m'escorter. Ils ont accepté et ton frère m'a donné son accord.

— Non, tu ne partiras pas ! Affronter John dans ces conditions serait une folie. Tu ne gagneras pas cette bataille avec une poignée de soldats.

— Je préfère être vaincue que de rester ici à ne rien faire. Les gens de Ceredys ont besoin de moi et il serait lâche de ma part de les abandonner à leur sort.

— Tu ne m'as pas bien compris, Honora. Si John te capture, il abusera de toi dès qu'il te tiendra à sa merci. Alors, ton calvaire recommencera.

— Crois-tu que les femmes de Ceredys ont connu un meilleur sort ? s'insurgea-t-elle. John m'obligeait à assister à ses ébats quand il les violait, et cela parce que je m'étais refusée à lui.

Soudain, Honora s'arracha au bras d'Ewan et se leva.

— Chaque jour que je passe ici ne fait que prolonger le calvaire de ces malheureuses, Ewan. Je ne peux laisser John commettre plus longtemps ces atrocités.

Il comprit alors qu'il ne pourrait la dissuader de quitter Laochre. Cependant, il ne la laisserait pas partir sans lui et la suivrait à distance afin de se porter à son secours si elle était menacée.

— C'est ma faute si John maltraite ces pauvres femmes, soupira Honora. Et cela parce que je ne supportais pas qu'il me touche, parce que je l'avais menacé de mort s'il posait les mains sur moi.

— Honora, tu n'es pour rien dans cette lamentable affaire. Tu ne peux pas t'accuser des atrocités dont cette brute est coupable.

— Si. J'en suis responsable, quoi que tu en penses, et cette culpabilité me colle à la peau.

Incapable de la délivrer de cette obsession Ewan la prit de nouveau dans ses bras pour tenter de l'apaiser un peu. Pour lui témoigner son soutien, il se risqua à effleurer ses lèvres et ce fut une erreur.

Honora s'arracha brusquement à son étreinte et se détourna de lui.

— Je ne veux pas de toi ce soir, Ewan. Laisse-moi !

Il frémit d'inquiétude devant l'expression de son visage, persuadé qu'il l'avait déjà perdue.

En effet, Honora semblait résolue à livrer seule son terrible combat contre John. Peut-être n'espérait-elle même pas en sortir vivante, mais elle était déterminée à donner sa vie pour le peuple de Ceredys.

— Encore une fois, tu ne peux pas l'affronter seule, Honora, insista Ewan en lui prenant la main.

— Je le sais. C'est pourquoi j'ai engagé les soldats de ton frère, grâce à l'argent que j'ai gagné en me battant contre O'Phelan.

— Je me joindrai à ces soldats, annonça-t-il tout à trac.

Après tout, Ewan se moquait de ce qu'elle pensait de cette initiative. Elle risquait sa vie, et il ne la laisserait pas mourir dans ce combat stupide.

— J'irai seule à Ceredys, s'insurgea-t-elle en le repoussant. Je n'ai pas besoin de ta protection.

— Honora, je sais que tu es capable d'affronter John, mais je donnerais ma vie plutôt que de le voir prendre la tienne.

Elle s'éloigna sans un mot vers le château, laissant Ewan désemparé.

— Nous vaincrons ensemble, Honora ! lui cria-t-il comme pour s'en persuader lui-même.

Chapitre 20

L'argent gagné grâce à la victoire sur O'Phelan ne suffisait pas. Honora l'avait pressenti. En effet, elle n'avait pu engager que deux soldats de Patrick MacEgan. L'un d'eux était un jeune homme nommé Bres dont elle avait pu apprécier la vaillance au cours des entraînements à l'épée. C'était un garçon vigoureux et volontaire, soucieux de prouver ses qualités de combattant. En second lieu, elle avait choisi Conand, un guerrier d'origine nordique qui s'était souvent battu contre les Normands. Le roi Patrick lui avait adjoint le chevalier sir Anselm qui devait s'embarquer avec eux pour l'Angleterre.

Donc l'armée d'Honora se réduisait à trois soldats. Seul un miracle lui permettrait de triompher de John dans ces conditions.

— Au revoir, ma chère, murmura Geneviève en l'embrassant. Et si vous voyez mon père, dites-lui que je ne l'oublie pas.

Honora esquissa un sourire en dépit de l'appréhension qui lui serrait le cœur.

— Quand tout sera fini, je lui rendrai visite, assura-t-elle. Je vous le promets.

Si elle sortait vivante de ce combat…

La reine Isabel les rejoignit alors et remit à Honora un petit balluchon.

— J'ai fait arranger votre robe, dit-elle en le lui tendant. Toutefois, vous pouvez garder celle que je vous ai donnée.

La reine lui donna un baiser en ajoutant, un rien soucieuse :

— Honora, que Dieu vous vienne en aide. Vous n'avez pas assez de soldats pour livrer bataille.

— En effet, Majesté, mais les gens de Ceredys me prêteront main-forte, j'en suis sûre.

Surtout ceux dont les filles ont été violées par ce barbare de John, songea-t-elle en secret.

— Mes prières vous accompagnent et je vous souhaite de tout cœur de réussir. Bon voyage, mon amie.

— Prierez-vous aussi pour moi, Isabel ? questionna une voix d'homme.

C'était Ewan, vêtu d'une cotte de maille et coiffé d'un casque qui laissait deviner ses longs cheveux. Il portait au côté une longue épée, tel un guerrier prêt à en découdre.

Juste ciel ! Il disait vrai lorsqu'il avait promis de se joindre à elle.

Pourtant, il savait qu'elle n'avait pas besoin de lui, mais une fois de plus il ne l'avait pas écoutée et n'en faisait qu'à sa tête.

A le voir équipé de la sorte, Honora savait bien qu'elle ne pourrait le dissuader d'embarquer avec eux.

— Bien sûr que mes prières vont aussi à vous, Ewan, confirma la reine en se dressant sur la pointe des pieds pour l'embrasser.

Sans laisser une chance à Honora de protester, Ewan s'adressa dans sa langue à ses hommes et donna l'ordre de se mettre en route. Ils se dirigèrent sans plus attendre vers la côte où les attendait un bateau. Celui-ci était assez grand pour accueillir les soldats et les chevaux.

Bres était chargé d'embarquer les bêtes par la rampe d'accès installée à cet effet. Comme Ewan s'y engageait avec sa monture, Honora le rejoignit.

— Jusqu'où comptes-tu aller ainsi ? questionna-t-elle en saisissant la bride de son cheval.

— Tu connais la réponse, répliqua-t-il, un rien goguenard. Comme je te l'ai dit, je ne te laisserai pas partir seule.

Il éperonna son cheval qui réagit aussitôt et acheva de grimper la rampe.

— Moi aussi je serai là pour vous prêter main-forte, lança un autre soldat.

Honora vit alors s'avancer un cavalier d'aspect redoutable, un géant au crâne rasé, au visage glabre et aux yeux gris d'un éclat métallique.

— Trahern ? s'étonna Ewan. Diantre ! Mais d'où viens-tu ?

— Je suis arrivé hier soir. Patrick m'a dit que vous cherchiez du renfort, alors me voici.

Honora soutint son regard, bien résolue à ne pas se laisser intimider par ce va-t-en guerre.

— C'est Trahern, mon frère aîné, précisa Ewan.

— Je n'ai pas d'argent pour payer un soldat de plus, dit-elle.

— Tout comme Ewan, je vous offre mes services, milady, repartit Trahern.

Il se tourna vers son frère en ajoutant dans un éclat de rire tonitruant :

— Je me bats pour mon seul plaisir !

Les derniers chevaux embarqués, on hissa la rampe à bord et l'un des marins entreprit de lever l'ancre.

Ewan fit un signe de la main à ceux qui restaient à terre et le bateau prit la mer vers les côtes anglaises.

— As-tu trouvé la femme que tu cherchais ? demanda Ewan à son frère aîné.

Le visage de Trahern s'assombrit soudain.

— Elle est morte, confessa-t-il dans un souffle.

Honora tendit l'oreille, se demandant s'il y avait vraiment une place pour une femme dans le cœur de ce géant au crâne rasé. Mais Trahern n'en dit pas plus. L'homme gardait jalousement son secret.

Elle croisa alors le regard d'Ewan et y décela une détermination farouche. A l'évidence, il était prêt à donner sa vie pour elle, qu'elle le veuille ou non.

Peut-être doutait-il de ses capacités à affronter seule John de Ceredys ?

Non. Ce n'était sûrement pas l'unique raison de sa présence sur ce bateau. Elle-même aurait fait la même chose pour lui… parce qu'elle l'aimait, tout simplement.

Soudain, elle sentit sa gorge se serrer et les larmes sourdre sous ses paupières.

Oui, elle aimait cet homme et ne se consolerait jamais s'il périssait dans le combat qu'ils allaient livrer ensemble !

Ce soir-là, ils dînèrent de mouton rôti et de pain. Ewan tenta d'arracher quelques mots à son frère, mais Trahern demeura silencieux.

Avant la tombée de la nuit, Honora pria Ewan de l'aider à déchiffrer le parchemin découvert dans la poignée de sa dague.

— Il faut absolument que je trouve ce trésor, Ewan. Telle était la volonté de Marie. Il ne peut en être autrement, sans quoi elle n'aurait pas dissimulé ce plan dans l'arme qu'elle m'a donnée.

— Qui sait seulement si ce trésor existe ?

— Si c'est le cas, Marie a fait en sorte que John ne puisse pas s'en emparer et je gage que nous aurons du mal à le dénicher.

Ewan déroula le petit parchemin et hocha la tête comme s'il comprenait le sens du message.

— Il semble que les caractères que l'on voit ici en bas sont des runes, dit-il.

— Des runes ?

— Oui. C'est l'alphabet des peuples germaniques du Nord. Je vais les montrer à Conand. Sa mère venait de Norvège, et il saura peut-être les déchiffrer.

Il tendit le parchemin au guerrier qui le parcourut en silence. Il leva enfin les yeux vers Ewan et annonça, visiblement terrifié :

— Malédiction ! Ce texte maudit tous ceux qui chercheront à s'emparer du trésor des dieux.

— Continuez, je vous en prie, le pressa Honora.

— Les oiseaux que vous voyez là représentent l'or, expliqua Conand. Et l'homme qui cherche l'or devra vaincre le pouvoir d'Aegir.

— Aegir ?

— Le dieu des mers du Nord.

Pour Honora cette révélation prenait tout son sens. En effet, Marie St Leger adorait la mer et faisait de fréquentes promenades le long de la côte. Honora l'accompagnait parfois et elles devisaient en marchant pieds nus sur les longues plages de sable.

Elle en conclut que si ce trésor était caché quelque part il ne pouvait l'être qu'à proximité de la mer, dans le sable ou le long de la côte.

— Nous installerons notre campement en bord de mer, décida-t-elle, et nous chercherons partout, jusque dans les moindres failles des falaises.

Elle regarda tour à tour Ewan et Conand en ajoutant :

— Et si vous m'aidez à trouver cet or, vous aurez votre part.

Animé de la fougue de ses dix-neuf ans, Bres s'était approché. Il voulait sa part lui aussi et semblait décidé à l'obtenir.

— Bien. Allons dormir maintenant, dit-elle. Nous reparlerons de tout cela demain matin.

— Dormez tranquilles, je prends le quart, déclara Ewan en s'installant à la barre.

— Je viendrai te remplacer, proposa Trahern.

Ewan tendit son balluchon à Honora et elle s'en fit un oreiller pour sa couche. En le glissant sous sa tête, elle perçut l'odeur de son vaillant guerrier et en fut troublée. C'était un peu comme s'il dormait auprès d'elle.

Elle leva les yeux vers lui et s'attarda longuement sur sa robuste silhouette dans la lueur des torches. De nouveau, elle eut envie de le serrer dans ses bras.

Plus tard dans la nuit, Honora sentit quelqu'un s'allonger auprès d'elle.

— Honora ! murmura Ewan de sa voix chaude et profonde.

— J'ai froid, avoua-t-elle dans un demi-sommeil.

— Je suis là, ne crains rien.

Isolés à l'arrière du bateau, loin des hommes et des chevaux, ils étaient seuls sous le ciel étoilé.

Ewan s'enroula avec elle dans une couverture et elle se réfugia dans ses bras. Là, tout contre sa poitrine, elle entendait battre son cœur et se sentait apaisée.

Rien ne troublait le silence, hormis le chuintement des eaux que fendait la proue du navire et le vent qui faisait claquer les voiles.

Honora essayait bien de fermer les yeux, mais la chaleur de ce corps contre le sien la tenait éveillée. Un désir irrépressible habitait son corps.

Comme il était bon d'être de nouveau dans les bras de son guerrier !

Elle ne le quitterait plus. Ses bras puissants la protégeaient et la chaleur qui émanait de son corps lui était aussi indispensable que celle du soleil aux plantes. Auprès d'Ewan, elle s'épanouissait de nouveau, et l'idée qu'il puisse partager sa vie avec une autre femme lui était insupportable.

— Ewan ?

Sa voix n'était qu'un souffle, mais il l'avait entendue.

Il resserra son étreinte et elle sentit ses lèvres se poser sur les siennes.

— Oui, Honora.

Elle se sentait fragile dans ses bras mais n'en éprouvait aucun sentiment de soumission. Ewan la possédait et elle s'émerveillait de lui appartenir. Cependant, elle n'osait lui dire qu'elle le désirait ardemment.

A l'exception de Trahern qui venait de prendre le quart, tous les hommes dormaient. Sous la couverture qui les enveloppait, Ewan et Honora étaient à l'abri des regards et leurs corps enlacés ne faisaient qu'un.

Honora osa glisser la main sous la tunique de son guerrier et frémit au contact de sa peau. Il prit aussitôt ses lèvres et son baiser se fit bien vite plus insistant. Récompensée de son audace, elle sentit enfin les mains d'Ewan se frayer un chemin sous ses jupes.

Les lèvres en feu, Honora reprit celles de son amant avec

un regain de passion, enserra sa taille de ses jambes et s'offrit à l'ardeur de son désir d'homme.

Dès lors, elle ne put réprimer un gémissement de plaisir.

— Chut ! murmura Ewan en scellant ses lèvres d'un baiser.

Il effleura de ses doigts la toison humide et Honora frémit sous l'effet de cette caresse. Le mouvement de va-et-vient qui s'ensuivit raviva instantanément son plaisir. Elle se mordit la lèvre pour ne pas crier quand il se fit insoutenable.

Jamais elle n'avait rien éprouvé de tel et le risque que quelqu'un les découvre ajoutait à l'excitation qui naissait des caresses d'Ewan.

Cet interdit, ces instants volés dans la nuit, bien à l'abri sous cette couverture, tout cela lui procurait des sensations exquises.

Soudain, un assaut plus viril la surprit de telle sorte qu'elle enfouit sa bouche dans la chevelure d'Ewan pour réprimer un cri. Le plaisir fut immédiat, et elle s'y abandonna avec délice, comme un bateau s'abandonne aux caprices de la mer.

Ewan prit ses lèvres encore une fois, prolongeant l'ineffable vertige par les mouvements de sa langue gourmande. En s'offrant librement à lui, Honora lui témoignait sans un mot la force de son amour.

Ewan la serra plus fort contre lui. Il ignorait pourquoi elle avait pris l'initiative des caresses, mais désormais il était sûr d'une chose : Honora avait autant besoin de lui qu'il avait besoin d'elle.

Cette fois-ci c'était elle qui l'avait conquis !

Ewan avait cédé au charme de l'intrépide guerrière, fasciné par l'audace dont elle faisait preuve sous cette couverture où ils pouvaient être surpris à tout instant.

Dans la fièvre de leurs corps entremêlés, ils prolongeaient le plaisir de se donner l'un à l'autre comme si cela ne devait jamais finir.

— Abandonne-toi encore, lui murmura-il à l'oreille en la prenant de nouveau dans un regain d'ardeur.

Elle le chevauchait avec vigueur, telle une farouche amazone lancée dans une course effrénée. Dans la fièvre de l'étreinte, elle prenait et reprenait ses lèvres pour mieux étouffer ses gémissements de plaisir.

Enfin dans un dernier sursaut, Honora se donna sans retenue et sentit un torrent de feu l'inonder, embraser toutes les fibres de son corps.

Ils restèrent un long moment noués l'un à l'autre, unis dans les derniers spasmes de leurs corps épanouis, puis leurs battements de cœur s'apaisèrent.

— Tu es la femme de ma vie, lui chuchota Ewan à l'oreille. Il n'y en aura pas d'autre que toi.

— Nul ne saurait m'aimer comme toi, répondit-elle dans un murmure…

Au petit matin, leur bateau jeta l'ancre dans la baie de Morecambe, sur la côte nord-ouest de l'Angleterre. Honora prit aussitôt la tête des opérations et guida les chaloupes vers la plage.

— Prenez garde, la baie est truffée de sables mouvants, prévint-elle comme ils avançaient dans les basses eaux.

Ewan et Trahern semblaient préoccupés par les pièges que pouvait leur tendre John de Ceredys. Honora partageait également leurs craintes.

— Je vous accompagne, proposa-t-elle spontanément comme ils allaient explorer les environs. Je connais John mieux que vous et je suis capable de déceler toutes ses ruses.

— Je ne suis pas sûr que ce soit une bonne idée, objecta Ewan. Le baron et ses hommes risquent de te reconnaître, aussi il vaut mieux que tu restes à l'écart pour le moment. Nous allons repérer l'endroit où il se cache, ensuite nous reviendrons pour établir avec toi un plan d'attaque.

Honora se résigna, admettant qu'il avait raison, et resta avec Bres et Conand tandis qu'Ewan et Trahern se dirigeaient vers l'est.

Les deux guerriers traversèrent d'immenses prairies qui dominaient la mer. Ils suivirent un long moment le ruisseau qui coulait en direction du village de Ceredys et de son château. A quelque distance de la forteresse, Ewan et son frère aperçurent un bosquet et mirent pied à terre sous les chênes et les sorbiers.

— Attachons les chevaux et séparons-nous, proposa Ewan. Et fais bien attention à ne pas te faire prendre, Trahern.

— Occupe-toi de sauver ta peau, mon frère. Moi je me charge de la mienne, répliqua vertement le géant au crâne rasé.

Ewan le suivit des yeux tandis qu'il s'éloignait. Trahern avait perdu tout son humour et cela le chagrinait. Où était donc celui qui le divertissait naguère par ses anecdotes et lui faisait oublier ses tourments ? Aujourd'hui, son frère était un autre homme, et cela depuis qu'il avait perdu Ciara, celle qu'il désirait épouser. Trahern en était plus affecté que Bevan après la mort de sa première épouse.

Dieu merci, Ewan savait que rien de semblable ne lui arriverait. Désormais, Honora était à lui et elle resterait sienne quoi qu'il arrive. Il avait confiance en l'avenir de leur couple. Il lui avait juré qu'il n'y aurait jamais d'autre femme qu'elle dans sa vie, et ferait en sorte de la protéger contre tous ceux qui la menaçaient.

Soudain, un doute le saisit. Il l'avait laissée sur la plage avec deux de ses compagnons, seulement. Si jamais John fondait sur eux avec ses cavaliers, il ne la reverrait pas.

Il tenta de se rassurer en se disant que si le baron quittait son château, il n'échapperait pas à sa vigilance. Avec l'aide de Trahern, Ewan se sentait capable de le mettre en déroute, lui et ses hommes.

Délivré de cette appréhension, il s'intéressa à la forteresse de Ceredys et au moyen d'y pénétrer.

La motte féodale et les murs d'enceinte témoignaient d'un manque d'entretien évident. D'importantes failles dans lesquelles croissaient le lierre et la vigne fragilisaient les murailles. D'autre part, le château lui-même était essentiellement bâti de bois, ce qui ne mettait pas ses occupants à l'abri d'une attaque éventuelle. Quant au village, il était constitué de quelques maisons circulaires couvertes de chaume. La plupart d'entre elles portaient des traces d'incendie. Sans doute était-ce le résultat des sanctions infligées par le baron aux habitants qui ne payaient pas leurs redevances.

Dans les champs voisins, quelques plantes chétives agitées par le vent annonçaient de maigres récoltes pour la fin de l'été. Ce coin de campagne sentait la misère, et ses habitants étaient voués à une mort certaine.

Comme ils approchaient du château, Ewan et son frère furent frappés par le silence qui régnait alentour. Ils avançaient prudemment, progressant par petites étapes, la main sur le pommeau de leur épée pour parer à tout danger éventuel. Au loin, ils aperçurent deux serfs, mais ceux-ci passèrent leur chemin sans leur faire signe. Les malheureux courbaient le dos, tels des esclaves harassés de fatigue et las des maltraitances de leur maître.

Ewan fit signe à Trahern de se diriger vers la droite du mur d'enceinte et prit la direction opposée. Par la brèche de la muraille, il aperçut deux gardes qui surveillaient la porte d'entrée. Il s'accroupit pour ne pas être vu et fut tenté de se glisser dans la faille au risque de rester coincé comme il en avait déjà fait l'expérience.

Malgré ce fâcheux épisode survenu dans sa jeunesse, il tenta sa chance, tout en priant le ciel que ce mur branlant ne s'effondre pas sur lui. Il pénétra enfin dans la basse-cour et remarqua que le sol était creusé de fosses, comme si le maître des lieux avait fait procéder à des fouilles systématiques du sous-sol.

Soudain, Ewan entendit des voix et reconnut aisément celle de John qui houspillait ses serviteurs. Au milieu de la cour se trouvait une charrette chargée de foin. L'Irlandais vit là un signe du ciel. Peut-être pourrait-il se cacher derrière pour échapper à la vigilance des gardes ? Il attendit le bon moment, courut vers le véhicule, puis s'accroupit pour se dissimuler.

Ewan ne voyait toujours pas John, mais il entendait ce qu'il disait.

— Je vous ordonne de la retrouver et de me la ramener ici,

à Ceredys. Par tous les diables, il ne doit pas être difficile de repérer cette fille et son complice.

— Nous ferons tout notre possible, monseigneur, repartit un garde sans doute plus hardi que les autres.

— Vous auriez dû les tuer tous les deux avant qu'ils embarquent sur ce maudit bateau, s'écria le baron furieux. Honora sait où se trouve le trésor des St Leger et je la taillerai en pièces si elle ne me remet pas ce qui me revient de droit.

Ewan se dit qu'il en avait assez entendu. Les intentions de John étaient claires, aussi il ne pouvait pas laisser plus longtemps Honora sur cette plage en compagnie de deux hommes seulement.

Il allait s'élancer vers le mur d'enceinte pour rebrousser chemin quand un cavalier entra dans la cour à vive allure. L'homme mit pied à terre et s'avança vers John de Ceredys.

— Monseigneur, celle que vous recherchez est à quelques lieues d'ici. Un navire battant pavillon irlandais est ancré dans la baie.

— Que l'on m'amène cette fille, et vite ! ordonna le baron.

— Bien, milord, mais je dois vous dire que les hommes qui l'accompagnent sont en train de creuser des trous dans le sable de la plage.

— Vraiment ?

John parut soudain se raviser.

— Faites seller mon cheval. Je vais aller moi-même accueillir la charmante lady de Ceredys. Et amenez-moi le prisonnier.

Le prisonnier ?

Ewan ne comprenait pas ce que John entendait par là. En tout cas le temps pressait. Il ne pouvait pas laisser Honora sans protection plus longtemps.

Comme les gardes se dispersaient, il quitta son refuge et se précipita vers le mur. Il franchit de nouveau la faille et retrouva Trahern qui l'attendait hors de l'enceinte.

Tandis qu'ils couraient vers leurs chevaux, Ewan comprit qu'il devrait se débarrasser de John de Ceredys plus tôt qu'il ne le pensait.

Rien. Pas la moindre trace d'un trésor sur cette plage !

Honora était découragée. Pourtant, elle avait refait exactement le chemin parcouru naguère avec Marie.

— Inutile de continuer, soupira-t-elle.

Malheureusement, les deux Irlandais qui l'avaient aidée à creuser n'avaient rien compris à ses indications. Dans l'incapacité de communiquer avec eux, elle n'avait plus qu'à attendre le retour d'Ewan et de son frère.

Désemparée, elle redoutait l'échec de sa mission. Certes, elle avait toujours l'intention de recruter des villageois pour affronter John, mais les gens de Ceredys lui feraient-ils confiance ?

En un mot, Honora craignait une défaite et risquait de mettre en danger tous ceux qui allaient combattre à ses côtés. Ewan était venu l'aider à mettre le baron hors d'état de nuire, et il allait risquer sa vie pour elle. A aucun prix elle ne le souhaitait.

La nuit dernière, une évidence s'était imposée à elle : Ewan lui avait laissé l'entière responsabilité de cette mission. En effet, au lieu de concevoir lui-même le plan d'attaque de Ceredys, comme l'aurait fait tout chef de guerre, il s'était placé sous ses ordres. Il aurait pu, par exemple, la retenir prisonnière à Erin et aller livrer bataille à Ceredys sans elle. Au contraire, il s'était joint à elle et l'avait traitée comme son égale. Cette attitude était aux yeux d'Honora infiniment respectable, aussi, dès qu'ils auraient triomphé de John, elle lui resterait fidèle.

Elle sourit en songeant à leur avenir. Si jamais elle avait la chance de retrouver le trésor des St Leger, elle le remettrait entièrement à Ewan afin qu'il puisse réaliser ses rêves.

Honora s'assit sur un rocher et parcourut du regard l'immense plage qui bordait la baie de Morecambe. Elle connaissait parfaitement cet endroit où elle venait se promener autrefois. Marie l'avait souvent mise en garde sur la soudaineté avec laquelle la mer montait, lui recommandant de ne pas trop s'approcher du rivage. Honora avait toujours suivi ses conseils. Que de fois elle avait vu des corps rejetés par la mer.

Elle se leva et se dirigea vers le sentier qui serpentait à flanc de colline. Tout en marchant, elle pensait au plan du trésor et à la malédiction du dieu de la mer. Soudain, prise d'un doute, elle s'arrêta et regarda vers le large.

Et si le trésor était sous les eaux ?

Assurément, il serait alors bien difficile de le localiser en raison des marées et des courants qui longeaient la côte.

A moins que…

Honora considéra le parcours du sentier, puis regarda de nouveau vers la mer. La marée descendante révélait des bancs de sable, autant de larges étendues accessibles à marée basse.

Etait-il possible que…

Un rocher habituellement invisible émergeait des eaux. Il avait la forme d'un oiseau.

Honora sentit soudain son cœur battre à tout rompre.

Elle fit signe à Bres et Conand de la rejoindre, sachant qu'ils n'avaient que quelques heures devant eux. Ensuite, la mer reprendrait possession des lieux et le rocher disparaîtrait de nouveau.

Si le trésor avait été caché là pour que nul ne puisse le trouver, l'emplacement était assurément parfait. Par ailleurs, ce rocher était le seul élément stable de la plage : un point fixe au milieu des eaux en perpétuel mouvement.

Comme Conand approchait, Honora désigna d'un geste la bourse de cuir qu'il portait à la ceinture ?

— J'ai besoin de ça, dit-elle.

Dieu merci, l'homme comprit aussitôt. Alors, il dénoua la bourse et la lui tendit. Elle montra ensuite le rocher qui émergeait des eaux et le visage du guerrier s'anima d'un sourire.

— Il nous faut une corde, dit-elle.

Conand s'adressa à Bres en irlandais. Celui-ci remit la chaloupe à l'eau, se dirigea vers le bateau ancré au large, et revint un long moment plus tard muni d'une longue corde.

Agrippée à cette corde, Honora s'avança prudemment sur le sable, évitant les zones de sables mouvants aisément repérables.

Ainsi, elle se rapprocha peu à peu du rocher, redoublant de vigilance à chaque pas. Elle n'avait pas oublié ce que Marie lui racontait autrefois sur les promeneurs imprudents enterrés vivants sous le sable.

Elle atteignit enfin le rocher qui semblait profondément enfoui dans le sol. Alors, elle abandonna la corde et s'agrippa aux aspérités de la pierre. Elle enfouit sa main dans une crevasse et sentit bientôt sous ses doigts un petit objet de forme ronde. Elle allait le saisir quand elle entendit au loin le galop des chevaux.

Des silhouettes de cavaliers se découpaient au sommet de la colline qui surplombait la mer. Ce n'était pas Ewan mais John de Ceredys et ses hommes !

Malédiction !

Aussitôt, elle se saisit de la corde et rebroussa chemin vers la plage. Une longue distance la séparait de Conand mais la prudence s'imposait en raison des risques de s'enfoncer dans le sable. Du côté de la mer, les vagues ourlées d'écume indiquaient que la marée montait de nouveau.

Le piège allait-il se refermer sur elle ?

Enfin, elle rejoignit Conand alors que John et son escorte armée galopaient déjà dans leur direction.

Que faisaient donc Ewan et Trahern ?

Prise de panique, Honora sentit son estomac se nouer.

John les avait-il fait jeter dans un cachot ? Les avait-il tués ?

Autant de questions qui lui venaient à l'esprit et accentuaient son angoisse.

Parmi les cavaliers qui entouraient le baron de Ceredys, Honora aperçut un homme de petite taille, les mains liées à une longue corde. Peut-être était-ce un adolescent ou un enfant que John retenait captif ?

Elle porta la main à son épée, sachant que l'affrontement était inévitable.

— Je vous souhaite la bienvenue, lady de Ceredys, lança le baron avec un sourire diabolique.

— Qui est ce garçon ? questionna-t-elle en désignant le prisonnier.

— Un présent que je vous apporte, milady. Si vous retrouvez le trésor, je le libérerai.

— Encore une fois, qui est-ce ?

Comme elle s'avançait vers le captif, John lui barra la route de son épée.

— Un peu de patience, milady.

Il mit pied à terre et s'avança vers elle, épée en main.

— Je vois que vous n'avez pas perdu de temps, remarqua-t-il. Avez-vous trouvé quelque chose sur cette plage ?

— Rien.

— Pourtant, Marie vous avait conseillé de chercher ici, n'est-ce pas ? Vous savez où se trouve le trésor, je suppose, et ce n'est pas par hasard que vous fouinez par ici ?

— Qui est votre prisonnier ? Répondez !

John ne put réprimer un éclat de rire.

— Un fieffé imbécile qui a cru pouvoir vous sauver, milady.

Le baron fit signe au cavalier qui tenait la corde et celui-ci ôta la cagoule qui masquait le visage du captif.

Honora sentit brusquement son sang se glacer.

C'était sa sœur, Katherine !

Chapitre 21

— Attends-moi ici, Trahern, je vais rejoindre Honora. Pendant ce temps rassemble tous les volontaires que tu trouveras.

Ewan pressa le pas vers son cheval, sachant qu'il n'avait pas de temps à perdre. Il fallait qu'il atteigne la côte avant John et ses hommes.

— Tu ne peux pas partir seul, objecta son frère.

Agacé d'entendre son aîné lui répéter qu'il était trop jeune et trop faible pour se battre, Ewan sentit la colère monter en lui.

N'y tenant plus, il saisit Trahern à la gorge et le plaqua contre un arbre.

— C'est pour les gens de Ceredys qu'Honora a fait la traversée, dit-il en desserrant à peine les dents. Alors, tu vas libérer les captifs et faire sortir les femmes. Je suis sûr que tu trouverais parmi leurs maris et leurs fils des volontaires pour se joindre à nous.

Comme Trahern tentait de se dégager, Ewan resserra son emprise.

— Compris ? Fais ce que je te demande et rejoins-nous au plus vite avec une escorte.

Comme Trahern semblait toujours aussi réticent, Ewan usa d'un argument auquel son frère était sensible.

— Libère ces hommes et ces femmes comme tu aurais libéré Ciara.

Alors, les yeux gris du guerrier parurent s'animer au seul nom de celle qu'il avait perdue et il acquiesça d'un hochement de tête.

Rassuré, Ewan se mit en selle et partit au galop, mais en chemin, il fut bientôt assailli de craintes.

Honora était peut-être en danger !

Bien sûr, elle n'était pas seule, mais ses deux compagnons n'étaient pas de taille à affronter John et ses sbires. Ewan le savait. Les images d'Honora à genoux, l'épée de John sur la gorge, lui revinrent à la mémoire. Si le baron réussissait à la capturer, elle était perdue.

Comme il fouettait son cheval pour accélérer l'allure, une pluie fine se mit à tomber. En arrivant sur la plage, il ne vit pas tout d'abord Bres et Conand gisant dans le sable, ni même lady Katherine, retenue prisonnière par les soldats de Ceredys. Il ne vit qu'Honora, épée en main, face au baron qui la menaçait de son arme.

Ewan poussa alors un cri de guerre et chargea en direction de l'ennemi. Son épée heurta le bouclier de John dans un fracas terrifiant.

Le baron normand portait un haubert de mailles et il était coiffé d'un simple casque. Sur sa joue, Ewan remarqua la cicatrice laissée par la dague d'Honora. Il se dit que ce ne serait sûrement pas la seule.

John leva son épée et se rua sur son adversaire. Les lames s'entrechoquèrent, brisant le silence. En cet instant, chacun retint son souffle tant l'issue de ce duel était incertaine. Ewan revint à la charge, essayant de désarçonner le baron, mais celui-ci répliqua promptement et l'Irlandais se retrouva à terre. Alors le cheval de Ceredys se dressa sur ses pattes arrière en hennissant, menaçant de piétiner le malheureux qui eut à peine le temps de se jeter sur le côté.

Hélas, il se démit l'épaule dans sa chute et en ressentit une douleur atroce. Comme il tentait de se relever pour saisir son arme de la main gauche, une autre épée s'interposa entre les deux adversaires.

— Laisse-le, Ewan, il est à moi, ordonna Honora d'un ton calme. Ce combat est le mien et je le mènerai à son terme.

Elle ne quittait pas le baron de ses yeux verts. Pas l'ombre d'une crainte ne ternissait l'éclat de son regard. Une détermination indéfectible l'animait.

— Je doute que vous ayez la force de tenir cette épée, milady, ricana John en mettant pied à terre.

— C'est ce que nous allons voir, répliqua-t-elle en pointant son arme vers lui.

Ewan se releva lentement, serrant son épée dans la main gauche. Si son instinct de guerrier lui commandait d'intervenir dans ce combat, il n'en fit rien et demeura à distance. En outre, s'il ne parvenait pas à remettre son épaule droite en place, il n'avait aucune chance de vaincre Ceredys. Raison de plus pour laisser Honora régler elle-même cette affaire.

— Eh bien, MacEgan, es-tu assez poltron pour te cacher derrière les jupes d'une femme ! lança John.

— Je préfère assister à ta défaite, baron. Je sais qu'elle est capable de te tailler en pièces et je lui laisse ce plaisir.

Ewan s'éloigna de quelques pas et tenta de remettre lui-même son épaule en place en grimaçant de douleur.

— Allons, débarrasse-nous au plus vite de cette vermine, Honora, lança-t-il en guise d'encouragement.

Elle se campa solidement sur ses jambes pour faire face au premier assaut de son adversaire.

— Votre sœur m'a donné bien du plaisir en votre absence, lady Honora, déclara John en riant.

Les lames claquèrent alors dans un silence absolu.

— Vous paierez cette ignominie de votre tête quand je vous livrerai à mon père, baron.

— J'ai pensé que lady Katherine serait un appât de choix pour vous attirer à Ceredys, répliqua-t-il en lui portant un nouveau coup. Mais, apparemment, ce n'était pas nécessaire !

Honora recula sous la force de l'assaut et manqua trébucher dans le sable. John en profita pour se jeter sur elle mais elle para habilement le coup.

— Libérez ma sœur, ordonna-t-elle.

— Si elle m'obéit, je ne lui ferai aucun mal, bien au contraire. Elle est si douce…

Il jeta un rapide coup d'œil en direction de Katherine, et ajouta :

— Et si vous me montrez l'emplacement du trésor, milady, je la libérerai bien volontiers.

— Ni vous ni moi ne savons vraiment si ce trésor existe, milord.

— Le rubis en est la preuve, objecta le baron. C'est pourquoi vous avez tenté de me le voler.

Soudain, il fit un pas vers elle et l'effleura de la pointe de son épée.

Il ajouta alors, les yeux brillants de désir :

— Mais le rubis n'est pas le seul joyau que je convoite, milady. Vous serez assurément le plus bel ornement de Ceredys !

Honora frémit en croisant son regard lourd de concupiscence.

— Et je vous apprendrai à obéir à un homme.

— Il n'est pas dans mes habitudes d'obéir.

Il frappa de nouveau à plusieurs reprises avec un regain de vigueur comme s'il voulait la soumettre à ses lois. Une fois de plus, elle para les coups avec courage sous le regard admiratif d'Ewan.

Pour l'Irlandais, le fait qu'elle ait tiré son épée pour voler à son secours était une preuve d'amour évidente. Et il l'en aimait d'autant plus.

Honora repoussa une nouvelle attaque, si violemment cette fois que John fléchit sur ses jambes et tomba à genoux sur le sable. Il parut si surpris qu'elle profita de cet avantage pour revenir à la charge. Sans laisser au baron le temps de se relever, elle pointa aussitôt son épée sur sa gorge et le tint à sa merci.

Honora prit le temps d'observer son ennemi, savourant ce moment qu'elle attendait depuis si longtemps. Désormais elle avait droit de vie ou de mort sur lui. Il suffisait d'une légère pression sur la gorge de John et c'en était fini de lui. Si elle en décidait ainsi, le peuple de Ceredys serait délivré de ce tyran.

— Honora ! murmura Ewan.

Elle perçut dans sa voix comme un encouragement. Allait-il accomplir ce qu'elle hésitait encore à faire ?

Profitant de cet instant d'inattention, John saisit une poignée de sable et la lança à la figure de son adversaire. Aveuglée, elle porta la main à son visage tandis que le baron se relevait et repoussait la charge d'Ewan. Les deux hommes échangèrent quelques coups très rudes, mais handicapé par son épaule démise, l'Irlandais tenait son épée de la main gauche.

Honora courut vers la mer et se mouilla les yeux pour se débarrasser des grains de sable. A peine remise, elle revint sur ses pas pour prêter main-forte à Ewan, bien décidée à en finir avec John.

Hélas, il était trop tard. Le baron avait eu raison de son adversaire. Il l'avait désarmé et le tenait en respect, le couteau sous la gorge.

— Honora, vous pouvez encore sauver la vie de votre héros, dit-il, le souffle court. Trouvez le trésor que vous cherchez et venez le déposer à mes pieds. Ensuite, je libérerai mon malheureux adversaire.

— Il n'y a pas de trésor.

— Vous mentez ! Apportez-moi cet or et ces bijoux ou je tue cet homme devant vous.

Ewan ressentait d'atroces brûlures à l'épaule et serrait les dents.

Où diable avait bien pu passer Trahern ? se dit-il, tandis que la lame de la dague lui chatouillait la gorge.

Il pressentait que John le tuerait de toute façon, qu'Honora se plie ou non à ses exigences.

Il tourna les yeux vers Bres étendu à quelques pas de lui, une flèche dans la poitrine. Le jeune homme respirait à peine, et à l'évidence il n'en avait plus pour longtemps. Non loin de là, Conand gisait dans une mare de sang, le visage enfoui dans le sable.

Ewan était désemparé. Il n'y avait donc personne pour venir à son secours !

Si seulement il avait pu remettre son épaule en place, il

aurait eu la force de se délivrer de l'emprise de John, mais son bras droit demeurait inerte.

En voyant Honora s'avancer vers le baron, l'air menaçant, l'Irlandais reprit espoir. Il comprit qu'elle allait tenter quelque chose pour en finir avec Ceredys et ne doutait pas de sa réussite.

— Et si je ne trouve pas ce trésor ? reprit-elle.

Le baron ne dit mot, mais Ewan sentit la lame se resserrer sur sa gorge.

Si elle le provoquait, il était perdu.

— Ewan MacEgan n'est pour rien dans cette affaire. Promettez-moi de ne pas lui faire de mal.

— Jurez-moi de vous donner à moi, milady, et je lui laisserai la vie, répliqua John.

— Non, Honora ! cria Ewan. Je ne veux pas que ce porc pose les mains sur toi !

Pour cette insulte, John lui entailla la gorge et un filet de sang s'écoula sur la lame de la dague.

— Prends bien garde, l'Irlandais, gronda le baron. Encore un mot et je te coupe le cou.

Le ciel s'obscurcit soudain et un violent coup de vent balaya la plage tandis qu'Honora s'éloignait vers le rocher où le trésor était enfoui.

— Ne perdez pas de temps, milady, lui cria Ceredys. La marée monte.

Honora ne répondit pas. Elle était maintenant très près du roc dont la forme rappelait la silhouette d'un oiseau.

Que faisait-elle ?

Il la vit s'agenouiller sur le rocher et glisser la main dans une faille.

Soudain, tout lui revint à la mémoire. Le plan trouvé dans la poignée de la dague, l'oiseau, la malédiction... Ewan n'avait rien oublié.

Se pouvait-il que le trésor soit caché là ?

— Dis-moi, MacEgan, as-tu couché avec Honora ? s'enquit brusquement le baron.

Ewan tenta de se dégager en lui donnant un coup de coude

dans les côtes, mais il paya son audace d'une nouvelle entaille dans la gorge.

— Hum ! Ta réaction ne laisse aucun doute sur ce point ! ricana John.

Il resserra son étreinte en ajoutant d'un ton menaçant :

— Cette femme est à moi ! Je devrais te tuer pour l'avoir souillée, mais je vais faire durer le plaisir.

Soudain, un cri triomphal retentit dans le silence.

Elle avait réussi, songea Ewan dans un sursaut d'espoir.

Hélas, la marée montait à vive allure et déjà les vagues léchaient le rocher. Dans un moment, Honora disparaîtrait sous les eaux.

— Honora, reviens ! cria-t-il.

Sourde à son appel, elle continuait à fouiller dans les profondeurs de la faille. Il la vit enfin brandir un sac. Contenait-il vraiment le trésor ? Ewan n'y croyait guère. Peut-être avait-elle inventé cette nouvelle ruse pour tromper le baron.

— Apportez-moi ce sac, lui cria John.

Honora obéit et s'avança d'un pas hésitant dans l'eau qui recouvrait maintenant une grande partie de la plage.

— Voici le trésor, soupira-t-elle en jetant le sac aux pieds de John. Maintenant, relâchez-le.

Mais Ceredys n'était pas homme à se contenter des apparences. Il pointa la dague sous le menton d'Ewan. Une simple pression suffisait à saigner l'Irlandais comme un mouton.

— Ouvrez ce sac, ordonna-t-il. Je veux voir ce qu'il contient.

Ewan redoutait le pire. Si le sac ne contenait que du sable et des galets, il n'avait plus que quelques instants à vivre. Il n'avait pas peur de la mort, mais l'idée que le baron puisse abuser d'Honora lui était insupportable.

Comme elle hésitait, John perdit patience.

— Ouvrez ce sac, j'ai dit !

— Je suis désolée, Ewan, mais tu devras renoncer à ton château, murmura-t-elle, la voix brisée.

Elle enfouit alors sa main dans le sac et en sortit une poignée de pièces d'argent qui glissèrent entre ses doigts comme de l'eau.

Aussitôt, Ewan sentit la pression de la dague se relâcher. Il saisit le baron par le bras et le désarma prestement par une violente torsion du poignet.

Comme l'Irlandais se précipitait sur le sac, Honora l'arrêta d'un geste.

— Attends, Ewan.

Mais il n'en fit rien. Il s'empara du sac de sa main gauche et le jeta à la mer. Alors, il prit Honora dans ses bras et l'attira à lui tandis que le baron ramassait les pièces éparpillées sur le sable.

Chapitre 22

— Honora, mon épaule…, supplia Ewan, le visage crispé, tant la douleur était vive. Aide-moi à la remettre en place.

Comme elle hésitait, il insista.

— Allons, vite. Je ne peux plus me servir de mon bras droit et je ne suis pas très habile de la main gauche.

Elle consentit enfin à lui manipuler l'épaule, mais sans succès.

— Je suis désolée, soupira-t-elle. Il n'y a rien à faire.

— Essaie de nouveau, je t'en prie.

A la seconde tentative, Ewan entendit enfin le craquement qu'il attendait et son épaule reprit sa place. Certes, la douleur n'avait pas disparu, mais il avait recouvré l'usage de son bras, et c'était là l'essentiel.

Immergé jusqu'à la taille, le baron était toujours à la recherche du sac qu'Ewan avait jeté à la mer.

— Tu n'aurais pas dû le jeter à l'eau, dit-elle tout en observant Ceredys.

— Au diable tout cela ! Ta vie vaut cent fois plus que tous les trésors du monde, ma belle, rétorqua le guerrier en effleurant ses lèvres.

— Ewan, il faut que tu comprennes que…

Honora fut interrompue par des voix en provenance des collines qui dominaient la baie.

Trahern était enfin de retour.

Juché sur son cheval, il était à la tête d'un cortège de villageois dépenaillés. Les hommes brandissaient des armes de toutes sortes : faucilles, longs couteaux, gourdins et fléaux. Derrière eux, les femmes levaient le poing en criant vengeance.

Lord d'Ardennes, le père d'Honora, fermait le cortège à la tête de ses soldats. Il tenait son épée d'une main, et de l'autre son bouclier aux couleurs de sa baronnie.

Les deux gardes de Ceredys qui retenaient Katherine prisonnière en appelèrent alors à leur maître.

— Milord, qu'allons-nous faire d'elle ?

— Tuez-la ! s'écria le baron qui luttait désespérément contre les vagues.

Ewan résolut de tenter sa chance pour sauver la malheureuse. Il se précipita vers les gardes, suivi d'Honora qui brandissait son épée.

Les mains liées, Katherine semblait terrorisée. Elle était à la merci de ces deux soudards qui n'hésiteraient pas à lui trancher la gorge.

Serait-elle délivrée à temps ?

Mais alors qu'elle se croyait perdue, un cavalier apparut au sommet de la colline. C'était sir Ademar. Il mit pied à terre et cria :

— Katherine, l'épée !

Recouvrant instantanément ses esprits et ses forces, la captive saisit l'épée de l'un des gardes et la tira de son fourreau malgré la corde qui lui liait les mains.

Ewan n'en croyait pas ses yeux. L'aimable Katherine se débattait comme un beau diable, donnant des horions aux deux soldats désemparés.

Il se rua enfin sur les deux hommes et acheva prestement la besogne avec l'aide d'Honora.

— Je ne savais pas que tu te battais comme un guerrier, ma sœur, s'étonna celle-ci.

— Crois-tu être la seule à savoir tenir une épée ? rétorqua Katherine.

Elle ajouta en relevant fièrement la tête :

— En fait, je n'ai jamais compté sur toi pour me défendre, et si j'ai bonne mémoire, je suis déjà venue à ton secours.

— Mais alors… cette nuit-là dans la chapelle… c'était toi ? balbutia Honora. Tu as mis en déroute les hommes de John ?

— En effet. Quand je t'ai vue quitter notre chambre, j'ai compris que tu étais en danger. Alors, j'ai décidé de te prêter main-forte et je t'ai suivie à distance.

Sir Ademar accourut alors vers eux et prit Katherine dans ses bras.

— Oh, Katherine ! Tu es saine et sauve, Dieu soit loué !

Il la palpa sur tout le corps comme pour s'assurer qu'elle était bien vivante, puis l'étreignit de nouveau avec vigueur.

— Ademar, tu es là ! s'exclama-t-elle. Tu es sain et sauf. Je n'en crois pas mes yeux.

Ewan et Honora échangèrent un regard tendre et s'embrassèrent à leur tour.

— Comme je suis heureuse pour eux, soupira Honora.

— Nous n'en avons pas fini avec celui-là, déclara Ewan en désignant le baron de Ceredys qui brandissait le sac.

Le baron accourut vers eux en criant :

— Ah, ah ! Vous pensiez que j'allais vous abandonner ce trésor ?

Les hommes et les femmes de Ceredys l'encerclèrent aussitôt pour l'empêcher d'aller plus loin.

— Je suis votre seigneur ! Laissez-moi passer tas de manants.

Sans lui laisser le temps de tirer son épée, un villageois lui asséna un grand coup de gourdin sur la tête.

— Tu as violé ma femme, scélérat, s'écria-t-il. Sois maudit jusqu'à la fin des temps !

Le visage couvert de sang, John dégaina son épée mais Trahern s'interposa et para le coup de son bouclier. Le baron fut désarmé en un clin d'œil.

Le peuple de Ceredys se regroupa autour du tyran. Les visages étaient menaçants, et sous l'empire de la colère ces pauvres gens entendaient bien se venger.

L'un des villageois se saisit brusquement du baron et l'assomma avant d'abandonner son corps sur la plage. Une vague l'emporta dans un mélange d'écume et de sang.

Cette fois, Ceredys ne reviendrait pas. Il ne tourmenterait plus son peuple !

Honora se tenait auprès d'Ewan. Dans quelques instants, elle allait devenir sa femme sur cette terre d'Irlande. Le front ceint d'une couronne de fleurs d'aubépine, elle semblait rayonnante à la lueur des cierges, malgré un brin de nervosité.

Entourés des membres des deux familles, les futurs époux étaient l'objet de toutes les attentions. Il y avait là tous les frères MacEgan accompagnés de leurs épouses et des enfants qui riaient entre eux.

En revanche, le père d'Honora affichait un air grave. En effet, ce n'était pas sans réticence qu'il avait accordé son pardon à sa fille pour ses écarts de conduite. Malgré cela, il était venu à son secours avec son armée pour mettre un terme aux méfaits de John de Ceredys. En dépit de sa sévérité, Nicholas d'Ardennes aimait ses filles et se faisait un devoir de les protéger en toutes circonstances.

Katherine était déjà mariée à sir Ademar, et tous deux se faisaient une joie d'assister à cette cérémonie.

Ewan prit la main de sa future épouse et tous deux échangèrent leurs promesses. Le prêtre salua ensuite l'époux, puis donna à la jeune femme le baiser de paix. Les mariés s'embrassèrent enfin et la célébration s'acheva par le cri d'un nouveau-né : la fille de Geneviève MacEgan, à peine âgée de quelques heures !

— Nous aurons un bébé nous aussi, n'est-ce pas ? murmura Ewan à l'oreille de sa femme.

Honora, qui pourtant n'avait jamais songé à être mère un jour, lui sourit tendrement. Alors, au mépris de la foule qui les entourait, Ewan l'emporta dans ses bras et ils se retirèrent dans leur chambre du château de Laochre. Là, un lit moelleux les attendait…

Ewan ôta prestement ses habits et dans sa hâte déchira le bliaud de sa femme. Sans plus attendre, il allongea Honora sur les vêtements qui jonchaient le sol, face à la cheminée où brûlait un grand feu. Elle lui ouvrit ses bras, impatiente de lui livrer le secret qu'elle détenait.

— Tu auras un château semblable à celui-ci, ma belle, lui promit Ewan. Même s'il me faut des années pour le bâtir.

— Tu sais bien que je n'ai pas besoin d'un château, soupira-t-elle.

— Si je le pouvais, je déposerais toutes les richesses du monde à tes pieds, mon amour.

— La seule fortune qui compte à mes yeux, c'est que tu sois auprès de moi, Ewan. Je veux te garder, même si je dois vivre dans une étable. Cela suffit à mon bonheur.

Il lui caressa les cheveux et lui confia à l'oreille :

— Pour ne rien te cacher, je regrette parfois d'avoir jeté ce trésor à la mer.

— Rien n'est perdu, mon amour. Le sac que tu as lancé ne contenait que quelques pierres et du sable ramassé sur la plage.

— Pourtant, tu en as sorti des pièces d'argent. Je les ai vues...

Honora ne put réprimer un éclat de rire et noua ses mains sur la nuque d'Ewan :

— Je les avais prises dans la poche de John quand il te retenait prisonnier. En fait, les pièces qu'il a perdues étaient les siennes. Il fallait bien que j'invente quelque chose pour lui prouver l'existence de ce trésor.

— Dieu soit loué ! J'ai épousé la femme la plus intelligente au monde.

— C'est vrai. Et moi l'homme le plus séduisant, répliqua-t-elle en caressant ses épaules nues.

Alors, elle parcourut tout son corps et s'attarda sur son sexe, témoin de l'ardeur qu'elle éveillait en lui. Ewan ne put réprimer un murmure de plaisir sous l'effet des caresses intimes qu'elle lui prodiguait.

— J'ai quelque chose pour toi, mon amour, dit-elle en le prenant par la main.

Honora l'invita à se lever et le conduisit vers le lit.

— Une surprise ?

— Oui. C'est mon cadeau de mariage. Mais il va falloir que tu le mérites.

Elle lui tendit un petit coffre qu'il ouvrit sans plus attendre d'une main fébrile. Aussitôt, des myriades de pierres précieuses scintillèrent à la lumière des torches. Il y avait là des émeraudes, des rubis et des saphirs sur un lit de pièces d'or.

— Mais alors… tu as vraiment trouvé ce trésor ? murmura Ewan, stupéfait.

— Souviens-toi… Lorsque je le cherchais le long de la plage, tout près de ce rocher en forme d'oiseau, je me suis soudain retournée vers la colline et j'ai compris…

— Compris quoi ?

— Oh, ce n'était pas bien difficile. Il y avait au pied de la colline un buisson en forme de spirale, et au centre de ce buisson se trouvait ce coffre.

Honora prit une poignée de pierres précieuses et les laissa glisser entre ses doigts en riant.

— Marie tenait à me transmettre cet or et ces pierres précieuses, Ewan. C'était le cadeau qu'elle me réservait. Et avec ce trésor, je vais t'offrir le royaume dont tu as toujours rêvé. Patrick a le sien, et cela lui suffit pour toute une vie.

Comme il allait protester, elle lui mit l'index sur les lèvres.

— Je sais que tu es trop fier pour accepter une telle fortune, mais ne t'y trompe pas. Il faudra que tu mérites chacune de ces pierres et chacune de ces pièces d'or.

Alors, Honora s'étendit sur le lit, versa le contenu du coffret sur sa poitrine nue, et décocha à son mari un sourire mutin.

— Allons, mon amour, viens les chercher, maintenant. Viens prendre possession de ton trésor !

— Pas avant de t'avoir fait l'amour, ma chérie, murmura-t-il en glissant les mains sous ses reins.

Il repoussa les pierres et parcourut son corps de ses lèvres avides avec des murmures de plaisir.

— Mon trésor, c'est toi Honora. Tu vaux mille fois plus que cet or et ces pierres précieuses.

Alors, elle noua ses jambes autour de sa taille et l'accueillit en elle avec délice tandis qu'il titillait de ses lèvres gourmandes la pointe de ses seins.

— Ewan, prends-moi et prends ses bijoux. Eux et moi ne faisons qu'un et c'est là ton trésor.

Alors que le désir prenait possession de leurs corps unis, Ewan lui glissa à l'oreille :

— Ce trésor t'appartient, chérie. Tu peux en disposer à ta guise. Il est à toi comme je suis à toi.

Honora resserra son étreinte et cambra les reins pour mieux s'offrir à son époux.

Afin que leur union soit parfaite, Ewan l'enserra par la taille et lui donna du plaisir jusqu'à ce qu'elle s'abandonne dans ses bras, épuisée et ravie.

Alanguis sur la couverture de laine ils savourèrent un long moment la quiétude qui succède à l'étreinte amoureuse.

Ewan rassembla alors les pierres et les pièces d'or et les dispersa sur le corps nu de sa femme en récompense du plaisir qu'il avait reçu d'elle.

— Tout ceci t'appartient, ma belle, mais dis-toi bien que rien n'est plus précieux que mon amour pour toi.

— Comme je t'aime, Ewan ! murmura Honora en lui offrant ses lèvres.

— Et moi donc, ma guerrière triomphante !

Épilogue

Edward, le cousin de John, avait pris possession de Ceredys en qualité de d'héritier présomptif. Edward était un homme pondéré et discret, très épris de justice. Il avait été scandalisé de découvrir la cruauté de John envers ses gens. En quelques semaines le nouveau baron avait restauré la paix et la confiance de son peuple, aidant chaque famille à reconstruire sa vie et sa maison.

Si Honora possédait toujours un tiers de la propriété, elle laissait volontiers à Edward le soin de gouverner et de recueillir en son nom les revenus des terres. Sachant que les gens de Ceredys étaient désormais en de bonnes mains, elle avait repris le chemin de l'Irlande.

Fidèle à sa promesse, Ewan avait entrepris de bâtir leur propre château à Erin. Il devait s'élever à l'intérieur des terres, à l'écart du domaine du clan MacEgan.

Si la mer lui manquait un peu, Honora aimait les grands espaces qu'elle parcourait à cheval parmi les pâturages où paissaient vaches et moutons.

Bien qu'Ewan ait accepté pour l'achat de ses terres le trésor offert par Honora, il lui en avait largement restitué la valeur. A l'inverse de la plupart des hommes riches, il ne la couvrait pas de bijoux inutiles. Il lui avait offert une série de lances, d'épées et de dagues parfaitement affûtées. Et pour la remercier de ses dons, il avait fait enchâsser dans chaque pommeau d'épée une pierre précieuse qui rappelait le trésor de Marie.

Mais le plus beau présent d'Ewan à Honora était sans

nul doute une garde uniquement composée de femmes. Si ces guerrières n'étaient qu'une douzaine, elles s'entraînaient régulièrement et constituaient un précieux apport pour la nouvelle tribu. Honora se félicitait de les voir prendre part avec les hommes aux travaux de construction du château qu'elle dirigeait.

En travaillant auprès d'elles, elle apprenait leur langage et s'intégrait ainsi d'autant mieux à la communauté irlandaise. Honora n'était nullement intimidée de se trouver parmi ces gens tant Ewan faisait en sorte de la consulter à tous propos et de l'associer à toutes les activités de la tribu.

Aileen, la guérisseuse, et son époux Connor avaient passé quelques semaines auprès d'eux pour les aider à la construction des murs intérieurs de la forteresse. Si Honora était encore un peu faible en langue gaélique, elle comprenait à peu près tout ce que disait Aileen.

— Tu pourras habiter le château dès l'hiver prochain, lui prédit la jeune femme.

— Ce ne sera pas trop tôt, répondit-elle. Je me sens si lasse de travailler à sa construction. Hier soir, je me suis endormie sur la table pendant le repas.

— J'espère que tu seras installée dans ton logis avant l'arrivée du bébé, souligna Aileen.

— Mais je ne suis pas enceinte ! protesta la future châtelaine.

— Sois sans crainte, cela survient sans que l'on s'y attende. Tout ira bien, je t'assure, repartit la jeune femme en lui tapotant l'épaule.

— Mais l'arrivée d'un bébé serait un désastre ! J'ai tant à faire dans les mois qui viennent que je ne pourrais m'en occuper.

— Honora, tu n'as pas eu tes règles au cours des deux derniers mois, n'est-ce pas ?

— En effet, mais cela ne veut rien dire. Ce n'est pas la première fois.

— Peut-être, mais il y a d'autres signes qui ne trompent pas, reprit la guérisseuse avec un sourire malicieux. La fatigue que tu ressens, par exemple. C'est fréquent dans les premiers mois.

— Non, c'est impossible, lui rétorqua Honora. D'ailleurs, je suis trop occupée avec l'entraînement des femmes de ma garde.

— Tu pourras les entraîner à condition de te reposer de temps à autre.

— De quoi parle-t-on ici ? s'enquit Ewan qui venait d'entrer avec Connor.

— Ta femme va avoir un enfant, Ewan, mais elle ne se sent pas prête, déclara Aileen.

— Vraiment ? Dieu nous bénisse ! s'exclama le futur papa.

Loin de partager l'enthousiasme de son époux, Honora fondit en larmes.

— Je ferai une très mauvaise mère ! gémit-elle en enfouissant son visage dans ses mains.

— Merveilleuse, au contraire ! protesta Ewan.

— Elle n'a pas fini de pleurer, prédit Connor en donnant une tape amicale à son frère. C'est toujours ainsi quand elles attendent un enfant.

— Tout comme les hommes pleureraient s'ils devaient porter un bébé ! intervint sa femme. Que diriez-vous si vous deveniez aussi gros que des citrouilles ? Et je sais de quoi je parle puisque j'ai eu des jumeaux !

A cette seule idée Honora vacilla sur ses jambes. Ewan l'attira alors à lui et s'assit avec elle sur un siège voisin pour la dorloter un peu.

— Ewan, j'ai bien plus peur d'attendre un enfant que d'affronter un adversaire à l'épée, lui confia-t-elle dans un nouvel accès de larmes.

— Mais cet enfant tu l'aimeras autant que je t'aime, murmura-t-il en déposant un baiser sur ses lèvres.

Les mains sur son ventre, Honora esquissa un sourire et l'embrassa tendrement.

— Ce bébé m'appartiendra comme tu m'appartiens, conclut-elle. Et je vous aimerai autant l'un que l'autre.

LIZ TYNER

Épouse par devoir

Traduction française de
MARIE-JOSÉ LAMORLETTE

Les Historiques

HARLEQUIN

Titre original :
THE RUNAWAY GOVERNESS

Ce roman a déjà été publié en 2018.

Dédicacé avec gratitude à Laura McCallen,
qui m'a aidée à trouver l'histoire
que je voulais raconter.

Chapitre 1

Isabel regarda par la fenêtre de l'auberge et vit le cocher du couple grimper sur son banc pour crier des ordres aux chevaux. Elle avait remercié le ciel en apercevant l'homme et la femme d'un certain âge, qui attendaient que leur voiture soit prête. Il ne lui avait pas fallu plus d'une minute pour découvrir où ils allaient et leur raconter sa triste histoire.

Elle ne voulait pas penser à ce qui pourrait arriver quand l'autre voiture — celle qu'elle aurait dû prendre — arriverait sans elle dans le Sussex. Mais la famille qui l'attendait pourrait sans mal trouver une autre gouvernante pour ses enfants. Et c'était là sa seule chance. Sa seule chance de prendre enfin son envol et de réaliser son rêve.

Elle se tourna vers l'homme aux paupières tombantes et sa femme — qui semblait du même âge que lui mais dont les yeux pétillaient de vie. Isabel serra ses mains sur sa poitrine et se promit qu'elle ne mentirait plus jamais, sauf dans des circonstances aussi extrêmes que celles-ci. Prenant une grande inspiration, elle laissa les mots monter du plus profond d'elle-même.

— Vous m'avez *sauvé la vie.*

Une servante d'auberge, les cheveux collés par la chaleur du mois d'août, se tenait derrière le couple. Elle leva les yeux au ciel.

— Miss…

La dame tapota le gant d'Isabel.

— … Nous ne pouvons tout simplement pas tolérer que

votre oncle démoniaque vous marie pour de l'argent à un homme assez vieux pour être votre père — cet individu étant un meurtrier, de surcroît.

— Merci, merci beaucoup.

Isabel soupira.

— Si mes parents étaient en vie aujourd'hui…

Ils l'étaient, mais ils comprendraient son subterfuge, et le lui pardonneraient quand ils découvriraient l'étendue de sa gloire à venir.

— … Ils tomberaient à genoux de gratitude devant vous, pour m'avoir épargné ce sort ignoble.

La servante exprima sa désapprobation en soufflant bruyamment, mais Isabel poussa un soupir appuyé pour que l'homme et la femme gardent leurs yeux rivés sur elle.

— Vous êtes sûre que si nous vous conduisons jusqu'à Londres votre famille vous accueillera ? demanda la dame.

— Oh ! oui !

Elle fit durer ce « oui », avant de reprendre ses explications.

— Tante Anna, la sœur de ma mère — qui n'a aucune idée du drame que je viens de vivre car mon grand-oncle m'interdisait l'usage de l'encre et du papier — m'offrira refuge sans hésiter. J'ai toujours été sa nièce favorite. Mais mon oncle lui avait dit que j'avais… péri tragiquement, piétinée par les sabots de ma monture après une chute, et que j'avais dû être enterrée sur-le-champ tant le spectacle offert par ma dépouille était hideux.

La plus grande empathie emplit les yeux de la femme.

— C'est tragique.

— Oui. Terriblement tragique.

L'homme haussa un sourcil, suffisamment pour qu'Isabel comprenne qu'il doutait de son histoire.

— Nous vous déposerons donc chez votre tante, déclara-t-il sur le ton de la mise en garde. Sur le pas de sa porte.

— Je vous en serai éternellement reconnaissante.

Juste ciel ! Tout cela pourrait très mal finir, étant donné qu'elle n'avait pas de tante à Londres…

— Elle habite près de Charles Street — dans Drury Lane.

Elle frémit presque en prononçant les mots « Drury Lane », la rue des théâtres. Mais elle ne comptait pas devenir actrice. Ah ça non ! Elle ne ferait jamais rien d'aussi inconvenant. C'était sa voix qui ferait sa fortune. Ses meilleures amies de l'institut pour jeunes femmes tenu par Mme Dubois, Joanna, Rachel et Grace, lui avaient dit et répété qu'elles n'avaient jamais entendu personne chanter aussi bien. Même Mme Dubois, qui était d'origine française et réputée pour son exigence, avait reconnu que la voix d'Isabel, quand elle chantait, était supportable. Comme la directrice avait qualifié de « passable » la voix de Grace Bertram — voix qui évoquait pourtant à Isabel un ange du paradis — l'adjectif « supportable » relevait sans doute du plus grand des compliments.

Sa chance avait été que Mr Thomas Wren ait entendu parler d'elle en assistant à l'une des représentations de l'école. Il allait devenir son mécène — mais nul ne devait le savoir. Il lui donnerait le premier rôle dans son nouveau spectacle musical et elle chanterait de tout son cœur. Sa voix avait beau ne pas être parfaite, quelque chose dans la façon dont elle chantait émouvait les gens. Lorsqu'elle se produisait sur scène, les auditeurs l'écoutaient religieusement et les yeux s'embuaient. Rien ne la rendait plus heureuse que de faire naître cette attention captive et ces larmes d'émotion. Elle *adorait* faire pleurer les gens de cette façon.

Isabel prit son sac et passa son bras sous celui de la dame qui avait accepté de l'emmener.

— Ma tante Anna vous sera si reconnaissante.

— Nous devons absolument la rencontrer et nous assurer qu'elle ne vous renverra pas chez cet homme horrible.

La voix de la femme était empreinte de sollicitude.

Isabel se pencha vers elle et battit des cils.

— Bien sûr. Il faut absolument que vous rencontriez ma tante.

C'était facile à dire, mais complètement impossible à réaliser.

Le couple abandonna les restes de son repas — des miettes

constellaient encore le gilet de l'homme — et ils la conduisirent jusqu'à leur voiture.

Lorsque Isabel s'installa elle se tassa un peu sur son siège, de sorte que l'homme fasse écran entre elle et le relais de poste. Il ne fallait pas que l'un des passagers de l'autre voiture la voie partir.

Elle agrippa son sac et se cala sur la banquette, enchantée de laisser derrière elle cette partie de sa vie où elle n'était que « gouvernante d'enfants ». Certes, elle avait apprécié les amitiés qu'elle s'était faites à l'école. Mais alors qu'elle approchait de plus en plus de la remise du diplôme, elle s'était sentie prise au piège.

Le fait que Mr Thomas Wren l'ait remarquée était vraiment une chance. Apparemment, le père d'une autre élève lui avait parlé de la voix d'Isabel. Mr Wren connaissait les règles de l'institut et avait su se montrer discret dans leur correspondance. Il lui avait proposé le premier rôle du spectacle qu'il projetait de mettre en scène.

Elle savait qu'elle avait encore beaucoup à faire mais se perdit un instant dans ses pensées, trop heureuse de sa bonne fortune. Plus tard, ce changement de voiture constituerait même la matière d'une formidable histoire. Elle pouvait s'imaginer racontant comment elle s'était esquivée, risquant tout pour voyager avec un couple dont elle espérait seulement qu'il était respectable, un couple qui avait accepté de l'emmener en prenant un grand risque pour l'aider à réaliser le rêve de sa vie.

Puis Isabel se mit à parler sans s'arrêter, ne voulant pas laisser au couple la possibilité de trop réfléchir aux événements de la journée. Le bruit des sabots et des roues scandant son récit, elle raconta des histoires vraies sur sa jeunesse dans l'école de gouvernantes, omettant les visites à ses parents mais respectant les faits autant que possible. Elle avait déjà épuisé son lot de mensonges pour l'année, et il ne serait pas souhaitable de commettre une bévue à ce point de son aventure.

Quand la voiture approcha de Drury Lane, Isabel garda un œil sur la rue, bien consciente qu'il lui fallait rapidement prendre une décision.

Une femme portant un châle élimé et coiffée d'un chignon dont une mèche grise s'était échappée passait non loin d'eux, près d'une ruelle séparant deux bâtiments. Isabel y vit la chance qu'elle devait saisir.

— Ma tante ! dit-elle dans un souffle, en pointant le doigt. C'est ma tante !

Elle se tourna vers l'homme assis en face d'elle.

— Je vous en prie, faites arrêter la voiture.

Il leva le poing vers le plafond de l'habitacle et y donna un coup sec.

Isabel se leva d'un bond et se précipita à l'extérieur avant même que le véhicule ne soit complètement à l'arrêt, puis se mit à courir vers la vieille dame.

— Ma tante ! Ma tante ! cria-t-elle.

La femme devait avoir une nièce quelque part, car elle s'arrêta et se tourna afin de voir qui l'appelait.

Isabel fonça vers elle, puis tourna prestement derrière un édifice imposant pour s'engouffrer dans la ruelle, courant de toutes ses forces, prenant à droite, puis à gauche. Quand elle eut la certitude de ne pas être poursuivie, elle s'arrêta, et trouva appui contre le mur d'un immeuble. Elle inspira profondément et attendit de retrouver son souffle avant de se mettre à réfléchir.

Elle allait devenir la meilleure chanteuse de Londres. Elle le savait. Mr Thomas Wren le savait. L'avenir lui appartenait. Maintenant, il lui fallait juste retrouver son bienfaiteur. Même si elle était complètement perdue dans la plus grande ville du monde.

Isabel s'efforça d'ôter discrètement les saletés qui collaient à ses bottines. Elle ignorait comment elle allait pouvoir nettoyer sa robe. Un inconnu qui portait une écharpe regardait sa poitrine de façon tout à fait ostensible. Seul le fait qu'elle était certaine de pouvoir le semer, même avec ses bottines souillées, l'empêcha de hurler.

Il la salua en soulevant son chapeau et disparut derrière une porte de l'autre côté de la rue.

Sa robe était la seule qu'elle possédait avec un corselet de soie, et il fallait la faire repriser. Elle ne pourrait pas recoudre elle-même la déchirure de la jupe — *Merci beaucoup au chien n'ayant pas apprécié que j'entre dans ses jardins*, pensa-t-elle. D'ailleurs, ce n'était probablement pas réparable. La jupe devrait être séparée du corselet et remplacée. Ce ne serait pas simple.

Comment ? Mais comment s'était-elle mise dans cette situation ? Oh tant pis ! se dit-elle, elle s'achèterait des toilettes neuves quand Mr Thomas Wren lui donnerait la somme qu'il avait promise.

Toutefois, elle ne savait absolument pas où commencer à le chercher, et il fallait pourtant qu'elle le trouve avant que la nuit ne tombe. Elle demanderait son chemin dès qu'elle aurait quitté ce quartier peu recommandable. La tête de poisson mort qu'elle découvrit à ses pieds ne lui fournit pas l'encouragement dont elle avait besoin.

Mais alors, elle leva les yeux. Et suivit un rayon de soleil qui illuminait une affiche placardée sur un édifice. Il y avait un oiseau, dessus. Elle n'avait pas à chercher plus loin. La providence avait dégainé sa torche dorée et l'avait conduite directement à l'endroit qu'elle voulait trouver. Ce signe, eh bien, ce signe était un signe de bon augure pour l'avenir. C'était là que se trouvait l'établissement de Mr Thomas Wren. L'homme aux yeux hardis était entré à l'intérieur, mais après tout on devait parfois chanter pour des gens déplaisants. Il fallait seulement espérer qu'ils sauraient profiter des leçons de morale dissimulées dans les chansons composant le répertoire d'Isabel.

Elle ouvrit son sac, en sortit le plumet et l'examina. Elle redressa du mieux qu'elle put la tige un peu tordue et glissa le bouquet de plumes bleues dans la petite fente qu'elle avait aménagée dans son bonnet. Elle ramassa son sac, se rendant compte qu'il avait été un peu taché lui aussi, et entreprit de commencer pour de bon sa nouvelle vie.

Commencer ma nouvelle vie, se répéta-t-elle sans bouger. Elle regarda la peinture qui s'écaillait sur le mur extérieur du bâtiment et observa un autre homme sortir de l'établissement, son gilet boutonné de travers. Attrapant son sac à deux mains, elle fixa l'homme mal attifé.

Son estomac entonna un air plutôt dissonant dont il avait le secret. Elle ne pouvait pas faire demi-tour. Elle n'avait pas assez d'argent pour prendre un fiacre. Elle ne connaissait personne à Londres hormis Mr Wren. Et il avait distribué ses compliments avec tant de générosité, s'était montré aimable avec tout le monde à l'institut pour jeunes jemmes de Mme Dubois. Pas seulement avec elle d'ailleurs. Elle pouvait compter sur lui. Les compliments de son futur protecteur n'avaient sûrement pas été vains.

Elle leva la tête comme elle s'imaginait le faire en entrant sur scène pour la première fois, en regardant son public, et elle mit un pied devant l'autre, ignorant tout hormis l'entrée qui se trouvait devant elle.

Alors qu'elle franchissait la porte, le port altier, elle vit tout de suite la scène. Une femme était en train de chanter. Isabel réprima un frisson de dégoût en espérant que ses oreilles lui pardonneraient de leur infliger un tel supplice. Elle supposa que son rôle serait de remplacer cette femme. La poitrine de la chanteuse était visiblement bien rembourrée — la nature aurait difficilement pu se montrer aussi généreuse —, sans doute pour compenser la fausseté de sa voix.

Un homme aux cheveux argentés était assis devant la scène, une canne au pommeau d'or posée à ses côtés. La femme resserra ses bras contre son corps et se pencha en avant pour donner de la force à ses paroles.

Isabel tourna la tête. Elle ne pouvait pas croire que le spectacle soit de si mauvaise qualité. Il faudrait qu'elle en touche un mot à Mr Wren, mais…

Ses yeux passèrent d'une personne à l'autre. Il faudrait

sûrement plus d'un mot, constata-t-elle. Des hommes étaient assis autour d'une table, jouant à un jeu d'argent, le Tout ou Rien. Mais, apparemment, seules des pièces de faible valeur se trouvaient sur la table.

Les joueurs ne savaient visiblement pas que regarder : la scène, ou le pli qu'ils avaient dans la main. Deux femmes soutenaient leurs favoris de façon un peu trop manifeste, lançant des encouragements ou retenant leur souffle en découvrant les cartes. Puis la partie se termina. Il y eut des cris de triomphe. Un homme se leva, s'inclina vers la table et attendit. Ses partenaires saisirent leur bourse, en sortirent des pièces et les tendirent aux femmes. Le gagnant enlaça la taille des deux créatures et les conduisit dans un couloir masqué par un rideau.

Isabel laissa échapper un soupir et tous ses rêves s'envolèrent avec lui.

William passa sous l'affiche fanée et quitta le vif soleil d'août pour pénétrer dans Wren House. Il s'accorda un instant, pour laisser ses yeux s'ajuster à la lumière tamisée d'un monde qui n'était éclairé que pour permettre aux clients de voir les cartes qu'ils avaient dans la main. Il devrait se rendre dans une écurie ensuite, pour chasser de ses narines l'odeur de Chez Wren.

Si son père avait su que c'était là que son cousin Sylvester passait tous ses mercredis soir, les choses auraient peut-être été différentes. Mais à présent, Sylvester possédait Marvel et Ivory, les deux meilleurs chevaux d'Angleterre et les seuls qui tournaient la tête vers William lorsqu'il s'approchait d'eux. Les bêtes tendaient toujours le cou pour quêter une douceur quand il apparaissait.

— Vous les gâtez trop, marmonnait chaque fois le chef palefrenier.

— Et ils le méritent, répondait toujours William.

Il parcourut la table des yeux et aperçut immédiatement son cousin. Sylvester marmonna un salut et deux autres joueurs levèrent la tête. Reconnaissant William, ils lui adressèrent un grognement bien à eux avant de revenir à leurs cartes.

William fit un signe du menton, indiquant à Sylvester qu'il souhaitait lui parler un peu à l'écart. La réponse, un bref « non » de la tête et un petit sourire, ne surprit pas William. Il s'assit à une table située dans un coin, d'où il pouvait observer la salle. Il ne voulait avoir personne dans le dos. Sur scène, une femme à la voix épouvantable finissait de chanter — grâce au ciel.

Il commanda une bière, et quand la serveuse la lui apporta, elle haussa les sourcils d'un air interrogateur en désignant le rideau du fond. William secoua la tête puis sourit afin de rendre plus doux son refus. Il serra la chope entre ses doigts, la leva vers sa bouche avant de s'arrêter net. Il sentait un résidu collant sur le verre. De la confiture ? Il regarda le liquide, s'attendant à voir flotter quelque chose dedans, mais rien de vivant ne lui apparut. Il reposa la chope sur la table.

Une fin parfaite pour un jour parfait, se dit-il avec une ironie désabusée, mais Marvel et Ivory valaient la peine de subir quelques revers.

Et avoir un toit sur sa tête présentait certains avantages.

Le père de William était venu le voir de bonne heure, ce matin-là, et avait pontifié longuement. Le vicomte avait choisi son moment pour retrouver de l'intérêt pour la vie et mettre au point un plan parfait afin de déshériter son fils unique. Il connaissait les lois qui liaient un domaine au titre aussi bien que quiconque. Il devait laisser sa propriété à William. Toutefois, il pouvait louer le domaine à son neveu pour les cinquante prochaines années. À sa mort, William toucherait les revenus de la location. Une affaire pour Sylvester, au prix d'une livre par an.

Son père ne s'était pas contenté de le mentionner, il l'avait martelé, cent fois peut-être. Et son haleine ne sentait pas le cognac.

Il pourrait s'occuper de l'héritage plus tard, se dit-il. En attendant, Marvel et Ivory avaient déjà quitté les écuries et il fallait qu'il règle ce problème.

Sylvester regardait ses cartes d'un petit air satisfait, mais William savait que cette satisfaction le visait, lui. Aucune main ne pouvait être bonne à ce point.

William jeta un coup d'œil autour de lui, et si ses yeux ne s'arrêtèrent pas avant de se reposer sur sa chope, il remarqua au passage la femme qui se trouvait sur un banc, de l'autre côté de la salle.

Elle était assise près du mur, le corps détourné du groupe d'hommes. La pénombre régnant dans la pièce l'empêchait de la voir de façon claire. De plus, elle avait placé son bonnet de côté et il masquait en partie ses traits. William ne pourrait pas voir son visage à moins qu'elle ne se tourne vers lui. Sans le plumet bleu qui ornait sa coiffe, il ne l'aurait pas remarquée.

Dans un mouvement apparemment destiné à détendre sa silhouette, il tourna légèrement sa chaise dans la direction de la jeune femme, afin de pouvoir regarder droit devant lui tout en l'apercevant du coin de l'œil.

La serveuse passa près de lui de façon nonchalante. Il agita une pièce dans sa direction et commanda une autre bière, abandonnant l'idée de demander une chope propre. Il devinait qu'elle ne le prendrait pas très bien, surtout à la vue de ses ongles noirs.

Il pensa que la dame du banc était d'un statut supérieur à celui des autres personnes présentes dans la salle, en particulier à la façon dont son dos ne quittait pas le mur derrière elle et dont ses mains agrippaient son sac comme s'il pouvait la protéger. Il se demanda pourquoi elle restait là.

La serveuse planta une autre chope devant lui et l'effleura avant de s'éloigner.

Rien ne flottait dans le liquide. Rien ne collait sous sa main. Il prit cela comme un présage et se dit que la bière devait être buvable. Il avala une gorgée et étouffa une quinte de toux. Le breuvage était fort. Le propriétaire des lieux ne voyait apparemment pas d'inconvénient à ce que ses clients titubent un peu et savait très bien que l'alcool était le meilleur moyen de délier les cordons d'une bourse.

La porte s'ouvrit et la lumière tacheta le bonnet de la demoiselle du banc. Elle se tourna vers l'ouverture. Un instant, William put apercevoir des mèches de ses cheveux. Couleur cuivre.

Il but une autre petite gorgée. La bière lui parut meilleure qu'auparavant.

Cuivre. Juste sous le vilain plumet. Sa nouvelle couleur de cheveux préférée. Il ne pensait pas avoir déjà vu une femme ayant une chevelure de cette nuance. Il était bien dommage que le bonnet la couvre.

Un homme assis à la table de Sylvester éructa et la femme à la plume tombante se raidit un peu plus encore, avant de se détourner des joueurs autant qu'elle put.

William remarqua sa robe. Pas tout à fait le coloris que ses sœurs souhaiteraient porter. Elle lui rappelait une toilette qu'une demoiselle aurait pu arborer lors d'une foire campagnarde, mais ce n'était pas une robe de promenade. Pas une robe de soirée non plus. Et il apercevait des jupons à travers une déchirure de la jupe. Tous ses muscles se figèrent. Une femme convenable, comme elle avait l'air de l'être, ne sortirait pas avec une telle déchirure dans ses jupes sans y être contrainte et forcée. Surtout une femme qui se tenait assise si droite, les mains gantées serrées sur son sac.

Il se leva, sa chope à la main, projetant de lui offrir son assistance. Au mouvement qu'il fit, les yeux de la jeune femme se pointèrent droit sur lui. Elle inspira et l'arrière de sa tête heurta le mur.

Il lui décocha un sourire crispé. Manifestement, elle ne voulait pas qu'il l'approche. Peut-être était-elle chez Wren dans l'espoir de trouver son mari. Dans ce cas, William ne souhaitait certainement pas attirer l'attention sur elle. Il posa sa chope sur la table et alla se poster près de Sylvester.

Plaçant une main sur l'épaule de la redingote de son cousin, il se pencha en avant.

— Je dois vous parler.

— Tout ce que vous avez à dire, répondit le jeune homme d'une voix sonore, vous pouvez le dire devant mes amis.

— J'en suis sûr, dit William. Mais je pensais que nous pourrions sortir un moment pour parler d'affaires de famille.

Si le vicomte était ivre lorsqu'il avait offert ses chevaux à Sylvester, ce dernier avait dû le remarquer.

— Ces messieurs sont comme des membres de la famille, rétorqua son cousin. En mieux, car ils ne me font pas cadeau de chevaux qui ne méritent même pas qu'on les nourrisse.

Il s'adressa à l'homme assis à sa gauche.

— Vous ai-je dit que mon oncle m'a donné deux chevaux ? Deux vieux canassons. Je ne pouvais guère les refuser car je l'aurais blessé, d'autant plus qu'il avait l'esprit aussi clair qu'un jour sans nuages.

William avait sa réponse. Sylvester n'aurait pas dit que l'esprit du vicomte était clair si ce n'était pas vrai.

— Je veux bien vous en débarrasser, offrit William.

— Oh ! je ne pourrais pas vous faire une chose pareille. Je compte les garder pour l'instant, mais je n'ai pas l'intention de les nourrir comme ils en ont l'habitude. Ils sont plutôt gras. Les priver de quelques rations ne leur fera pas de mal. Ou peut-être devrais-je simplement les abattre.

William resserra son emprise sur la redingote de Sylvester.

— Vous allez les nourrir correctement et vous vous occuperez d'eux, vous m'entendez ?

L'autre rit.

— Je vous fais marcher, mon cher cousin. Je sais que ces bêtes sont vos favorites. Votre père le sait aussi. J'ignore vraiment ce qu'il mijote.

Il passa une main sur son menton et tira dessus.

— Ou peut-être que j'en ai une petite idée…

Sylvester s'adressa aux autres joueurs.

— Si mon cousin William ne se met pas en tête de se marier et d'avoir un héritier, hélas, le titre passera à mon fils quand j'en aurai un, et j'ai bien l'intention d'en avoir toute une ribambelle. Si j'étais à sa place, cela ne me poserait aucun problème. Je me marierais avec la première venue, coucherais avec ma femme et jouirais des liens conjugaux. Bien entendu, ce n'est pas ce que j'ai dit à mon oncle et je lui ai assuré que, de mon côté, j'étais déjà très épris et sur le point de faire ma demande. C'est la vérité d'ailleurs.

De nouveau, ce sourire satisfait.

— Je suis très épris de l'héritage de William et sur le point de proposer le mariage à…

Il regarda autour de la table et demanda :

— L'un de vous a-t-il une sœur célibataire qui souhaite se trouver un époux ?

— Nous ne la laisserions pas vous épouser, répondit l'un des joueurs.

Les autres éclatèrent de rire.

— Je récupérerai Marvel et Ivory, déclara William, les dents serrées.

Il lâcha l'épaule de son cousin.

— Eh bien si je me retrouve à court d'argent, je ne manquerai pas de parier les chevaux, rétorqua ce dernier. Bien sûr, avec la chance que j'ai ce soir, je serai propriétaire des bêtes de tout le monde avant de quitter la table.

— Je les rachèterai à quiconque vous les gagnera.

William se pencha vers les joueurs et regarda brièvement chacun d'entre eux dans les yeux.

— Si l'un de vous, messieurs, gagne ces chevaux contre Sylvester, je vous les rachèterai le double de ce que vous en tireriez à Tattersalls.

Les hommes affichèrent de grands sourires et gloussèrent.

— Voilà pourquoi mon oncle se fait du souci pour vous, William, conclut Sylvester.

Il tira une carte, l'agita pour que les autres en voient l'envers, puis la laissa tomber sur la table dans un geste théâtral.

— Vous projetez d'acheter deux vieux chevaux qui ne valent pas un penny, alors que vous pourriez peut-être les gagner à un simple jeu de hasard. Mais après tout, vous avez perdu une voiture dans un pari, une fois. Vous avez même perdu vos bottes et y avez ajouté vos bas. Tout cela n'est qu'un divertissement pour vous, vous vous moquez de gagner ou de perdre.

Il ramena les pièces à lui.

— Moi, je joue pour gagner.

— Et moi, j'apprécie le jeu en lui-même, dit William.

Il en avait assez de cette soirée.

Il tourna les talons, marcha jusqu'à la porte avant de jeter un dernier regard à la piètre garniture de plumes. Sa plus jeune sœur, une fois, avait arraché un tel ornement au bonnet de sa sœur cadette, et la maison avait failli s'écrouler sous la violence de leur dispute.

Il revint sur ses pas, s'assit devant ses deux chopes et regarda de nouveau droit devant lui. Avoir été traité de panier percé par son père signifiait que William pouvait rester assis toute la nuit à contempler un plumet sur un bonnet. Il n'avait plus rien à perdre.

Il essaya d'imaginer l'oiseau qui avait perdu ses plumes pour que cette douteuse parure voie le jour, mais il ne put se représenter qu'une caricature de volatile se rengorgeant et se pavanant, tandis qu'une kyrielle de plumes artificielles poussaient sur sa tête, jusqu'à le faire tituber sous leur poids.

Il fallait qu'il arrête la bière.

La chanteuse remonta sur scène et ouvrit la bouche. Il n'appellerait pas cela du chant, et sûrement pas un chant mélodieux, mais si l'on ne se souciait pas trop de la qualité de la voix, l'exercice pouvait faire passer le temps. Il chassa une mouche qui s'était posée sur le bord de sa chope. Ce n'était pas parce qu'il ne voulait pas de la boisson qu'il avait l'intention de la partager.

La femme à la robe déchirée ajusta son sac sur ses genoux. La chanteuse poussa une note suraiguë — on aurait cru qu'une voiture lui avait roulé sur le pied. William ferma les yeux et souhaita pouvoir en faire de même avec ses oreilles. Lorsque la note prit fin, il les rouvrit et porta la chope la plus propre à ses lèvres. Sa main se figea lorsqu'il surprit Miss Plumet en train de l'observer.

Elle détourna les yeux et il reprit son geste. Il finit la boisson sans en sentir le goût. Il allait attendre que son époux arrive pour la ramener chez elle. Si le mari entrait avec une femme quelconque accrochée à ses basques, William s'assurerait de rappeler à ce personnage les règles de la bienséance. Un homme ne mettait pas son épouse dans l'embarras de cette façon. La laisser attendre seule dans un endroit comme celui-ci était impardonnable.

William la scruta, incapable de deviner à travers le gant de sa main gauche si elle portait une alliance, ou de lire dans son esprit pour y déchiffrer ses souvenirs.

Il s'adossa à sa chaise. Il ne s'en irait pas tant qu'elle ne partirait pas.

Isabel savait que l'homme qui voulait récupérer ses chevaux faisait attention à elle. Mais ce qu'il voulait avant tout, c'était se réapproprier ses bêtes et qu'elles soient bien nourries tant qu'il n'y parvenait pas. Curieusement, les autres hommes se montraient plus corrects depuis qu'il leur avait parlé. Lorsqu'elle avait remarqué qu'il se dirigeait vers la porte pour partir, son ventre s'était noué sous l'effet de la peur et elle avait eu envie de le suivre, ne voulant pas rester dans ce lieu infâme sans sa présence rassurante. Mais il était retourné à sa chaise. Il cherchait sûrement à s'assurer de ce qu'allaient devenir ses chevaux.

Elle jeta un coup d'œil de sous le bord de son bonnet, cherchant Mr Wren du regard.

Normalement, il aurait dû être là. Un peu plus tôt, elle avait demandé à cette serveuse à l'air insolent où il se trouvait ; la femme lui avait lancé un regard noir et avait marmonné qu'il serait là quand on le verrait entrer. Pourtant, Wren avait dit à Isabel qu'il serait forcément présent quand elle arriverait car il travaillait tous les jours, sauf quand il assistait à l'office du dimanche. Elle ne croyait plus à cette affirmation, à moins qu'il n'aille au culte avec sa tante imaginaire.

L'homme qui l'intéressait — « William », d'après ce qu'elle avait entendu — n'avait pu cacher la crispation qui parcourut son visage et ses paupières quand la chanteuse était restée coincée sur cette horrible note. Apparemment, il avait une bonne oreille. Et lorsqu'il avait rouvert les yeux et l'avait surprise en train d'examiner son expression, il avait eu l'air décontenancé.

Son physique semblait plutôt ordinaire, pensa-t-elle, à l'exception de ces longues jambes qui ne voulaient pas se glisser sous la table. Cependant, elle se sentait plus en sécurité en sa présence.

La serveuse s'approcha de l'homme et lui apporta une autre chope qu'il n'avait pas commandée mais qu'il accepta. La femme se pencha vers lui, souleva une boucle de ses cheveux bruns — Isabel ne pouvait la blâmer pour ce geste tant ces cheveux brillants et soyeux donnaient envie qu'on les touche.

La serveuse chuchota quelque chose à l'oreille de l'homme. Il rit, ce qui changea complètement son visage, et emplit le cœur d'Isabel d'une émotion semblable à celle que lui procurait une musique parfaite. C'était comme si ce sourire avait sa propre mélodie.

Il vit qu'Isabel le regardait. Il lui décocha un bref sourire et haussa les épaules.

Elle courba la tête, contente de ne plus se sentir aussi seule.

La serveuse était visiblement une fille de joie, mais Isabel ne pouvait lui reprocher d'avoir remarqué cet homme. Il était le seul dans cet endroit à donner l'impression de ne pas être dans son élément.

La porte s'ouvrit et elle vit apparaître le gilet familier de Mr Thomas Wren. Un gilet à carreaux. Ses sourcils épais étaient aussi clairs que les boutons dorés de sa redingote, mais ils ne l'impressionnèrent pas autant que lors de leur première rencontre.

Il se dirigea vers le banc où elle était assise, son large sourire la faisant presque suffoquer d'appréhension. Elle s'écarta, dissimulant délicatement le côté taché de son sac en le plaçant entre eux. La moitié de son postérieur était déjà hors du banc, mais elle ne pouvait vraiment pas laisser l'haleine de Mr Thomas Wren s'approcher plus près d'elle. Apparemment, il avait été en contact d'une façon ou d'une autre avec le poisson pourri qu'elle avait vu dans la rue.

Elle se força à donner un ton assuré à sa voix.

— Mr Wren, je crois bien que vous avez oublié de me dire quelque chose dans vos lettres.

— Ah bon ?

Les yeux de l'homme s'élargirent de surprise. Sincère ou feinte, Isabel n'aurait su le dire.

— Non, je ne pense pas.

Il posa un bras sur le dossier du banc. Il ne pouvait pas avoir huit doigts velus à une seule main, ce n'était pas possible, pourtant ce fut l'impression qu'elle eut quand les articulations de l'homme frôlèrent le dessus de son gant.

— Vous chantez vraiment très bien, Miss Morton, et je serais heureux de vous entendre sur ma scène.

— Vous avez écrit que j'aurais un chaperon convenable.

— Eh bien, oui, en effet, je crois l'avoir dit. Et si vous regardez autour de vous, vous remarquerez qu'il y a ici un grand nombre de femmes…

Elle baissa le menton mais haussa les sourcils en le regardant fixement. Il ne paraissait pas du tout gêné. En fait, sa bouche dessina même un large sourire pendant que ses yeux la dévoraient.

Dans l'air confiné de la salle, Isabel se mit à bouillir de l'intérieur, et elle put à peine articuler les mots qu'elle avait préparés dans cette chaleur de fournaise.

— Je crains, en venant ici, m'être aperçue que je ne pouvais finalement pas me soustraire à mes devoirs de gouvernante, dit-elle. Je ne pourrai pas accepter le rôle que vous me proposez.

Elle ignorait comment elle se débrouillerait pour vivre et ce qu'elle ferait au juste. Elle avait à peine assez d'argent dans son sac pour s'acheter du pain. Elle pouvait seulement espérer qu'un autre couple marié la remarquerait et la prendrait sous son aile. Et cette fois, elle dirait la vérité. En partie en tout cas. Elle souhaita ne pas avoir totalement épuisé sa réserve de mensonges pour l'année.

— Oh ! vraiment ?

Les paroles de Wren étaient moqueuses.

— Je crois pourtant me rappeler avoir lu dans vos lettres que vous aviez une nette aversion pour ce métier et un désir sincère d'exploiter votre talent. Et talentueuse, vous l'êtes, Miss… Morton.

— Je ne peux pas accepter. Je ne voudrais pas être…

Il se pencha en avant, faisant parvenir jusqu'à elle une forte odeur, probablement due à la chaleur estivale.

— J'en suis attristé, croyez-moi. Mais je l'admets, j'avais envisagé la possibilité d'un refus de votre part.

Il se redressa, faisant claquer sa langue comme s'il l'avait surprise en train de faire quelque chose de mal. Il glissa une main sous le fond du sac et posa l'autre sur la sienne, qui tenait la poignée. Sans le vouloir, elle retira brusquement sa main pour éviter son contact.

Les sourcils levés, il se détourna et s'éloigna à grandes enjambées, emportant le sac.

— Venez avec moi dans mon bureau et je vais voir ce que je peux faire pour vous.

— Nous pouvons en discuter ici, dit Isabel.

Elle se leva et passa une main sur le côté de sa jupe, espérant dissimuler un peu la déchirure.

Il s'arrêta et se retourna.

— Aurez-vous besoin d'argent pour rentrer chez vous ?

Il avait prononcé ces mots à voix si basse qu'il lui avait fallu lire les mots sur ses lèvres.

Il ne lui avait pas donné d'argent pour son voyage jusqu'à Londres, disant qu'il l'avait fait une fois et que la femme qu'il avait engagée n'était jamais venue.

Elle ne put répondre.

— Alors venez avec moi, poursuivit-il. Nous allons en parler dans mon bureau. Les fonds sont dans mon coffre-fort.

Il regarda vers la fenêtre.

— Il se fait tard. Je n'aime pas du tout l'idée de vous savoir seule dans les rues, dans l'obscurité, cherchant votre chemin. Londres n'est pas sûr la nuit pour une demoiselle qui se promène sans savoir où elle va. Le mois dernier encore, une femme qui travaillait pour moi, Molly, est sortie prendre l'air. On l'a retrouvée le lendemain matin, le cou meurtri. Du sang sur les mains. On l'a enterrée dans la fosse commune.

Avant qu'Isabel ait le temps de répondre, il était arrivé au rideau, le sac de la jeune femme à la main.

Elle se redressa, jetant un coup d'œil autour d'elle, espérant que personne ne la verrait le suivre. Sa réputation serait détruite. Si elle ne l'était pas déjà. Mais mieux valait tomber en disgrâce qu'être enterrée dans une tombe sans nom. Elle ne pensait pas que Mr Wren s'empresserait de lui assurer des funérailles dignes de ce nom.

Elle regarda la redingote de l'homme s'éloigner. Elle ne se plaindrait plus jamais d'être gouvernante.

Il avait le peu argent qu'elle possédait — caché dans le sac. Une tombe anonyme n'était pas tout à fait ce à quoi elle aspirait. Elle le suivit, projetant d'attraper le sac dès qu'il le lâcherait et de s'enfuir en courant.

Lorsqu'elle eut franchi le rideau et pénétré dans un bureau encombré, le soulagement lui rendit un peu d'espoir. Un exemplaire d'un roman de Mrs Radcliffe était posé sur la table. Un homme qui aimait lire était sûrement un tant soit peu raffiné.

— Je vous en prie, asseyez-vous.

Il indiqua une chaise dont un barreau manquait au dossier. Elle obéit, observant qu'il posait le sac par terre sur sa droite, se plaçant entre elle et le bagage. Il était toujours debout. Il se tourna.

— Je ne crois pas que vous vous rendiez compte de la situation dans laquelle vous me mettez, grommela-t-il.

Il secoua la tête en prenant le roman.

— Nous ne pouvons pas l'accepter.

— C'est juste que je…

Isabel bougea pour se lever, l'odeur de poisson pourri flottant au-dessus d'elle.

Il lança le livre avec force contre le mur. Puis, avant qu'elle puisse réagir, la main de Wren s'abattit sur son épaule. La surprise et la vigueur du geste la poussèrent à se rasseoir d'un coup sur la chaise en bois.

— Je…

— Vous *souhaitez* m'écouter jusqu'au bout.

De nouveau, elle sentit tous ses doigts en trop. Cette fois, ils la pinçaient. Pressaient. La main de Wren remonta le long de son cou, sans la lâcher, jusqu'à ce que l'ongle de son pouce s'enfonce dans la peau tendre à la base de sa mâchoire. Il fit un pas, se penchant en avant tout en restant à côté d'elle, la tête d'Isabel maintenue relevée par son pouce. Elle gardait l'échine ferme contre la chaise, la position de Wren la forçant à renverser le cou en arrière. Il dénoua les rubans de son bonnet et l'envoya par terre.

La bouche d'Isabel s'assécha. Elle pouvait encore respirer, mais à peine. Ses mains attrapèrent le poignet de l'homme, qu'elle se mit à serrer. Mais elle ne put le faire bouger.

— Ma chère, vous devez comprendre, j'ai cherché longtemps pour trouver exactement la femme qu'il me fallait. Juste le bon équilibre. Plus grande que la plupart pour qu'elle ressorte parmi les autres. Une voix captivante qui peut aussi bien faire pleurer que frémir de bonheur. Un air de candeur et de fraîcheur. Des yeux capables de faire croire à un homme qu'il la *voit* le désirer. Des lèvres qu'il peut imaginer partout sur son corps.

— Non, dit-elle dans un souffle.

— Ne m'interrompez pas !

Il plaqua son autre main sur la bouche d'Isabel et se pencha plus près. Elle frémit. Il la dominait de toute sa masse, les joues rouges.

— Vous devez comprendre aussi que même les autres

femmes verraient leurs pourboires augmenter en satisfaisant les hommes que vous auriez délaissés. Vous seriez une bénédiction pour elles.

Il s'arrêta.

— Sentez-vous libre d'acquiescer.

Il ôta la main posée sur sa gorge, mais pas celle qui lui bâillonnait la bouche. Une de ses jambes se pressa contre la sienne.

— Acquiescez !

Les yeux de Wren luisaient avec une intensité qui l'enveloppait et aurait suffi à l'immobiliser.

Elle restait parfaitement figée. Le bas du visage pris dans l'étau de sa main. Elle sentait la pression de son pouce. Sa gorge qui se resserrait. Mais pas de douleur. Rien ne faisait mal. Rien. Sauf qu'elle ne pouvait presque pas respirer.

Les habits de Wren bruissèrent et il bougea de telle sorte qu'elle ne pouvait rien voir d'autre que son visage.

— Vous comprenez, il faut que je vous aie. Je n'ai pas le choix. Pas le choix. J'ai perdu trop de temps à vous trouver et à vous attendre.

Il mit la main dans son gilet et une fine lame d'acier étincela devant Isabel. Un couteau fut pressé contre son cou.

— Acquiescez, ma douce.

Elle le fit — à peine.

— Vous comprenez qu'il y a des règles à observer pour travailler ici. Vous les apprendrez en temps voulu.

Le couteau bougea, dessinant le tour de son cou.

— Acquiescez, ma douce.

De sa main, il releva et abaissa lui-même la tête d'Isabel.

— Habituez-vous à obéir.

Elle se rappela combien il avait été facile de convaincre le couple qui l'avait amenée à Londres — il avait suffi d'un mensonge grossier. Là, elle ne pouvait rien faire. Elle hocha la tête, ôtant sa main impuissante du poignet de Wren. Il déplaça la lame sur sa peau comme un artiste dessinant de sa plume des arabesques sur une page. Il fit glisser la pointe jusqu'à son épaule.

— Vous n'avez pas à vous inquiéter, je ne vous blesserai pas au visage — pas de façon définitive en tout cas. Je ne voudrais pas abîmer la marchandise. Mais un homme pourrait se sentir excité par une mignonne cicatrice courant sous des vêtements féminins.

La lame toucha sa manche courte, se glissa sous la couture et se posa sur sa peau, exerçant une pression. La mettant à l'épreuve. En bavant de satisfaction, Wren fixa le couteau.

— Il pourrait se demander où mène la balafre. Où elle prend fin exactement.

Wren pressa le couteau un peu plus et la manche se tendit, puis l'étoffe se déchira — une bien risible armure face à l'acier affûté. La lame provoqua une douleur qui irradia tout le bras d'Isabel.

Wren avait de la bave au coin des lèvres.

— À leur façon, les cicatrices peuvent être des marques de beauté, murmura-t-il d'un air lubrique.

William jeta un coup d'œil à son cousin. Sylvester se gratta le lobe de l'oreille, contempla ses cartes et grommela.

Un bruit sourd avait résonné à l'arrière de la maison, mais l'attention des autres joueurs ne s'était pas détachée un instant des cartes.

Miss Plumet était de l'autre côté du rideau avec Wren. William tapota du doigt le côté de sa chope et repoussa sa chaise pour se lever. La femme qui avait retenu son attention étant partie trouver ce qu'elle cherchait — quoi que ce soit —, il n'avait aucune envie de continuer à s'asphyxier dans l'odeur des bottes usées.

Néanmoins, il continuait de regarder fixement le rideau, incapable de bouger, tentant d'imaginer l'expression sur le visage de la femme tandis qu'elle quittait la salle. Wren avait embarqué le sac et détalé vers le fond du bâtiment. Miss Plumet avait hésité avant de le suivre.

Il haussa les épaules, observa l'usure de l'étoffe, là où tant de mains s'étaient posées sur le rideau, vers lequel il finit par se diriger à grands pas.

Il passa de l'autre côté et vit plusieurs portes. Pas le moment de se tromper, pensa-t-il sombrement.

Choisissant d'ignorer ses mauvais pressentiments, il plaqua une main sur la première porte et la poussa.

Wren se tenait au-dessus de la jeune femme, une lame pressée sur le bras de celle-ci. Aussitôt, la lame remonta sur sa gorge. En quelques secondes, Wren pouvait lui trancher le cou et rien ne pourrait jamais gommer cet instant.

William en eut le souffle coupé. Il lui fallut un court moment pour prendre vraiment conscience de ce qu'il se passait.

La femme était tout près de la mort, un geste seulement l'en séparait. Le visage contracté de Wren le faisait ressembler à un animal enragé, toutes ses pensées absorbées par son esprit malade. Manifestement, il n'y avait aucun moyen de lui faire entendre raison.

Impossible de s'avancer pour se porter au secours de la victime, car Wren pouvait agir sur une impulsion. Le couteau était pressé contre le cou gracile. Le forcené aurait le temps de tuer durant les secondes qu'il faudrait à William pour franchir la distance qui le séparait d'eux.

S'il donnait un coup dans le bras de l'homme, un faux mouvement de ce dernier pourrait enfoncer la lame dans la chair tendre. La femme serait morte et rien ne pourrait jamais changer ces secondes-là.

Chapitre 2

Wren pressa la lame un peu plus. Le pouls d'Isabel palpitait contre la pointe du couteau.

— Mes excuses, dit l'homme qui se tenait à la porte. J'ignorais qu'il s'agissait d'une conversation privée.

Aucune émotion ne transparaissait sur son visage. Il ne semblait même pas voir la femme, ni la situation dans laquelle elle se trouvait.

— Sortez, par tous les diables ! répondit Wren d'une voix râpeuse.

Isabel déglutit avec difficulté. Cet homme ne comprenait-il pas qu'une lame était posée sur son cou ?

— Certainement, je vais vous laisser, déclara-t-il.

Il se pencha un peu en arrière, tournant la tête.

Sa main se crispa sur la poignée de la porte. Il allait partir, et laisser Wren faire d'elle ce qu'il voulait. Elle en était sûre. L'inconnu ne l'avait pas regardée une seule fois dans les yeux.

— Toutefois, ajouta-t-il, j'étais venu pour vous dire que je pensais faire un investissement.

Des mots prononcés d'une voix douce. Le corps de l'homme se figea un instant avant de se tourner dans la direction d'Isabel.

Finalement, il parut la reconnaître. Il haussa les sourcils et humecta ses lèvres. Il l'examina, comme un boucher en train de décider quel poulet aurait la tête tranchée en premier. Une vague de nausée la gagna.

— J'aimerais investir, Wren.

Il rit doucement.

— Et tout ce qu'il faudrait pour me convaincre, c'est un peu de plaisir.

— Je n'ai pas besoin d'investisseurs.

Le couteau ne relâcha pas sa pression.

— Je possède tout ce qu'il y a sous ce toit. Tout.

— C'est vrai, dit l'homme.

Ses yeux étaient de nouveau posés sur Wren.

— Je n'entends dire que du bien de cet établissement. Que du bien. Ce qui est forcément un peu frustrant pour un investisseur comme moi.

Son regard ne quittait pas le visage de Wren.

— J'ai pas mal d'argent. Pas mal, vraiment, et je peux certainement trouver de meilleurs moyens de le dépenser que le jeu.

Cette fois, le forcené relâcha un peu la pression sur la gorge d'Isabel.

— Un homme ne peut pas avoir trop d'argent, de l'argent à ne pas savoir qu'en faire, répondit Wren. Mais il peut avoir trop de femmes.

À ces mots, le couteau se rapprocha, effleurant doucement le cou d'Isabel comme une lame de rasoir.

Les yeux de l'inconnu s'élargirent, et il prit une large inspiration.

— N'abîmez pas la marchandise, Wren.

Sa voix se fit plus impérieuse.

— Vous ne voudriez pas gâcher un bon investissement.

Wren éloigna le couteau du cou, ayant l'air d'avoir oublié qu'il le tenait à la main.

À ce moment-là, l'homme projeta son corps massif devant Isabel, la renversant en arrière dans un grand bruit.

L'espace d'une seconde, elle ne put voir que le plafond. Elle poussa aussitôt sur ses mains pour se relever, se remettant péniblement sur ses pieds. Wren avait le dos contre le bureau et le poing droit de son assaillant s'abattit sur son visage.

Wren roula pour s'éloigner du bureau, et donna des coups de pied dans les côtes de l'homme lorsque celui-ci s'avança.

Mais l'inconnu ne vacilla qu'à peine sous les coups. Il continua d'avancer, et finit par se jeter sur le patron du tripot en se servant de son corps comme d'un bélier. Sa main gauche empoigna le cou de Wren puis il se redressa, juste assez pour assurer son équilibre, gardant son adversaire cloué au sol.

Le poing de l'inconnu se leva et frappa Wren au visage, lui arrachant un grognement.

Isabel ne put supporter cette violence.

— Non ! s'écria-t-elle, ses paroles ressemblant plus à un hurlement de désespoir qu'à un ordre. Arrêtez ! Non ! Je vous en supplie, arrêtez !

Ses cris auraient pu porter jusqu'au sommet de la Tour de Londres.

Elle frissonna et sa voix se fit suppliante.

— S'il vous plaît, arrêtez.

L'inconnu — qui n'en était plus tout à fait un pour elle — la regarda. Ses yeux n'avaient pas l'air de comprendre ce qui se passait, mais son poing s'immobilisa. Rien en lui ne semblait assimiler ce qu'elle disait, néanmoins il cessa un instant de frapper. Puis son bras se leva de nouveau, prêt à s'abattre sur sa cible.

— Non…

Ce mot lui arracha ses dernières forces.

William s'arrêta, et le monde redevint net autour de lui. Le corps de la femme tremblait et semblait dangereusement penché. Une seconde de plus et elle allait tomber. Ses yeux hébétés se rivèrent sur lui mais ils ne devaient pas voir grand-chose.

Il plongea et attrapa le couteau tombé à terre pour que Wren ne puisse pas le reprendre. Il fallait qu'il sorte cette femme de cet endroit. Ni elle, ni sa famille à lui n'auraient à y gagner si l'histoire de cette rixe venait à s'ébruiter.

En une grande enjambée, il s'approcha d'elle et posa une main sur son épaule.

— Miss ?

Il resserra son emprise.

Elle battit des cils mais garda le silence et baissa le regard.

— Miss ? répéta-t-il. Où habitez-vous ?

Il lâcha son épaule et prit gentiment son menton de la main, l'encourageant à croiser son regard. Son cœur, alors, se mit à battre contre ses côtes avec plus de force que ne l'avaient fait les coups décochés par Wren.

La prenant par la taille, il la souleva dans ses bras pour la porter jusqu'à la porte. Il s'arrêta une fois le seuil franchi et la laissa poser les pieds à terre en hésitant. Lorsqu'elle fut debout, elle continua à s'affaisser et il la releva, la serrant contre lui. Son visage livide se retrouva tout près du sien, mais elle n'offrit aucune résistance.

Il avait un couteau dans une main et une femme à la tenue dépenaillée dans l'autre. De quoi causer un beau scandale se dit-il sombrement. Il la conduisit vers la salle, en s'efforçant de la porter du côté que les clients ne pourraient pas voir.

Mais tout le monde chez Wren se tourna vers le rideau lorsqu'il l'écarta pour passer. Ils avaient forcément entendu le vacarme, mais n'avaient pas bougé. Les cartes de Sylvester tombèrent sur la table.

Un client ouvrit la porte d'entrée. De la lumière filtra jusqu'aux cheveux de la femme, signalant leur couleur inhabituelle à tous ceux qui étaient dans la salle. L'arrivant fixa William, immobile. L'incertitude le figea sur place comme s'il ne pouvait se décider à entrer ou à déguerpir.

La voix de Sylvester résonna, rappelant la présence des autres à William.

— Cousin, vous devriez nous présenter à votre amie, dit-il d'un ton mielleux.

— Oui, je le devrais.

William s'avança.

— Mais pas aujourd'hui.

Il décocha un regard noir à l'homme qui se tenait à la porte, lui faisant signe de s'écarter — et s'aperçut alors qu'il faisait ce geste le couteau à la main. Il laissa l'arme tomber. Le nouvel arrivant recula d'un bond et voulut refermer la porte derrière lui. William glissa sa botte dans l'entrebâillement, et l'homme s'enfuit à toutes jambes.

William fit sortir la femme dans la lumière déclinante du soleil et se dirigea vers sa voiture. Il cria au cocher :

— Partez ! Faites-nous juste rouler.

Le cocher le fixa, étonné, puis se redressa et leva le menton en signe d'acquiescement.

Une fois à l'intérieur du véhicule, William tendit le bras devant Isabel pour abaisser le rideau de son côté. Elle étouffa une exclamation et, sans qu'il sache pourquoi, ce bruit le transperça. Elle se pressa contre son côté de l'habitacle.

Montrant le même contrôle que lorsqu'il avait parlé à Wren, il se tourna vers elle.

Il ouvrit la bouche pour lui demander où elle habitait, mais la referma. Il ne pouvait déposer une demoiselle en aussi piètre état, où que ce soit. Elle avait paru si convenable, sur le banc. Et pourtant, sa robe était déjà déchirée.

— Vous devez cesser de trembler.

Il adopta ce ton qui lui permettait toujours de calmer ses deux sœurs et ce, dans les pires situations — comme une tentative d'étranglement pour une tarte à l'abricot.

Il lui prit les mains. Quand elle tenta de les retirer il en libéra une mais tint l'autre fermement. Il voulait éviter qu'elle n'ouvre la portière et se précipite hors de la voiture alors qu'elle roulait.

Il s'aperçut que ses propres articulations étaient éraflées et se rappela alors son bras à elle. Entrer chez Wren lui avait peut-être coûté ses chevaux, mais il en remercierait tout de même Sylvester — intérieurement en tout cas.

Il mit une main dans sa poche et en sortit un mouchoir. Même dans la lumière faiblissante, il vit la tache sombre et mouillée qui s'étendait sur la robe. Mais le sang ne coulait presque plus.

Il pressa le mouchoir sur la blessure et attendit un peu pour s'assurer qu'elle était bénigne.

— Détendez-vous, dit-il sur le ton qu'il empruntait pour la tarte à l'abricot, vous irez mieux dans une minute.

S'il avait été avec l'une de ses sœurs, il se serait mis à chanter une berceuse, parce que cela marchait toujours, même si elles se plaignaient et lui rappelaient qu'elles n'avaient plus l'âge.

— Vous êtes blessé, dit-elle.

Le soulagement envahit William. Elle avait conscience d'autre chose que de sa frayeur.

— Je vais bien.

Il tamponna le sang qui maculait son épaule.

— Mes chevaux me causent des blessures bien plus profondes.

Elle regarda le mouchoir, puis son épaule.

— Oh ! s'écria-t-elle, non pas de douleur, mais de surprise.

— Oui. Vous avez une belle estafilade.

Il pressa de nouveau le carré de tissu, sans que cela ne soit vraiment nécessaire.

— Vous guérirez vite. Et je suis sûr que vous avez connu pire.

Elle leva la main pour lui prendre le mouchoir et durant un instant leurs doigts se mêlèrent, puis leurs yeux se rencontrèrent, et elle inspira avant de s'éloigner un peu.

Il n'avait pas du tout envie de bouger, mais il s'y obligea. Il allait lui demander l'endroit où il devait la déposer, et il s'assurerait qu'elle y parvienne saine et sauve. Même si c'était à une certaine distance, il pourrait guider le cocher assez facilement, il en était sûr. Mais la question qu'il finit par poser n'était pas celle qu'il avait préparée.

— Pourquoi étiez-vous chez Wren ? demanda-t-il.

Elle le regarda.

— J'y cherchais du travail.

Il s'était tellement trompé ! Sa voix prit de la force sans qu'il le veuille et les premiers mots qui lui passèrent par la tête jaillirent de sa bouche.

— *Dans une maison close ?*

La vie revint dans les yeux éteints de la jeune femme.

— Vous m'insultez !

Elle se redressa.

— Ai-je l'air de quelqu'un qui ferait…

Ses yeux s'élargirent tandis qu'elle prenait conscience de son état. Elle poussa un cri, se servant de ses deux mains pour ramener sa robe sur son épaule nue, et refermer la déchirure de sa jupe.

— Ai-je l'air de… *d'une femme déchue ?*

— Non… Non, non, pas du tout.

Elle avait largement l'air d'une femme de mauvaise vie, pensa-t-il en lui-même, mais il avait appris dans sa jeunesse qu'il était plus facile de rassurer quelqu'un, quitte à mentir, que de mettre fin à une crise de larmes.

— Je dois y retourner, dit-elle. Il faut que vous me rameniez dans cet endroit terrible, ce lieu de perdition.

Ses yeux s'agrandirent, suppliants.

— J'ai besoin de votre aide.

— Non. Vous n'y retournerez pas.

— Vous ne comprenez pas. J'ai laissé mon sac là-bas. Tout ce que je possède au monde. Une robe. Mon argent.

Elle maintint le mouchoir sur son épaule tout en tendant l'autre main pour saisir le poignet de son sauveur. Son regard scruta le visage de William, puis elle soupira et se détendit.

La laissant garder son emprise sur lui, il passa un bras autour de ses épaules, la touchant à peine, mais s'approchant suffisamment pour pouvoir détacher sa main du mouchoir et le tenir en place pour elle.

— Est-ce une grosse somme d'argent ? demanda-t-il.

Elle n'aurait probablement pas été chez Wren si elle était riche.

Elle courba la tête, l'empêchant de voir son expression.

— Ce n'est pas vraiment tout ce que j'ai au monde, avoua-t-elle. Ce n'est pas vraiment tout ce que je possède. C'est juste que le reste de mes affaires est en route pour le Sussex.

— Qu'avez-vous laissé exactement chez Wren ? insista-t-il.

— Mes chansons. Une robe. Un éventail serti de fausses pierres précieuses. Des rubans pour les cheveux. Assez d'argent pour acheter un bol de soupe.

Elle serra le poing.

— Je m'en veux tellement d'avoir laissé l'éventail. C'était un cadeau de trois très bonnes amies, mais je suis sûre qu'elles comprendraient si je leur racontais ce qu'il s'est passé.

Elle se raidit, pivotant pour le regarder fixement.

— Je ne suis pas une gourgandine. Je ne suis pas une femme déchue. Je ne suis pas une Jézabel ni quoi que ce soit de ce genre. Je suis…

Elle haussa le menton.

— Chanteuse.

Tout de suite après, elle baissa la tête.

— Ou je devais l'être. Cet homme misérable, ce scélérat devait me payer pour chanter.

— Vous *chantez ?*

Elle regarda William dans les yeux.

— Oui. Des chansons. Wren m'a engagée pour chanter des chansons sur scène. Il avait promis de me payer.

Elle souffla, puis se ressaisit.

— J'ai vraiment une bonne voix et les gages promis n'étaient pas pharamineux au point d'éveiller mes soupçons.

Elle étira ses doigts, vit du sang sur ses gants et frissonna.

— On m'a toujours dit que ma voix était un don du ciel et…

Elle n'acheva pas sa phrase.

Une main sur les genoux, elle pencha la tête.

— Mes chansons sont dans ce sac. Avec un portrait que mon amie Grace a fait de nous, riant et chantant en compagnie de Joanna et de Rachel.

— Ainsi vous êtes un oiseau chanteur. Un rossignol.

Il tendit la main et entreprit de retirer son gant taché avec douceur.

— Plus maintenant, dit-elle.

Elle se redressa pour ôter ses gants elle-même et les plier.

— Sottise. Ne laissez personne se mettre sur votre chemin.

— Il ne s'agit pas seulement d'une personne.

Ses yeux assombris le dévisagèrent.

— Tout le monde semble se mettre sur mon chemin. Tout

le monde dit que je devrais être gouvernante d'enfants. Tout le monde. Et cette histoire sordide le prouve.

— Elle ne prouve rien de tel.

Les paroles de William étaient fermes, mais Isabel montra qu'elle n'en croyait pas un mot en agitant ses gants.

— Je ne chanterai plus jamais, dit-elle. Mme Dubois, la directrice de notre institut pour jeunes jemmes, a dit un jour que devenir chanteuse serait ma perte, et elle ne savait pas que j'écoutais, alors je suppose qu'elle était sincère. Mais moi, je ne pouvais simplement pas le croire — jusqu'à cet instant. J'aurais dû car Mme Dubois avait *toujours* raison.

Elle rencontra le regard brun de son sauveur.

— Même quand nous ne voulions pas reconnaître devant elle qu'elle avait raison — elle avait raison. J'aurais dû apprendre de mon amie Grace comment les choses peuvent déraper et mal tourner.

— Et qu'est-il arrivé à votre amie Grace ?

— Elle m'a expliqué comment…

Elle fit voleter sa main jusqu'à sa tête avant de resserrer les liens du corselet de sa robe pour mieux se couvrir. Elle s'appuya contre la paroi de l'habitacle — dont l'odeur lui rappela celle d'une forge.

— Elle m'a expliqué comment il arrive aux gens de commettre des erreurs. Et je m'aperçois maintenant que j'aurais peut-être dû me sentir plus reconnaissante d'avoir la chance d'être formée au métier de gouvernante. Tout le monde n'a pas la bonne fortune d'avoir des parents comme les miens, qui consentent à envoyer une fille au loin pour son éducation.

Elle tressaillit.

— Mais je voulais chanter. Je le voulais vraiment. Chanter pour un public.

Elle se rappela la joie qui l'inondait quand la musique résonnait autour d'elle.

— Il fallait que je sache. Wren et moi avons échangé de nombreuses lettres et je le croyais respectable. Il fallait que je sache s'il avait un vrai travail pour moi. J'aurais peut-être pu suspecter que tout cela n'aboutirait à rien et refuser son offre, mais toute ma vie je me serais demandé si j'avais bien fait et j'en aurais nourri des regrets. Cela vaut peut-être la peine de risquer sa vie pour être fixé, une bonne fois pour toutes.

— Non. Sûrement pas.

Son ton était catégorique. Elle l'examina dans la lumière faiblissante. Il était assis, sans paraître gêné de l'examen auquel elle le soumettait, et Isabel n'avait pas l'impression de se montrer impolie ou hardie, mais seulement d'essayer de découvrir à quoi il ressemblait et de déchiffrer ses pensées.

Toutefois, il lui fallait maintenant songer à son avenir.

— Je vais envoyer un courrier, expliquer que j'ai été obligée de faire un détour, dit-elle. Je passerai certaines parties sous silence et j'espère que Mme Dubois acceptera cette excuse et me donnera à nouveau des références pour une famille. Je serai…

Elle ferma les yeux et se força à prononcer le mot.

— Gouvernante.

— Ces enfants auront de la chance de vous avoir.

— J'espère seulement qu'on me permettra de reprendre ma position.

— Une gouvernante pourrait chanter pour les enfants dont elle s'occupe.

— Bien sûr…

— Chantez pour moi, demanda-t-il.

— Non.

— S'il vous plaît.

Elle essaya, mais seulement trois notes sortirent avant que sa bouche ne s'assèche. Sa voix trembla, se fêla et ne parut plus être la sienne.

— Je ne veux plus jamais chanter, dit-elle. Je chantais parce que « la vie est trop courte pour boire du mauvais vin », comme dit l'adage. Je voulais avoir une chance de boire du *bon* vin.

— Vous y parviendrez peut-être en empruntant un autre chemin. Mais ne renoncez pas totalement à votre passion — une passion aussi suave que le chant.

— Ma voix a toujours attiré l'attention sur moi, dit-elle.

Toujours. Mais Mme Dubois m'a dit tant de fois que l'excès de fierté précède la chute, et qu'il n'aide pas à la rendre moins douloureuse.

— Les rossignols ne sont pas obligés de rester à terre.

— On m'a rogné les ailes, dit-elle sombrement.

— Pour ce soir je vais vous trouver un lieu sûr où déguster du bon vin. Et demain, vous pourrez envoyer ce courrier à votre directrice. Vous aurez de nombreuses chances de rendre des enfants heureux sous votre garde.

— Si vous pouviez juste me déposer là où je pourrais trouver un logis convenable.

— Je connais un seul endroit capable d'offrir ce qu'il vous faut. La maison de ma sœur. Elle est mariée et trop convenable pour son bien. Demain, elle pourra rapidement envoyer un messager à la famille qui devait vous accueillir. Nous raconterons une histoire, dirons que vous êtes venue à son aide et que vous avez manqué le départ de votre voiture. Elle vous procurera même une nouvelle toilette. Cela ne sera qu'un petit détour dans votre voyage.

Isabel souffla.

— Merci.

Ce mot lui fit mal à la gorge. Wren avait dû presser la lame plus fort qu'elle ne l'avait pensé. Elle passa les doigts sur son cou, chercha une marque mais n'en trouva pas.

William se pencha en avant et fit glisser la plaque d'une petite trappe en bois.

— Chez Sophia ! lança-t-il.

Mais avant de refermer l'ouverture, il ajouta :

— Lentement.

Il jeta un coup d'œil à Isabel et sourit.

Ce mot l'enveloppa, la nimbant de bien-être.

Il se détendit et passa un bras sur le dossier de la banquette, sans la toucher mais la baignant quand même de sa présence.

— Eh bien, Miss Rossignol, présentons-nous pendant que nous roulons. Le seul fait de vous écouter parler est un vrai délice.

Chapitre 3

La voiture s'arrêta en grinçant et aussitôt Isabel vit les yeux de William s'obscurcir. Il se redressa et ôta son bras de derrière elle.

— Si vous voulez bien attendre un instant, dit-il, la main sur la poignée. J'aimerais envoyer le majordome de ma sœur faire une course, afin qu'il ne vous voie pas entrer dans la maison. Il vaut mieux laisser entendre que vous êtes arrivée avec Sophia.

Il baissa la voix.

— Et vous pouvez compter sur le cocher pour garder le silence, je vous l'assure.

Sautant hors de la voiture, il partit dans la nuit désormais noire. Isabel pressa sa main sur le cuir chaud de la banquette, la solitude l'envahissant. Elle souhaita qu'il ne l'ait pas quittée — car maintenant le souvenir du couteau refaisait surface.

Elle était vivante et, exception faite de ce détour, son existence allait continuer comme prévu. À présent, elle pouvait accepter d'être gouvernante. Elle avait vu ce que représentait réellement une vie de chanteuse. Sa mère l'avait mise en garde un nombre incalculable de fois : pour la plupart des gens, les chanteuses étaient payées pour faire d'autres choses, bien moins honorables. Elle n'en avait pas tenu compte à l'époque, mais maintenant elle comprenait.

Elle frissonna et releva le rideau de la vitre. La lune émettait assez de lumière pour qu'elle puisse voir l'hôtel particulier devant lequel la voiture s'était arrêtée. Un hôtel particulier !

William ne lui avait pas dit que sa sœur était riche. Elle abaissa le rideau et se mit à arranger ses épingles à cheveux, ignorant la douloureuse sensation que ce mouvement produisait dans son épaule.

Elle était encore en train de se recoiffer quand la portière s'ouvrit et que William passa la tête à l'intérieur. Ses lèvres se relevèrent.

— Rossignol, pas la peine de vous donner trop de mal. Ma sœur me connaît.

Les mains d'Isabel se figèrent.

— Je suis horrible à voir.

Il tendit le bras à l'intérieur, lui prit les mains et la tira vers lui tandis qu'il reculait dehors.

— Vous êtes aussi horrible à voir qu'un cygne au clair de lune. Et le plumage des cygnes n'est pas toujours parfaitement lissé. Quelquefois, ils battent des ailes et des plumes s'envolent dans tous les sens, mais pas un instant ils ne cessent d'être des cygnes.

— Vous savez vous montrer très flatteur.

— Vous le méritez, dit-il, se courbant pour pouvoir parler à mi-voix tandis qu'ils montaient les marches du perron. Mais avec trois sœurs, j'ai eu tout le loisir de m'entraîner à l'usage de la flatterie, croyez-moi — même si elles méritent aussi d'être complimentées. Un jour, elles m'ont donné une liste.

— Une liste ?

— Oui. Une liste de compliments. Elles avaient tenu conseil un soir et décidé quelles phrases merveilleuses elles aimeraient m'entendre prononcer — pour remplacer mes éternelles remarques sur leurs leçons, leurs exercices de piano ou leur manque de gentillesse les unes envers les autres. Chaque fois que je les corrigeais d'une façon quelconque, je devais répéter l'un de leurs compliments et en ajouter un de mon cru.

— J'aurais aimé avoir un frère comme vous.

Il ouvrit la porte et la fit entrer.

— Elles sont infernales avec moi ! Sophia dit que si elle s'est mariée ce n'est sûrement pas moi qui lui en ai donné l'envie. Quant à Rosalind et Harriet, elles prétendent, non sans ironie, rester célibataires parce que je les ai habituées à trop de perfection…

Isabel le regarda et essaya de trouver les mots qu'il fallait pour le remercier de ce qu'il avait fait. Mais la voix lui manqua. Elle passa une main sur son cou, souhaitant pouvoir dire quelque chose qui expliquerait ce qu'elle éprouvait.

— Oh…

Gentiment, il ôta sa main de sa gorge et son front toucha presque son front à elle.

— Je vous en prie, ne paraissez pas aussi affligée.

— Je vous dois… tant, dit-elle dans un souffle.

Elle s'accrocha au revers de sa redingote pour rester debout.

En effleurant le creux de son dos, il l'aida à se tenir droite, et il prononça quelques mots dans un murmure qui lui fit l'effet d'une caresse.

— J'aurais fait la même chose pour qui que ce soit.

Elle resserra son emprise sur son revers.

— Cela vous rend… encore meilleur.

Il secoua la tête et lança un coup d'œil au plafond avant de ramener son regard sur elle.

— Je suis seulement à deux doigts d'être l'héritier ivrogne, joueur, débauché, sans le sou, ingrat et vaniteux d'un vicomte. De grâce, ne dites surtout rien de positif à mon sujet, ou vous ruineriez cette réputation que j'ai eu tant de mal à bâtir.

— Vous êtes le seul à être venu à mon secours et j'ai pourtant hurlé, j'en suis sûre.

Elle posa sa paume à plat sur l'étoffe de sa redingote.

— J'ai eu tellement de chance que vous soyez là.

— Je souhaiterais seulement… que les choses se soient passées telles que vous le désiriez, dit-il en abaissant les yeux sur son bras.

— Je n'aurais pas pu…

Elle tira sur la manche courte de sa robe, consciente que seul un pouce de tissu la retenait encore au vêtement.

— Ce qui m'est arrivé valait presque la peine d'être vécu,

car je sais maintenant qu'il y a des hommes tels que vous dans le monde.

Il protesta en grommelant et regarda sa main qui essayait désespérément d'arranger sa robe.

— Ne pensez pas à l'état de votre tenue, Isabel.

Ses paroles s'adoucirent en un murmure.

— Vous ne pouvez pas la réparer.

Il prit une petite lampe sur la console et la tint en hauteur pour qu'elle puisse monter l'escalier.

Lorsqu'ils atteignirent le salon, il la conduisit jusqu'à un fauteuil capitonné de velours bourgogne. Il alluma une autre lampe et la posa sur une table à côté d'elle.

— Je vais chercher Sophia, dit-il en sortant.

Elle s'était attendue à ce qu'il sonne une femme de chambre, mais il s'était comporté comme l'aurait fait quelqu'un ayant les mêmes moyens qu'elle. La bonne à tout faire de sa mère n'aurait sûrement pas été tirée du lit aussi tard dans la soirée, car cela aurait pris plus de temps que le simple fait d'aller chercher quelqu'un soi-même.

Isabel regarda autour d'elle et jugea le décor assez proche de celui qu'on trouvait chez ses parents. Les lampes étaient plus nombreuses et le tableau au-dessus de la cheminée avait un cadre très large, mais à part cela, le salon aurait pu être celui d'un hobereau de campagne.

William revint et secoua la tête.

— Elle doit se coiffer avant de descendre.

Aussitôt, Isabel inspira, prête à s'excuser.

— Ne vous inquiétez pas, dit-il, le visage rassurant. C'est Sophia. Ma sœur. Celle qui a…

— Qui a ?

Une femme entra, paraissant tout juste assez âgée pour ne plus avoir de gouvernante. Ses cheveux bouclaient autour de leurs épingles. Sa robe de chambre avait les mêmes manches ballon qu'une robe de jour, mais le drapé et le lustre d'une toilette que l'on pourrait porter dans une soirée.

— Qui a le plus beau sourire du monde, compléta William.

Il les présenta, parlant d'une façon aussi naturelle que s'il s'était agi d'une visite matinale et que la journée commençait, promettant rayons de soleil et fleurs des champs.

Quand Sophia vit Isabel, sa bouche s'ouvrit, mais elle garda d'abord le silence, avant de dire doucement :

— Votre bras… Je dois aller chercher un linge pour le nettoyer.

Isabel se leva, l'arrêtant d'un geste de la main.

— Le sang ne coule plus. Et la blessure n'est presque plus douloureuse. Votre frère m'a sauvée.

— Oh ! lui…

Sophia haussa les épaules.

— Une fois, j'ai glissé et suis tombée dans une rivière la tête la première. Il m'a repêchée, puis ramenée à la maison en me tirant par l'oreille parce que, disait-il, je lui avais fait une peur bleue.

Elle lança sa main de côté et donna une bourrade sur le bras de William.

— Je ne lui ai toujours pas pardonné de m'avoir tordu une oreille.

William fit mine d'examiner ses oreilles.

— Oui. C'est hideux, en effet. De quoi faire frissonner.

Sophia accueillit ses paroles d'un vague mouvement du poignet et s'avança vers Isabel.

— Eh bien, occupons-nous de vous, nous allons vous réparer.

— Soph…, coupa William. Il y a autre chose. Je ne voudrais pas envoyer un messager en pleine nuit, mais tu devras rédiger un message rapide demain matin pour l'employeur de cette jeune femme. Invente juste quelque chose comme… Voyons… Explique qu'elle vous a sauvées, une amie et toi, d'une terrible attaque de guêpes, et qu'elle n'a pas pu vous abandonner à votre sort. Tu sais, l'histoire que tu as racontée à tante Emilia.

Il fit un clin d'œil.

— Il serait dommage de laisser une invention pareille tomber aux oubliettes alors qu'elle pourrait servir à nouveau.

Sophia secoua la tête.

— Je ne suis pas certaine que tante Emilia ait cru à cette histoire.

William soupira.

— Je sais très bien qu'elle ne t'a pas crue. Elle m'a d'ailleurs dit qu'il devenait urgent que je te marie. J'ai donc choisi un jeune homme convenable que j'ai placé sur ton chemin, et le tour était joué.

Sophia haussa le menton, sourit et prit un ton de tragédienne.

— Il a suffi *d'une* danse, et il est tombé *fou amoureux* de moi.

— Vous voyez, Miss Morton…

William noua ses mains dans son dos.

— … Elle est douée pour les histoires.

Il tourna les talons et s'apprêta à partir, puis s'arrêta et regarda sa sœur.

— Tu pourrais raconter l'aventure de ce soir à tante Emilia. Pour me faire mousser.

— Je le ferai. Mais elle ne se réveillera pas de bonne heure demain matin. Elle assiste ce soir à un dîner chez les Browning. Elle ne sera pas la première à partir car elle a de nouveau enfilé ses gants de marieuse. Elle pense que nos sœurs ont passé assez de temps à la campagne.

— Elle a peut-être raison.

— Oh ! je t'en prie !

La voix de Sophia se fit malicieuse.

— Quand on saura que Ros et Harriet sont prêtes à se laisser courtiser, tante Emilia va examiner les propositions et tu te plaindras que les prétendants sélectionnés ne sont pas assez bien. Notre tante projette d'inaugurer la Saison avant l'heure. Même les gens qui étaient à la campagne pour l'été reviennent pour être à ce dîner. Apparemment, c'est un événement car on doit y discuter des plans de Nash pour notre ville. Nous ne pouvons pas laisser Bonaparte nous éclipser par le luxe de Paris.

— Je suis donc surpris de t'avoir trouvée chez toi.

— C'est que je ne souhaite pas me mêler à une discussion échauffée sur l'architecture ou sur Napoléon, répondit Sophia, et que je préfère passer la soirée avec mon époux *follement amoureux.*

— Quoi qu'il en soit, tu entendras parler des plans de Nash par tante Emilia. Et de ses plans de bataille à elle pour capturer des soupirants acceptables pour nos sœurs.

Il haussa le menton et sourit à Isabel.

— Notre tante aime beaucoup sortir. Bien qu'elle ait une maison à la campagne près de celle de mon père, elle préfère sa résidence londonienne. Pour elle, la compagnie de la haute société est vitale.

— Ce qui signifie qu'elle doit ignorer à quelles aventures indécentes s'adonne notre frère, intervint Sophia.

William inclina la tête vers sa sœur et vers Isabel.

— Et maintenant, ton cher frère peut prendre congé puisqu'il estime que deux femmes aussi formidables sauront prendre soin d'elles pour la nuit.

Son regard s'attarda sur le visage d'Isabel, puis sur le haut de son bras.

— Miss Morton, il vaudrait peut-être mieux que vous restiez chez ma sœur un jour ou deux de plus, à moins que vous n'ayez une robe à manches longues avec vous. Cette estafilade sur votre bras pourrait soulever des questions.

— Oui, acquiesça Sophia. Je pourrai vous trouver une robe à manches plus longues, mais être trop couverte par cette chaleur pourrait aussi vous faire remarquer. Vous avez même un léger bleu ici…

Elle désigna le haut de sa joue.

— Mais après tout, les guêpes me pourchassaient à toute vitesse avant que vous ne brandissiez votre bonnet comme une épée et ne dispersiez l'essaim en faisant des mouvements en tous sens.

Le sourire de William s'adressa à Isabel.

— Ne la laissez pas trop s'emporter, ou elle vous fera sauver des dizaines d'enfants et des bataillons de soldats, et il deviendra difficile de se rappeler les détails.

Il se penchait si près d'elle qu'elle avait l'impression de sentir les battements de ses cils la frôler, mais c'était surtout sa propre poitrine qui se soulevait. En chuchotant presque, il ajouta :

— Ne lui dites pas le moindre mensonge, ou attendez-vous à ce qu'elle se souvienne de chaque détail.

— J'ai entendu ! dit Sophia d'une voix forte.

Puis elle reprit un ton plus doux.

— Néanmoins, c'est vrai.

William murmura son assentiment et s'adressa encore à Isabel.

— Je regrette que nous nous soyons rencontrés dans des circonstances aussi déplaisantes et j'espère que vous oublierez bientôt tout de cette soirée.

Sa haute silhouette s'arrêta un instant au seuil de la porte, puis disparut. Le bruit de ses pas faiblit au loin, la pièce redevint une pièce ordinaire et Isabel put sentir le bleu sur son visage sans avoir à le toucher.

William descendit rapidement l'escalier, se forçant à ne pas se retourner. Il sonna le majordome et attendit, tapotant le mur avec le cordon d'appel.

Finissant de fermer les deux derniers boutons de sa jaquette, le majordome arriva et demanda :

— Oui, Sir ?

— Je me suis aperçu que ma sœur recevait la visite d'une amie, alors je ne resterai pas.

— Très bien, Sir.

Le domestique ajusta son habit.

— Veillez bien sur elles, recommanda William.

— Je ne manque jamais de le faire, répondit le majordome.

Le souvenir de la fois où William était venu chez Sophia au milieu de la nuit avec sa propre clé et avait manqué de se faire assommer par le domestique zélé sembla passer dans les yeux de ce dernier.

— Je sais.

William resta une seconde de plus, se remémora la scène avec un sourire lugubre et sortit dans la nuit.

Le verrou de la porte fut aussitôt poussé derrière lui.

William regarda sa voiture, la lune pleine aux trois quarts et les maisons dont la plupart des fenêtres étaient obscures.

Il entendit d'en bas la voix de Miss Morton et se tourna vers la fenêtre ouverte au-dessus de lui. Des murmures et un « Bonté divine ! » de Sophia, puis d'autres murmures et une exclamation choquée. Sa sœur aurait dû savoir qu'il n'était pas prudent de laisser les fenêtres ainsi ouvertes, songea-t-il, mais il resta impassible jusqu'à ce que l'un des chevaux hennisse et le tire de sa rêverie. Alors seulement il entreprit de rentrer chez lui.

Il s'assit dans le coupé, croisa les bras et s'adossa à la banquette en cuir. Un soupçon de parfum s'attardait dans l'habitacle. Un parfum de roses. Se rappeler qu'il avait failli partir de chez Wren plus tôt dans la soirée faisait naître en lui de grands remords. Il avait besoin d'écarter tout souvenir des dernières heures et de se concentrer sur le seul fait que la jeune femme était sauve, vivante, et que l'on s'occupait d'elle.

L'expression de son visage quand le couteau était pressé contre sa gorge restait imprimée dans son esprit. Penser qu'il avait failli partir et que la vie du Rossignol en aurait été changée pour toujours ! N'eût été ce plumet bleu qui se balançait d'une façon un peu ridicule, il ne l'aurait peut-être pas remarquée et l'aurait abandonnée à son sort.

Il passa la main sur ses articulations et ses doigts enflés, les inspectant. Quand ils seraient remis, il pourrait retourner voir Wren. Il effaça une trace de sang séché de sa main.

Mais avant que la jeune femme ne quitte Londres, se promit-il, il irait chez sa sœur et demanderait à Isabel de lui chanter quelque chose. Il y tenait. Il sourit, s'imaginant debout près d'elle à côté du piano de Sophia, la musique emplissant la pièce.

La pensée resta logée dans sa tête jusqu'à ce qu'il pénètre dans son salon. La vue que l'on avait des trois fenêtres n'avait rien de fascinant, pourtant il semblait ne jamais s'en lasser. Il se tint debout devant celle du milieu et put à peine distinguer les contours du paysage dans l'obscurité, au-dessous de lui.

Une autre rangée de maisons de ville, semblables à la sienne. Une autre rangée de fenêtres, semblables aux siennes.

Il ne se souciait pas de voir l'intérieur des maisons ni ce qui se trouvait derrière les carreaux. Il craignait de voir un tapis pareil au sien. Mais il savait qu'il ne verrait pas de mobilier semblable au sien. La pièce ne comportait presque aucun meuble à l'exception de deux tables basses, d'un fauteuil à dossier droit et d'un bureau tout simple sur lequel se trouvaient deux lampes dont la qualité principale était d'être pratiques.

Il espérait que les quartiers des domestiques étaient meublés plus confortablement que son salon. Pour sa part, ce côté spartiate lui convenait. Il l'empêchait d'approcher de trop près ces souvenirs du passé où l'image de la maison était associée aux fanfreluches de ses sœurs et aux petites fleurs brodées sur les nappes.

Rien de frivole dans son domaine, et son lit était le seul meuble confortable de toute la maison. Un lit monstrueusement grand qui avait appartenu à son grand-père, et qu'un ouvrier avait eu le plus grand mal à assembler.

Mais il n'avait pas envie d'aller se coucher parce qu'il ne cessait de revivre les moments tranquilles passés avec Miss Morton dans la voiture, tout en essayant de se souvenir du profil exact de son nez. Il était plus facile de se rappeler la couleur de ses cheveux, et dans tout ce chaos il ne savait pas très bien ce qui était arrivé au fameux plumet.

Il secoua la tête. Il était debout devant la fenêtre, rêvassant à un brin de plume comme le ferait un écolier. Il avait dû recevoir sur le crâne un coup plus fort qu'il ne l'avait cru. Mais l'instant où il était entré dans le bureau de Wren, où il avait vu le couteau et les yeux de la jeune femme écarquillés par la peur, cet instant avait laissé en lui des traces plus profondes que les éraflures de sa main. Mesurer à quelle vitesse la vie d'une personne pouvait devenir poussière l'avait ébranlé. Maintenant encore, ses entrailles en frémissaient.

Ses yeux se dirigèrent vers la carafe posée sur la table basse. À moitié pleine. Les domestiques n'étaient pas autorisés à la remplir avant qu'elle ne soit complètement vide. Si son père était entré dans une pièce de la maison familiale et n'avait pas trouvé pleine la carafe de cognac, le domestique responsable en aurait entendu parler ! Et tous les autres aussi.

Son père. William souhaita que ce dernier regarde encore le monde avec des yeux embrumés par le chagrin et l'alcool. Finalement, c'était plus supportable.

Il résista à l'envie de donner un coup de botte dans la partie inférieure de la haute fenêtre. Cela causerait des dégâts, mais un domestique se chargerait de les réparer.

Il pouvait briser chaque carreau un à un, et le monde continuerait de tourner comme il l'avait toujours fait. Il ne pouvait pas changer la façon dont les choses fonctionnaient et, même s'il cassait toutes les vitres, quelqu'un se précipiterait pour remettre de l'ordre sans attendre.

Quant à son père, après des années passées dans un demi-sommeil, il s'était vraiment réveillé et avait décidé que lui aussi avait besoin de remettre de l'ordre. Il voulait remettre le monde sur ses rails, des rails dont il avait ignoré l'existence pendant des années. Son père ne se rappelait pas les vitres brisées jetées à la poubelle. Il ne se rappelait pas le verre cassé.

À présent, le vicomte ne se souciait que d'une chose. Il fallait que son fils se marie et produise un héritier. Il en avait donné l'ordre à William comme il aurait pu lui demander de lui rapporter un objet quelconque.

Le vieil homme projetait d'obliger son fils à se marier, quels que soient les moyens qu'il lui faudrait employer — et saisir les loyers dont William vivait contribuerait sans aucun doute à le faire obéir. Cependant, le priver de ces fonds n'atteindrait pas que lui, il le savait bien. Douze domestiques vivaient là. Treize s'il comptait le jeune enfant dont il prétendait ignorer la présence — un petit garçon qui avait un lien avec la cuisinière engagée par l'intendante l'année précédente. L'un des domestiques l'avait informé de son existence en glissant un billet mal écrit à côté de son oreiller, et sans cela il n'en aurait rien su. Apparemment, la vie ne se montrait pas tendre non plus avec le personnel.

William prit la carafe et emplit son verre presque à ras bord — pour voir jusqu'où il pouvait aller sans le faire déborder. Il posa la carafe sur la table et porta lentement la boisson à ses lèvres, sans en renverser une goutte. Il but l'alcool d'un trait, en savourant la brûlure.

Le verre toujours à la main, il s'étira et retourna près des fenêtres. Les domestiques avaient besoin de leur emploi.

William s'arrangerait pour récupérer les chevaux auxquels il tenait, puis il assisterait à une soirée et danserait avec toutes les jeunes dames à marier. Histoire de donner de l'espoir à son père. Un espoir stérile, mais à quoi bon tourmenter le vieil homme.

Tout le monde serait content. William trouverait un moyen de faire revenir les chevaux dans ses écuries. Son père croirait que la quête d'une épouse avait sérieusement commencé. Sylvester saurait que si William n'avait pas de fils le sien hériterait du titre du vicomte. Tout le monde serait satisfait, sinon heureux. Fin du plan.

William dormit tard le lendemain matin et s'attarda à sa toilette. Il avait rêvé d'oiseaux voletant autour de lui avec des bonnets à plumes.

Quand l'heure du dîner arriverait, il serait chez Sophia. Il prit un livre qu'il avait emprunté à sa sœur près d'un an plus tôt, projetant d'en lire assez pour pouvoir dire qu'il l'avait fini. Il irait le rendre en fin de journée de manière à ce que sa sœur l'invite à dîner. Peut-être même, il l'espérait vivement, qu'on improviserait une soirée autour du piano. Il était tout à fait naturel qu'il veuille leur rendre visite, se dit-il, qu'il veuille s'assurer du bon progrès de leurs plans et qu'il leur offre son aide.

Le livre presque terminé sous le bras et le menton irrité par le second rasage de la journée, il se dirigea vers la porte d'entrée juste au moment où une voiture s'arrêtait devant la maison.

Sophia n'ayant pas de voiture de ville, cela ne pouvait être que son père.

William posa le livre et s'apprêta à ouvrir, avant que le majordome n'ait le temps de s'en occuper. La porte d'entrée fut secouée par un coup violent.

William ouvrit. Son père passa devant lui en le bousculant au passage, et s'arrêta quelques enjambées plus loin.

Le vicomte leva les yeux vers le visage de son fils, lui mit rudement son chapeau et sa canne à pommeau d'or dans les mains et annonça :

— Habituez-vous à ces manières, dit-il d'une voix furieuse.

Il se dirigea précipitamment vers l'escalier.

— Je m'assurerai que si vous n'êtes pas pendu vous soyez au moins déporté, assena-t-il encore. C'est apparemment ce que vous souhaitez.

Déporté ? Pendu ? Son père avait perdu l'esprit. Complètement. Les années de chagrin noyées dans la boisson avaient transformé son cerveau en pudding.

Le vicomte grimpa rapidement les marches, plus vite que William ne l'avait jamais vu faire. Il le suivit, ne voulant surtout pas que leur conversation puisse être entendue par les domestiques.

Le vieil homme s'arrêta dans le salon et fit volte-face.

— Espèce d'ingrat ! De vaniteux ! Vous avez joué et perdu votre nom ! Et le mien, par-dessus le marché ! Des générations de notre héritage ! Détruites. À jamais. Par vous. Je pensais que vous vous soucieriez un peu plus de vos sœurs.

William posa le chapeau sur le globe d'une lampe éteinte et posa la canne contre le mur.

— De quoi parlez-vous ?

— Ma sœur…

Son père se frappa la poitrine.

— Ma sœur, Emilia, est venue me trouver en larmes. Vous êtes moins qu'un fils.

Il étendit les mains, les doigts recourbés comme des serres. La bouche crispée, il inspira entre ses dents.

— Vous avez voulu me piéger, mais vous allez comprendre que mes paroles n'ont pas été prononcées à la légère. J'ai simplement menacé de contourner les lois sur l'héritage. Mais je n'en avais pas besoin. Vous étiez tout disposé à vous en occuper vous-même.

— Je n'ai rien fait de mal.

Chaque mot qu'il prononçait lui irritait la gorge.

— Je voulais seulement reprendre les chevaux.

Le vicomte détourna brutalement la tête et se mit à fixer les fenêtres.

— Je ne peux même pas supporter de vous voir.

Ses mots se précipitèrent.

— Je ne pensais pas que vous bondiriez pour épouser une personne convenable, mais je ne m'attendais pas à ce que vous détruisiez notre héritage tout entier.

— Je n'ai rien fait de tel.

Son père agita les mains dans les airs.

— Vous vouliez vous assurer qu'aucune dame digne de ce nom ne consentirait à vous épouser. Vous avez enlevé une femme en plein jour, devant autant de témoins que vous avez pu en trouver.

— Enlevé ? Avez-vous bu ?

La voix de William monta. Cet homme avait vraiment perdu l'esprit.

— N'essayez pas de changer de sujet.

Le vicomte passa à toute allure devant William et se posta devant une fenêtre. Il planta les bras de chaque côté de l'encadrement comme pour s'aider à tenir droit. Sa tête tomba.

— Votre tante Emilia m'a même supplié de dire que vous

étiez avec elle, pour vous sauver. Mais je n'en ferai rien. En outre, il y a trop de témoins.

William comprit enfin de quoi il s'agissait.

— Cette femme a été attaquée.

— Attaquée ? Bien sûr, qu'elle l'a été ! Par vous ! On raconte que vous avez pratiquement traîné une femme rousse, qui hurlait, hors d'un bordel.

— Non.

La gorge de William se serra.

— Non.

— Pourquoi ne suis-je pas surpris ? J'étais au courant de vos débauches. J'ai toujours été au courant. J'ai entendu parler de la nuit où vous vous êtes battu, ivre, avec le frère du duc de Wakefield. Je sais aussi que vous avez l'habitude de jouer gros. Mais jamais je n'ai pensé que vous pourriez agir de façon aussi vile.

Le vicomte pressa ses poings serrés sur ses yeux.

— Mon fils, dit-il dans un souffle.

Il écarta ses poings, les yeux rougis.

— Je suis responsable de cette vilenie. Je l'ai causée.

Sa voix se fêla, puis reprit de l'aplomb.

— Mais je peux y remédier. Vous allez vider les lieux d'ici à quinze jours. Je suppose que vous pourrez dormir dans votre nouvelle voiture. Je ne veux plus vous revoir.

Ses lèvres tremblaient. Sa voix contenait la même fureur que lorsqu'il avait ordonné à William d'ôter la bague du doigt de sa mère la dernière nuit de sa vie.

Le bijou avait glissé facilement et il avait eu l'impression de lui arracher son dernier souffle.

Mettant ces souvenirs à distance, William se tourna afin de ne pas voir le visage de son père. Il se sentait pris dans un étau bien trop familier, mais cette fois il lutta de toutes ses forces pour s'en extirper et pouvoir parler.

— Que s'est-il passé pour que vous m'en vouliez autant ? demanda-t-il.

— Cette nuit, répondit son père, j'ai perdu mon fils unique. Je ne pourrais pas supporter de fréquenter quelqu'un comme vous.

Il contourna William, prit son chapeau sur la lampe et attrapa sa canne.

William pivota.

— Père ! Que se passe-t-il ?

Le vicomte serra son chapeau et sa canne dans ses mains.

— Je dois me blâmer pour ce qui s'est passé, William. Mais cela ne change rien. Je n'aurais pas dû déplorer si longtemps la mort de votre mère. J'aurais dû ouvrir les yeux avant qu'il ne soit trop tard. Mais maintenant *il est* trop tard.

Il s'avança, mais abaissa sa canne.

— Oh ! vous m'avez ouvert les yeux. Vraiment. Mais je n'ignorerai pas une telle conduite. Plus maintenant. Cette affaire a dépassé les limites du supportable. Même pour vous.

William regarda son père en plissant les paupières.

— La femme dont vous parlez est en sûreté chez Sophia. Je l'ai fait sortir de chez Wren de son plein gré. Elle était consentante.

— Chez Sophia ?

Son père sursauta.

— Que sait-elle de cette histoire ?

Il serra les poings.

— Je pourrais payer moi-même le bourreau pour vous pendre, d'avoir attaqué une femme innocente.

Il recula.

— Vos sœurs. Pensez à vos sœurs !

Il inclina la tête. Le silence se fit.

— Cette histoire ne va pas les épargner. Elles seront humiliées.

Attaqué une innocente ? Son père croyait qu'il avait attaqué Isabel ? De nouveau, il sentit l'étau se resserrer.

— Toute la ville en entendra parler.

La voix du vicomte se fit plus aiguë sur la fin de sa phrase.

— Apparemment, la discussion au sujet de votre… conduite innommable a été au centre du dîner, hier soir. Votre tante était mortifiée. Les rumeurs ont déjà commencé à se répandre et elles ne vont cesser d'enfler. Je vous l'ai dit, elle est venue me voir en larmes. Elle a croisé Sylvester et il a confirmé vous avoir vu traîner une femme hors de chez Wren. Il a dit qu'il était si choqué qu'il n'avait pas pensé à vous poursuivre et à la sauver avant que vous ne la fassiez disparaître dans votre voiture.

— Je n'ai rien fait de mal, répéta William.

— Tous les gentlemen présents vous ont vu partir de chez Wren en portant une femme qui avait l'air respectable. Une femme rousse avec un bleu sur la joue. Les hommes qui jouaient aux cartes l'ont entendue hurler. L'ont vue toute dépenaillée dans vos bras. Du sang maculant sa manche. Ils vous ont vu la forcer à sortir et la mettre dans votre voiture. En laissant un couteau derrière vous. On pense que son corps a été jeté dans la Tamise.

— Oh…

William recula, posa une main sur le mur pour se stabiliser.

— Non. Non. Ce n'est pas vrai. Je n'ai pas…

Cette histoire lamentable… Cette histoire allait détruire ses sœurs.

— Vous ne remettrez jamais les pieds chez moi. Vous prendrez vos distances avec vos sœurs, pour leur bien. J'espère que vous tenez assez à elles pour cela.

Son père battit des paupières.

Les événements de la nuit précédente se bousculèrent dans la tête de William. Il n'était coupable de rien, sauf peut-être d'avoir laissé Wren échapper à la justice, mais il n'avait pas souhaité ajouter un scandale à cette pénible aventure.

À présent, sa réputation allait être détruite. Les péripéties de son passé n'étaient pas suffisantes pour atteindre sérieusement ses sœurs, mais si cela s'y ajoutait, tout serait monté en épingle. La souillure ne serait jamais lavée.

Il prit une inspiration.

— Père.

Il voulut rire, mais put à peine produire un son.

— C'est tellement absurde.

Il agita une main.

— Cette jeune femme devait me retrouver, mais elle était en avance et ne savait pas très bien où aller. Alors qu'elle descendait de voiture, un chien, manifestement entraîné par un voleur, a surgi en courant et a effrayé les chevaux. Le voleur a frappé Isabel, mais elle s'est défendue avant de courir vers la porte du fond de chez Wren. Le malfaiteur l'a laissée partir.

Il espéra que personne ne l'avait remarquée dans l'ombre, avant le drame. Mais il douta que les autres clients l'aient fait. Au début, le bonnet cachait son visage et couvrait ses cheveux. Elle était restée dans la pénombre, sa présence effacée par celle de la chanteuse sur scène. Ensuite, quand il l'avait fait sortir du tripot, sa toilette en désordre, son bras maculé de sang — tout le monde les avait remarqués et la lumière s'était reflétée sur ses cheveux lorsqu'on avait ouvert la porte.

Il inspira encore, rassemblant ses pensées.

— Le cocher devait tenir les chevaux tranquilles pendant qu'il se débattait contre le chien et il ne s'est pas rendu compte que Miss…

Il connaissait son nom de famille, mais il l'avait oublié.

— … Qu'Isabel était descendue de la voiture et avait été attaquée.

Son père le dévisagea fixement.

— Et pourquoi une femme de qualité aurait-elle voulu vous retrouver dans un endroit pareil ?

— Nous avions correspondu quelque temps. Nous devions nous rendre à Gretna Green. Je projette de l'épouser, mais je ne pouvais pas partir avec elle dans cet état. C'est pour cela que j'ai acheté la voiture neuve. Pour m'enfuir avec elle. Elle attend chez Sophia pour se remettre et ensuite nous nous marierons.

La chaleur de la journée s'était accumulée dans la pièce et le vicomte essuya d'un revers de main la sueur qui perlait sur son front.

— Elle est vivante ? Une femme rousse ?

— Tout à fait vivante. C'est une femme convenable. Je désire l'épouser. Nous sommes fiancés.

Son père dévisagea William.

— Sans tenir compte des rumeurs qui se répandent comme une traînée de poudre — l'avez-vous attaquée, oui ou non ?

— Non. Je n'aurais jamais pu le faire.

Il se servit de la sincérité de son regard pour convaincre le vicomte.

— Et elle n'a pas compris où elle se trouvait.

— Vous la croyez ?

William hocha la tête.

— Elle est la fille d'un hobereau de campagne. Elle n'en avait aucune idée.

— De la campagne, dites-vous ?

Son père ferma les yeux.

— Ainsi, vous avez correspondu avec elle et elle a accepté de vous rencontrer…

— Père. Nous nous sommes écrit de nombreuses fois pendant qu'elle se formait à devenir gouvernante. Nous n'étions pas certains, étant donné la différence de nos situations, que les gens accepteraient notre union. Alors j'ai jugé qu'il valait mieux, afin d'éviter les dissensions, que nous nous mariions d'abord et que je présente ensuite Isabel comme mon épouse. Mais nous n'en avons pas eu le temps.

— Vous pouvez la montrer ?

— Bien sûr.

Le vicomte frappa de sa canne le chambranle de la porte.

— Je me souviendrai de cette histoire. Je ne peux pas voir mon fils unique accusé d'avoir sali une femme. Je ne le peux pas.

— Je n'ai rien fait de tel. Quand elle ne s'est pas montrée à l'heure de notre rendez-vous, je l'ai cherchée et l'ai trouvée recroquevillée dans une pièce située à l'arrière du bâtiment, chez Wren. Sans réfléchir, je lui ai fait traverser la salle en espérant retrouver le voleur et le faire arrêter.

— J'avais du mal à croire ces racontars, mais j'ai entendu parler de votre façon de courtiser les demi-mondaines. Vous êtes connu dans tous les tripots et toutes les tavernes de Londres. Et cependant, vous affirmez que vous étiez avec une innocente demoiselle. Si elle vous épouse, je saurai que vous dites la vérité. Si elle ne le fait pas, j'interdirai que l'on prononce votre nom devant moi et je ne laisserai pas dire en ma présence que j'ai un fils.

Il s'arrêta en pivotant vers la porte et ramena les yeux sur William.

— Je peux donc passer la journée de demain au club, à rire de l'histoire de Sylvester ? À rappeler qu'il pense m'amener à lui verser l'argent qui vous revient et à plaisanter du fait qu'une simple anecdote ait pris de telles proportions ?

— Oui.

Ce simple mot suffit.

Le vicomte tourna le dos à son fils.

— Je vais expliquer cette histoire saugrenue à votre tante Emilia et elle partira en guerre contre les ragots. Mais vous devez présenter votre bonne amie en société. Et surtout, elle a intérêt à avoir les cheveux couleur de cuivre.

Chaque barreau de la rampe sembla prendre un coup de canne tandis que le vicomte descendait l'escalier.

William s'approcha de la fenêtre. Il avait la bouche sèche. Il posa une main sur le cadre en bois. Non, les maisons de l'autre côté de l'allée n'étaient pas semblables à la sienne. Il lança une jambe en arrière, projetant une nouvelle fois de donner un coup de pied dans la fenêtre, mais il ramena sa botte sur le tapis. Il ne pouvait pas faire cela. S'il le faisait, les gens penseraient que c'était lui qui avait perdu l'esprit et personne ne le croirait innocent.

Il allait se marier. Il fallait qu'Isabel comprenne qu'elle devait l'épouser. Son avenir dépendait de son « oui ».

Chapitre 4

La robe propre avait des airs de vieux vêtement mal raccommodé, mais la retrouver fit le plus grand bien au moral d'Isabel. Face au miroir, elle écarta la jupe de son corps et adressa une révérence à son reflet. Elle redoutait de se mettre à table pour dîner avec Sophia et son époux, car elle n'avait jamais mangé dans une si belle maison et craignait de se mettre dans l'embarras, en commettant une maladresse quelconque.

Une femme de chambre frappa, puis entra quand Isabel l'y invita.

— Miss, vous êtes attendue dans le salon de ma maîtresse.

La domestique s'éclipsa avant qu'Isabel ne se décide à bouger.

En vérité, elle n'avait pas envie de sortir de la chambre à coucher. Mais il le fallait. Elle devait afficher un visage courageux et accepter son sort de gouvernante. Elle essaya de se composer une mine vaillante face au miroir, puis se moqua d'elle-même. Être en sûreté était tout ce qui comptait.

Elle regagnerait ce poste de gouvernante sans perdre sa réputation. Ses parents avaient fait tant de sacrifices afin qu'elle puisse entrer dans l'institut de Mme Dubois et qu'elle puisse recevoir la meilleure éducation possible ! Elle ne pouvait pas les remercier en se montrant incapable de régler ses propres problèmes.

Lorsqu'elle entra au salon, Sophia n'était pas là. Une silhouette solitaire était assise sur le sofa : William, les jambes étendues, le regard happé par quelque pensée lointaine. Cette vision provoqua une grande joie chez la jeune femme. Elle se précipita vers lui pour exprimer de nouveau sa gratitude. Il se leva, redressant ses jambes avec une lenteur contrôlée.

Isabel perdit le fil de ses pensées. Elle n'avait jamais vu un homme comme lui. Jamais. Il aurait pu être le héros de l'un des romans qu'elle aimait lire, venant à bout de n'importe quel malfrat. Cet homme seul l'avait sauvée d'un meurtrier potentiel armé d'un couteau. Il était aussi magnifique à l'intérieur qu'à l'extérieur.

Un vrai sauveur vêtu en gentleman. L'écharpe, parfaite. Sous sa redingote sombre, un gilet mordoré aux boutons assortis.

— Je ne sais comment je pourrai vous remercier, dit-elle.

Ses lèvres se pincèrent, puis se relevèrent aux coins. Il maintint son regard fixé sur elle. Ses yeux ne contenaient aucune trace de bonheur, mais pourtant sa bouche semblait déterminée à rire.

— Par un mariage ? demanda-t-il.

Elle se pencha en avant.

— Je ne vous ai pas bien entendu.

Il noua ses mains derrière son dos.

— Auriez-vous l'amabilité de m'épouser ? *Échange de vœux. Pour le meilleur et pour le pire.* Toutes ces fadaises.

Elle dut déglutir deux fois avant de pouvoir parler. *Pour le meilleur et pour le pire* ? Des *fadaises* ?

— Vous m'avez bel et bien sauvé la vie, dit-elle. Je pourrais peut-être confectionner pour vous un joli bonnet de nuit. Mon père aime beaucoup celui que j'ai fait pour lui.

— Nous sommes au cœur d'une tempête assez violente, dit-il en penchant les épaules en avant, et en approchant sa tête de celle d'Isabel.

Il sentait très bon. Il émanait de lui le parfum le plus agréable qu'elle ait jamais senti. Peut-être une pointe de lilas, mais pas trop fleurie. Plutôt une eau de Cologne très masculine destinée à chasser l'odeur de la crème à raser, de la virilité brute et d'autres notes encore, qui pourraient bien tenter plus d'une femme.

Mais les mots qu'il prononçait n'avaient pas du tout une douce fragrance.

Unis pour toujours ? Des fadaises ? Elle avait rêvé d'un véritable amour. De tous ces « pour toujours » et autres « fadaises ». Elle avait même adressé une prière aux anges — en espérant qu'ils existent — pour que l'un d'eux mette sur son chemin un gentil pasteur ou un beau soldat. Il n'avait pas besoin d'avoir toutes ses dents, ni tous ses cheveux, ni même le bon nombre de doigts et d'orteils. Or cet homme semblait avoir tout cela.

Mais elle voulait quelqu'un qui la regarde comme une étoile rayonnante. Quelqu'un qui saurait la combler d'amour… et que l'on ne rencontrerait peut-être pas dans une maison close. Même si elle ne pouvait regretter qu'il se soit trouvé chez Wren la veille au soir, ce détail ne l'inclinait pas à l'épouser.

Elle adopta une expression ferme et décidée.

— Je suis très bonne pour tricoter des chaussettes qui gardent les pieds bien chauds même pendant les nuits les plus froides, dit-elle.

Il ferma brièvement les yeux et recula, les lèvres relevées aux coins, comme si elles ne connaissaient pas d'autre direction.

— Les rares fois où je serai chez moi, vous ne vous rendrez même pas compte de ma présence. J'y suis peu et sais me montrer discret. Dans le fond, vous seriez toujours une sorte de gouvernante, mais vous vous occuperiez de vos propres enfants — car il faut espérer, en effet, que des enfants fassent partie de l'entreprise.

Oh ! c'était donc de cela qu'il s'agissait. Cet homme avait besoin d'un fils. Peut-être était-il allé chez Wren dans le but de se trouver une épouse, ignorant que ce n'était pas le meilleur endroit pour chercher une femme convenable.

— Des enfants ?

Elle regarda le mur derrière lui.

— Vous n'êtes pas déplaisant à regarder, dit-elle. Je pourrais vous recommander plusieurs jeunes femmes qui sont actuellement à l'institut de Mme Dubois, et qui feraient de très bonnes épouses.

Elle l'évalua du regard et lutta pour continuer à parler. William l'avait aidée de façon très efficace et elle devait lui rendre la pareille.

— Quelle couleur de cheveux préférez-vous ?

Il la jaugea, son regard s'attardant sur sa tête.

— Une couleur cuivrée. Avec des reflets, comme adoucie par le soleil.

— Hum…

Elle le regarda.

— Je l'admets, mes cheveux ont une jolie teinte. Je l'ai entendu dire toute ma vie. Et je peux comprendre que vous souhaitiez des enfants qui auraient cette couleur de cheveux, mais elle est en fait un peu rare et le résultat ne peut être garanti.

— Il est probablement vain d'espérer aussi les yeux bleu ciel qui vont avec…

L'estomac d'Isabel se crispa, et il lui fut difficile de garder son sang-froid.

— Oui, je suis un peu une aberration.

— Une charmante aberration.

Il marqua une pause. Malgré ses paroles flatteuses, il la regarda sans paraître badiner avec elle.

— Et votre voix. J'aime votre voix quand vous parlez. Elle ne m'écorche pas les oreilles.

— Oh ! mon Dieu…

Elle porta une main à son corselet et pencha la tête comme elle le faisait quand quelqu'un la félicitait d'avoir bien chanté.

— Vous savez manier les compliments. J'espère que celui-ci est l'un des vôtres et ne figure pas sur la liste de vos sœurs.

Il hocha la tête et ses lèvres se relevèrent d'un côté avant qu'il ne reprenne la parole.

— Vous seriez surprise du nombre de fois où une voix de femme m'a écorché les oreilles. J'ai trois sœurs, rappelez-vous, et elles ne se privent pas de crier. Alors quand je vous ai surnommée Rossignol, ce n'était pas pour rien. Et le mieux, ce serait que nous nous mariions.

Elle tendit la main, touchant sa redingote juste au-dessus du coude, et la tapota brièvement, s'efforçant d'atténuer le rejet qu'elle s'apprêtait à exprimer. *Diantre ! Personne ne voudra jamais croire que j'ai refusé un fils de vicomte…*, pensa-t-elle.

— Vous n'avez pas à vous soucier de mon honneur. Votre sœur a accepté de m'aider à rejoindre le Sussex. Si l'on ne m'a pas gardé la place, je peux toujours retourner chez mes parents.

Sauf qu'elle ne pourrait pas rentrer chez elle après un tel échec, ce serait une disgrâce. Il lui faudrait trouver une autre place.

— Je ne me soucie pas seulement de votre honneur.

Ses yeux étincelaient et ses lèvres affichèrent de nouveau leur habituel petit sourire.

— Je connais une jeune fille tout à fait charmante qui a presque l'âge de se marier, insista Isabel. Je pourrais faire en sorte de vous la présenter. Des cheveux blonds. Des yeux de la même couleur que les miens.

— Brillent-ils aussi joliment que les vôtres ?

— Je suis sûre que lorsqu'elle vous verra ils se mettront à briller plus fort que…

Elle s'arrêta. Cecilia était si douce, si gentille et plus jeune qu'elle. Un débauché plus âgé qu'elle ne lui conviendrait pas.

— Mais il se peut qu'elle ne soit pas tout à fait la personne qu'il vous faut. Je pense que mes amies de l'institut sont peut-être un peu jeunes pour vous, et celles qui ont été diplômées avec moi sont très occupées. Il vous faudrait peut-être, euh… — elle buta sur les mots — une gentille veuve. Une femme avec une certaine… expérience. Une femme de votre âge.

— J'ai vingt-quatre ans ! Ce n'est pas si vieux !

— Oh ! marmonna-t-elle, je vous croyais plus âgé. Je vous donnais au moins trente ans. Peut-être trente-cinq.

D'autant plus qu'il semblait désespéré de trouver une épouse. Elle haussa un sourcil.

— Je vous soupçonne d'avoir collectionné les aventures

ces dernières années. Je crois me rappeler vous avoir demandé si c'était la première fois que vous veniez dans cet horrible endroit. Ce à quoi vous avez répondu, me semble-t-il, que vous aviez dépassé depuis longtemps le stade des premières fois, dans tous les domaines.

— À l'exception du mariage. Ce serait mon premier.

— Je crains que vous ayez du mal à comprendre ce qu'implique le mariage.

— Je ne suis pas d'accord.

Il s'éloigna d'un pas.

— Il m'a été donné de contempler de très près cette notion… L'amour. Et toute cette… déflagration insensée d'émotion.

Il s'arrêta.

— Isabel. Je rame dans la mauvaise direction. Je détesterais vous dire ce qui s'est passé, mais je sens que je le dois…

— Ne parlons plus de mon infortune.

Elle rencontra son regard et il lui confirma ses intentions.

— Vous demandez ma main pour sauver mon honneur.

Il était plein de vaillance. Aucun chevalier ne pourrait le surpasser.

Il ferma les yeux.

— Pas vraiment, non.

Il s'avança.

De nouveau, elle se rendit compte que, lorsqu'il était si près, quelque chose en lui détournait ses pensées et pouvait les orienter aussi facilement qu'un cavalier le faisait avec la bride d'un cheval.

— J'aimerais être aussi noble que vous le pensez et ne vous épouser que pour vous sauver, mais je ne suis pas sûr que ce soit le cas.

Il lui saisit le bout des doigts. Elle ne put bouger.

Il se mit à parler doucement, soulignant l'importance de ses paroles par un regard appuyé.

— Le bruit court que je vous ai séduite contre votre gré chez Wren. Que je vous ai emmenée de force avec moi. Vos vêtements en désordre. La robe déchirée. Le sang sur votre épaule. Tout le prouve en apparence.

— Vous ne m'avez pas séduite ! protesta-t-elle. Vous m'avez sauvée.

— Oui. Mais de toute façon et quelle que soit la manière dont on raconte cette histoire, votre présence dans un tel lieu rejaillira sur vous de façon négative. Je préférerais que nous sortions tous les deux de cette situation le plus dignement possible. Je ne voudrais pas passer le reste de ma vie en sachant que les gens continuent à se demander si je vous ai agressée ou non.

Isabel serra les poings entre ses mains.

— Je vais le leur dire. Je vais leur dire à tous.

— Vous pouvez le faire, acquiesça-t-il. Cependant, d'autres questions vont surgir que ni vous ni moi n'apprécierons particulièrement. On vous verra comme une femme craignant de dire la vérité sur le fils débauché d'un vicomte, une femme ayant peur des répercussions. Je n'ai pas un… — il chercha le mot juste — un passé ténébreux.

L'estomac d'Isabel se serra doucement, avant de se crisper tout à fait.

— William, je crains que vous ne fassiez pas un bon époux.

— Je le sais. C'est l'une des raisons pour lesquelles je n'avais encore jamais envisagé le mariage. Pour moi, le mariage est une prison dans laquelle on étouffe, qui vous étrangle. Il ne vous entrave pas les jambes mais vous prend à la gorge. Il m'est arrivé de dire que la vie conjugale, pareille à une sangsue, pompe le sang de votre corps et n'en laisse qu'une coquille desséchée.

Elle dégagea ses mains de celles de William.

— Vous avez travaillé longtemps à cette demande en mariage ?

— Vingt-quatre ans.

— Suis-je la première à l'entendre ?

— Oui. C'est une première fois.

— Je n'ose pas demander…

— Il serait sans doute préférable que je ne vous parle pas trop de ma vie, si nous devons nous marier. La nuit dernière, je pensais ne jamais vous revoir, alors je ne me suis pas vraiment soucié de ce qui pouvait être dit. Mais si nous devons nous retrouver lors d'une cérémonie de mariage, je ne tiens pas à discuter de la façon dont je passe mes nuits.

— Les chaussettes et les bonnets de nuit ne feraient probablement pas de bons cadeaux pour vous.

— Non.

Il eut le sourire le plus triste qu'elle avait jamais vu.

— Tout ce que je demande, c'est que vous vous teniez à côté de moi et que vous prononciez les quelques mots que l'on exigera de nous.

— Ces échanges de vœux et autres *fadaises* ?

Elle finirait peut-être comme une coquille desséchée, mais il lui fallait reconnaître qu'elle ne se débrouillait pas aussi bien toute seule qu'elle ne l'avait espéré. Et elle n'avait aucune envie d'être gouvernante. Aucune.

— Oui.

Il se leva.

— Je lis un peu d'inquiétude sur votre visage. Mais vous n'avez aucune crainte à avoir, je ne me conduirai pas comme cette brute de Wren. Je ne serai pas… méchant.

Elle garda le silence.

— Notre mariage serait le plus parfait des mariages.

Elle haussa les sourcils.

— Oui, insista-t-il. Si vous avez besoin de moi une fois que nous serons mariés, vous n'aurez qu'à donner un billet à mon majordome, il s'assurera de me le transmettre et je le lirai aussitôt. Nous ne nous verrons pas beaucoup, car je n'aime pas tellement être chez moi.

— Vous m'avez vraiment aidée, dit-elle.

Un simple constat.

Lorsqu'elle le regarda dans les yeux, elle eut l'impression qu'ils la suppliaient de dire « non », en dépit de sa requête.

Elle pensa que des forces invisibles le poussaient vers elle, comme un pirate pousserait quelqu'un à la mer.

— Ne pensez-vous pas commettre une terrible erreur ? demanda-t-elle.

Il secoua la tête.

— Depuis que mes sœurs sont nées, j'ai été là pour elles. Surtout quand elles n'avaient personne d'autre pour s'occuper d'elles. Je me suis consacré à cette tâche dénuée de tout égoïsme, à une tâche unique, qui a été de m'assurer qu'elles soient en sécurité et aient un toit sur leur tête. Cela suffit à les satisfaire. Il est hors de question que j'attire la honte sur elles. Quelques racontars au sujet de mes débauches ne font guère de mal — les gens haussent simplement les épaules. Mais le fait que je puisse blesser physiquement une femme ne serait pas toléré. Un homme qui s'attaque à des personnes plus faibles pour son plaisir est condamné sans appel. Sa famille — et surtout des sœurs ayant l'âge de se marier — en serait irrémédiablement souillée.

Il alla jusqu'à la fenêtre, regarda dehors, secoua la tête et revint vers Isabel. Il avait un air plus grave et vaguement mystérieux.

— N'y a-t-il pas d'autre solution ? demanda-t-elle.

— Pas pour le moment. Croyez-moi, si je le pouvais, j'agirais autrement.

Etrangement, ces paroles la blessèrent.

— Si vous ne souhaitez pas vous marier, dit-il, je le comprendrais. Mais cela n'ira pas sans conséquences pour Sophia. Ni pour mes deux autres sœurs et ma tante Emilia. Mon père s'arrangera pour désigner mon cousin Sylvester comme son héritier. Je serai chassé de chez moi. La moitié de mes domestiques se retrouveront sans travail — au moins.

— Vous cherchez à me prendre par les sentiments, n'est-ce pas ? demanda-t-elle, suspicieuse.

Du bout des doigts, elle effleura la manche de sa redingote. Ils ne s'étaient rencontrés que la nuit précédente, mais ils n'étaient pas des étrangers. Ni des amis. Ni des ennemis.

Néanmoins, ils avaient à prendre ensemble une décision d'une extraordinaire gravité. Peu de gens se retrouvaient confrontés à un tel dilemme et la vie d'Isabel était peut-être sur le point de basculer.

— Et n'oubliez pas que je vous ai trouvé un endroit où dormir, la nuit dernière… Toutefois, si vous ne voulez vraiment pas vous marier, je peux l'entendre. Je suis même parfaitement capable de le comprendre. Peut-être mieux que quiconque.

Qu'il puisse comprendre son envie de ne pas se marier « peut-être mieux que quiconque » n'était pas un élément qui plaidait en sa faveur, pensa Isabel.

— Je dois y réfléchir, répondit-elle. Mais vous devriez accorder un peu plus de considération à cette proposition vous aussi. Le mariage suppose un amour partagé et une estime réciproque. À mes yeux en tout cas.

— En tant que gouvernante, vous ne seriez pas autorisée à vous marier, rétorqua-t-il.

— Si le cas devait se présenter, je pourrais toujours renoncer à ma position de gouvernante. Je pourrais m'éprendre d'un précepteur, d'un chef palefrenier ou d'un drapier — lors de ma demi-journée de liberté. Et si cette personne m'aimait en retour, au moins un peu, ce serait déjà plus que ce que vous avez à m'offrir.

— Je suis riche.

Elle marqua une pause. Selon elle, l'argent ne devait pas entrer en ligne de compte quand il s'agissait de mariage. Mais il ne fallait pas non plus négliger le côté matériel.

— Riche… Comment ?

— Mes enfants auront une gouvernante. Un précepteur. Et si vous m'épousez…

Il haussa les épaules.

— Ce seront vos enfants qui auront une gouvernante. Et un précepteur.

— Mon fils serait vicomte, dit-elle d'un ton rêveur.

Il fronça les sourcils.

— Il n'y a pas lieu de se précipiter quant à cet aspect des choses.

— Certes, mais il le deviendrait un jour…

— Ainsi donc vous êtes convaincue ?

— Mes filles pourraient avoir ce qu'il y a de mieux. Les plus belles choses.

Il hocha la tête.

— Je peux aussi vous promettre de vous aider à faire valoir votre talent, de façon honorable. Je considérerais cela comme une manière de vous remercier d'avoir accepté l'infortune du mariage.

— Je ne… Le mariage ne doit pas être une infortune.

Isabel se détourna.

— Si j'étais votre épouse, j'arrêterais de chanter, et je pourrais aisément l'accepter.

— C'est noté. Pour récapituler et pour que les choses soient claires, vous renonceriez à votre chance de connaître l'amour, mais en contrepartie vous offririez à vos enfants tout ce dont ils pourraient avoir besoin dans la vie. Un sacrifice, c'est certain, mais il me semble en valoir la peine.

Le brouillard qui régnait dans le cerveau d'Isabel sembla se dissiper. C'était le rôle d'une mère de se sacrifier pour ses enfants.

— Vous pouvez m'épouser, dit-elle.

Elle pouvait « faire comme si ». Après tout, si elle ne prêtait pas attention aux vœux qu'ils échangeraient pendant le mariage, ils n'auraient sans doute pas la même importance et elle pourrait feindre d'être une gouvernante dont les jeunes maîtres seraient partis en vacances. Cela pourrait être plaisant. Et elle ne verrait pas d'inconvénient à avoir une petite famille à elle, plus tard. Si les garçons ressemblaient à leur père, oh, elle se rengorgerait de fierté, et les filles pourraient tout aussi bien hériter de sa couleur de cheveux à elle que de celle de William.

— Il me semble qu'aucun de nous n'a vraiment le choix. Vous avez tout ce qu'une femme pourrait rêver de trouver chez un époux, dit-elle avec un sourire qui ne semblait pas venir du cœur. Et aussi tout ce qu'elle voudrait ne pas y trouver.

Isabel était assise devant le secrétaire de sa chambre. Elle n'avait pas très envie d'ouvrir l'encrier.

Sophia lui avait prêté un corsage pour la nuit et Isabel avait hâte de retrouver sa robe, qui serait propre et sèche le lendemain matin. Quant aux souliers, brossés et cirés, les siens feraient l'affaire.

Elle ferait une mariée charmante dans sa robe rapiécée, pensa-t-elle avec ironie. Son mariage aurait lieu dès le lendemain, William s'étant chargé d'obtenir une licence spéciale. Il avait aussi passé des heures à prévenir ses amis et à leur dire combien il était enchanté de se marier.

Elle pouvait encore changer d'avis. Mais si elle ne se mariait pas, il lui faudrait retourner chez ses parents qui verraient là une forme de disgrâce.

Elle ouvrit l'encrier. Une lettre serait la meilleure façon de leur annoncer la nouvelle. Elle écrirait à ses parents combien tout était merveilleux, car elle avait rencontré l'homme de ses rêves… Elle ferma les yeux et frappa son front de son poing fermé. Oui, il lui fallait annoncer cette nouvelle par lettre. Ils ne la croiraient jamais, si elle le leur disait en face.

Ou peut-être la croiraient-ils, qui sait ?

Elle se rappela son père cueillant des jonquilles pour sa mère à chaque printemps. Des roses en été. Marchant main dans la main avec son épouse dans l'air frais de l'automne, lui répétant qu'elle était « le plus beau des cadeaux » — un cadeau dont il pouvait profiter tous les jours de l'année.

Ses parents l'aimaient. Elle le savait. Mais lorsqu'ils se regardaient, l'affection rayonnait sur leur visage d'une façon particulière. Isabel était alors comme un horloger qui cherche à comprendre comment fonctionnent les rouages qui font tourner les aiguilles d'une montre ou d'une pendule. Elle avait souvent essayé de s'imaginer ce qu'elle ressentirait quand son propre époux la chérirait de cette manière.

Quand elle se rendit compte qu'on la formait à devenir gouvernante d'enfants et qu'une gouvernante ne pouvait se marier, elle eut l'impression d'avoir été jetée sur un tas de rebuts. Elle ne pourrait jamais être aimée de la façon dont ses parents s'aimaient. Au récital qui suivit cette prise de conscience, elle mit tout son cœur dans ses chansons — et pour la première fois, elle vit des larmes dans les yeux d'un auditeur. Elle s'était mise à croire à ses rêves. Les chanteuses pouvaient se marier. Elles pouvaient avoir leur propre famille.

Elle se plongea dans son rôle de fiancée passionnée et se mit à écrire. L'homme qu'elle décrivit dans sa lettre était si épris qu'il ne pouvait supporter d'être éloigné un seul moment de sa bien-aimée. Il l'avait longtemps chérie de loin…

Elle tapota le bout de sa plume contre l'encrier tandis qu'elle mettait au point sa petite histoire.

Ses parents avaient manqué l'un des récitals pendant lesquels Isabel avait chanté. C'était donc lors de cet événement qu'elle avait rencontré William. Et il avait immédiatement été séduit. Des larmes avaient coulé sur ses joues… — non, c'était trop. Il avait versé une seule larme, intense, lorsqu'il l'avait remerciée pour sa bouleversante performance et l'avait appelée « Rossignol ». Elle sourit en écrivant ce mot. Il l'avait bien appelée Miss Rossignol.

Elle plongea de nouveau la plume dans l'encrier. Il avait imploré, oui, imploré qu'ils s'écrivent. Elle avait refusé, évidemment, mais il s'était arrangé pour lui faire parvenir ses lettres et, après avoir vécu un dilemme douloureux, elle avait décidé de les lire. Lentement son cœur avait fondu — mais non, avait-elle insisté, elle ne pouvait renoncer à son rêve de devenir gouvernante. Au fil du temps cependant, la dévotion dont il faisait preuve l'avait conquise, et elle avait accepté de l'épouser.

William fixait le plafond obscur de sa chambre à coucher. La cérémonie aurait lieu dans quelques heures.

Il n'avait pas fermé l'œil. Il n'avait cessé de se rappeler l'amour profond que ses parents avaient éprouvé l'un pour l'autre, avant la mort de sa mère. Le monde avait plongé dans le silence cette nuit-là, quand elle avait rendu son dernier soupir. Il avait dû ôter de son doigt la bague qu'elle aimait tant. Ni lui ni son père n'avaient été les mêmes après cette nuit. Son père avait commencé à boire de l'alcool comme on boit de l'eau.

L'amour l'avait détruit. L'avait arraché à ses enfants par le biais de la boisson. Mais William ne blâmait pas son père de cette faiblesse.

La nuit suivant la mort de sa mère, il avait entendu des bruits provenant de la chambre de la défunte. Il s'y était faufilé et avait découvert son père, pelotonné par terre, ses bras autour de son corps, en train de se balancer. Il avait crié le nom de son épouse, encore et encore.

William avait fermé la porte et parcouru le couloir. Le silence avait suivi, s'infiltrant profondément dans les murs qui l'entouraient. Les jours suivants, il avait regardé la famille aller et venir et avait eu l'impression d'assister à une pièce de théâtre. Il pouvait voir les comédiens et les entendre, alors même qu'il semblait bien loin de la scène.

Il se tourna dans son lit, envoyant les dernières couvertures par terre.

Un mariage. Des enfants. Un risque gigantesque.

Mais puisqu'il n'aimait pas Isabel, le mariage ne pourrait pas détruire leur vie. Il ne la laisserait pas non plus l'aimer. Il s'imagina debout à côté d'elle, le pasteur leur demandant…

Il sursauta. Il avait oublié le pasteur ! Il n'y aurait peut-être personne pour les marier.

Il s'était tellement démené pour obtenir l'autorisation spéciale, se procurer une voiture et annoncer l'heureux événement à autant de gens que possible, qu'il avait tout simplement oublié l'officiant qui rendrait la cérémonie officielle.

Il lui fallut quelques instants pour enfiler ses bottes et

glisser sa chemise dans ses culottes. Il noua son écharpe en dévalant l'escalier sans savoir comment il allait s'y prendre, mais il était certain que son majordome connaîtrait quelqu'un qui pourrait célébrer un mariage.

Le majordome rit doucement en donnant à William l'adresse d'un pasteur.

William eut un peu de mal à trouver la maison dans l'obscurité, mais il tambourina à la porte. Il entendit une voix grommeler, puis il attendit, se frottant le menton, sentant sa barbe qui avait poussé.

Le pasteur, un tout petit homme, finit par apparaître, ses cheveux tombant en boucles blanches autour de son visage, une ceinture sommairement nouée sur sa robe de chambre. Sans parler, il fit signe à William d'entrer.

— J'ai une autorisation spéciale, dit William en restant sur le seuil. J'ai besoin de me marier rapidement.

— Le bébé est-il en route ? demanda le pasteur en resserrant sa ceinture.

— Non, répondit William en reculant d'un pas. Il n'y a pas d'enfant.

— Eh bien dans ce cas, pourquoi tant de hâte ?

Le petit homme plissa les paupières.

— Je me marie aujourd'hui et j'ai oublié que j'avais besoin de quelqu'un pour célébrer l'union.

— Vous partez bientôt à la guerre ? demanda le pasteur.

— Non.

William secoua la tête.

— J'ai juste besoin d'être marié.

— Ah.

De nouveau, le petit homme tira sur le lien de sa robe de chambre avant de reculer, scrutant William entre ses paupières mi-closes.

— Vous pouvez revenir après le petit déjeuner et alors seulement je déciderai si je peux ou non vous marier.

Cet homme minuscule lui disait non ?

— C'est pourtant votre travail de le faire.

— Un jeune homme tambourine à ma porte au milieu de la nuit alors qu'il n'y a pas de bébé attendu de façon imminente ; tout cela m'inquiète un peu. Je dois y réfléchir.

William raidit sa posture.

— Je ne peux pas entrer dans les détails. Dites-moi simplement qui pourrait prononcer quelques mots rapides afin de régler cette affaire pour moi.

— Je pense que vous devriez nous préparer du thé et me parler de cette affaire.

— Du thé ? s'exclama William, sidéré. Je ne sais pas comment on fait du thé.

Le petit homme grogna.

— Et vous vous prétendez capable de gérer un mariage ?

— Les domestiques s'occuperont du thé.

— Aimeriez-vous avoir mon avis ? demanda le pasteur.

— Non. Mais si je reste encore un moment, je suppose que je vais l'entendre.

— Oui. Et je sais faire du thé, alors j'ai plus de connaissances que vous sur certaines choses, et je ne me précipite pas tête baissée chez le pasteur au petit matin. Je vous conseille donc d'entrer.

Il s'éloigna tout en parlant.

— Vous me le devez bien pour m'avoir réveillé. Et si la raison pour laquelle vous avez tambouriné à ma porte me semble valable, alors je pourrai m'occuper de votre mariage.

William courba la tête et pénétra dans la pièce, habitée par une forte odeur de suif et de poussière. Le plancher craqua sous ses pieds.

— Venez dans la cuisine avec moi et j'allumerai une chandelle, dit le pasteur. Ne vous préoccupez pas de verrouiller la porte. Je l'ouvre de toute façon, quel que soit le genre de personne qui frappe.

Il gloussa en regardant William.

Quand la bouilloire commença à chauffer, il prit un verre

et une bouteille de vin sur une étagère. Après avoir posé le verre devant William, il le servit sans rien demander, puis s'occupa de sa propre boisson.

— Eh bien, dit l'homme d'un certain âge lorsqu'il eut terminé ses préparatifs et se fut installé pour boire son thé à petites gorgées. Pourquoi tant de précipitation ?

— Cette jeune femme et moi avons besoin de nous marier. Nous ne souhaitons pas que des choses embarrassantes soient racontées sur notre compte.

— Une situation compromettante ?

— On pourrait dire cela.

— Peut-être réagissez-vous trop vivement. Les histoires peuvent se tasser.

William souffla.

— Pas celle-là.

Il se pencha en avant.

— Je sais ce que j'ai à faire. Nous allons nous marier, et chacun de nous vivra sa vie de son côté.

— Je n'ai jamais entendu parler d'un mariage dans lequel les époux n'interfèrent pas du tout.

— J'ai l'argent nécessaire pour m'assurer qu'il en soit ainsi, dit William.

Il s'arrêta.

— Je saurai organiser une telle vie sans difficultés.

— Le mariage… Ce qui en fait son caractère singulier, en partie en tout cas, c'est qu'on ne peut pas faire machine arrière. Pourtant, l'amour est changeant, lui.

— Nous ne sommes pas amoureux.

Le pasteur recracha son thé et posa sa tasse.

William continua.

— Ma fiancée et moi sommes d'accord. Nous en avons discuté. Je lui ai dit que l'amour était une absurdité. Surtout l'amour conjugal.

— Ah.

Le petit homme hocha la tête.

— Vous n'auriez pas dû dire la vérité à ce sujet. Même pas

à moi. Mais si elle a accepté la chose, alors j'imagine qu'elle a pris ses responsabilités.

Il gloussa et marmonna :

— Mais ne pensez pas que cela sera de tout repos.

— Isabel n'est pas exigeante.

— La connaissez-vous depuis longtemps ?

— Suffisamment.

— Parfois, une vie entière ne suffit pas à découvrir qui est vraiment une femme. Seul le mariage le permet… D'après ce que j'ai pu constater.

— La femme que je *vais épouser* est…

William s'arrêta, cherchant ses mots.

— Elle est presque seule au monde, en tout cas elle en a l'impression. Je ne veux pas qu'elle se sente seule. Je ne suis peut-être pas capable de tout lui donner, mais je peux lui offrir un foyer, la sécurité et un abri. Elle aura des domestiques. Des enfants, peut-être.

Un souvenir lui vint soudain à l'esprit. Il revoyait ses parents riant à table, puis son père jetant de la vaisselle par terre après la mort de sa mère, agissant comme Rosalind quand elle était en colère. Sauf qu'il ne pouvait pas envoyer son père dans sa chambre, ni lui dire que la gouvernante ne lui lirait pas d'histoire pour l'endormir.

Son père n'avait jamais élevé la voix avant la mort de son épouse. Il n'avait jamais agi autrement que d'une façon sensée et pleine d'abnégation. Puis il était devenu déraisonnable — et égoïste.

Les yeux de William se posèrent sur le petit homme qui l'examinait.

— Il faut que je l'épouse — dans mon propre intérêt, certes, mais dans le sien aussi, j'en suis sûr. Sans ce mariage, elle serait probablement vouée à rester célibataire et n'aurait pas d'enfants à elle.

— Pourquoi penser qu'elle ne pourrait pas trouver quelqu'un d'autre ? Est-elle sans attraits ?

— Je ne dirais pas cela. En vérité, elle est bien trop plaisante pour être en sécurité seule dans ce monde. Je ne suis pas sûr que l'on puisse parler d'une beauté extraordinaire, mais elle n'en est vraiment pas dénuée.

William sourit, fixant son verre vide.

— Elle a ces cheveux cuivrés…

Il leva la main, son pouce touchant son index, comme s'il tenait une mèche entre ses doigts.

— Elle n'avait pas son bonnet et la lumière se reflétait sur sa chevelure. Les hommes présents ont vu cette toison, ils ont vu ses yeux, et je dirais que dans dix ans elle pourrait entrer dans une pièce et qu'ils seraient capables de la reconnaître.

— Il y a d'autres moyens de protéger une femme que de l'épouser.

William souffla bruyamment.

— Pas celle-ci.

Il posa le verre sur la table et s'adossa à sa chaise, étirant les jambes.

— Pas celle-ci, répéta-t-il. Si elle n'avait été dans un institut pour jeunes jemmes à la campagne, elle aurait eu une file de prétendants devant sa porte. Même à l'école, quelqu'un l'a trouvée intéressante et a voulu en tirer profit.

Le pasteur se leva.

— Vous pensez donc pouvoir tomber amoureux d'elle dans le futur.

— Non, dit William dans un souffle. Je ne le pense pas. Cela n'arrivera pas.

— Si elle est aussi plaisante…

Le petit homme se déplaça, allant se poster près d'une étagère qui supportait une cuvette, le dos tourné à William.

— Un autre homme pourrait facilement s'éprendre d'elle.

— C'est exact. Mais j'ai vu ce que fait l'amour — je n'y suis pas favorable.

— Ma femme pourrait être d'accord avec vous. Néanmoins, vous pourriez tomber amoureux l'un de l'autre, si vous êtes mariés.

— Non. Je n'ai pas cette faculté.

William considéra ces mots.

— Que ressent-elle pour vous, demanda le pasteur, cette femme stupide qui a accepté de vous épouser alors que vous ne l'aimez pas ?

— Elle ne me connaît pas.

Le petit homme pivota, s'essuyant les mains sur un linge posé à côté de la bassine.

— Elle n'a pas l'air, en effet.

Il étudia le visage de William, puis enfila une main sous l'étagère et en sortit une autre bouteille. Il en ôta le bouchon et la posa sur la table, entre eux deux.

— Buvez, et dites-moi pourquoi vous pensez que je dois célébrer cette cérémonie.

Chapitre 5

Isabel examina sa robe reprisée et ses souliers tachés. Un jour, elle s'était demandé quelle tenue elle choisirait pour se marier. Eh bien, ce n'était certainement pas celle-là.

Le père de son invisible fiancé, le vicomte Langford, était assis dans le fauteuil capitonné de Sophia comme s'il s'agissait d'un trône. Il tapotait l'accoudoir et regardait fixement devant lui, sans laisser paraître aucune émotion.

— Il n'y en a pas pour longtemps, dit Sophia, assise à l'autre bout du canapé, une main posée sur le brocart entre Isabel et elle.

Dans son autre main, elle tenait un éventail qui s'agitait plus que les ailes d'un papillon.

— Encore quelques minutes et William sera là. Il n'est pas vraiment en retard d'ailleurs.

Isabel leva la tête pour acquiescer.

— S'il n'arrive pas, j'irai le trouver et le traînerai jusqu'ici moi-même, déclara le vicomte.

Il se leva, passa derrière le canapé et tapota l'épaule de sa fille.

— Cela me rappelle presque le jour…, commença-t-elle.

Sophia cessa de s'éventer, regarda sa main, puis s'adressa à Isabel.

— Un jour, il y a longtemps, mes sœurs et moi attendions le retour de Père et de William. C'était aussi au mois d'août, par une journée bien plus chaude que celle-ci.

— Ne parlez pas de votre mère aujourd'hui, ordonna le vicomte. Si elle était ici, William serait marié depuis longtemps.

Isabel se leva à son tour, se tourna vers lui, inclina légèrement la tête et afficha un sourire.

— William — sa main se posa en voletant sur son cœur et s'y arrêta — William m'attendait. Il m'a attendue toute sa vie. Aussi cela ne m'ennuie-t-il nullement de l'attendre encore quelques instants.

Des pensées diverses semblèrent passer dans les yeux du vicomte.

— Bienvenue dans la famille. Je vous demande pardon si les paroles que j'ai prononcées ce matin vous ont offensée, et je vous demande aussi pardon pour les erreurs que j'ai commises en élevant mon fils. Des erreurs dont, à mon avis, vont n'allez pas tarder à payer le prix.

Isabel battit des cils avec l'assurance qu'elle montrait au public avant de chanter.

— Ainsi, quand mon époux ne se conduira pas de manière tout à fait convenable, je resterai aimable avec lui et dirigerai ma colère vers vous, dit-elle.

Le vicomte se détourna légèrement, et sa voix se fit douce.

— Vous ferez comme vous l'entendrez, ma chère.

Puis il se replaça face à elle.

— Disons que je m'attendrai à vos visites.

Ils émirent un petit rire mais furent rapidement interrompus par un bruit de porte provenant de l'étage inférieur. Suivi par un grand vacarme.

Sophia et le vicomte regardèrent autour d'eux comme si un coup de fusil venait d'être tiré non loin de là et qu'ils ignoraient sa provenance.

Isabel ne savait quelle attitude adopter et se décida pour celle qu'elle arborait à l'institut après avoir chanté, quand tout le monde la félicitait.

William entra dans la pièce suivi par deux hommes, dont l'un tenait un livre sous le bras. Son futur époux ne s'était même pas rasé. Isabel ne parvenait pas à se concentrer sur les salutations qui s'échangeaient autour d'elle, trop occupée à examiner William. Il ne regarda dans sa direction qu'une demi-seconde ou moins. Une détermination farouche brillait dans ses yeux. Un regard identique à celui qu'il avait eu en se jetant sur Wren.

Le pasteur fit une plaisanterie et suggéra de lire un passage du livre de la prière commune. William lui jeta un regard noir et le petit homme baissa les yeux, conservant néanmoins un sourire rayonnant. Compte tenu de la mine de William, Isabel se demanda si le livre de la prière comportait un chapitre sur les paroles à prononcer lors d'un enterrement, et cette plaisanterie qu'elle garda pour elle-même la rasséréna un peu.

Mais le mariage n'abuserait personne et ne passerait sûrement pas pour un mariage d'amour. Elle dans ses habits reprisés, et lui qui semblait tout juste tombé du lit.

Elle jeta un coup d'œil vers la porte. Elle pourrait partir en courant et descendre l'escalier à toute allure. Elle ouvrit la bouche, songeant à s'inventer une nouvelle tante. Elle pourrait s'éloigner prestement, prétextant la nécessité d'aller chercher cette dernière afin qu'elle puisse assister au mariage, mais elle écarta ces pensées rebelles.

William l'avait sauvée et il souhaitait protéger ses sœurs. Elle lui devait bien une faveur.

Le pasteur parla au futur marié, lui donnant une tape dans le dos. William chancela et Isabel aurait pu jurer que le révérend venait d'empoigner le dos de sa redingote pour l'empêcher de tomber.

Maintenant, elle savait pourquoi les hommes avaient souvent un bon camarade à leurs côtés lorsqu'ils prononçaient leurs vœux.

— Commençons.

Le pasteur montra au témoin l'endroit où il devait se tenir, près de William.

— Miss, dit-il en sortant le livre de la prière commune de sous son bras, et en indiquant du menton la place vide de l'autre côté de William.

Isabel se mordit la lèvre et regarda à son tour l'endroit

inoccupé, près de son futur époux. Elle se tiendrait là longtemps, se dit-elle.

Elle s'avança, mais ne s'approcha pas trop de son fiancé. Une autre personne aurait pu se tenir entre eux. William fit un pas de côté vers elle et passa une main autour de sa taille. Pendant un moment, ses doigts reposèrent simplement sur sa hanche. Puis il l'attira à lui et elle n'eut d'autre choix que de se laisser faire. Elle poussa un tout petit cri et ses pieds suivirent le mouvement de son corps.

Ils étaient proches, maintenant. Très proches. Et il était fort. Elle éprouvait des picotements dans sa hanche, au point de contact avec son futur époux. Ces picotements troublants se répandirent dans tout son corps. Cette réaction lui donna de l'espoir. Leur mariage pourrait peut-être marcher, finalement.

Le pasteur ouvrit la bouche, puis la referma. Il l'ouvrit de nouveau, regardant William et non le livre de prière. Puis il secoua la tête.

— Nous allons procéder à la cérémonie, dit William.

Ce n'était pas une question, c'était un ordre. Il laissa retomber la main qui tenait Isabel et s'éclaircit la voix.

Elle eut l'impression de trébucher mais, comme rien ne se produisit, elle pensa qu'elle n'avait pas vraiment bougé. Elle se rapprocha de lui, son bras nu contre la manche de sa redingote, et elle inspira profondément pour se calmer.

Le livre de prière s'ouvrit et le monde parut s'arrêter. Isabel devint une épouse sans vraiment entendre les mots qui les unissaient, mais le bras de William reposait contre le sien, réconfortant.

Dans la robe et la paire de chaussures qu'elle n'aurait jamais choisies pour ces circonstances, elle épousa William, et même s'il avait l'air d'être tombé de cheval et qu'il sentait l'alcool, il s'était jeté sur un homme armé d'un couteau pour la sauver, et il s'était marié avec une inconnue pour protéger ses sœurs.

Elle glissa un coup d'œil de son côté. Derrière des apparences qui laissaient à désirer, elle était certaine qu'au fond une partie de lui souhaitait ce mariage. Il l'avait attirée à lui et elle l'avait senti.

William écouta chaque mot, les enregistrant dans sa mémoire. Parbleu ! Il ne s'était pas attendu à ce qu'ils résonnent dans sa tête comme s'ils avaient été trompetés. Il ne s'était pas non plus attendu à ce qu'ils paraissent si réels et si sincères.

Des mots. Ce n'étaient que des mots. Mais ils avaient un relief tout à fait singulier. Il écoutait prononcer un décret qui régenterait le reste de la vie. Un sacrement spirituel, tiré d'un livre de prière. La famille autour de lui, comme pour mieux le lier. Le mariage n'avait pas été inventé par un homme sensé.

Il se rappela que la formalité était néanmoins nécessaire, dans leur intérêt à eux mais aussi dans celui des enfants à venir.

Isabel se tenait debout à côté de lui, le menton haut, les yeux rivés devant elle, les lèvres pâles… Des lèvres qui semblaient faites pour être embrassées.

Jamais il n'avait échangé de baiser, mais cela ne devrait pas être un problème, se dit-il. Il l'avait tenue contre lui dans la voiture. N'eût été l'infortune dont elle venait d'être la victime, il aurait demandé au cocher de tourner en rond toute la nuit. Il n'avait jamais vu une femme comme elle. Elle semblait… *juste comme il fallait.* Juste assez grande pour lui. Juste assez petite. Juste assez mince et juste assez voluptueuse. Comme il fallait, tout simplement.

Tout bien considéré, Isabel était un choix heureux. Il passa rapidement en revue les autres dames de sa connaissance. Et s'il avait sauvé l'une d'elles ? Elle serait debout à ses côtés maintenant.

Il imagina la présence d'une autre près de lui et sentit un frisson le parcourir. Il avait certainement échappé au pire, de ce point de vue. Au moins, le sort avait choisi Miss… Isabel. Il avait de nouveau oublié son nom, mais cela n'avait plus d'importance, à présent. Elle était Isabel Balfour désormais — ce qui ne semblait pas tout à fait lui convenir. Néanmoins, prononcer les mots du consentement avec quelqu'un d'autre aurait été… inconcevable.

Il poussa un grand soupir — juste à l'instant où le pasteur les déclarait mari et femme.

Sa sœur siffla entre ses dents, choquée par ce soupir inapproprié.

Le révérend fit claquer sa langue et William ferma les yeux.

Puis le pasteur pria pour eux. Et pria. Et pria encore. Enfin, la cérémonie se termina. Dans la pièce, la chaleur s'était accumulée toute la journée et l'air était brûlant.

William lança un coup d'œil à Isabel. Jamais un oiseau chanteur n'avait eu un air plus désespéré. Il en reçut un coup à l'estomac. Culpabilité. Remords. Colère devant l'ironie de la situation. Tout cela le prit d'assaut en un éclair.

Elle le regarda et, quand ses yeux croisèrent les siens, il se sentit mieux. De toute sa vie, jamais il n'avait vu des yeux de femme se plisser de cette façon en contemplant son visage.

On échangea des propos aimables et tout le monde disparut de la pièce, sauf William, sa nouvelle épouse et son père.

Les yeux du vicomte se posèrent sur Isabel.

— Je vous souhaite le meilleur à tous les deux. Et je suis content de vous avoir comme fille.

Il lui prit la main gauche et la leva pour examiner son alliance. Son regard passa vivement à William, qu'il fixa assez longtemps pour le transpercer, et revint se poser sur le simple anneau d'or d'Isabel, puis sur son visage.

— Isabel, si jamais je peux vous être d'une aide quelconque, n'hésitez pas à prendre contact avec moi, je vous en prie. J'accepterai vos critiques librement et saurai en tirer les leçons qu'il faudra.

Il regarda son fils.

— Faites-moi savoir quand l'héritier sera en route, déclara-t-il simplement.

William battit des cils pour montrer qu'il avait entendu et son père sortit de la pièce.

— Eh bien, nous voilà mariés, constata Isabel dont la mâchoire, de profil, semblait étrangement crispée.

William lui offrit son bras. Elle le prit sans lui jeter un regard, puis un soupir sonore s'échappa de ses lèvres. Si des bougies avaient été allumées à proximité, ce souffle les aurait facilement éteintes.

Dans un cas pareil, il fallait quelque chose de cher ou de rare, se dit-il. Cela marchait toujours avec ses sœurs.

— Nous pourrions peut-être faire un tour avec ma voiture, et je choisirais un cadeau pour vous, proposa-t-il.

— Oh… Merci beaucoup, mais je n'ai besoin de rien. Votre sœur a envoyé chercher ma malle — elle est si attentionnée. Elle a aussi dépêché un robuste valet chez Wren, quand j'ai mentionné que mon sac s'y trouvait encore.

Elle marqua une pause.

— Sophia est vraiment très aimable.

Elle soupira de nouveau.

— Vous avez mal interprété mon soupir lors de la cérémonie. J'étais en train de penser combien j'étais heureux que vous soyez à mes côtés. Vous, et pas une autre.

— Bien sûr, répondit-elle d'un ton ironique, d'ailleurs je suis sûre qu'ils s'en sont tous rendu compte…

Elle descendit l'escalier et il la suivit.

— *Pour le meilleur et pour le pire… Des fadaises…*, murmura-t-elle.

Elle soupira encore mais, cette fois, le soupir rappelait tout à fait la façon dont un sifflement de chat menaçait de se changer en un grondement féroce.

Chapitre 6

Il avait emmené Isabel se promener dans Londres après le mariage, mais elle avait refusé de courir les boutiques. Il s'était assuré qu'elle pourrait faire des emplettes plus tard, et lui avait fait la liste des magasins dans lesquels il avait des comptes.

Dans sa maison de ville, il avait conduit son épouse jusqu'à sa chambre. En y découvrant sa malle, elle ne lui avait pas vraiment claqué la porte au nez, mais elle l'avait poussée derrière elle avant qu'il n'ait pu entrer, et il avait dû l'empêcher de se fermer en glissant sa botte dans l'entrebâillement.

Il avait décidé de laisser Isabel quand, après avoir pressé une robe sur son visage, elle s'était mise à en respirer l'odeur et à pleurer. À vrai dire, la robe n'était même pas jolie. Il s'en était rendu compte lorsqu'il avait prononcé son nom et qu'elle avait jeté la toilette dans sa direction.

Il avait donc regagné sa chambre, avait ôté ses bottes, quitté sa redingote et son gilet et s'était étendu sur le lit, en culottes et en chemise, accordant un peu de temps à sa nouvelle épouse avant de retourner la voir.

Isabel correspondait mieux à ses plans conjugaux que toute autre. Elle n'avait même pas voulu faire des achats avec lui. Et elle n'avait pas exercé cette petite poussée sur la porte par accident. Elle serait l'épouse parfaite quand elle aurait cessé de pleurnicher et de lui jeter des objets au visage. D'ailleurs, il ne l'en blâmait pas.

Il se rattraperait vis-à-vis d'elle. Il le ferait.

Il se promit de lui offrir bientôt un magnifique bijou. S'il avait appris une chose, c'était que plus grande était l'erreur, plus gros devait être le cadeau. Et parfois, il valait mieux attendre avant de l'offrir, afin qu'il ne vous soit pas renvoyé à la figure.

Il secoua la tête. Il était un débauché. Quel genre de dépravé se sentait réticent à gagner le lit de sa propre épouse lors de sa nuit de noces ? Mais elle avait paru si fragile dans la voiture. Et ensuite, les larmes. Elle avait pressé un vêtement contre elle et pleuré d'émotion. Il ne souhaitait pas lui causer plus de douleur, si tôt après l'attaque qu'elle avait subie. Après tout, elle était tombée assez violemment et devait encore souffrir de sa chute. Ses propres côtes lui faisaient encore mal.

Les derniers jours défilèrent dans son esprit et il s'avisa qu'il n'avait pas dormi la nuit précédente. Ses paupières se fermaient quand un bruit l'éveilla.

Toc. Toc. Toc. Il regarda vers la porte. Aucun domestique n'oserait le déranger… cette nuit.

Toc !

Il ouvrit la porte et un visage crispé et pâle lui fit face.

— C'est ma nuit de noces et je préférerais dormir un peu, mais je n'y arrive pas car j'ai l'impression que vous allez vous glisser dans ma chambre à tout moment.

Elle s'arrêta. Son chignon avait été défait et ses beaux cheveux tombaient en cascade sur ses épaules.

— Que faisiez-vous ?

Juste assez de lumière pour lui donner l'air doux d'une enfant perdue.

— Je m'étais endormi.

— Eh bien, cela me semble être un plan judicieux.

Elle pirouetta sur elle-même pour s'éloigner.

Il fit un pas pour la suivre, tendit le bras afin d'attraper le sien.

— Je vous en prie.

Il la ramena gentiment vers sa chambre à lui.

— Mes côtes, dit-il en les tapotant avec douceur. Elles sont douloureuses. J'aurais dû vous le dire.

En vérité, il avait souffert de blessures bien plus graves que celle-là dans sa vie, et il n'était pas normal qu'une femme reste seule pendant sa nuit de noces. Un homme non plus, d'ailleurs.

— Je ne vous ai pas demandé comment allait votre épaule.

— Assez bien.

Il la conduisit près du lit et ses cheveux se parèrent d'éclats dorés.

— Isabel.

Il toucha les mèches cuivrées, les laissant glisser entre ses doigts, et il se souvint d'un conte — l'histoire d'une femme dont la chevelure était si résistante qu'elle pouvait la laisser tomber par sa fenêtre afin qu'un prince s'en serve pour grimper jusqu'à elle. Il se sentait comme l'homme essayant de rejoindre la princesse.

Enfouissant son visage dans l'épaisseur soyeuse, il l'attira lentement à lui, inhalant son odeur de savon, mêlée à un soupçon de fleurs printanières. *Juste comme il fallait.* Elle n'était pas simplement juste comme il fallait. Elle était la perfection même.

— J'ai dit la vérité à propos du soupir que j'ai poussé, dit-il. Je pensais au malheur qui aurait été le mien, si une autre avait été à mes côtés à ce moment-là.

— Vous avez sûrement…

— J'avais du mal à mesurer la chance que j'avais de vous avoir là, vous, et pas une autre.

Isabel posa ses paumes sur lui et une forteresse de virilité se retrouva sous le bout de ses doigts. Au lieu d'avoir peur d'être si près d'un mâle puissant et musclé pour la première fois de sa vie, elle sentit la force qui émanait de lui s'insinuer en elle.

— Êtes-vous méchamment blessé ? murmura-t-elle.

Il enfouit son visage dans ses cheveux.

— C'est un peu gênant, mais… Grâce à vous, les choses vont beaucoup mieux.

Sa fine chemise de coton ne constituait pas une barrière suffisante pour empêcher Isabel de sentir le torse qu'elle habillait. Une onde de chaleur rayonna du bout de ses doigts jusque dans son cœur et elle déplaça ses mains pour mieux le sentir encore. Elle ne s'était pas rendu compte jusque-là de l'intensité de sa présence. Il n'avait pas paru aussi formidable à quelques pouces d'elle… ni aussi doux.

Des étincelles brûlantes parcoururent son corps comme autant de baisers.

Il s'écarta, quitta sa chemise et se pencha dans la lumière. Isabel vit une étendue de peau violacée, grande comme la moitié d'une semelle de botte.

Elle tendit le bras, passant une main juste au-dessus de la blessure, sans la toucher.

— Je suis tellement désolée.

— Pas moi.

Il referma les doigts sur son poignet et déplaça sa main fine vers le milieu de son torse, juste au-dessus de sa ceinture. Il la plaqua sur lui. Les doigts d'Isabel s'écartèrent naturellement, s'ajustant à sa peau satinée. Puis il fit remonter ses doigts sur lui, les faisant passer sur ses côtes, sur les creux et les reliefs, les lignes et les muscles bien dessinés de son torse.

C'était soyeux. Tendu. Souple et ferme.

Elle n'avait jamais entendu de chanson décrire une telle expérience, jamais compris pourquoi les gens se comportaient souvent d'une manière grossière quand ils parlaient de relations charnelles. Mais là, d'un frôlement de sa main sur le torse de William, elle comprenait soudain des choses que personne n'aurait pu lui expliquer même en parlant pendant un million d'années.

Comme une créature s'enfouissant contre une autre pour se mettre à l'abri, William approcha son visage du sien.

— Isabel… Is…

Il reprit son souffle.

— Je ne pense pas que nous nous soyons déjà embrassés. J'ai eu envie… J'ai eu envie de me pencher vers vous et de vous embrasser pendant la cérémonie du mariage. Je le désirais ardemment.

Il relâcha son emprise et retira sa main, mais les doigts d'Isabel restèrent posés sur son cœur. Il toucha de ses lèvres le bout de son nez, avec la légèreté d'un pétale de fleur, ses yeux de velours brun se perdirent dans ses yeux bleu ciel.

— Notre premier baiser, chuchota-t-il. Si vous parvenez à tenir le compte des suivants, la nuit aura été un misérable échec à mes yeux.

Le monde disparut lorsqu'il l'attira à lui et qu'elle se fondit dans ses bras. Son esprit ne put dépasser la sensation d'être tenue par cet homme et elle se fit aussi légère que du duvet de chardon transporté par des ondes de chaleur, maintenu en l'air par leur souffle qui se faisait de plus en plus haletant. Le doux frôlement de leurs lèvres les unit dans un univers qui se réduisait à leurs seuls battements de cœur.

Elle n'aurait pas su dire à quel moment la ceinture de sa chemise de nuit fut dénouée. Le vêtement tomba à ses pieds. Puis d'une manière toute naturelle, sans qu'elle en ait conscience, William la déshabilla, se déshabilla à son tour et la porta jusqu'au lit.

Leurs corps se rejoignirent, peau brûlante contre peau brûlante, et pour une fois la chaleur suffocante de la nuit d'août parut presque apaisante.

Il s'arrêta, se redressa sur ses avant-bras afin qu'elle le regarde dans les yeux. La pénombre de la pièce ne permettait pas à Isabel de distinguer nettement ses traits, mais elle pouvait aisément se les représenter. Ses lèvres étaient entrouvertes et il étudiait son visage, puis il se mit sur le côté pour pouvoir atteindre sa joue. Elle ne sentit pas le contact en lui-même, mais sa main la brûla comme un rayon de soleil caressant sa peau.

Il la toucha du bout des doigts, les faisant remonter jusqu'à sa mâchoire, puis redescendre le long de son cou, jusqu'à son épaule. Il suivit la ligne de son bras et lui prit la main, la pressant contre sa joue râpeuse, la déplaçant pour poser un baiser dans sa paume. Les poils durs de sa barbe se mêlaient à la douceur de ses lèvres. Elle suivit à son tour la ligne de sa mâchoire, passant dans un monde dont elle n'avait pas su qu'il existait. Des mèches de ses cheveux bruns effleuraient les articulations de ses doigts.

— Isabel, murmura-t-il, si doucement qu'elle savait que ce n'était pas une question, mais plutôt une caresse.

Il se pencha pour l'embrasser de nouveau, mais quelque chose en elle avait changé, si bien que ce geste d'approche lui sembla durer une éternité — une éternité dont elle savoura chaque seconde.

Ses lèvres, chaudes et humides, dispersèrent ses pensées et elle se perdit tout entière dans ce qu'elle ressentait.

Il frôla ses seins de ses mains, et la sensation provoquée par la caresse se répandit dans tout son corps. Il suivit le contour de ses hanches, de son ventre, et l'attira contre lui, son sexe dur dressé entre eux.

De nouveau, la chaleur de la nuit devint un baume tandis que son corps moite et échauffé, se frottant à celui d'Isabel, les enveloppait dans un cocon où ils étaient merveilleusement proches, merveilleusement ensemble.

Il la caressa encore, longuement, la faisant frissonner de plaisir sous ses doigts habiles. Elle n'aurait jamais cru que certaines parties de son corps étaient aussi sensibles, et sources d'une telle volupté. En particulier ses seins aux pointes durcies, dont irradiaient des ondes de plaisir qui la parcouraient tout entière et rejoignaient mystérieusement le creux le plus intime de sa personne, la clé de voûte de sa jouissance, comprit-elle bien vite. Elle s'arquait contre lui, l'appelant en son sein, enfonçant les doigts dans son dos musclé. Et les découvertes s'enchaînaient sans fin, pour le plus grand bonheur d'Isabel.

Lorsqu'il pénétra en elle avec précaution, les murmures qu'il lui chuchota à l'oreille lui donnèrent le sentiment d'être protégée et aimée comme jamais elle n'avait imaginé l'être, à aucun moment de sa vie.

Elle ressentit une brève brûlure lorsqu'il rompit sa virginité, mais le plaisir qui s'ensuivit la lui fit vite oublier. Elle flottait dans une sensation de plénitude infinie. Par un savoir dont elle ignorait comment elle l'avait acquis, elle comprenait que

William faisait tout ce qu'il pouvait pour la protéger et la chérir avec son propre corps.

Et soudain, sous ses assauts répétés, quelque chose changea. Son ventre se crispa brusquement, tendu vers un but dont elle ignorait tout, mais cette tension n'avait rien de douloureux. C'était une montée vers un plaisir plus grand encore, si c'était concevable. Elle se laissa emporter sur cette vague enivrante, la respiration hachée, et eut bientôt l'impression d'exploser en mille éclats de lumière. Elle poussa un cri qui fit sourire William alors qu'il l'embrassait. Cela dura quelques instants, une véritable extase, quelque chose d'inouï, puis, lentement, elle redescendit sur Terre, alanguie par tant de volupté. Alors il se laissa aller à son tour à l'assouvissement et s'affala sur elle, émettant un son rauque dans lequel plaisir et satisfaction se mêlaient.

Peu après, ils s'endormirent, lovés l'un contre l'autre.

William se tenait debout près du lit, luttant contre la fatigue. Isabel était allongée devant lui, complètement immobile. Avec ses lèvres figées, ses cils recourbés sur ses yeux fermés et sa peau pâle dans le clair de lune, elle évoquait une figurine de verre.

Il se pencha vers elle et posa un baiser sur ses cheveux, espérant qu'elle se réveillerait. Elle resta impassible. Puis il fit courir le revers de ses doigts sur sa joue, ses paupières frémirent et elle roula sur elle-même.

Il s'éloigna et se détourna, contrôlant sa respiration. Elle allait bien. Elle irait bien à l'avenir.

Il aurait dû la rejoindre dans sa chambre la veille au soir. Et même quand elle était venue, il aurait pu aisément la raccompagner chez elle. Elle aurait fini par s'endormir, et il aurait pu partir discrètement.

Il n'était pas assez goujat pour lui demander de quitter son lit, mais elle ne semblait pas avoir l'intention de s'en aller. Si elle l'avait eue, elle serait partie plus tôt.

Il ne pouvait pas s'attacher, se rappela-t-il. Il ne devait pas éprouver quoi que ce soit de plus profond que ce qu'il éprouverait pour n'importe quelle autre personne. Tenir suffisamment à quelqu'un pour ne pas vouloir lui faire de mal, voilà quelle devait être la ligne à suivre. Mais il ne pouvait pas tenir assez fortement à une personne pour qu'elle ait la capacité de le faire souffrir. S'il avait appris une chose dans la vie, c'était bien celle-là.

Il n'enfila pas ses culottes ni sa chemise, mais se mit lentement à rassembler ses vêtements. Par tous les diables. Son visage le démangeait. Il le toucha de nouveau. Ce serait son deuxième jour sans rasage et il ne pouvait pas supporter cette barbe un instant de plus.

Mais il ne pouvait pas non plus sonner son valet et lui demander d'ignorer purement et simplement la femme couchée dans son lit — *son épouse* couchée dans son lit.

C'était ce que le pasteur avait voulu dire à propos du mariage, mais William avait été bien trop absorbé par ses pensées pour le comprendre. Une épouse était bel et bien différente d'une maîtresse. Or il ne s'y était pas attendu, pour la simple et bonne raison qu'il n'y avait pas d'amour entre eux.

Il avait suffi de déclarer le mariage conclu devant témoins et voilà, le tour était joué : les mots avaient changé les choses. Mais après tout, il avait toujours soupçonné ces mots d'avoir des pouvoirs particuliers.

Son esprit avait tenté de l'avertir la nuit précédente, mais il était alors dans l'incapacité de réfléchir. Il avait bafouillé devant le pasteur comme s'il avait avalé des litres de bière — pourtant il n'avait bu qu'un tout petit peu d'alcool pour se donner du courage. Mais ses peurs et le manque de sommeil l'avaient empêché de réfléchir convenablement.

La vision étrange d'Isabel dormant dans son lit d'un profond sommeil, totalement sans défense, lui rappela toutes les déflagrations qu'il avait subies durant les derniers jours. Leurs effets se dissiperaient sûrement bientôt. Prendre de la distance l'aiderait.

Ses vêtements roulés en boule dans une main et ses bottes dans l'autre, il franchit la porte et la tira derrière lui. Dans le couloir, il s'habilla prestement, s'adossant au mur pour enfiler ses bottes.

Le mariage l'avait réduit à… se faufiler en douce hors de son propre lit, en pleine nuit.

Il fallait qu'il trouve un autre endroit où habiter, pendant quelque temps au moins, jusqu'à ce qu'il se fasse à l'idée que quelqu'un vivait chez lui. Mais il ne pouvait pas se tourner vers ses amis. Il en serait la risée. « Alors, Will, votre épouse vous a mis dehors lors de votre nuit de noces ? Qu'est-ce que vous n'avez pas su faire ? »

Il irait chez sa sœur. Là, il n'aurait pas besoin de s'expliquer. Et il y avait déjà passé de nombreuses nuits, quand il avait joué aux cartes avec son époux ou bavardé longuement avec elle, et que le temps avait filé. Les domestiques le laissaient toujours entrer comme s'il était le propriétaire des lieux.

Quelqu'un frappa à la porte et les yeux d'Isabel s'ouvrirent tout grands. Elle remonta les couvertures jusqu'à son cou, sentant l'étrange caresse des draps sur sa peau nue. Elle était au milieu d'un lit monstrueusement grand et elle était nue, et seule.

— Oui ? fit-elle, ce mot étant le seul auquel elle put penser.

William. Il ne voulait pas la surprendre.

— Pardon !

Le mot avait été lancé d'une voix trop aiguë, comme si on avait marché sur le pied de l'homme qui l'avait prononcé. Ce n'était pas William.

— Plus tard, je vous prie.

Oh ! c'était probablement le valet de William venu le réveiller.

Isabel regarda autour d'elle. Son époux n'était pas là, ses bottes non plus, et il n'y avait aucune trace de vêtements, hormis les siens.

Bien.

Elle bondit hors du lit, s'habilla du mieux qu'elle put et se précipita jusqu'à sa chambre. Comment s'adressait-on aux domestiques pour leur demander où son époux était allé traîner ? s'interrogea-t-elle. Elle ne pouvait pas écrire ce genre de chose dans un billet au majordome.

De retour dans sa chambre, elle s'assit sur les couvertures en désordre, ces couvertures sous lesquelles elle s'était tournée et retournée la nuit précédente, attendant de savoir si monsieur son époux se souviendrait ou non qu'il venait de se marier. Elle remarqua la petite taille du lit. Oh ! il était parfait pour elle, mais comparé au lit immense de William…

De petites braises s'allumèrent en elle, attisées par chaque grande inspiration qu'elle prenait.

Elle se leva, croisa les bras et examina la pièce. La chambre était loin d'être aussi jolie qu'elle l'avait pensé la veille au soir. Certes, elle était agréable, et on y trouvait toutes les choses qu'une femme pouvait désirer, mais maintenant qu'elle s'était réveillée seule dans un lit à baldaquin bien plus grand…

Ici, pas de hautes colonnes soutenant un dais pour attester que l'occupant de la pièce était digne du meilleur traitement.

Elle tapota les couvertures qui formaient des creux et des bosses.

Cela lui rappela une comparaison qu'il avait employée la veille, au sujet du mariage. Un lit plus étroit et moins confortable, sous une jolie courtepointe.

Oh ! quelle sotte elle était de ne pas l'avoir écouté.

Elle pirouetta, vit son visage dans le miroir, prit sa brosse et la pointa d'un geste accusateur vers son reflet.

— Il te l'avait dit pourtant. Il ne voulait pas se marier. Des vœux sans valeur et des fadaises. Des vœux de pacotille et des fadaises ! Voilà ce qu'il pense du mariage.

Elle brossa ses cheveux et se rappela que ce n'était pas la faute de William si elle se retrouvait dans cette situation frustrante. En aucun cas. Pour commencer, il l'avait sauvée d'un sort atroce.

Mais ils s'étaient rencontrés dans une maison close, il ne

fallait pas l'oublier. Il n'était pas un saint. D'ailleurs il était probablement retourné chez Wren en espérant… gagner quelque chose. Quoi, elle l'ignorait.

Elle posa sa brosse sur la coiffeuse.

Ce n'était pas comme si elle tenait trop à lui, se dit-elle pour se rassurer. Même si la partie de la nuit qu'ils avaient passée ensemble lui laissait des souvenirs à la fois gênants… et délicieux. Non. Ses sentiments pour lui provenaient seulement du fait qu'il lui avait sauvé la vie. Il aurait pu tourner les talons et la laisser entre les mains de ce scélérat de Wren. Aucun des hommes présents ne l'avait ne serait-ce que remarquée — aussi était-elle vraiment chanceuse que William, lui, ait vu autre chose que sa bière et la serveuse fille de joie qui essayait de l'attirer dans ses filets.

Cette journée aurait commencé de façon différente sans William. Très différente. Elle ne voulait même pas penser à la façon dont elle aurait pu débuter. Et ce qui était certain aussi, c'était qu'elle serait en bien plus mauvaise posture si elle était rentrée chez ses parents. En disgrâce. Sans lui, il y aurait eu la disgrâce, au mieux, ou un sort bien moins enviable encore.

Elle parcourut la pièce du regard. Il l'avait épousée. Lui avait évité de devenir gouvernante. Elle n'avait pas à être aussi dure avec lui. Non qu'il y ait quoi que ce soit de mal à être gouvernante. Simplement, elle n'avait pas envie d'en être une. Mais en cet instant, elle n'avait pas non plus envie d'être une épouse.

Elle refusa de soupirer et se contenta de siffler entre ses dents.

Elle avait mal au ventre. Comme le matin où ses parents l'avaient laissée à l'institut pour jeunes jemmes de Mme Dubois. Ils lui avaient fait au revoir de la main et avaient dit qu'ils reviendraient bientôt la chercher. Et elle avait vraiment pensé qu'une fois partis ils s'apercevraient qu'ils ne pouvaient pas vivre sans leur seule et unique enfant, et qu'ils reviendraient aussitôt. Même le lendemain matin elle avait attendu leur retour, et avait été réprimandée par Mme Dubois parce qu'elle ne cessait de courir vers la fenêtre.

Elle avait su, avec certitude, qu'elle leur manquerait tant qu'ils reviendraient la chercher. Chaque jour, elle s'était attendue à voir sa mère arriver en courant, des larmes ruisselant sur son visage, les bras ouverts pour la serrer contre elle, murmurant qu'elle ne pouvait supporter un instant de plus sans sa fille si précieuse.

Finalement, ses parents étaient revenus le jour convenu, pas plus tôt. Les accolades avaient été chaleureuses, les sourires sincères, puis ils étaient tous montés en voiture. Isabel avait parlé, parlé, parlé, et sa mère n'avait pas mentionné une seule fois l'affreuse douleur de ne pas l'avoir à la maison. Pas une seule fois.

Isabel s'était montrée la plus merveilleuse des filles pendant les vacances, faisant profiter ses parents de tout ce qu'elle avait appris en pension. Elle avait aidé sa mère sans qu'elle n'ait à le lui demander et avait même secondé la bonne à tout faire, qui avait dit qu'Isabel était la meilleure enfant du monde, qu'elle lui avait terriblement manqué et que c'était si bon de l'avoir de nouveau à la maison. La bonne à tout faire l'avait serrée trois fois dans ses bras quand elle l'avait revue. Trois fois.

Et puis, à la fin des vacances, ses parents l'avaient ramenée à l'institut de Mme Dubois, cette école pour jeunes femmes abandonnées, et l'y avaient de nouveau laissée. Isabel n'avait pas parlé durant le trajet et s'était dit que ses parents ne l'avaient même pas remarqué. De nouveau, ils lui avaient fait au revoir de la main et lui avaient souri.

Puis Grace s'était précipitée vers Isabel, l'avait serrée contre elle et lui avait dit qu'elle lui avait beaucoup manqué. Joanna et Rachel avaient mentionné combien leurs plus chères amies leur avaient manqué, à elles aussi.

Toutefois, Isabel ne s'était pas sentie aussi seule le premier jour d'école que lors du premier jour de son mariage. Là, elle n'entendait pas les étudiantes bavarder et jouer, n'entendait pas crier des instructions.

Peut-être aurait-elle aimé devenir gouvernante, finalement. Au fil du temps, elle aurait su régner sur le cœur des enfants dont elle aurait eu la charge, et elle leur aurait *terriblement* manqué pendant sa demi-journée de liberté.

Chapitre 7

— William ?

La voix de sa sœur.

La porte s'entrebâilla. Il leva la tête de l'oreiller.

— William ?

— La barbe, Soph. J'essaie de dormir.

Elle rentra dans la chambre.

— Tu as une mine affreuse.

— Merci. Va-t'en.

Il garda les yeux fermés. Feindre le sommeil ne marchait jamais, mais on pouvait toujours espérer.

— L'intendante m'a dit que tu étais ici, lança Sophia d'un ton plus enjoué et plus sonore que nécessaire.

Il tapota l'oreiller de sa main, refusant toujours de la regarder.

— Elle a dit vrai.

— J'étais mariée depuis déjà une semaine quand je suis enfin allée te rendre visite, et tu m'as renvoyée chez moi sans attendre, déclara Sophia.

Il sentit le matelas s'affaisser tandis qu'elle s'asseyait.

— Alors, qu'est-ce que tu as fait au juste ? demanda-t-elle.

Il ne répondit pas.

Elle se mit à rire.

— Oh ! je me souviens ! Le mariage. Oh ! que c'était attendrissant !

Elle imita la voix bougonne d'un homme.

— Je vous déclare unis par les liens du mariage.

Puis elle émit un très long soupir.

William ouvrit un œil à moitié.

— Ce soupir ne signifiait rien de déplaisant. J'étais content d'être marié et reconnaissant d'avoir trouvé Isabel, c'est tout. J'ai soupiré parce que cela m'avait pris si longtemps.

— Il ne lui a pas fallu longtemps pour te mettre à la porte, en tout cas.

— Ce n'est pas ce que tu crois.

Le matelas bougea lorsque sa sœur se leva.

— J'en suis sûre.

— Fais apporter de l'eau très chaude.

— Je pense que je vais rendre visite à Isabel.

Cette fois, William ouvrit les deux yeux et l'apostropha d'un ton tranchant.

— Je te l'interdis.

— Mmm…, fit-elle, sur le seuil. Tu te souviens de ce que tu m'as dit ce jour-là ? Que parfois il fallait que je fasse semblant d'avoir tort même quand j'avais raison, parce que quelquefois les hommes ont la tête trop dure pour voir quel trésor ils ont sous les yeux.

— Je t'aurais dit que les licornes existaient si cela avait pu te convaincre de rentrer chez toi.

— Mais les licornes existent, je t'en donne ma parole. En tout cas tu peux rester ici aussi longtemps que tu le voudras. Et je vais te faire apporter de l'eau, parce que ton visage est dans un tel état que…

Le reste de ses paroles se perdit quand la porte se ferma.

Cela ne pouvait pas durer. Il souffrait seulement du choc du mariage. Et le fait que la demoiselle de la campagne ignore les règles de bienséance concernant la vie conjugale dans la haute société n'arrangeait rien. Une épouse ne venait pas dans le lit de son époux. Et il n'avait tout simplement pas réfléchi quand elle était apparue sur le seuil de sa porte, sinon il aurait pu traiter l'affaire de façon diplomatique, la prendre dans ses bras et la porter jusqu'à sa chambre.

Il se rendit compte qu'il devait rentrer chez lui. Il s'était un peu reposé, maintenant, et il pouvait voir les choses de façon bien plus claire. Une fois que son horrible barbe serait rasée, il regagnerait son domicile. Il expliquerait à Isabel les façons de faire dans le beau monde. Les chambres à coucher étaient sacrées le matin. Il ne pouvait pas rester dans son lit à elle, au risque que la femme de chambre n'entre, et elle ne pouvait rester dans le sien, au risque que son…

Oh !

Lorsqu'il franchit le seuil de sa maison, l'odeur familière de citron indiqua à William que les meubles avaient été cirés.

Ses pas se firent plus légers tandis qu'il gagnait sa chambre pour y laisser sa redingote. Ensuite, il irait trouver Isabel.

Mais à l'intérieur de la pièce, il s'immobilisa. Rien ne semblait avoir changé. Rien. Pourtant, il avait l'impression d'être entré dans la chambre d'un autre. Il était peut-être déconcerté par un parfum qui s'attardait, ou par le simple fait de savoir qu'Isabel avait été là.

Et il pensa que c'était normal. Après tout, même ses sœurs ne venaient que rarement le voir dans sa maison de ville, et il n'avait jamais invité aucune autre femme chez lui, jamais. La plupart du temps, les domestiques étaient invisibles, trop occupés pas leurs tâches. Sylvester venait parfois, sans y être invité. On tolérait Sylvester.

La pièce n'avait pas changé. Il n'avait pas changé. Et tout ce qui le liait à la femme qui vivait chez lui était le mariage. Un arrangement qui leur convenait à tous les deux. Les vœux échangés n'étaient que des mots. Des mots très forts, il l'admettait. Des mots qui résonnaient encore en lui.

William avait échappé à la nécessité de courtiser une femme. Il était aussi satisfait de son épouse que s'il l'avait choisie dans une revue de mode. Et elle l'avait agréablement surpris la nuit précédente. Très agréablement, même. Un frisson de plaisir le parcourut à ce souvenir.

La maison était certainement assez grande pour deux,

toutefois il n'était pas certain de ce qu'il aurait ressenti s'il l'avait trouvée dans sa chambre en y entrant.

Il sourit, fermant brièvement les yeux. Il n'y aurait pas vu d'inconvénient. Pas le moindre. Ses épaules se détendirent.

Il examina la pièce. Le lit. Les murs. Tout était pareil. Sauf qu'une feuille de papier pliée se trouvait sur la table de nuit. Il alla jusqu'au petit meuble et constata que c'était un billet de son épouse.

Il contempla fixement les mots ornés de boucles et d'arabesques. Elle le priait de venir la voir dans sa chambre.

Eh bien, si l'on devait perdre son intimité, se dit-il, la chose pouvait au moins présenter un côté agréable.

Tous ces événements et deux nuits passées sans dormir ou presque lui avaient embrumé l'esprit. Il ne devait pas laisser son imagination l'entraîner sur un chemin que lui seul voyait s'ouvrir devant lui.

Si elle lui demandait où il était allé pendant la nuit, il le lui dirait. Il la rassurerait, lui promettrait qu'il n'avait aucune intention de l'offenser.

Il longea à grands pas le couloir qui menait à la chambre de son épouse et y arriva juste comme une femme de chambre en sortait. Il jeta un coup d'œil à la domestique. Elle détala et il tendit la main, retenant la porte avant qu'elle ne se ferme.

Isabel chantonnait de l'autre côté, sans avoir conscience de sa présence. Le son pénétra en lui comme une balle de fusil enrobée de velours. Il ne put bouger. Les battements de son cœur s'emballèrent.

Il resserra les doigts sur l'encadrement de la porte et l'écouta, son corps enveloppé par la mélodie et par la voix d'Isabel.

Oh ! il n'avait pas prévu de ressentir ce genre d'émotion.

Le chantonnement s'arrêta brusquement et il battit des cils, se sentant déserté.

Il s'avança. Isabel se tenait devant la fenêtre. La lumière ceignait d'un halo ses cheveux cuivrés et dessinait les contours de ses vêtements.

Un battement de cils sur des yeux azur et les mots manquèrent à William.

— Bonjour.

Il ne trouva rien d'autre à dire.

Le sourire d'Isabel l'enveloppa et il dut se secouer intérieurement pour reprendre pied dans son propre domaine.

— J'ai un plan, annonça-t-elle.

Elle se déplaça, glissant comme si un vent léger l'avait maintenue un pouce au-dessus du sol.

— Un plan qui vous plaira beaucoup.

Oui. Il empêcha le mot de franchir ses lèvres. Il avait besoin d'entendre sa voix. Il attendit.

— Je changerai de nom !

Elle joignit ses mains sur sa poitrine.

— Vous pourrez dire à tout le monde que je suis allée rendre visite à ma famille et puis, après quelque temps…

Elle frémit d'excitation. Ses yeux brillaient.

— Vous pourrez dire à tout le monde que je suis morte.

Elle pencha la tête sur le côté.

— Vous ne pourrez pas vous remarier, certes, mais… — elle haussa une épaule — vous ne voulez pas d'une épouse, de toute manière.

Puis son visage s'illumina.

— Je dirai seulement à ma famille et à mes plus chères amies que je suis encore en vie.

Morte. Morte ? Le mot provoqua en lui une brûlure, lui assécha la bouche, le renvoya d'un coup brutal au monde qu'il avait laissé derrière lui. Il ignorait s'il avait parlé ou pas. Son visage à elle ne semblait pas frémir de peur aux mots qui franchissaient ses lèvres fragiles. Elle ne montrait aucune crainte devant le caractère définitif de ce qu'elle proposait.

— Oui. Je changerai de nom, modifierai la couleur de mes cheveux, me maquillerai, porterai peut-être des lunettes et trouverai une place convenable loin d'ici — très loin.

Malgré ses explications, il ne parvenait pas tout à fait à

saisir ce qu'elle disait. Ses jambes se raidirent. Il se changea en bloc de pierre.

— Non.

— Pourquoi ? N'est-ce pas un plan superbe ?

Des yeux clairs et innocents se levèrent vers lui.

Il chassa tout ce qu'il éprouvait, ses paroles et son corps n'exprimant plus rien, tout son être se changeant en coquille vide.

— Il me faut un héritier.

Elle mit une main sur sa hanche et désigna la fenêtre.

— Dites à votre cousin de se marier ! Il n'y a aucune raison que tout retombe sur vos épaules.

— Les choses ne fonctionnent pas ainsi et vous le savez.

— Je ne suis pas née pour être gouvernante. Mais je ne pense pas non plus être née pour être une épouse.

Elle montra le secrétaire.

— J'étais justement en train d'écrire à mon amie Joanna et ne savais que lui dire. Je ne lui ai presque rien confié à part le fait que j'étais mariée et que j'écrirais davantage plus tard. C'est alors que j'ai réalisé combien j'étais plongée dans la confusion avec tout ce qui nous arrive depuis quelques jours. Nous ne nous connaissons pas et pourtant nous sommes mariés.

— Je vous connais suffisamment bien. Vous êtes une bonne épouse — vous l'avez été durant ces dernières heures. Je ne vois pas pourquoi cela changerait.

Elle s'éclaircit la gorge, ce qui, s'il voyait juste, équivalait pour les femmes à une sorte de grondement. Ce bruit le ramena à la réalité.

— Cela ne fonctionne pas, dit-elle.

— Je pensais que vous souhaiteriez rester à Londres, ne serait-ce que pour chanter de nouveau.

Elle frissonna.

— J'ai une belle voix, c'est vrai, mais chanter ne m'attire plus. Je ne peux en supporter la pensée.

Elle revint dans la lumière, et passa une main sous son menton.

— À certains moments, je peux encore sentir le couteau

pressé contre ma gorge. Mr Wren m'a regardée chanter lors d'un récital, et tout ce que j'ai vu en lui c'était le plaisir qu'il prenait à m'écouter. Or il avait des plans bien différents ! Je me déplaçais sur scène avec fierté, en chantant, et je n'étais rien d'autre qu'un lièvre gambadant dans un champ sous le regard d'un faucon.

Intérieurement, William se cabra. Sa bouche s'assécha. La pensée que d'autres hommes puissent regarder Isabel avec convoitise lui fit un choc. Il s'assurerait qu'elle ait toujours un domestique robuste avec elle quand elle sortirait, et il dirait personnellement au cocher de rester à ses côtés lorsqu'elle quitterait la maison en voiture. Il ne voulait pas qu'il lui arrive du mal. Il projeta aussitôt d'ordonner au majordome d'engager un valet solidement bâti qui devrait rester toujours libre, prêt à accompagner Isabel lors de ses sorties.

Elle agita une main.

— Je me déguiserai si je quitte Londres. Vous n'aurez rien à craindre. Et si par hasard je suis reconnue, vous pourrez inventer une histoire quelconque. Dire que j'avais disparu et que vous avez menti pour me protéger. Dire que je suis probablement devenue folle.

Elle sourit.

— Une épouse folle ou morte ne vous attirerait sûrement pas de critiques, mais susciterait au contraire de la sympathie. Si je dois agir comme Lady Macbeth, je peux le faire. Je suis très bonne comédienne.

Elle frémit et fit passer ses mains l'une sur l'autre.

— Vous êtes aussi dotée d'une bien belle imagination, dit-il.

Il avait observé la même satisfaction sur le visage de ses sœurs — quand elles n'écoutaient pas un mot d'un sermon voulant les rappeler à la raison et qu'elles n'avaient aucune intention de se mettre à ouvrir les oreilles.

— J'ai besoin de vous ici, poursuivit-il, battant légèrement en retraite parce que ses démêlés avec ses sœurs lui avaient appris que c'était la meilleure façon d'attaquer. Si vous êtes née pour chanter, je suis né pour être vicomte, pour engendrer des enfants et prendre soin des propriétés dont j'hériterai. Et j'espérais que vous m'aideriez à accomplir certaines parties de ces devoirs, que je ne peux pas assumer seul.

Les mains d'Isabel s'immobilisèrent, mais restèrent nouées. Elle regarda le sol.

— Je suis navrée que mon départ vous empêche d'avoir ces héritiers, mais je ne sais pas comment je pourrais laisser des enfants derrière moi, alors… Peut-être vaudrait-il mieux que je parte rapidement.

— Les choses ne fonctionnent pas ainsi.

Elle pirouetta et se laissa choir sur le lit.

— Je n'ai que vos intérêts à cœur. Je sais que vous n'appréciez pas d'être marié.

Ses épaules se crispèrent, mais ce n'était pas une marque de faiblesse, se dit-il, plutôt une posture qu'il avait vue chez un taureau quand il plantait ses sabots dans le sol de l'arène, prêt à charger.

La vie avec Sophia, Rosalind et Harriet l'avait préparé à ce genre de réaction.

— Vous avez tout à fait raison.

Ses sœurs auraient fait la grimace devant cette fausse capitulation, mais Isabel ne l'avait pas entendu faire cette remarque des dizaines de fois, pour les amadouer.

Il lui laissa le temps d'enregistrer le fait qu'il acceptait son point de vue, puis il ajouta :

— Nous ne sommes pas obligés de nous considérer comme deux personnes mariées. Nous sommes simplement deux personnes liées par l'amitié, et qui vivent sous le même toit.

Avec ses sœurs, il aurait fait marche arrière avant qu'elles ne comprennent qu'il les avait contredites, mais elles étaient habituées à ses façons de faire. Pas Isabel. Il maintint donc fermement sa position.

— Liées par l'amitié, répéta-t-elle.

Le désarroi passa sur son visage, puis elle leva les yeux.

Ses épaules se détendirent.

— Mais je pourrais tout de même passer un certain temps

aux Amériques. Cela pourrait avoir ses avantages, une épouse qui ne vit pas dans le même pays.

Ce n'était pas le moment d'acquiescer, pensa William.

— Je vous veux avec moi.

— Mais vous êtes parti. Dans la nuit, précisa-t-elle.

— Je suis allé chez Sophia.

— Vous êtes parti.

— Oui. J'en ai éprouvé le besoin.

— Je comprends.

Elle pinça les lèvres, puis regarda la coupure qui cicatrisait sur son bras.

— Je suppose que c'est bien ainsi.

Peu après, elle ajouta :

— Nous nous connaissons à peine.

— Ce à quoi nous pouvons remédier d'une seule manière.

Il alla jusqu'à elle et mit un genou en terre. Il lui saisit les doigts et attendit que ses yeux rencontrent les siens.

— Je n'ai pas la faculté… de nouer des liens étroits avec quelqu'un.

— Ce n'est pas étonnant si vous partez avant le matin.

Il pressa ses doigts, espérant compenser ainsi la posture déterminée de son menton et le sérieux de ses paroles.

— Je ne peux pas empêcher la terre de tourner. En fait, il n'y a pas grand-chose que je puisse faire dans cette vie. J'ai pensé autrefois pouvoir aimer, mais j'ai découvert que je n'en étais pas capable.

— Vous pourriez au moins essayer… En fait, savoir que je vous plais me serait déjà bien agréable.

— Vous me plaisez, Isabel. Bien sûr, que vous me plaisez.

Bien sûr. Bien sûr.

— Mais si vous ne pouvez pas m'en donner davantage, alors en quoi est-il important que je reste ? demanda-t-elle.

— J'ai besoin d'un héritier, répéta-t-il.

Les mots qu'il avait l'intention de prononcer ensuite lui brûlèrent presque la bouche à l'avance et il les choisit avec soin, prenant conscience pour la première fois de ce qu'ils signifiaient vraiment.

— En outre, je ne verrais pas d'inconvénient à ce que ma vie devienne un peu plus respectable. Même si je n'ai pas l'intention de devenir un vieux saint branlant, j'aimerais, si j'ai des enfants, qu'ils aient une enfance agréable. J'aimerais qu'ils aient une mère, et une femme formée comme vous l'avez été serait la meilleure, absolument la meilleure mère qu'un enfant puisse avoir.

Elle baissa le menton et leva les yeux.

— Je n'étais pas la meilleure élève à l'école de gouvernantes, avoua-t-elle.

— Je suis sûr que vous ferez une bonne mère.

Elle regarda la table basse.

— S'il s'agissait de mes propres petits, je pense qu'il pourrait être sage d'engager une vraie gouvernante — je n'ai pas accordé autant d'attention aux leçons que j'aurais dû le faire. Je me promettais de tout oublier de mes études une fois mon diplôme en poche et la porte de l'école franchie.

Elle fit claquer sa langue.

— Quelquefois, je parviens à mes fins.

— Vous serez capable d'aimer des enfants et c'est ce qui compte.

— Bien sûr.

Elle eut un sourire rayonnant.

— J'aimais bien quand une nouvelle élève arrivait. Je les prenais toutes en affection. Miss Fanworth, la sous-directrice, me choisissait parfois pour les guider durant les premiers jours, mais elle ne m'a jamais choisie pour les aider dans leurs leçons.

— Je pourrais les aider dans leurs études, dit William en se penchant juste assez près pour sentir une bouffée de parfum de roses. Et vous, vous pourriez mettre du soleil dans leur vie.

— Je le pourrais, c'est vrai.

Il fit courir les articulations de ses doigts sur sa joue si douce.

— Et pourquoi ne vous procurez-vous pas un lit plus large, assez grand pour y être à l'aise à deux ? demanda-t-il tout à trac.

Elle fit un mouvement vif de la tête et il ne parvint pas à saisir la nature de sa réaction.

— Y passeriez-vous la nuit ?

— Il ne serait pas convenable que la femme de chambre entre pour vous réveiller et m'y trouve à moitié nu.

— Mes parents ne voyaient aucun inconvénient à dormir dans la même chambre. Ce qui n'est pas totalement déraisonnable. Un domestique peut attendre qu'on l'appelle.

— Mais cette maison de ville est assez grande pour procurer tout le confort voulu. À la campagne, les coqs chantent pour réveiller les gens. Ici, les domestiques ouvrent les rideaux.

Elle inspira et ses yeux se détournèrent de lui.

— Il est vraiment dommage qu'il n'y ait pas de coqs ici, dit-elle.

Retirant ses doigts des mains de William, elle se tapota le menton.

— Dans ce cas, je veux garder mon lit actuel. Dans la nuit, j'ai besoin de pouvoir sentir les deux bords du matelas.

— Je comprends.

Elle prit une nouvelle inspiration, se tourna de côté et se leva d'un bond.

— Moi aussi. Je ne vous dérangerai pas. Vous ne saurez même pas que je suis ici. J'enverrai des billets au majordome quand j'aurai besoin d'obtenir quelque chose de vous et il vous les transmettra. Vous n'aurez pas besoin de me voir hormis pour de brefs instants d'intimité et les quelques événements mondains auxquels la respectabilité exigera que nous assistions. Je sais que je vous suis redevable et je saurai me montrer reconnaissante en vous offrant des héritiers.

Elle saisit le chambranle de la porte et se tourna vers lui.

— De grâce, ne vous attachez pas trop à moi. Je reste persuadée que l'idée de déménager et de changer de nom a un certain mérite.

En deux enjambées, il la rejoignit.

— Is…

Il mit une main sur celle qu'elle posait sur le cadre de la porte, la maintenant en place.

— Vous devez me donner votre parole que vous ne mettrez pas cette idée en pratique.

— Je ne…

— Isabel.

Des yeux innocents, tellement innocents, le dévisagèrent longuement.

— Votre parole, exigea-t-il.

Il ne pouvait pas risquer un départ précipité pour une destination quelconque.

Un froncement de sourcils. Une pause.

— Je ne partirai pas, concéda-t-elle.

Elle rencontra son regard.

— Je vais faire de cette maison *ma* maison. Je vais faire de cette maison un foyer.

Chapitre 8

Isabel écoutait le fracas des roues de la voiture sur les pavés. Le bruit vibrait dans ses oreilles. La femme de chambre était assise à côté d'elle. La domestique avait bien quarante ans de plus qu'elle et ferait un chaperon convenable. Isabel ne voulait pas être seule. Choisir à qui rendre visite était facile, car la seule personne qu'elle connaissait était la sœur de William et le cocher connaissait l'adresse.

Elle devait se changer les idées. Oublier un peu l'échange de vœux et le long soupir poussé par son nouvel époux. Oublier aussi le regard de William qui la priait de lui pardonner quand ses paroles la transperçaient comme des piques. La nuit qu'ils avaient passée ensemble lui paraissait presque irréelle, même si elle se souvenait avoir connu des moments d'intense plaisir dans les bras de son époux.

La femme de chambre lui décocha un coup d'œil.

— C'est juste… Rien…, murmura-t-elle.

Elle réprima le soupir qui lui venait.

Ce n'était rien. Son mariage. Rien. Elle ne se sentait pas différente. Juste bizarre. Pourtant, tout autour d'elle était différent hormis ses habits. Même son nom. Et elle avait perdu sa virginité.

La confusion causée par ses pensées ne cessa que lorsque la voiture s'arrêta. Elle n'avait pas envie d'en sortir, mais elle posa sa main sur le loquet de la portière et descendit.

Elle devait parler à quelqu'un et la sœur de William était sûrement la plus à même de la comprendre. En outre, Sophia connaissait déjà les détails de la situation et Isabel n'aurait pas à surveiller ses paroles.

Une fois dans la maison de sa belle-sœur, elle fut conduite dans le salon aux murs de couleur claire, et aux fauteuils et canapé assortis. C'était très loin de ressembler à l'institut de Mme Dubois, où les meubles avaient été choisis pour leur capacité de résistance à un usage fréquent. Au centre de la pièce se trouvait une petite table sur un tapis ovale, deux fauteuils placés l'un à côté de l'autre pour faciliter la conversation, et le canapé qui leur faisait face, si deux autres personnes souhaitaient se joindre à la discussion.

C'était la pièce dans laquelle Isabel était déjà venue, et pourtant elle ne se souvenait de rien.

Elle attendit, prenant soin de ne rien déranger. Une pendule égrena les heures dans le lointain et un chien aboya plusieurs fois avant de s'arrêter.

Sophia finit par entrer dans le salon d'une démarche lente. Elle prit une inspiration.

— Il n'est pas ici.

Elles ne connaissaient qu'une seule personne en commun. Des pensées désagréables assaillirent Isabel. Sophia pensait que William avait déjà déserté le mariage.

— Je sais.

Les lèvres de Sophia se relevèrent. Son visage se détendit.

— Il *était* là. Presque toute la nuit.

Elle ajouta rapidement les derniers mots.

— Il a une chambre à lui, chez nous. Il vient souvent le matin de bonne heure et renvoie sa voiture chez lui. Puis nous prenons le petit déjeuner et il va dormir, avant de s'éclipser dans la soirée.

Sophia fit signe à Isabel de s'asseoir dans un fauteuil, mais elle-même resta debout.

— Est-ce qu'il parle beaucoup ? demanda Isabel en se mettant à l'aise.

— Non. Mais nous n'avons pas vraiment besoin de parler. Nous sommes un peu comme une vieille paire de pantoufles, restées longtemps rangées l'une à côté de l'autre. Mais aujourd'hui il va de son côté et moi du mien. Cependant nous passons encore beaucoup de temps ensemble quand nous n'avons rien d'autre à faire.

— Oh.

Isabel s'imagina comme faisant partie d'une autre paire de pantoufles. Maintenant, elle comprenait quel genre de mariage souhaitait William. Mais elle aurait préféré être une pantoufle qui n'allait jamais sans l'autre. Celle qui faisait partie d'une paire indissociable. D'une véritable union. Deux pantoufles intimement liées.

Elle écarta ses pensées moroses. Leur mariage était encore tout frais. Il faudrait au moins quelques jours pour que William comprenne combien il était merveilleux d'avoir une épouse. Une idée glaçante lui vint à l'esprit. Tout comme il avait fallu « quelques jours » à ses parents pour comprendre à quel point elle leur manquait et revenir la chercher ? En réalité, il leur avait fallu de longues semaines.

Sophia mit fin à l'évocation de ses souvenirs.

— William dit que vous avez la voix d'un rossignol.

— Ma voix est convenable.

Isabel sourit.

— Voudriez-vous chanter quelque chose pour moi ? demanda Sophia. J'aimerais entendre votre timbre.

Isabel ouvrit la bouche, puis s'arrêta. Jamais, auparavant, elle n'avait éprouvé la moindre hésitation à chanter. Si quelqu'un lui posait une question, elle devait même se retenir de ne pas lui répondre en chantant.

Secouant la tête, elle toucha sa gorge.

— Je ne peux pas. Ce matin, je me suis réveillée avec une irritation et ce serait douloureux de chanter.

— Plus tard, alors ? demanda Sophia.

— Bien sûr.

Isabel sourit, mais ses pensées n'étaient pas au diapason de ce sourire. Son désir de chanter s'était évaporé de la même façon qu'une pendule qui a fait entendre son tic-tac pendant une vie entière s'arrête brusquement, sans pouvoir repartir. Elle ne pouvait pas supporter l'idée d'être observée pendant qu'elle chantait. Elle ne le pouvait tout simplement pas. Et pourtant, c'était ce qu'elle préférait lors des récitals, autrefois.

— Je suis impatiente de rencontrer vos sœurs et votre époux, dit-elle pour changer de sujet.

Sophia s'assit dans l'autre fauteuil et haussa les épaules.

— Vous l'apprendrez tôt ou tard, mon mari et William ne s'entendent pas très bien. Ils se montrent aimables l'un envers l'autre, c'est tout.

— Il est plutôt fréquent qu'aux yeux d'un frère le mari de sa sœur ne soit jamais assez bien.

— Ce n'est pas cela.

Sophia chassa les mots d'un geste de la main.

— Mon époux a quelques années de plus que moi et il me protège beaucoup trop. Il trouve que William ne prend pas la vie assez au sérieux.

Elle fit une grimace.

— Or, croyez-moi, William prend la vie au sérieux. Bien trop au sérieux, je pense.

Ce n'était pas tout à fait ainsi qu'Isabel le voyait. Elle haussa les sourcils, l'air interrogateur.

— Il est très déterminé à en extraire tout le sel possible, expliqua Sophia. Il peut être dehors à toute heure, mais c'est quelque chose de sérieux en soi — tout faire pour saisir le piment de l'existence. Je m'en suis aperçue environ un an après la mort de notre mère. Il ne parle pas beaucoup de ce qu'il fait. Parfois, il vérifie avec l'homme d'affaires comment vont les finances et il s'enquiert de ce que font nos sœurs. Il compte sur tante Emilia pour leur trouver des partis. D'ordinaire, quand il arrive ici il a affreusement envie de dormir, n'ayant souvent pas fermé l'œil de la nuit.

— J'ignore où il se trouve en ce moment, mais il n'est pas chez lui en train de passer la journée à dormir, dit Isabel.

Elle sourit et se mit à parler en toute liberté.

— Mais vous savez comment nous nous sommes rencontrés,

et vous savez qu'il ne s'agit pas d'un mariage d'amour. De toute manière, il ne souhaite pas faire un tel mariage.

Il ne s'agissait pas non plus d'un mariage d'*amitié*, se dit-elle. Elle aurait tellement souhaité que William lui raconte lui-même sa vie. Mais c'était avec sa sœur qu'elle bavardait.

— Autrefois, j'espérais…

Sophia passa les doigts sur l'accoudoir en bois du fauteuil, laissant mourir ses paroles.

— Je n'ai qu'un an de moins que William et je suis très proche de lui, plus que ne le sont mes sœurs. J'avais douze ans quand notre mère est morte et notre père a été tellement accablé par le chagrin que William a bien été obligé de prendre les choses en main. Mon frère était très à cheval sur les principes, avec nous. Mais alors qu'il nous surveillait et faisait en sorte que nos lampes soient éteintes à une heure décente, il soudoyait le cocher pour l'emmener en ville. Il était déjà grand, et son sourire spontané l'aidait à aller partout où il voulait. Il me disait que les hommes plus âgés n'avaient aucun problème à mettre à l'épreuve le jeunot qu'il était, et que certains le défiaient et l'encourageaient à se battre.

Elle fit une petite grimace derrière son sourire.

— Il l'a fait, j'en suis sûre.

Isabel se rappela sa silhouette puissante qui jaillissait devant elle alors qu'il se jetait sur Mr Wren.

— Ne s'est-il jamais bagarré pour de bonnes raisons ? demanda-t-elle.

— J'imagine que si. Après la mort de notre mère, quand il avait des contusions, il disait être tombé de cheval — alors qu'il avait pris la voiture de Père. Les histoires qu'il me raconte pourraient toutes convenir aux oreilles d'une grand-mère. Mon époux m'a néanmoins rapporté quelques escapades de mon frère, et elles n'étaient pas vraiment dignes de celles d'un enfant de chœur. William rit quand je l'interroge et refuse de me répondre de façon directe.

Elle marqua une pause.

— Il ne se met jamais en colère contre moi, sauf quand je

lui parle en plaisantant d'une de mes amies qui fait tout pour se faire remarquer de lui, ou quand je lui demande s'il compte se marier bientôt. Il ne s'énerve jamais pour autre chose. Mais quand il s'énerve, il s'abstient ensuite de venir me voir pendant quelque temps.

Isabel redressa les épaules. William s'était marié à cause de son amour pour ses sœurs. Il les protégeait. Il ne l'aurait pas épousée sans la disgrâce qui menaçait de rejaillir sur lui et sa famille. Elle ne devait pas l'oublier.

— Je ne veux pas me montrer indiscrète, dit Isabel.

Elle baissa le menton et donna à sa tête une position susceptible de capter l'attention d'un public.

— Mais a-t-il déjà été amoureux ?

Son apparence était détendue, mais son cœur tambourinait tandis qu'elle attendait la réponse. S'il avait été amoureux une fois, alors il pourrait aimer de nouveau.

Cette pensée l'ébranlait profondément. Elle avait envie qu'il l'aime. Très envie. Ce qui ne voulait pas dire qu'elle l'aimait, elle. Elle était sérieuse quand elle avait proposé de partir. Un départ serait bien plus satisfaisant que d'aimer quelqu'un qui souhaitait avant tout un mariage « amical ». Une sorte de Mr Grebbins, un ami de ses parents dont ils se moquaient souvent gentiment.

Sophia rit en se penchant en avant.

— Vous n'avez pas à être jalouse. Je peux vous l'assurer. Il n'y a pas longtemps, je lui ai posé la même question et il a bougonné que non. Si vous aviez vu sa mine, vous auriez su qu'il disait la vérité ! Il m'a ordonné de tenir ma langue. Je ne l'ai jamais entendu mentionner une femme par son nom, même si mon mari a entendu dire qu'il se rendait parfois dans Drury Lane avec quelqu'un à son bras.

— Je suis si soulagée !

Les épaules d'Isabel s'affaissèrent, et son sourire forcé n'aurait peut-être pas dupé des amies l'ayant déjà vue chanter sur scène. Ainsi, William n'avait jamais été amoureux. Il avait commencé sa vie d'homme adulte plus tôt que beaucoup, mais n'avait jamais fait allusion à une femme devant sa sœur.

— Est-ce que la…, commença Sophia, puis elle haussa les épaules.

— Quoi ? demanda Isabel. Je vous en prie, dites-moi ce que vous aviez en tête.

— J'allais vous questionner au sujet de la bague. Je voulais savoir s'il vous en avait parlé, s'il vous l'avait donnée et que vous aviez choisi de ne pas la porter. Je ne l'ai pas revue depuis la nuit où notre mère est morte. William l'a sûrement encore.

Isabel força ses mains à rester immobiles et ses yeux à ne pas regarder le simple anneau passé à son doigt.

— Il ne m'a rien dit à ce sujet.

Sophia toucha la base de la lampe posée sur la table à côté d'elle, la tourna, fixant le verre.

— Notre mère portait toujours cette bague. La nuit de sa mort, j'étais derrière la porte parce que j'avais entendu du mouvement et savais que quelque chose était arrivé. Père a insisté pour que William prenne le bijou. Il lui a dit qu'il devrait se marier un jour et que ce serait la bague de son épouse. William a crié qu'il ne pouvait pas prendre quelque chose que notre mère aimait tant. Père a tenu bon.

Cette fois, Isabel jeta un coup d'œil à son alliance en or. Elle ressemblait à celle de sa mère, mais celle de sa mère était un gage d'amour. À présent, le métal brillant qui ornait son doigt lui rappelait une farce de bouffon, qu'ils auraient répétée avant de la jouer en public.

Elle se remémora l'expression qui se peignait sur le visage de ses parents quand ils se retrouvaient, même après une très courte absence — du ravissement.

L'aimable Mr Grebbins et son épouse venaient souvent voir ses parents et tous deux avaient les mots les plus gentils. Mrs Grebbins rappelait à Isabel une poule aux plumes ébouriffées qui caquetait en se pavanant avec bonheur au soleil, mais elle paraissait presque ignorer que son époux était dans la pièce.

Mr Grebbins souriait souvent, à la façon d'un grand-père qui ne voyait pas grand-chose de plus que des formes floues.

Isabel avait entendu son père et sa mère discuter du couple, disant combien ils étaient seuls, même en présence l'un de l'autre. La première épouse de Mr Grebbins était morte en couches et son cœur était mort avec elle. Il s'était remarié, mais n'avait plus jamais dansé avec l'entrain qu'il montrait en compagnie de sa première femme, et il ne riait plus d'aussi bon cœur. Il tirait simplement le meilleur parti de la situation et ne se plaignait pas de son sort, car la nouvelle Mrs Grebbins était une bonne nature, qu'il était une bonne nature lui aussi et que les bonnes natures étaient faites pour s'entendre. Ils avaient passé trente ans de leur vie ensemble. De bonnes années.

Mr et Mrs Grebbins rentraient toujours à pied chez eux, silencieux, leurs deux ombres restant solitaires, ne se touchant jamais.

« L'amour est sans prix et ne peut pas fleurir pour tous les couples », avait dit sa mère, et alors ses parents avaient échangé un long regard.

Dans la maison de ville de William, quand Isabel était partie, William lui avait souhaité une bonne visite avec toute la courtoisie d'un Mr Grebbins, suggérant à son épouse qu'il quitterait la maison avant la nuit tombée.

Chapitre 9

La vie conjugale ne lui convenait pas. De fait, toute la maison semblait chamboulée depuis son mariage. Une quinzaine de jours aurait dû leur suffire pour s'adapter l'un à l'autre. Mais tout paraissait toujours aussi confus et désordonné. La cuisinière semblait incapable de s'ajuster aux circonstances alors qu'il demandait simplement son petit déjeuner.

— Mes excuses, monsieur.

La domestique inclina la tête tandis qu'elle sortait de la petite salle à manger du matin, après avoir remplacé sa boisson.

— Je me suis trompée. Je vous ai apporté le chocolat de madame et elle ne le prend pas aussi fort que vous.

William acquiesça et but une gorgée de la tasse qu'on venait de lui apporter. Le chocolat n'était toujours pas à son goût. Il y trempa de nouveau les lèvres et en but la moitié, tentant de comprendre ce qui n'allait pas. Il s'arrêta et sut tout à coup pourquoi la boisson lui semblait aussi fade. Cela faisait des années que sa cuisinière ne lui avait pas préparé de chocolat le matin. Les seules fois où il en prenait, c'était chez Sophia et il s'était habitué à la façon dont sa cuisinière à elle le faisait. Et quand il terminait la nuit chez lui, c'est un cognac qu'il buvait avant de se coucher.

Il sortit de la pièce, retournant dans son salon. Le journal était posé sur la table, mais il n'avait pas envie de le lire. Il préférait prendre connaissance des nouvelles quand il était au club, et qu'elles lui soient annoncées par des hommes ayant directement participé à l'action, ou par d'autres qui y avaient assisté. Les versions divergeaient presque toujours, mais il parvenait à en extraire la vérité.

Il prit tout de même le quotidien. Après l'avoir parcouru, il le reposa brusquement. Des nouvelles qui dataient. Il aurait dû aller au club. Mais il se rattraperait un peu plus tard. Pour l'heure, tous ses amis étaient encore au lit. Il n'avait donc aucune raison de sortir.

Sylvester l'avait félicité d'avoir trouvé une épouse qui ne l'empêchait pas de passer ses nuits dehors et avait dit qu'il projetait d'en faire de même.

Il regarda de plus près l'accoudoir du fauteuil et en ôta un bout de plume, qu'il envoya promener d'un geste de la main.

Il n'était même pas certain qu'Isabel sache qu'il était à la maison.

Elle n'était pas comme ses sœurs qui s'arrangeaient toujours pour lui fondre dessus avec une question quelconque, et qui laissaient traîner des affaires un peu partout pour que les domestiques les ramassent.

Allant jusqu'à la porte, il l'ouvrit et regagna son fauteuil.

Elle n'avait pas parlé avec lui depuis qu'elle avait suggéré l'idée d'un départ et d'un changement de nom. Elle avait peut-être fait preuve d'un peu trop d'imagination, mais tout de même, elle l'avait offert.

William était sorti chaque soir au crépuscule depuis leur nuit de noces, jusqu'à la nuit dernière. Et chaque fois, il était rentré à la maison après minuit — elle l'avait guetté, mais il n'était pas revenu avant qu'elle finisse par s'endormir.

Elle ne pouvait pas concevoir que monsieur son époux s'attende à ce qu'elle lui procure un héritier sans qu'il l'y aide un peu. Elle avait gardé son petit lit et, si cela avait commencé par une sorte de rébellion, elle y avait réfléchi avec soin et s'en était tenue à son plan.

Elle regarda la feuille de papier qu'elle tenait dans la main, et souffla pour faire sécher la tache d'encre qu'elle avait faite par mégarde. Bon, de toute façon, son écriture n'aurait jamais rien de remarquable.

Elle ne pourrait pas envoyer cette lettre à Grace. Elle espéra que son amie rencontrerait William un jour ou l'autre et ferait un dessin de lui. Grace pouvait croquer si rapidement le visage de n'importe qui.

Quand Isabel avait compris qu'elle allait se marier, elle avait écrit à Grace, Rachel et Joanna. Et pas seulement. Elle avait passé la journée à écrire à tous les gens qu'elle connaissait — s'assurant qu'ils aient tous vent de sa bonne fortune et qu'aucun ne suspecte une erreur de jugement.

Elle avait juste admis dans sa lettre à Grace que le mariage n'était pas exactement un mariage d'amour, mais plutôt l'union de deux personnes raisonnables qui se comprenaient très bien l'une l'autre. Ce jour-là, quand elle eut fini d'écrire ces lettres, Isabel se rendit compte que ses mâchoires étaient douloureuses à force d'avoir été crispées. Mais elle était certaine que transparaissaient dans ces missives une certaine sophistication et une touche de maturité récemment acquise.

Isabel savait qu'elle avait bien plus de chance que Grace, qui n'avait aucune certitude de retrouver son enfant, et elle mesurait à quel point il était horrible que son amie n'ait pu garder son bébé.

— Isabel.

La voix de William l'interrompit dans ses pensées. Elle sursauta. Elle ne l'avait pas entendu entrer dans son boudoir. Sa gorge se serra et elle faillit faire tomber la feuille du secrétaire. Elle la rattrapa au vol et regarda du côté de son époux. Son écharpe blanche était nouée de façon assez lâche. Son visage était rasé de près, la peau lisse et fraîche, ce qui la surprit. Les hommes de sa connaissance avaient toujours la peau irritée après un rasage.

Elle ne pouvait continuer à le fixer sans rien dire ou il finirait par la prendre pour une idiote. Mais pour parler, eh bien, il faudrait qu'elle trouve des mots à prononcer et pas un seul ne lui venait à l'esprit.

— Vous paraissez perdue.

Il s'avança d'un pas.

— À quoi pensez-vous ?

Grace, pensa Isabel. Grace pouvait la sauver une fois de plus. Elle ne pouvait parler à son époux de son infortune, bien sûr, mais elle pouvait lui parler de la personne qu'était sa proche amie de pensionnat.

— Je pensais à mon amie Grace, et à sa façon d'inventer des histoires sur la manière dont la directrice, Mme Dubois, s'était retrouvée à la tête de l'école de gouvernantes. D'après mon anecdote favorite, Mme Dubois était voleuse de grand chemin quand elle était jeune. Elle avait dérobé tout son or à un marchand, ce qui lui avait permis de fonder l'institut. Mais l'une des élèves disait que d'après son père le terrain avait appartenu autrefois à un pair du royaume. Comme Mme Dubois parlait avec beaucoup d'élégance et qu'elle avait des origines françaises, j'avais plutôt tendance à l'imaginer issue de l'aristocratie.

Isabel saisit la feuille sur laquelle elle écrivait.

— Mme Dubois n'aimait pas mes chansons préférées et me demandait de ne chanter que celles que Miss Fanworth, la sous-directrice, avait approuvées. Hélas, Miss Fanworth approuvait peu de celles qui me plaisaient.

Elle repensa à l'excitation de voir ses camarades rire et retenir leur souffle quand elle chantait les chansons les plus horribles, ou étouffer un sanglot lorsqu'elle choisissait une ballade mélancolique.

Mais elle n'avait plus envie de chanter en public. La nuit chez Mr Wren l'en avait guérie.

— Êtes-vous bien installée ? demanda William en s'asseyant dans le fauteuil en face d'elle.

Le siège bas donnait l'impression qu'il avait des membres encore plus longs qu'ils ne l'étaient.

— Oui.

— Je ne sais pas si je m'adapte aussi bien que vous à la

situation, dit-il avec un petit rire. J'ai été plus souvent à la maison ces derniers jours que je n'en ai l'habitude.

Elle haussa les sourcils.

— Vous êtes sérieux ?

Il n'avait pratiquement pas été là.

— D'ordinaire, je suis chez Sophia. Ou au club. Lord Robert, l'un des membres, organise des séances de jeu qui durent toute la nuit, plusieurs jours de suite, et il préfère les organiser ailleurs que chez lui, alors il trouve un endroit où nous pouvons séjourner confortablement pendant les pauses.

— Vous n'aimez pas votre maison de ville ?

— Il y a mon lit, un toit, de la place pour les domestiques. C'est l'essentiel.

— Je la trouve un peu spartiate.

Il parcourut la pièce du regard.

— Je suppose que vous avez raison. Je n'aime pas qu'il y ait trop de meubles partout, ni des tas de bouts de tissus et de fanfreluches suspendus çà et là.

— Cela vous ennuierait-il si j'ajoutais juste quelques objets ?

— Vous pouvez faire ce que vous voulez, cela m'est égal. Ne mettez simplement pas trop de tissus qui pendouillent.

— Vous voulez parler de nappes ?

Il ignora sa question.

— J'ai fait mettre des volets intérieurs aux fenêtres pour qu'on ne puisse pas installer de rideaux. Je trouve qu'ils ressemblent souvent à des chemises d'homme ou à des pèlerines de grand-père qu'on aurait étendues sur les tringles pour les faire sécher.

— À voir la maison, on dirait que vous venez juste d'emménager ou que vous êtes sur le point de déménager.

Il rit et étendit une jambe.

— Vous n'avez pas tort et d'ailleurs, quelquefois, c'est l'impression que j'ai moi-même.

Elle l'étudia pour voir s'il disait la vérité.

— Ne vous inquiétez pas, reprit-il. Je vais bientôt aller voir mon père pour m'assurer que cette maison est enfin à mon nom, et qu'elle puisse aussi être vôtre pour le restant de vos jours. Vous aurez toujours un foyer à vous, désormais.

— Mais je…

Elle aurait voulu qu'il dise un foyer « à eux ». Elle n'allait pas jusqu'à souhaiter qu'il dise qu'il l'aimait, mais puisqu'ils habitaient ensemble et qu'ils étaient mariés, elle avait envie qu'il sente qu'il était à sa place auprès d'elle.

— Je veux que la maison vous plaise.

De nouveau, il parcourut la pièce des yeux.

— J'aime ces fenêtres et je pense qu'elles sont bien ainsi.

Il lissa ses cheveux sur ses tempes.

— Toutefois, si la maison ne vous plaît pas, je peux demander à mon argentier d'en chercher une autre.

— Oh ! non !

Elle leva ses deux mains, paumes tournées vers lui.

— Je souhaite juste que vous vous y sentiez bien. Comme c'est censé être le cas quand on est chez soi, dans son foyer.

Elle marqua une pause.

— J'espère en tout cas que vous partagez mon point de vue.

Il posa son coude sur le bras du fauteuil et leva sa main pour appuyer son menton dessus. Quand il eut pris cette pose détendue, il l'observa.

— Depuis que j'y ai emménagé, la maison n'a jamais autant ressemblé à un foyer. Il n'y avait jamais aucun mouvement à l'étage avant votre arrivée. Maintenant, des domestiques se hâtent avec des plateaux de nourriture qui laissent derrière eux un arôme de plat mijoté. Ou bien je vous entends bouger, ou je vous aperçois dans le couloir. Vos joues s'échauffent juste un peu, vos yeux sourient, alors j'ai la sensation que l'on m'a confié un trésor dont personne d'autre ne sait qu'il existe.

Isabel vit briller ses yeux à l'évocation de ce « trésor ».

— Merci.

Ses joues s'empourprèrent, mais elle n'était pas embarrassée.

— Un rossignol. Qui n'a pas besoin d'être mis en cage. Qui volette par-ci par-là et répand la joie. De ce point de vue, mon père avait raison. Le mariage est un état honorable.

Il se leva, projetant de se pencher pour l'embrasser, mais s'il le faisait, elle pourrait voir dans ce geste plus d'affection qu'il ne voulait en donner.

Il passa devant elle, et se rendit dans sa propre chambre.

William ouvrit le tiroir de sa table de nuit. Isabel l'avait pris au mot pour ce qui était de rédiger des billets. Il choisit le dernier à lui avoir été transmis par le majordome, le déplia et le relut. Isabel mentionnait deux fois — au début et à la fin — qu'il n'était pas nécessaire pour lui d'assister à la soirée de Lady Howell. Il remit le billet avec les autres, puis les passa en revue. Celui d'avant parlait de la robe qu'elle avait achetée en faisant des emplettes avec sa sœur et elle suggérait que cette toilette conviendrait à une sortie dans le monde. Elle avait aussi indiqué son souhait qu'ils apparaissent très amoureux devant la haute société, afin que personne, jamais, ne se montre suspicieux quant à leur passé. Pour leurs futurs enfants, fils et filles. Pour ses sœurs. Et pour lui-même.

Il n'y avait rien de vraiment personnel dans ces billets, mais il les avait tous gardés. Chaque mot vous pénétrait, léger, comme s'il avait jailli d'une plume souriante. Pourtant, quand il lisait les feuillets l'un après l'autre, la jovialité lui paraissait feinte.

Une certaine tristesse l'envahit. Probablement un reste du sentiment d'oppression dû au mariage lui-même. Il avait questionné en privé l'un de ses plus vieux amis sur ce que pouvait ressentir un homme une fois marié. La réponse avait consisté en un haussement d'épaules et un discours sur le côté sacré des amitiés hors de la maison, des bonnes libations et des histoires saugrenues : se rappelait-il comment un lézard avait grimpé sur le mur du club en 1797, ou était-ce en 98 ? Cet échange l'avait considérablement aidé et convaincu de passer une autre soirée tranquille, chez lui.

Son gilet déboutonné, il ouvrit la porte de sa chambre et sortit dans le couloir au moment où Isabel surgissait de la sienne, un toupet de plumes sur la tête. Même son réticule était orné de plumes. Il espéra que le vent ne soufflerait pas trop fort ce soir-là.

Il s'arrêta quand elle l'aperçut.

— Je tenais à vous dire que je ne souhaite pas assister au bal de Lady Howell.

Ses lèvres se relevèrent aux coins.

— Moi non plus.

Mais quelque chose pâlit au fond des yeux bleu ciel d'Isabel.

Il n'avait pas envie d'aller à cette soirée, toutefois le bleu était sa couleur préférée, en particulier quand elle avait l'éclat de pierres précieuses. Il aimait même le bleu foncé du ciel avant un orage. Mais il n'aimait pas le bleu fade de la tristesse.

— Peut-être devrions-nous y aller, finalement, dit-il en se ravisant.

Ses yeux brillèrent, puis se ternirent. Elle serra son réticule entre ses deux mains.

— Je ne sais pas. Ce sera… Je ne veux pas que les gens pensent que je vous ai épousé pour votre…

— Belle apparence ? demanda-t-il en haussant les sourcils.

Elle ouvrit brièvement la bouche. Ses joues s'empourprèrent. Puis elle s'avança et lui donna une légère tape sur le bras avec son petit sac, si bien qu'une plume se détacha et flotta entre eux.

— Oh ! soyez sérieux, dit-elle en s'apprêtant à partir. Personne n'y croirait.

Chapitre 10

William ignorait si Isabel avait conscience du fait qu'il était entré au salon. Il s'était arrêté sur le seuil et il l'observait. Elle s'était habillée depuis un bon moment pour la soirée et l'attendait.

Postée devant la fenêtre du milieu, elle regardait à l'extérieur, son corps parfaitement encadré par le chambranle. Si les papillons avaient pu devenir des femmes, alors Isabel aurait été l'un d'eux, elle aurait eu des ailes, jadis. Non parce qu'elle semblait voleter par-ci, par-là, mais parce que ses cheveux roux étaient d'un ton vif qui accrochait le regard, et qu'ils semblaient avoir la texture délicate d'une aile de papillon. Sa robe de bal était d'une couleur pâle, relevée par deux pans de gaze attachés à l'arrière de ses manches et qui flottaient derrière elle. L'étoffe vaporeuse, d'un bleu azur, retombait souplement dans son dos.

Comment s'y prenait-on avec un papillon ?

— Sommes-nous prêts à partir ? demanda-t-il.

Son réticule et son éventail étaient posés dans le fauteuil. Voir les affaires de quelqu'un d'autre se trouver aussi naturellement dans la pièce le surprit.

Elle resta immobile.

— Je suppose qu'il est temps d'y aller, insista-t-il.

Elle prit une inspiration.

— Je ne devrais pas m'inquiéter. Avant, j'étais à l'aise avec des inconnus. C'est juste que maintenant cela me paraît plus intimidant. La seule personne que je connaîtrai bien est votre sœur, et elle a dit que son époux m'inviterait certainement à danser. Je l'ai rencontré.

Elle jeta un coup d'œil à ses accessoires.

— J'aimerais ne pas ressentir à ce point que l'on fera attention à moi juste par gentillesse ou par curiosité.

William s'appuya contre le cadre de la porte. Il ne pouvait plus suggérer qu'ils restent chez eux ce soir-là. Il fallait qu'elle soit à l'aise en société et, compte tenu de sa nature, elle le serait dès que l'occasion lui en serait donnée.

— Vous n'aurez qu'à danser, dit-il.

Il songea aussitôt que son cousin Sylvester l'inviterait à coup sûr lui aussi.

— Si mon cousin vous approche, il va orienter la conversation vers ce qui s'est passé chez Wren. C'est un petit sournois qui cherche toujours à en savoir plus, mais que voulez-vous, nous sommes parents. Et puis il a toujours mes chevaux.

Elle se tourna, les longs rubans flottant sous ses manches accompagnèrent son mouvement.

— Cela ne me dérangera pas.

Ses yeux s'élargirent, puis elle crispa les paupières.

— Mais hélas…

Il eut l'impression que quelque chose de grave la tourmentait soudain. Elle le regarda de nouveau.

— Comment pourrai-je parler d'un tel événement dans une soirée ? Oh ! mon Dieu ! J'ai eu si peur. Sans votre arrivée, je serais morte de frayeur.

Elle porta un doigt ganté à son œil droit, comme pour essuyer une larme qui ne semblait pas s'y trouver.

Il l'observa et elle lui rendit son regard. En quelques instants, ses yeux s'attristèrent tant qu'il eut envie d'aller jusqu'à elle, mais alors ses lèvres s'incurvèrent.

— J'ai entendu dire, mais je n'en ai jamais fait l'expérience, que les hommes ne savent pas toujours comment parler à une femme qui pleure et qu'ils se hâtent de changer de sujet.

— Vous êtes très bonne à ce jeu. Comment sait-on si les larmes sont réelles ?

— Elles sont réelles, affirma-t-elle en haussant les sourcils. Toujours.

Isabel le dévisagea avec de grands yeux innocents, ce qui l'amusa intérieurement. Quelquefois, sa naïveté lui paraissait superficielle. Il se demanda si sous les frous-frous et les banalités ne se trouvait pas un esprit sage et ancien qui bataillait pour se réconcilier avec le monde.

Il lui offrit son bras.

— En route ?

Le rire silencieux d'Isabel éclaira la pièce. Elle pirouetta, puis franchit la distance qui les séparait en faisant tournoyer un parfum de roses dans l'air.

Il prit le réticule et l'éventail pour les lui tendre. Elle les saisit.

— Avez-vous besoin d'autre chose avant que nous ne partions ? demanda-t-il.

— Pourriez-vous aller chercher un compliment dans votre liste ? répliqua-t-elle en plaisantant.

De façon légère, il posa une main dans son dos, un contact qui le réchauffa et lui mit à elle le rose aux joues. Il chassa de son esprit tous les moments moins harmonieux en se penchant vers elle, et son souffle lui caressa l'oreille tandis qu'il murmurait :

— Des compliments ne pourraient jamais rendre justice à ce que j'ai sous les yeux.

Elle leva le bout de son éventail, le faisant glisser sur la peau lisse de sa joue rasée de frais, pour s'arrêter juste au-dessus de son cœur.

— Je pense que vous vous en êtes très bien sorti.

Elle l'examina.

— Et je suppose que vos paroles flatteuses sont toujours vraies ?

— N'en doutez jamais.

Elle fit un petit geste avec son éventail avant de le placer près de son visage.

— C'est entendu.

Elle se tourna pour le précéder, et il tendit la main afin

que les pans de sa robe, avec la légèreté de la gaze, glissent entre ses doigts.

Isabel estima que tous les gens présents dans la salle devaient se connaître depuis des siècles. Elle était même certaine que les femmes les plus jeunes devaient avoir hérité d'une connaissance innée des unes et des autres. Une femme élégante porta un verre à ses lèvres et trois bracelets brillants glissèrent sur son gant. Quatre musiciens jouaient et une vingtaine de personnes s'égayaient autour d'eux.

William la conduisit jusqu'à une femme et la présenta.

— Ainsi, nous rencontrons enfin votre grand amour, répondit la dame.

William eut d'abord un sourire rayonnant. Mais son expression se figea tandis que le mot « amour » s'attardait dans l'air autour d'eux.

Leurs yeux se rencontrèrent.

— Oui, nous ne sommes pas mariés depuis longtemps, dit Isabel en le regardant d'un air plein d'adoration.

Cette fois, le mot « mariés » fit surgir dans ses yeux bruns et chauds des éclats qui ressemblaient à des pointes de javelot. Comme elle ne voulait pas finir la soirée empalée, elle bannit ces mots offensants de son vocabulaire.

Apparemment, il n'aimait pas le langage sacrilège.

— Ah !

Une voix la fit sursauter en résonnant juste derrière elle, car elle semblait avoir surgi de nulle part.

— Je crois que dans mon cas les présentations ne seront pas nécessaires, fit la voix.

— Oh si, elles le seront.

Le sourire de William ne quitta pas ses lèvres tandis qu'il présentait son cousin à son épouse de façon officielle.

De face, les traits délicats de Sylvester et ses membres élancés auraient pu donner envie à des artistes de le dessiner. Mais lorsqu'il tourna la tête et qu'elle vit son profil, Isabel eut l'impression de voir une belette bien vêtue, tant sa beauté avait quelque chose de sournois.

— Auriez-vous l'amabilité de m'offrir la première d'une série de danses que je souhaite voir devenir très, très longue au fil des années ? demanda-t-il en s'inclinant.

William répondit pour elle.

— Tant que vous surveillez vos manières.

On ne pouvait se méprendre sur le caractère autoritaire de son ton.

— Bien entendu, répondit Sylvester en offrant son bras à Isabel. Je ne pourrais jamais me conduire autrement en compagnie de ma nouvelle et ravissante cousine.

Il l'entraîna sur la piste, et elle esquiva aisément les sujets de conversation qu'il essaya d'aborder. On ne fréquente pas une école de gouvernantes sans apprendre comment manier les questions impertinentes.

Une fois la danse terminée, il la conduisit au buffet, et elle le soupçonna d'avoir choisi cet endroit parce qu'il venait d'être déserté par les invités partis danser une gigue.

— Je suis impressionné, dit-il. À la fois par le choix de mon cousin et par votre capacité à danser. Avec vos pieds, mais avec les mots aussi. Vous avez réussi à ramener la conversation sur moi chaque fois que je voulais parler de Will.

— Vous êtes tous les deux très proches et je suis sûre que vous savez tout sur lui. Et si vous souhaitez connaître mes pensées au sujet de William Balfour, je peux vous assurer que j'éprouve la plus profonde des loyautés à son égard.

Il eut un grand sourire.

— Ma loyauté envers lui est plutôt variable, et je sais que vous n'avez pas encore découvert toutes les failles et crevasses qui fendillent notre monde.

— Je souhaiterais ne jamais avoir à les découvrir. Je vous encourage donc à garder le silence.

— Ah ! cousine. Vous demandez l'impossible.

Il lui tendit une citronnade, ce qui l'étonna car elle s'attendait plutôt à ce qu'il lui offre du punch.

— Je n'ai été qu'un pion dans le plan fomenté par les plus âgés de la famille pour propulser William sur la voie du mariage, et pour qu'il donne naissance à un héritier. Je crois savoir qu'il a laissé échapper en parlant à ma mère qu'il n'aurait jamais, jamais l'intention de regarder des enfants grandir et mûrir. Cela comportait une trop grande part d'incertitude et de responsabilité. Peut-être a-t-il aussi pensé que la naissance de Harriet avait contribué à la maladie de sa mère. Tout le monde l'a pensé, d'ailleurs.

— Votre mère serait-elle encline aux manigances ?

— Ce ne sont pas des manigances — c'est le souci qu'elle a de sa famille. Elle estime qu'elle n'a pas assez aidé William quand sa mère est morte, et elle s'efforce de rectifier les choses maintenant.

Le piano se fit entendre et les violons commencèrent à jouer. Sylvester se rapprocha afin de pouvoir entendre la réponse d'Isabel.

Elle prit une inspiration et prononça quelques mots.

— Il était à peine plus qu'un enfant lorsque sa mère est morte. On ne pouvait s'attendre à ce qu'il prenne tout en charge. Et cependant je crois savoir qu'il en a beaucoup fait.

— Je dirais même qu'il s'est occupé de tout. Y compris de son père. Le vicomte était au trente-sixième dessous après la mort de son épouse, et il n'était plus capable de rien. Ma mère était très occupée par sa propre famille et ne pouvait pas aider. William avait trois sœurs. Egalement plongées dans le chagrin.

— Il a éprouvé du chagrin, lui aussi.

— Je doute que ses sœurs lui aient laissé le temps de s'apitoyer sur lui-même.

Des paroles assurées.

Elle lui fit signe de prendre un verre, mais il secoua la tête.

— William m'a souvent confié qu'il comptait ne jamais se marier, dit-il, et c'était en partie parce qu'il ne voulait pas avoir d'enfants à sa charge. Quand j'ai appris que vous étiez formée comme gouvernante, ce mariage m'a paru plus compréhensible. Une femme expérimentée dans le soin de petits. William m'a dit très souvent qu'après s'être occupé de ses sœurs il ne souhaitait pas devenir père. Quand Harriet s'est perdue dans les bois, je l'ai entendu se blâmer. Quand Sophia s'est toquée d'un soldat ivre et qu'elle a pensé qu'il serait bon pour lui d'avoir une épouse à qui écrire, William s'est précipité chez ma mère pour obtenir son aide afin de trouver un mari plus convenable. Aujourd'hui, il lui a de nouveau demandé son assistance, pour marier les deux autres. Il dit qu'elle a eu la main chanceuse avec le mariage de Sophia.

Isabel ne parvenait pas à suivre ce qu'il disait, parce que son esprit restait fixé sur la première partie de son exposé.

— Je ne pense pas que ma formation de gouvernante ait joué un rôle dans sa décision, dit-elle.

— Je ne parierais pas là-dessus. Naturellement, je pense que tout homme vous trouverait attirante, et désirerait vous avoir pour épouse…

Il rougit.

— Mais William était sincère dans son intention de ne pas se marier. Néanmoins, il est clair que…

Il rougit plus encore, prit le verre le plus proche et avala une gorgée de citronnade. Il fit la grimace, regarda le verre et déglutit comme pour en faire disparaître le goût.

— Une gouvernante. Une personne pour s'occuper des enfants. Vous voyez ce que je veux dire.

— Oui. Cependant, il est resté proche de ses sœurs.

— En maintenant une certaine distance, tout de même. Il est plus proche de Sophia maintenant qu'elle est mariée et qu'elle a un époux pour s'occuper d'elle. Si vous regardez bien, même les chevaux, Marvel et Ivory, étaient chez son père. William préfère avoir le champ libre.

— Merci d'avoir su garder les confidences de votre cousin, persifla Isabel.

— Je l'ai fait, dit-il en s'éloignant. À l'intérieur de la famille, ajouta-t-il en lui adressant un clin d'œil.

Il marcha jusqu'aux portes donnant sur l'extérieur. Il retrouva William et ils se mirent à parler.

Elle ne mettait pas en doute un mot de ce qu'avait dit Sylvester. William avait mis de la distance entre lui et tous les autres. Cela avait dû commencer quand sa mère était morte, ou quand il avait compris qu'elle était malade. Ou plus tôt, encore. Peu importe d'ailleurs.

Isabel prit sa citronnade, la termina et regarda le punch avec un mélange d'envie et de réticence. Elle n'était pas sûre du mélange qu'il contenait. Elle avait entendu dire que les boissons que les dames confectionnaient pour elles-mêmes étaient souvent plus fortes que ce que l'on pouvait trouver dans les verres des hommes.

Elle tendit la main pour se servir. En cet instant, le punch pouvait se révéler utile. Elle était échouée au milieu d'une mer de bijoux et avait envie de quelque chose qui l'aiderait à flotter.

Lors de son premier jour à la pension qu'elle avait baptisée l'école de Mme Dubois pour jeunes femmes abandonnées, ses parents avaient fait exactement la même chose que William. Ils l'avaient présentée, avaient souri de tous côtés, puis elle était restée seule.

Sa mère l'avait obligée à laisser sa poupée à la maison, lui disant qu'elle était grande, maintenant. Elle ignorait ce qui était arrivé à ce jouet, mais elle apprécierait de l'avoir avec elle à présent. Le punch, pensa-t-elle, en était la version adulte.

Le liquide glissa dans son estomac, laissant derrière lui une vive chaleur. Non, elle n'avait jamais bu aucune boisson dont l'alcool était si généreusement dosé. Portant le bord du verre à ses lèvres, elle prit une gorgée plus petite encore que la première. Oh ! elle pourrait secouer tous ces bijoux clinquants, si elle le voulait.

Encore des danses. La musique était très bonne. Les danseurs accomplis. Le monde était parfait. Tout comme lors de son premier jour d'école. La société ne permettait pas qu'on se terre dans un coin, même quand on était enfant. Buvant très, très lentement, elle examina la salle, ignorant les colifichets étincelants.

Cet événement mondain devait planter le décor pour le

reste de sa vie. Elle sourit et reposa le verre, se rappelant que personne ne pouvait la voir trembler à l'intérieur derrière son sourire assuré.

On la heurta par-derrière, elle se retourna et un turban lui frôla le visage. Des cheveux blancs sortaient en désordre de la coiffure, encadrant un œil laiteux et un autre clairement froid.

— Pardon, dit la femme. Je n'ai pas la patience pour des présentations convenables. Un de mes nombreux défauts. Non que j'en aie tant que cela.

Elle regarda sur sa droite.

— Vous ne dansez pas. Vous devriez, vous savez. C'est excellent pour le teint. Je vous le garantis.

Elle gloussa.

— J'ai au moins quatre-vingts ans et je n'en parais pas plus de soixante-dix-huit.

— C'est exact, dit Isabel.

— Et votre nom ?

— Isabel Balfour. Je suis mariée au fils du vicomte. Il est…

— Attendez.

La femme leva une main, l'interrompant. Ses gants engloutissaient ses bras maigres.

— Vous pouvez m'appeler Lady Howell. Si vous oubliez mon nom, pensez juste à un chien qui hurle à la lune.

Elle plissa le nez.

— C'est ainsi que je m'en souviens moi-même.

Elle regarda le ventre d'Isabel.

— Êtes-vous enceinte ?

— Non, non, murmura Isabel en plissant les paupières.

— Eh bien, vous feriez mieux d'y penser, dit la vieille femme d'une voix stridente. C'est votre devoir, maintenant. Des héritiers.

Elle leva un doigt noueux.

— J'en ai eu six dans les six premières années de mon mariage. Il n'y en a pas beaucoup qui peuvent en dire autant. La vérité, c'est que le premier était en avance — très en avance.

Elle se pencha et eut un grand sourire.

— Le deuxième — je n'ai pas perdu de temps.

Elle compta sur ses doigts.

— Le troisième et le quatrième, des jumeaux. Le cinquième, eh bien, que puis-je dire, j'avais bu trop de vin pour fêter la nourrice que j'avais trouvée pour les jumeaux. Au sixième, j'ai mis un terme à tout cela et j'ai dit : j'ai fait mon devoir. J'ai demandé à Lord Howell de garder ses distances. Il a hurlé.

Elle tapota le bras d'Isabel.

— Ce que je préfère dans cette histoire, c'est la façon dont Howell a hurlé. Il ne s'est jamais complètement remis.

— Je pense vraiment que ce serait bien d'avoir des enfants, dit Isabel.

Les lèvres de la douairière se pincèrent et sa mâchoire inférieure pointa vers l'avant tandis qu'elle évaluait son invitée.

— Je vous recommande de vous arrêter à trois. Au quatrième, les enfants ont tendance à vous crisper le caractère.

Elle se détourna pour partir. Isabel l'entendit marmonner :

— Cette petite ne sait pas tenir une conversation.

Puis Lady Howell continua de voguer sur la mer de bijoux. La musique prit fin de façon soudaine et ces paroles se firent entendre de façon claire dans toute la salle :

— L'épouse de William Balfour ne sait pas tenir sa place en société.

Tous les visages se tournèrent vers Isabel.

Même les musiciens la fixèrent. Comment pouvaient-ils savoir de qui parlait la vieille femme ? Mais apparemment, ils le savaient. Ils jouaient probablement toujours pour les mêmes personnes. Ce monde n'était pas plus grand qu'une tasse à thé et on l'examinait comme le dépôt au fond de la tasse.

William apparut alors près d'elle, lui prit la main pour la porter à ses lèvres avant de la poser sur son bras.

— Si, elle sait tenir sa place, Lady Howell. Et sa place est à mes côtés.

Il décocha un regard autoritaire aux musiciens, et l'air suivant commença doucement, mettant fin au silence pesant.

— À présent, il nous faut prendre congé, Lady Howell. Nos devoirs nous attendent.

William se tenait debout près de son lit, une main posée sur la colonne du baldaquin. Il n'avait pas trouvé de mots appropriés dans la voiture et il pensait qu'il n'y en avait pas. En tout cas, aucun ne lui venait à l'esprit.

La laisser seule pendant la soirée avait été une erreur, mais il avait essayé de récupérer ses chevaux — cela aurait pu attendre, reconnut-il en lui-même.

Il voulait se racheter. Ni l'un ni l'autre ne méritait ce qui s'était passé. Surtout pas elle. La haute société n'était pas toujours facile à fréquenter pour des femmes qui n'y avaient pas vécu dès leur naissance.

Isabel n'avait pas à être rabaissée ni remise à sa place, sauf peut-être parce qu'elle tenait à garder ce lit ridiculement petit.

Ridiculement petit.

D'une certaine manière, il était devenu un rempart. Une sorte d'enjeu de territoire qu'il ne comprenait pas bien. La maison tout entière était déjà sous ses ordres ! Tout, sauf ses effets personnels à lui. Et le valet. Et le majordome. Mais il n'était pas certain qu'elle comprenne bien le rôle du majordome.

Il avait déjà ôté ses bottes et sortit les pans de sa chemise de ses culottes, avant de se diriger vers le couloir.

— Isabel…

Il ouvrit la porte de sa chambre et passa la tête à l'intérieur, inhalant le parfum de roses et de savon.

— … Il est trop tôt pour dormir.

— Non, pas du tout. Pas pour moi en tout cas. Allez-vous-en.

Elle roula sur le côté, lui tournant le dos.

— J'ai une migraine affreuse et tout mon corps me fait souffrir, à commencer par mes pieds. Mes pantoufles étaient trop serrées.

Il laissa la porte ouverte, entra, prit une chaise et la plaça près du lit. Il s'assit, croisa légèrement les doigts et étira ses jambes, un pied touchant la courtepointe. Son talon reposait sur une bosse formée par la jambe d'Isabel sous les couvertures.

— Je sais que vous êtes ici pour faire votre devoir, dit-elle.

— Vous savez ce que nous avons à faire.

Il posa son pied à terre, rapprocha sa chaise et écarta la couverture du pied d'Isabel. Il le prit dans ses mains. Chaud et délicat. Elle voulut le lui retirer, mais il le rattrapa. Le couvrant de ses deux mains, il en massa la plante de ses deux pouces. Le pied si féminin se tendit vers lui.

Il pressa chaque muscle, éliminant les tensions, frottant la peau, l'apaisant.

— C'est mieux qu'un bain chaud, observa-t-elle.

Il tendit la main, caressant ses orteils avec le même soin.

— Avez-vous toujours mal ?

— J'avais pensé ne plus porter ces chaussures, mais la couleur me plaît vraiment… Si vous aviez l'amabilité de m'offrir ce traitement chaque fois que je les mettrai, je pourrais peut-être les garder. Cela vous économiserait le prix d'une autre paire.

— Mais vous avez moins mal ?

— Je n'en suis pas sûre.

Il continua, faisant remonter ses mains sur ses chevilles, massant et frottant.

— Je suppose qu'il me faudra un moment pour arriver jusqu'à votre tête, mais j'y arriverai, assura-t-il.

Il fit glisser ses mains au-dessus de ses talons.

— Seulement, pas dans ce lit.

— Ainsi, dit-elle, vous ne ferez pas votre devoir tant que je serai dans ce lit.

Il lui secoua le pied.

— Devoir. Ce mot est hideux.

Il se leva.

— Poussez-vous.

— Je croyais que vous aviez dit…

— Le devoir n'a rien à voir avec cela. Faites-moi de la place.

— Ce lit n'est pas assez large pour deux personnes. Il ne peut contenir que moi.

— Je l'ai remarqué. Allez, laissez-moi m'allonger.

Un genou sur le lit, il se fit une place à côté d'elle, rejetant les couvertures et la faisant rouler face à lui.

— Vous voyez, il peut accueillir deux personnes… Mais pas mes pieds on dirait.

Il souleva une jambe, la passa sur la cuisse d'Isabel et se blottit contre elle. Le parfum délicat qu'il avait décelé en entrant dans la pièce l'enveloppa.

— Je suis désolé que vous n'ayez pas apprécié la soirée. Si cela peut vous remonter le moral, moi non plus.

— Je pensais que l'invitation de Lady Howell était sincère.

— Elle avait certainement ses raisons. Et si cela peut vous consoler, sachez qu'elle m'a accusé de boire plus que de raison, et je crois qu'elle a traité mon père de gamin au cœur trop tendre.

— Cela ne me console pas. Maintenant, je suis triste pour vous et votre père. En tout cas pour votre père.

Elle se blottit contre lui.

— Buvez-vous plus que de raison ?

— Qui sait ?

Il haussa les épaules.

Chapitre 11

Des bras se fermèrent autour d'elle, l'enveloppant si complètement qu'elle ne sentit plus rien qu'un corps viril et des battements de cœur. Un bloc de force dont émanaient des caresses de la plus grande douceur. Elle ne s'était jamais sentie aussi bien protégée.

Elle posa une main sur le flanc de William, par-dessus l'étoffe de sa chemise, et déplaça ses doigts, caressant la peau sous le tissu. Sa main lui sembla étrangement chaude et vivante.

— Dites-moi, pensez-vous boire plus que de raison ?

— Décidément, vous tenez à cette question !

— Décidément, vous semblez ne pas avoir envie de répondre.

Il prit une lente inspiration, son torse se souleva et se rapprocha du corps d'Isabel. Quand il expira, elle resta pressée contre lui.

— Je bois plus que beaucoup d'hommes, mais pas autant que je le faisais autrefois. Il y a quelques années, je me suis aperçu que mes amis étaient ivres chaque nuit et que je l'étais souvent moi aussi.

La chambre resta silencieuse un moment, puis il continua.

— Je me suis demandé si je pouvais passer quinze jours sans boire. Le sixième jour, j'étais au club et une odeur d'alcool flottait dans l'air, si bien que je ne pouvais penser à rien d'autre. J'étais obsédé par mon désir de boire. Je brûlais de boire.

Il se tut. Elle se serra contre lui.

— Et alors ?

— Sylvester a posé un verre devant moi et je suis resté assis devant pendant des heures. Mais je l'ai refusé. Je suis allé chez Sophia, j'ai dormi quelques heures jusqu'au matin, puis j'ai bu du chocolat en attendant qu'elle se réveille. J'ai dû en boire trois tasses en trois heures, attendant ma sœur qui avait décidé de faire la grasse matinée. Par chance, sa cuisinière fait un très bon chocolat.

— Je l'ai trouvé moins bon que celui de notre cuisinière, dit Isabel. Celui de votre sœur brûle la bouche.

— Mais oui, c'est en cela qu'il est très bon.

— Avez-vous tenu les quinze jours ?

— Bien sûr. Je n'en avais pas douté. Il n'était pas question de laisser mon envie de boire dominer ce que je désirais réellement, et mon plus grand désir était de contrôler mon besoin d'alcool. J'ai alors compris que je pouvais m'en passer. Depuis lors, je n'y pense plus vraiment. Et à l'occasion, il m'arrive même de boire de ce breuvage pour enfants qu'on appelle le lait. J'ai également découvert qu'un de mes domestiques pouvait se rendre avec une cruche dans une maison située à la lisière de la ville, et y trouver une eau au goût merveilleux, qui calme ma soif mieux que n'importe quoi d'autre. Je n'ai jamais rien goûté de meilleur.

Il rit.

— Je peux être aussi exigeant pour l'eau que certains hommes le sont pour leur cognac. Elle fait toute la différence. Même le thé est meilleur.

Sa main parcourut le dos d'Isabel de haut en bas, puis glissa sur le côté et s'arrêta sur sa hanche. Son visage s'approcha et son baiser effleura à peine ses lèvres. Des frissons la parcoururent.

— Je n'ai jamais rien goûté de meilleur, à l'exception d'une seule autre chose.

Son baiser ne sentait pas le cognac, il n'était que fraîcheur.

— C'est bien meilleur que n'importe quelle boisson.

Elle l'enlaça étroitement, son corps puissant et viril pressé contre le sien. Ils auraient pu tenir ainsi serrés dans un lit deux fois plus petit. Isabel ne percevait plus rien d'autre que le corps de William, et c'était la sensation la plus délicieuse au monde.

Il se recula, laissant ses lèvres frôler celles d'Isabel un

instant encore avant de rompre le contact, et elle resta hébétée par un sentiment de perte.

— Isabel. Je n'ai peut-être pas été entièrement honnête avec vous.

Il s'assit, sortit du lit et se pencha pour la soulever dans ses bras.

— Je vais faire mon devoir.

Elle étouffa une exclamation, mais lui passa les bras autour du cou. Il se déplaça, solidement campé sur ses jambes pour garder l'équilibre.

— Je ne me soucie pas de mon devoir envers le titre, précisa-t-il. Je me soucie de mon devoir envers vous. Je ne peux tout simplement pas vous laisser dans un si petit lit. C'est impossible.

— Il me convient tout à fait, dit-elle.

— Eh bien, il vous faut accorder une autre chance à mon lit.

Leurs visages tout près l'un de l'autre, il lui fit franchir la porte.

— Ne sapez pas ma fierté de mâle.

Lorsqu'ils atteignirent sa chambre, elle remarqua la lumière qui filtrait dans le couloir.

— Vous aviez laissé la porte ouverte et la lumière allumée... Vous aviez donc l'intention de me ramener ici.

Il la porta à l'intérieur. Un parfum de savon à raser flottait dans l'air.

— J'ai dit que j'étais un noctambule, pas un idiot.

Il s'arrêta.

— Je dois vous avouer que, ce soir — son visage était tout près de son oreille —, s'il l'avait fallu, je me serais hissé jusqu'à votre fenêtre pour vous tenir dans mes bras.

Une bouffée de chaleur envahit Isabel quand il taquina son oreille de son nez, parlant à voix basse.

— Et cela en aurait valu la peine.

Il se tourna de telle sorte qu'elle puisse voir son lit.

— Il nous convient mieux que ce petit matelas de la taille d'un oreiller sur lequel vous dormez.

D'un grand geste, il la jeta sur le lit et l'y suivit, atterrissant au-dessus d'elle en faisant porter son poids sur ses avant-bras.

— Comment va votre migraine ? demanda-t-il.

Il passa les doigts sur sa joue, semant des ondes de chaleur qui se répandaient dans tout son corps.

— Elle a complètement disparu.

Isabel leva une main, touchant de petites mèches là où ses cheveux bruns frôlaient son col.

— Maintenant, dit-il en l'enveloppant de ses bras, laissez-moi vous dire combien je suis désolé que vous ayez eu une mauvaise expérience ce soir.

Il la serra légèrement.

— Mais c'est fini.

Il l'avait juste étreinte, mais c'était délicieux.

— Vous m'avez fait du bien, dit-elle.

Elle tendit la main, saisit le devant de sa chemise et tira dessus.

Il rit doucement et la pressa contre lui à plusieurs reprises, lui coupant presque le souffle à chaque fois.

— C'est encore mieux maintenant ?

Le rire dans sa voix et sa façon de l'étreindre lui donnaient l'impression qu'il l'accueillait, qu'il acceptait la place qu'elle occupait dans sa vie.

— Ne m'écrasez pas ainsi, vous allez me couper en deux, protesta-t-elle.

Elle était coincée au creux de son bras.

— Je ne voudrais surtout pas vous écraser.

Il posa une main sur son ventre. Des vagues d'une sensation délicieuse se diffusèrent en elle.

— Mais dans ce lit minuscule qui est le vôtre… Regardez comme celui-ci est plus agréable.

— Je n'ai pas l'impression d'avoir beaucoup plus de place, observa-t-elle.

Elle se tortilla contre lui.

— Je ne peux même pas étendre le bras.

Il la fit rouler de telle sorte qu'ils se retrouvèrent allongés l'un en face de l'autre.

— Oh ! si vous y tenez, étendez vos bras autant que vous voudrez, à condition que ce soit dans ma direction.

Elle feignit de pousser sur son torse. Il ne bougea pas. Elle poussa encore. Toujours rien. Il l'étudia, les paupières plissées.

— Ce n'est pas exactement ce que je voulais dire.

Isabel se mit à tirer son flanc vers elle et il bascula contre elle.

— Ah, oui, lui murmura-t-il à l'oreille.

Elle bougea la tête afin que leurs lèvres puissent se rencontrer et il se pressa contre elle. Une sorte d'appétit vorace grandit en elle. Elle ne pouvait pas être assez près de lui.

Il ouvrit sa chemise, s'éloignant juste assez longtemps pour la tirer par-dessus sa tête.

Sa bouche se posa ensuite sur celle d'Isabel et il saisit les liens de son corsage, les dénouant et les lissant de ses doigts. Il arriva au dernier ruban, se redressa, et caressa la peau qui se trouvait dessous avant d'en défaire le nœud. Isabel avait l'impression de prendre vie, d'une façon merveilleuse.

Il passa les mains sous l'ourlet du corsage, qui remontait un peu plus à chaque caresse.

Ses jambes d'homme frôlèrent les siennes. Une texture rêche contre la douceur de sa peau à elle. Chaque mouvement faisait jaillir une nouvelle salve de plaisir.

Il fit passer le vêtement par-dessus la tête d'Isabel et, tandis qu'il le tirait vers le haut, sa peau masculine, si chaude, remplaçait l'étoffe à mesure qu'elle disparaissait. Il ne pouvait pas l'envelopper d'aussi près qu'un vêtement, ce n'était pas possible, pensa-t-elle vaguement. Pourtant, c'était le cas. Elle était incapable d'éprouver autre chose que celle de son corps pressé contre elle. Elle en oubliait le lit, la notion du temps et même sa propre présence dans cette chambre.

— Rossignol, lui chuchota-t-il à l'oreille, et ce mot lui fit l'effet d'une musique.

D'une musique qui faisait vibrer leurs corps.

Il plaça une main sous son sein et son visage s'en approcha.

Les lèvres de William se posèrent sur son mamelon et la comblèrent de plaisir.

Lorsqu'il posa une main sur sa cuisse et se mit à la faire remonter plus haut entre ses jambes, elle se tortilla vers lui, en proie à la plus vive impatience, mais il la retint, se servant habilement et avec douceur de ses doigts, pour lui faire connaître une gamme croissante de sensations toutes plus délicieuses les unes que les autres.

Puis il approcha son grand corps viril du sien, et elle sentit entre eux son sexe dressé qui lui prouvait le désir qu'il avait d'elle. Elle en fut à la fois flattée et émue. Elle retint son souffle lorsqu'il se glissa sur elle sans la quitter des yeux, la caressant sensuellement de son érection, jusqu'à ce qu'il pénètre enfin en elle, lui donnant l'impression d'abolir tout ce qui les séparait pour que leurs corps fusionnent tout à fait dans leur étreinte. Elle éprouva une joie infinie d'être de nouveau unie à lui.

Il gardait ses épaules et son torse musclés à une certaine distance au-dessus d'elle. Elle voulut l'attirer dans ses bras, le serrer contre elle, mais il résista pour ne pas l'écraser sous son poids et elle se haussa vers lui afin d'obtenir ce qu'elle voulait : sentir sa peau contre la sienne.

Il imprima à leur étreinte un rythme lent et saccadé qui la transporta de bonheur. Elle répondait de toute son âme à ses assauts répétés, se livrant entièrement à lui. Alors que la volupté montait en chacun d'eux, de plus en plus puissante, leur respiration s'accélérait et ils s'étreignaient avec force, soudés l'un à l'autre. Et maintenant, Isabel savait ce qui l'attendait, un pic de plaisir qui l'ébranlerait jusque dans les tréfonds de son être et un émerveillement inouï. L'extase arriva bientôt et, poussant un cri étouffé, elle se sentit s'envoler très haut avant que n'explose une gerbe de lumière. William atteignit l'assouvissement à peu près en même temps qu'elle, poussant un grognement de pure satisfaction. Elle retomba sur le lit, épuisée et repue. Peu à peu, elle parvint à calmer les battements effrénés de son cœur.

Ils restèrent immobiles, savourant quelques dernières secondes d'union parfaite, puis il roula sur le flanc et l'attira contre lui.

William fixait le dais du lit au-dessus de lui, Isabel nichée au creux de son bras. Elle caressait son torse du bout des doigts. Il lui semblait plus naturel de la tenir contre lui que d'entendre ses propres battements de cœur dans sa poitrine. Il se sentait parfaitement bien.

— Dormez-vous ? demanda-t-elle.

— Oui. J'ai dormi toute l'heure qui vient de passer, plaisanta-t-il.

Elle rit.

— Alors je ferais bien de partir parce que je ne pense pas survivre à une heure de plus de votre « sommeil ».

Il la serra davantage, ce qui lui donna une impression de complétude qu'il n'avait jamais éprouvée auparavant.

— Vous semblez si solide, dit-elle. Comme si vous étiez deux fois plus fort que moi.

Elle posa sa paume bien à plat sur son torse.

— Vous voulez rire ! chuchota-t-il en roulant sur elle sans la lâcher. Je suis au moins trois fois plus fort que vous. Et même quatre les bons jours.

Elle poussa sur son torse, mais cela ne l'empêcha pas de fondre sur elle pour couvrir son visage de baisers avant de se remettre sur le dos, songeur.

Les choses ne se passaient pas comme il l'avait espéré. En vérité, quand il faisait l'amour à Isabel, il ne se sentait pas plus fort, mais plus faible. Dépendant d'elle. Il ne pouvait pas se contraindre à sortir du lit.

— N'êtes-vous pas plus heureuse en faisant ce que nous venons de faire qu'en exerçant votre métier de gouvernante ? demanda-t-il.

— Je ne pense pas que les deux activités soient très différentes, répondit-elle, pince-sans-rire. L'élève dont j'ai la charge est juste beaucoup plus difficile à commander. N'avez-vous pas appris, quand vous étiez enfant, qu'il faut obéir à sa gouvernante ?

— Non. Seules mes sœurs avaient une gouvernante. Moi, j'avais un précepteur. Mon père avait l'habitude d'entrer dans la pièce quand j'étudiais, et vérifiait toujours avec le maître ce que j'apprenais. Il demandait tout le temps si j'avais appris mes leçons. Parfois, ma mère insistait pour que le précepteur travaille avec mes sœurs. Mon père fulminait, expliquant qu'elles n'avaient pas besoin d'étudier puisqu'elles devaient se marier. Elle lui rétorquait alors que leurs futurs époux seraient peut-être heureux qu'elles sachent compter.

— Je pense que votre mère m'aurait plu.

Un grognement approbateur. Son père et sa mère avaient tous les deux fait en sorte que ses journées se résument à une succession de leçons à apprendre et de responsabilités à honorer. Du moins jusqu'à ce que l'état de sa mère s'aggrave. Quand elle était tombée malade, tout avait changé. En devenant veuf, le vicomte avait perdu tout intérêt pour le reste du monde.

— Nous avions juste fini de poser pour un portrait de famille quand ma mère est tombée malade. La peinture n'était pas encore sèche. Immédiatement après sa mort, mon père a commandé un portrait plus grand, rien que d'elle. Il est toujours accroché dans la bibliothèque.

On ne pouvait pas manquer cet immense tableau. Son père était resté assis dans la pièce des jours et des jours, fixant le portrait, tordant son mouchoir dans sa main. William n'était presque jamais entré dans la bibliothèque. À chaque fois, être confronté au visage de sa mère, si ressemblant, avait été comme recevoir un coup dans le ventre. Il lui rappelait qu'elle n'était plus avec eux. Et voir son père assis là, hébété, perdu pour eux par manque de volonté, était presque pire que la mort de sa mère.

— Je n'aime pas en parler, dit-il. Le passé est révolu. Il n'a pas été si difficile de le mettre derrière moi. J'aimais tendrement ma mère, mais sa disparition a surtout été une terrible tragédie pour mes sœurs. Oh ! cela fut si dur pour elles.

De son front, il toucha celui d'Isabel.

— Vous ne pouvez pas savoir combien elles ont pleuré. Rosalind avait six ans, elle s'abîmait complètement dans le chagrin et ne voulait pas quitter sa chambre, comme Père ne voulait pas quitter le portrait. Il fallait faire quelque chose. Sophia et moi l'avons transportée. Je la tenais par les bras, Sophia par les pieds, et nous l'avons descendue dans l'escalier. C'est un miracle que nous ne nous soyons pas tués. Des larmes roulaient sur les joues de Sophia. Puis nous avons enfermé Rosalind dehors et lui avons dit qu'elle ne pourrait pas rentrer à la maison tant qu'elle n'aurait pas cessé de pleurer.

— Cela a-t-il marché ?

— Elle a cassé une fenêtre, mais elle ne pleurait plus quand elle est venue nous dire que nous ne pouvions pas l'enfermer dehors. Elle a dit qu'elle mettrait le feu à la maison si nous recommencions. Je l'ai crue. Rosalind est très volontaire. Ces histoires ont perturbé Harriet. J'ai dû la tirer de sous son lit où elle s'était cachée. Ensuite, elle a eu peur que la maison prenne feu pendant son sommeil, que la nurse ne se réveille pas et que nous mourions tous. Alors elle a refusé de dormir si Sophia et moi n'étions pas avec elle, et il a fallu que Rosalind soit là aussi parce que… Je ne me souviens plus pourquoi. Ah, si. Harriet avait peur que Rosalind mette le feu, si nous la laissions dormir ailleurs. Elle l'a donc convaincue de rester avec elle et les choses se sont arrangées.

Pendant trois mois, ses sœurs avaient dormi dans le même lit. Quant à lui, il avait rapproché deux fauteuils et tenté tant bien que mal de trouver le sommeil. Il n'avait pratiquement pas pu se reposer. Puis il avait commencé à quitter la maison une fois ses sœurs endormies. La première fois, il s'était senti coupable de partir, mais son père était toujours prostré devant le portrait et il n'eut pas la force de supporter ce chagrin insensé un moment de plus. Les clients de la taverne l'avaient bien accueilli, ils savaient tous que sa mère était morte. Ils avaient bu à la vie, au rire et aux jolies filles.

Les bras d'Isabel se resserrèrent autour de sa taille.

— Vous étiez si jeune pour faire face à de telles difficultés.

Il souffla.

— Non. À treize ans, j'étais un homme. À quatorze ans, j'ai découvert que le cousin de ma mère avait détourné presque quatre cents livres de la fortune de mon père. Quand je suis parti à l'université, c'est d'abord Sophia qui m'aidait à garder un œil sur les comptes de notre père.

Et puis, pendant ses années d'études, les choses avaient changé. Rosalind et Harriet avaient commencé à s'intéresser aux affaires familiales, surtout depuis que leur père leur avait promis qu'elles pourraient garder pour elles une partie des bénéfices, si elles en faisaient. Cette décision avait été profitable. Rosalind avait imité la signature de leur père pour leur permettre d'engager un très bon intendant.

— Rosalind est devenue experte en faux et en comptabilité. Quant à Harriet, elle lit tout ce qu'elle peut trouver sur les récoltes et le bétail, et partage ces informations avec les fermiers. Elle connaît le nombre d'œufs que chaque sorte de poule doit pondre la première année, et de combien cette quantité diminue la deuxième année. Elle m'a également appris que si une poule se met à pondre des œufs à la coquille trop fine la solution est d'écraser des coquilles d'œufs et de lui donner les débris à picorer. Père sait à peine comment les œufs arrivent sur la table.

William se tourna vers Isabel. Il posa un baiser sur son nez, la serra contre lui puis roula hors du lit.

Le moment le plus heureux de la nuit avait été ce temps de confidence, pendant lequel William lui avait parlé du passé.

— Je ne peux pas dormir de si bonne heure, dit-il.

Il posa un autre baiser sur le front de son épouse, pour rendre plus douces ses paroles.

— Bonne nuit, Rossignol.

Ces derniers mots n'engageaient à rien. Ils paraissaient gentils, mais ne signifiaient rien. Il se rendrait au club et peut-être chez Sophia ensuite. Il ne fallait surtout pas créer d'habitudes qui pourraient être difficiles à perdre.

Isabel était assise devant la fenêtre et laissait la lumière du soir éclairer le papier pour ne pas avoir à allumer de lampe.

William était rentré à la maison vers midi. Elle avait entendu ses pas et la porte de sa chambre se refermer, puis plus rien.

L'avoir à la maison lui faisait plaisir, mais elle aurait souhaité qu'il en soit autrement. Il fallait qu'elle apprenne à se réjouir de ses absences.

Les paroles de Sylvester lui revinrent en tête. William avait dû prendre soin de ses sœurs à un âge où on avait encore besoin d'être choyé. Le chagrin et le poids des responsabilités s'étaient mêlés dans ses souvenirs, et c'est pour cette raison qu'il ne voulait pas d'enfants.

La femme de chambre entra pour lui apporter son thé.

— Des petits pains français à l'abricot, annonça-t-elle.

Isabel hocha la tête.

La domestique ouvrit la porte pour sortir, tenant le plateau vide, puis s'effaça pour laisser entrer William.

Regardant la feuille de papier, Isabel ignora sa présence et souffla sur la lettre, feignant d'en faire sécher l'encre.

— Vous devriez donner un récital pour mes sœurs, dit-il. J'aimerais l'entendre aussi.

— L'envie de chanter m'a quittée, vous le savez.

Quelque chose avait changé après la nuit chez Wren. À cause de la façon dont les hommes la regardaient chanter. Auparavant, leurs yeux posés sur elle ne la gênaient pas. Elle adorait capter l'attention. Mais après avoir vu roucouler la chanteuse de cabaret et les hommes qui lui jetaient des regards concupiscents, elle ne pouvait plus penser qu'au rideau fané, à la saleté dans les coins et aux cafards qui détalaient. Cette vision lui serrait l'estomac d'une façon très désagréable.

Elle riva ses yeux sur les bottes de William.

Il s'agenouilla, se tenant d'une main à son secrétaire pour garder l'équilibre. À présent, son visage la dévisageait par en dessous et elle ne pouvait plus échapper à son regard.

— Chantez une courte chanson. Juste pour moi. Rien de particulier. Une berceuse.

Elle secoua la tête et passa le bout de ses doigts sur le papier.

— Je peux vous entendre fredonner parfois, quand je passe devant votre chambre.

— Je ne fredonne pas.

Il la dévisagea.

— J'ai essayé de chanter pour votre sœur Sophia et je n'y ai pas réussi. Cela ne m'était jamais arrivé auparavant. Jamais. Les mots et les notes étaient comme figés en moi.

La nuit de son agression, elle avait eu peur que Wren ne détruise ses cordes vocales avec le couteau. Il ne l'avait pas fait, mais la lame l'avait atteinte dans sa personnalité et lui avait ôté pour toujours l'envie de chanter.

— Isabel. Vous ne pouvez pas enfermer cette voix en vous. Elle fait partie de vous. Vous devez laisser les autres l'entendre, aussi.

— Non. La seule idée de chanter devant des gens…

Elle toucha son ventre, essayant de chasser le froid qui l'avait envahie.

Chapitre 12

Il était sot.

Il s'échappa de chez lui, franchit la porte et marcha jusqu'aux écuries. Avant, tout ce qu'il voulait c'était partir de chez lui pour se rendre dans les clubs et tavernes, mais à présent, il partait parce qu'il s'y sentait obligé. Parce qu'il savait ce qui se passerait s'il restait. Il ne serait pas capable de se détourner d'elle aussi aisément qu'il l'avait fait avec la boisson.

Il n'abandonnait pas Isabel. Il ne pouvait tout simplement pas supporter une seconde de plus les pensées qui l'assaillaient. Une partie de lui vivait dans les souvenirs du passé tandis que l'autre n'aspirait dorénavant qu'à rester avec Isabel. Il courait vraiment le risque de se perdre dans le monde suffoquant des émotions.

Le lit de sa chambre était plus que convenable et il aurait pu s'y coucher. Mais il ne voulait pas se retrouver englué dans ses pensées. En outre, quand Isabel était à proximité, il agissait de façon impulsive — ce qui n'était pas trop problématique —, et son esprit était tenté d'emprunter une pente dangereuse — ce qui était plus gênant.

Il glissa ses doigts dans ses cheveux et ignora la nuit noire autour de lui, se rappelant le dicton selon lequel c'était juste avant le lever du jour que l'obscurité était la plus profonde. Mais il faisait sombre aussi en pleine lumière, quand le chagrin s'emparait de la journée et l'étouffait sous son manteau opaque. Sans les nuits passées à boire et à faire la fête, il n'aurait pas pu survivre au passé.

Trois sœurs plongées dans le chagrin, qui essayaient de reprendre le dessus malgré un père incapable de bouger. Son monde était resté longtemps privé de joie et de soleil.

Il valait mieux oublier certaines choses. Penser au passé ne faisait que vous y ramener. La vie ne devait pas être vécue dans les souvenirs, mais au travers des expériences. Aller de l'avant à toute allure, laisser la légèreté du divertissement chasser les pensées qui dérangeaient, c'était ce qui lui convenait le mieux.

Il ne devait rien à Isabel, hormis le bien-être matériel et, bien sûr, l'obligation de ne pas l'humilier en public. Il l'avait sauvée, et en retour il n'avait pas eu d'autre choix que de l'épouser.

Tout bien considéré, il se sentait assez chanceux lorsqu'il s'imaginait avec une autre épouse. De fait, le seul bon côté dans toute cette histoire, c'était qu'Isabel aurait été son choix s'il avait souhaité se marier. Seulement, il ne l'avait jamais souhaité.

Il planifia les jours à venir. Il s'occuperait de récupérer les chevaux et il y prendrait du plaisir. Quelques soirées passées avec ses amis devraient achever de lui éclaircir les idées.

— Allez-vous rester là à regarder vos cartes toute la soirée ? demanda Sylvester.

En secouant légèrement la tête, William tira une carte de son jeu et la posa sur la table. Il avait encore perdu. Mais cela ne lui importait guère.

Lord Robert, le frère cadet du duc de Wakefield, fit une plaisanterie grossière. Sylvester rit. Pas le duc. William ne trouva pas drôle non plus la raillerie qui venait de fuser.

La bière avait perdu son goût. Il ne cessait d'entendre la voix d'Isabel, l'air qu'elle chantonnait. Il se leva.

— J'arrête.

Sylvester le regarda en souriant.

— On rentre de bonne heure ?

— J'ai juste envie de partir. Je n'ai pas de chance aux cartes, ce soir. Cela s'arrangera la prochaine fois.

Il avait passé les dernières nuits à faire la tournée des clubs avec Sylvester et n'avait presque pas fermé l'œil.

Lorsqu'il essayait de dormir de retour chez lui, Isabel ne cessait d'aller et venir dans la maison. Elle savait qu'il essayait de se reposer, il en était certain. Et pourtant, elle n'arrêtait pas de se déplacer et de faire claquer les portes. On ne pouvait pas faire autant de bruit sans le vouloir.

— Je vois que vous avez envie de partir, dit son cousin. Et vous devez être prêt à demander pardon à votre épouse. Je sais qu'elle a entortillé son corsage autour de vos parties intimes. Vous allez finir par porter un bonnet, si vous continuez.

William ignora son air malicieux, et répondit sur un ton neutre :

— Je vous ai dit que nous n'avions aucun désaccord. Nous nous entendons très bien. Elle ne se plaint pas de ce que je dis ni de ce que je fais.

— Ce n'est pas notre cas, dit Sylvester. Mais rentrez donc chez vous. Vous profiterez mieux des joies du mariage en portant les attributs du parfait époux. Si une femme comme elle me demandait de mettre un bonnet, je me contenterais de lui demander quelle est sa couleur préférée.

Il s'interrompit un instant.

— Alors, quelle couleur choisissez-vous, Will ?

William appliqua une main ferme sur l'épaule de son cousin.

— Vous seriez chanceux d'épouser une femme telle qu'Isabel.

— J'ai épousé une petite poupée délicate, dit Lord Robert, et tout d'un coup je me suis rendu compte que ses pieds étaient plus grands que les miens et qu'elle avait empli la maison de bébés brailleurs, sans compter ses cousines, sa mère, sa grand-mère et son grand-père.

Il prit un air songeur et murmura :

— J'ai épousé une femme et j'ai fini avec un village entier sous mon toit.

Le duc de Wakefield baissait les yeux.

— Vous n'avez tout simplement pas trouvé la femme qu'il vous fallait.

— Parce qu'elle n'existe pas, grommela Lord Robert en passant un doigt sous le cache-œil qu'il portait depuis qu'il était devenu borgne, des années plus tôt. Même ma maîtresse me cause beaucoup de problèmes, en comparaison du plaisir qu'elle me procure. J'ai dû lui dire que j'étais avec ma femme ce soir pour qu'elle me laisse un peu de répit.

Le duc se leva, renversa sa chaise et jeta ses cartes sur la table.

— Je vois très bien pourquoi vous, messieurs, préférez la compagnie les uns des autres à celle d'une épouse.

Sa voix s'étrangla sur ce dernier mot.

— Une si piètre conversation ne satisferait pas une femme. Elle aurait d'autres attentes.

Ses yeux s'embuèrent, il tourna les talons et quitta la salle d'un pas lourd.

— Sapristi, bougonna son frère. Il se comporte comme s'il était vêtu d'une tunique d'épines depuis que sa femme est morte.

William suivit le duc des yeux. Wakefield était en deuil depuis le début de l'année.

Lord Robert ajusta son bandeau, regarda fixement le désordre sur la table, puis sépara l'argent des cartes.

— Il a renoncé à une main gagnante. En tout cas, vous pouvez être sûrs que mon frère n'a jamais rencontré ma maîtresse… Elle n'a aucune attente, côté conversation !

— Mes chevaux non plus, dit Sylvester en jetant un coup d'œil à William. D'ailleurs, je projette de m'échapper quelque temps pour leur rendre visite. L'automne est une bonne période pour se rendre à la campagne. Marvel et Ivory doivent être montés, pas seulement par des garçons d'écurie. Si vous voulez voir comment ils se portent et se font à leur nouvel environnement, vous pourriez venir au domaine avec moi, Will.

— Je vais y réfléchir.

William rejoignit le vestibule à grands pas, bien décidé à partir et à rentrer chez lui. Il n'avait aucune envie d'aller à la campagne, mais il ne cessait de se rappeler la douleur qu'il avait entendue dans la voix de Wakefield. La duchesse était pourtant assez insipide, selon lui. L'amour avait dû altérer la lucidité du duc.

La nuit s'était rafraîchie, rendant l'obscurité plus vivifiante. Son humeur s'allégea tandis que la brise balayait son visage. Il n'avait aucune envie d'être ailleurs. Dans quelques instants, il serait chez lui et, si rien ne l'obligeait à voir Isabel, cela ne lui ferait sûrement aucun mal de lui parler.

Il fronça les sourcils. Il se hâtait de rentrer chez lui comme un sot énamouré. Encore quelques épisodes de cette nature, et il se retrouverait étranglé par les lacets de son corset.

Lorsqu'il entra dans la maison, son majordome l'accueillit avec un billet, puis s'éclipsa.

Isabel avait écrit pour le prévenir qu'elle passait la nuit chez Sophia, et qu'elle reviendrait assez tard le lendemain matin. Bien sûr, sa sœur l'avait invité lui aussi. Il froissa le bout de papier et le laissa tomber par terre. C'était aussi bien comme ça.

Puis il se pencha, ramassa la feuille, la lissa et la plia. Il aurait assez de ces billets pour en faire un feu de joie d'ici à Noël.

Après avoir monté l'escalier, il s'arrêta dans sa chambre, juste assez longtemps pour ajouter le billet aux autres, puis il emprunta le couloir. Arrivé à la chambre d'Isabel, il ouvrit la porte et jeta un coup d'œil à l'intérieur pour s'assurer qu'elle n'était pas rentrée. Il savait très bien que le majordome le lui aurait dit si elle avait été à la maison, mais peut-être était-elle revenue sans qu'il ne la voie.

Il inspira, appréciant le doux parfum qui régnait dans la pièce. Il ôta sa redingote, la jeta sur une chaise et y ajouta son gilet. S'asseyant sur le petit lit, il posa sa main à plat et appuya sur le matelas. On aurait dû le remplacer depuis des années, mais il n'avait pas eu de raison de le faire.

Il quitta ses bottes et les laissa tomber. Puis il s'étira et s'allongea, ses pieds dépassant du bout du lit.

Il devait trouver un moyen de la chasser de ses pensées. Il se rappela comment, la dernière fois où il s'était servi un cognac, il avait fixé le verre contenant le liquide ambré. Le sentiment de puissance qu'il avait éprouvé en comprenant qu'il n'avait plus envie d'en sentir le goût dans sa bouche, en résistant sans difficulté à la tentation.

Dans la chambre, la présence d'Isabel l'enveloppa tout entier. Il inspira profondément, se délectant un peu plus du parfum de roses qui régnait. Il imagina le goût de sa femme sous ses lèvres, ses doigts effleurant doucement la peau satinée, et le bleu du ciel se refléter dans des yeux à nuls autres pareils.

Il l'imagina tourbillonnant, accueillant le monde comme une fleur accueillait la pluie du matin, savourait les gouttes d'eau sur ses pétales et l'ivresse d'être en vie et pleinement épanouie.

Penser à elle était presque douloureux.

Il quitta le lit, attrapa ses vêtements et sortit à grands pas de la pièce, faisant claquer la porte d'une façon qui lui parut bien trop feutrée à son goût.

Il entendit Isabel monter l'escalier. Elle n'avait pas exagéré en écrivant qu'elle rentrerait tard.

Il crispa les doigts sur le journal. Des bruits de pas résonnaient. *Tap. Tap.* Une pause. *Tap. Tap. Tap.* Il pouvait l'imaginer s'arrêter. Il pouvait presque deviner quelles pensées l'habitaient en l'écoutant bouger. Elle allait entrer et s'excuser de s'être absentée alors qu'il était à la maison. Il en était certain. Isabel avait un tempérament généreux.

Il baissa son journal et regarda la porte.

Elle s'arrêta juste assez longtemps pour jeter un coup d'œil dans la pièce, agiter un paquet dans sa direction avant de poursuivre son chemin sans entrer. Une femme de chambre la suivait, ployant sous le poids des paquets. Il plia le journal, le roula et se tapota le genou avec.

Il allait envoyer quelqu'un la chercher. Ou lui faire porter un billet. Il fallait qu'ils parlent. Pas un seul des paquets qu'elle avait rapportés ne semblait contenir un lit plus grand. Peut-être devait-il se débarrasser lui-même de ce petit meuble offensant.

Une douce voix le tira de ses rêveries.

— Êtes-vous souffrant ? demanda-t-elle.

Il ne l'avait pas entendue entrer dans la chambre. Il leva les yeux. Elle parcourut la moitié de la distance qui les séparait et le regarda avec de grands yeux.

Il avait oublié ce qu'il voulait lui dire. Il ne savait plus pourquoi il était fâché contre elle.

— Je vais bien, répondit-il. J'ai mal dormi.

— Ce n'est pas habituel de vous voir réveillé si tôt.

Elle cligna des yeux avec l'innocence d'un bébé et toucha quelque chose en lui qui lui donna la soudaine impression d'être très faible. Comme s'il faisait ses premiers pas. En titubant.

Il déroula le journal et le consulta de nouveau.

— J'espère que votre visite chez Sophia s'est bien passée, déclara-t-il poliment.

Ces paroles lui rappelèrent un détail. Elle ne l'avait pas prévenu assez tôt de ses plans. Et si… Si elle avait demandé au cocher de la conduire chez ses parents ? Ou si elle avait décidé d'aller se produire sur une scène quelconque et de chanter en public ? Et si quelqu'un s'était montré mal intentionné à son égard ?

— Vous devez faire attention quand vous sortez seule, ajouta-t-il.

— Oh…

Elle haussa les sourcils.

— Une femme de chambre m'a accompagnée. Celle qui est bien bâtie. Et votre cocher…

— Le monde est dangereux, la coupa-t-il. Comme vous le savez.

— Oui. Votre sœur a évoqué toutes ces sorties nocturnes dont vous reveniez couvert de coups.

Le visage d'Isabel s'éclaira.

— Je l'admets. Quand vous vous êtes jeté sur Wren pour me défendre, je me suis dit que vous l'aviez déjà fait et que je ne pouvais pas m'en plaindre.

Elle lui lança un coup d'œil interrogateur.

— Aviez-vous déjà eu l'occasion de vous servir de vos poings avant cela ?

— Pas chez Wren. À présent, changeons de sujet.

— Certainement. Je ne souhaite pas parler de Wren.

Elle haussa de nouveau les sourcils.

— Vous êtes-vous souvent battu ?

— Non. Comment va Sophia ?

— Elle va bien. Combien de bagarres ?

— Je n'en tiens pas le compte. Avez-vous apprécié votre visite ?

— Beaucoup. Elle m'a parlé de la fois où elle a cru votre nez cassé. Vous lui avez dit que vous aviez trébuché sur une chaise…

— Elle se trouvait malencontreusement dans les mains d'un homme qui s'est aussi cassé le nez dessus avant la fin de la nuit. Et mon balourd de beau-frère a-t-il sculpté de nouveaux cœurs en bois pour ma sœur ?

— Il sculpte des cœurs pour elle ?

Ses yeux bleus scrutèrent le visage de William.

— Oui. Il est idiot.

En lui-même, William sourit. On avait changé de sujet.

— Je suis surpris qu'elle ne vous les ait pas montrés. Chaque fois que je la vois, elle les sort pour me les montrer, des mois encore après les avoir reçus.

« Tu devrais te marier », disait Sophia. Une fois. Par minute. Un autre sujet dont il était difficile de changer.

— Nous avons parlé de tout, aussi bien de corsets que des fêtes de Noël.

Elle rayonnait.

— Je n'aurais jamais pensé avoir une sœur un jour. Et maintenant j'en ai trois. Sophia prévoit d'organiser bientôt une réunion avec Rosalind et Harriet, pour que je puisse les rencontrer. Je suis très impatiente de les connaître.

— Du courrier est arrivé pour vous.

Il désigna la lettre posée sur la table.

Elle l'ouvrit et la lut, gardant les yeux rivés sur la page après être arrivée au bout.

— Qu'est-ce que c'est ? demanda-t-il en la rejoignant.

— Une lettre de ma mère. Je voulais qu'elle voie notre mariage comme un mariage d'amour, pendant un certain temps au moins.

Elle lui tendit la lettre.

— Elle n'adore pas écrire et se montre souvent maladroite.

William lut la lettre, résistant à l'envie de la mettre en pièces.

— Elle ne vous voit pas telle que vous êtes, dit-il d'un ton péremptoire. Je devrais lui écrire et lui dire que ces mots sont inexacts. Mais je suis sûr qu'elle ne mesure pas vraiment la portée de ce qu'elle a écrit.

Isabel toucha le simple anneau d'or qu'elle portait à la main gauche.

— Je ne voulais pas qu'elle sache la vérité, comme vous ne vouliez pas que les vôtres pensent que vous m'aviez attaquée.

Il replia la lettre, les yeux posés dessus.

— Avez-vous besoin de garder ce ramassis de mensonges ? demanda-t-il.

Avant qu'elle ne réponde, il déchira la lettre en deux, puis en quatre, puis en huit.

— Garder quelque chose qui vous rend malheureuse est comme garder une pierre qu'un ennemi vous a jetée. Cela ne vous laissera jamais en paix.

Elle le fixa de ses yeux bleu azur.

— Cette lettre ne me rend pas malheureuse. C'est la façon de s'exprimer de ma mère. Elle ne fait pas toujours attention à ce qu'elle dit.

Isabel l'observait comme s'il avait perdu l'esprit, il s'en rendait bien compte.

Il lui tendit la lettre déchirée.

— Brûlez-la.

— William.

Elle le regarda d'un air perplexe.

— Elle n'a rien dit d'horrible.

Retournant à son fauteuil, il prit le journal et s'y replongea.

— Je n'ai simplement pas aimé la manière dont elle…

Isabel, je ne suis pas dans mon assiette, aujourd'hui. J'ai perdu aux cartes, hier soir.

— Une grosse somme ? demanda-t-elle.

Il secoua la tête.

— Non. C'est juste que je n'aime pas perdre.

— Personne n'aime perdre, William. C'est ce qui rend le fait de gagner tellement formidable.

— Je n'ai besoin de rien de formidable.

Il lisait et relisait le même quotidien depuis des jours maintenant, et les mots n'avaient cessé de se perdre dans le bleu des yeux d'Isabel. Peut-être que s'il partait il pourrait penser à autre chose, se dit-il avec espoir.

— Merci pour l'amabilité dont vous venez de faire preuve, dit-elle avec ironie.

Elle resserra ses doigts sur les bouts de papier.

— Je vais jeter ce qui reste de cette lettre dans la cheminée.

Elle s'avança, mais commença par se pencher vers lui pour lui poser un baiser sur le front.

De toutes les parties de son corps qu'elle pouvait embrasser... Il n'avait pas cinq ans ! Puis elle se tourna pour partir et quelque chose en lui s'écroula.

Prendre conscience du désarroi qui l'envahissait en la voyant s'en aller lui causa un autre choc dans la poitrine. Ses pieds touchaient bien le sol, mais curieusement sa vie ne semblait plus connectée à sa personne.

— J'ai besoin d'aller chez mon père, annonça-t-il.

C'était vrai. Il n'avait plus l'impression d'être à sa place chez lui. Il n'y avait jamais passé beaucoup de temps, ce qui n'avait pas d'importance à l'époque. Mais maintenant, cela en avait. En vérité, William pouvait à peine supporter de consacrer autant de temps à ses loisirs, à présent, et il comptait les heures jusqu'au moment où il pourrait regagner sa maison de ville — sauf que ladite maison ne lui faisait plus le même effet qu'avant.

Et qu'il aspirait à y sentir un parfum de roses.

Il fallait qu'il dépasse l'obstacle que représentait pour lui cette nouveauté. Et cette étrange contradiction. Avant le mariage, il n'avait jamais envie d'être chez lui. Mais à présent, il s'en sentait chassé par Isabel.

Aller à la campagne pourrait lui donner un coup de fouet bénéfique. La maison de ville les forçait à rester trop proches l'un de l'autre. Une escapade pourrait le distraire. Il avait besoin de s'éloigner un peu de certains yeux bleus et de leur air mélancolique. D'ailleurs, il n'était pas bon pour Isabel non plus de l'avoir si souvent dans les jambes. Une femme qui découvrait un nouveau foyer dans une nouvelle ville n'avait pas besoin de tomber sans arrêt sur le même homme, fût-il son époux.

En outre, il ne se sentait plus vraiment à son aise dans les tavernes, à écouter les vantardises et les plaisanteries de ses amis qui parlaient de leurs nouvelles conquêtes, pendant que lui pensait à Isabel.

— Un changement nous ferait du bien à tous les deux, ajouta-t-il.

Il prononça ces mots sans la regarder. Il ne pourrait supporter de voir se refléter dans son regard un espoir candide, du désarroi, ou encore le soulagement de le voir partir.

— Mon cousin Sylvester part pour la campagne et m'a invité. Si j'y vais, je pourrai racheter mes chevaux. Ainsi, vous aurez tout le loisir de prendre vos marques dans la maison sans tomber tout le temps sur moi. Sophia ne sera pas loin si vous avez besoin de quoi que ce soit. Et je tiendrai un messager à votre disposition pour m'envoyer des billets aussi souvent que vous le voudrez.

Des billets, pensa Isabel. Son bras s'engourdirait sous le nombre de billets qu'elle pourrait lui écrire si c'était ce qu'il souhaitait plutôt que de supporter sa compagnie.

— Combien de temps serez-vous absent ? demanda-t-elle.

— Je n'y ai pas réfléchi. Avec Sylvester, on ne sait jamais ce qui peut arriver. Et Harriet a écrit pour dire que mon père était monté au grenier remuer des vieilleries. Il semble qu'il ait décidé de contempler longuement chaque fragment du passé touché par ma mère. Et Rosalind s'inquiète, car il a suggéré à notre homme d'affaires de se lancer dans quelque projet sur lequel elle a de sérieux doutes. Père s'est tellement coupé du monde pendant son deuil prolongé qu'il n'a aucune idée de ce qui a été fait ces dix dernières années.

— Il n'écoute pas vos sœurs ?

— À en juger d'après notre dernière conversation, il n'écoute personne. Certes, il est bon qu'il accorde plus d'attention aux choses qui l'entourent. C'est juste que nous n'avons que faire de son intérêt maintenant, et qu'il devrait trouver d'autres façons de se distraire que de s'immiscer dans les affaires du domaine. Nous nous en sommes très bien sortis pendant des années sans qu'il intervienne, et nous n'avons pas besoin qu'il se mette à se mêler de tout.

— Peut-être veut-il se donner l'impression d'avoir un rôle à jouer.

William resta immobile.

— C'est un peu tard pour cela.

Il ramassa le journal et y jeta un coup d'œil.

— Néanmoins, je l'écouterai. S'occuper de lui ne devrait pas être la seule responsabilité de Rosalind et Harriet.

— Êtes-vous certain qu'il a besoin que l'on s'occupe de lui ? Il a peut-être tout simplement besoin qu'on se *soucie* de lui.

William se tourna et réfléchit à haute voix.

— Je devrais apporter ce journal à Harriet. Il mentionne des événements à venir pour la Saison. Peut-être se décidera-t-elle à rester chez Sophia pour assister aux soirées, cette année. Elle a refusé l'an dernier.

— William, dit Isabel d'une voix ferme. Est-ce que vous m'écoutez ?

Ses yeux bruns se posèrent sur elle, un instant seulement.

— Il est notre père. Bien sûr que nous nous soucions de lui. Nous avons géré ses affaires pour lui rendre service — même si cela a été bénéfique pour nous aussi. C'est grâce à nous qu'il a encore un toit sur la tête, que les vitres brillent et laissent entrer le soleil dans cette maison dont il aurait souhaité qu'elle reste à jamais obscure. Bref, nous nous sommes occupés de tout ce qui l'entoure. Soph, Ros et Harriet l'ont cajolé pour l'encourager à sortir de son apathie. Je l'ai menacé pour le secouer un peu.

Il ouvrit le journal et en tourna les pages, cherchant ce qui l'intéressait.

— Et maintenant, il comprend ce que vous attendiez de lui et il est à nouveau en capacité de le faire, commenta Isabel.

Elle s'approcha, touchant presque le journal.

William continua à chercher l'article qui avait attiré son attention.

— Maintenant, il veut se mêler de ce que nous faisons, mais nous allons lui montrer que ce n'est pas nécessaire. Je m'y prendrai comme je m'y suis pris avec mes sœurs, qui pouvaient être amadouées par la promesse de bagatelles. Il sera apaisé par la pensée que deux de ses enfants sont déjà mariés, que deux autres n'en sont pas loin et qu'il pourrait bientôt avoir des petits-enfants — ce qu'il voit comme une nécessité.

Il plia le journal à la page voulue.

— Oui, cette soirée sera très bien pour Harriet.

— William, quand votre père voulait à tout prix que vous cherchiez une épouse, ne trouviez-vous pas cela désagréable ? demanda Isabel, en pensant à sa jeune belle-sœur.

— Il s'agit seulement de trouver des occasions pour que Harriet rencontre des prétendants. Je ne ferai pas d'histoires si elle ne veut pas se marier. Rosalind peut bien demeurer célibataire elle aussi, en ce qui me concerne. Mais elles sont restées à la campagne pour surveiller notre père et je ne veux pas qu'il continue à gâcher leur vie parce qu'elles croient qu'il a besoin d'elles. Je me suis toujours battu contre ce type de négligence. Il est hors de question qu'elles se sacrifient parce qu'elles ont de la compassion pour un homme qui n'en a pas eue pour elles.

Il jeta le journal dans le fauteuil.

— Vous n'étiez pas là quand il a tourné le dos à ses filles. Je n'aurai vraiment aucun scrupule à lui faire comprendre ce que nous voulons. Après tout, maintenant nous pouvons mentionner la possibilité d'un héritier et l'amener à se rendre compte que nous ne sommes plus des enfants, et que nous pouvons prendre soin de nous sans aide extérieure.

Il se rendit à la fenêtre, jeta un coup d'œil dehors et ajouta :

— Je peux comprendre qu'il m'ait pensé assez grand pour être livré à moi-même à la mort de ma mère, mais je ne peux pas admettre qu'il ait ignoré mes sœurs de la sorte. Mère en aurait pleuré.

— Oui, certaines femmes souffrent d'être ignorées.

Isabel ne s'attarda pas et se dirigea vers la porte.

— Vous n'aurez pas besoin de me dire au revoir avant de partir, dit-elle. Cela ne changera rien, de toute façon.

Chapitre 13

Elle avait reçu deux billets de William. Le second disait qu'il lui fallait rester plus longtemps auprès de son père. Apparemment, le vicomte apprenait seulement maintenant à déchiffrer ses livres de comptes. William souhaitait le meilleur à son épouse et appréciait ses messages.

Elle n'était pas convaincue de la sincérité de ces mots, surtout des derniers.

Deux semaines plus tôt, elle avait reçu une première lettre indiquant qu'il rentrerait bientôt, que c'était l'affaire de quelques jours. Il se disait aussi heureux de savoir qu'elle avait rencontré Rosalind et Harriet. Et bien sûr, il lui souhaitait le meilleur, etc.

Le fait qu'il ait écrit le second billet après le retour de ses sœurs à la campagne était sûrement une coïncidence. Elles avaient trouvé étrange qu'Isabel ne soit pas partie avec lui, et qu'il ne lui écrive pas. D'autant plus qu'elle lui avait envoyé plusieurs billets.

Pour justifier sa présence à Londres, Isabel avait fait allusion à son besoin de rester chez elle pour s'occuper de sa… tante, qui vivait à proximité. Quand les deux jeunes filles avaient exprimé leur souhait de rencontrer cette dame, hélas, avait déploré Isabel, sa parente ne pouvait les recevoir, car elle vivait recluse. Elle redoutait que des inconnus ne lui volent son or.

Lorsqu'elle avait prononcé ces mots, Isabel avait craint d'être allée trop loin et avait précisé qu'il s'agissait d'une petite quantité.

Elle soupira. Il lui faudrait bientôt écrire à cette tante imaginaire pour la remercier de tous les services qu'elle lui avait rendus.

Elle avait envie d'écrire à sa mère mais se souvint que, dans le passé, celle-ci lui avait demandé d'attendre d'avoir écrit cinq lettres pour les envoyer, car le courrier coûtait cher.

Sans la musique, son temps passé à l'institut aurait été terrible. Grace l'avait entendue chanter pour une poupée de chiffons qu'elle avait échangée contre ses plus beaux rubans, et avait demandé à l'entendre de nouveau. C'est quand elle avait commencé à chanter avec les autres qu'Isabel avait fini par se sentir chez elle à l'institut de Mme Dubois. Et maintenant, elle avait fait de la maison de ville son nouveau foyer.

S'il devait ne jamais l'aimer vraiment, elle s'y résignerait. Elle pourrait même être heureuse. Oui, un jour elle serait heureuse. Elle l'espérait en tout cas.

Elle avait peut-être contrarié une destinée de vieille fille. Elle pensa à Mme Dubois. Une femme restée célibataire. La directrice ne souriait pas souvent, presque jamais en fait.

Isabel écrivit à William, lui disant qu'elle allait très bien et qu'elle lui souhaitait le meilleur. Elle regarda les mots qu'elle avait écrits et jeta la lettre au feu. Elle ne lui écrirait plus.

Puis elle examina son boudoir, prit une nouvelle feuille de papier et sa plume. Maintenant qu'elle était mariée — elle se tapota la joue de sa plume —, elle devait avoir beaucoup d'argent à sa disposition. Plus en tout cas qu'elle n'en avait jamais eu. Deux semaines plus tôt, l'argentier de William était venu demander s'il n'y avait pas erreur dans les dernières dépenses enregistrées. Elle l'avait rassuré et il n'était plus revenu.

Personne n'avait soufflé mot au sujet de ses nouvelles robes et elle aimait beaucoup le brun clair de sa pelisse neuve. On y avait ajouté des galons de laine, d'une couleur plus claire et frisottée pour donner l'aspect d'une bande de fourrure autour de l'ourlet, et sur les épaules en guise d'épaulettes. Les manches étaient resserrées au-dessus du coude et s'évasaient jusqu'à la base de son pouce. Le manteau l'enveloppait de chaleur du menton jusqu'aux talons.

Isabel avait souhaité le porter mais le temps n'était pas encore assez frais, même si Noël approchait.

Elle passerait la période des fêtes avec Sophia, sa mère lui ayant dit qu'il ne leur serait pas facile de faire le voyage à cause de la goutte de son père.

Elle ne savait absolument pas si William ferait ne fût-ce qu'une apparition le jour de Noël. Si elle était vouée à rester seule avec les domestiques pendant les festivités, alors, en tant que maîtresse de maison, elle s'occuperait de tout comme elle l'entendait. Elle voulait du houx partout. Des bougies. Du vert jusqu'au plafond.

Elle avait déjà demandé à l'intendante d'ajouter des branches de sapin par-ci, par-là, lui précisant de les remplacer si elles séchaient avant Noël. Il fallait juste ne pas mettre de gui parce que… cela faisait pleurer sa tante. En effet, feu l'oncle Horace, ce brave homme, avait l'habitude de prendre sa femme dans ses bras quand il voyait du gui, et de lui poser des baisers sur le bout du nez — Isabel s'arrêta pour ajouter qu'elle avait exactement le même nez et les mêmes traits que sa tante. L'oncle Horace aimait donc tellement sa tante qu'il ne pouvait manquer de serrer son épouse sur son cœur quand il voyait du gui.

L'intendante et Isabel avaient soupiré d'émotion, et cette dernière avait laissé là son récit. Elle se ressaisit quand elle remarqua quelque chose dans les yeux de la domestique.

Elle était allée trop loin, avait trop parlé d'un couple qui n'existait pas. Quant à l'intendante, ces histoires devaient l'encourager à comparer ce couple idéal à un autre couple, à un couple beaucoup plus proche d'elle. Celui de ses maîtres.

— Ce sera tout.

Isabel quitta la pièce, le menton haut.

William tira doucement sur les rênes de sa monture et attendit qu'Ivory prenne le temps de s'arrêter. Il leva les yeux vers les fenêtres de sa maison. D'après ce que lui avait dit son majordome, l'intérieur avait été repeint mais toujours de cette même couleur crème qu'il trouvait apaisante. Isabel avait aussi fait repeindre dans le même ton les volets intérieurs des fenêtres du salon.

William n'avait pas apporté les messages de son domestique, ni les lettres de son homme d'affaires, mais il avait gardé les très nombreux billets d'Isabel dans sa valise, et se demandait s'il restait encore de l'encre dans la maison.

De l'extérieur, elle était exactement telle qu'il l'avait quittée.

Il s'était senti tenu de rentrer. À chaque courrier, il avait eu l'impression de perdre un peu d'emprise sur son monde. La peinture. Les deux fauteuils qu'on avait fait recouvrir.

Les journées passées avec son père avaient été une épreuve. Le vicomte avait bloqué les fonds nécessaires à l'entretien des fermes du domaine, estimant que la dépense était trop importante. Ils avaient dû se référer aux livres de comptes et il avait fallu l'emmener dans différentes propriétés, lui montrer les réparations qu'on y avait effectuées, et tout cela avait été une corvée pour tout le monde.

Devant tous ceux qu'il rencontrait, son père se vantait du mariage de William. Par deux fois, il avait demandé à son fils s'il n'y avait pas un petit en route, s'inquiétant que le jeune marié reste loin de son épouse.

Mais dans les moments où William était seul, le visage d'Isabel voletait dans son esprit sans faire d'autre bruit que celui d'un battement d'ailes, et il essayait de le repousser. En outre, chaque fois qu'il voyait quelque chose de bleu, il ne pouvait s'empêcher de le remarquer et de le comparer à la couleur de ses yeux. Il était difficile de soutenir une conversation avec lui quand il se trouvait dehors car il ne cessait de regarder en l'air.

Le temps passé avec son père, puis dans la maison de campagne de Sylvester, avait traîné en longueur, mais la mère de son cousin était tombée malade juste comme il s'apprêtait à rentrer à Londres. William ne pouvait pas partir en sachant que sa tante Emilia pouvait mourir à tout instant. Finalement, la malade s'était remise à parler et avait pu se nourrir. Quelques jours plus tard, il fut clair pour tous qu'elle était en voie de guérison.

Son père avait même mentionné les fêtes qui approchaient, encourageant Harriet et Rosalind à se lancer dans les préparatifs de bonne heure — un grand changement en comparaison de l'indifférence dont il avait fait preuve dans le passé, par rapport à tout ce qui pouvait évoquer Noël.

William entra dans la maison, remarquant l'odeur de peinture. Il envoya quelqu'un s'occuper d'Ivory, puis s'arrêta. Sa demeure ressemblait à un foyer. Au foyer de quelqu'un d'autre. À celui d'Isabel.

Il s'avança dans le salon mais se figea aussitôt. Seuls ses yeux bougeaient, et ils bougeaient en tous sens. Si les fenêtres ne s'étaient trouvées à leur emplacement habituel, il n'aurait pas reconnu la pièce. Il passa en revue chaque élément. Des rameaux de verdure couvraient les murs. Un nouveau tableau ornait la cheminée — un paysage vallonné. Cette toile et le piano avaient été mentionnés par son homme d'affaires dans un courrier assez précipité qui indiquait leur prix, exorbitant à son avis. Le coût des deux articles atteignait presque ce que William avait payé pour la maison de ville, et cette somme l'avait fait ronchonner.

Il ne reconnaissait plus son univers. Exactement comme à la mort de sa mère.

Il alla jusqu'au boudoir d'Isabel et resta sur le seuil. Son épouse, très concentrée, était assise à un bureau couvert de papiers, plume à la main. La seule présence qui lui donnait l'impression d'être chez lui. En s'approchant, il eut envie de prononcer son nom. Il voulait l'entendre.

— Isabel.

Elle bondit et des feuilles volèrent autour de la tête de William. Il en attrapa une.

— Vous m'avez interrompue dans l'écriture de mes lettres, lui dit-elle sur un ton de reproche.

Elle jeta sa plume sur le buvard et cligna plusieurs fois des yeux en le regardant, ses lèvres serrées et crispées.

— Vous n'avez pas frappé.

— Non. Je pensais que vous aimeriez peut-être savoir que j'ai récupéré les chevaux.

— Quels chevaux ?

Elle se leva.

— Ivory et Marvel.

Elle ramassa les feuilles tombées à ses pieds, puis tendit la main pour attraper celle qu'il tenait. Elle l'ajouta aux autres et arrangea le paquet.

— J'étais très inquiète pour ces bêtes. Je m'interrogeais tous les jours à leur sujet, dit-elle avec une ironie mordante.

Elle tourna la tête sur le côté.

— Chaque matin en m'éveillant, je me demandais comment ces chers Ivory et Marvel se portaient.

Elle regarda ses papiers.

— Bien sûr, je ne m'attendais pas à ce que vous écriviez pour me donner de leurs nouvelles.

Elle leva deux doigts et les tint devant son œil, juste assez écartés l'un de l'autre pour qu'il puisse voir un peu de bleu. Un bleu glacé.

— Un billet ne vous aurait pas pris plus de temps à écrire que cela.

— J'ai écrit. J'ai aussi écrit une fois à ma sœur et j'ai envoyé un message au majordome. On m'a tenu informé de ce qui se passait ici.

Elle soupira — et il put entendre une petite mélodie dans son soupir, une petite mélodie qui en disait long.

Des papiers volèrent de nouveau par-dessus sa tête.

— J'ai des emplettes à faire.

Elle fit un geste de la main, comme pour chasser William qui ne fit pas le moindre mouvement.

Elle quitta la pièce un instant, puis revint sur le seuil, portant une pelisse d'un brun clair et tenant à la main un bonnet orné d'une petite plume. La plume s'agita tandis qu'elle parlait.

— Sophia m'attend.

Elle pivota, tira la porte pour la fermer derrière avant de changer de direction. Elle passa la tête dans l'entrebâillement, une main fermement posée sur le battant.

— Elle s'est fait tellement de souci pour Marvel et Ivory. Nous n'avons pas parlé de grand-chose d'autre.

William attrapa la porte, l'immobilisant. Il ne pouvait pas détourner son regard de sa femme.

— Je pense que c'est notre premier point de désaccord, dit-il.

— Oh ! non !

Elle baissa le menton et le fixa.

— C'est juste le premier dont vous prenez conscience.

— Ma tante Emilia est tombée malade.

— Je sais. Sophia me l'a dit. Merci de l'avoir tenue au courant de l'état de santé de votre tante. Elle m'a informée de sa maladie et de sa guérison, comme vous le demandiez. Et aussi du fait que vous vous inquiétiez pour moi. Merci.

Il écarta ses paroles d'un battement de cils.

— La période a été grave, Isabel. Rosalind et Harriet avaient besoin que je raisonne un peu notre père afin qu'il ne prenne pas de décisions catastrophiques pour le domaine. Mes sœurs désespéraient d'y arriver, malgré leurs tentatives, car Père a repris de force le contrôle de tout, comme il en a le droit. Il semble que mon mariage l'ait aidé à prendre conscience d'un tas de choses qu'il avait réussi à ignorer pendant des années. Maintenant, il veut rattraper le temps perdu. Plus d'une décennie de négligence. Et il refusait absolument d'écouter Rosalind. J'ai dû le convaincre, lui expliquer que les filles savent ce qu'elles font et qu'il peut apprendre d'elles.

Elle scruta son visage.

— Vos efforts pour arranger les choses vous ont-ils fait mal à la main droite, vous empêchant d'écrire ?

— Je ne pensais pas que vous teniez tant à ce que je corresponde avec vous.

Il parcourut la pièce des yeux, prenant son temps afin de souligner son geste.

— Vous avez trouvé des moyens de vous tenir occupée.

Il ouvrit la porte toute grande afin qu'elle puisse passer devant lui et elle revint dans la pièce.

— Vous avez remarqué.

Elle eut un sourire rayonnant.

— J'espère que ces changements vous plaisent.

— Bien sûr.

Il examina les lieux. Il ne pouvait pas lui dire qu'il aurait souhaité retrouver la pièce telle qu'elle était avant. Il s'assit sur le canapé et étendit un bras le long du dossier.

— Avez-vous prévu d'autres rénovations ?

— Pas pour l'instant.

Elle haussa les sourcils et s'avança, prenant elle aussi plus de temps que nécessaire pour étudier le mobilier.

— En revanche, j'ai un chat. Ce n'est pas un beau chat mais il est très attachant. En tout cas lorsqu'il connaît les gens, et qu'ils sont aimables avec lui.

— Je suis certain qu'il s'agit d'un chat très convenable.

Son majordome avait commenté cette nouvelle arrivée dans une lettre entière, racontant qu'il avait supervisé lui-même le nettoyage quotidien des tapis couverts de poils, mais qu'il n'avait pu mettre au point de méthode satisfaisante pour faire disparaître les griffures sur les meubles et les bottes.

— Il s'appelle Vagabond.

La voix d'Isabel était pleine d'autorité.

— Il miaulait de façon pitoyable à la grille et quelqu'un a lancé quelque chose sur lui. Je devais le sauver.

William tendit la main, ôtant un poil du canapé et le laissant tomber sur le tapis.

— Ce chat est noir ?

— Oui. Sachez juste qu'il est préférable de ne pas trop vous en approcher dans un premier temps. Il lui faut un certain temps pour apprivoiser les gens. Comme le majordome s'inquiète que Vagabond manque à son propriétaire, il envoie chaque jour les domestiques faire le tour du quartier pour le retrouver. Je ne crois pas qu'ils y parviennent.

Elle marqua une pause.

— Il faut que je vous dise…

Elle eut un sourire forcé.

— J'ai peut-être dépensé un peu trop pour le tableau. Mais avec le temps, je suis sûre qu'il prendra de la valeur. Mr Lawrence est un très bon peintre.

— Thomas Lawrence ?

Elle baissa les yeux.

— Je ne crois pas que ce soit son prénom. Il a dit que je pouvais le rendre, si je voulais, et qu'il me rembourserait.

Elle examina la peinture, la mélancolie de son visage s'accordant à celle du paysage à l'huile.

— Vous plaît-il ? demanda William.

Il voulait voir ses yeux pétiller de nouveau.

— Pas autant que je ne le pensais.

— Je suis content que vous ayez adapté la maison à votre goût.

Des mots faciles à dire.

— Mais de grâce, n'achetez pas de demeures ou de grandes propriétés sans en parler à mon homme d'affaires. Il a un bon sens des négociations. C'est lui qui a acheté la sculpture de Roubiliac — que je ne vois pas, d'ailleurs.

— On l'a enlevée. Le chat l'a renversée, elle est tombée contre le pare-feu et s'est ébréchée.

William inspira, et vida complètement ses poumons avant de parler.

— Eh bien, je ne l'avais achetée que pour faire un investissement, de toute façon.

Isabel haussa les sourcils.

— Combien d'argent avez-vous au juste ?

— Assez pour vous satisfaire.

Elle mit ses mains dans son dos et approcha de lui avec un balancement des hanches qui lui rappela une créature s'approchant de sa proie en douce.

— Combien d'argent faut-il, à votre avis, pour rendre quelqu'un heureux ?

— Le bonheur. Je ne suis pas sûr qu'il puisse s'acheter. Mais la satisfaction, c'est possible, je pense.

— Êtes-vous satisfait ?

Il se pencha en avant, les doigts joints, le menton baissé et les yeux plongés dans les siens.

— Isabel. Nous nous en sortons très bien avec ce mariage. J'aimerais penser que nous sommes tous les deux satisfaits l'un de l'autre, ou que nous le serons au fil des années. Je ferai en sorte de ne pas causer de remous qui pourraient vous affliger.

Elle haussa le menton.

— Votre sœur m'a parlé du profond amour qui unissait vos parents. Mes propres parents éprouvent… — son regard se perdit — un amour immense l'un pour l'autre.

— Ce n'est pas nécessaire à notre mariage, décréta-t-il.

Il devait s'assurer qu'ils étaient d'accord là-dessus. Il avait déjà envisagé de déménager pour le bien d'Isabel. Si elle tombait amoureuse de lui, son monde s'écroulerait s'il devait lui arriver malheur. Il ne pouvait supporter cette pensée.

Elle se raidit.

— Mes parents trouvent très plaisant de s'aimer de la sorte.

Elle avait compris qu'elle ne comptait pas autant dans leur vie qu'ils ne comptaient l'un pour l'autre, mais elle avait si souvent espéré connaître un jour la même dévotion ! Elle avait espéré qu'en rentrant William trouverait la maison changée, découvrirait le vrai foyer qu'elle avait tenté de créer et qu'il se rendrait compte qu'elle lui avait manqué, juste un peu, et qu'il serait plus heureux chez lui qu'ailleurs. Elle ne s'attendait pas aux chaleureuses embrassades prodiguées par la bonne de l'institut la première fois qu'elle était rentrée de vacances. En fait, un simple regard aurait suffi.

— Isabel. Ce n'est pas donné à tout le monde et ce n'est pas sain.

— Sain ?

Sa voix s'était perchée dans les aigus.

— De devenir dépendant de la vie d'autres. Ce n'est pas une chose souhaitable.

— Je suis prête à en prendre le risque.

— Vous ne le devriez pas. Vous ignorez les ravages qu'un tel amour peut faire.

Il se leva et jeta un coup d'œil vers la porte.

— Je devrais informer mes amis de mon retour en ville.

— Vous ne les avez pas tenus au courant ? demanda Isabel, étonnée.

Il secoua la tête.

— Je prenais les jours comme ils venaient, sans jamais savoir ce qui se passerait lendemain. Je ne pouvais donner de date à personne.

— Dans ce cas, peut-être pourriez-vous attendre un tout petit peu avant de les retrouver. Jc souhaiterais tellement aller voir mon amie Joanna à la campagne. Elle est en visite chez son père avec son époux, Luke, et elle a demandé si nous aimerions les rejoindre dans la maison de famille du comte. J'ai toujours voulu découvrir Pensum Manor.

— J'y suis allé une fois lors d'un voyage que j'ai fait dans le Hertfordshire avec mes parents. C'est une belle propriété. Je vais demander à mon valet de remettre ma valise dans la voiture et de préparer ce nouveau voyage, déclara William.

— Vous n'aimez vraiment pas rester ici, n'est-ce pas ?

Elle avait pensé que les nouveaux meubles pourraient rendre la maison plus confortable, mais à aucun moment elle n'avait cru qu'il s'agissait là du foyer dont elle rêvait. Et apparemment, ses efforts n'avaient rien changé pour William.

— Ni plus ni moins que dans n'importe quelle autre maison. Elles sont toutes les mêmes, pour moi.

— Vous n'êtes nulle part chez vous. Pas même ici, dit-elle avec tristesse.

— S'il ne fuit pas, un toit ressemble beaucoup à un autre

toit. S'il est garni d'un matelas sur lequel je peux dormir facilement, un lit ressemble à un autre. Peu importe le lieu.

— Il me plaît à moi de faire de cette maison mon foyer. Je pensais qu'elle pourrait vous plaire davantage, à vous aussi. Vous n'aviez que quelques meubles.

— C'est parce que j'ai l'esprit pratique.

— Est-ce que je vous manquerais, si je partais ?

— Isabel.

Le visage de William se rembrunit.

— Nous en avons déjà discuté. Vous n'allez pas partir et changer de nom. Nous nous sommes mis d'accord là-dessus, rappela-t-il.

— Je peux aller toute seule à Pensum Manor. Je pourrais prétendre que nous sommes en froid et alors…

Elle se força à sourire.

— Je demanderai au majordome de m'envoyer une lettre dans quelques jours. Une lettre que j'aurais écrite à l'avance et que je lirai en privé. J'avouerai alors me trouver dans l'obligation de rentrer, car vous… Vous menacez de vous jeter dans un bûcher si je ne reviens pas. Ou quelque chose d'encore plus dramatique.

— Vous ne pouvez pas impliquer le personnel dans de telles…

— Si, je le peux. La seule raison pour laquelle je ne l'ai pas encore fait c'est que je n'y avais pas songé. Je ne suis pas encore habituée à avoir tant de gens à mon service.

— Le bûcher, c'est un peu exagéré, si vous voulez mon avis.

Elle fronça les sourcils.

— D'un autre côté, dire que vous allez vous jeter sur une bougie n'impressionnera personne.

— Je vais venir avec vous, dit-il. Je ne peux pas vous laisser prendre le risque de voyager seule par un tel froid. Quelque chose pourrait arriver à la voiture, ou aux chevaux, et vous vous retrouveriez coincés sur la route.

Isabel noua ses doigts en faisant un effort pour ne pas pirouetter sur elle-même. Il venait avec elle !

— Pourrez-vous feindre de m'aimer un peu, pendant que nous serons là-bas ?

Il battit des cils, mais son visage s'adoucit.

— Je vous aime bien.

Puis sa mâchoire se crispa.

— Je vous aime même beaucoup.

La berline cahotait le long de la route menant à Pensum Manor. Les ressorts grinçaient, les banquettes tressautaient, ce qui faisait ballotter la tête d'Isabel et l'envoyait de temps à autre contre William. À l'intérieur de l'habitacle se mêlaient le parfum du savon à raser de son époux et l'odeur fraîche d'une brève averse. Des bourrasques faisaient parfois tomber quelques feuilles mortes des arbres et donnaient l'impression à Isabel que le chemin qu'ils suivaient avait été créé juste pour ce moment.

Des oiseaux voletaient même, par-ci, par-là, paraissant follement actifs. Elle se tourna pour demander à William s'il connaissait leur nom, puis elle s'arrêta. Il l'observait, les yeux pétillants.

— Qu'y a-t-il de si drôle ? demanda-t-elle.

Elle l'étudia d'un air circonspect.

— Vous chantonniez en suivant le rythme de la voiture.

— Pas du tout.

Elle leva la main pour la poser sur la fenêtre.

Il rit doucement, tendit le bras et prit entre ses doigts une mèche qui s'était échappée de sa coiffure. Il forma avec une jolie boucle, avant de la relâcher.

— Si, vous chantonniez. Dès que vous avez commencé à regarder les oiseaux, vous vous êtes mise à fredonner. J'ai eu envie de me joindre à vous.

Elle haussa les épaules.

— Je ne le referai pas.

Il porta les doigts d'Isabel à ses lèvres, les baisa et les lâcha.

Les yeux toujours empreints de gentillesse, la bouche toujours souriante, il pencha la tête vers elle.

— Vous pouvez chanter pour moi à tout moment. Les mélodies que vous fredonnez sont exquises. J'aime les écouter. Je vous en prie, continuez.

Elle toucha sa gorge de sa main gauche.

— Non. Le moment est passé.

Comme en bougeant au ralenti, il tendit sa main gauche et ôta celle qu'Isabel avait posée sur sa gorge. Elle ne s'était pas aperçue de la présence de son bras droit sur ses épaules, jusqu'à ce que ses doigts la frôlent et se referment sur elle. Ses yeux bruns et doux, qui avaient le pouvoir de l'apaiser, complétaient cette enveloppe de chaleur.

— Vous ne pouvez pas renoncer pour toujours à une chose à laquelle vous tenez tant. Ce serait comme laisser derrière soi…

Son bras se raidit sur ses épaules et sa voix s'enroua.

— Un enfant.

Même son bras ne la réchauffait plus, maintenant. Elle se concentra sur la fenêtre en pensant au passé et à l'école de gouvernantes. Plusieurs fois, elle avait rêvé que ses parents l'avaient abandonnée dans un orphelinat et ne revenaient plus jamais la voir.

— Vous est-il arrivé de rêver ? demanda-t-elle.

Il ne répondit pas, mais quand elle se tourna vers lui, son visage était interrogateur.

— De votre mère, ajouta-t-elle. Après sa mort.

— Non.

Un simple mot, prononcé sans émotion. Aucune émotion non plus sur son visage.

Isabel se dit qu'elle avait éteint la chaleur qui émanait de lui, exactement comme si elle avait soufflé sur une bougie. Elle se serra contre lui, son bras resta posé sur ses épaules et la voiture continua à cahoter, à la rapprocher de cet homme grand et fort comme un roc. Elle n'avait pas envie d'être seule.

Elle posa une main sur sa cuisse.

Ses doigts se refermèrent sur les siens.

— Je n'ai pas rêvé d'elle à ce moment-là, ajouta-t-il. Sophia pleurait toujours quand elle me racontait les rêves qu'elle faisait de notre mère. Elle en a rêvé chaque nuit pendant des mois. Je ne rêve du passé que depuis peu de temps. Je rêve de la période qui a suivi sa mort, de la première année.

— J'ai appris une astuce qui aide à mettre fin aux mauvais rêves, déclara Isabel. Elle marche. Je vous le jure.

— Quoi ? demanda-t-il d'un ton traînant.

Elle leva sa main libre et serra légèrement le poing.

— Juste avant de vous coucher, vous serrez les dents sur l'articulation de votre index en pensant très fort à ce que vous souhaitez chasser de vos rêves. Le résultat est assuré.

Son torse vibra sous l'effet du rire et elle plongea son regard dans des yeux qui semblaient de nouveau avenants.

— Ah… Je ne suis pas sûr de comprendre de quelle manière il faut s'y prendre exactement. Je me glisserai dans votre lit et vous me montrerez comment faire.

Isabel approcha de lui le bas de son visage.

— La recette marche seulement si vous faites cette chose-là vous-même. Seul. Je m'en souviens très bien. Il faut être seul.

— Seul ? Alors je continuerai à faire les mêmes rêves.

Il la tenait toujours contre lui et posa un baiser sur ses cheveux.

— J'ai entendu dire qu'embrasser des taches de rousseur pouvait aussi aider.

— C'est possible…

Elle se nicha au creux de son bras et regarda de nouveau par la fenêtre, souhaitant que le voyage dure toujours. Mais il sembla prendre fin en quelques secondes.

Les terrains de la propriété apparurent et Isabel put à peine en croire ses yeux. Être simple gouvernante dans une gentilhommière aussi splendide serait déjà une réussite, se dit-elle.

Quand la voiture s'approcha du perron de Pensum Manor, la première chose qu'elle vit fut son amie Joanna qui marchait main dans la main avec son mari Luke, dans les jardins de son père.

Le véhicule s'était à peine arrêté qu'elle sautait déjà dehors, se précipitant vers son amie.

William les rejoignit, ils firent les présentations, et ces quelques instants furent délicieux.

Isabel avait l'impression d'être dans une fable où la bonté régnait seule, dans laquelle aucune ombre ne les entourait — à part l'air vif qui transperçait son manteau et la glaçait. Ils franchirent la porte d'entrée et elle s'efforça de ne pas frissonner, de laisser le froid derrière elle.

Les premiers jours passèrent vite, mais au troisième Isabel sentit un malaise gagner William. Il ne cessait d'observer l'autre couple comme s'il désapprouvait leur affection manifeste.

— Arrêtez de froncer les sourcils, dit-elle après l'avoir pris à part tandis qu'ils marchaient tous les quatre dans les jardins.

— De quoi parlez-vous ? demanda-t-il.

Plus loin, Luke se baissait pour ramasser... une feuille morte. Lui et Joanna parurent fascinés par cette simple feuille pour laquelle son arbre avait depuis longtemps perdu tout intérêt. Isabel ne pouvait dire de quoi ils discutaient.

Elle protégea ses yeux de la luminosité et examina les jeunes mariés. Oui, ils étaient captivés l'un par l'autre et ne voyaient visiblement que le soleil qui éclairait cette froide journée d'hiver.

— Ce n'est sûrement pas si mal, d'être amoureux ? demanda-t-elle en ôtant la main de son front.

Il l'observa.

— Luke et Joanna semblent heureux. Ma sœur paraît aussi satisfaite.

Il haussa légèrement une épaule.

— L'époux de Sophia l'adore.

Il se rembrunit, atténuant ainsi le côté positif de cette déclaration.

— Il se jette à ses pieds et ressemble à un chiot en quête d'affection.

— Je vous en prie, ne dites jamais cela à Sophia ou à son mari.

— J'en ai parlé une fois à ma sœur. Elle a insisté pour que je quitte sa maison et n'y revienne pas.

— Comment l'avez-vous amenée à vous laisser revenir ?

— Je me suis montré le lendemain matin, comme d'habitude. Elle m'a vu au petit déjeuner, a gardé le silence un bon moment, puis a commencé à me dire combien j'avais tort.

— Vous aviez tort, en effet. Sophia et moi, nous discutons souvent de vos erreurs. Certains jours, c'est notre sujet de conversation favori.

Il haussa brièvement les sourcils.

— Merci de m'en informer.

Isabel porta les doigts à ses lèvres et étouffa une exclamation.

— Je vous ai offensé. Je n'en avais pas l'intention.

Elle prit une grande inspiration.

— C'est une faute impardonnable, dit-elle sur un ton théâtral.

Puis elle redevint elle-même, et fit une courbette.

— Vous pourriez me convoquer en duel. Ou nous pourrions trancher notre différend au jeu de puce.

Il rit.

— Je n'ai pas de pièces à gaspiller. Et pour le cas où vous l'auriez oublié, Rossignol, j'ai pas mal fréquenté les tavernes dans le passé. Autant vous dire que je suis bien entraîné.

— Et pour le cas où *vous* l'auriez oublié, j'ai fréquenté un institut pour jeunes femmes. Quand les leçons prenaient fin, nous aimions nous défier les unes les autres. Nous avions l'habitude de jouer aux dames mais le jeu de puce était ma distraction préférée.

— Mais je n'ai que quelques pièces sur moi.

— Vous n'en avez pas besoin. Je vous en prêterai. Toutefois, ne vous attendez pas à ce que je fasse montre de clémence sous prétexte que vous n'avez pas fréquenté une école de gouvernantes.

Courant jusqu'à la maison, elle gagna sa chambre et trouva

la petite bourse que le majordome lui avait donnée. Retournant dehors, elle brandit la sacoche et la secoua.

— Je vais partager ceci avec vous, mais ne vous attachez pas trop à vos avoirs, Balfour.

Elle défit le lacet, ouvrit la bourse et dit :

— Tendez la main.

Il obéit et des pièces d'un demi-penny tombèrent dans sa paume.

Isabel les compta et en reprit une.

— Maintenant, nous sommes à égalité. N'essayez pas de tricher pour prendre l'avantage avant que le jeu ne commence. Je vous assure que je suis aussi futée qu'habile.

Leurs yeux se rencontrèrent.

— Je ne sais même pas combien de pièces la bourse contient, dit William.

— Vous devez me faire confiance.

Elle sourit.

— Même si vous feriez mieux de vous méfier, à partir de maintenant.

— Où avez-vous trouvé ces pièces ? demanda-t-il.

— Votre majordome les a rassemblées pour moi. Il tient à faire absolument tout ce que je demande.

Elle sourit de nouveau.

— Au moment où nous parlons, il profite d'une journée de congé avec une très bonne bouteille de votre vin.

— Vous ne pouvez pas… C'est mon serviteur. Je ne lui ai pas donné la permission.

— Je l'ai fait. Je lui ai demandé si sa loyauté pouvait être achetée et il m'a assuré que c'était impossible parce qu'elle m'était déjà acquise, qu'étant donné mon statut de maîtresse de maison il devait m'obéir — à moins bien sûr que vos ordres ne contredisent les miens. Je n'ai pu m'empêcher de le remercier d'une telle loyauté.

— Vous devez d'abord discuter des pourboires avec moi.

Il referma son poing sur les pièces.

Elle se pencha en avant, si bien que son flanc se pressa

contre la main de William, et leva le nez si haut qu'il toucha presque le sien.

— En déciderons-nous au moyen de ces pièces, Balfour ? demanda-t-elle, espiègle.

— Rossignol, vous dépassez les bornes.

Il jeta un coup d'œil alentour, un grand sourire aux lèvres.

— Cette affaire ne doit pas d'ébruiter. Je ne voudrais pas qu'on puisse penser que mon épouse est prête à parier l'argent du ménage.

Il la prit par le bras et ils se rendirent d'un bon pas dans la partie boisée du parc. À la première clairière, ils s'arrêtèrent.

— Vous pouvez vous comporter en gentleman et creuser le trou.

— Volontiers.

Il prit un bâton. En l'espace de quelques instants la terre fraîchement creusée répandit son odeur dans l'air, et ils avaient un petit trou. William recula, traça une ligne sur le sol, puis jeta le bâton.

— Vous commencez, dit-il.

— Vous ne pourrez pas gagner contre moi en respectant les règles, et je ne suis même pas certaine que vous puissiez l'emporter en trichant.

Elle leva une pièce en l'air pour la lui montrer.

— Vous voyez, l'une des jeunes filles avec qui je jouais, Grace, était très bonne à ce jeu. Alors je vous en prie — lancez. Je veux voir à quel concurrent j'ai affaire.

— J'ai parié contre toutes sortes d'hommes dans les tavernes que je fréquentais.

— Mais aucun n'était aussi bon que Grace, j'en suis sûre.

Elle sourit.

— Le bout des pieds sur la ligne, et préparez-vous à voir quel goût amer peuvent laisser les fanfaronnades, une fois qu'on a perdu.

Il s'exécuta et lança. Sa pièce atterrit près du trou.

Isabel tira. Les pièces se retrouvèrent côte à côte.

Il lui prit le bras, la fit reculer gentiment de quelques pas, puis traça une autre ligne du talon de sa botte. Leurs yeux se rencontrèrent.

— Il est temps de jouer sérieusement, dit-il.

Elle rassembla ses pièces pour relever le défi. Les dents serrées, elle se mit sur la ligne et visa. Quand elle lança, la pièce atterrit tout près du trou — à une distance de la moitié de sa largeur. Elle fit la révérence.

— Allez-y, Balfour.

Elle releva l'ourlet de sa jupe pour pouvoir le dépasser d'un pas délicat, puis elle lui effleura l'épaule.

— Montrez-moi ce que vous savez faire.

Il ouvrit de grands yeux.

— J'en ai bien l'intention.

Prenant place sur la ligne, il visa. Juste comme il lançait, Isabel cria :

— Concentrez-vous !

La pièce atterrit plus loin que la sienne.

Elle se plaça à côté de lui et sourit.

— Vous allez devoir faire mieux.

Elle ramassa les pièces, les épousseta en forçant le geste et revint vers lui.

Elle tint une pièce en l'air, la frotta de ses doigts et visa.

Juste comme elle allait lancer, William se plaça si près d'elle que son souffle lui frôla l'oreille.

— Concentrez-vous. Prenez votre temps et concentrez-vous.

Elle fit un pas de côté, déglutit pour réprimer les frissons troublants qu'il avait provoqués en elle et lança. Elle battit des cils quand la pièce tomba dans le trou. Avec un murmure satisfait, elle s'éloigna.

— Je crois que c'est votre tour. Visez avec soin.

— J'en ai bien l'intention, dit-il.

Il lança et gagna aussi. Un grand sourire se dessina sur ses lèvres.

— J'aimerais augmenter la mise.

— Oh ?

Il hocha la tête.

— Nous allons parier vos épingles à cheveux.

— Vous êtes sérieux ?

— Très.

— Dans ce cas, une épingle vaudra un coup.

— Pardon ? fit-il.

— Un coup frappé à ma porte avant d'entrer.

Il secoua la tête.

— Vous n'êtes pas obligé de jouer si vous craignez de perdre.

Elle se rapprocha.

— Moi, je ne me soucie pas de perdre.

— Alors je vais encore augmenter la mise, dit William. Nous allons jouer les responsabilités du majordome. Je veux qu'elles soient discutées avec moi avant que tout changement n'ait lieu.

— Des épingles à cheveux. Des questions de personnel. Vous en demandez beaucoup !

— Nous prendrons les choses une par une. À moins que vous ne soyez trop terrifiée pour continuer.

— Non, répondit-elle. Pas du tout. Commençons. Des coups à la porte contre des épingles à cheveux.

Elle pirouetta, se mordit l'intérieur de la lèvre, visa et lança. La pièce atterrit à côté du trou, elle grinça des dents et plissa les yeux.

Le lancer suivant de William fit mouche.

— Bel essai, dit-il en s'approchant pour lui prendre une épingle et la mettre dans sa poche. Continuons.

Passant une main sur ses cheveux, elle dit :

— Vous avez eu de la chance, c'est tout.

— Le croyez-vous vraiment ?

Sa voix était douce.

— Alors doublez la mise.

— C'est à vous.

Il gagna deux épingles de plus avant qu'elle ne connaisse à son tour une phase de chance. Elle obtint trois coups frappés à sa porte. Elle se préparait pour une nouvelle victoire quand il suggéra, s'il gagnait toutes ses épingles à cheveux, de les échanger contre l'assurance qu'elle vienne discuter avec lui de tout changement concernant le majordome.

Elle donna son accord.

Elle toucha son bras, l'empêchant de lancer, puis elle se pencha en avant et souffla sur la pièce qu'il avait dans la main.

— Pour vous porter chance.

Ensuite, elle passa derrière lui.

Il se tourna vers elle, le visage concentré.

— Je connais un truc qui marche encore mieux.

Il passa un bras autour de sa taille, l'attira à lui pour un bref baiser, puis lança enfin. Mais la pièce atterrit assez loin du trou.

Le lancer d'Isabel ne fut pas meilleur et atterrit loin de l'autre côté. Il était impossible de savoir qui avait gagné.

— J'ai besoin d'un supplément de chance, dit-il en posant une main sur sa taille.

— Je ne pense pas.

Elle recula de plusieurs pas.

— Je compte bien gagner.

— Moi aussi.

Il la suivit, et de nouveau des lèvres douces se posèrent sur les siennes. Le baiser dispersa les pensées d'Isabel et, quand il s'acheva, les yeux de William prirent le contrôle de sa personne tandis que ses mains la relâchaient.

Puis il se tourna, lança, et la pièce toucha au but.

— Ah, dit-il. Mon erreur, la première fois, a été de vous embrasser pour *vous* porter chance. Cette fois, je travaillais à *ma* bonne fortune.

Ses lèvres effleurèrent encore les siennes. Des frissons la parcoururent tandis qu'il l'attirait à lui. Ses doigts se desserrèrent et la bourse tomba par terre.

Elle n'aurait su dire combien de temps ils étaient restés ainsi, à s'embrasser, quand il s'écarta. Il lui fallut un moment pour comprendre pourquoi il s'était arrêté. Des voix. Joanna et Luke les appelaient.

— Nous sommes ici ! cria William.

Il la prit par la main et ils suivirent l'allée qui menait vers la maison. Les jeunes mariés vinrent à leur rencontre.

Les yeux de Joanna brillèrent tandis qu'elle regardait les cheveux d'Isabel.

— Euh… Nous nous sommes inquiétés quand vous ne vous êtes pas montrés au déjeuner, mais je vois que vous ne vous êtes pas perdus.

— Nous avons simplement perdu la notion du temps en nous promenant dans ce beau parc et en discutant de l'organisation de notre maison, répondit William qui posa une main dans le dos de son épouse.

— L'organisation de la maison, dit Luke en se tournant pour prendre le bras de Joanna, avant d'ouvrir la marche avec elle. Il y a beaucoup à en dire.

William ôta une feuille des cheveux d'Isabel et la lui fit voir avant de la laisser voleter jusqu'au sol.

— Je suis d'accord, opina-t-il.

— Je sais qu'il fait un peu froid, dit Joanna, mais ce soir j'ai prévu un pique-nique à la belle étoile. Je pensais que nous pourrions partir tôt afin de profiter du coucher du soleil.

Une fois les chevaux sellés, Isabel partit avec les autres. Il ne leur fallut que peu de temps avant de découvrir le feu de camp et le festin disposé sur des couvertures. Une marmite chauffait près du feu, et l'odeur du cidre se mêlait à celle du bois qui brûlait.

Tandis qu'Isabel s'asseyait avec Joanna, les hommes allèrent chercher de nouvelles bûches, avant que la nuit ne tombe complètement.

— Avez-vous reçu d'autres nouvelles de Grace ? demanda Joanna, tenant une chope à deux mains.

— Non, répondit Isabel, qui prit un bâton pour remuer les braises du feu.

— Je me rappelle les nausées qui se sont mises à la saisir chaque matin, dit Joanna. Vous avez ri en disant qu'une chose similaire était arrivée à une parente et que la famille s'était agrandie d'un bébé dans l'année.

— Grace est devenue blanche. Elle a mis sa main sur sa bouche avant de partir en courant. C'est en voyant son visage que j'ai compris la portée de mes paroles.

Des flammes jaillirent quand le bâton fit bouger une petite bûche.

— Je n'oublierai jamais ce moment, murmura Joanna.

— Je n'ose pas penser à ce qui serait arrivé sans Miss Fanworth. Elle était présente la nuit où Grace a eu tellement besoin d'elle, ajouta Isabel. J'avais toujours tenu Miss Fanworth en très grande estime, mais après cela je l'ai presque considérée comme une sainte.

— Elle semblait toujours savoir que faire, dans toutes les circonstances. Elle a fait un cataplasme pour votre piqûre, le jour où vous avez décidé d'apprivoiser une abeille, dit Joanna.

— C'était un si joli insecte ! Elle ne semblait pas vouloir me piquer quand j'ai cueilli la fleur qu'elle butinait et j'ai pensé qu'elle serait peut-être heureuse dans ma chambre. Miss Fanworth m'a soignée mais sans me juger. Elle m'a comprise.

Isabel se redressa et rit.

— Elle comprenait tout. Ce n'était pas le cas de Mme Dubois, qui n'entendait rien aux chansons que je composais.

— Peut-être vous seriez-vous mieux entendues, si vous ne l'aviez pas surnommée Mme Dubâton.

— Je ne m'étais pas rendu compte de sa présence derrière moi le jour où j'ai dit cela.

Isabel jeta le bâton dans les flammes.

— Isabel, elle était *toujours* derrière vous, parce que vous provoquiez toujours des désastres.

— Pas mon Isabel ! dit William qui, de retour, s'était mis à casser une branche en plusieurs morceaux.

— L'avez-vous jamais empêchée de se fourvoyer dans une mésaventure ? lui demanda Joanna.

— Elle s'est montrée si réservée depuis notre mariage que je ne peux imaginer pareille circonstance.

Des mots prononcés d'un ton neutre. Il cassa la partie la plus longue de la branche en deux tandis que Luke arrivait et posait son fagot sur le sien.

William s'installa à côté d'Isabel. Elle s'efforça de capturer ce moment dans son esprit pour ne jamais l'oublier. Les étoiles, le feu de camp et William près d'elle.

— Eh bien, ce que je peux vous dire, c'est que quand vous aurez des enfants les filles pourraient avoir du caractère, déclara Joanna.

À cette phrase, William se redressa, avant de répondre sur le même ton.

— Ce sera merveilleux.

Les yeux de Joanna se posèrent sur son visage.

— William sait manier les caractères difficiles, dit Isabel, trouvant que Joanna discernait trop de choses à son goût. Il a trois sœurs, toutes splendides, et toutes dotées de personnalités bien trempées.

— Vous avez raison.

La tension qu'elle avait vue dans la posture de William se relâcha. À la lumière du feu, son sourire parut sincère.

— Je peux seulement espérer que nos filles ressembleront à Isabel.

Celle-ci resta immobile, se contentant de décocher un rapide coup d'œil à son époux.

— Et j'espère qu'elles auront la force de leur père, dit-elle.

Joanna hocha la tête.

— Je ressens la même chose vis-à-vis de Luke.

Son mari lui sourit et se mit à raconter des anecdotes familiales sur Noël.

Lorsqu'ils eurent terminé le repas, Joanna et son époux contemplèrent les étoiles pendant que le feu crépitait derrière eux. William observait Isabel, assise seule, qui ne regardait pas le ciel mais fixait les bûches en train de brûler. La lueur du feu éclairait son visage, mais lui donnait un air mélancolique.

Quand il s'aperçut qu'elle semblait avoir froid, il prit sa couverture, surpris de remarquer qu'ils étaient restés là assez longtemps pour que la rosée commence à imprégner l'étoffe de laine. Puis il enveloppa son épouse. Elle sursauta, comme si elle avait oublié qu'il était là.

— Voulez-vous faire quelques pas ? demanda-t-elle.

Il lui tendit la main, l'aidant à se lever, puis l'entraîna à l'écart du feu. Des feuilles sèches craquèrent sous leurs pieds et ils laissèrent la couverture derrière eux.

Isabel parla doucement.

— Vous pensiez ce que vous avez dit — à propos de filles qui me ressembleraient ?

— Bien sûr.

Sa voix basse résonna et il l'attira au creux de son bras, créant pour elle un refuge.

— Oh ! Isabel…

Il y avait un soupçon d'humour dans ses paroles. Il l'attira plus près encore, se réchauffant contre elle. De son corps émanait plus de chaleur que d'un feu.

— Vous ne devriez jamais remettre en question ce genre de déclaration, dit-il. Je souhaiterais même que nos fils aient votre tempérament.

— Ce tempérament m'a causé certains ennuis. Il vous en a causé aussi.

— Oh ! il ne m'a causé aucun ennui, à part le souci que j'ai maintenant de vous.

Ses bras restèrent autour d'elle, l'enveloppant. Du bout des doigts, il écarta une boucle de son front.

Seule la présence d'Isabel semblait abolir la barrière qu'il percevait entre les autres et lui, même s'il ne pensait pas que quiconque s'en aperçoive. D'une certaine façon, il enviait l'innocence des gens qui l'entouraient. Il n'était pas innocent et ne le serait jamais. Il avait perdu sa candeur depuis longtemps déjà. Comme à travers un rideau invisible, il avait observé comment on pouvait se perdre dans une autre personne. Les deux amants pouvaient réellement se fondre en une seule personne. Il fallait alors abandonner le contrôle qu'on avait de soi, à l'autre et aux caprices du destin. Or le destin pouvait être terriblement cruel.

— Tenez-vous à moi ? demanda Isabel.

— Comment en serait-il autrement ?

— Ce n'est pas un « oui » franc et net, marmonna-t-elle.

— Je vous donne un « oui » franc et net, dit-il.

— *Merveilleux...*

Ce mot mourut doucement.

— Je n'ai plus l'innocence de ma jeunesse, se défendit William.

Elle avait disparu avec sa mère, et tout espoir de la voir renaître avait été noyé dans les abus de boisson de son père.

Mais la présence d'Isabel allégeait les souvenirs. Elle en détournait son esprit et remuait en lui quelque chose qu'il ignorait encore abriter. Une braise qui continuait de brûler en son for intérieur. Une dernière étincelle liée à son passé et à sa famille dont il pouvait encore sentir la présence.

Même s'il n'avait pas été contraint de l'épouser, il en aurait eu envie. Il ne pouvait pas supporter l'idée de la voir mariée à quelqu'un d'autre. Elle méritait le plus grand respect et les soins les plus tendres. Il l'aiderait à renouer avec son rêve.

Il porta les jointures de ses doigts à ses lèvres et les embrassa, savourant le contact délicat de sa peau.

— Rossignol. La comédie ne nous fait de bien ni à l'un, ni à l'autre. Et je ne suis pas sûr que nous parvenions à convaincre votre amie de quoi que ce soit. Elle ne cesse de nous observer. Partons demain matin à la première heure.

Il lâcha sa main.

— Je... Je ne souhaite pas heurter mes amis, dit-elle.

— J'expliquerai notre départ à Luke. Ils viennent eux aussi de se marier. Je n'aurai aucun mal à les persuader que nous souhaitons passer quelque temps seuls, pour préparer les fêtes.

— J'ai aimé jouer cette comédie.

— Tant mieux. Mais il nous faut rentrer à Londres si nous ne voulons pas risquer de nous retrouver bloqués sur les routes boueuses. À en juger par la couleur du ciel, la pluie menace. J'aimerais être à Londres si la température descend.

— Et moi, je veux vraiment rendre ce tableau avant que l'artiste n'oublie qu'il a promis que je pouvais le faire, dit Isabel.

— Celui du Lawrence dont personne n'a entendu parler ?

— Oui. J'ai décidé que je le détestais. Le vallon boisé est joli, mais j'aimerais quelque chose qui corresponde mieux à la pièce. Qui corresponde mieux à la maison.

— Que diriez-vous d'un tableau évoquant la musique ?

Elle secoua la tête.

— Mais vous êtes un rossignol, protesta-t-il.

— Plus maintenant.

— Vous devriez revenir sur cette décision, Isabel. J'aimerais que vous vous fassiez ce cadeau à vous-même. Que vous retrouviez le désir de chanter.

Il souhaitait qu'elle efface de sa mémoire l'agression dont elle avait été l'objet et retrouve son envie.

Il pouvait voir la vision de leur couple se refléter dans ses yeux bleus. Il devait mettre un terme à cette proximité avec Isabel avant qu'elle n'aille plus loin. Elle ne pouvait pas comprendre que c'était pour son propre bien, à elle aussi. Si quelque chose de funeste devait lui arriver, il ne voulait pas qu'elle s'enterre sous du crêpe noir, qu'elle recouvre le grand miroir de sa chambre et qu'elle reste immobile à contempler le mur.

Il lui prit la main, la leva au-dessus de sa tête et la fit tournoyer, jusqu'à ce qu'elle ne puisse plus suivre et finisse par tomber dans ses bras. Il la berça légèrement d'avant en arrière, son visage pressé contre sa joue froide, partageant avec elle la chaleur intense de son corps viril.

— Je ne peux pas vous laisser geler sur place, lui chuchota-t-il à l'oreille. Vous vous changez en glaçon.

— Plus maintenant, dit-elle.

— Vous devez avoir raison. C'est peut-être moi qui avais besoin de me réchauffer.

Il disait la vérité. Il souhaitait pouvoir sentir sa chaleur jusqu'aux tréfonds de son corps, ainsi que l'innocence qu'il voyait sur son visage.

— Vous nous avez éloignés du feu pour que nous nous réchauffions ?

— Oui, dit-il à voix basse. Et l'on ne peut pas critiquer un plan qui a marché.

Il bougea les mains pour la prendre par la taille.

— Maintenant, regardez les étoiles.

Elle obéit et il la fit de nouveau tourner sur elle-même, toujours plus vite, faisant en sorte que les étoiles tournoient dans ses yeux, puis il s'arrêta en l'attirant contre lui, la tenant solidement tandis qu'ils laissaient le monde se stabiliser autour d'eux.

— À présent, dit-il après avoir semé des baisers sur son visage, disons au revoir à vos amis. Rester seuls ne leur sera pas désagréable, j'en suis sûr.

— Essayez-vous d'échapper à la complicité de la nuit ?

Il secoua la tête.

— Non. J'ai connu de nombreuses autres nuits comme celle-ci. Il y avait une lampe au lieu du feu de camp, un livre, et ma mère me lisait des histoires. J'étais tout petit.

— Elle doit terriblement vous manquer.

Il fit signe que non.

— Elle était tellement malade, à la fin.

Il se força à rire.

— Isabel. Je vois à l'inclinaison de votre tête que vous vous sentez triste pour le petit garçon ayant perdu sa mère. Mais à cette époque, j'étais déjà grand. C'étaient mes sœurs qui rendaient la situation difficile. Elles avaient besoin de moi.

— Je ne veux pas vous donner l'impression d'être une personne de plus ayant besoin de votre soutien.

Il la tint dans ses bras et essaya d'obliger son cœur à battre pour elle, à palpiter d'amour. Il attendit. S'il ne pouvait pas aimer Isabel, il savait qu'il ne pourrait jamais aimer personne d'autre.

Chapitre 14

Isabel considéra le voyage comme un succès. William et elle n'avaient pas beaucoup parlé pendant le trajet du retour, mais le silence n'avait pas été pesant. Et en reparlant de la partie de jeu de puce, le sourire rayonnant de William lui avait donné l'impression d'être chérie. Il avait même gardé quelques-unes de ses épingles à cheveux en souvenir de leur jeu.

Elle crispa les paupières, prenant le temps de penser à la tendresse de William. Puis elle contempla la page blanche de sa lettre à Grace.

Isabel tortilla une mèche de cheveux qui s'était échappée de son chignon, formant une boucle. Il serait sûrement acceptable de parler à Grace des moments merveilleux passés avec William à Pensum Manor. S'il semblait ressortir de sa lettre que William était tombé amoureux d'elle, eh bien, ce serait dû à la façon dont les mots lui étaient venus.

Elle ne dirait pas à Grace que Miss Fanworth avait écrit, exprimant des inquiétudes au sujet de la santé de Mme Dubois. Le médecin ayant été appelé pour pratiquer une saignée, elle se remettrait certainement bientôt.

La plume grinça tandis qu'elle écrivait l'en-tête, puis elle s'arrêta, prenant le temps de décider ce qu'elle devait dire de son mariage.

Isabel grignotait un biscuit quand William entra dans la pièce. Son cœur bondit, mais elle chercha à le distraire en tendant le bras vers le tableau du vallon boisé.

— Plus je vois cette toile, plus je la déteste.

Elle laissa son biscuit et vint se poster devant l'œuvre d'art, mains sur les hanches.

— De fait, je pense la rendre aujourd'hui même.

Elle se mit sur la pointe des pieds et tendit la main vers le tableau. En l'espace de quelques secondes, William fut dans son dos, le parfum de son savon à raser l'enveloppant tandis qu'il tendait les bras devant elle et l'aidait à décrocher la toile.

Elle pouvait sentir chaque fibre des manches de la redingote contre ses bras. Elle ne pouvait pas vraiment en percevoir la couleur noire, mais d'une certaine façon elle la distinguait — ce n'était pas le noir lugubre du deuil mais une obscurité tendrement enveloppante, qui évoquait une sieste agréable, le début d'un rêve — ce moment où le monde autour de soi se change en conte de fées.

Il lui prit le tableau des mains.

— Je ne veux pas qu'il finisse comme le Roubiliac, dit-il.

— Si j'en sélectionne plusieurs qui me plaisent, cela vous ennuierait-il de prendre la décision finale ? demanda-t-elle. Je n'ai pas envie de continuer à les échanger sans fin.

Il posa la toile contre le mur et se tourna vers elle.

Elle put voir sa réponse passer dans ses yeux. Un refus.

— Aucune importance, dit-elle en franchissant la distance qui les séparait.

Elle lui tapota le bras, puis laissa retomber sa main.

— Je ne sais pas à quoi je pensais. Et en vérité — elle fit une grimace — je ne devrais pas avoir de mal à choisir autre chose. Ce sera un passe-temps amusant et je peux emmener la femme de chambre avec moi pour avoir son opinion.

— La femme de chambre ?

— Bessie. Elle m'a aidée à choisir cette toile. C'est une peinture plaisante, mais…

Elle passa lentement la main sur le bois doré du cadre, puis s'arrêta.

— … Elle n'est pas pour moi.

— Vous pourriez peut-être emmener Sophia. Elle a l'œil pour ce genre de chose.

Il toucha le bois à son tour, son index tout près du sien. D'une certaine distance, il aurait été impossible de voir l'espace infime qui les séparait.

— Je souhaiterais vraiment que vous veniez, dit-elle.

— Allons donc vous choisir un autre tableau. Il ne nous faudra que quelques instants pour sélectionner une œuvre. Nous irons ensemble et ainsi vous laisserez Bessie faire son travail.

Il secoua la tête d'un air pensif.

— Nous devrions être amis. Cela rendrait le reste plus facile.

Amis pour rendre le reste *plus facile ?* Elle leva les yeux vers son visage indéchiffrable.

— Je souhaite que vous chantiez de nouveau, Isabel. Je vous ai écoutée chantonner. À Pensum Manor, j'ai parlé à votre amie Joanna pendant que vous n'étiez pas dans la pièce et elle m'a dit que votre voix était magnifique.

— Je ne peux pas admettre l'idée de me donner en spectacle. C'est impossible. Je ne le veux plus. C'est… le souvenir du couteau sur ma gorge. Que se passera-t-il si quelqu'un, n'importe qui, m'entend chanter et pense que je chante pour lui alors que ce n'est pas le cas ? Quelles idées peuvent se faire les gens ? Mr Wren m'a dit que les hommes qui m'écoutaient s'imaginaient lire du désir dans mes yeux. Sentir mes lèvres sur leur corps.

Elle frémit de dégoût.

— Isabel. Vous devez chasser ces propos de votre esprit comme venant du propriétaire d'une maison close. Sa vie est baignée par la dépravation. Il n'y aura aucun homme de ce genre dans le public — ils seront chez Wren. Et si un homme a ce type de pensée, c'est sa faute, pas la vôtre. S'il est porté à avoir des pensées vulgaires, il les aurait même si vous lisiez à haute voix un livre de prière.

— Je ne peux plus chanter devant un public. Je n'en ai plus la capacité.

— Vous réapprendrez à le faire. Vous devez vous pousser à le faire.

Faisant un pas de côté, Isabel ramassa un rameau de verdure

tombé du manteau de la cheminée quand ils avaient décroché le tableau. Elle l'approcha de son nez pour en sentir l'odeur avant de le remettre en place. Elle resta tournée dans la direction de William et plongea ses yeux dans les siens.

— Je pourrais en dire autant pour vous. Par rapport à notre mariage.

— Il ne faut pas vouloir l'impossible. On ne peut pas extraire de l'eau d'un rocher.

Aucun sourire ne vint adoucir ses paroles.

— Si vous êtes aussi dénué de cœur que vous pensez l'être, dit Isabel, passer un peu de temps avec une nouvelle amie pendant la période des fêtes ne pourra pas vous faire de mal. Allons donc choisir un tableau et passons la journée dans les boutiques.

— Rossignol, voilà une perspective qui paraît presque aussi agréable que celle d'écouter une belle voix. Puisque je viens avec vous, chanterez-vous pour moi ?

Elle secoua la tête, intraitable.

— Très bien. Je vais vous accompagner et me contenter de vous entendre parler de cette voix mélodieuse qui est la vôtre, et peut-être que vous fredonnerez un peu. Quoi qu'il en soit, il me plaira de passer la journée avec vous.

Isabel s'accorda un instant, puis elle bougea de telle sorte que le bout de ses pantoufles toucha presque les bottes de William. Elle posa ses deux paumes sur les joues de son époux. Sentir sa peau sous ses doigts lui fit l'effet d'un coup de tonnerre. Elle se mit sur la pointe des pieds et, les yeux ouverts, elle l'embrassa, effleurant brièvement ses lèvres des siennes avant de reculer. Ni l'un ni l'autre ne cilla.

— Quels sont vos projets pour Noël ? demanda-t-elle.

— Je ne sais pas encore.

Elle cacha sa confusion en s'asseyant sur le canapé et en regardant par la fenêtre.

— Sophia m'a invitée au dîner de Noël.

Elle avait pensé qu'ils iraient ensemble, même si Sophia l'avait prévenue que William n'était jamais venu par le passé.

Il refusait en disant qu'il dînait avec des amis, mais elle le soupçonnait de rester seul.

— Souhaitez-vous aller voir vos parents ? demanda-t-il.

Elle secoua la tête.

— Non. Je ne voudrais pas me retrouver sur la route en plein hiver et priver les domestiques de leur famille en cette période. Je suis très heureuse de dîner avec votre sœur ce jour-là. Nous avons déjà discuté des puddings que nous aimerions déguster.

Elle écarta les doigts et donna quelques petits coups rapides sur ses genoux.

— Je me suis liée d'amitié avec vos sœurs et j'ai Vagabond pour me tenir compagnie. C'est déjà bien. Pour Noël, j'ai demandé à la cuisinière de préparer un superbe dîner pour les domestiques et ils seront tous libres le 25 — sauf pour celles qui sont vraiment indispensables.

— Ne comptez pas sur ma présence.

Elle ignora ses paroles.

— Les moments que nous avons passés ensemble chez Joanna comptent parmi les meilleurs de ma vie, dit-elle.

Il s'assit en face d'elle et prit un biscuit.

— Ce séjour a été agréable pour moi aussi.

Il s'avança et lui tapota le dos de la main.

— Vous êtes vraiment une femme délicieuse.

Ce contact fit exploser en elle des bouffées de chaleur, mais ses yeux bruns ne lui donnèrent pas la satisfaction qu'elle escomptait.

Elle toucha l'anse de la théière, sans la saisir. Gardant les yeux fixés sur la porcelaine, elle demanda :

— Ne pensez-vous pas que nous avons partagé quelque chose de… précieux, à la campagne ?

— Si.

La chaleur de sa voix la rassura, jusqu'à ce qu'elle regarde son visage. Il était impassible.

— Je ne m'étais pas senti ainsi depuis ma jeunesse. Cela faisait longtemps que je n'avais pas eu le sentiment d'être si vivant.

Ses belles lèvres esquissèrent un sourire. Le sourire poli qu'il arborait quand il ne pensait pas à des choses agréables, se dit Isabel, mal à l'aise.

— Une idée m'a préoccupé depuis que je suis rentré. Vos amis sont très absorbés l'un par l'autre. Ils me rappellent beaucoup mon père et ma mère.

Il s'adossa à son siège et croisa les doigts. Son regard se porta vers la fenêtre.

— Je me suis senti ébranlé malgré moi par ces moments pleins d'amour. Différent. J'ai dû partir pour réfléchir à ce qui se passait. J'ai pensé que je pouvais être en train de changer. Que je verrais peut-être les choses autrement, désormais. Mais j'ai bien examiné mes pensées et la conclusion, c'est que je ne suis pas comme les autres. Je tiens aux gens, mais je cesse de penser à eux dès que je ne les vois plus.

Il se leva, et retourna regarder le tableau. Il tournait le dos à Isabel et sa voix s'adoucit.

— Il ne faut pas tomber dans ce piège. Nous pourrions avoir à le regretter plus tard.

Il lui fit face de nouveau.

— Notre mariage est parfait, Isabel. J'en suis reconnaissant. Ce n'est pas un trop-plein d'amour qui obsède les protagonistes et trouble les perspectives. C'est un mariage solide et raisonnable. L'union de deux personnes dont chacune continue à suivre le chemin qu'elle était destinée à suivre. Il est pratiquement aussi parfait que possible.

— Je veux davantage, dit-elle.

Il baissa la tête.

— Je suis désolé de ne pas pouvoir vous donner plus. Il y a trois ans, l'un de mes meilleurs amis a fait une chute de cheval et il est mort en quelques heures. Aux funérailles, Sylvester était en larmes. Tout le monde en a parlé pendant des jours au club, et j'ai fait de mon mieux pour compatir et offrir mes condoléances, mais je ne ressentais pas la perte de cet homme. Cela fait trois ans et je n'ai pas connu un instant de tristesse.

— Vous tenez aux chevaux, cependant.

— Oui. Ce sont de belles bêtes. Je les ai depuis des années et je souhaite qu'ils soient bien traités — toutefois, s'ils devaient mourir, je ne suis pas sûr d'en éprouver de la peine. Je ne le crois pas.

Il releva la tête et se tourna vers elle. Elle n'avait jamais vu autant de compassion — ou de pitié, elle n'aurait su le dire — dans les yeux qui l'observaient.

Il prit quelque chose dans sa poche, alla jusqu'à la table et le posa près du réticule d'Isabel. Il y eut un petit cliquetis quand l'objet toucha le bois.

— Vos épingles à cheveux. Je sais que vous les avez gagnées, en vérité. C'était très aimable de votre part de faire ainsi durer le jeu. Je ne sais pourquoi j'ai tenu à les conserver. Si ce n'est que j'ai apprécié notre tournoi, le plaisir de votre compagnie et l'occasion d'entretenir un peu le suspense du pari.

Il sortit, ses bottes résonnèrent dans l'escalier, puis elle l'entendit donner des instructions à son majordome, pour que le tableau soit emballé et chargé dans la voiture.

Isabel alla jusqu'à la table, prit les épingles, les jeta dans la cheminée et quitta la pièce.

William n'était jamais entré dans une boutique aussi minuscule. Il y avait à peine assez de place pour eux trois et des tableaux étaient accrochés du sol au plafond.

— Une autre toile peinte par le très talentueux Mr Lawrence, annonça l'homme, en leur montrant un tableau et en traînant sur le nom du peintre.

Un emplacement vide devait correspondre à l'œuvre qu'Isabel avait achetée.

— Elle est exceptionnelle.

Isabel examina la peinture qui représentait un enfant triste avec une mère triste. Elle serra ses mains gantées. Son manteau la couvrait presque entièrement. William l'observait de dos.

Son col remontait plus haut que son bonnet, une coiffe comme il n'en avait jamais vu. D'un marron foncé, ronde, et garnie d'une large rangée de plumes légères qui ne restaient jamais immobiles, même quand Isabel ne bougeait pas d'un pouce.

Malgré son épaisseur, la pelisse n'écrasait pas sa silhouette. Au contraire. Elle paraissait étonnamment grande, sans doute allongée par ses chaussures et les plumes. Elle semblait aussi grande que lui lorsqu'il était pieds nus.

— En effet.

William regarda la signature avec attention. T. Lawrence. Mais cette œuvre n'était pas de Thomas Lawrence, même si son style était similaire.

— Je préférerais y réfléchir, dit-il.

— Ah.

Les épaules de l'homme s'affaissèrent.

Celles d'Isabel aussi. Puis elle se mit à bavarder un moment avec le propriétaire de la boutique. William regarda l'homme fondre sous l'effet combiné des yeux bleus, de la voix de sirène et d'autre chose, qu'il ne pouvait définir.

L'homme secoua la tête. L'attention de William passa du charme d'Isabel à la conversation. Le marchand venait de dire qu'il avait dans son arrière-boutique une toile qu'il pourrait leur montrer.

Lorsqu'il l'apporta, une odeur de peinture fraîche l'enveloppait encore. Une petite fille était assise sur un banc, seule, au centre du tableau, son bonnet laissant son visage dans l'ombre. Les arbres et la verdure du fond s'estompaient et faisaient ressortir l'enfant, mains jointes, perdue dans de mystérieuses pensées.

— Cette toile n'est pas terminée. Elle n'est même pas signée, est-elle de vous ?

L'homme sourit en regardant l'œuvre.

— Oui. De Theodore Lawrence Bryant.

— Vous pourriez peut-être signer ce tableau de votre nom complet cette fois, suggéra William.

Le marchand haussa les épaules.

— C'est vrai. Mais l'autre nom se vend mieux, même si je

dis aux gens que c'est moi qui ai peint ces œuvres. Je suppose qu'ils les accrochent au mur en espérant qu'on les prenne pour des œuvres du grand Thomas Lawrence.

William s'approcha de la toile. Il regarda Isabel.

— Pourriez-vous changer la couleur de cheveux de cette petite fille pour arriver à quelque chose de plus proche de ceci ?

Il désigna la chevelure d'Isabel.

— Très certainement.

L'homme se redressa.

— Et peut-être, dans l'arbre derrière elle, des oiseaux — qui écoutent, suggéra William. Et une toute petite garniture en plumes sur le bonnet.

— Je suis sûr que je pourrais ajouter ces éléments.

— Veuillez le faire porter chez moi quand il sera fini et, s'il plaît à mon épouse, nous le garderons.

— Très bien, monsieur.

Le marchand regarda William.

— Mais vos amis seront plus impressionnés par un T. Lawrence que par un Theodore Bryant.

— Je ne l'achète pas pour eux.

William regarda Isabel et, en une seconde, il aperçut quelque chose qui lui donna l'impression que son cœur se serrait affreusement. Il ne put déterminer si l'expression de ses yeux lui donnait le besoin de l'étreindre très fort pour être sauvé, ou si ce regard le précipitait dans un abîme plus profond que celui où son père avait sombré.

Rapidement, il la fit sortir de la boutique et la guida jusqu'à la voiture, ignorant les hurlements du vent et les nuages sombres qui menaçaient. Mais avant d'arriver au marchepied, il remarqua quelque chose du coin de l'œil.

Il se tourna et vit Lord Robert et son frère, le duc de Wakefield, qui s'avançaient vers eux d'un pas résolu, le manteau du duc battant l'air comme l'aile d'un corbeau.

Isabel sentit que William s'arrêtait, et se tourna pour voir ce qui avait retenu son attention. Deux hommes marchaient dans leur direction et le plus âgé leva les yeux. Les saluer chassa la tristesse de ses lèvres, mais pas de ses yeux.

— Balfour.

Les épais cheveux argentés de l'homme lui donnaient un air de sagesse et ses épaules lui conféraient une apparence robuste.

Isabel perçut l'indécision de William. La tension marquait son visage.

William présenta rapidement le duc de Wakefield et Lord Robert, son frère cadet.

— Enchanté de faire votre connaissance, dit le duc à Isabel, d'un ton chaleureux. J'ai récemment joué aux cartes avec Balfour. C'est un homme plus heureux, maintenant qu'il est marié.

Isabel scruta les yeux de Wakefield pour voir s'il disait vrai.

William se figea.

— Cela me fait du bien de voir un jeune homme tellement épris.

Le sourire du duc fondit comme un flocon de neige sur un poêle chaud.

— Je me souviens si bien…

La posture de William se raidit, il pointa un pied en avant, prêt à partir.

— Nous devons y aller. Je ne voudrais pas que l'un de nous prenne froid, dit-il.

— Moi non plus, approuva le duc.

Ce qui paraissait le plus froid, c'était le regard de William, pensa Isabel.

— Ne vous inquiétez pas pour moi, dit-elle. Quand j'étais pensionnaire à Salisbury, une des élèves de l'école m'a lancé un défi, pour voir qui pouvait rester le plus longtemps pieds nus dans la neige. J'ai gagné.

— Une école ? releva Wakefield. Vous avez fréquenté une école ?

L'air humide pénétra tout à coup les vêtements d'Isabel.

Elle ne voulait pas embarrasser William en parlant de sa formation de gouvernante.

— Oui, admit-elle. Je ne suis pas de Londres. Mais mes parents souhaitaient que je reçoive une certaine éducation.

— Comme c'est merveilleux ! dit le duc. Je suis toujours content de rencontrer des femmes qui ont eu l'opportunité d'apprendre. Balfour sait que je me suis longtemps intéressé à l'éducation et que, pour moi, elle est vitale pour le progrès de notre pays.

— Je partage votre avis, dit Isabel. Même si j'ignore comment se porte l'école actuellement car j'ai reçu une lettre d'un de mes anciens professeurs, disant que la directrice, Mme Dubois, était malade. Elle n'avait jamais été souffrante, et maintenant elle semble obligée de garder le lit.

— Dubois ?

Les yeux du duc s'élargirent.

— Vous avez fréquenté l'école de Constance Dubois ?

L'ennui sembla enfin disparaître du regard de Lord Robert qui se mit à observer son frère d'une façon intense.

— Oui. J'ai fréquenté l'institut pour jeunes jemmes de Mme Dubois. À Salisbury, répondit Isabel.

Le duc prit un mouchoir dans la poche de son gilet et s'en tamponna le front, qui n'avait pourtant pas l'air d'être moite.

— J'ai connu autrefois la femme dont vous parlez. Dans ma jeunesse. Une femme fascinante.

— Mme Dubois ? demanda Isabel, dubitative.

— Tout à fait fascinante.

On ne pouvait se méprendre sur la réprobation qui perçait dans le ton de Wakefield.

— Toutes ces années…

Ses paroles moururent. Il ferma les yeux.

— Toutes ces années, sans recevoir de nouvelles d'elle.

Quand il rouvrit les yeux, il ne semblait pas voir ce qui l'entourait.

— Elle… Tout en elle était délicieux. Elle était pleine d'optimisme alors même qu'elle avait tant perdu. Très rieuse.

— Je pense que vous prenez peut-être notre Mme Dubois pour quelqu'un d'autre. Notre directrice n'était pas… Je ne l'ai jamais vue rire.

Le duc inspira, comme si on l'avait blessé.

— Mais il lui arrivait tout de même de sourire. Si nous savions parfaitement nos leçons ou que nous faisions les choses bien, ajouta Isabel, sans savoir pourquoi elle éprouvait le besoin de le rassurer sur le fait que Mme Dubois n'était pas si mélancolique que cela. Néanmoins, elle se montrait très stricte avec nous.

— Constance Dubois était l'une des femmes les plus fougueuses au monde, déclara Wakefield.

Ses yeux étincelèrent et sa voix retentit. Puis ses yeux s'embuèrent et son ton s'adoucit.

— Toutes ces années… Je me suis bien gardé de savoir où se trouvait son école. Je m'étais promis de ne jamais chercher à l'apprendre. Et voilà que je l'apprends sans même avoir à le demander.

Il ferma les yeux et secoua la tête. Puis il tendit la main, guettant avidement la réponse d'Isabel.

— Elle va se remettre ?

— Il paraît qu'elle tousse beaucoup et que sa poitrine est douloureuse. La lettre dit que son cœur bat trop vite, qu'elle est transie et ne peut s'empêcher de trembler.

Le visage du duc pâlit. Isabel devait le ménager, à en juger par la tension qu'elle observait dans ses yeux.

— On a appelé un bon médecin qui doit procéder à une saignée, dit-elle, ce qui veut dire qu'il y a de l'espoir.

— Ma Constance.

Wakefield se tamponna de nouveau le front et recula.

— Au moins, elle est soignée.

Il s'arrêta, son regard fixant un lointain souvenir.

— L'école se trouve à Salisbury, dites-vous ? Je dois vous prier de me pardonner mon départ abrupt, mais il faut que je la revoie. Il le faut.

Il se tourna vers son frère.

— Tu comprends ? Il faut que je sache.

Il pivota et s'éloigna d'un pas vif.

Lord Robert le regarda partir.

— Il a gardé le souvenir de cette Mme Dubois dans son cœur depuis sa jeunesse. Elle était la gouvernante de nos sœurs. Mon frère étant bien plus âgé que nous, cette femme et lui étaient à peu près du même âge.

— Les rumeurs étaient donc vraies, murmura Isabel. On disait que Mme Dubois avait eu une histoire dans sa jeunesse.

— Je ne me serais pas montré aussi noble que mon frère, dit Lord Robert.

Il ajusta le bandeau qui couvrait son œil.

— Il a mis de côté ses propres désirs et s'est marié pour l'argent. Il ne se souciait pas de cette fortune en elle-même, il voulait seulement qu'elle permette au duché et à sa famille de subsister. Les maisons des fermiers avaient besoin de grosses réparations.

Lord Robert eut un petit rire, mais ce rire manquait d'humour.

— L'amour… D'après moi, lorsque mon frère trouvera cette femme qu'il a adorée dans sa jeunesse, il sera trop tard. Ou bien il découvrira qu'elle ne se souvient même pas de lui.

Il se tourna pour partir.

— Je vais rentrer chez moi. Bonne journée.

Restant silencieuse pendant un moment, Isabel garda les yeux rivés dans la direction que les deux hommes avaient empruntée.

— Mme Dubois nous a toujours dit qu'il ne fallait jamais oublier sa place, même si nous étions en poste dans une grande maison, dit-elle.

Elle étudia William et répéta :

— Dans de grandes maisons, une simple gouvernante ne doit jamais oublier sa place.

— Votre place est dans une grande maison, Isabel.

— Je suis heureuse que vous le pensiez.

— Ne soyez pas comme Wakefield.

William la guida jusqu'à la voiture.

— Il vient juste d'émerger d'un océan de chagrin et il s'empresse de replonger dans un autre. Je ne peux comprendre le besoin qu'ont certaines personnes de mettre la main dans le feu, pour voir à quel point il brûle.

Le cocher les aperçut et sauta de son perchoir pour leur ouvrir la portière.

— Mais son frère est là pour le consoler, dit Isabel en s'installant et en se blottissant dans son manteau.

William souffla avec dérision. Les roues de la voiture grincèrent tandis qu'ils se mettaient à rouler.

— Son frère est un vaurien et un débauché.

Il essuya la buée sur la vitre, ses gants en cuir couinant sur le verre.

— Pourtant vous êtes amis, tous les deux.

— En effet, admit William. Ce qui ne veut pas dire que nous ne nous connaissons pas l'un l'autre. Au contraire, nous nous connaissons, et nous tolérons.

— Et vous voulez que nous soyons amis ? demanda-t-elle, une trace d'ironie dans la voix.

Des boucles cuivrées s'échappaient de son bonnet et se fondaient merveilleusement dans le brun de son manteau.

Il se pencha pour la regarder dans les yeux.

— Isabel. Nous aurons une sorte d'amitié complètement différente.

De son gant en daim, elle lui toucha le visage.

— Je pourrais décider de ne pas être amie avec vous, déclara-t-elle.

— Je l'accepterais.

Il effleura sa main d'un baiser avant qu'elle ne retire son gant.

Elle se rencogna sur la banquette, se recroquevillant dans son coin. Le soleil était passé derrière un nuage et la température semblait avoir brusquement chuté.

Il passa un bras autour d'elle, attirant contre lui des couches de vêtements, des plumes lui entrant dans le nez. Il souffla pour les chasser.

— Vous pourriez aussi bien porter une armure, marmonna-t-il.

Ses yeux bleus brillèrent de nouveau.
— Vous en portez bien une, rétorqua-t-elle.
— Où est passée ma douce épouse ?
Il écarta d'autres plumes.
— Je ne sais pas de qui vous parlez, dit-elle en se redressant.
Elle leva le bras et frappa le plafond de l'habitacle.
— En tout cas, je vais faire une promenade.
La voiture s'arrêta et elle en jaillit. Il la suivit. Non seulement elle ne devait pas se promener seule, mais il se sentait incapable de la laisser. Même si elle n'avait pas aimé qu'il la serre contre lui.
Ils marchèrent, les roues de la voiture cahotant derrière eux, des flocons de neige commençant à tomber.
— Le majordome m'a prévenu qu'il allait faire mauvais, dit William. Il dit que ses os le lui font toujours douloureusement sentir.
Isabel conserva son allure, l'ourlet de son manteau se soulevant de façon régulière.
— Vous ne pouvez pas marcher plus vite que moi, Isabel, dit William.
— Je n'essaierais même pas. Je fais juste circuler mon sang pour qu'il ne se fige pas dans mes veines.
Un gamin surgit d'une boutique, les épaules voûtées, les mains dans ses poches élimées.
— Mon garçon ! appela-t-elle. Mon garçon !
Il se tourna, de la suie sur la figure.
— Pouvez-vous nous indiquer Somerset House ?
Le gamin hocha la tête et donna rapidement la direction.
— Remerciez-le.
Isabel décocha un coup de coude à William.
Il fouilla dans sa poche et en sortit une pièce. Elle toussa. Il remit la main dans sa poche, tira une autre pièce et les donna au jeune garçon qui les prit, sourit jusqu'aux oreilles et fit une courbette avant de détaler.
— Maintenant, on commence à sentir l'esprit de Noël, dit-elle.

Elle se remit à marcher, d'une allure moins vive.

— Je ne me suis jamais promenée ainsi en cette saison. C'est si différent des Noëls passés à l'école, et de ceux que mes parents organisaient.

Ils continuèrent à marcher en silence. Une vieille femme poussait une charrette dans leur direction, suivie par un homme qui traînait les pieds.

Isabel leur barra presque la route.

— Pouvez-vous nous indiquer Somerset House ? demanda-t-elle.

William mit la main à sa poche avant qu'elle ait fini de parler.

Comme ils se remettaient en marche, il déclara :

— Vous pouvez demander votre chemin trois fois encore, avant que mes poches ne soient vides.

Elle rit.

— Vous avez assez pour trois fois ?

— Oui.

Elle lui prit le bras.

— N'est-ce pas plus amusant que de perdre cet argent aux cartes ?

— Je ne joue pas pour perdre. Mais oui, j'apprécie le geste. Vous vous êtes rendu compte que la femme nous a envoyés dans la mauvaise direction, je suppose ?

— Oui. Et je pense qu'elle le savait. Mais nous n'avons pas tourné à l'endroit qu'elle nous a indiqué et elle l'a sûrement remarqué. Ainsi, c'est un jeu auquel nous avons tous joué.

Elle marqua une pause.

— Si les deux parties connaissent les règles, c'est un jeu, pas une ruse.

— Ne laissez pas le jeu vous monter à la tête, dit William. On ne doit jamais oublier que l'adversaire joue aussi et nous guette. Nous aurions pu emprunter la mauvaise direction, si nous n'avions su où aller.

— Nous aurions retrouvé notre chemin, assura-t-elle.

Aucun des deux ne changea de position jusqu'à ce qu'une bourrasque ne s'abatte sur eux, les bombardant de neige mêlée d'eau glacée. Leurs joues s'enflammèrent sous cet assaut.

William s'arrêta. Posant sa main gantée sur les doigts d'Isabel qui lui tenaient le bras, il attendit que le cocher les rattrape.

— Il faut ramener les chevaux à l'écurie, dit-il.

Cette fois, dans la voiture, il ne fut pas dérangé par les plumes et il tint Isabel contre lui, laissant la chaleur de leurs corps se mêler. Si les chevaux et le cocher n'avaient eu besoin de rentrer s'abriter, il aurait fait rouler la voiture pendant des heures.

Il avait envie de faire durer ce moment, car il savait que les choses allaient changer. Il avait déjà trouvé une autre maison, qui correspondait à ses besoins. Il ne l'avait pas vue, mais peu lui importait.

— Après Noël, je déménagerai, annonça-t-il.

On entendit le bruit des sabots, une voix crier que le dîner était prêt et le vent souffler avec fracas. Puis Isabel répondit.

— Pourquoi attendre ? demanda-t-elle.

Sa voix avait la froideur du givre qui couvrait les toits.

— La maison ne sera pas libre avant.

Elle se tourna dans ses bras, mais il la tint fermement.

— Pourquoi me le dire maintenant ?

— Il s'agit d'une question sérieuse. Nous allons mettre sur pied un arrangement qui nous conviendra à tous les deux. Nous ne tomberons plus l'un sur l'autre à tout bout de champ, et si vous souhaitez ne plus me voir du tout, je le comprendrai. Mais j'aimerais passer quelques soirées avec vous de temps en temps, même si cela, bien sûr, dépend de vous.

Il ne pouvait rien sentir d'autre que son cœur, battant de façon régulière.

— Je pense…

La voiture roula sur un nid-de-poule, et il amortit le choc pour Isabel.

— Puisque vous partez bientôt, reprit-elle, nous déciderons des détails de notre arrangement plus tard. Rien ne presse, nous pourrions même attendre l'été pour tout mettre au point. Ou peut-être même l'automne.

Il la serra contre lui. Il ferait de ce Noël un Noël merveilleux et il lui prouverait que même s'il était incapable d'aimer elle pourrait toujours compter sur lui pour les choses importantes.

Elle lui tapota la poitrine.

Il ferma les yeux. Soulagé. Elle comprenait.

Alors il souhaita que le soleil ne cesse jamais d'illuminer la vie d'Isabel.

Il prit soudain conscience d'autre chose. Il aurait laissé un autre homme l'épouser si celui-ci avait été capable de bien la traiter, et de l'aimer comme elle le souhaitait.

Chapitre 15

Isabel lui tapota la poitrine. Chaude. Trompeuse.

Il devait avoir un cœur et ce cœur devait battre. Mais manifestement, c'était là sa seule activité.

Elle posa la main à plat sur son manteau.

— Quand le temps commencera à se réchauffer, je compte rendre visite à mes parents.

— Avez-vous écrit à votre mère que le piège du mariage ne s'est pas encore tout à fait refermé sur moi ?

— J'ignorais qu'il s'agissait d'un piège…

Elle marqua une pause.

— Mais elle sait qu'il n'y a pas de bébé en route, si c'est ce que vous voulez dire.

— J'aimerais qu'elle comprenne que sa fille unique, sa fille si précieuse, est assez bien élevée pour un fils de vicomte, et même pour un duc.

— Ce n'est pas vraiment ce qu'elle voulait écrire. C'est juste la façon dont elle s'exprime. Je tiens de la famille de mon père pour la taille et l'apparence, et elle pense que je suis toujours une petite créature fragile, incapable de tenir sur ses pieds. Elle n'était pas certaine que je sois capable de trouver une place de gouvernante, alors quand elle a appris que j'avais épousé un membre de l'aristocratie, cela lui a causé un choc.

— Ne vous a-t-elle jamais vue telle que vous êtes ?

Isabel garda le silence. Elle se rapprocha de lui et l'enlaça de son bras.

— Je vous remercie de m'avoir sauvée. De Mr Wren mais aussi de mon destin de gouvernante.

Elle prit son temps pour prononcer les mots suivants, car elle eut soudain l'impression que des milliers de petites lames avaient été projetées à l'intérieur de son corps, anéantissant toute source de plaisir.

— Je ne comprends pas pourquoi vous ne pouvez pas rester à la maison. J'entends que vous n'êtes pas amoureux de moi. Et j'entends que vous ne le serez peut-être jamais. Je suis même capable de l'accepter.

— Je ne suis pas fait pour vivre avec quelqu'un. Me sentir pris au piège m'étouffe.

— L'amour peut être plaisant. En quelques jours seulement, je suis tombée amoureuse de Vagabond, un chat mal nourri et agressif, dont la queue est tordue. J'ai beaucoup de chance de l'avoir. D'ailleurs, si j'avais été gouvernante, j'aurais pu aimer les animaux de la famille mais n'aurais pu en avoir un qui soit mien, si la maîtresse de maison en avait ainsi décidé.

— Vous n'avez ce chat que depuis peu de temps. Comment pouvez-vous déjà dire que vous l'aimez ?

— Il grelottait. Et sa queue tordue… Il avait besoin de moi. Et peut-être avais-je besoin de lui.

— Je pense que vous confondez amour et compassion. Ce sont des sentiments différents. Et même si je pouvais éprouver de l'amour, je ne suis pas sûr que ce soit toujours une bonne chose, à part l'amour qui lie une mère à ses enfants.

— J'aime Vagabond. Je l'ai regardé dans les yeux, j'ai su qu'il avait vécu de grands moments de tristesse et mon cœur a fondu pour lui, c'est tout.

William haussa le ton.

— C'est un chat. Et il est impossible d'aimer immédiatement un être, quel qu'il soit.

Elle tritura entre ses doigts un bouton de sa redingote.

— Vous n'êtes pas vraiment expert en matière d'amour. Vous êtes plutôt expert en matière d'absence d'amour. Je peux vous dire que je me suis éprise de lui dès que j'ai vu ses yeux. Au début, ce n'était peut-être qu'une toute petite graine d'amour. Mais à chaque fois que je le vois, la petite graine grandit, grandit, et elle grandira jusqu'à devenir un amour total.

Elle tira sur le bouton, puis le lâcha.

— Tant pis pour lui s'il ne tient pas à moi. Quelquefois, je suis sûre qu'il ne m'aime pas et n'est là que pour la nourriture.

Elle passa la main sur le manteau de William.

— C'est juste qu'il ne comprend pas tout à fait ce que c'est que d'aimer quelqu'un.

Le baiser que lui donna William chassa le froid qui habitait son corps, et y fit rayonner une immense chaleur.

— Profitons de ces moments précieux que nous passons ensemble aujourd'hui, et ne nous soucions pas de ce chat errant qui n'a pas de foyer, dit-il.

Il leva la main et tira sur une petite plume de son bonnet. Elle posa la main sur le bonnet, le maintenant en place. Il arracha la plume et lui en chatouilla le nez.

Elle essaya de l'attraper, mais il la mit hors de sa portée.

— Le chat a un foyer, objecta-t-elle. Sa place est avec moi.

Elle essaya encore d'attraper la plume.

Il la passa sur son oreille et elle rit de la voir sortir de ses boucles brunes.

— Ce chat a peut-être de la chance d'avoir trouvé un abri et votre cœur pour l'accueillir. Mais il n'y aura ni chats ni chiens dans ma nouvelle résidence.

— Vous êtes si solitaire que vous ne pouvez pas partager un foyer avec moi ?

— Je ne resterai peut-être pas très longtemps dans cette nouvelle maison. C'est temporaire.

— Certaines choses devraient être permanentes, observa Isabel.

— Je pensais que ma maison de ville devait l'être.

— Combien de temps y avez-vous vécu avant mon arrivée ?

Il répondit avec douceur.

— Quatre ans environ.

— Jusqu'à ce que je commence à ajouter des meubles, des tableaux et des objets pour en faire un endroit plus chaleureux.

Tendant la main, elle ôta la plume qu'il avait glissée dans ses cheveux, mais il referma sa main sur la sienne. De son autre main, il prit le bout de plume et le mit dans la poche de son gilet.

Elle eut envie de reculer, mais quelque chose tout au fond d'elle-même lui conseilla de ne pas le faire. Et quelque chose d'autre lui souffla que ce n'était peut-être pas simplement ses sentiments pour elle qu'il fuyait, mais aussi les meubles et les falbalas qu'elle avait installés dans l'espoir de transformer la maison en un vrai foyer.

William vit Isabel baisser le menton tandis qu'elle ouvrait la portière de la voiture qui venait de s'arrêter devant la maison. Sorti le premier, il tira brusquement sur sa main et elle trébucha sur les dernières marches, lui tombant dans les bras.

— Pardon, dit-il en la pressant contre lui avant de la remettre sur ses pieds. J'ai eu de la chance d'avoir pu vous rattraper.

Il se pencha en avant et fit mine de respirer son parfum.

— Êtes-vous… Avez-vous bu des alcools forts ? Que vont penser les voisins ?

Il passa un bras autour de sa taille, la faisant chanceler contre lui.

— Ne vous inquiétez pas, je rassurerai ceux qui nous observent. Nous sommes des gens très convenables.

Arrivé au portail, il tendit la main pour briser un morceau de glace qui pendait à la grille.

Puis il en croqua le bout.

— William, murmura-t-elle. Le cocher nous regarde.

Ses lèvres fraîches touchèrent presque son oreille.

— Après ce qu'il a vu le matin qui a suivi mon quatorzième anniversaire, cela ne l'impressionnera pas.

Il croqua de nouveau le glaçon, et son souffle froid la fit frissonner.

— Il a dû pousser mes bottes à l'intérieur de la voiture pour pouvoir refermer la portière — ce que je n'ai pas su jusqu'au soir de mes quinze ans.

— Quatre ans de moins que moi, dit-elle.

Il hocha la tête, et plongea ses yeux dans les siens. Il vit l'instant où elle prit conscience de leur véritable différence d'âge. Elle n'avait que cinq ans de moins que lui, mais en réalité cela faisait peut-être une éternité.

Il jeta le glaçon. Avant qu'elle n'ait le temps d'articuler deux pensées, il la prit dans ses bras et la souleva. Il donna un coup de botte dans la porte d'entrée, et le majordome ouvrit.

William s'exprima alors comme un acteur de Drury Lane.

— Je crains que madame mon épouse ne se soit évanouie à cause du froid.

Il la fit prestement entrer à l'intérieur. À voix basse, il dit :

— Fermez les yeux, Isabel…

En deux longues enjambées, il fut au pied de l'escalier. Sa voix résonna.

— Je dois la déposer près d'un feu bien chaud.

— Non, glapit-elle en serrant ses bras autour de son cou. Vous ne pouvez pas me porter dans l'escalier. Vous allez nous tuer tous les deux !

— Vous avez peut-être raison.

Il la remit debout et prit un ton formel.

— Toutes mes excuses.

Il s'inclina, puis, en un éclair, se débarrassa de son manteau et le lança au majordome.

Avant qu'elle n'ait le temps de s'engager dans l'escalier, il la fit pirouetter et se pencha pour lui attraper les jambes et la charger sur son épaule gauche.

— Ce sera plus sûr ainsi.

— Non ! s'écria-t-elle.

Mais il la porta et arriva en haut de l'escalier avant qu'elle n'ait fini de protester. Sans relâcher son étreinte, il prit de nouveau un ton théâtral et lança à l'attention du majordome, resté en bas :

— Du vin. Madame mon épouse doit boire du vin pour se ranimer.

Il cessa de jouer la comédie mais sa voix resta forte tandis qu'il continuait à donner ses ordres.

— Laissez-le au salon. Et assurez-vous que tous les domestiques qui le veulent aient droit aussi à ce breuvage. Je ne veux pas que l'un d'entre eux ne succombe à cause de ce froid.

Elle frappa son dos de ses poings.

— Posez-moi par terre.

— Mais j'aime tant vous porter.

Il ne pouvait pas voir sa tête.

— Votre bonnet est-il toujours en place ?

— Oui. Il est retenu par des épingles.

Il la secoua un peu.

— Je le sens ; les plumes vous rendent aussi légère que du duvet de chardon. Mais je vais trouver un endroit où vous pourrez vous remettre.

Il ne parla que pour elle.

— Et je vais vous aider à vous réchauffer.

Ses bottes résonnèrent sur le parquet tandis qu'il la portait dans la chambre de maître.

Il la remit debout. Avant qu'elle ne se redresse complètement, il posa les mains sur ses épaules.

— Je crains que cette espèce de pâtisserie que vous avez sur la tête n'ait un peu souffert.

— Pas étonnant. Vous l'avez tellement secouée…

Au même instant, ils portèrent tous les deux leurs mains jusqu'au bonnet, mais William attrapa celles d'Isabel et les rabattit sur le côté tandis qu'il ôtait les épingles restantes et détachait la coiffure. Il la posa sur sa table de chevet.

Prenant son menton dans ses mains, il tint son visage immobile.

Ses lèvres couvrirent les doigts et les paumes d'Isabel, les goûtant à loisir. Elle ne sentait rien d'autre que sa bouche, en savourant le contact sur ses mains, attendant la suite.

Quand les lèvres quittèrent sa peau, elle s'en trouva glacée, d'une façon tout à fait inédite. Elle fut envahie par une sorte de solitude qui lui donna envie de rattraper sa bouche et de rester liée à lui.

— Votre bonnet me plaisait, toutefois. Il vous allait bien et… — il se pencha de nouveau vers elle — il m'a donné une excuse pour toucher vos cheveux.

Il retira une épingle — juste celle qu'il fallait — et sa chevelure cascada sur ses épaules.

— La moindre mèche échappée — il jeta l'épingle avec le bonnet — me distrait. Et quand j'étais assis à table à côté de vous chez vos amis, tout le monde ne cessait de parler et de bavarder et je me disais : « Comment peuvent-ils être aussi absorbés par des choses aussi peu importantes ? Ne voient-ils pas qu'Isabel a ôté son bonnet ? N'ont-ils pas conscience de ses yeux étincelants ? »

Il retira d'autres épingles.

— Et puis nous avons mangé, enfin je crois.

— Vous aviez dit… Vous aviez dit que c'était le meilleur repas de votre vie.

Un léger hochement de tête.

— J'ai dit la vérité.

Il lui déboutonna son manteau et le fit glisser de ses épaules. Elle se sentit plus légère. Il le jeta sur le côté, puis lui retira ses gants.

— Je n'oublierai jamais ce dîner. Votre rire.

Il effleura sa joue de ses gants en daim.

— Des yeux innocents. Un regard innocent. Et un rire si délicieusement voilé que je n'ai pu m'empêcher de faire en sorte de le ranimer. Vous avez ri trois fois.

Les battements de cœur d'Isabel changèrent de rythme. Tout son corps la pressait de se rapprocher de lui.

Du bout des doigts, elle dessina les contours de sa silhouette, frôlant ses bras musclés, la ligne de son cou et sa mâchoire. La peau douce de son oreille contrastait avec sa joue qu'un début de barbe rendait rugueuse.

Avec un soin précis pour bien savourer chaque instant,

William passa les mains derrière elle, dégrafa sa robe et la laissa tomber par terre.

De son petit doigt, il suivit à son tour la ligne de sa mâchoire, faisant grandir en elle des sensations délicieuses. Il descendit le long de sa gorge et passa sur un sein, tournant autour de la pointe.

Des boucles de ses cheveux bruns tombèrent en avant, frôlant la joue d'Isabel, aussi caressantes que des plumes. Ses lèvres couvrirent de nouveau les siennes, puis il s'écarta juste assez pour murmurer son nom. Ensuite, il promena sa bouche sur son cou, causant en elle de profonds frissons, faisant s'évanouir toute pensée d'un monde autre que celui qu'ils partageaient du bout de leurs doigts.

La pièce était plongée dans la pénombre, mais Isabel pouvait voir sans se servir de ses yeux, consciente du corps de William, là où il touchait le sien. Consciente de sa respiration, de son pouls et de ses pensées, parce qu'en cet instant ils ne faisaient qu'un, mêlés d'une façon dont seul l'acte d'amour pouvait unir deux personnes.

Ils se caressèrent longuement, jouissant de sentir l'autre réagir à un léger effleurement des doigts, Isabel s'accrochant avec ardeur aux épaules de William et se pressant contre lui tandis qu'il lui faisait connaître de nouveau le plaisir des caresses les plus intimes. Elle sentait entre eux la dureté de son érection, la preuve évidente qu'il la désirait, et en éprouvait un contentement inouï.

Mais le summum de sa satisfaction fut atteint lorsqu'il pénétra lentement en elle, qu'elle l'accueillit avec un plaisir indicible et qu'ils ne firent réellement plus qu'un. Elle se laissa porter par le rythme syncopé qu'il imprimait à son corps, s'agrippant à lui, joignant sa bouche à la sienne, de plus en plus transportée tandis que la volupté s'emparait d'elle. Et comme elle en avait déjà pris l'habitude, une habitude dont elle ne se lasserait jamais, elle le savait, elle sentit que son corps réagissait viscéralement aux assauts répétés de William et qu'il l'entraînait vers des sommets vertigineux, pour arriver enfin à l'éblouissement de l'extase, lui donnant l'impression de flotter parmi les étoiles. Puis ce fut le tour de William de connaître l'assouvissement et ils retombèrent dans les bras l'un de l'autre, comblés et épuisés.

Isabel s'éveilla, s'apercevant tout de suite qu'elle était couchée dans le lit de William et qu'il n'était pas à ses côtés. La pièce était devenue complètement obscure à l'exception du feu qui continuait de crépiter doucement. Le bruit d'un raclement l'avait réveillée. Elle leva la tête.

William se tenait devant la cheminée, tenant le pique-feu. Il remuait les braises, faisant jaillir des étincelles, attisant des flammes qui s'élevaient ou s'abaissaient au gré de ses mouvements. Il tenait sa main trop près du feu et se recula brusquement. Une odeur de poils brûlés confirma sa maladresse.

— Voilà ce qui arrive quand on joue avec le feu, dit-elle.

Il rit doucement.

— Merci de me prévenir. Mais je m'en étais déjà rendu compte.

— William. Vous ne pourriez pas être plus nu.

— Vous, vous le pourriez, dit-il.

Il alla jusqu'au lit, se coulant dans le cocon des draps. Son corps était chaud mais ses pieds froids. Il l'attira à lui, passant une jambe sur la sienne et la serrant contre lui.

— Vous ne pensez pas que cela vous manquera quand vous déménagerez ? demanda-t-elle.

— Je sais que si.

Il l'embrassa sur les lèvres.

Elle se recula.

— Vous cherchez juste à me faire taire.

Il l'embrassa de nouveau. De douces palpitations privèrent Isabel de l'usage de la parole, mais ses pensées restèrent à peu près claires.

Elle le repoussa et il feignit de gronder à son oreille, puis fit pleuvoir des baisers sur sa joue, le long de son cou et jusqu'au creux de sa clavicule.

— Je devrais retourner dans mon lit, sinon vous ne dormirez pas de la nuit, dit-elle.

Mais elle ne pouvait se résigner à quitter la chambre.

— Je n'ai pas envie de dormir. En outre…

Il rit de lui-même.

— … L'aube n'est pas encore là, c'est donc loin d'être l'heure à laquelle j'ai l'habitude de me coucher. Et puis j'ai une surprise de Noël dont j'attendais de vous parler.

— Quoi ? demanda-t-elle.

— Je souhaite que vous chantiez. Pour tout le monde.

Elle secoua la tête.

— Les autres doivent vous entendre. Et j'en ai envie aussi.

— Non.

— Isabel, vous devez chanter de nouveau.

Il se glissa hors du lit et prit sa robe de chambre.

— Réfléchissez-y pendant que je vais chercher du vin, dit-il en nouant sa ceinture.

Avant de partir, il sema encore une pluie de baisers sur son visage.

Elle n'avait pas besoin d'y réfléchir. Elle savait ce qu'elle voulait.

Il revint.

— Rappelez-vous combien cela vous plaisait, Isabel. Quand vous étiez à l'école de gouvernantes.

— Oui, je m'amusais beaucoup. À chanter pour les autres élèves. Je pourrais peut-être chanter pour Sophia et vos autres sœurs. Mais pas devant d'autres gens. Je ne peux pas.

Il se glissa dans le lit à côté d'elle.

En repensant à l'école, elle se rappela qu'elle faisait tout ce qu'elle pouvait pour captiver son public quand elle chantait. Elle se déplaçait sur scène, laissait monter des larmes dans ses yeux, perdait son regard dans le fond de la salle et cherchait à éprouver pleinement les paroles de ses chansons.

Elle aurait pu sauter sur le piano, tomber à genoux ou faire une cabriole en continuant de chanter, si cela avait pu retenir l'attention de ceux qui l'écoutaient. Une fois, elle avait essayé de bondir sur un canapé et ses camarades avaient adoré son numéro. Une autre fois, pendant un récital, elle avait ôté les épingles à cheveux de Miss Fanworth et lui avait confectionné un chignon tarabiscoté sans cesser de chanter. Si un aspic s'était faufilé dans la salle, elle aurait joué à passer au-dessus de son corps ou se serait mise à chanter pour lui.

C'était ce qu'elle avait fait en chantant ce soir-là pour Mr Wren. Simplement, elle ne s'était pas rendu compte du danger. À présent, lorsqu'elle repensait à ses yeux qui l'observaient pendant qu'elle s'abandonnait à la musique, elle en frémissait. Elle avait cru qu'il écoutait la chanson, mais en fait il planifiait sa déchéance.

Combien de fois encore s'était-elle trompée sur les regards que l'on posait sur elle ?

Elle se souvenait maintenant du sentiment de malaise qu'elle avait éprouvé lorsque l'un des pères présents lui avait parlé après le récital. Il avait laissé entendre qu'il aurait aimé avoir eu une gouvernante comme elle. Sa peau s'était glacée, elle avait répondu rapidement et s'était éloignée.

Mais l'incident avait été oublié, dès qu'elle avait entendu les félicitations suivantes. Elle n'avait pas vraiment cru à un sous-entendu déplacé. Elle avait pris sa remarque pour de la flatterie.

La fois suivante, elle avait examiné tous les visages et été certaine que tout s'était bien passé. Mais Wren faisait partie de ce public, elle s'en souvenait. L'homme qui lui avait parlé la première fois l'avait peut-être invité.

Pour elle, le chant était davantage qu'une succession de paroles, et elle ne pouvait pas y mettre tout son cœur, ni montrer toutes ses émotions, si des yeux scrutateurs la dévoraient du regard.

Quand elle entamait un morceau, elle n'était pas seulement le centre d'attention des auditeurs — dans ces moments-là, sa vie tout entière était entre leurs mains. Parfois, elle ne reconnaissait pas l'Isabel qui se tenait sur scène. Et parfois, elle ne croyait pas elle-même à sa performance. Ces moments la comblaient comme rien d'autre mais, à présent, elle n'avait plus envie de se produire en public. Jamais. Le couteau posé sur son cou avait mis fin à cette partie de sa vie, et elle n'y reviendrait jamais.

Avant de toucher au vin, William se dirigea vers les fenêtres. Isabel. Son épouse lui rappelait bel et bien un oiseau. Elle devrait prendre son envol, et ne revenir sur terre que pour profiter du meilleur de ce que la nature avait à offrir.

Il avait acheté des boucles d'oreilles qu'il s'était promis de lui offrir après la surprise de la soirée de Noël. Des bijoux assortis à la couleur bleu ciel de ses yeux, mais qu'on ne pouvait comparer à la bague de sa mère. La bague que son père l'avait forcé à ôter du doigt de sa mère après sa mort.

Il imagina le bijou orner la main d'Isabel. Le côté baroque de ses pierres irrégulières irait bien avec son tempérament de chanteuse.

Mais il ne pouvait pas lui donner ce bijou.

Il lui rappelait trop l'odeur fétide de la mort. On avait acheté des cierges coûteux et bien trop décorés à son goût. Ces bougies avaient empli la maison d'un parfum qui lui avait évoqué la myrrhe et les épices du passé. Les miroirs avaient été recouverts de tissus sentant le moisi, qu'on n'avait pas ressortis depuis la mort de sa grand-mère — une femme morte depuis si longtemps que William ne se souvenait pas d'elle.

Son père avait dit qu'il fallait ce qu'il y avait de mieux pour les funérailles, et il avait commandé des bagues en or du style de celle de son épouse pour les offrir aux gens qui partageaient son deuil. William s'était attendu à ce que le vicomte commande une bague pour chacune de ses filles, mais il ne l'avait pas fait.

Cette omission avait été le premier signe de la façon dont son père avait trouvé refuge dans le passé, et de sa perte de conscience du monde qui l'entourait.

William était content d'avoir laissé la bague derrière lui. En vérité, il ne savait pas très bien où il l'avait laissée, mais elle n'était pas dans la maison de ville, il en était certain.

Ce n'était pas un bijou sophistiqué. On pouvait facilement prendre les pierres pour du verre coloré. Son dessin n'était pas soigné. Une bague baroque sertie d'une gemme centrale, entourée de neuf pierres de couleurs différentes. Un héritage de famille qui passait de génération en génération. Sauf qu'à présent il n'y aurait probablement pas d'enfant de son côté, et il ne voulait pas que le fils de Sylvester — s'il en avait un — la donne à quelqu'un. Mieux valait qu'elle soit perdue plutôt que portée par la précieuse maniérée que ne manquerait pas d'épouser le rejeton de son cousin.

Il ne pouvait pas la donner à Isabel. La bague n'avait pas été portée depuis qu'elle avait quitté la main d'une femme morte. Ses sœurs n'avaient jamais posé de questions à son sujet.

Il avait vu Sophia se parer d'un collier qui était dans la famille depuis des générations, et plus tard sa tante Emilia avait insisté pour que son père donne aussi des bijoux de famille à Harriet et Rosalind. Mais il n'y avait qu'un bijou que sa mère avait porté tous les jours, et c'était la bague. Elle n'était même pas belle. Les pierres étaient un peu mal taillées et il n'aurait pas su toutes les nommer.

Il se servit un verre de vin, regrettant que sa mère n'ait pu rencontrer Isabel. Elles se seraient bien entendues, il en était certain. Sa mère l'aurait jugée assez belle pour un vicomte et assez intelligente, aussi.

Chapitre 16

Lorsqu'il revint dans la chambre, il apportait du vin, mais aussi une lampe.

Isabel était assise au milieu du lit, les couvertures remontées jusqu'au cou. Il lui tendit un verre et alla s'asseoir dans le fauteuil sur lequel il avait l'habitude d'enfiler ses bottes. Il l'observa comme il contemplait l'aurore, autrefois, en éprouvant la sensation de se trouver devant toute la beauté du monde.

Quand elle eut fini de boire, il dit :

— Quand vous avez quitté l'école, vous étiez prête à tout risquer, même à entrer dans un endroit aussi peu recommandable que chez Wren. Vous aviez déjà un emploi comme gouvernante et vous l'avez dédaigné, pour venir seule dans une ville que vous ne connaissiez pas afin de trouver une scène où vous produire.

— Je n'ai pas réfléchi. J'ai laissé la vanité prendre le pas sur la raison. Ma mère disait vrai.

— Non. Elle ne disait pas vrai. J'ai souvent entendu des gens chanter. J'ai assisté à beaucoup d'opéras. J'ai écouté de nombreux chœurs. Mais quand vous parlez, j'entends une voix de sirène, légèrement voilée. Je ne suis pas surpris que Wren ait voulu que vous chantiez dans son établissement. Je suis juste étonné qu'il n'ait pas été assez sensé pour vous aider à vous produire dans des endroits plus convenables.

— Je n'ai pas dit que je n'étais pas douée. J'ai juste dit que je ne souhaitais plus chanter en public. Cette envie est morte en moi. Comme votre cœur est mort en vous.

— Ne laissez pas Wren vous prendre cela.

— Il ne l'a pas fait. Avant, je chantais juste parce que…

— Parce que vous y preniez plaisir. Parce que c'est votre don.

— Parce que j'ignorais un certain nombre de choses.

— Combien de fois avez-vous chanté devant des gens à l'école ?

— Je ne m'en souviens pas. Je ne les ai pas comptées.

— Plus d'une douzaine ?

— Sûrement, mais cela ne veut rien dire. Nous n'avions pas beaucoup de distractions. C'était le chant, la broderie, l'aquarelle ou la lecture.

— Vous avez acheté un piano ici.

— Juste parce que je le trouve beau, et qu'il semble donner vie au salon…

— La musique donne vie au salon ?

— Le piano.

Il posa son menton sur l'un de ses poings.

— D'accord. Mais le désir de chanter sur scène n'est pas mort en vous. Je sais qu'il ne l'est pas. Quand vous montez l'escalier, on dirait que vous faites votre entrée face au public.

— Je gravis les marches comme je l'ai toujours fait.

— Ce qui confirme mon point de vue. Vous êtes née pour chanter, Isabel.

— Cela n'a pas d'importance. Je suis mariée, maintenant. Ce n'est peut-être pas un mariage de cœur, mais c'est tout de même un mariage et ce que je souhaite à présent, c'est devenir une gouvernante pour mes propres enfants, comme vous l'avez suggéré. Cette idée me satisfait pleinement. Tout s'est bien terminé, finalement, conclut-elle en se débarrassant des couvertures.

Elle croisa les bras.

— Nous sommes tous les deux heureux dans la voie que nous avons choisie.

William restait à la maison, faisait des plans, profitait de ses derniers moments de vie commune avec Isabel, mais il avait déjà fait envoyer une malle dans sa nouvelle résidence et donné quelques instructions pour les préparatifs.

Il tendit l'oreille dans l'espoir de l'entendre fredonner. Mais les murs étaient épais et il ne parvenait pas à savoir si elle chantonnait ou non.

Il avait parlé à Sophia de ses plans pour qu'Isabel chante à la soirée, et lui avait demandé de ne rien en dire à celle-ci.

Le récital du lendemain donnerait l'occasion à la haute société de prendre la mesure du talent d'Isabel, et de comprendre quelle femme elle était vraiment. Il n'avait été absent que peu de temps mais elle s'était transformée pendant cette période. Même si, en fait, il n'était pas sûr que ce soit elle qui ait changé. Dès le premier soir, elle s'était montrée rayonnante, même dans sa robe sale et déchirée.

Une douleur fulgurante le transperça au souvenir de ce qui aurait pu se passer ce soir-là. Mais Isabel ne serait plus jamais en danger. Elle n'aurait plus jamais à porter de vêtements abîmés.

Il était reconnaissant d'avoir assez d'argent pour répondre à tous ses besoins. Le tableau n'avait pas été un très bon choix, mais elle l'avait reconnu elle-même. En vérité, sa maison n'avait jamais eu meilleure allure. Son foyer *à elle* n'avait jamais été aussi bien agencé.

Le rossignol se trouvait peut-être dans une cage dorée, mais elle ne serait pas confinée dans le rôle de l'épouse cachée. Elle pourrait devenir la meilleure cantatrice du monde, si elle le voulait. Il ferait en sorte d'engager des valets plus âgés et plus robustes pour l'accompagner dans ses voyages.

Il avait déjà envoyé à son homme d'affaires un billet lui faisant part des derniers développements, et lui demandant d'engager une personne capable d'organiser une tournée respectable pour une cantatrice. Isabel ne chanterait que dans les endroits les plus raffinés. Il viendrait à bout de tous les obstacles dressés entre son épouse et le succès.

Isabel verrait ses rêves se réaliser. Il les déposerait à ses pieds.

Mais elle ne comprenait pas. Il se leva et longea le couloir jusqu'à sa chambre.

Il frappa trois fois, attendit, puis l'entendit dire d'entrer. Il s'avança dans la pièce. Elle était assise à son secrétaire, regardant par la fenêtre. Une feuille blanche était posée sur une pile d'autres feuilles sur le petit bureau. L'encrier était ouvert. Il fit quelques pas et le referma.

— Sophia a envoyé un billet pour me dire que vous ne comptiez pas assister à sa soirée de Noël, dit-il.

Il prit la plume posée sur le buvard et en toucha la pointe de son index, laissant une trace d'encre sur son doigt.

— Je sais. Nous en avons discuté.

Elle reprit la plume, ôta le bouchon de l'encrier, et écrivit « Très chère Grace » en haut de la page, une fois de plus.

— Cette fête risque de réveiller des souvenirs de Noëls passés chez mes parents, ou au pensionnat avec mes amies. Je souhaite prendre un nouveau départ, mais pas de cette façon.

— Elle a dit que vous l'aviez presque convaincue.

Elle s'arrêta, plume en l'air, et leva les yeux vers lui.

— Mais elle a été assez polie pour feindre d'accepter ma décision. Sa discrétion me plaît.

— À moi aussi, Rossignol.

Elle laissa tomber la plume sur le buvard.

— Je n'ai pas envie de me retrouver parmi des tas de gens.

Il la regarda tracer un trait sur les mots qu'elle avait écrits.

— Juste une petite chanson pendant la soirée, insista-t-il.

— Apparemment, on ne vous a pas souvent répondu « non » dans votre vie.

William fit une pause, sourcils froncés.

— Maintenant que j'y réfléchis, effectivement, je ne suis pas sûr d'avoir jamais entendu ce mot.

Il passa son pouce le long de sa mâchoire ferme et le pointa dans sa direction.

— Et ce pour une bonne raison. Je n'ai presque jamais tort.

Isabel leva les yeux au ciel.

— Eh bien, dans ce cas, si.

— C'est de bonne guerre.

Une main sur le secrétaire, il s'accroupit juste devant elle.

— Rossignol. Ma sœur, qui pense le plus grand bien de vous, donne une soirée et cela compterait beaucoup pour elle que nous y assistions. J'ai même invité le duc.

— William, vous trichez.

— Non. J'ai une surprise pour vous et j'ai aussi pensé que vous pourriez chanter, juste un petit air.

La mâchoire d'Isabel se crispa.

— Je ne chanterai pas.

— Je ne voulais pas vous le dire et vous le laisser découvrir par vous-même, mais la surprise, c'est que j'ai fait en sorte que votre amie Joanna et son époux Luke soient là.

— Vous… avez fait cela ?

— Oui. Je veux que ce Noël soit spécial pour vous, Isabel. Je sais que vous êtes triste que vos parents n'aient pas pu venir à Londres pour être avec vous. Mais ainsi, vous pourrez avoir de la famille autour de vous.

— Est-ce que vous et moi formons une famille ?

Il se releva. Il avait vu la mélancolie dans ses yeux. Il fallait qu'il échappe à ce regard.

— Nous avons fait le serment de former une famille pour toujours. Nous sommes mariés.

Sa voix s'adoucit.

— Rossignol. Ne vous résignez pas à être malheureuse.

— Je crains qu'il ne soit trop tard.

William était assis avec son homme d'affaires, finalisant ses plans d'emménagement dans la nouvelle résidence, lorsqu'il entendit la porte d'entrée, en bas, s'ouvrir avec fracas.

Il porta une main à son front, écoutant des bottes résonner dans l'escalier. Puis il se leva et rencontra le regard furibond de son père.

D'un coup d'œil, il congédia l'homme d'affaires. Ce dernier ramassa ses dossiers, les mit sous son bras et s'en alla.

Le père de William serrait une petite boîte dans ses mains.

— Je l'ai trouvée. J'ai trouvé ce que vous avez laissé derrière vous.

Il jeta la boîte sur la table. L'écrin laqué qui contenait la bague de mariage de sa mère.

— Vous l'aviez promis à votre mère. En ce lointain jour de Noël.

— Oui. Je l'ai fait. J'ai dit que je l'offrirais à mon épouse un jour.

— Vous ne m'avez jamais rendu visite avec Isabel et je pensais qu'elle ne devait pas avoir envie de venir. Je pensais qu'il y avait peut-être un bébé en route et qu'elle ne souhaitait pas voyager. Et puis, quand vous êtes parti, je me suis mis à y réfléchir. Vous ne sembliez pas tenir assez à votre femme ou à notre famille pour exaucer les derniers souhaits de votre mère. Comment pouvez-vous ainsi offenser la mémoire de celle qui vous a donné le jour ?

— Je ne fais rien de tel.

Le vicomte reprit l'écrin et le garda entre ses mains.

— Ce matin, j'ignore pourquoi, j'ai fouillé votre ancienne chambre et j'ai trouvé ceci. Jeté dans un tiroir comme s'il s'agissait du plus vulgaire des objets.

Isabel apparut sur le seuil, et resta muette.

— Pourquoi cette bague n'est-elle pas au doigt d'Isabel ? tonna Lord Balfour.

William regarda fixement son père.

— Vous n'avez jamais honoré sa mémoire comme vous auriez dû le faire, déclara ce dernier.

— Vous l'avez suffisamment fait pour nous tous.

William plongea son regard dans les yeux rougis de son père.

— Reprenez-la ou elle ira aux ordures.

— C'est vous qui devrez la mettre au rebut, comme vous y avez mis la mémoire de votre mère.

— Père, dit William. Vous ne pensez jamais au fait que son sang coule en chacun de vos enfants ?

— Je n'en veux pas, intervint Isabel depuis le seuil, d'une voix cinglante.

— Quoi ?

Le vicomte se tourna pour lui faire face.

— Je préfère celle-ci.

Elle leva son annulaire.

— L'autre est trop grande.

Son beau-père pivota de nouveau, décochant un regard noir à son fils.

— Là voilà qui prend votre défense.

Gardant ses yeux rivés à ceux de William, il demanda :

— Décrivez la bague, Isabel.

— Je ne le souhaite pas. Je vous ai dit que je l'avais refusée et cela devrait vous suffire. C'est une vieille bague et j'avais envie de quelque chose de neuf.

Un doigt osseux se pointa sur la poitrine de William.

— La bague n'était même pas chez vous. Vous ne la lui avez pas montrée et je ne crois pas que vous la lui ayez offerte. Elle l'aurait gardée avec tous les colifichets qu'elle possède. C'est ce que font les femmes.

Il se tourna vers Isabel.

— Mille pardons. C'est ma faute s'il n'a pas honoré la mémoire de sa mère comme il aurait dû le faire. Je l'ai laissé faire la fête toute la nuit, pensant que c'était un garçon qui avait besoin de s'amuser. Du coup, je l'ai laissé devenir un homme qui ne pense à rien d'autre qu'à lui-même. J'ai essayé de le contraindre au mariage, pensant qu'il deviendrait enfin le fils que je souhaitais. Mais rien n'a changé. Quand il est venu à la campagne, il n'est même pas resté chez moi.

— J'ai passé beaucoup de temps chez tante Emilia, tonna William.

— Avec ce bon-à-rien qui me sert de neveu !

La voix du vicomte monta.

— Vous êtes tous les deux faits de la même étoffe. Mais en ce qui le concerne, je ne suis pas responsable.

Il se tourna et se dirigea vers Isabel.

— Vous pouvez bien jeter la bague, cela m'est égal. En ce qui me concerne, ma lignée s'arrête là. Son fils — il désigna

William d'un signe de tête — héritera peut-être du titre mais j'espère qu'il n'héritera en rien de son père.

Isabel haussa une épaule et entremêla ses doigts. Elle serra les doigts de sa main gauche, laissant voir son alliance au vicomte.

— Si c'est là toute la sollicitude dont vous êtes capable à l'égard de votre fils, alors je ne veux rien avoir à faire avec vous non plus.

Elle tourna les talons et s'en alla.

— Ah, c'est comme ça !

Lord Balfour donna un coup de pied dans la table, l'envoyant promener, et l'écrin vola jusqu'au mur, sur lequel il rebondit. Sortant en trombe de la pièce, il claqua la porte et descendit l'escalier d'un pas pressé et bruyant.

William ramassa la petite boîte, mais ne put se résoudre à l'ouvrir. La mort et la boisson. Son père avait tellement changé à cause d'elles.

Sa mère avait été une telle source de joie, pour toute la famille. Et elle était morte.

Le dernier Noël passé avec elle n'était pas seulement son meilleur souvenir de Noël ; c'était le seul.

Et c'était lors de cette soirée qu'il avait appris qu'elle était malade. Très malade.

Ce jour-là, sa mère les avait réveillés avant l'aube, les pressant de se préparer, et ils étaient tous sortis dans l'obscurité glacée pour aller chez tante Emilia. Ils avaient pris leur petit déjeuner dans la salle de bal de leur tante, sur de petites tables installées çà et là, autour d'un buffet couvert de plats. Des enfants et des adultes réunis dans une pièce ornée de décorations de Noël, du sol au plafond. Les fenêtres étaient orientées vers l'est et le soleil levant les avait tous nimbés d'or.

Ensuite, William et Sylvester étaient sortis, voulant échapper à la conversation des adultes et aux jeux des petits. Ils avaient exploré le jardin et William avait trouvé une pointe de lance.

Puis, pour rentrer de chez tante Emilia, sa famille s'était serrée dans la voiture et sa mère avait ri, disant qu'il y avait presque trop d'enfants pour tenir à l'intérieur. Elle avait Harriet sur les genoux et écartait les cheveux de sa benjamine de son visage.

William leur avait montré la pointe de lance et ils avaient tous inventé des histoires sur le féroce chevalier qui l'avait brandie. Dans le récit que fit sa mère, le chevalier, qui s'appelait William, avait donné cette pointe à sa mère en gage d'affection. Elle l'avait prise et avait promis de la garder toujours.

Puis ils étaient rentrés à la maison pour un autre festin. Sa mère avait été saisie d'une quinte de toux pendant le dîner, tout de suite après s'être assise. Elle avait dit qu'elle n'avait pas faim et avait quitté la table, insistant pour qu'ils finissent leur repas. Son père l'avait suivie et William et ses sœurs avaient mangé en silence, sans lever les yeux de leur assiette.

Aucun chevalier ne pouvait la sauver.

William ouvrit enfin la boîte, prit la bague et la glissa au petit doigt de sa main gauche. Ce n'était pas un beau bijou. Loin de là. Il en avait vu de bien plus élégants. La bague était en forme de marguerite et sur chaque pétale se trouvait une petite pierre. Le centre était formé par une pierre plus grosse, qui n'était pas parfaitement taillée. Même le métal précieux qui sertissait les gemmes avait quelque chose de primitif, sauf pour les feuilles qui formaient l'anneau.

Une bague baroque du XVIIe siècle portée par sa mère. Celle que son père lui avait demandé de retirer de sa main après sa mort. William, à treize ans, aurait voulu qu'on l'enterre avec elle, parce que sa mère ne pouvait être sa mère sans la bague qu'elle avait portée chaque jour de sa vie.

Mais elle avait appartenu à sa grand-mère et le vicomte avait insisté sur le fait qu'elle reviendrait un jour à l'épouse de son fils.

Il examina la bague, puis pressa les pierres contre sa joue.

Isabel entra chez Sophia. La maison était aussi lumineuse qu'en plein jour, des lampes brillant un peu partout et de grandes bougies ajoutant un air de fête. William et elle s'arrêtèrent dans l'entrée devant une table couverte d'une nappe en velours rouge, et on les débarrassa de leurs pelisse et manteau. Depuis la veille au soir, il ne lui avait pas adressé le moindre mot, si ce n'est quelques banalités dans la voiture.

Il ne semblait pas fâché, mais donnait l'impression d'avoir pris de la distance. Elle s'était habituée à sa présence et cet éloignement la rongeait. Elle chassa la douleur qui lui étreignait la poitrine. Il lui fallait ignorer combien elle se sentait lugubre à l'idée de passer le reste de sa vie sans être aimée. Même la perspective de voir sa bonne amie Joanna ne l'emplissait pas du plaisir auquel elle s'était attendue. Au contraire, cela soulignait un peu plus le vide qu'elle ressentait, car elle prenait conscience qu'elle ne connaîtrait jamais le lien qui unissait Luke à Joanna.

Ils longèrent une autre table drapée de rouge, ornée d'un plateau de bois contenant une branche de sapin, des baies séchées et des brindilles, qui donnaient à la pièce un parfum de fête.

Une Sophia souriante, vêtue d'une robe en soie jaune et parée de bijoux assortis, s'empressa de les accueillir.

— Je suis si heureuse que vous ayez décidé de venir. Il va être si charmant de… Ce sera splendide de vous écouter chanter, Isabel.

Isabel se figea immédiatement.

— Mais je ne vais pas chanter.

La déception se lut dans les yeux de Sophia et Isabel se crispa.

— Vous n'allez pas chanter ?

Sophia regarda son frère.

— Mais j'avais prévu…

— N'y pense plus, Sophia, ordonna William d'une voix douce.

Sa main chaude était posée sur le dos d'Isabel.

— Profitons de la soirée.

— Très bien.

Sophia sourit.

— La présence de bons amis suffira à nous combler. Mais

j'étais certaine que vous chanteriez pour nous. Je pensais que c'était pour cela que…

Ses paroles moururent. Ses yeux scrutèrent le visage de son frère, puis elle adressa un sourire à Isabel.

— Je crois entendre une voiture, dit-elle. Excusez-moi, je dois accueillir mes invités.

Elle s'éclipsa.

Isabel se tourna et posa la main sur le bras de William pour l'attirer plus près et lui chuchoter :

— Vous lui avez dit que je chanterais.

— Oui.

— Comment avez-vous pu ?

— Je voulais que vous ayez une chance d'atteindre des sommets.

— Vous vouliez m'obliger à le faire.

— Non. Enfin, peut-être. Mais seulement parce que c'est une bonne chose pour vous.

— Comment pouvez-vous savoir ce qui est bien pour moi ?

Un coin de ses lèvres se releva.

— Répondez-moi, je vous prie, vous pensez savoir ce qui est bon pour moi, n'est-ce pas ?

Elle marqua une pause.

— C'est exact. Et je le sais bel et bien.

Il prit sa main gantée, la porta à ses lèvres et y posa un baiser.

— Sophia vous a offert un havre la nuit où vous avez été attaquée. Ne serait-ce pas un merveilleux cadeau pour elle que de la laisser présenter votre voix à Londres, et ce, la veille de Noël ?

— Isabel ! lança une voix de femme.

En entendant son nom, Isabel se tourna et vit son amie Joanna qui se précipitait vers eux, suivie de son époux Luke, dont les yeux brillaient d'adoration pour sa femme.

Après de rapides salutations, Sophia les fit passer dans la salle de bal.

Isabel serra les mains de Joanna. Le bruit des conversations était tel qu'elles devaient se tenir tout près l'une de l'autre pour s'entendre.

— William m'a dit hier soir que Luke et vous projetiez de venir, dit Isabel. Je suis si heureuse de vous voir.

— Ce Noël signifie plus encore pour moi que le dernier que nous avons passé toutes les quatre à l'école. Je peux imaginer Rachel à Huria, vivant dans un palais. Cela lui convient si bien. Elle n'aimait rien tant que l'exotisme, dit Joanna. J'espère qu'elle est aussi heureuse que nous. Nous avons toutes les deux fait des mariages d'amour.

Isabel n'osa pas se retourner vers William. Elle ne souhaitait pas voir l'expression qu'il devait arborer après avoir entendu le mot « amour ». Son sourire fut douloureux, mais elle refusa d'admettre la peine qu'elle éprouvait. Elle en aurait le temps plus tard.

— Avez-vous reçu des nouvelles de Mme Dubois ? demanda Isabel à Joanna.

— Non.

Isabel raconta rapidement sa conversation avec le duc de Wakefield.

— Il serait si triste qu'ils ne soient jamais réunis. J'ai pourtant bien du mal à imaginer Mme Dubois tomber amoureuse.

— Alors que nous, nous sommes tombées amoureuses. Et maintenant, nous passons Noël avec les hommes que nous aimons.

Joanna se tourna.

— Pensiez-vous que nous aurions autant de chance, Isabel ?

— Non, je pensais plutôt finir comme Mme Dubois.

Elle sourit, sans croiser le regard de personne.

— L'école en moins.

Le sourire de William enveloppa Lady Howell. Il avait insisté pour que Sophia aille chez elle et l'invite à la soirée.

Son plan concernant les invités avait beau être simple, tout ne se déroulait pas comme prévu. Il avait invité Luke et Joanna pour soutenir Isabel, mais quand Joanna avait parlé d'amour, Isabel avait pâli. Il avait invité le duc de Wakefield — qui n'était pas venu — parce que son approbation comptait beaucoup dans le monde. Il avait invité Lady Howell et quelques-uns de ses amis, dont les voix portaient dans la haute société. Mais à présent, ce plan ne lui apparaissait pas comme une idée extraordinaire.

Il ne pouvait pas « désinviter » Lady Howell et il ne pouvait pas obliger Isabel à chanter.

Il regarda sa femme.

— S'il vous plaît, venez avec moi un instant.

Avant qu'elle ne puisse répondre, il lui fit franchir la porte, leur donnant un peu d'intimité.

— Isabel. Ne laissez pas un incident désagréable détruire votre assurance.

— Comme savez-vous que j'ai de l'assurance ? Vous ne m'avez jamais vue chanter en public.

Il se pencha vers elle.

— Avant notre départ de la maison, Isabel, j'ai dit au majordome d'envoyer la femme de chambre dans votre boudoir pour y chercher vos partitions, et choisir des airs à faire parvenir chez Sophia avant notre arrivée.

— Vous n'aviez pas le droit…

Il posa les mains sur ses bras.

— Une chanson. Une seule. Prouvez-moi que vous ne pouvez pas le faire. Ou prouvez-vous à vous-même que vous en êtes capable.

Elle battit des cils plusieurs fois, et à chaque fois l'estomac de William se crispa. Il ne voulait pas la blesser. Il voulait juste lui offrir la possibilité de réaliser les rêves qu'elle avait en elle.

— Peu importe, dit-il. Je n'aurais pas dû organiser ce récital dans l'idée de vous faire briller en société.

Il disait la vérité. Il désirait qu'elle brille et il souhaitait qu'elle connaisse la gloire, mais c'était en partie pour mettre du baume sur sa propre conscience. Il voulait lui donner quelque chose parce qu'il ne pouvait pas se donner à elle et que c'était ce qu'elle souhaitait le plus.

— Je ne peux pas. Pas ce soir, dit-elle. Lady Howell est ici avec son aréopage d'amis. Et ce n'était pas bien de votre part d'organiser ce genre de chose sans ma permission. Je ne le ferai pas.

— Isa…

— Vous devriez comprendre mieux que quiconque ce que c'est que de mourir à l'intérieur de vous-même.

— Vous avez raison.

Il laissa ses doigts effleurer les siens.

— Si le chant ne signifie plus rien pour vous, alors je l'admets, vous devriez cesser de chanter.

William attendit patiemment. Elle s'abstint de répondre. Il lui offrit son bras et elle le prit. Ils retournèrent dans la salle de bal, mais Sophia était invisible parmi la foule des invités.

Luke appela William et les deux hommes s'éloignèrent en discutant.

Isabel entendit alors une voix qui aurait pu hanter un fantôme. Lady Howell apparut près d'elle.

— Ravie de vous voir. Je craignais que vos devoirs ne vous empêchent de venir.

Elle gloussa.

— Je suis Lady Howell, pour le cas où vous l'auriez oublié. Et vous êtes tout à fait charmante, ce soir. Ce doit être un grand plaisir pour vous d'évoluer dans le beau monde. Après tout, vous avez été formée pour être gouvernante.

— Une noble occupation, dit Isabel, piquée.

— J'en suis certaine, dit la matrone. Et une bonne gouvernante est si difficile à trouver, avec les grands airs qu'elles se donnent toutes.

— Mais l'important, c'est d'avoir quelqu'un de confiance pour ses enfants.

— Oui. Pas une intrigante qui pourrait vouloir accrocher le regard d'un domestique ou d'un parent en visite, et causer du désordre.

La vieille dame se pencha vers Isabel, exhalant une odeur de lait tourné.

— Et comment vous êtes-vous rencontrés, Balfour et vous ?

— Je chantais à l'école.

— Ah, oui.

Lady Howell plissa les paupières.

— Et pourquoi William Balfour se trouvait-il dans une école de gouvernantes ?

— Il avait entendu parler de ma voix et voulait l'entendre par lui-même.

Isabel redressa la tête.

— Ainsi, votre voix fait du bruit ? Je veux dire, votre voix fait parler d'elle ?

La douairière tapota ses doigts gantés les uns contre les autres.

— Je suis sûre que vous chantez très bien.

— Assez bien.

L'odeur aigre qui enveloppait Isabel lui donnait l'impression que le contenu de son propre estomac était caillé.

— Alors pourquoi ne pas nous faire le cadeau d'une chanson ? Je suis certaine que la sœur de votre époux serait heureuse de vous laisser chanter à sa soirée. J'ai remarqué qu'elle avait organisé la salle de bal de sorte que les gens puissent s'asseoir autour du piano.

— Je n'en ai pas envie.

— Eh bien, je peux le comprendre.

Lady Howell se tapota la joue de son éventail replié.

— Mais à mon avis, une femme qui peut avoir assez de talent pour qu'un homme aille la chercher dans une école de gouvernantes ne devrait pas être aussi réservée. Bien sûr, Balfour n'aurait pas voulu manquer quelqu'un comme vous. Et les jeunes gens se font tout le temps piéger par leurs sentiments.

Quand la matrone prononça le mot « piéger », ses yeux brillèrent de satisfaction.

William allait quitter sa maison de ville, pensa Isabel, Lady

Howell l'entendrait dire, et ce serait à qui ricanerait le plus quand elle en parlerait avec ses amis. Cette pensée la décida.

— Finalement, je vais dire à Sophia que j'aimerais chanter.

Isabel regarda la vieille dame.

— J'ai tout un répertoire de chansons.

Le problème, c'est qu'elle ne pouvait pas se souvenir d'une seule.

Chapitre 17

À l'instant où les invités prirent place sur les chaises, Isabel ferma les yeux. Impossible de se souvenir de la moindre parole. À l'école, elle n'aurait pu les oublier même en s'y forçant. Les paroles sortaient d'elle aussi naturellement que l'air qu'elle expirait.

Mais jamais elle n'avait senti une telle attente autour d'elle. Tous ces yeux rivés sur elle, et chaque clignement de paupière semblaient lui porter un coup. Les gens qui voulaient la voir échouer lui crispaient l'estomac, mais aussi ceux qui voulaient sa réussite.

Dans le passé, chaque fois qu'elle avait donné un récital, elle était à l'école, ou chez ses parents. Elle ignorait comment elle avait pensé pouvoir se produire sur une scène et chanter en public. Rien ne lui semblait plus pareil.

William se tenait debout sur le côté. Il l'observait. Son envie de la voir réussir était palpable et cela ajoutait à sa peur de ne pas en être capable.

Joanna et Luke étaient assis devant, au milieu. Sophia était installée au piano.

Isabel regarda la partition posée sur l'instrument. Elle ne parvenait même plus à lire les paroles. Elle se pencha sur le piano, se concentrant sur les mots, mais cela ne chassa pas son envie de partir en courant.

— Connaissez-vous cet air ? demanda-t-elle à Sophia.

— Très bien.

La perplexité de sa belle-sœur était évidente.

Isabel regarda la partition, et parvint enfin à en déchiffrer les paroles.

Puis elle ajusta nerveusement ses gants, et inspira pour essayer de se calmer. Comment chanter avec une voix tremblant de frayeur ? Sophia la dévisageait avec inquiétude. L'air confus, Joanna chuchota quelque chose à son époux.

Isabel se tourna, prit les partitions et intervertit les chansons. Les notes dansaient sous ses yeux, elle pouvait à peine les lire. Elle prit une feuille et la mit sur le dessus, puis rangea les autres derrière, une par une.

Elle ne parvenait pas à calmer sa respiration.

Tendant les partitions à Sophia, elle lui indiqua la première page.

— Jouez ceci. À plusieurs reprises.

Il fallait qu'elle se retrouve seule, loin de ces regards fixés sur elle.

Alors elle leva une main, paume tournée vers le public.

— Un instant.

Elle passa précipitamment près de William et quitta la salle.

Elle courut jusqu'au tissu rouge qui recouvrait la table de l'entrée.

Jetant l'étoffe sur elle, Isabel couvrit ses cheveux et une partie de son visage. Puis elle se mit à chanter doucement pour elle-même.

Elle entendit sa voix, constata que le tremblement disparaissait et sentit sa force revenir. Alors elle revint dans la salle tandis que le morceau recommençait, chantant, sinuant jusqu'à la scène improvisée, sans regarder personne. Elle fixait ses pantoufles trop serrées.

Se tenant debout, au centre, sans bouger, son visage caché à l'exception de ses lèvres, elle chanta la perte de son amour.

William regardait, captivé. Un esprit divin s'était mis à chanter. Le public pouvait voir sa bouche et les paroles montaient dans la salle, enrobées du même velours que celui qui couvrait Isabel.

Personne ne bougea. William se demanda comment il pouvait respirer. Sa poitrine lui paraissait trop contractée pour laisser battre son cœur.

Elle continua et, vers la fin de la chanson, rejeta l'étoffe, la laissant tomber derrière elle, et le volume de sa voix augmenta tandis que son visage apparaissait en entier.

Elle chanta pour des milliers de personnes, pas seulement pour celles qui étaient dans la salle, et les auditeurs comprirent qu'ils avaient sous les yeux une femme qui chantait pour des foules.

Alors que les notes finissaient de résonner, elle n'attendit pas pour entamer l'air suivant. Elle se tourna vers le piano, sortit la partition de son choix et se lança dans une chanson endiablée, se balançant de gauche à droite, s'arrêtant çà et là tandis qu'elle marchait vers William.

Les yeux de ce dernier rencontrèrent ceux d'Isabel et il y lut du doute. Il haussa le menton et riva son regard au sien, lui disant en silence qu'elle contrôlait la salle.

L'expression de son épouse changea et sa voix devint plus forte.

Elle avança encore vers son mari et il ne vit pas l'Isabel qu'il connaissait, mais une version plus mûre et plus sage. Quelqu'un ayant vécu ce dont parlait la chanson. Elle tendit ses mains gantées vers lui, sans le toucher, néanmoins ses poings se fermèrent comme si elle l'avait saisi et sa tête se renversa en arrière. Ses yeux se promenèrent sur le public et elle continua à chanter, et lorsqu'elle fit un pas de côté, elle eut un geste de la main semblant dire qu'elle n'avait même plus conscience de l'existence de William.

Ensuite, elle entonna une chanson sur une demoiselle de la campagne qui avait perdu son bien-aimé et se tenait devant sa tombe — seulement ce n'était pas vraiment sa tombe, car on lui avait interdit de se rendre sur la sépulture de la seule personne s'étant jamais souciée d'elle.

Des mouchoirs couvrirent la moitié des visages des femmes se trouvant dans la salle.

Peut-être, pensa William, ne faut-il pas utiliser trop de poudre, lorsqu'on prépare un événement détonant.

La chanson s'arrêta. Isabel se tourna vers Sophia et fit un signe de tête autoritaire. Sophia mit une autre partition en place et ses yeux se rivèrent sur les notes.

Un air entraînant jaillit, qui convenait peut-être mieux à une taverne, mais Isabel resta immobile, sans se laisser entraîner par le rythme. William pouvait deviner la gouvernante derrière son sourire. Une dame respectable chantant un morceau qui n'avait rien de distingué, mais parvenait à corriger cet effet en y ajoutant une touche stricte, faisant de la chanson une plaisanterie partagée avec le public.

Oh ! nous sommes, oh, si convenables maintenant, mais certains d'entre nous ont peut-être vu que j'ai substitué des mots très convenables à des mots qui l'étaient beaucoup moins, n'est-ce pas ?

Si l'on saisissait la farce, on y participait.

Puis elle chanta le dernier air de la soirée. Pour William.

Le visage de ce dernier se figea. Il avait les bras croisés. Son regard était indéchiffrable. Mais elle avait déjà vu cette expression. Quand des hommes l'écoutaient chanter et ne voulaient pas que leur émotion se lise sur leurs traits. Comme s'il n'était pas viril de pleurer quand une femme chantait.

La chanson s'acheva.

Silence. Un silence total. Elle fit la révérence.

Alors des mains gantées se mirent à applaudir avec frénésie et les compliments à fuser. Des mouchoirs se déployèrent, tamponnant des yeux.

— Mon épouse.

La voix de William s'éleva par-dessus le brouhaha, elle parvint à Isabel et se logea dans son cœur, avec plus de force que n'importe quelles paroles de n'importe quelle chanson.

Elle se précipita vers lui et jeta les bras autour de son cou.

— Isa…

Il la prit par les coudes et la tint à distance. Elle croisa son regard et y vit passer du noir avant qu'il n'affiche un sourire rassurant. Elle sentit ses genoux se raffermir.

Il recula suffisamment pour porter sa main gantée à ses lèvres.

— Ces deux-là s'adorent, marmonna Lady Howell à sa voisine. Mais qui peut les en blâmer ? Il a de l'argent et elle a du tempérament. J'étais sûre qu'il l'avait ramassée dans un bordel, mais j'ai découvert qu'elle était la fille d'un hobereau de campagne et qu'elle avait passé sa vie dans une école de gouvernantes quelconque…

La douairière fit une grimace.

— Bah. La vie ne sait pas ce qu'elle fait la moitié du temps, mais je dirais que l'autorité et la force ne peuvent rien contre l'argent ou la beauté.

Elle marqua une pause.

— Enfin, la beauté passe mais l'argent reste, lui.

Elle gloussa et tourna la tête pour parcourir la salle des yeux.

— Reste-t-il de ce punch ?

Isabel pivota en retirant sa main à William.

— Oui, Lady Howell. D'ailleurs j'aimerais bien en prendre un verre, moi aussi. Que pourrais-je demander de plus, quand tous mes rêves se sont réalisés ?

— Merci de nous avoir offert ce récital, Isabel, dit William en plaçant la main de sa femme sur son bras.

Il prit un verre pour elle et les fit avancer jusqu'à Joanna, Luke et Sophia.

— À présent, vous comprenez quel genre d'élève elle était à l'école, dit Joanna. Elle lisait les romans de Mrs Radcliffe, prétendant qu'ils l'inspiraient pour ses chansons. Notre directrice, Mme Dubois, désespérait d'elle, mais Isabel venait à bout de toutes les réprimandes en chantant.

Elle regarda William.

— Je dois vous prévenir que, si elle le souhaite, elle est capable de faire semblant de pleurer quand elle chante, alors ne soyez pas surpris si vous la mettez en colère et qu'elle a soudain les larmes aux yeux. Il peut s'agir d'un tour à sa façon.

— Je garderai cela à l'esprit.

La voix grave de William les enveloppa.

— Mon Rossignol est vraiment un cadeau pour le monde. Mais je crains que son récital ne l'ait fatiguée. Nous devrions partir.

Il se tourna vers Isabel.

— Veuillez dire au revoir à vos amis, Isabel. Demain, c'est Noël, et j'imagine que vous voudrez passer toute la journée avec eux.

— Je pensais que nous…

Isabel vit de nouveau la lueur noire. La mâchoire contractée juste sous le sourire.

Elle se tourna et prit congé de ses amis, leur bonheur rejaillissant sur elle comme un rayon de soleil.

Elle avait donné le spectacle parfait. Cela avait été un succès, et la main gantée de William posée sur la sienne la maintenait près de lui tandis qu'ils faisaient leurs adieux. William l'aida à enfiler son manteau et elle prit la cape en velours neuve sur son bras.

Dans la voiture, il secoua la tête, admiratif.

— Vous êtes une excellente chanteuse, Isabel, et une actrice meilleure encore.

— J'ai commencé à donner des spectacles pour les élèves dès mon entrée à l'école, ou peu après, répondit-elle. D'abord, elles étaient surprises que je sache chanter. Mais quand la nouveauté a perdu de son attrait, il arrivait qu'elles bâillent ou se mettent à parler entre elles. J'ai décidé de retenir leur attention pendant que je chantais, et si leur regard me quittait je me déplaçais d'un côté ou de l'autre, je me balançais ou passais à une autre chanson.

Elle s'adossa à la banquette.

— Je ne pouvais pas les laisser m'ignorer. Je ne le pouvais pas. Pas durant ces moments-là. Ces moments-là étaient à moi.

Elle croisa les bras sur sa poitrine.

— Quand je chante pour des gens, mon cœur bat si vite ! Après coup, j'ai l'impression d'avoir couru tout le temps où je suis restée debout, mais c'est quand même la plus délicieuse des sensations.

— Je le jure, quand vous m'avez regardé, j'aurais pu croire que vous étiez la femme de la chanson.

Il secoua de nouveau la tête.

— On va vous envoyer des fleurs par caisses entières, mais ne vous laissez pas prendre à ce genre de flatterie.

Il regarda par la fenêtre, sourcils froncés.

— Les rues sont presque gelées. Cela ne va pas faciliter mon déménagement.

— Mais vous ne pouvez pas déménager maintenant ? protesta-t-elle. C'est Noël. Et j'ai vu votre visage pendant que je chantais. J'ai vu…

— Isabel. Vous avez vu ce que vous avez donné, dit-il.

Ces paroles la frappèrent plus durement que les pires mots de Lady Howell ne l'avaient jamais fait.

— Oh.

Elle souffla de dépit, en elle-même. Elle s'était encore laissé avoir pendant un récital.

— J'ai payé un supplément pour avoir la maison dès maintenant, dit William. J'ai demandé aux domestiques de commencer à déménager mes affaires pendant que nous étions sortis. Ils ont pris presque tout ce dont j'ai besoin, mais en ont laissé suffisamment pour ce soir. Nous pourrons terminer demain.

— Vous déménagez la veille de Noël et le jour de Noël ?

Elle crispa les doigts.

— Les domestiques vont travailler durant ces jours de fête… Vous ne pouviez pas attendre ?

Elle se pressa contre le côté opposé de l'habitacle et se tourna vers lui.

— Je pensais que vous aviez à cœur leur bien-être. Ils vous servent depuis des années.

— Je me soucie d'eux, mais c'est leur travail. Nous aussi nous avons travaillé ce soir, Isabel. Cette soirée n'était pas que frivolité. C'est peut-être ce que vous pensez, mais votre voix va vous ouvrir des portes dans cette ville. Lady Howell et ses amis vont répandre la nouvelle demain, lors de leur repas de Noël. Ils n'aiment rien tant que d'avoir des choses extraordinaires à raconter. La prochaine fois que je me rendrai à mon club, on me posera des questions à ce sujet. D'autres personnes seront mises au courant de votre talent. En l'espace de quelques jours, tous ceux qui ont entendu parler de nous sauront que vous avez une voix magnifique.

— M'ouvrir des portes vers quoi ?

— Vers tout ce que vous pouvez souhaiter. Je l'ai déposé à vos pieds.

— Vous ?

L'air frais s'infiltra sous les habits d'Isabel.

— Oui. Vous vouliez venir à Londres pour avoir une scène. Je vous en ai offert une.

Faisant appel à toute sa force pour calmer ses craintes, elle dit :

— C'est moi qui chantais. Je savais ce que je faisais. Ma voix peut trouver le moyen d'être entendue dès que je suis dans une soirée, quoi qu'il arrive. Peu importe que ce récital ait eu lieu chez votre sœur. Je vous assure que je peux m'appuyer candidement contre un piano, laisser courir mes doigts sur les touches et me mettre à chanter distraitement pour moi-même, et le résultat est toujours le même : les autres écoutent, instantanément.

— J'ai accéléré le processus.

— Vous avez accéléré le processus afin de pouvoir franchir la porte de votre domicile la conscience tranquille, et afin de faire une farce de notre mariage.

Elle prononça ces mots durs, les entendit, les ressentit.

— Et vous avez choisi d'avoir cette discussion tendue avec moi pour vous aider à justifier votre départ, ajouta-t-elle.

— Ce mariage était déjà une farce avant que nous ne prononcions nos vœux.

Des paroles tranquilles, fendant à peine l'air.

— Nous étions d'accord sur le fait que ce serait un mariage sans amour. J'ai fait ce choix car je savais n'avoir pas d'amour à donner.

Isabel imita le contrôle dont faisait preuve William.

— Le mariage.

Elle se tapota le menton.

— Dites-moi, que signifie ce mot ?

— Rien. Pour nous en tout cas.

— Eh bien, voilà qui est plus clair que votre signature sur l'acte de mariage. J'ai vu votre grimace quand vous avez signé. Ce n'était pourtant pas une condamnation à mort.

— Cela m'a fait un effet très similaire. Vous ne pouvez pas savoir ce que l'amour peut faire à une personne. Vous avez été trop protégée parmi les jeunes filles de l'école et à la campagne. Moi, je l'ai vu de mes yeux. Je l'ai vu chez des femmes à qui leur mari avait donné la vérole, et qui se mouraient pendant que ledit mari allait voir sa jeune maîtresse. Je l'ai vu dans les yeux des hommes regardant des catins se battre pour leur argent. Et j'ai vu ce qu'il fait à des enfants innocents et à des gens qui se tiennent simplement à côté, et doivent souffrir parce que l'amour a saisi quelqu'un de leur entourage à la gorge et lui a rongé l'esprit.

— Même Mr et Mrs Grebbins en savent plus sur l'amour que vous.

— Peu m'importe qui en sait plus sur l'amour que moi. J'en sais assez.

— Non. Vous n'y connaissez rien du tout.

De nouveau, Isabel entendit ses propres paroles. Elle se renfonça sur la banquette de la voiture pour mieux batailler avec ses propres pensées. C'était vrai. Il ne connaissait rien à l'amour. S'il en avait su quelque chose, il ne lui renverrait pas le sien à la figure. Il ne savait rien de la dévotion et du bonheur que deux personnes pouvaient partager quand elles regardaient le monde ensemble.

Il s'adressa à la nuit.

— Ne vous attachez pas à moi, Isabel.

— Vous aimer reviendrait à aimer un pot de chambre en or. Il a plutôt belle allure, mais on ne doit pas trop s'en approcher ou on sent la puanteur.

— Merci. Vous voyez, la puanteur est ce qui arrive quand on pense aimer.

— Je suis tout à fait d'accord. J'ai tellement de chance de connaître un tel mariage. Au moins, nous ne serons pas sans arrêt dans les jambes l'un de l'autre. Mais je suis très contrariée que vous demandiez aux domestiques de travailler ce soir. Je vais les aider à mettre vos affaires dans des caisses pour que vous puissiez partir plus tôt. J'espère que vous prendrez ce lit hideux et prétentieux avec vous. Je pourrais mettre un lit plus petit dans cette chambre et y accueillir des invités, ou m'y installer moi-même.

— Vous pouvez faire absolument comme vous le souhaitez.

— Je le ferai. Peut-être que des fleurs séchées donneront à la pièce une senteur plus fraîche.

— Vous êtes trop aimable.

— Eh bien, elle sent le savon à barbe, le cuir et le cirage de vos bottes. Des odeurs qui, j'en suis certaine…

Elle porta une main à sa gorge.

— … Ne me conviennent pas du tout.

— Très bien. Et moi, elles me plaisent.

— J'espère que vous ne projetez pas de passer la nuit dans votre maison de ville, dit Isabel. Après tout, il reste encore beaucoup de travail à accomplir pour empaqueter vos affaires et vider la… pièce que vous occupiez. Et je peux facilement donner des instructions aux domestiques pour qu'ils vous envoient le reste plus tard.

— De fait, c'est exactement ce que je pensais faire, étant donné que j'y suis encore chez moi, répondit tranquillement William.

— De grâce, si vous avez quelque chose à me dire, à l'avenir, faites passer vos messages par l'intendante. Elle me transmettra tous vos courriers et s'assurera que je suis tenue au courant de vos desiderata. J'ignore comment je dédommagerai les domestiques pour avoir à travailler durant les fêtes, mais je vais trouver une compensation, quel qu'en soit le coût.

La voiture continua à rouler et Isabel fut prête à ouvrir la portière avant même que le coupé ne s'arrête devant la maison.

— Si la solution que vous avez choisie, dit-elle en tenant le battant ouvert et en prenant garde de ne pas se faire entendre du cocher, est pour vous préférable à l'amour, alors je vous souhaite une vie entière de félicité.

Elle laissa son mari derrière elle. Il pouvait la suivre ou non. Elle s'en moquait.

Lorsqu'ils pénétrèrent dans la maison, elle lança par-dessus son épaule :

— Un mot avec vous en haut, je vous prie.

Elle eut beau avancer d'un pas pressé, elle ne put le prendre de vitesse. Elle entra après lui dans le salon, notant que les volets intérieurs étaient fermés, à cause du froid. Elle avait vu une caisse dans le vestibule, mais aucun domestique n'était présent dans les appartements privés. Peut-être avaient-ils cessé de travailler, mais elle était certaine que des arômes de pâtisserie flottaient dans l'air.

— Comment offrirons-nous des enfants à cette maison, si nous vivons séparément ? demanda-t-elle à brûle-pourpoint.

— Je n'ai pas d'idée précise sur le sujet. Nous n'avons pas besoin d'en décider ce soir, ni même cette année, de toute façon.

— Je souhaite en avoir.

— Alors je ferai ce que je pourrai pour vous y aider.

— D'une certaine manière, je savais que vous ne vous déroberiez pas.

Isabel haussa le menton.

— De mon côté, je ne me soustrairai pas à de telles relations avant de vous avoir donné un héritier et une fille. Mais si d'aventure nous avions deux filles, je me considérerai comme incapable de remplir mon contrat et j'estimerai avoir accompli mon devoir.

— Nous en déciderons quand le moment viendra, déclara-t-il posément.

— Très bien. Merci pour cette merveilleuse soirée.

— Ne nous séparons pas sur de l'aigreur. La décision que j'ai prise est la bonne, même pour vous, Isabel. Simplement, vous ne le savez pas encore.

Regardant le sol, elle s'efforça de rassembler ses pensées.

— Vous n'avez pas cherché à cacher ce que vous souhaitiez. Pas une fois. Je dois simplement m'efforcer de le comprendre. Je suppose que j'ai laissé mes rêves d'enfant prendre le pas sur la réalité.

Elle leva son visage vers lui.

— Ne me croyez pas fâchée contre vous, William. Je le suis un peu, certes, mais j'aurai tôt fait de dépasser cet état d'esprit. Je suis surtout irritée parce que le soleil n'illumine pas toutes les grottes sombres qui existent de par le monde, et parce qu'aucune bonne fée ne veille à donner un repas consistant aux enfants affamés, avant qu'ils n'aillent se coucher. Je voudrais que tous les rêves se réalisent — et que le simple fait d'écrire ces paroles dans une chanson et de les chanter aux gens puisse arranger les choses, et faire en sorte que toutes les existences soient emplies d'espoirs qui se concrétisent.

Elle marqua une pause.

— J'ai eu beaucoup de chance que vous interveniez dans ma vie. Maintenant, je vais continuer comme prévu. Je devais rester vieille fille, et finalement je ne serai jamais vraiment mariée — pour ce qui est de l'amour. Mais ce qui est sûr, c'est que je vous laisserai en paix car vous n'avez jamais caché vos sentiments quant à ce mariage.

— Je vous souhaite de faire de beaux rêves, dit William.

— Faites de beaux rêves vous aussi.

Elle lui adressa une rapide révérence et il s'en alla.

Elle n'avait pas pu en finir tout à fait avec les mensonges. Et cela l'avait conduite dans une grotte privée de soleil.

Chapitre 18

En entendant frapper à la porte de sa chambre, Isabel se redressa, alerte. Sa femme de chambre l'avait déjà aidée à se préparer à se coucher.

William. Il ne pouvait tout simplement pas garder ses distances.

Eh bien, il ne pouvait pas non plus rester là, pas ce soir. Elle cria d'entrer. La femme de chambre poussa la porte. Les yeux d'Isabel tentèrent de rendre la jeune femme plus grande et de la changer en William, sans succès.

— Excusez-moi, dit la domestique. Entre la soirée, le déménagement et les préparatifs pour Noël, j'ai oublié de vous donner ceci.

Elle tenait un papier plié à la main et le tendit à Isabel.

Quand elle eut quitté la pièce, Isabel regarda l'écriture. Elle savait que ce n'était pas un billet de William. Il devait être de Grace ou de Rachel car elle avait déjà reçu une lettre de ses parents lui souhaitant un joyeux Noël. Ils n'auraient pas le temps d'écrire de nouveau avant quelque temps, avaient-ils dit, parce qu'ils seraient très pris par les visites du nouvel an.

Isabel regarda le dessin qu'elle avait fait encadrer. Celui que Grace avait fait quand elles étaient plus jeunes. Quatre visages souriants. Ses amies qui l'avaient aidée à ne pas se sentir seule. Les trois filles lui avaient toujours remonté le moral, sans même qu'Isabel ait à dire qu'elle en avait besoin. Elles avaient toujours été très proches à l'école mais, à cause de la distance et des circonstances, cette proximité avait été perdue.

Elle avait vu Joanna et Luke, et avait pu partager un peu de leur bonheur. Mais cela n'était pas venu à bout de la sensation de vide qui l'avait habitée, jusqu'au récital de Noël. Là, elle s'était sentie enveloppée par l'amour de William. Mais tout cela n'avait été qu'illusion. Une farce. Une farce qui n'avait pas duré.

Maintenant, les mensonges qu'elle avait proférés lui revenaient, faisant tomber sur elle un froid glacé qui pénétrait au plus profond de son être, recouvrant ses sentiments d'une couche de désespoir.

Elle avait les domestiques pour lui tenir compagnie. Certes, ils étaient payés pour être là, mais ils n'étaient sûrement pas trop mécontents de travailler pour elle. Ou peut-être restaient-ils parce qu'ils ne pouvaient pas trouver une autre place.

Isabel plaça l'enveloppe sous la lampe et l'ouvrit. C'était Rachel qui lui écrivait. L'excitation qui émanait de ses mots emplit la pièce et transperça le cœur d'Isabel. Elle eut toutes les peines du monde à ne pas s'arrêter de lire. Rachel allait épouser un prince.

Joanna avait Luke.

Mais les choses ne s'étaient pas aussi bien passées pour toutes.

Isabel ne savait pas précisément ce qui était arrivé à Grace et à sa fille. Miss Fanworth avait juste dit que Grace était satisfaite que l'on s'occupe de son enfant. La jeune femme pouvait maintenant continuer à aller de l'avant et chercher une place de gouvernante afin de pouvoir oublier les moments tragiques de son passé. Grace devrait continuer à vivre, lestée par cette perte pour le reste de son existence, la tristesse grandissant au fil des années. Cela lui rappelait beaucoup le deuil que le père de William avait porté.

Isabel n'avait pas reçu de courrier de Miss Fanworth au sujet de la directrice et elle craignait d'écrire pour demander de ses nouvelles, redoutant de découvrir une information qu'elle ne pourrait pas supporter. Mme Dubois avait paru si malade. Elle avait pensé que le duc reviendrait avec des nouvelles, mais il n'avait pas assisté à la soirée.

Elle continua à lire la lettre, chaque mot tracé lui faisant l'effet de gouttes glacées tombant sur les vestiges de son cœur. Pas exactement des vestiges, mais plutôt un grand chaos qui occupait tout son être. Elle n'avait rien appris quand elle avait attrapé cette abeille à l'école. Rien du tout.

Elle lut les mots à travers ses larmes. Elle était invitée au mariage.

Elle ne pensait pas y assister. Rien ne servait d'y aller si c'était pour tomber à genoux en sanglotant pendant que Rachel et son prince échangeaient leurs vœux. Elle pouvait imaginer les expressions choquées des invités, tandis que la souffrance la pousserait à se rouler par terre.

En posant les yeux sur le tapis, Isabel soupira. Se rouler par terre ne servirait à rien. Elle avait appris à ressentir les choses profondément afin de se servir de ses émotions pour chanter. Cela tournait assez mal.

On frappa de nouveau à la porte. William. Elle renifla. Elle lui pardonnerait.

Mais la porte s'ouvrit lentement et une jupe apparut. Ce n'était pas lui. La femme de chambre passa la tête dans l'entrebâillement.

— J'ai oublié de vous dire pour Vagabond. Un jeune garçon s'est présenté à la porte ce matin. Il cherchait son chat et avait appris que nous en avions trouvé un. Vagabond a couru vers lui et s'est jeté dans ses bras.

Isabel sourit.

— Eh bien, cet enfant passera un joyeux Noël.

Elle ne pleurerait pas. Elle ne le ferait pas. Mais elle se sentait pleine de larmes.

— S'il vous plaît, dites à mon mari que j'ai fait erreur, qu'en fait je n'ai pas de chat.

— Je ne crois pas qu'il soit ici, mais je ne manquerai pas de lui dire lorsqu'il rentrera.

La porte se referma. Isabel traversa la pièce et ouvrit le panier contenant ses affaires de couture. Elle en fouilla le fond pour y dénicher cinq mouchoirs, là où elle les avait cachés. Elle n'y avait pas brodé de fleur mais juste un beau « B », peut-être orné d'un peu trop d'arabesques et de points. Pour William. Elle les porta à sa joue, et quand l'étoffe douce toucha sa peau, c'en fut trop.

Elle les prit tous les cinq et alla vers son lit. Elle s'assit sur son matelas plein de bosses, le dos contre la tête de lit dans la petite pièce sombre. Elle avait toute une maison à elle, des domestiques, et pourtant c'était dans cette chambre, qui était de la même taille que la sienne chez ses parents, qu'elle se sentait le mieux. Chez elle.

Même si sa mère était venue, Isabel n'aurait pas pu se précipiter vers elle pour tout lui expliquer. Celle-ci n'aurait pas compris. Sa mère avait toujours été le centre d'attention. Elle avait eu six frères qui la considéraient comme une pierre précieuse, puis elle avait épousé un homme qui la prenait pour le plus beau bijou du monde.

La mère d'Isabel était une mère au bon caractère qui voulait bien faire, mais elle ne comprenait pas vraiment les larmes, la tristesse, ni la solitude.

Dans la pénombre, Isabel passa les doigts sur le « B ». Elle était une Balfour, à présent. Et en vérité, elle était probablement la femme parfaite pour son époux. Elle apprendrait à ne pas faire attention à ce qui la blessait. Elle enfermerait ses sentiments en elle de la façon dont William l'avait fait. Elle déglutit. Elle découvrirait son secret.

Si elle avait des filles, elle leur apprendrait à être courageuses et fortes. Elle les comprendrait si elles avaient le cœur brisé et elle saurait les réconforter mieux que quiconque.

À présent, chanter ne lui semblait pas aussi important que l'amour. La seule chose au monde pour laquelle elle renoncerait à chanter — mais qu'elle ne pouvait pas avoir.

Dans sa chambre à coucher, William offrit au valet aux yeux ensommeillés le choix d'attendre de le suivre une fois le jour de Noël passé. Cet homme avait sûrement des attaches personnelles et il ne voulait pas le déranger dans sa vie privée.

Alors le valet examina le visage de William, comme il ne l'avait jamais fait. Leurs yeux ne s'étaient jamais vraiment croisés, et maintenant le domestique le regardait comme s'il essayait de déchiffrer ce que son maître avait dans la tête.

William prit la clé de la nouvelle maison. Il n'attendrait pas le lendemain pour déménager. Isabel prévoyait de passer Noël avec ses sœurs, mais il ne se joindrait pas aux festivités. Être seul lui conviendrait. Quand Sophia avait commencé à recevoir ses sœurs chez elle pour Noël, il avait exclu cette fête de sa vie. Il n'en avait pas besoin.

Il franchit la porte à grands pas, laissant l'air froid lui souffler au visage. Il serra ses poings et attendit sa voiture. Il lui sembla que cela durait une éternité avant que le véhicule n'arrive.

Le vent le secouait. Il aurait dû rester à l'intérieur pour attendre, mais la maison était trop chaude et les domestiques étaient trop agités. Il pouvait entendre des bruits de pas pressés et des soupçons de désordre. Son déménagement et les préparatifs pour le repas de Noël avaient tout fait dérailler.

— Chez mon cousin Sylvester, dit-il au cocher.

Il n'avait aucune envie d'aller dans sa nouvelle maison. Une partie des domestiques viendraient travailler chez lui, mais pas avant le lendemain de Noël.

— Bien sûr. Il sera content que vous assistiez à sa… soirée.

— Attendez.

William s'arrêta net, se rappelant la date. Sylvester essayait toujours de donner, la veille de Noël, un dîner particulièrement paillard à une heure tardive, et déclarait à ses amis qu'il était nécessaire pour eux de venir afin de chasser l'odeur nauséabonde des fastidieux dîners de famille où l'on devait rester assis avec des parents âgés et discuter oignons, œsophages engorgés et désordres digestifs.

Mais depuis quelque temps, Sylvester s'était mis à parler de ses propres maux de tête, de ses aigreurs d'estomac et de ses ongles incarnés. Il parlait aussi beaucoup de lotions toniques pour les cheveux, car il se souciait grandement de la raréfaction de ses boucles.

William prendrait le risque du manque de confort pour échapper à une soirée passée à écouter les mots traînants de son cousin évoquant un remède ou un autre, et à redouter que l'ivresse de Sylvester ne finisse par avoir des conséquences néfastes.

La solitude serait préférable à une nuit de ripaille.

— Je souhaite inspecter mon nouveau chez moi, puis j'y passerai la nuit, dit-il au cocher.

Il n'avait pas envie de parler à quiconque.

Il posa fermement une botte sur le marchepied, remarquant le grincement et le manque de réaction des ressorts de la voiture du fait de la température qui chutait.

Le trajet se fit dans une ambiance de cortège funèbre.

Quand la voiture s'arrêta, William descendit et examina son acquisition. Une maison plus petite, plus loin de son club. Plus loin de chez Sophia. Plus près de chez Sylvester. Sans les fenêtres du salon, leurs volets en bois et la possibilité d'observer en contrebas une rue animée. Le principal attrait de cette maison avait été sa disponibilité immédiate.

Il avait demandé à son homme d'affaires d'agir rapidement et, tout bien considéré, c'était un bon choix. Il avait payé plus que le prix attendu pour avoir la maison dans les meilleurs délais. Le mariage était coûteux, mais il avait su qu'il en serait ainsi.

William s'avança.

De nouveau, les ressorts de la voiture craquèrent tandis que le cocher sautait à terre pour lui donner une lanterne. William incita l'homme à s'en aller aussitôt, sachant qu'il souhaitait retrouver sa famille.

Quand le coupé partit, William vit un autre homme, l'un de ses nouveaux voisins, batailler avec quelque chose de poilu qui se trémoussait contre son manteau. Dans l'autre main, il tenait une branche de verdure empaquetée dans du papier.

Un domestique sortit en courant avec une lampe et, avant que la porte ne se referme derrière lui, un petit garçon portant une chemise à manches longues se précipita dehors dans le froid.

Le père s'arrêta et tendit la petite boule de fourrure qui aboyait. L'enfant la prit et l'étreignit.

— Pas trop fort, dit le père. Tu ne dois pas trop le serrer ou il te mordra le bout du nez.

Il posa une main sur l'épaule du garçonnet, le guidant vers la porte d'entrée tandis qu'il énumérait une liste de noms possibles pour le chiot.

William grimaça. Il espérait que le chien ne deviendrait pas trop gros. Les aboiements pouvaient tout à fait troubler le sommeil.

L'irritation gronda en lui à la pensée qu'il abandonnait sa maison. Une autre complication causée par les émotions. Dans l'autre maison de ville, les voisins avaient tendance à être invisibles, mais ceux-ci risquaient de ne pas l'être. Il était beaucoup trop tard pour qu'un enfant soit encore debout.

Il leva les yeux plus haut lorsqu'un mouvement à la fenêtre accrocha son regard. La maison des voisins était illuminée comme en plein jour.

Il vit une femme qui tournait le dos à la rue, puis le bras de l'homme apparut dans le champ de vision. Il tenait quelque chose au-dessus de sa tête. Du gui. Elle rit puis disparut, et le gui avec elle.

William pivota et entra chez lui d'un pas lourd, impatient de se réchauffer un peu et de fermer la porte au nez des festivités.

Il détestait le joyeux, le merveilleux Noël, et toute la solitude qui venait avec. C'était une fête morose et inutile.

L'atmosphère enjouée lui rendait l'hiver moins agréable. Chaque année, il attendait avec impatience sa journée préférée — le lendemain de Noël. Ce jour-là, il se réveillait avec le sourire parce que la vie normale reprenait.

La porte de sa nouvelle résidence s'ouvrit sans bruit. L'obscurité le cernait, comme dans une tombe.

Et l'air. L'air, au lieu de paraître plus chaud que celui de l'extérieur, semblait affreusement froid. Même l'odeur de la lampe à huile ne le réchauffait pas.

En haut, William vit des chaises autour d'une table. Des meubles que le propriétaire avait laissés. Il donna un coup de talon sur le sol nu. Un sol ferme, solide. Mais cela ne lui apporta aucun réconfort et lui sembla dur et implacable.

La cheminée ne l'attirait pas. Le manteau, de taille moyenne et en bois, n'était pas gravé. Il leva la lampe et aperçut une tache pâle à l'endroit où un tableau avait été accroché, et des taches d'humidité du côté de la fenêtre. Des ombres vacillaient comme dans un cauchemar.

Il traversa chacune des pièces communes, observant les traces de vie sur les murs, et les ravages du temps.

Une ossature, sans chair.

Il retourna dans la pièce à la cheminée et aux taches d'humidité. Il posa sa lampe sur le manteau de l'âtre, trouva une boîte d'allumettes, alluma les boulets de charbon et resta debout, essayant de chasser le froid de son corps.

En fouillant dans la maison, il découvrit plus de charbon et l'apporta dans la pièce. Il allait déjà passer la soirée sobrement, et ne voulait pas avoir froid, en plus.

De nouveau, ses yeux se posèrent au-dessus de la cheminée.

L'espace autour du manteau avait été noirci par la suie et la zone restée pâle indiquait qu'il y avait eu là un grand portrait.

Il alla dans la chambre, vit la malle qu'il avait fait envoyer à l'avance. Dessus était posé un panier avec des petits pains, une flasque, des raisins de Corinthe et des pralines. La cuisinière ne voulait pas qu'il meure de faim. Il ouvrit la flasque et goûta. L'eau qu'il aimait.

Il posa le panier à côté, ouvrit la malle et trouva la boîte. L'écrin qui contenait la bague de sa mère et le petit plumet du bonnet d'Isabel.

Il imagina le portrait de sa mère. Le second. Celui qui avait été peint après sa mort.

La première fois qu'il avait vu le portrait terminé, sa gorge s'était serrée de façon durable et même sa première nuit d'ivresse n'y avait rien fait. Le lendemain matin, il avait eu la migraine — son univers ne semblait plus le même, mais le tableau était resté dans la bibliothèque. Plus jamais il n'avait pris un livre dans les rayonnages. Les domestiques allaient y chercher pour lui ce qu'il voulait.

Cependant, il avait dû voir une nouvelle fois le spectacle de son père devant le portrait, quand ce dernier l'avait convoqué, criant des ordres parfois dénués de sens. Jour après jour, son père restait là à fixer le portrait, un verre vide à la main. Une carafe était posée à côté de lui et plusieurs autres sur le manteau de la cheminée — l'une d'elles était toujours pleine.

Au-dessus de ce manteau en pierre, le tableau n'était pas vraiment un portrait de sa mère, mais une reproduction tirée d'un portrait de famille achevé avant sa mort. Les yeux n'étaient pas bien rendus, et pourtant leur expression était juste. Ils étaient morts. Il n'avait jamais complètement gommé cette image de son esprit. Voir sa mère mourir n'avait pas été aussi dur que de voir cette représentation d'un regard sans vie, fixé sur lui chaque fois qu'il entrait dans la pièce. Mais il avait appris à détourner les yeux de la cheminée.

Maintes fois, il avait envisagé de lacérer le portrait. Mais n'avait pu se résoudre à le faire.

Quand il passait devant la pièce, que la porte était ouverte et que son père se trouvait à l'intérieur, il avait remarqué qu'une odeur de pourriture commençait à en émaner.

Un soir, il avait mis un couteau dans la main de son père et lui avait demandé de s'en servir.

Le vicomte l'avait planté dans la table et avait juré d'une voix tonitruante. William se tenait debout, une bouteille de cognac à la main, la joue entaillée par une bagarre récente, la posture pleine de défi.

— Hors de ma vue ! avait crié son père.

William avait lancé la bouteille contre la porte et quitté la pièce. Le bruit de verre brisé avait résonné. Il avait laissé tomber le col de la bouteille dans le couloir en regagnant sa chambre. Quand le morceau de verre avait heurté le tapis, il avait levé les yeux.

Sophia le regardait depuis sa porte entrebâillée. Harriet et Rosalind le dévisageaient elles aussi depuis leur chambre, située de l'autre côté du couloir. Elles étaient en chemise de nuit. Trois visages pâles et trois paires d'yeux qui paraissaient trop grands et trop âgés.

Il leur avait demandé pardon, leur avait promis des douceurs pour le petit déjeuner, avait suggéré d'acheter un ruban neuf pour Harriet, un livre pour Rosalind et une robe pour Sophia. Il avait dit qu'il était tombé de cheval lors de sa chevauchée matinale et qu'il était d'une humeur exécrable, mais que ses sœurs magnifiques embellissaient sa journée.

Personne n'avait souri. À cet instant-là, il avait changé. En présence de ses sœurs, il s'était mis à contrôler ses gestes et ses paroles. Et il avait fait plus attention quand il sortait. Il ne voulait pas que ses sœurs perdent leur seul frère, et il ne voulait plus voir de douleur dans leurs yeux.

Au début, il ne s'était même pas rendu compte qu'il devait prendre en charge les terres et la maisonnée. Il s'était attendu à ce que son père se réveille rapidement et reprenne ses devoirs envers la famille. Ou tante Emilia — mais son époux avait été malade et sa mère aussi.

Il avait attendu, puis il avait cessé d'attendre car la situation était devenue urgente. Il avait fait du mieux qu'il pouvait, mais n'avait pas été capable de tout envisager. Un jour, Harriet avait fugué et il s'était senti terrifié parce qu'il ne l'avait pas prévu. Pas anticipé.

William n'avait pas souhaité devenir parent. Et surtout, il n'avait pas souhaité devenir un père pour son propre père. Mais il n'avait pas eu le choix.

Il releva la tête. Sa mère non plus n'avait pas eu le choix.

Son père l'avait eu, lui. Si on avait dit à William que ce

serait finalement une rumeur d'agression commise par son fils sur une femme qui tirerait son père de sa chambre, il aurait lui-même inventé une telle histoire des années plus tôt.

Onze ans avaient passé depuis que sa mère était morte. Il appuya son coude sur le manteau de la cheminée, sa tête dans sa main et ferma les yeux. Leur mère avait été arrachée à lui et à ses sœurs, et ils n'avaient su que faire. William pouvait admettre qu'il l'avait perdue, mais ses sœurs avaient tellement besoin d'elle. C'était ce qui le mettait le plus en colère.

Il s'assit près du feu, et observa les morceaux de charbon rougir, puis s'éteindre. À plusieurs reprises il joua avec les braises, les remuant comme il remuait ses souvenirs. Des journées profondément enfouies dans son esprit refaisaient surface.

Harriet perdant ses dents de devant, persuadée qu'elles ne repousseraient pas. Rosalind volant un cheval dans les écuries. Sophia et ce soldat débauché. Lui-même, perdant tout espoir en son père. Tout cela était arrivé avant qu'il n'ait l'âge qu'avait Isabel aujourd'hui.

William savait à quel point le jeune homme de dix-neuf ans qu'il avait été n'avait rien de commun avec son épouse.

Il marqua une pause, se rendant compte que son père avait dix-huit ans quand il s'était marié. Qu'il en avait trente-deux quand sa femme était morte. Pas beaucoup plus vieux que lui.

Il ressentit un coup dans la poitrine. Si Wren avait tué… Certes, il ne la connaissait pas alors, néanmoins cette pensée lui coupa le souffle.

Peut-être qu'il comprenait un peu mieux, maintenant. Il ne voulait même pas y penser, pourtant l'idée lui venait que son père avait perdu le seul véritable amour de sa vie, pour toujours.

William songea de nouveau à Isabel. Seule. Et si quelque chose lui arrivait en son absence ? Wren n'était pas le seul homme à vouloir mettre un rossignol en cage.

Il ne pourrait plus se regarder en face si quelqu'un faisait du mal à Isabel.

Il inspira et ce fut comme si elle touchait sa peau. Il aurait toujours l'impression qu'elle le touchait, qu'elle soit dans la même pièce que lui ou pas. Et il ne pouvait pas vivre sans la toucher.

Il ne pouvait pas non plus supporter l'idée d'elle se retrouvant seule. Si elle désirait avoir quelqu'un pour l'aimer, ce désir devrait être comblé. Isabel devait avoir tout ce qu'elle souhaitait.

Et il devait lui donner tout ce qu'il pouvait.

Il n'avait pas su jusqu'ici en quoi consistait l'amour. Il ne s'était pas attendu à ce qu'une personne puisse tomber amoureuse d'une autre quand elles n'étaient pas dans la même pièce. Mais il tomba amoureux d'Isabel à ce moment-là car, maintenant, alors qu'il pensait à elle, il souhaita ne jamais cesser de penser à elle.

Peu lui importait de savoir qu'il pourrait être détruit, s'il arrivait quelque chose à sa femme. Il serait détruit de toute façon s'il ne passait pas sa vie, ou ce qu'il en restait, avec elle.

William entra dans la maison, heureux de retrouver la chaleur après sa longue marche, et reconnaissant pour le pudding dont il sentait le parfum. Des bougies continuaient de briller dans la lumière du petit matin, donnant au vestibule un éclat qu'il ne lui avait jamais vu.

Le majordome s'avança, prit son manteau, lui adressa un signe de tête et un grand sourire. Le salut était habituel. Le sourire inattendu.

— Bienvenue à la maison, Monsieur.

Le corps de William s'allégea. Pour la première fois, il avait la sensation que la maison était plus qu'un endroit où manger, dormir et regarder par la fenêtre. Isabel s'y trouvait.

— N'êtes-vous pas censé passer la journée en famille, aujourd'hui ? demanda William.

Le domestique opina.

— Je la passe en famille. J'ai épousé la cuisinière le mois dernier.

Les yeux de William s'élargirent. Il n'avait jamais soupçonné cette romance. La cuisinière était la mère du petit garçon qui trottinait partout depuis presque un an.

William hocha la tête et gravit l'escalier. Il ne voulait pas réveiller Isabel.

Il regarda son petit doigt, maintenant orné de la bague dont il avait hérité. Il toucha l'anneau, examina la pierre centrale. Il la passa à l'annulaire de sa main gauche et joignit les doigts. Des vœux avaient peut-être été prononcés plus tôt, mais cette bague représenterait son véritable serment de mariage. Une fois que l'anneau serait passé au doigt d'Isabel, ils seraient mariés pour toujours, si elle voulait bien accepter ce symbole.

Chapitre 19

L'odeur de la bûche qui brûlait rappela à Isabel d'anciens Noëls, et tout ce qui s'était enfui.

Elle s'était levée bien avant son heure habituelle et portait encore sa chemise de nuit, parce qu'elle n'avait pas voulu réveiller trop tôt la femme de chambre.

Mais il lui faudrait bientôt mettre une belle robe et afficher une mine plus festive pour aller chez la sœur de William et prétendre que tout allait bien, même si Sophia saurait deviner la vérité. L'absence de son mari en dirait assez long.

Elle regarda le mouchoir froissé dans sa main, se demandant si elle allait le brûler ou non. Les autres avaient flambé brièvement, mais cela ne lui avait pas apporté la joie qu'elle attendait. Elle avait eu du mal à ne pas les retirer du feu, tant ils lui rappelaient William.

Le mouchoir fripé avait exactement l'air qu'elle avait l'impression d'avoir à l'intérieur d'elle-même.

— Is…

Elle s'immobilisa en entendant la voix résonner depuis le pas de sa porte, craignant que son imagination n'ait décidé de lui jouer des tours.

Elle se tourna, sentant soudain qu'elle était assise trop près des flammes.

Les cheveux de William avaient été plaqués par le chapeau qu'il tenait à la main, mais il passa les doigts dans ses mèches et leur rendit un air naturel. Il portait encore ses vêtements de la veille.

— Isabel. Je fais la même chose que mon père. La même chose. Je suis englué dans le passé et la mort de ma mère exactement comme il l'était. Il ne pouvait pas continuer à vivre sa vie, comme je ne pouvais continuer à vivre la mienne. Je m'occupais de mes sœurs, mais me sentais tout à fait incapable de fonder une famille.

Isabel aurait voulu tendre la main vers lui, mais ne le fit pas. Dans les yeux de William, elle vit passer les traces de son chagrin d'enfant.

— Après la mort de Mère, et lorsque le toit a commencé à fuir, puis que la maison s'est mise à sentir le moisi, j'ai donné l'ordre à l'intendant d'envoyer des ouvriers pour trouver l'origine de la fuite. Des réparations ont été entreprises. Mon père s'est plaint que l'on troublait sa solitude, mais les hommes ont continué à travailler sur le toit. J'ai pris conscience que tout le monde m'écouterait si mon père cessait de parler pour nous.

Isabel resta immobile. Elle attendit.

— La maison pourrissait, continua William. Père ne l'avait pas remarqué. Alors j'ai fêté copieusement mes quatorze ans et j'ai cassé une bouteille de cognac dans le couloir. Je ne me rappelais pas ce que j'avais fait cette nuit-là. J'étais atterré. Je me demandais comment je pourrais protéger mes sœurs et assurer leur sécurité, si je n'étais pas plus conscient des choses que mon père.

Il s'avança, lui prit la main et regarda par la fenêtre.

— Une fois que mes plus jeunes sœurs ont été assez mûres pour s'occuper de la propriété, j'ai déménagé pour un endroit où je pouvais me rendre plus facilement dans les clubs et me distraire davantage. J'ai trouvé cette maison et j'en ai fait vérifier chaque recoin. Tout devait être solide. Les fenêtres devaient être étanches et les bruits de l'extérieur atténués. Les orages tenus à distance. Les pièces sécurisées. La maison devait m'isoler du monde pour que je puisse dormir dans la journée et être seul lorsque je m'y trouvais. Je ne regarde pas par les fenêtres pour voir ce qui se passe dans la rue. Je regarde dehors pour m'assurer que je ne connais personne.

Isabel imagina le vicomte assis seul dans une maison, fixant un portrait, et William seul dans une autre, regardant fixement par les fenêtres.

— Pour ce qui est de mes sœurs, reprit-il, elles sont trois. Ce n'est pas comme si mon cœur était accaparé par une seule. Mais dans le cas d'une épouse, je me disais que mon cœur lui appartiendrait tout entier. Qu'elle détiendrait les clés de mon être. Que cela me rendrait fragile et vulnérable, et pourtant…

Il lui toucha la joue.

— Je ne peux pas risquer de *ne pas* vous aimer. Ce serait encore pire.

À l'instant où il tendit une main dans sa direction, Isabel sut qu'il avait pris une décision.

Il fit un pas en avant.

— On m'a fait le cadeau d'un rossignol presque devant ma fenêtre, et j'ignorais comment lever la tête pour entendre sa musique.

Ses yeux scrutèrent ceux d'Isabel. Elle jeta ses bras autour de lui et il la serra si fort qu'il la souleva du sol.

Lorsqu'il la remit sur ses pieds, elle demanda :

— Êtes-vous revenu pour rester ?

— Absolument. Là où vous êtes, où que ce soit, c'est là que j'ai l'intention de vivre.

Alors elle le regarda dans les yeux et vit ce qu'elle avait toujours souhaité voir. De l'amour. Pour elle. S'il ne l'avait pas enlacée, elle se serait agrippée à lui pour rester debout. Mais elle n'eut même pas à resserrer son emprise. Il la tenait solidement.

Il recula un peu afin que leurs regards puissent se rencontrer.

— J'ai dû intervenir, m'occuper de mes sœurs et gérer les domaines pendant que mon père était englué dans le chagrin. J'y ai été forcé. Sophia était peut-être assez âgée pour se débrouiller, mais pas Ros et Harriet. Si je n'avais rien fait, la fortune de notre famille aurait disparu. J'ai dû jouer le rôle de mère et de père, alors que j'avais moi-même l'impression d'avoir perdu mes deux parents. J'étais tellement en colère, et je l'ai enfoui si profondément ! Ce n'était pas plus la faute de mes sœurs que la mienne, et je ne voulais pas qu'elles souffrent.

— Mais elles n'ont pas souffert, parce que vous vous êtes occupé d'elles.

— Oui, je l'ai fait. Mais je ne me suis pas occupé de moi. Je n'avais personne vers qui me tourner et j'ai accepté ce fait. J'ai décidé que je n'avais besoin de personne et je suis devenu de plus en plus seul. Je me suis attardé chez Sophia, espérant m'y sentir en famille, mais cette famille n'était pas là pour moi. Puis vous me l'avez offerte, et cela m'a paru trop beau pour être vrai. En vous aimant, je prends le risque de subir une nouvelle perte. Mais je ne peux pas être heureux sans vous. Ni même vaguement satisfait. Je veux vous avoir ici.

Il lui serra la main, repliant ses doigts, et attira son poing sur son cœur.

— Je veux passer Noël avec mon épouse. Cette année. Et toutes les années à venir, pendant le reste de ma vie.

Des mots dont elle avait rêvé, venant de l'homme qu'elle reconnaissait enfin comme celui de ses rêves.

Elle se blottit contre lui, l'odeur de laine se mélangeant à la chaude solidité qui émanait de lui.

Il fit un pas en arrière, ôta une bague de son doigt et prit la main gauche d'Isabel. Leurs mains jointes allumèrent en elle une puissante flamme d'amour.

— Vous ne portez pas votre alliance, dit-il en passant son pouce sur l'endroit où l'anneau s'était trouvé.

— Non. Je l'ai donnée à des enfants qui chantaient devant la porte d'entrée.

Les doigts de William se resserrèrent sur sa main gauche.

— Garderez-vous celle-ci ? Elle appartenait à ma mère.

— Oui. Votre sœur m'a raconté comment l'un de vos grands-pères l'avait fait faire pour la femme qu'il aimait.

Il glissa la bague ancienne à son doigt et approcha sa main pour en couvrir la sienne.

— Je serai votre époux, Isabel, pendant aussi longtemps que vous voudrez de moi, et même plus. Car dans mon cœur vous resterez toujours mon épouse.

Isabel recula et fut secouée par un léger sanglot, puis elle se tourna pour prendre le mouchoir brodé qu'elle avait mis de côté pour le contempler. Le seul qu'elle avait gardé.

— William, prenez ce mouchoir rapidement, avant que je ne me mette à pleurer dedans.

Il tira sur le coin du carré de tissu, le lui prenant de la main.

— Je suis désolé de vous avoir donné des raisons d'avoir besoin d'un mouchoir, Isabel. Je serai toujours là pour sécher vos larmes, s'il vous arrive encore de pleurer, mais j'espère que ce ne sera plus jamais à cause de moi.

Elle renifla et sourit, tendant la main vers le mouchoir.

— Trop tard.

Il ne lâcha pas le tissu, mais la ramena contre lui et essuya ses larmes de ses baisers.

Après le dîner de Noël, William se tourna vers Sophia.

— Voudrais-tu jouer du piano pour nous ? J'aimerais chanter quelque chose avec Isabel.

Sophia accepta et s'installa au piano.

Isabel se tourna vers son époux.

— Vous chantez ?

— Je pense m'en tirer assez bien.

Il la serra contre lui.

— Ma voix n'est pas aussi belle que la vôtre, mais j'aimerais chanter avec vous. Et ce soir, quand Ros et Harriet arriveront, nous chanterons de nouveau.

— Elles vont laisser votre père seul ?

— Oui.

William sourit.

— Dans le billet que Ros a envoyé pour nous prévenir de

leur arrivée, elle disait que Père souhaitait rester chez lui, mais qu'il était d'une humeur étonnamment joyeuse. Apparemment, après être sorti de chez moi, il s'est réconcilié avec le passé en se rendant compte que ses enfants étaient tout ce qui lui restait de notre mère. Mais il ne sera pas seul aujourd'hui. Une amie de tante Emilia a perdu son mari et il a décidé de devenir son confident. En outre, je lui ai envoyé un message pour lui dire que vous aviez accepté ma bague.

Isabel tendit la main, ses doigts effleurant les jointures de celle de William. Quand leurs yeux se croisèrent, elle vit un homme qu'elle n'avait jamais vu auparavant — un homme en paix avec le monde qui l'entourait.

Quelque chose pétilla en elle et elle eut envie de chanter pour tout le monde — afin d'exprimer son bonheur.

Ils allèrent jusqu'au piano et Sophia attendit pendant qu'Isabel et William choisissaient de chanter *Sur un matin de Noël.*

Isabel ne put s'arrêter à une chanson. Elle en était à la troisième, le cœur empli de la voix de William qui se mêlait à la sienne, quand le piano s'arrêta tout à coup.

Elle se tourna, soudain consciente d'une autre présence dans la pièce. Sa mère se tenait sur le seuil, rayonnante. Son père se maintenait en équilibre à côté d'elle, une canne à la main et le pied couvert d'un énorme bandage.

Sa mère s'avança et la serra dans ses bras.

— Nous ne pouvions passer Noël sans toi. C'était impossible, dit-elle. Et quand nous sommes arrivés chez toi, le majordome nous a envoyés ici.

Les présentations furent faites rapidement, et William eut droit lui aussi à une embrassade.

— Tu n'avais pas besoin de le présenter, dit la mère d'Isabel. Je l'ai reconnu sur-le-champ d'après les descriptions de tes lettres. J'ai été si heureuse quand tu m'as annoncé avoir trouvé un cœur assorti au tien.

— Je ne sais pas si *assorti* est le terme exact, mais nous n'en sommes pas loin, répondit Isabel en riant, et en prenant le bras de William pour les rapprocher. Mais comment ne pas aimer un homme qui chante aussi bien ?

— Je suis si content que tu sois heureuse, dit son père en se déplaçant lentement jusqu'à sa femme.

— Comment vous portez-vous, Père ? demanda Isabel.

— Je ne me suis jamais mieux porté, répondit-il. Te voir a eu sur moi plus d'effet que n'importe quel remède.

Isabel présenta ses parents à sa nouvelle famille et, pendant que les autres parlaient, William l'attira hors de la pièce, prit son visage entre ses mains, l'embrassa avec ardeur et s'écarta.

— Nos voix vont si bien ensemble, dit-il.

— Nous aussi, répondit Isabel.

Les Historiques

HARLEQUIN

Retrouvez prochainement,
dans votre collection

Les Historiques

L'esclave du Viking, de Caitlin Crews - N°978

Royaume viking d'York, Xe siècle

Elle l'a fait. Eithne, l'insignifiante esclave, s'est affranchie du joug d'Ulfric, ce sulfureux guerrier norrois dont elle était la captive. Dans son élan désespéré pour se libérer de ses chaînes, elle l'a même blessé de sa dague, laissant la marque indélébile de sa rébellion sur son beau visage sombre. Désormais, Eithne en est bien consciente, Ulfric la pourchassera jusqu'au bout du monde pour se venger d'elle ! Si le Viking entend lui rappeler combien il est dangereux de désobéir à son maître, Eithne doit résister à l'attrait qu'il exerce encore sur elle. Pas question pour elle d'abandonner sa liberté si chèrement acquise, pour l'homme détestable qui sait si bien faire éclore en elle ce désir indécent…

Noces à l'écossaise, de Jenni Fletcher - N°979

SÉRIE : ALLIANCES DANS LES HIGHLANDS - TOME 2

Écosse, début de l'automne 1360

Coira est désespérée. Pour éviter une guerre entre son clan et celui des Campbell, la voici contrainte de se marier… avec Fergus MacMillan, l'homme qu'elle a abandonné devant l'autel six ans auparavant ! Au simple souvenir de ce fiancé aussi attirant qu'effrayant, Coira ne peut s'empêcher de frissonner. Quel sombre traitement lui réservera-t-il, après sa trahison ? Fergus, sous ses airs de guerrier intraitable, est-il capable de lui pardonner ? Une chose est sûre : à l'idée de le revoir, Coira sent soudain son cœur battre très fort…

Le baiser du chevalier, de Ella Matthews - N°980

SÉRIE : LES CHEVALIERS DU ROI - TOME 3

Angleterre, XIVe siècle

Lorsqu'il s'éveille, Alewyn est subjugué. Une véritable beauté à la chevelure de feu se tient à son chevet. Elle dit s'appeler Lady Johanne et lui confie l'avoir mis à l'abri après l'avoir trouvé inconscient près du château de Brae. Lady Johanne… la femme soupçonnée de haute trahison qu'il est censé espionner pour le compte du roi ! Pour Alewyn, qui désire tant prouver sa valeur face aux chevaliers d'élite auxquels il appartient, ce tête-à-tête avec la douce lady représente une chance inespérée de mener à bien sa mission. Mais parviendra-t-il à jouer un double jeu auprès de Johanne, tout en résistant à l'attirance extrême qu'elle exerce sur lui ?

Pour le cœur d'un duc, de Ann Lethbridge - N°981

Londres, XIXe siècle

Il n'est jamais trop tard... pour devenir duchesse ?

Depuis le décès de son époux trois ans plus tôt, Amelia offre ses services de marieuse à la bonne société londonienne. Et elle est fière de sa réputation ! Elle veut donc le meilleur pour ses protégées, qui font leurs débuts dans le monde. Mais sa belle assurance s'envole lorsque, à l'occasion d'un bal huppé de la capitale, elle se retrouve face au très convoité duc de Stone. Cet homme insaisissable n'est autre que le diable au charme ravageur qui a autrefois anéanti tous ses espoirs... Maintenant qu'elle n'est plus une jeune fille innocente, Amelia saura-t-elle contrôler les émotions qu'éveille en elle ce duc au cœur de pierre ?

Les feux de la passion, de Denise Lynn - N°982

Poitiers, 1169

Mariée adolescente à un tout jeune homme qui s'est enfui sitôt après les noces, Adrienna a grandi sans jamais connaître ni rechercher le feu de la passion. Jusqu'au jour où, à la cour d'Aliénor d'Aquitaine, l'arrivée d'un chevalier diaboliquement séduisant fait très vive sensation. Un seul regard de l'étranger... et Adrienna se sent consumée, animée d'une faim nouvelle qui, désormais, ne va plus lui laisser de repos. Et, tandis qu'elle rêve en secret de se donner à lui, voilà qu'elle découvre avec stupeur que ce prétendu étranger n'est, en réalité, pas un inconnu pour elle. Il s'agit... de son époux, Hugh de Ryebourne, plus viril, plus impressionnant qu'autrefois, et qu'elle croyait ne plus jamais revoir !

Un Viking pour défenseur, de Meriel Fuller - N°983

Angleterre, 1069

Libérée des sables mouvants par un inconnu aux yeux de glace, Lady Gisela – déguisée en paysanne saxonne – ne peut que lui obéir. Elle consent donc à cheminer aux côtés de ce Viking pour l'aider à retrouver le bourreau de sa sœur s'il accepte en contrepartie de lui prêter main-forte pour libérer son frère, Richard, retenu au château de Pagenal. S'expose-t-elle à une menace supplémentaire en faisant confiance à cet homme dont elle ignore tout, ou s'assure-t-elle la protection d'un guerrier aussi puissant qu'attirant ?